里見吉祥

Satomi Kissyou

風詠社

【目次】

【登場人物】

ジェイク……………ハンガリー系移民の孤児
ガルシェスク…………元貴族の野心家
ルイーザ……………ガルシェスクの妻
アドルフ……………ガルシェスク家の息子
ジュリア……………ガルシェスク家の娘
オグリオット………聖アンドレッジオ養護院の院長
サンデュバル………聖アンドレッジオ養護院の教務員
コストノフ…………ガルシェスクの参謀
ワイダ………………ガルシェスク家の執事
マチルダ……………ガルシェスク家のメイド頭
ステファン…………ガルシェスク家の給仕長
ペロン………………バンデル王立銀行の総裁
オルバン……………アイアッシュ社の会長
ビクトル……………ホルングループの社主
ゲラシチェンコ……民主共和党の副総裁（のち総裁）
キリエンコ…………自由労働党の党首

クライス……………アドルフの友人でザイツェフ家の息子
ポーラ……………ジュリアの友人でザイツェフ家の娘
ザイツェフ…………ガルシェスクの友人で銀行家
ジェシカ……………ザイツェフの妻
ギュンター…………王立サンティエール校の校長
べべ爺さん…………ルフトヤーツェンの居城の守番
デロイ………………ルフトヤーツェンの牧童頭
メイル………………デロイの娘
ヤン…………………デロイの息子（メイルと双子）
ビレーヌ……………キリエンコの愛人
ゴードン……………全国労働者連盟の議長
フェレンツ…………ゴードンの後任
イワン………………聖アンドレッジオ養護院の孤児
上田中佐……………在ポーランド日本大使館の駐在武官
シュレンゲル………アルドニア共和国義勇軍の将軍
ジュリアス…………自由新報の編集長（通称シーザー）
世界各国の首脳……ヒトラー総統（独）、チェンバレン首相（英）、チャーチル首相（英）、
ムッソリーニ首相（伊）、ルーズヴェルト大統領（米）等々

装画　みたらしあずき
装幀　2DAY

許されざる絆

プロローグ

時は今から遡ること十年前、一九二〇年十一月の寒い朝だった。

ハンガリー系移民のストヤノフ一家にひとりの男の子が生まれた。後にジェイコフと名付けられるこの赤ん坊は少しばかり体重は軽かったが、産声だけは人一倍力強かった。

ところが悲しいことに母親がその元気な泣き声を聞くことはなかったらしい。新しい生命（いのち）を産み落とすのが彼女に残された最後の力だったのだろう。

なぜ彼女は愛しい我が子が母を呼ぶ声を耳にすることができなかったのか。その理由を知れば、きっとあなたは自らの命を犠牲に出産という大事業を成し遂げた彼女を涙ながらに称賛するに違いない。

当時、ストヤノフ一家はどこにでもいるごく普通の家族だった。町の学校で国語の教師をしていた主人（あるじ）の給料は決して高くはなかったがまあまあの生活振りで、妻から三人目の子を身籠ったと聞いた時も彼は心から神に感謝をした。

ところが、それから数ヶ月も経たないうちに予想もしない悲劇がこの家族を襲うことになる。その年の六月、ハンガリー王国は一九一四年から一八年まで続いた世界大戦でドイツに与した敗戦国の責任を問われ、トリアノン講和条約に調印せざるを得なくなってしまったのだ。

この条約締結でハンガリーは国土の三分の二におよぶ地域を奪われ、民族の五分の三が国外に取り残されるという悲劇に見舞われた。何とその中にストヤノフ一家も含まれてしまったのである。

それでも最初のうちは隣近所も見知った者ばかりだったので、生活環境の変化は比較的緩やかなものだった。だが、やがて異民族が我が者顔でこの地へ入り始めると、入れ替わるように同郷の者たちは方々へ散り散りに追いやられてしまった。

残された者は生まれ育った土地でありながら異端視され、ハンガリー語も公用語ではなくなったためにストヤノフは教師の職まで失ったのだ。

この時、彼の妻は三人目の子を身籠って既に五ヶ月目に入っていた。

ストヤノフは家族とこれから生まれて来る赤ん坊のために慣れない旋盤工の職に就き、見習い工として朝から晩まで油にまみれて働いた。それでも八歳と五歳になる育ち盛りの子どもを養うには、見習い工の賃金はあまりにも少な過ぎたようだ。

仕方なく妻は目立ち始めた腹を庇いながら、町外れに住む年老いた農夫の畑仕事を手伝うようになった。生活していくためにわずかな手間賃でも稼がなければならないのは、古今東西どこの一家も同じというわけだ。

こうして夫婦は朝から晩まで汗みどろになって働いたが、それでも夕食は煮豆と野菜スープだけという日が幾日も続いた。たまに栄養のあるものが手に入った時は、心優しい夫婦は育ち盛りの子どもたちへ優先的に分け与えた。

そのため身重の妻は日を追うごとに体力を失ったが、それでも畑仕事を止めるわけにはいかず、そんな無理がたたってジェイコフを産むとひとり黄泉（よみ）の国へと旅立ってしまったのである。

愛する妻を亡くしたストヤノフは自分の不甲斐なさを悔やんだが、三人の子どもを抱えていつまでも途方に暮れているわけにはいかなかった。決して消えることのない悲しみから逃れるように、これまで以上に油にまみれて朝から晩まで懸命になって働いた。

誰が見てもストヤノフの仕事振りは一人前だったが、いつまでたっても身分は見習い工で正式な職工になれない日々が続いた。賃金も最初の約束と違って一向に増える兆しが見えない。だが、ひと言でも不平を洩らそうものならストヤノフは間違いなく旋盤工の仕事も失っていただろう。生まれ育った土地で余所者扱いされる彼の代わりなど掃いて捨てるほどいたからだ。

そんな日々が一年ほど過ぎた頃、ついにストヤノフは決心をした。

このままこの地に留まる限り差別と怨嗟、そして何より貧困から開放されることはないだろう。多くの同胞が目指したように自分たちも新天地を探しに此処を出よう。この地で家族四人朽ち果てるより、たとえ小さな希望でもその可能性に賭けてみるのだ——と。

翌日、ストヤノフ一家はわずかばかりの家財道具を荷車に積み込んで、確かな当てなどなかったが此処よりはましな土地を求めて旅に出た。

だが、世情の混乱とともに人心さえも荒廃してしまった当時、異国の流民を優しく受け入れてくれる土地など見つかるはずもなかった。

旅立ちから半年もすると元々少ない家財道具はすべて売り払われ、一家は雨風さえも凌げない状態になっていた。身にまとう衣服はボロ布のように擦り切れ、靴の先からはみ出た足は爪が割れて血の滲む有り様だ。赤ん坊に飲ませるミルクと交換するものさえなくなり、食事と言えば二日に一度口にできればよい方だった。

ストヤノフだけなら我慢もできたが三人の子どもたちのことを考えると、彼はいつまでも道徳観念を持ち続けるわけにはいかなかった。人々が寝静まった夜陰にまぎれ農作物を盗む以外、一家が生きながらえる道は他になかったのだ。

やがてストヤノフの盗みに対する罪悪感も薄れかけて来た頃、六歳になった娘に思わぬ異変が生じた。空腹のはずなのにわずかな食事さえ受けつけなくなったのだ。

恐らくは極度の栄養失調による内臓疾患が原因だったのだろう。手足が枯れ枝のように痩せ衰え、乾いた唇の隙間から〝ハアハア〟と息を継ぐ娘を父親は医者に診せることもできなかった。掌に息を吹きかけて、温まったその手で異様に膨らんだ娘のお腹をさすってあげる、それがストヤノフにできる精一杯のことだった。

それでも娘は、父親の温もりに精一杯の笑顔を見せた。

そんな娘の健気さが、ストヤノフには辛くて堪らなかった。

「パパ、わたしこわくないよ。だって、もうすぐママのところに……いけるんでしょ?」

「サラ、そんなことを言わないでおくれ。サラが逝ってしまったら、パパは淋しくて堪らないよ」

「でも、ママもひとりでさみしがってるよ。だから……わたしがそばに……いってあげないと

「……」

「サラ、お願いだから、パパのそばにいておくれ」

「パパ、ママ、……おにいちゃん、ジェイク……もっとみんな……みんなでいっしょにいられたら、よかったのに……ね」

そう言うと、娘の頬にひと筋の涙が零れた。

ストヤノフは溢れる涙で娘の顔が見えなかった。

その翌日、サラは短過ぎる生涯を終えた。

またもやストヤノフは自分の不甲斐なさを悔やんだ。そして、今度は神をもなじった。

どうして自分たちだけがこんなにも惨い仕打ちを受けなければならないのか！　わずかでも血となり肉となるものを与えられていれば、サラは死なずにすんだのだ。残されたふたりの子どもまで同じ目に合わせるわけにはいかない。

そのためにとるべき道はたったひとつしか残されていなかった。

ストヤノフは夜が更(ふ)けるのを待って、以前に何度か野菜を盗みに入った農場へと向かった。だが、この日彼が目指したのは畑ではなく、そのとなりにある柵で囲われた一画だった。そこに十頭ほどの山羊が放し飼いにされているのだ。

目的地に着くや、最初に目に付いた一頭へ狙いを定める。鳴き声を上げられたらお仕舞いだ。押さえ込むと同時に一気に首をへし折らなければならない、そう覚悟を決めた。

音を立てないように柵を乗り越え、狙いを付けた山羊にゆっくりとにじり寄る。心臓の鼓動が激しく高鳴って、その響きの強さに相手に悟られるのではないかと怯えた。

ここで躊躇っては駄目だ！　一気にねじ伏せれば、奴は鳴き声を上げる間もなく逝ってしまうだろう。迷っている暇などないぞ！

そう自分に言い聞かせると、ストヤノフは獲物を目掛け勢いよく飛び掛かった。

あっという間だった。無残に首を折られた山羊は断末魔の叫びを上げる間もなく地面に突っ伏した。

よし、仕留めた！　これで子どもにも腹一杯食べさせてやれる。

ストヤノフはほっと胸を撫で下ろした。依然として心臓は激しく脈打ち掌には汗が滲んでいたが、それでも喜ぶ我が子の顔を想像するだけで嬉しさが込み上げた。

しかし、次の瞬間、思いも掛けないことが起きた。

仲間の異変に気づいた一頭の山羊が、大きく鳴き吼えながら柵の中を走り出したのだ。その騒ぎに応えるように次々と山羊の鳴き声が上がり、不気味に光る幾つもの眼が闇の中を右往左往する。ストヤノフは背筋が震え全身から血の気が引いた。

すぐに逃げなければ！

そう思った時、農夫の家に明かりが灯り、男たちの野太い声が近づいて来た。


――少年は岩場の穴蔵の中で薄汚れた毛布に包まりながら胸騒ぎに怯えていた。

普段は弟をあやしながらすぐ寝入ってしまうのに、今夜はなぜか目が冴えて眠れない。思い詰めた顔で妹の骸を埋葬するため穴を掘る父親の姿が、ずっと頭から離れなかった。

こんな時に限って父親の帰りが遅い。何かあったのだろうか？　考えるほどに不安は募り、眠れぬままいつしか東の空が白み始めていた。

少年は弟を抱いて父親を探しに町へ下りてみることにした。一睡もしていない身体は鉛のように重かったが、頭だけは不思議なほど冴えていた。父親の顔が——久しく見ていない明るい笑顔や思いつめたように俯く悲しい横顔が——次から次へと浮かんでは消える。

大好きな父親のことを思えば思うほど不安は増すばかりで、心細さから止めどなく涙が零れ落ちた。きっと大丈夫だ！　そう自分に言い聞かせながら町外れまで来た時、前方に群れ騒ぐ農夫たちの姿が目に飛び込んで来た。屈強な体躯の男たちは殺気立った様子で口々に何かを叫んでいる。

目を凝らすと、男たちの足下に一頭の山羊が横たわっていた。ぐったりしたその様子から既に死んでいるように思われた。そのとなりに何か別のものが転がっていた。それを目にした時、少年は思わず息を呑んだ。

それは埃だらけのボロ布をまとった、彼の父親だった。

赤黒く腫れあがったストヤノフの顔は白目を剥いて、山羊と同じようにぐったりしたまま微動だにしない。少年が今まで見たこともない恐怖に歪んだ——さっきまで彼の脳裡にあった笑顔とは似ても似つかない——顔をして、父親は息絶えていた。

昨夜から今朝にかけて何が起きたのかは、少年にも容易に想像がついた。それを思うと涙が溢れ、ただただ嗚咽が漏れるばかりだった。

それでも農夫たちの罵声があまりに激しかったので、少年は父親に一歩も近づくことができなかった。それどころか自分が山羊泥棒の息子だと知られたら？　この付近で盗まれた農作物の大半がこの胃袋の中に消えたとわかったら？

きっと自分も農夫たちに殺されるに違いない。いや、自分だけならまだしも幼い弟まで危険に曝すことになる。咄嗟にそう考えた少年にできることは、身を引き裂かれる思いでその場を立ち去ることしかなかった。

この二年足らずの間に起きたすべてのことが、少年には悪夢のように思えてならなかった。優しかった母親が亡くなり、物乞いのように方々を転々としているうちに可愛い妹が死んで、ついには頼もしかった父親までが殺されてしまった。不安と絶望の中で自分のそばにいるのは、今では乳飲み子の弟だけだ。

つぶらな瞳を見開いて無邪気に笑い声を上げるその笑顔に、少年は込みあげる嗚咽を抑えられなかった。頬を伝う涙に不思議そうな顔をして小さな指が触れた時、少年は弟を力一杯に抱き締めた。

「これからは僕が父さんの代わりだ。ジェイク、必ずおまえを守ってやるからな！」

我が身へ言い聞かせるように呟いた少年は、垢だらけの袖口で溢れる涙を拭った。

泣いている暇はなかった。あいつらが自分たちを捜しに来るかも知れない、その恐怖心から少年は弟を抱いて逃げるように町を離れた。

ふたりは行く先々の土地で人の退いた炭焼き小屋や納屋を寝床にした。少年は畑の農作物や家々のゴミ捨て場から残飯をあさり、弟には山羊の乳首を吸わせて飢えを凌いだ。そうして何とか小さな命をつないだのだった。

だが、幼いふたりがこんな生活をいつまでも続けられるはずはなかった。国境を越えアルドニア王国まで来た頃、弟を庇護する少年の体力は既に限界に達していた。彼に残されていたのは、父親に代わって弟を守らねばという健気な使命感だけだった。

ようやく一軒のみすぼらしい小屋を発見した少年は、何とか弟の面倒だけでも見てくれるよう頼むしかなかった。願いを聞いてもらえなければ、自分ばかりか弟のジェイクまで死ぬことになる。

最後の力を振り絞り必死の形相で小屋を目指した少年は、あとわずかのところで崩れ落ちるように倒れてしまった。もうすべてが限界だった。一瞬、弟の泣き声が聞こえた気がしたが、その声も微かな意識とともにそのまま闇の底へと消えて行った。

小屋に住んでいたのは奇しくもストヤノフ一家とは同郷の夫婦だった。幼児の泣き声に驚いて外へ出てみると、そこに知った顔の少年が倒れているではないか。すぐさま夫婦はふたりを小屋に担ぎ入れたが、兄の方は既に虫の息で最後の望みを聞いてあげるのが精一杯だった。

だが、彼らも食うや食わずの状態で何とか此処まで辿り着き、農場の小作人として雇われているに過ぎなかった。ただでさえ自分たちの生活で精一杯なのに、更に幼子まで養うなど到底できるはずもなかった。

夫婦は相談の末、聖アンドレッジオ養護院に幼児の面倒を頼んでみることにした。

当時はまだ戦後の混乱が収まらず養護院は大勢の孤児で溢れかえっていたので、どこもこれ以上の子どもを受け入れる余裕はなかったが、それでも聖アンドレッジオ養護院のオグリオット院長は二歳になったばかりの幼児を放ってはおけなかった。

少年の息を引き取る間際の話を聞いて、彼の御霊が安らかに眠らんことを祈りつつジェイクを引き取ることにしたのだった。


『ジェイクの生い立ち』

（一九三〇年十月調査）


時刻はまだ宵の口だというのに窓越しに見えるバルツォーク市の街の灯りはことのほか寂しかった。何もかもが息を潜めて、まるで街全体が葬送の静寂に包まれているようだ。

その重暗い夜景を背に、ひとりの紳士が総革張りの椅子に身体を沈めている。マホガニーの重厚な机の上に足を投げ出したままひと言も喋らず、先ほどから手にした原稿へ鋭い視線を走らせていた。

やがて原稿を読み終えた紳士が、直立不動で控えている目の前の小男に視線を移した。端正な顔立ちだが意志の強さを感じさせるその目で睨まれると、小男は身動きすらできなかった。

どんな言葉が返って来るか、まさに緊張の瞬間だ。

「なかなかよくできた原稿だ。この話が事実ならば、これほど打ってつけの孤児はいないだろう」

タイプ打ちされた原稿を机の上に放ると、紳士は表情も変えずに言い放った。

「（ふう、……）伯爵、お褒めの言葉痛み入ります。事実かと問われますと、私も少々後ろめたい気がいたしますが………」

思わず洩れそうになる安堵の溜め息を呑み込んで、

「ただ、話の大筋は間違ってはおりません。それに多少は脚色した方が大衆の同情心も一層煽られるというものです」

遠慮がちに弁解した。

「そのとおりだが……、作り話が露見してはかえって逆効果になるぞ」

射抜くような鋭い視線が小男に向けられた。

「は、はい、十分承知いたしております。ですが十年も前のこと、ましてや孤児風情の生い立ちなど今となっては知る者などひとりもおりません。それどころか大衆の心さえ掴んでしまえば誇張もやがては立派な真実となりましょう。あなた様がいつもおっしゃっていることではございませんか」

小男が三白眼の目を更に上目遣いにしながら唇の半分を引き上げるいつもの笑みを浮かべた。

「で、その孤児の見た目はどうなのだ」

「は、はい。実はそのことですが……」

一瞬言葉を詰まらせた小男は自信なげに説明を続けた。

孤児の容姿について聞かれるのが一番の不安材料だった。均整のとれた体格と端正な顔立ちはまったく問題なかったが、灰色がかった髪と何よりも黒い瞳が紳士とは似ても似つかない。

「なおさら好都合ではないか」

説明を聞いた紳士が含み笑いを浮かべた。

伯爵家と孤児、このコントラストは傍目から見てもわかりやすいに越したことはない。

「よかろう。では、その何とかいう養護院との調整にすぐにとり掛かるのだ」

そう命じると、紳士は小男に背を向け窓の外に目を転じてしまった。

用件はすんだという合図だ。

「はい、聖アンドレッジオ養護院でございます。では、早速に連絡をとらせていただきましょう」

小男は慇懃に一礼すると、後退りながら部屋を出て行った。

窓の外は重暗い夜が立ち込め、依然として夜景と呼ぶには寂しい限りのわずかな街灯しか見えない。

だが、紳士の目にはまったく違う光景が映っていた。

「いよいよ〝時〟は、来たか」

力強い光りを放つ濃いブラウンの瞳で遥か遠くの一点を見つめながら、自分に言い聞かせるように呟くのだった。

第一章　養子

1

一九三〇年十一月二日（日曜日）

この日、聖アンドレッジオ養護院は朝から慌しかった。

まず何をおいても必ず行われるのが朝の礼拝で、その後ご馳走と呼ぶにはほど遠い質素な朝食が食堂に並ぶ。ここまでは十二名の孤児たちにとってはいつもどおりの朝だった。

突然、教務員のサンデュバル・ラディシッチが〝パンパン〟と手を叩いた。

「さあ、みんな！　まもなくこの聖アンドレッジオ養護院に大切なお客様がいらっしゃいますから、急いで食事の後片づけをしてちょうだい。それがすんだら先生が呼ぶまで自分たちのお部屋で静かにしていること、わかりましたね！」

食事を終えいつもどおりに思い思いの時間を過ごしていた子どもたちは、サンデュバルに煽られて不満気な顔で炊事場へと移動を始めた。一日の中でも数少ない気ままに過ごせる時間を奪われたのだから、子どもたちが面白くないのは当然だった。

「なんだよ！　そんなにぼくらがじゃまなのかい？　だいたいそのおきゃくってのはどこのだれだい？　どうせまたどこかのおおがねもちがにわにふたつめのプールをつくるかわりに、じゅうにひきのまずしいこひつじたちへなんともおんきせがましくたいそうなきふをおもちになるんだろ。そのあとはおきまりのきねんしゃしん、えっ！　ちがいますか？　……はい、はい、わかりました。いいよ、わかったよ。ふん！」

施設の中でも特に気性の激しいイワンが膨れっ面をして食って掛かった。

サンデュバルはそんなことには一切お構いなしで、テーブルの後片づけをすませるとそそくさと食堂から出て行ってしまった。

ジェイクは粗末な食器を片づけに炊事場へと向かったが、久し振りに厳粛な儀式が行われるのかと思わず溜め息が漏れた。選ばれた唯ひとりの孤児と選ばれなかったその他大勢の孤児が、天地ほどの違いを味わう残酷な儀式だ。

その儀式のたびにもうすぐ三十路を迎えるサンデュバルが、選ばれた孤児のおこぼれに与ろうとしていることもジェイクは知っていた。彼女は寂れた施設の中で、子沢山の――すべて自分の子ではないが――嫁かず後家のまま自分の人生が終わってしまうことを恐れていた。

だから儀式が行われる日は必ず自慢のブロンドの髪に何度もブラシを通し、これもまた自慢の黒い瞳が更に引き立つよう念入りに化粧を施すのだ。

仕上げは聖職を誇る自信に満ちた、それでいて押し付けがましくならない程度に計算された慈しみの笑顔を鏡に向ける。彼女の笑顔に可哀想な孤児たちを見守る聖母の姿が重なって、つい自分の子どもの面倒を任せたくなるようなとびっきり優しい笑顔のつくり方を繰り返し練習するのだ。

いつも以上に浮き足立つサンデュバルの様子に、ジェイクは大変な人物の訪問を予感した。しかも、その大物はただ気まぐれに片田舎の養護院を訪れるわけではない。厳粛な儀式を司って、此処にいる孤児たちの中からお眼鏡に適った子どもだけを新たな家族として迎え入れる、そんな人生の乗換切符を持って来るのだ。

ジェイクは憂鬱な気持ちになるのがわかっているのに考えずにはいられなかった。

ミロシュはまだ此処に来て日が浅いし、イワンは同じ年頃だが癇癪持ちでとても引き取り手などあらわれるとは思えない。他の連中も歳が往き過ぎていたり、中途半端に身内がいたりで、ピンとは来なかった。

あえて候補を挙げるなら二歳下のアインゲルトあたりだろうか。彼ならおとなしくて聞き分けのよい性格だし、天涯孤独で養子にするには申し分ないだろう。今回の乗換切符はアインゲルトで決まりだ。

そんな結論を出した時、いつも以上に甲高くわざとらしいほど優しげな声音が彼の耳に届いた。

「ジェイク……、ジェイク！　どこにいるの？　いたら返事をしてちょうだい」

準備万端、聖母になりすましたサンデュバルの声だ。

普段とはまるで違う彼女の余所行き(よそ)の声が自分を呼んでいる。その瞬間、ジェイクの胸は早鐘を打ったように高鳴った。

「は、はい……サンディー先生」

まさか！　そんなわけないさ、きっと何かの間違いだ。

だが、まわりにいる連中が冷ややかな視線を一斉に向けて来る。嫉妬と羨望が入り混じった何とも言えない目だ。

「ああ、ジェイク、まだそこにいたのね。さあ、早く院長先生のお部屋に行ってちょうだい。お客様があなたのことをお待ちになられているわ」

満面の笑みでサンデュバルが急かすように背中を押した。

もちろんその笑顔はジェイクに向けられたものではない。これから孤児の面倒がひとり分減る自分への祝杯と、おこぼれの可能性を喜ぶものだ。

そのひとりとは他でもない「ジェイク、あなたのことよ」と、その笑顔が雄弁に告げていた。とうとう彼が選ばれる〝時〟が来たのだ。

一体、どこの誰が僕を引き取るというのだ？　僕が家族の一員に相応しい子どもかどうか、密かに調べていたような人物がいただろうか。この数週間に起きた様々な出来事を思い返すが、それらしい光景はまったく浮かんで来なかった。

当惑しているジェイクなど一切お構いなしにサンデュバルが院長室の大きな年代物のドアをノックする。

「失礼します、院長先生。ジェイクを連れて参りました」

「どうぞ、お入りなさい」

声に促されてサンデュバルがドアを開けると、

「さあ、ジェイク、こちらへいらっしゃい」

オグリオット院長が自分のとなりに座るよう手招きをした。

サンデュバルにはこれといった指示はなかったので、彼女は部屋から出るべきか少々迷いはしたものの結局は好奇心に勝てなかった。部屋の隅に移動すると突っ立ったまま、時折思い出したように笑顔を振り撒いた。

オグリオット院長は相変わらずふくよかな笑顔を見せていた。恐らく礼拝室にある聖母マリア像があと四十も歳を重ねるとこんな顔になるのだろう。ジェイクは院長の笑顔を見るたびにそう思った。だが、今はそんな余裕すらなく、オグリオット院長の前でこちらに背を向けているふたりの人物ばかりが気になった。

ひとりは濃紺のスーツ姿で肩幅が広く黒々とした髪の豊かな男で、後ろ姿を一見しただけでも紳士を思わせる気品が漂っている。そのとなりには淡いピンク色のジャケットを着た華奢な身体つきの女が寄り添っていた。しなやかに伸びた黒髪を高級そうな銀の髪留めで上品に束ねている。

ジェイクがオグリオット院長のとなりに腰かけると、紳士が静かな微笑を投げ掛けて来た。戸惑いながらその笑顔を受け止めた時、まるで紳士の胸に優しく包まれるような安堵感を覚えた。養護院ではあまり接する機会のない大人の男の逞しい包容力を感じて、父親がいればこんな感じなのだろうかと思った。

「伯爵、この子がジェイク……ジェイコフ・ストヤノフです。お間違いないですね？」

オグリオット院長が目の前の紳士に確認をする。

（伯爵⁉）ジェイクは驚いて目の前の紳士を凝視した。

伯爵と呼ばれた男は一瞬戸惑いの表情を浮かべたが、

「もちろんですよ、院長。妻とふたりで、この子こそガルシェスク家に相応しい少年だと決めたのです。今すぐにでもこの腕に抱き締めて、我が家に連れて帰りたいほどです」

オグリオット院長に向かって力強く答えた。

「ああ、神様、ありがとうございます。……伯爵、ジェイクにとってもこんなに素晴らしいお話はありません。この子の生い立ちを思うとほんとうに嬉しくて……、なんと感謝を申し上げたらよろしいのか。この子には私からきちんと説明をいたしますので、どうぞご安心下さい」

彼女は胸に十字を切ると、そっと目頭を押さえた。

「ありがとう、院長。私たちの方こそ彼をここまで立派に育ててくれたあなた方に、心から敬意を表し感謝を申し上げます。私も妻も、昨夜のホテルでの宿泊がもどかしいほど一日でも早くと思っていましたので、是非とも手続きを進めて下さい」

そう言って、紳士は満足気に微笑んだ。

その笑みにオグリオット院長はジェイク自身が諳んじて話せるほど聞かされた彼の生い立ちや、聖アンドレッジオ養護院での彼の優秀さ――だいぶ誇張されていたが――をガルシェスク夫妻に自慢げに話して聞かせた。

その後は当たり障りのない話が続き、話題も尽きた頃合いを見計らって夫妻が席を立った。夫人の方は終始その透きとおるようなブルーの瞳に優しく笑みを湛えていたが、去り際にほんの一瞬哀しげな表情を浮かべたことにジェイクは小さな不安を覚えた。


「ジェイク、おめでとう！」

「…………」

ガルシェスク夫妻を見送ると、オグリオット院長が改めて話し始めた。

「あなたがこの聖アンドレッジオ養護院に来てからもう八年、ほんとうにあっという間でした。当時、あなたは二歳になったばかりで、いつも弱々しく泣いてばかりでした。随分と心配をしたけれど、それが今ではこんなに逞しい男の子に成長して……。

最後まであなたのことを見守ってくれたお兄様も、確かあの当時十歳でしたね。そのお兄様と同じ歳にこんなにも素晴らしい話が舞い込んで来るなんて、私には決して偶然とは思えません。これこそお兄様のお導き、そして神様のご加護の賜物です。お蔭でガルシェスク伯のような素晴らしい方が、あなたを是非とも自分の養子にしたいと申し出てくれたのですよ」

「……（伯爵家の養子？　どうして僕が？）」

「きっと天国のお兄様も心から喜んでいることでしょう。もちろん私やサンデュバル先生も、そして此処の誰もがこのことを我がことのように喜んでいますよ」

そこまで言って、彼女はまた涙ぐんでしまった。

最後まで夫妻を見送っていたサンデュバルがいつの間にか院長室に戻って来て、

「ああ、なんて素晴らしい紳士なのでしょう。私のような者にまでとても丁寧に接して下さるのです。それに優しい笑顔が素敵だと褒めても下さいました。そう、笑顔が素晴らしいと……。ようやく私にも待ち望んだ夢の叶う日が来るかも知れない。ああ、もう胸がドキドキしてしまって」

よほど興奮したのか頬を赤らめて一気に捲し立てる。

「サンデュバル先生！　あなたが浮ついたりしてどうするのです」

彼女の独り言を、オグリオット院長が諫めるように遮った。

「あっ、申し訳ございません、つい……」

「確かにあなたの言うとおり、伯爵は素晴らしいお方です。しかし、それは人々に降り注ぐ慈悲と愛情の豊かさ、まさに神があの方に与え給うた役割を忠実に全うしている、その高貴な生き方にあるのです。もちろん三百年以上も続くガルシェスク家十二代目の当主という血筋や家柄もあるでしょう。時代こそ変わっていなければ正真正銘の貴族、いいえ、今でも国中の人々から敬愛の気持ちを込めて〝伯爵〟と呼ばれ、いずれはこの国の政治を治めるだろうと噂されるお方です。私たちのジェイクがそのガルシェスク家の一員になるなんて、ほんとうに夢のような話ではありませんか」

「はい、ほんとうに夢のようです、院長先生」

サンデュバルはまだ夢見心地のようだ。

オグリオット院長もジェイクの幸運はもちろんだが、聖アンドレッジオ養護院に名門ガルシェスク家という後ろ盾ができたことが内心では嬉しくて仕方がなかった。

そんなわけで、なぜジェイクがガルシェスク家の養子に選ばれたのか、その理由を知ることはとても期待できそうになかった。

オグリオット院長はその後もガルシェスク家の話を、まるで自分が一家の乳母だったかのようにもっともらしく懇切丁寧に説明してくれた。

ガルシェスク家の歴史は十七世紀初頭のアルドニア王国建国の時まで遡るという。

初代シュリウス・ガルシェスクは、当時、血縁関係にあったアルザイヤ王朝が群雄割拠の争乱を平定して、アルドニア王国を樹立するのを大いに援けたらしい。

その功績によってシュリウスが伯爵に任ぜられて以来、ガルシェスク家は三百年の伝統を誇る名家として今日に至っている。

ルシュトフ・ガルシェスクは数えて十二代目の当主だった。年齢は未だ四十歳に過ぎなかったが、高貴な家柄に似合わぬ気さくな言動で国民の人望を集めていた。六フィートを超す身長とがっちりとした肩幅、そして、彫りの深い端正な顔立ちにややウェーブのかかった黒髪は、まさにギリシャ神話に出てくる神々の彫像を連想させた。

妻のルイーザは夫より四歳年下で、まっすぐに伸びた長い黒髪と透きとおるように澄んだブルーの瞳が綺麗な女性だった。彼女もまたアルドニア王国の名家の出身だが、優しい人柄と周囲への気配りは彼女と接するすべての者を虜にして止まなかった。

夫妻には、ジェイクと同じ十歳の息子アドルフとジュリアという七歳になる娘がいた。ふたりとも元貴族の家柄と裕福な家庭の子弟だけが入学を許される王立サンティエール校の初等部に通っている。「いずれジェイクもサンティエールへ通うことになるが、あなたの学力ならまったく心配はいらない」と、オグリオット院長が太鼓判を押してくれた。

ガルシェスク家の屋敷は首都バルツォークの郊外にあって、三〇エーカーの広大な敷地にはプールやテニスコートがあり、屋敷内には数え切れないほどのゲストルームまであるらしい。当然のことながら執事をはじめ何人もの使用人が雇われていた。

更にジェイクを驚かせたのは、バルツォークから遠く離れた隣国との国境沿いルフトヤーツェンにあるガルシェスク家本来の領地が、何と一,三〇〇エーカー以上という信じられないほどの広さということだった。屋敷は十七世紀に築城されたもので今でも使われているようだ。

緑の豊富なその領地ではおよそ三千頭の山羊や羊、それと五百頭ほどの牛が飼育され、この牧場からもたらされる富がガルシェスク家の経済的基盤となって国内でも屈指と言われる富豪の座を揺るぎないものにしていた。

一家は、毎年夏になると避暑を目的にこの領地を訪れ、子どもたちの新学期が始まるまでそこで快適な日々を過ごすのだそうだ。

ジェイクにとっては聞くことすべてが想像もできない世界だった。

もうすぐ目の前にあらわれるそんな未知の生活をどう受け入れたらよいのか、あまりに唐突過ぎてまったく実感が湧いて来ない。ただ、厳粛な儀式で選ばれた自らの運命に身を委ねる以外なかったのである。

2

一九三〇年十一月三日（月曜日）

ガルシェスクは昨夜アンドレッジオから帰ったばかりだったが、この日も早朝からバルツォーク市の中心部にある彼の個人事務所に詰めていた。

いよいよ議会の解散が近いと事務所はいつにも増して活気づいている。どの新聞を見てもカラジッチ政権に対する国民の不満は頂点に達し、議会の解散と総選挙は時間の問題だと報じていた。

だが、カラジッチ首相に代わって次の政権を担う者となると、新聞によって予想はまちまちだった。政権与党である民主共和党のゲラシチェンコ副総裁を次期首相に挙げるところがあれば、最大野党である自由労働党のキリエンコ委員長を予想するところもある。

ラジオ放送は連日に亘って政界有力者の動向を国民に伝え、人々の政治に対する関心はかつてないほどの高まりを見せていた。

そんな中で最も国民から歓迎された予想は、今まで政治とは一定の距離を保ってきたルシュトフ・ガルシェスクの名前だった。彼はアルドニア王国を統治するアルザイヤ王朝と縁戚にある元貴族だったが、その言動は常に民衆の側に立った大衆受けするものだったので国民の誰からも支持されていた。

今や国民の関心はガルシェスクが当選するか否かよりも、果たして彼が与党に入るのか野党に与するのか、それとも新たな政党を旗揚げするのかといった点にあった。それほど国民の多くが、ガルシェスクに頼もしい指導者の姿を重ね合わせていたのだ。

元来が保守的で政治に無頓着なアルドニア人が、これほど自国の政治動向に関心をもつに至ったのにはそれなりの理由があった。

一九一八年に終結した世界大戦以降、アルドニア王国のある中央ヨーロッパは敗戦国の領土割譲を中心にその政治体制を大きく変貌させた。ヴェルサイユ体制と呼ばれるこの新秩序の下、アルドニア王国は弱小国でありながら戦後の混乱から何とか順調に復興を遂げて来たのだが、今年に入って事態は一変してしまったのである。

昨年、アメリカ合衆国で株式市場の大暴落による経済恐慌が発生し、それが瞬く間に大西洋を飛び越え、彼らのいるヨーロッパ全土にまで波及して来たのだ。

限界を超えた生活苦が続く国民は世界恐慌に対する政府の無能ぶりを激しく罵り、至るところで官憲と民衆の小競り合いが勃発した。これを抑え込むにはすべての責任をカラジッチ首相に押し付け、議会の解散と総選挙により怒りに燃えたエネルギーの矛先を変える必要があった。

こうした国内情勢はガルシェスクにとってまさに絶好の機会となった。貴族制度の廃止で由緒あるガルシェスク家が没落の一途を辿っているように思えてならない彼には、大きな野望があったからだ。

本来、アルザイヤ王朝の家格に匹敵する我が身が王位継承の資格からこれが叶わないのなら、政治という馬鹿げた道具を使ってこの国を支配してやろうではないか。自分はカラジッチのような無能な人間ではない。富や名声もあり、国家を安寧させる知恵がある。

この日のために自らを演じ大衆受けする発言を繰り返して来たのも、奴らを信者として取り込むためだ。そう、大衆とは実にわかりやすい存在なのだ。喉が渇いている奴にはたっぷりと水をくれてやればいい。腹を空かしている奴にはパンだ。金に汚い奴には少しばかりの賂(まいない)を渡せばすぐに言いなりになる。

大衆とは、まるで餓鬼のごとき欲深さではないか。表向きは博愛主義者に盲目的な賞賛の声を上げ、そうして自分も善人だと見栄を張りたがる。他人に見せたくない我が身の狡猾さや汚らわしい本性を神の名を借りた功徳という鎧で覆い隠す、実に他愛のない連中なのだ。そこを押さえさえすれば、奴らは何の疑問も感じず私と一体となりたがるだろう。

こうした考えは日を追うごとに膨らみ、やがてガルシェスクの中で揺るぎようのない信念へと変わった。


活気ある事務所の中にあってガルシェスクの執務室だけは静かだった。

「伯爵、何よりもタイミングが重要です。公示後ではいかにも選挙に勝つためと勘繰られるでしょう。だからといって公示日より前過ぎては効果も半減されてしまいます」

見るからに貧相な小男が一歩前に進み出て更に説明を続ける。

「いよいよ決戦という時に人々の記憶が自然な形で呼び起こされるタイミングとなれば、そう、二週間後の日曜日あたりが最適でしょう」

やや斜に傾いた銀縁の眼鏡を摘み上げ、手許のスケジュール表に目をやった。

小男の名前はオルデシ・コストノフ、ガルシェスクの影の参謀を務める男だ。

「コストノフよ、段取りはすべておまえに任せる。だが、私の当選が選挙戦の勝利などと決して考えてはならんぞ。よいか！　私が目指しているのはただひとつ、他を寄せつけない圧倒的な得票での完全勝利だ」

「はい、仰せのとおりでございます」

「すべての票が私に集中するほどの歴史的な勝利こそが私の欲しているものだ。これだけは肝に銘じておくのだぞ」

ガルシェスクが小男に向けて眼光鋭く言い放った。

その眼は揺るぎない信念の光を帯びて、まるで獲物を見つけた鷹が一気に急降下し一激で仕留める時の凄みさえ感じさせた。

「伯爵、よくわかっております。そのためにあんな手の込んだ計画を練り上げたのですから。ただ、より完璧な勝利をものにするためには、あの計画にもうひと工夫の演出が必要かと思いまして……ひっ、ひひ」

コストノフが唇の半分を引き上げるいつもの笑みを浮かべた。

ガルシェスクには次の予定が迫っていたが、この男がこんな言い方をする時は必ず何か妙案を胸に秘めているのを知っていたので、

「勝つために有益なことであれば遠慮なく言ってみろ」

時計を気にしながら先を促した。

「はい、それでは……」

上目遣いに視線を投げて寄越す狡猾な目の輝きが、コストノフの自信の深さを物語っていた。これこそが参謀と呼ばれる者の腕の見せ所だと言わんばかりだ。

そこでは六フィートを超える長身で見栄えのよいガルシェスクも、単なるひとりの役者――操り人形――に過ぎなかった。精々五フィート三インチの冴えない小男が、世間から伯爵と呼ばれる男を思うとおりに操る。誰もが崇め奉る男を自分が支配していると実感するのは、小男にとってまさにエクスタシーを感じる瞬間だった。

コストノフがもったいぶるようにゆっくりと自ら練り上げた演出を披露すると、ガルシェスクの澄ました顔が見る見るうちに驚きと喜びに満ちて来る。

この瞬間が堪らなかった。

「実に素晴らしいぞ、コストノフ。やはりおまえは世界一の参謀だ。これで私の完全勝利は間違いなかろう。折よく、これから経済界の連中との会合に顔を出すのだが、そこで今の話を切り出してみようではないか。奴らにとっても渡りに舟だろうからな。面白くなってきたぞ、あっ、はは」

ガルシェスクはいつになく上機嫌で事務所を後にした。


十一月ともなるとさすがに外は冷え込んで吐く息が白く見えるほどだった。

ガルシェスクが待機していた車に足早に近づくと、いつもより長めに待たされた運転手が凍える手で仰々しくドアを開いた。

「すまん、だいぶ待たせたな」

「（えっ、）………？」

運転手は自分の耳を疑った。

普段は苦虫を噛み潰したような顔で無言のまま車に乗り込む雇い主が、今日は笑みさえ浮かべ優しい気遣いまで見せたのだ。

それほどガルシェスクは愉快な気分だった。ほんの数分前までは気の進まなかった今夜の会合が、コストノフのお蔭でにわかに待ち遠しく感じられる。

お高くとまった連中にどう罠を仕掛けてやるか。罠に嵌められたと知ったら連中はどんな顔をするか。いや、最後まで罠だったことにさえ気づかないだろう、と勝手な想像をしてほくそ笑んだ。

ガルシェスクを乗せた車は景気の停滞ですっかり活気を失った夜の街を猛スピードで走り抜け、数分後には闇夜の中でそこだけがライトアップされたようにそびえ立つバルツホテルの前に到着した。

いつものドアマンに恭しく出迎えられロビーに入ると、この数ヶ月で見慣れたとはいえめっきり人影が減ってしまったホテルの様子に、さすがにこの国の危機的状況を感じずにはいられなかった。

それでも案内された部屋はネオンの灯りも数えるほどしかない街並とはまったくの別世界だった。壁と床は琥珀色に輝く大理石が施され、十八世紀初頭の王朝貴族の屋敷を思わせるマホガニーの家具が調度されている。テーブルに並べられた食器はロイヤル・ウィントン製で、添えられた純銀製のカトラリーとともにシャンデリアの明かりを見事に反射させていた。

その眩い煌めきの中に、アルドニア王国の経済界を代表する面々が既に顔を揃えていた。彼らはいずれも有能な実業家として名を馳せている人物だが、残念なことに現下の世界恐慌に対して打開策と呼べるような妙案は誰ひとり持ち合わせていなかったので、どの顔も沈痛な面持ちで押し黙ったままだ。

ガルシェスクが席に着くのを合図に食前酒が運ばれて来ると、

「みなさん、お待たせして申し訳ございません。事務所を出る直前に仕事が一件飛び込んで遅れてしまいました」

ほんとうの仕事はこれからだと思いながら、ガルシェスクは儀礼的に詫びた。

「伯爵、この不景気のご時世に仕事で追い立てられているのはあなただけですよ。何とも羨ましい限りですな」

バンデル王立銀行のペロン総裁が自嘲気味に皮肉った。

「この世界恐慌は工業や農業に止まらず、金融や通貨まであらゆる領域に及んでおりますぞ。しかも、その勢いは大西洋を飛び越えてヨーロッパ全土にまで達する勢いだ。我がバンデル王立銀行が致命傷を負うのも時間の問題でしょうな」

アメリカでは既に数え切れないほどの銀行が閉鎖され、或いは業務を停止している。ペロンの言うとおり王立銀行であろうとその例外でいられる保証などなかった。

「ペロン総裁の言われるとおりだ。我が社では生産量が昨年の五〇パーセント台まで落ち込んで、操業停止に追い込まれた工場は三ヶ所にものぼっておる。従業員の四割を無期限の自宅待機としたが、それでも間に合わずに幹部社員からは希望退職を募る有り様だ」

鉄鋼業では国内第一位を誇るアイアッシュ社のオルバン会長が、語気を荒げてペロンに同調した。

食事中も他の出席者から異口同音に窮状が語られ、口を吐いて出るのは愚痴ばかりだった。メイン料理が大方片づく頃になっても、その打開策について誰からも妙案が出て来ない。

手詰まり感から諦めムードが部屋中に漂った頃、それまで聞き役に徹していたガルシェスクがおもむろに口を開いた。

「みなさん、我が国が今、かつてない危急存亡の時にあるという認識はどうやら全員共通のようです。ですが、その原因が一体どこにあるのかおわかりになられていますかな？」

唐突な質問に部屋は一瞬静まりかけたが、すぐにペロンが反応した。

「伯爵、それは先ほどからみなさんが言われているとおり、昨年アメリカで起きた……」

「ウォール街における株価暴落が世界恐慌の引き金になったと言われるのなら、それは表面的過ぎるお答えですぞ」

ペロンが言い終わらないうちに、ガルシェスクが右手を前に差し出してこれを遮った。

同時に、その目が鋭い光りを放って琥珀色の部屋を隅々まで覆う。

「何ですと？」

言葉を遮られたペロンが不服そうに疑問の表情を浮かべた。

「確かに株価暴落は引き金には違いない。だが、その暴落も元をただせば人々の資本主義に対する過信が招いた結果に過ぎません」

「過信？　………」

「そう、過信です」

ペロンには何の意味かさっぱりわからなかった。

「ご存知のとおりアメリカ合衆国は世界大戦では戦場となることもなく、軍需景気から国全体が未曾有の利益を得ました。その結果、人々はアメリカの経済が永遠に発展するものと信じ込み、儲けた金を過剰なまでの株式投資にまわしてしまったのです」

「しかし、それは企業にとってもありがたい話ではありませんか。事業拡大に資金は欠かせませんからな」

アイアッシュ社を一代で築き上げたオルバンが口を挟んだ。

「ええ、しばらくはそれでもよかった。だが、そもそも資本主義経済には好不況の変動といった景気循環の波があるものです」

「コンドラチェフやジェグラー、或いはキチンといった景気循環論ですな」

今度はペロンが自慢気に応じた。

「そうです。そして、これら一定の法則性に代弁されるように、そもそも景気とは緩やかに循環するのが正常な姿なのです。ところが想像以上の好景気が集中的な投資を呼び起こしてしまった。結果は……、皆さんご存知のとおりです。産業界の実体経済がこれに追い着くことができず異常事態を招いてしまった」

「うむ、投資家は資金の引き上げに掛かるか………」

ペロンが腕組みをしながら頷いた。

「時、既に遅し！」

ガルシェスクは言下にこれを否定し、平然と話を続ける。

「こうなってはもう、投資ではなく投機と言うべきでしょうな。論より証拠、その反動がクライシス、つまりは恐慌となってあらわれた」

「だが、アメリカの無分別な連中のために、なぜ我々までがこんな被害を受けねばならんのだ！」

オルバンは憤懣やるかたない表情でまったく納得できなかった。

「よく考えていただきたい。資本主義経済は各国間の門戸開放という体制によって支えられ今日の発展を遂げて来たのです。だが、今回はこの体制が仇となりウォール街の一事があっという間に世界に拡散してしまった。国際分業と貿易を通じて、国や地域の関係が密接であればあるほど互いの連鎖も早まるというわけです。恐らく、この恐慌の影響を受けずにすむのは世界の中でもソ連のような共産圏だけでしょう」

ここでガルシェスクは一呼吸間を置いて、食後のコーヒーを口に運びながらテーブルを囲む一同に視線を送った。

特に反論がないことを確認すると、今度は少し語気を強めて話し始める。

「ですからこの連鎖が世界規模で一巡し、各国の体力が回復するには相当の期間を要するはずです」

「……どれくらいの期間を要するのです？」

全員の関心事だった。

「そう、少なくともあと四～五年は掛かるのではないでしょうか」

「そんなに！　………」

全員が落胆した。

「その間に世界経済はどういった道を選択するか？」

「？　………」

全員が沈黙した。

「私は、こう考えます。妄信的な資本主義崇拝によって被った痛手は、人々の記憶からそう簡単には消え去らない。一方、長引く慢性的な不況に対して資本主義も自力で回復するには限界がある……となれば、今後自由貿易は衰退の一途を辿り、世界経済がブロック化の方向へ進むのではないか。言い換えれば、今まで以上に自国の権益を守る経済政策が必要になるということです」

いよいよ話は佳境に入った。

気が付けば、部屋の雰囲気はガルシェスクによる独演会の様相を呈している。

「ところがこれまでの状況を見ていただきたい。時々刻々と変化する情勢に対して有効な政策を立案できる指導者が、果たして我が国の政界に存在するのでしょうか？」

「ううっ、………」

誰も答えられなかった。

「残念ながら、答えはノーです」

ガルシェスクが拳を握って自ら答えを口にした。

「ここにこそ、今日最大の悲劇があります。悪戯に無策なまま事態を傍観してきた現政権こそが今日の困窮を招いた元凶であり、我が国を危機的な状況に追い込んだ張本人なのです」

誰も反論できなかった。

「そんな指導者には、どうか政治の舞台からご退席願いたいものです。なぜなら自国の権益を守るという強い信念と政治的イニシアチブの有無が、アルドニア王国の今後の命運を左右するからです。その舵取りに誰が一番適任か、我々はしっかりと見定めなければなりません」

撒いた餌に誰が食いついて来るか、ガルシェスクは内心楽しみだった。

「伯爵、あなたがおっしゃることはもっともだ。だが、事態がここまで明白だと、この国の指導者の地位を目指す者はみんな同じようなことを力説するものですよ。世評ではあなたの人気は大変に素晴らしいようだが、ひとたび政策発表を行えばライバルたちは挙(こぞ)ってこれに追随して来るでしょう。しかも、自分こそがその政策の第一人者だと言わんばかりの顔をしてです」

ここでもペロンがわけ知り顔で口を挟んだ。

やはりこいつだったか。どこまでも銀行屋はがっついているものだと思ったが、そんな思いをおくびにも出さずにガルシェスクは大きく頷いた。

「総裁、問題はそこなのです。我が国では国政選挙を通じて立候補者同士による政策論争が、未だかつて一度も行われたことがありません。なぜなら、彼らはまともな議論をするだけの問題意識や課題解決能力を持ち合わせていないからです」

ペロンは自分が大事な問題点を指摘したのだ、と自尊心をくすぐられた。

いつの間にかガルシェスクの話にいちいち頷きながら聴き入っている。

「そのために誰が真の政策立案能力を備えた指導者なのか、アルドニアの国民は判断できないでいるのです。こうした状況を打破しようと彼らに公開討論を持ちかけても、おそらくは色々な理由をこじつけて断って来るでしょう。そして無傷のまま無事当選を果たした暁には、烏合の衆が数を頼りに彼らの首領をこの国の指導者に選ぶ。何とも嘆かわしい限りです」

ここでほんの一呼吸間を置き、ガルシェスクは意を決したように話を続けた。

「しかも、国王までもがこうした政治体制を黙認している。いや、穿った見方をすれば国王自身が絶対的な権力を保持するために、有力政治家の輪番ともいうべき政権交代を司っているとさえ思えます」

まわりの反応を見ながら、最後の部分を多少意識的に強調した。

その賭けが吉と出るか凶となるかは、ホルングループのビクトル社主が明らかにしてくれた。

「伯爵、あなたがそこまでおっしゃるのなら、我がホルングループが社を挙げて公開討論会を実現させようではありませんか」

「おおっ！」

一同から歓声が上がった。

「しかし、いきなり立候補者による討論会を実施するというのは、我が国の現状にはそぐわないでしょう。また、時期尚早でもあります。あなたが指摘するとおり蓋を開けたら誰もいないということにもなりかねませんからな」

狸親父め！　どうしようというのだ？

ガルシェスクは次の言葉を待った。

「そこで提案ですが、今回の討論会を表向き選挙とは切り離して、昨今の経済状況に対する有識者の座談会という形で実施したらどうでしょう」

「座談会？　………」

「そう、ただの座談会です。なあに選挙の公示前なら彼らもそんなに警戒したりはしませんよ。しかも、その頃にはカラジッチ政権の解散は確実になっているでしょうから、メディアを通じて自分の名前を宣伝するよい機会ぐらいに受け止めるはずです。何しろ政策論争ではなくただの座談会なのですから」

「それで果たして、彼らはほんとうに出席するでしょうか？」

「それでも出席を拒むようなら、有識者を自ら否定した見識のない政治家としてホルングループが追求するとでも言ってやりましょう。どうです？　まずは一歩前進を目指しませんか？　あなたにご異存がなければ、早速今夜にでも座談会への出席を我が社で打診してみますが………」

ビクトルは話し終わるとガルシェスクの表情をうかがった。

ホルングループは新聞、出版、放送といったメディア全般に亘る事業を展開する巨大企業だ。もちろん国内には多くのマスコミ各社があるが、その中でホルングループが群を抜いているのはアルザイヤ王朝の全面的な支援を得ているからだった。謂わば実態は国営企業にも等しいのだ。

だからこそ国民の支持を得るガルシェスクの国王批判を、ビクトルは無視するわけにはいかなかった。下手に暴走などされたら自分の足下が危うくなる。

ビクトルにとってぎりぎりの妥協案が選挙公示前の座談会開催だった。

「ビクトル社主には大変に心強いご提案をいただき感謝します。たとえ一歩でも前進に変わりはありません。そしてこの一歩は、我が国にとって実に大きな一歩となるでしょう」

ガルシェスクは感動の表情を浮かべ、ビクトルに歩み寄ると力強く握手を交わした。


ホテルから帰る車の中で、ガルシェスクは込みあげる笑いを堪えられなかった。

あの握手の後、招集すべき政治家や日程など細かな打合わせが行われたが、こうまで筋書きどおり、いや筋書き以上に事が運ぶとは思ってもみなかった。最初から討論会の名称や主旨などどうでもよかったのだ。要は政界の主だった連中が、コストノフの言う最適なタイミングで一堂に集まる日が設定されればそれで十分だった。

それにしても能無しのペロンがこませに食いついて来たのは予定どおりだったが、肝心の討論会をビクトルの方から支援すると言わせたのだから今日の首尾は上出来だ。その日が来るのが実に待ち遠しかった。

ガルシェスクは後部座席から見る殺伐とした夜の街には何の感慨も湧かず、その目に映っているのは自分のためだけにある世界だった。

翌日の朝、ホルン新聞の一面に大きな見出しが載った。

『ホルンラジオが生放送！　有識者座談会が二週間後の日曜日に開催！』

3

一九三〇年十一月十四日（金曜日）

バルツォーク市の郊外に真鍮でできたひときわ大きな門構えの屋敷があった。

重厚な門をくぐり鬱蒼とした木立の中をしばらく行くと、ようやく月明かりに照らされたその屋敷はあらわれる。荘厳な白亜の建物はガルシェスク家十二代当主ルシュトフ・ガルシェスクの邸宅だった。

玄関前には列をなして主人（あるじ）を出迎える大勢の使用人の姿があった。どの顔も寒さに凍え吐く息は真っ白だ。どんなに遅い時間だろうと整然と並んで主人を出迎えるのが、ガルシェスク家に伝わる伝統だった。

車が玄関前に到着するや、

「お帰りなさいませ、旦那様」

執事のワイダがドアを開けて恭しいお辞儀で主人を出迎えた。

「うむ、変わったことはないか？」

「はい、別段ございません。奥様が居間で旦那様のお帰りをお待ちでございます」

「…………」

ガルシェスクは一瞬眉間に皺を寄せると、使用人たちには一切目もくれず足早に玄関口へと向かった。

バルツホテルの会合から既に二週間近くが経過していた。妻のルイーザには明日が養子を迎える日だと伝えてあったが、今日に至るまで彼女から同意の返事を得られていなかった。

「グラスと氷を用意させてくれ」

「畏まりました」

ワイダは主人の気難しい声に一礼し、メイドへ指示を与えるために退いた。

ガルシェスクはひとつ大きく息を吐き、覚悟を決めて妻の待つ居間へと向かった。広い玄関ホールを横切り、もう一度大きく息を整えてからドアを開けた。

ルイーザがソファのかたわらに待ち侘びた様子で立っている。夫の帰宅に静かな笑みを湛えいつものように歩み寄って来た。その身のこなしはガルシェスクも思わず見惚れてしまうほど優雅だった。

白いナイトガウンが長く垂らした黒髪によく似合い、結婚から十二年という歳月をまったく感じさせない。澄んだブルーの瞳は当時のままに今も輝き、しなやかに伸びた黒髪は益々艶やかで透き通るような肌もまるで少女のように瑞々しかった。

ガルシェスク家の妻に相応しい出自という理由だけで迎え入れたのが、今では彼女の虜になっていることを自ら認めざるを得なかった。

「今帰ったよ、ルイーザ」

いつまでも変わらぬ美しい妻を胸に抱き締めた。

「お帰りなさい、あなた」

ふたりは抱擁の後でいつものように優しく口づけを交わした。

「どうしたのだ？　先に寝(やす)んでいればよいのに」

妻の髪を撫で、その耳元で労るように囁いた。

「ええ。でも、今日中にきちんとしておきたくて……」

「ジェイクの件だね」

ルイーザが黙って頷いた。

「心配をかけてすまない。決して無理強いはしないつもりだよ」

彼女をソファに座らせ、自分は理解ある夫だと誇示するかのように優しく微笑んだ。

内心の動揺を隠すため運ばれたグラスへゆっくりと氷を入れ、バー・コーナーへ廻り込んでいつものバランタイン三〇年を注いだ。

「君も一杯どうだい？」

「いいえ、私は結構よ」

ルイーザはアルコールを好んで飲む方ではなかった。

社交界のパーティーでも付き合いで唇を湿らす程度だ。ガルシェスクは少しばかり物足りなさを感じることはあったが、自己主張の強い派手な社交界の淑女たちと比べて妻のそんな奥床しいところも気に入っていた。

それでも今日だけは一緒にグラスを傾けて欲しかった。多少は気分もほぐれ理解が得られ易くなるだろうという、自信に満ちた男には似つかわしくない浅はかな期待があった。

彼はひとりで芳醇な香りを楽しむ素振りを見せながら、気持ちを落ち着かせるため一息にグラスを飲み乾した。

「ルイーザ、よく聞いておくれ。ここまで強引に話を進めたことは君に謝罪しなければならないと思っている。でも、アンドレッジオに行って君も見ただろ、あの少年の顔を。わずか十歳で人生のすべての苦労を経験したような、彼の寂しい目を……」

妻の顔色をうかがうも彼女は黙って頷くだけだった。

「コストノフが事前に調査したとおり、そしてオグリオット院長が話してくれたように彼の生い立ちはあまりに悲惨だ。私はジェイクに会って改めて確信した。彼には暖かな家庭と支えになってくれる家族が必要だと。ところが国民の多くは自分のことだけで精一杯の有り様だ。誰も他人のことなど思いやる余裕がないのだよ」

妻の表情からは依然として何もうかがい知ることができない。

ガルシェスクは身振り手振りを交え、懸命に妻の理解を得ようとした。いや、得ようとしている姿を見せた。

「アルドニアの美しい自然に育まれた優しく善なる魂は、今や国中どこを探しても見つからない。誰かが先頭に立ち閉ざされた人々の心の扉を叩いて、もう一度あのアルドニア人らしい誇りを取り戻さなければならないのだ。ルイーザ、それができるのは君の夫をおいて他にはいないのだよ。彼のためにも、この国の民衆のためにも、君に今度のことを理解して欲しい」

ルイーザは夫の話を黙って静かに聴いていた。

そっと夫の手からグラスを取って、彼のために二杯目を注いで手渡した。

「わかっています、あなた」

「ん？　………」

「私が今夜あなたのことをお待ちしていたのは、あの少年を引き取ることに反対するためではありませんわ」

「………？」

ガルシェスクは一瞬、自分の耳を疑った。

「養子縁組の申し出をあの少年が知ってしまった以上、今更、それを撤回などしたらどんなにあの子が傷つくことか。私にはそんな残酷なことはできません。アンドレッジオへ行った時点で……いえ、行くと決めた時点で、私にはあの子を迎える決心がついています」

「(!)ありがとう、ルイーザ」

妻を抱き寄せようとしたが、依然として頑なその表情に不安が募る。

「では、今日中にきちんとしておきたいというのは………」

「私があなたに伺いたかったのはアドルフやジュリアのことです」

彼女は姿勢を正して真正面から夫の目を見つめた。

「あの子たちは今度のことをどう受け止めるでしょう。突然あらわれた同じ歳の男の子が今日から兄弟だと言われて、アドルフは果たしてそのことをきちんと受け止めることができるでしょうか？　正直、とても不安です。ジュリアだってまだほんの七歳、きっと養子の意味さえわからないわ。あなたが今度の話を切り出した時から、そしてアンドレッジオから帰ってからも、私はずっとそのことばかりを考えて来ました」

優しい口調はいつもと変わらなかったが、眼差しは真剣そのものだ。

ガルシェスクも子どもたちのことを考えないわけではなかった。彼らに与える影響は確かに大きい。ルイーザの言うとおりアドルフには多少の不安も感じていた。

息子の成績は常にトップで学校のリーダー的存在だったが、そのリーダーシップは既成の価値観と恵まれた環境から息子の中で意図的に形成されたものにしか見えなかった。生まれながらの度量の大きさという面で、少しばかり物足りなささえ感じている。その点では娘の方が自由奔放な分、既成の枠に囚われない頼もしさを備えているようだ。

だが、ガルシェスク家の人間としてそれは口にしてはならないことだ。規律と秩序を重んじる貴族の家にあって絶対的に身につけるべきは、格式にあった生き方、伝統の承継、そしてこれらを維持するための帝王学なのだ。

「あなたには何か考えがおありなの？」

「ルイーザ、そのことは私も心配していないと言えば嘘になる。本音を言えば、彼らが納得できるような答えがなかなか思い浮かばない………」

予想外の展開に狼狽した気持ちはおくびにも出さず、慎重に妻の表情をうかがった。

真っすぐに向けられた彼女の視線が胸に突き刺さり、まるで自分の本心が見透かされている気がした。

「だが、ジェイクをこの家に迎えることは子どもたちに決してマイナスにはならないと思うよ。私は、私たちの子どもを信じているからね」

〝たち〟に幾分力を込めて、夫婦の絆を強調することを忘れなかった。

「アドルフはいずれガルシェスク家の十三代当主となり、アルドニア王国で大きな役割を果たす時が必ず来る。その時、今度の経験がきっと役に立つだろう。ジェイクと出会うことで、ジュリアも優しく思いやりのある女性に育ってくれるはずだ」

妻の頷く様子にガルシェスクは内心ほっとした。

「それにジェイクはいつまでもこの家にいるわけではない。ひとり立ちができる頃になれば、相応の援助をして独立させるべきだろう。その時、彼が望むなら養子縁組を解消しても構わない」

その瞬間、ルイーザの身体が強張ったように感じられた。

「大事なのは今この瞬間、援助の手を差し伸べてあげることなのだ。こんな時代だからこそ国がひとつになって協力し合うことの素晴らしさを、そしてそのことを民衆に伝えようとしている私たちの姿を、子どもたちに見せてあげたい」

ガルシェスクは真剣な表情のまま話の中身を上手く軌道修正した。

「……あなたのおっしゃるとおりね」

じっと夫の言葉に耳を傾けていたルイーザが、ここでようやく口を開いた。

「わかってくれるかい？　ルイーザ」

「ええ、私も協力するわ。私たちの姿を見れば、きっとあの子たちも理解してくれるでしょう」

「ありがとう。これから色々な困難が待ち受けているだろうが、家族四人が力を合わせればきっと乗り切れる」

「いいえ、家族五人でよ」

「そうだった……、五人でだ。そうと決まれば、明日は朝七時の列車に乗らなければならない。さあ、早く寝すみなさい。さもないと強行軍で身体が参ってしまうよ」

彼女を抱き寄せ、前髪を優しく撫で上げながらそっと唇を重ねた。

「何も心配は要らないよ。すべて私に任せなさい」

「ありがとう、あなた……。きっと、ジェイクを幸せにしてあげましょう」

ルイーザは哀しげな瞳を悟られぬよう夫の胸に顔を沈めるのだった。

4

一九三〇年十一月十五日（土曜日）

世にも奇特な夫妻が乗り換え切符を持参する日まで、聖アンドレッジオ養護院の日常は表向き何も変わりはなかった。唯一の例外は日増しに元気をなくすサンデュバルだ。彼女は常々勝負を賭けていた自分の笑顔がガルシェスクに誉められたことで、今度ばかりはと大きな期待に胸を膨らませていた。彼女にとって慌しいとはいえあたり前のように過ぎていく養護院の生活は、ひどく地味で物足りないものでしかなかった。一日でも早く此処から抜け出すことばかり考え、抜け出せさえすれば輝きに満ちた華やかな生活が目の前に開けると信じていたのだ。

だが、あれから二週間が過ぎようとしているのにサンデュバルのもとには何の吉報も届かなかった。今度も駄目だったという思いが強まるにつけ苛立ちが子どもたちに対する冷たい態度となってあらわれて、とりわけジェイクに対しては——それが嫉妬からくる八つ当たりだとわかってはいても——ほんの些細なことで叱ったりもした。

一方、ジェイクはそんなサンデュバルにいちいち構ってはいられなかった。彼にとって養護院の生活は過不足のない等身大そのもので、そこから出て行くことなど到底考えられなかった。同年代の恵まれた子どもたちを羨む気持ちはあっても、それは背伸びをするからこそ感じるもので地に足をつけた本来の自分の姿でないことは十分わかっている。

ましてや誰とも絆を持ち得ない天涯孤独の自分が、伯爵家の養子になるなど背伸びどころの話ではない。自分が自分でなくなるような戸惑いの中で、彼は日増しに緊張が高まるのを感じていた。

そして、昨夜はついに一睡もできないまま八年間の想い出が詰まった施設を去る日を迎えた。特に親しい仲間がいたわけではないが、彼にとって養護院は我が家と呼べる唯一の場所だった。此処での生活にどっぷり浸かることがあり得ない絆を断ち切る最善の策だ、と自分に言い聞かせて来たのだ。

だから、物心ついてからの記憶もその大半はこの施設とともにあった。古めかしい石造りの門柱は初めて見た時と変わらず角の部分が欠けたままで、中央部には錆び付いた銅製の〝聖アンドレッジオ養護院〟の表札が当時のまま今でも掲げられている。

子どもたちの多くは、まだ見ぬ家族がいつかこの表札を探し当て迎えに来てくれると信じていた。絶ち切り難い一本の細い糸——諦め切れない絆——を小さな胸の奥に大切にしまい込んでいた。

石造りの門柱を抜けると左側に小さな菜園があり、今は葱、キャベツ、人参、ほうれん草などが収穫期を迎えている。聖アンドレッジオ養護院では経済的な事情と教育的な配慮から、季節が変わるたびに何らかの野菜を栽培した。

ほとんどの子どもたちは土を耕し、種を撒き、水をやるという単調な畑仕事が好きではなかったが、ジェイクはこの作業が気に入っていた。一心に土を耕してさえいれば他に余計なことを考えずにすんだからだ。

菜園の反対側には金網を張り巡らした鶏小屋があって、子どもたちはそこで産み落とされる卵を食べる代わりに交代で餌をやり糞の溜った小屋を掃除する。

ジェイクはこの仕事が苦手だった。別に糞掃除が厭だったわけではなく、動物、とりわけ家畜の類が彼の記憶にないはずの父親や兄のことを思い出させ、断ち切ったはずの絆を思い出させたからだ。

彼の命を守るために人生を棒に振った家族——彼らのお蔭で生き残った自分が、誰もが羨む人生の第一歩を踏み出そうとしている。

天国にいる家族はそんな皮肉な人生をほんとうに喜んでくれるのだろうか？　やはりこの朽ち果て

そうな養護院が自分に一番似合いの場所ではないのか？　家族を意識すればするほど今の自分を責めざるを得なかった。

そんな負い目のせいか改めて三階建ての煉瓦造りを見上げると、壁は何ヶ所も剥げ落ちひび割れて、憐れな傷跡ばかりが目についた。誰も見向きもしないその寂しい佇まいは、まるで此処で生活する子どもたちの心を映しているようだった。

玄関を入るとすぐに形ばかりの応接室——実際は物置として使われている——があり、そのとなりの部屋が二週間ほど前にガルシェスク夫妻と対面した院長室だ。

オグリオット院長は子どもたちを此処へ呼んでは些細なことから大事なことまで色々な話をした。この八年間、ジェイクも数え切れないほどこの部屋に呼ばれたものだ。そして話の最後には必ず、彼がどれほど家族に愛されていたかを聞かされた。

最初の頃は院長の話にどう反応したらよいのか戸惑い、家族の意味もわからずただ苛立ちだけが込み上げたのを憶えている。

その名残——彼が〝バカ〟とナイフで彫った痕——が、今でも院長室のドアに刻印されていた。当時、ジェイクができた精一杯の反抗の証しだったたが、その傷痕はかえって家族のことを考えさせる——いくら考えても顔ひとつ思い浮かばない——辛いきっかけにしかならなかった。

想い出のドアを通り過ぎ、杉板を張り巡らした黒光りする廊下を進んだ先に食堂や炊事場があり、更にその一番奥まった所が小さな礼拝室になっていた。

そこは三階まで吹き抜けの造りになっていて、正面には一段高くなった演壇とその背後の壁には十字架を背にしたキリスト像が掛けられている。右手奥には古惚けた小さなオルガンが置かれ、演奏するのはいつもサンデュバルの役割だった。

子どもたちの一日は此処で木製の硬い椅子に座って、オグリオット院長の説教を聴くことから始まった。他の子どもたちは決められた時にしか来なかったが、ジェイクは此処で過ごす時間が多かった。特に信仰心が強かったわけではなく、礼拝室の静まりかえった雰囲気が好きだったからだ。

誰もいない礼拝室は色鮮やかに輝耀するステンドグラスの窓から柔らかな陽光が射し込んで、いつも以上に静かに感じられた。硬い椅子に腰掛け目を閉じると、暖かな陽だまりの中でオグリオット院長の優しい声が甦る。

心地よい安堵感に包まれながら部屋の隅に立つ聖母マリア像を眺めた。その慈しみに満ちた顔を見るたびに母を想像し、そのたびに目に浮かぶのは決まってオグリオット院長の優しい笑顔だった。

ところがなぜか最近は、あの伯爵夫人が目の前にあらわれるようになった。彼女の透きとおるようなブルーの瞳が目に浮かぶと、ジェイクの胸に味わったことのない甘酸っぱい感情が込み上げて来る。なぜ伯爵夫人の顔を思い浮かべてしまうのか、どうしてこんなに切ない気持ちになるのか、母を知らないジェイクにはその理由がわからなかった。ただ、夫人の瞳の温かさはどこかオグリオット院長と似ている気がしたのも、決してサンデュバルからは感じられない真心を夫人の瞳の中に感じたからかも知れない。

胸に残る切なさを吹っ切りたくて、ジェイクはいつもより早く礼拝室を後にした。気分を変えるため今度は上の階に上がってみるつもりだった。二階は娯楽室と男子の部屋、三階にはサンデュバルと女子の部屋がある。子どもたちの部屋は全部で六室だが、どれもふたりで一部屋を使う窮屈この上ない狭さだ。

　最後にもう一度と階段を上がりかけた時、

「ジェイク！　……ジェイク！」

　オグリオット院長の声が耳に届いた。

「………はい、院長先生」

「あっ、ジェイク、そこにいたのね」

「はい、………」

「今日は昼食後にあなたの送別会をやりますからね。そこで聖アンドレッジオを巣立っていくあなたに挨拶をしてもらいたいの。簡単で構いませんからしっかりと準備をしておくのですよ」

「挨拶？　………」

「そうですよ。みんなとも今日でお別れなのですから、最後にきちんと挨拶をしてちょうだいね」

「は、はい………」

　躊躇いがちな返事しかできなかった。

　残酷な儀式の最後の止めがいつもどおりに行われる。しかも、今度は自分がその役割を担うのだ。施設のみんなは表向き平静を装ってはいても、胸の奥底には言葉では言いあらわせない複雑な思いを抱いているのだ。

　これまでの経験からそのことを厭というほど知っていたので、暖かく送り出してやりたいというオグリオット院長の心遣いとは裏腹に、ジェイクはなるべく簡単に、できれば一言だけですませようと思った。

――ルイーザはとなりに座る夫の様子が心配でならなかった。

「あなた、大丈夫？　顔色が冴えないようだけど気分が悪いのでは？」

「ん？　……たいしたことはないさ。少々寝不足がたたったようだ。なあに心配するほどではないよ」

ガルシェスクはいつものように微笑んで見せたが、その笑顔はどこか弱々しかった。

ふたりは今朝七時にバルツォーク駅を出発して、既に四時間近く列車に揺られていた。他の車両と違って貸切専用の貴賓室は一車両を独占する贅沢さだったが、それでもさすがに長旅はここ数日の忙しさと重なって身体に堪えたようだ。

「昨夜、君に注意をしておきながら、どうやら私が体調を崩してしまったらしい。何とも情けない話だ」

「いいえあなた、最近は特にお忙しかったから無理がたたったのですわ。まもなくアンドレッジオ駅に到着しますから、ホテルで少しお休みになれば……」

「そうもしてはいられないのだ。明日は有識者の座談会に出席しなければならない。君も知っているとおりホルングループが主催するラジオ番組だ」

「ええ、………」

「だから今日中にジェイクをバルツォークに連れて帰らねばならない。ホテルで時間を潰している暇などないのだよ、ルイーザ」

「でも、あなた、そんなに無理をなさってはお身体に障ります」

「………」

「お願い、ほんの少しでもお休みになって……ね、今度は私の言うことを聞いてちょうだい」

夫の目を見つめ必死に懇願した。

ガルシェスクはしばらく考えていたが、最後には観念したように頷いた。

「……わかったよ、ルイーザ。君の言うとおりにしよう。だが、ホテルで休んでから養護院を訪問したのでは、今日中にバルツォークへ戻るのは不可能だ。馬車を乗り継いでもアンドレッジオ駅から更に一時間近く掛かるからね。すまないがルイーザ、君ひとりで彼を迎えに行ってもらえないだろうか。私はホテルで待っ……、いや、今日はホテルでゆっくり休んで、明日ふたり揃って迎えに行くことにしよう」

「え？　……では、明日の番組は欠席して下さるのですね？」

「うむ、欠席するよ。有識者連中など放っておこう。それよりもふたり揃ってジェイクを迎えに行くことの方がどれだけ大事なことか。あの子はこれまでずっと寂しい思いをして来たのだ、これ以上そんな思いをさせるわけにはいかない」

「あなた、………」

「ホテルへ着いたらオグリオット院長へ電話をしてくれないか。事情を説明して、明日改めてジェイクを迎えに行きたいと」

「ええ、わかりました」

「ホルン放送へはコストノフから連絡をさせよう。これで私も一息つけるよ」

ガルシェスクが目を閉じて大きく息を吐いた。

ルイーザは夫に上掛けを掛けると、となりに寄り添うように腰かけた。疲れきった夫の表情が気掛かりだったが、それ以上に少年を思う夫の真心に触れて抱いていた不信感が薄れていくのが嬉しかった。


――「なんですって！　今になって伯爵が欠席だなんて話が違うではないですか？」

ビクトルは必死になって抗議した。

ホルン放送はグループを挙げて明日の座談会を宣伝して来たのだ。しかもガルシェスクはその中心人物であり超目玉商品だ。ラジオの聴取率を稼ぐまたとないチャンスがなくなっては一大事だった。

〈ビクトル社主、大変に申し訳なく思っております。ガルシェスク伯が旅先で体調を崩されたらしく、どうしても明日の放送時間までに戻っては来られないようなのです〉

コストノフは受話器を握り締めながら平身低頭の態で事情を説明した。

「その旅先とは一体どこなのです？」

〈え？　……それは、その……〉

「移動ができないほど重病なのですか？」

〈いや、それほどでは……〉

「明日の放送時間に間に合わないほど遠くまで、何の用事で出かけられたのですか？」

〈はあ……、それが……〉

「どうしたのです、コストノフさん？　随分と歯切れが悪いではありませんか」

〈そんなことはないのですが……〉

ビクトルはコストノフの応対があまりに不自然な気がして、とうとう我慢できずに訊いてみた。

「何を隠していらっしゃるのですか？」

〈え！　……いや、何も隠してなど、その……〉

明らかにコストノフは動揺したようだ。

ビクトルは畳みかけるように問い詰めた。

「我々ホルングループは伯爵のためにここまでお膳立てをしたのですよ。それに対して突然の欠席とはあまりにも不義理ではないですか！」

ここまで言われては、さすがのコストノフも白を切り通すわけにはいかなかった。

〈うっ、……わ、わかりました、ビクトル社主。仕方がありません、正直にお話します。ガルシェスク伯は今、アンドレッジオにいらっしゃいます〉

「えっ！　アンドレッジオですって？」

ビクトルが驚くのも無理はなかった。

アンドレッジオといえばバルツォークから日帰りで往復するには、よほど厳しい計画を立てない限り不可能な距離だ。

「また、どうしてそんなに遠くまで？」

〈ああ、………〉

「正直に話していただけるのでしょ」

〈えっ、……ええ、お話しします。実は、ガルシェスク夫妻はもう随分前から恵まれない孤児を養子に迎えようと計画されていたのです〉

「えっ？　……孤児を養子にですって！」

今度はビクトルが動揺する番だった。

〈そう、養子にです。そしてようやく最近になって、この子こそは誰かが面倒を見てあげなければならない、そんな孤児を見つけ出したのです〉

「これは驚きましたな……しかし、一体何のために？」

〈ガルシェスク伯は常々、アルドニア王国の古き良き時代を取り戻したいとおっしゃっていました。混沌とした世情が人々を貧困に喘がせ、互いを思いやり助け合う精神をアルドニア人から奪い去ってしまったからです。こんな時、最も傷つけられるのはいつでも年端も行かない子どもたちです。ガルシェスク夫妻は率先して、そんな子どもたちに救いの手を差し伸べようとされているのです〉

「なるほど伯爵らしい話ですな。それで今日、その少年のことをアンドレッジオまで迎えに行ったというわけですな」

〈はい。ところがアンドレッジオの手前で突然体調を崩され、急遽ホテルで休養をとらざるを得なくなってしまいました。少年を迎えに行くのを延期すれば明日の放送に間に合うよう戻ることも可能でしたが、ガルシェスク伯にはそれはできなかったようです〉

「実質的な選挙戦の火蓋を切ろうという座談会よりも、恵まれないひとりの孤児を選んだということですな」

〈ビクトル社主には大変に申し訳なく、くれぐれもお詫びを申し上げるようにとのことでした〉

「今更お詫びと言われても……」

ビクトルはまだ納得できなかったが、少し間をおくと声を押し殺して訊いてみた。

「ところでコストノフさん、このことを知っているマスコミは他にありますかな？」

〈とんでもありません！　少年の気持ちを考えれば、しばらくは内密にしておきたかったのですから〉

「そうでしょうな。最近のマスコミは気配りに欠けるところがある。だが、ホルングループはその点しっかりしておりますぞ。それで一晩休んで、明日はどこへ何時にその少年を迎えに行くのですか？」

〈聖アンドレッジオ養護院に午前十一時という約束になっています、ですが……〉

「いや、ご心配には及びませんよ、コストノフさん。伯爵の高貴な志に我々も協力をさせていただきましょう。できれば、その少年のプロフィールなどわかればよいのですが」

〈それでしたら、少年の生い立ちをまとめた資料が私の手元にありますが……〉

「それはありがたい！　すっ、すぐに担当の者を使いにやらせます」

喜びのあまりビクトルの声が上擦った。

他社を出し抜きホルンが大スクープをものにできるのだ。彼は受話器を置くと、当初の怒りも忘れ笑みが零れるのを我慢できなかった。

コストノフは受話器を置く前から、唇の半分をいつも以上に引き上げてほくそ笑んでいた。欲深い奴ほど踊りが得意なようだ。このコストノフ様の掌の上で、ビクトル爺さんが何とも見事な踊りを見せてくれたわ……ひっ、ひひ。


——オグリオット院長は落胆した気持ちを隠して応対した。

「伯爵には、くれぐれもご無理なさらないようにとお伝え下さい。ジェイクには私から説明をいたしますのでご心配なく。ええ、わずか一日伸びるだけですもの、たいしたことではありません。はい、ご丁寧にありがとうございました。では、明日十一時にお待ちしております」

受話器を置くと思わず溜め息が漏れた。

ガルシェスク夫人の電話はまったく予想外の内容だった。朝から気が張っていたせいもあってか、急に身体の力が抜けてしまったようだ。

それでも夫妻がアンドレッジオまで来ているのは間違いない。可愛い子どもと少しでも長く一緒にいられるのだから喜ぶべきではないか。

そう自分に言い聞かせながらジェイクを呼んだ。

「院長先生、ジェイクでしたら町へ行くと言って、さっき外出しましたけれど」

やって来たのは、最近まるで元気のないサンデュバルだった。

「そうですか。きっと、もう一度この町の様子を見ておこうと思ったのでしょう。わかりました、では、ジェイクが戻ったら私の部屋に来るように言って下さい」

「はい、院長先生」

「あ、それから伯爵が体調を崩されたため、今日は念のためホテルで大事をとられるそうです。ご夫妻がお越しになられるのは明日の午前十一時に変更となりましたから、ジェイクの送別会も今夜にしましょう。そのつもりで準備をしておいて下さい」

「えっ？　……あ、はい、わかりました」

体調を崩したですって！　いい気味だわ。紳士面をして人に思わせ振りな態度をとるから罰があたったのよ。いっそこのままバルツォークへ帰ってしまえば、どんなに気が晴れるか知れないわ。

ここ二週間ほどは気が滅入ってどうしようもなかったサンデュバルだったが、オグリオット院長の話を聞いて幾分かは憂さが晴れる思いがした。

早速このことをジェイクに教えてあげましょう。たとえ一日でも施設を去る日が遠退いたのだから、さぞかし喜ぶでしょうよ。そう思っただけで、今まで蚊帳の外にいた彼女の足取りは急に軽やかになった。

その頃、ジェイクは町外れにある通い慣れた学校に来ていた。

校庭の片隅にある楡の木――この町で一番お気に入りの場所――に寄りかかって、ひとり物思いに耽っていた。

彼は長閑な昼下がりに校庭の片隅でひとりになるのが好きだった。教室の騒々しさから開放されたこの場所で、そよぐ風の音だけを聴きながら幾筋にも降り注ぐ陽の光を眺めるのだ。

木陰から見る光の粒子が風に揺らぎながら、いくつもの粒となって地上に舞い降りて来る。遠く校舎から沸き立つ賑やかな喚声も、そうしているといつのまにかどこかへ消え去ってしまい、やがて静寂が優しく彼を包み込んで一切の外界を遠い彼方へと押しやってくれる。

その瞬間が好きでジェイクは昼休みになると、校庭の片隅にある大きな一本の楡の木に背をもたせ掛けた。そのまま次の授業の始まりを知らせる予鈴が迎えに来るまで、自分だけの世界を彷徨い歩いた。いつもたった独りで――。

そう、ジェイクはずっと独りだった。いつ頃から独りなのかを考えるまでもなく、物心ついた頃から独りだった。

でも、不思議なことに自分が孤独だと感じたことは一度もなかった。むしろ独りでいることはジェイクの望むところだった。だからまわりに誰がいても、それは自分とは別世界の存在に感じられた。

孤独でない世界を知らないのだから、それがどんなに寂しいことかを知るはずもなかった。母親の暖かな温もりも父親の頼もしい大きな背中も、彼には無縁だった。もちろん兄弟や親類と呼べる者は誰ひとりとしていない。

初めてジェイクの目の前にあらわれた笑顔は、彼が記憶している限りではサンデュバルだった。彼女は当時二十歳を過ぎたばかりで、とても優しい人に思えた。

でも、物心つく頃にはジェイクも他の孤児たちと同様に、彼女の笑顔が上辺だけの取り繕ったものだということに気が付いた。養護院では笑顔こそが慈愛の象徴であり、教務という仕事を彼女に保証してくれる唯一の手段だったのだ。

しかも、彼女は自分の笑顔に人生の行く末を託していた。稀に施設を訪れる奇特な慈善家——彼女にはただの物好きな金持ちとしか思えなかったが——を笑顔の魅力でたぶらかして、養護院とは違った生活を手に入れようと必死だった。

そんな冷めた現実を目の当たりにしてもジェイクは相変わらず淡々としていた。他の孤児たちのように拗ねて甘えたり、暴れてまわりの関心を引こうとしたりすることもなかった。

自分を取り巻くすべてのものが当然のことと思えたし、中途半端な優しさはかえって鬱陶しく感じられた。むしろ無関心に放って置かれる方がどれだけ気が楽か、それくらい独りでいることがジェイクには気持ちの落ち着くごく自然なことだった。

しかし、養子の話を聞いた途端、ジェイクの中で何かが変わり始めた。

もう二度と戻っては来られないかも知れないこの場所さえ——一番お気に入りの楡の木さえ——想い出と言う記憶の中に封じ込めようとしている。それは彼にとって不安以外の何物でもなかったし、ましてや事の成り行きを手放しで喜ぶ気になど到底なれはしなかった。

それでも乗換切符を今更反古にする勇気はそれ以上になかった。自分にもたらされた幸運を手放すという考えは、この二週間の間で大きく揺らいでしまっていた。

悶々と時を過ごすうちに、気が付けば夫妻が施設に到着する時間が迫っている。冷たい視線に晒される送別会の時間ももうすぐだ。何年か先に後悔しないよう彼は施設へ戻ることにした。

途中、町中のスタンド店でホルン新聞が目に入り『ガルシェスク伯、明日の有識者座談会に出席』の見出しが見えた。どうやらあの紳士には明日大事な用事があるらしい。今日中にとんぼ返りで自分を連れて帰るのはそのためかと察しが付いた。

聖アンドレッジオ養護院まであと少しというところで、こちらに向かって軽やかな足取りで近づいて来るサンデュバルの姿が見えた。もうすぐ此処を離れるのだと思うと彼女ですら懐かしく、別れに一抹の寂しさを感じるのが不思議だった。

ジェイクに気づいたサンデュバルが、いつも以上のつくり笑顔で走り寄って来る。

「ジェイク！　残念だったわね。せっかく今日から大金持ちの仲間入りだったのに、直前になってお預けを喰うなんて」

「えっ、……お預け？」

「そう、お預けよ。あら、知らなかったの？　あの紳士と淑女、今日は来られなくなったそうよ」

「どうしてですか、サンディー先生」

よく事態が飲み込めなかった。

「どうしてかって？　そんなこと私が知るものですか。それにしてもほんとうに来るのかしらね、あのふたり……ふふ」

戸惑いの表情を浮かべるジェイクに満足したサンデュバルは、含み笑いを残して嬉しそうに養護院の方へ戻って行った。

ジェイクの脳裡についさっき目にした新聞の見出しが甦った。

あれだけ大きな記事になるのだからよほど大切な用事に違いない。だとすればふたりは明日も此処へは来られないだろう。では、いつ来るのだろうか？　いや、サンデュバルの言うとおりほんとうは来ないのかも知れない。今度の件だって大金持ちの気まぐれと考えれば、彼らの心変わりですべてはご破算ということもあり得る話だ。それぐらい厭というほどわかっていたはずなのに――。

ご破算が現実味を帯びてくると、ジェイクは落胆の色を隠せなかった。そして落胆している自分に戸惑った。一体、僕は何を期待していたんだ。わずか二週間でこんなにも歯車が狂ってしまうなんて。死んだ家族のことを忘れ甘い夢に振り回された、そんな自分がひどく醜く思えた。

今までどおり独りでいい、僕には独りがお似合いなんだ。

ジェイクは頬を流れるひと筋の涙を拭うとひとつ大きく息を吸い込んで、何事もなかったように住み慣れた我が家へと向かった。

施設ではオグリオット院長が待ちかねていたように迎えてくれた。ガルシェスク夫人からの電話の内容を詳しく聞かせてくれたのは、恐らく余計な心配を掛けてはいけないという彼女の優しい心配りなのだろう。

ジェイクは院長の気持ちが痛いほどわかったので、新聞の見出しの件は口にしないことにした。どちらにしても明日にはすべてが判明する。答えがどちらに転ぼうが、今はそれを受け入れられる自分を取り戻していた。

そんなわけで夕食後のささやかな送別会にも、ジェイクはそれほど後ろめたさを感じないで出席することができた。大金持ちの気まぐれにもてあそばれただけ、そんな結末もあり得るのだから他の連中に遠慮ばかりしてはいられない。考えようによっては、選ばれなかった子どもたちの何倍もの悲劇を味わうのだ。

もちろん他の子どもたちも旅立ちの延期という前例のない事態に戸惑ったせいか、――同じ境遇の彼らだけがもつ――ジェイクへの嫉妬心が少しは薄まったようだった。

そういった事情を露ほども知らないオグリオット院長には、その晩の送別会が何とも盛り上がりに欠けたようにしか感じられなかった。

5

一九三〇年十一月十六日（日曜日）

この日、ホルン放送のスタジオは騒然としていた。

あと三十分ほどで全国向けの放送が始まるというのにとても打合わせができる状況ではなかった。

特に自由労働党のキリエンコ委員長は、ガルシェスクが急遽欠席となったことがよほど面白くなかったとみえ怒りを露わにした。

彼は労働組合の幹部から政界に進出した叩き上げの人物だ。日頃から労働者の代表を自認する彼にとって、ガルシェスクのような貴族出身の洗練された人間はただでさえ性に合わなかった。

「冗談じゃない！　だいたい今日の座談会はガルシェスクが言い出したと聞いているが、そうではないのか？」

「はい、……キリエンコ先生のおっしゃるとおりです」

「だったら、なぜ此処にガルシェスクがおらんのだ！」

「申し訳ございません。伯爵は今どちらにおられるのかわからず連絡の取りようがないのです」

「何が伯爵だ！　我が国ではとっくに貴族制度は廃止になっておるわい」

「あっ、いえ……失礼いたしました」

怒り狂うキリエンコに番組プロデューサーは平身低頭でおろおろするばかりだ。

「まったくもってこんな勝手な話があるものか！　あの若僧が人を馬鹿にするにもほどがあるわい。……だったら、わしも欠席だ！　いつまでも貴様らに付き合ってなどいられるか！」

「あっ、お待ち下さい。この上、先生にまで欠席されては………」

プロデューサーは必死になってこの場をとりなそうとするが、キリエンコの怒りは一向に納まる気配を見せなかった。とても六十歳を過ぎた人物とは思えない迫力だ。

「ええい、貴様では話にならん！　ビクトルを呼べ！」

キリエンコは番組プロデューサーでは埒が明かないと、ホルングループの社主であるビクトルの名前を口にした。

「申し訳ございません、先生。しかし、伯……いえ、ガルシェスク氏の欠席は社主自らが了解されたと聞いております」

「何っ！　……」

キリエンコは意表を突かれて二の句が告げなかった。いや、キリエンコに限らずこの場に居合わせた全員が首を傾げた。

ビクトルはグループを挙げて今日の座談会を宣伝して来たのだ。それが放送直前になって最大の中心人物が欠席をするという、そんな大打撃を社主自ら了解するとはとても理解できなかった。

だが、目の前にいるプロデューサーはただでさえ小柄な身体を更に小さくして平謝りを続けている。その場限りの嘘を吐いているようにはとても見えなかった。

だとすればあの強かなビクトルのことだ、きっと何か考えがあってのことだろう。目敏い政治家はこういったことには特に敏感だ。

比較的穏やかに事の成り行きを見守っていた民主共和党副総裁のゲラシチェンコが、

「キリエンコ委員長、ビクトル社主が了解していたのでは仕方がないでしょう。それよりも我々はプ、ロの政治家として、責任をもって今日の座談会を充実したものにしようではありませんか。まさに〝災い転じて福となる〟ですよ」

ビクトルの名前が出たところで横から口を挟んだ。

「災い転じて福となる、……ですと？」

キリエンコは一瞬何のことだという顔をしたが、

「なるほど言われてみればそのとおりですな。みなさん、ゲラシチェンコ副総裁のおっしゃるとおりだ。うむ、結構、結構、あっ、はは」

すぐに大声でこれに応じた。

キリエンコにもどうやら事態が飲み込めたようだ。一転して機嫌を直すと豪快な笑い声を上げて席に着いた。

他の出席者も以心伝心、思惑が一致したと見えて全員がおとなしく席に座り、先ほどまでの騒動がまるで嘘のように和気藹々とした雰囲気の中で打ち合わせが始まった。

本番が始まると景気の現状分析や今後の打開策が当たり障りなく話し合われ、有識者による座談会は中身のない形式的な話に終始した。

いみじくもガルシェスクが言っていたとおりの展開に、オブザーバーで出席していた財界の重鎮は改めて政治家の無能振りを垣間見る思いだった。此処に集まった政治家の中には、国際社会に於けるアルドニアという大局的な見識を備えた者がひとりもいなかった。彼らの口を吐いて出る言葉は緊縮財政だ、いや公共事業の前倒しだ、などとどこかで誰かが言ったことの二番煎じばかりだ。

こんな退屈な座談会では番組の聴取率もまったく期待できず、他局にチャンネルを変えられる前に何とかする必要があった。そこで進行役のアナウンサーはガルシェスクの欠席について話を向けてみた。

するとと座談会はこれまでとは打って変わって活況を呈し、先ほどまでの停滞した雰囲気がまるで嘘のような盛り上がりを見せ始めた。

曰く「多くの国民が注目している座談会を欠席するとは無責任だ」

曰く「自分で言い出しておきながらあまりに勝手過ぎる」

曰く「所詮、貴族の出には庶民感情など理解できないのだ」

曰く「この国の指導者は真の意味で国民の中から選ばれなければならない」

出席者の誰もが、ここぞとばかりにガルシェスクの追い落としに躍起になった。

それもそのはずだ。現在のところ次期総選挙の下馬評は、ガルシェスクが圧倒的に有利な状況なのだ。少しでも競争相手の足下をすくえるような材料があれば、すぐにでも飛びついて引きずり落としに掛かる。そうしたことには手馴れた人間ばかりが此処に集まっていた。

こうした政治家たちの一致団結した戦い振りは予想外の戦果をもたらした。

放送を聴いていたラジオの聴取者から、ホルン放送に次々と電話が殺到したのだ。その多くはガルシェスクに失望したという内容で、あまりの数の多さに遂にはホルン放送の電話回線がパンクしてしまうほどだった。

政治家は災い転じて福となり、国民は期待を裏切られた失望感に打ちのめされた。まったく相反する立場の政治家と国民が結果として共闘する形となり、ガルシェスクの追い落としを図るという不思議な事態を引き起こしたのである。

ホルン放送のこの番組には当然のことながら他のマスコミ各社も注目していた。座談会の内容を分析して、各々の社説やパブリックコメントを発表するためだ。出席者個々の評価は恐らく意見の分かれるところだろうが、ガルシェスクに対しては一様に人気、評価とも急落の一途と報じるだろう。

ガルシェスクがたった一度――しかも絶好のタイミングで――約束を違えたことで、選挙戦の展望は急展開の様相を見せ始めた。

大方の人々は、ガルシェスクはもう駄目だろうと思ったのである。


――オグリオット院長は、先ほどからじっとラジオに聴き入っていた。

最初は愚にもつかない政治家の戯言ばかりだったので、そろそろスイッチを切ろうかと思っていたところ、突然、知った名前が聴こえて来たからだ。

どうやらその人物は、今日のホルン放送に出席する予定を直前になってキャンセルしたらしい。そのために他の出席者から無責任極まりないと集中砲火を浴びていた。おまけにラジオの聴取者からも非難の声が殺到して、今やその人物は四面楚歌の状況だった。

オグリオット院長は次第に居ても立ってもいられなくなった。時折、胸の前で両手を組み合わせ、閉じた瞳からは堪えきれずに涙が零れた。

「伯爵、あなたという人は……」

感極まって思わず声が洩れた。

誰も真実を知らないのだ。ガルシェスク伯が今日の番組をなぜ欠席せざるを得なかったのかを。自分が非難の的になることを覚悟の上で、自らの名誉と引き換えにたったひとりの孤児を迎えに来るのだ――此処、アンドレッジオの片田舎まで。

「伯爵！　あなたほど神々しい人を私は知りません」

今度はしっかりと声に出して言った。

その時ドアがノックされ、オグリオット院長は慌てて居住まいを正した。

「院長先生、ガルシェスクご夫妻がお見えになりましたので、ご案内いたしました」

サンデュバルの後ろににこやかな表情をした夫妻が立っていた。

オグリオット院長は笑顔でふたりを迎えたつもりだったが、いつものような優しい笑みは漏れなかった。その代わりにとめどなく涙が溢れた。

「……院長先生、どうなさいました？」

サンデュバルは院長の涙に驚いてしまった。

「いいえ、何でもありませんよ。おふたりとも申し訳ございません。さあ、どうぞこちらへ………」

「ええ、失礼します。でも、どうかされましたか？　院長」

怪訝に思ったガルシェスクが遠慮がちに訊ねた。

「ほんとうに申し訳ございません。先ほどからラジオを聴いていて………」

部屋に入った三人は、そう言われて初めてラジオの放送に気が付いた。

「ああ、ホルン放送の座談会ですね。なるほど、もう始まっていましたか」

ガルシェスクがまるで他人事のように応じた。

オグリオット院長は彼に放送の内容を聴かせたくはなかったので、すぐにラジオのスイッチを切った。

「伯爵、あなたは今日、この番組に出られるはずだったのですね？」

「ええ、でも昨日の件で予定が狂ってしまいました。私が自己管理できていないためにホルン放送にも大変な迷惑を掛けてしまいました」

「そんな……、無理に此処へお越しにならなければ予定どおり出席できたのではないですか？」

「院長、確かに昨日のうちに一旦バルツォークへ戻っていれば、今頃は座談会に出席できていたでしょう。ですが、本来なら私は昨日此処にいなければならなかったのですよ。それを今日も来られないなどとなったら、ジェイクはどう思うでしょう」

「でも、そのために伯爵は一身に非難の声を浴びて……（はっ！）」

　彼女は〝しまった！〟と思った。

　非難されているなどと言わなくてもよいものを、つい口を滑らせてしまったことを後悔した。

「いいのですよ、院長。そのことは昨日、妻とも十分話し合って決めたのですから。私たちはジェイクにとって最善のことをしてあげたいのです」

　ガルシェスクはそう言いながら妻に視線を向けた。

　ルイーザも夫を見つめると笑顔で頷いた。

「院長先生、主人の言うとおりです。約束を違えたことで非難されるのは仕方がありませんが、そのことはいずれ時間が解決してくれます。でも、傷ついた少年の心は簡単には元に戻りません。ですから私どもの決断は、決して間違ってはいなかったと思います」

「奥様、………」

「そう、人の噂などいつまでも続くものではありませんよ」

ガルシェスクが明るく言い放った。

「ありがとうございます。ジェイクはほんとうに幸せな子です。サンデュバル先生、ジェイクを呼んで来て下さい」

サンデュバルが部屋を出て行くと、院長はハンカチでもう一度目頭を押さえ気持ちを入れ替えるようにひとつ大きく息を吸い込んだ。

用意していた養子縁組の書類をテーブルの上に広げ一つひとつ説明すると、ガルシェスクが慣れた手つきで署名して一連の短い手続きは終わりだった。

やがて、ジェイクがサンデュバルに連れられて来た。

「さあ、ジェイク、こちらにいらっしゃい」

オグリオット院長に促されて、ジェイクは二週間前と同じ椅子に腰掛けた。

「こんにちは！　ジェイク」

ルイーザが満面の笑顔で彼を迎えた。

ジェイクには初めて聴く夫人の声が素晴らしく爽やかに感じられた。直前まで夫妻が来るのかどうか半信半疑だった幼い心は、彼女の笑顔でようやく落ち着きを取り戻した。

「……こ、こんにちは」

多少言葉に詰まりながら、それでも笑顔で応じていた。

「ジェイク、今日からあなたはガルシェスク家の子、ジェイコフ・ガルシェスクになったのですよ。最初は慣れずに戸惑うことばかりでしょうが、ご夫妻のもとでほんとうの幸せを掴んでちょうだいね」

オグリオット院長がジェイクの手を擦りながら諭すように微笑んだ。

それは込み上げる涙を堪えるための笑みだったが、部屋の隅に立つサンデュバルもまた同じ泣き笑いの顔をしていた。

「院長先生、ジェイクに服を用意して来たのですが、着替えをさせてもよろしいでしょうか？」

「ええ、もちろん結構ですよ。ジェイク、よかったわね」

「それから失礼でなければ、他のお子さんたちの分も持って参りました。お受け取りいただけると嬉しいのですが」

「まあ、奥様。心から感謝を申し上げます」

「ルイーザ、馬車に積んである分は早速下ろさせることにしよう。だが、ジェイクの着替えは我が家に帰る途中でよいのではないか。これから友達とお別れと言う時にあまり着飾らない方が……」

ガルシェスクがジェイクの気持ちを推し測るようにたしなめた。

「そうね、あなた。ジェイクごめんなさいね、私ったら気が急いてしまって」

夫人の照れ笑いに気持ちが和み、ガルシェスクの心配りもありがたかった。

「さあ、それでは列車の時間もある。そろそろ出発しようか」

ガルシェスクの言葉で、一同は席を立って玄関口へと向かった。

外には施設の子どもたちが見送りのために集まっていた。どの顔にも緊張した表情が浮かんでいて、いよいよ〝さよなら〟だという実感がジェイクの胸に込み上げて来る。

オグリオット院長に挨拶をしようと振り返ろうとした、まさにその瞬間(とき)だった。

突然、目の前に眩しいフラッシュがたかれその閃光が二度三度と続いた時、彼は力強い腕に抱きすくめられた。

「君たちは何者だ！　そこで何をしている！」

ガルシェスクの怒りに満ちた声が響いた。

ジェイクが声の向けられた方を見ると、そこにふたりの男が待ち構えていた。ひとりは大層なカメラ機材を抱え、もうひとりは手に手帳らしきものを持っている。

「伯爵、我々はホルン新聞の者です。ほんの少しお時間をいただけないでしょうか？」

「…………」

「その子ですね？　今度、養子にされるという孤児は」

「…………」

ガルシェスクは黙ったままだった。

依然として片膝をついたままジェイクを抱きすくめ、ホルン新聞を名乗るふたりの人物を睨みつけている。その間もフラッシュは容赦なくたかれた。

「養子を迎えようとした、そもそもの理由を教えていただけませんか？」

「…………」

「座談会の欠席は随分と物議をかもしているようですが、何かご意見は？」

その時、オグリオット院長が見かねて一歩前に進み出た。

「いい加減になさい！　ホルンは一体何を考えているのですか？　先ほどはラジオで散々と伯爵を非難し、今度はペンによる暴力ですか！」

「ええと、あなたは………？」

「私は此処聖アンドレッジオ養護院の院長をしている者です。私が伯爵に代わって説明をして差し上げましょう」

そう言うと、これまでの経緯を早口で喋り始めた。

記者は事前にビクトルから事情を聞いていたので、院長の話に特に目新しさは感じなかったが、証言者としての彼女の価値は十分に認めていたので一生懸命手帳にペンを走らせた。

「院長、その辺で結構でしょう。記者諸君もこれで事情はおわかりだろう。そろそろ引き上げてくれたまえ」

「伯爵、最後に一言だけでもいただけませんか？」

「私が君たちに話すことは何もない。ただ、……ひとりの少年も守ることができないような者に、国家を語り、或いは国を守れるはずはない！　ということだ」

そう言うと、ガルシェスクは待たせていた馬車にジェイクとルイーザを乗せ、最後に自分が乗り込んだ。

「院長、色々お世話になりました。ジェイクのことはご安心下さい。それでは……」

三人を乗せた馬車がゆっくりと動き始める。

「伯爵、奥様、よろしくお願いします。ジェイク、元気でね！　きっと幸せになるのですよ、ジェイク！」

オグリオット院長はそれ以上言葉が出なかった。

「院長先生！　……」

ジェイクが窓枠から身を乗り出して何か言っているようだが、その声は馬の蹄と車輪の音に掻き消されてしまった。

オグリオット院長は溢れる涙もそのままに、走り去る馬車を追って千切れんばかりに手を振った。

馬車が見えなくなっても、いつまでも振り続けた。


馬車の中で最初に口を開いたのはルイーザだった。

「ホルン新聞の記者たちが、どうして今度の一件を知って此処まで来たのでしょう？」

「おそらくコストノフがビクトルに話したのだろう。座談会への欠席の理由を問い詰められたに違いない。何ともおしゃべりな男だ」

ガルシェスクは表情も変えずに平然と答えた。

「ジェイク、ごめんなさいね。びっくりしたでしょう。もう大丈夫ですからね」

ルイーザが肩を抱き寄せ、優しく髪を撫でてくれる。

溢れ出そうな涙を懸命に堪えていたジェイクだったが、それでも彼女に抱かれた瞬間まったく違った感情が込み上げて来た。石鹸と微かに香水の混じった何とも言えない優しい香りは、初めての経験だった。

この温もり、この香り、これが母親というものなのか。顔から火が出るほど恥ずかしくなって、ずっと俯いたまま身体を強張らせた。

ルイーザはその様子を、この子は懸命に悲しみと戦っているのだと理解した。

「みんなとのお別れは辛いでしょうけど我慢してちょうだいね。あなたはこれから前を向いて生きていかなければいけません。院長先生やたくさんのお友達のためにもね」

「そのとおりだ。おまえにはガルシェスク家の一員として、輝かしい未来が待っているのだぞ」

ガルシェスクは満足気に窓外の景色を見つめたまま微動だにしなかった。

ルイーザは頼もしい姿を見せてくれた夫の口元がほんの少し緩んでいるのは、ジェイクを無事迎えることができたからに違いないと安堵した。

昨日まで抱いていた夫への不信感は、今ではもう彼女の中に微塵も残っていなかった。

第二章　予兆

1

一九三〇年十一月十六日（日曜日）

列車は幾つもの停車駅を定刻どおりに通過し、バルツォーク駅に向けて順調に走っている。ジェイクはその心地よい揺れの中で目が覚めた。

アンドレッジオ駅で列車に乗ったのは午後一時を過ぎた頃だったが、案内されたのは混み合う一般車輌ではなく客車一輌を丸々贅沢に使った特別貴賓室だった。

そこは養護院のどの部屋よりも遥かに広々としていて、座席は硬い木製ではなく柔らかなソファが床に固定されていた。テーブルやサイドボードまでが調度品として備えられ、まるでどこか裕福な家の居間がそっくりそのまま運び込まれたようだった。

ジェイクは豪奢な部屋で自分のために新調された服に着替えると、初めて見る車窓からの景色にしばらく目を奪われていた。飛ぶように流れる黄金色のライ麦畑と遥か彼方の山の稜線が真っ青な空に美しく映えていた。

そんな景色を眺めながら緊張による疲労もあっていつの間にか眠ってしまったようだ。まどろむ意識のまま外に目をやれば、既に陽は暮れかけて辺りは晩景の仄暗さを漂わせていた。

起きようとして初めて自分に掛けられた毛布に気づき、その柔らかな感触に思わず頬擦りをする。

「ジェイク、起きたのね」

ルイーザの優しい声がすぐそばに聞こえた。

「……ごめんなさい。つい、眠ってしまいました」

「いいのよ、ジェイク。きっと長旅で疲れたのでしょう。でも、もうすぐバルツォーク駅に到着しますからね」

「はい………」

毛布を畳んですぐに居住まいを正した。

新品のズボンやセーターは暖かいことこの上なかったが、まだ肌にしっくりとはしていない。まるで緊張の鎧を纏ったように身動きするのもぎこちなく感じられた。

「お腹、空いてないかしら?」

少しでも緊張をほぐそうとルイーザが優しく気遣ってくれる。

「いえ、大丈夫です」

ほんとうは空腹でいつ腹の虫が鳴っても不思議ではなかった。

「まもなくバルツォーク駅に到着する。我が家もすぐだ、もう少し我慢をしなさい」

そう言いながら、ガルシェスクの目は新聞に注がれたままだった。

「今頃、我が家はご馳走の準備で大忙しよ。楽しみにしてなさいね、ジェイク」

「あ、はい……」

「アドルフやジュリアもお腹を空かせて待っているわ。アドルフはあなたと同じ十歳だけど、誕生日は六月だからあなたのお兄さん。ジュリアは七歳だから妹になるわね」

「…………」

「初めは戸惑いもあるでしょうけれど少しずつ慣れましょうね。ふたりもきっとあなたと同じ気持ちだと思うわ」

「あ、あの……僕のことは、もう……」

ふたりが自分のことをどう思っているのか不安だった。

会ったこともない孤児がいきなり目の前にあらわれて今日から家族だと言われても、彼らにとって招かれざる客を暖かく迎えてくれるとはとても思えない。最初から歓迎されることは期待していなかったが、事前に心の準備だけはしておきたかった。

「ふたりには今朝一番に話をしたのだけれど、まだ実感は湧かないようだったわ。ジュリアなんてほとんど眠っている状態だったから、私の話すら覚えていないかも。それに彼女はとても寝起きが悪いのよ。このことはよく覚えておいてね、ふふ」

片目をつぶって冗談っぽく微笑むルイーザの顔は、優しい母親そのものだ。

「でも、ふたりとも素直な子だからすぐに仲良くなれるわ」

不安な気持ちを拭おうとしてくれる彼女の気遣いが嬉しかった。

このまま列車が走り続けてくれればと思ったが、その願いを打ち消すように列車は定刻どおりバルツォーク駅へ到着した。

アンドレッジオの片田舎と違って、首都の中心にあるバルツォーク駅は見たことのない大きさだった。コンコースは目も眩むような大勢の人々でごった返し、皆がみんなどうしてそんなに急ぐのかと思うほど早足だ。

まるで何かに追い立てられるような都会のペースと無秩序に迫り来る雑然とした騒がしさに、ジェイクは恐怖さえ感じた。人混みを掻き分けるガルシェスクの後に従って改札を出る頃には、目がまわって酔ったような不快な気分に襲われていた。

駅の正面口にはひと際目立つ迎えの車が待機していた。初めて経験する列車や車、そして都会という世界そのものと何よりもこれから迎える生活自体がとても苦痛に思えて来る。

足下に目をやれば地面は硬いアスファルトで覆われ、雑草が生えるスペースすら残されていない。落ち葉を舞い散らす木々は歩道に等間隔で行儀良く並び、大きな楡の木など探そうとしても無駄なことがすぐにわかった。

頭上を見上げればアンドレッジオのような星空はなく、まるで黒いマントで街全体が覆われているようだ。街並みは煉瓦や石造りの建物が軒を連ね、寒々とした風景がどこまでも続いている。

そんな寂寥とした雰囲気に気分は益々重くなるばかりだった。

「どうしたの、ジェイク？　……ああ、そうね、あなたにはアンドレッジオと違って此処がとても殺風景に見えるのでしょうね」

「すみません、こんな都会は初めてなので………」

「いいのよ。私もこの街並みは好きではないもの。でも、郊外に出れば風景はがらりと変わるから安心してね」

彼女の温かい掌がジェイクの手を優しく包み込んでくれる。

三人を乗せた車は陽がとっぷりと暮れた街を悠然と走り抜けて行った。道路脇に並ぶ建物はどれも荘厳な佇まいでアンドレッジオの街並みとは比較にならないが、街全体が醸し出す雰囲気がジェイクには妙に暗く感じられた。ひとたび不景気に見舞われると、田舎よりも都会の方が普段賑やかな分だけ影響が大きいのかも知れない。

道路が空いていたお蔭で二十分も走ると、ルイーザの言うとおり景色は様変わりした。闇夜ではっきりとはしなかったが、言われたように田園風景と豊かな木立の様子がうかがえる。この辺りはバルツォーク市の郊外にあたるのだ、とルイーザが教えてくれた。オグリオット院長の話ではガルシェスク家の邸宅はその郊外に位置するはずだった。

いよいよ新しい家に到着すると思っただけで一層緊張感が増して来る。

ふいにルイーザが大袈裟な口調で、

「さあ、着いたわよ、ジェイク。わが家へ、そして今日からあなたの家へ、ようこそ！」

まるでメイドのような仕草をしてお道化て見せた。

だが、外を眺めても目に映るのは相変らず鬱蒼とした木立だけだ。――が、次の瞬間、遥か前方に月明かりに照らされた白亜の建物が突然あらわれた。まるで絵画のような宮殿を目にして、ジェイクは魔法でもかけられたかのように身体が硬直してしまった。

あれがガルシェスク邸？　話には聞いていたが……、まさかあんなに凄い屋敷にこの僕が住むのか？　想像を超えた光景に言葉を失ったまま見惚れてしまった。

屋敷の玄関前には十人を下らない使用人が綺麗に列をなして並んでいる。

その中から、鼻の下に見事な髭を蓄えた細身の紳士が逸早く歩み寄って来て、

「旦那様、奥様、お帰りなさいませ」

車のドアを開けるや恭しくお辞儀をする。

「うむ、子どもたちはどうしている？」

「はい、おふたりとも居間でお待ちです」

「使用人は全員揃っているか？」

「ご指示どおり、ステファン以外は全員お出迎えに出ております」

「よかろう」

満足気に頷いたガルシェスクが低く威厳のある声で話し始めた。

「皆、よく聞くのだ。私とルイーザはこの少年を我が家の養子に迎えた。彼は今日からガルシェスク家の一員になったのだ。たとえ養子とはいえガルシェスク家の人間であることに変わりはない。全員

そのつもりで仕えるように！　彼の名前はジェイコフ・……ガルシェスクだ」

使用人たちは顔色ひとつ変えず主人の話に耳を傾け、ジェイクの名前が告げられると全員があたり前のように丁重に頭を垂れた。

〝ジェイコフ・ストヤノフ〟と〝ジェイコフ・ガルシェスク〟、人は名前だけでこんなにも扱いが変わるのか。挨拶代わりに彼らと同じように頭を垂れた瞬間、ガルシェスクの冷たい視線を感じた。

それがなぜなのか、――この時はまだジェイクにはわからなかった。

「さあ、いつまでも外にいては凍えてしまうわ。早く家の中へ入りましょう」

機転を利かせたルイーザの助け舟だった。

玄関ポーチの階段を上るとジェイクひとりではとても開けられないほど――向き合うふたりの天使が彫刻された――大きな純白のドアがあり、先ほどの見事な髭の紳士が細身の身体の一体どこにそんな力があるのかと思うほど実に簡単に引き開けてくれた。

玄関ホールに足を踏み入れると、そこは眩いばかりの光の間だった。天井から吊られたシャンデリアが煌々と輝き、ホール全体を白金の世界に演出している。足下には純白の大理石が敷き詰められて、まるで鏡のように眩い光を反射させていた。

壁際の台座には豪華さを彩るように五本立ちの白い胡蝶蘭が三鉢も飾られ、奥まった正面にはジェイクの背丈より大きな年代物の柱時計がまもなく十八時になろうとしていた。

あまりの豪華さにきょろきょろとあたりを見まわしていると、

「ジェイク、使用人全員を一度に覚えるのは無理にしても、主だった者だけでも紹介しておきましょう」

そう言って、ルイーザがふたりの使用人を呼んだ。

ひとりは先ほど見かけに寄らない力持ちを証明した髭の紳士だ。

「執事のワイダよ。親子代々、ガルシェスク家に仕えているの。私やお父様がいない時でも大抵のことはワイダに訊けばわかりますから、何か困ったことがあったら遠慮なく相談なさいね」

「ジェイコフ様、はじめまして。御用の際はいつでも何なりとお申し付け下さいませ」

ワイダがピンと伸ばした背筋のままに腰を折り曲げて深々とお辞儀をする。

もう七十歳に近いだろうその表情にまったく変化は見られなかった。ジェイクはあまり親しみを感じられず、心の中で勝手に〝鉄仮面〟というあだ名を付けていた。

「次はメイド頭（がしら）のマチルダよ。彼女にはこの家の一切の雑事を仕切ってもらっているの。大きな身体に大きな声、それにはち切れそうな明るい笑顔がマチルダの特徴ね」

「奥様、大きな身体は余計ですよ。私だって若い頃はそりゃあ見事に細くて、水道管みたいにスマートだったのですから」

「あら、そんな話は聞いたことがないわ。マチルダ、それっていつ頃のことかしら?」

ルイーザがこめかみに指をあて真顔で考える素振りを見せる。

ブルーの瞳をくるくると悪戯っぽく動かしながら、口元は笑いを堪えるのに精一杯の様子だ。

「そうですね、奥様よりずっと若い頃、そう七つか八つの頃でしょうかね。それが四十年も経ったらどうでしょう、水道管が土管に化けちまって……」

マチルダが身振り手振りを交え面白可笑しく説明する。

その様子にとうとうルイーザも笑いを堪え切れなくなり、ジェイクまでが吹き出してしまった。

「あらまあ、ジェイコフ様までお笑いなさって、私は一体どうすればよいのやら……」

そう言いつつも彼女はみんなの笑顔が心底嬉しそうだった。

「マチルダはご覧のとおりだから気軽に接してちょうだいね。それとステファンという給仕長がいますが、彼は今、今夜のご馳走の準備に忙しいので後で紹介しましょう」

「ルイーザ、最も大事な紹介相手が居間で首を長くして待っているのではないかな？」

そばでじっと様子を見守っていたガルシェスクが先を促すと、

「ええ、そうね。では、ジェイク、あなたの兄妹を紹介しましょう」

にこやかに手を取ってジェイクを居間へと導いた。

真っ白なドアが開いてまず目に飛び込んで来たのは、薪がパチパチと音を立てながら燃える煉瓦造りの暖炉だった。その上の壁面には見事な角を伸ばした鹿の剥製が飾られている。部屋の中央には高級な革張りのソファと大理石でできた純白のテーブルが置かれ、左の隅には豪華なバー・コーナーまで設置されていた。

ジェイクはこうして部屋の全景を注意深く観察する素振りを見せながら、自分に向けられた視線を避けてこの場の緊張から逃れようとした。

「ジェイク、こちらに来なさい」

ガルシェスクが指を折って手招きをする。

「アドルフ、ジュリア、紹介しよう。今日から私たちの家族になるジェイコフだ。ジェイク、おまえの義兄になるアドルフと義妹のジュリアだ」

今まで会ったこともない上品な子どもたちがそこにいた。

「はじめまして、ようこそガルシェスク邸へ」

「あっ、はじめまして、ジェイコフです。みんなからはジェイクと呼ばれています」

アドルフが胸を逸らさんばかりに右手を差し出すと、ジェイクはその手を握り返し、知らず知らずにまた頭を垂れていた。

「そうか、じゃあこれからはそう呼ばせてもらうよ。僕のことはアドルフと呼んでくれ。こっちの小さいのはジュリアだ」

「なによ、おにいちゃん、そのいいかたは！」

少女の澄んだ声はとても可愛らしかった。

アドルフには負けん気の強さを見せながら、ジェイクと目が合うと恥ずかしそうに視線を逸らしてしまう。それでいてすぐに盗み見るようなあどけない仕草が七歳の少女らしかった。

ふたりとも両親から引き継いだ綺麗な黒髪で、瞳の色はアドルフが父親譲りの濃いブラウン、ジュリアは透き通るようなブルーでこちらは母親を受け継いでいた。灰色がかった黒髪と黒い瞳のジェイクには、それだけで自分が異質な存在に思えた。

「ジュリア、女の子がそんな乱暴な話し方をしてはいけませんよ」

ルイーザが苦笑まじりに注意をすると、

「わたしだって、ジェイクってよぶんだもん！」

ぷいっと横を向いて反抗する。

「まあ、この娘ったら……」

「いいんです。僕はまったく気にならないし、かえってその方が嬉しいです」

ジュリアの態度に呆れるルイーザにジェイクは笑顔を向けて応えた。

「それではジェイク、君の部屋へ案内するよ」

アドルフは満足気な表情を浮かべる父親の顔を横目で確認すると、更にジェイクの手を取って階段の方へと引っ張って行った。しっかりと握られたその手から暖かな温もりが伝わって来て、それまでの不安がいっぺんに消え去って行く。

真っ白な大理石の階段は壁の途中に何枚もの絵が飾られていた。どれも美術館でしかお目にかかれないような見事な絵画だ。

光り輝く階段を上りきるとモスグリーンの絨毯を敷き詰めた長い廊下が続いていた。左右にかなりの間隔で三つずつドアが並び、こちらの壁にもやはり立派な絵が整然と飾られている。

「右側の一番奥が父さんと母さんの寝室でその隣が父さんの書斎、一番手前が母さんの部屋になっている。左が順番に僕とジュリア、そして手前がジェイク、君の部屋だ。もうおわかりのように居間は吹き抜けになっていて、こちらが家族用、向こう側がゲスト用といった造りになっているんだ」

これが個人の住居だなんてとても信じられなかった。

まるで迎賓館か一流ホテル――どちらも実際に行ったことはなかったが――に迷い込んだ気分だ。

「さあ、中へ入って」

アドルフに急かされるように背中を押され、自分の部屋だと教えられた一番手前のドアを開けて更に驚いた。ベッドからクローゼット、勉強机、文学全集が揃えられた書棚など、新品の調度品がすべて揃っている。

「此処が僕の……部屋？」

「そう、君の部屋だよ。さあ、此処を開けてごらん」

言われたとおりクローゼットの中を覗くと、真新しい服が数え切れないほど納められていた。

「母さんには随分と買い物に付き合わされたよ。てっきり僕の服を選んでくれているのかと思ったら、全部ジェイクのものだったたんだな。今朝早く、君のことを聞かされてようやく気が付いたってわけさ。背丈がほぼ一緒だから、僕はただの試着要員だったたんだ。ほんとうに失礼な話だよ」

「ごめんよ、………」

「あっ、はは……、冗談だよ。ところでこれはさっき使用人が運び込んだ君の荷物だが、他には？」

いかにも粗末なという目をしてアドルフが鞄を指差した。

「ああ、元々たいしたものはないんだ」

「そうか。じゃ下へ戻ろう。ゆっくりと孤児院の話でも聞かせてくれ」

「孤児院？　……ああ、養護院のことだね」

「うん、それだ。僕らには一生経験できない世界だからな。どんなところか聞けるのを楽しみにしていたんだ」

「…………」

アドルフが邪気のない笑顔でジェイクの肩に手をまわして来る。

屈託のないその様子に笑みを浮かべて応えはしたが、何気ない彼のひと言は小さな棘となって胸の奥に突き刺さっていた。

無邪気なアドルフの視線から逃れドアの方に目をやると、ジュリアが素早く姿を隠すのが見えた。気になってずっとこちらの様子をうかがっていたようだ。すぐにとなりの部屋でドアの閉まる音がしたので、慌てて自分の部屋に隠れたに違いない。

廊下へ出ると案の定、そっと開いたドアから可愛らしいブルーの瞳がこちらを盗み見ている。目が合うや、またドアを閉めてしまった。

「ジュリア、下に降りるぞ。隠れてないで早く出て来いよ」

「わたし、かくれてなんかいないもん！」

兄に叱られても、可愛らしい妹は負けていなかった。

「だったら早く出てこい。先に行くぞ」

ジェイクにはそんな兄妹のやり取りが羨ましかった。こんな絆が欲しいとさえ思った。それは養護院では感じたことのない感情だった。

居間へ降りると、食事の支度が整ったということで食堂へ案内された。

そこは居間と同じくらいの広さでやはり暖炉には薪が焚かれていた。天井高く吊るされたシャンデリアがガラス工芸のように見事な輝きを放ち、レストランのように明るく落ち着いた雰囲気の部屋だった。微かに流れるクラシック音楽の演奏も上品な雰囲気を演出している。ジェイクはまだ見たことがなかったが、きっとどこかに最先端の蓄音機というものがあるのだろう。

この部屋の壁にもたくさんの絵画が飾られていたが、こちらは目つきの鋭い紳士の肖像画ばかりだった。数えてみると枚数は十一枚で、おそらくガルシェスク家代々の当主を描いたものに違いない。一番手前に掛けられた比較的新しい肖像画は、髪を黒くして皺をなくせばガルシェスクにそっくりだ。

そのガルシェスクが奥の厨房からひとりの男を呼び付けた。

「ジェイク、紹介しておこう。給仕長のステファンだ」

主人に紹介された大男が樽のような腹を撫でながら慇懃に一礼する。

「先ほどのワイダは執事としてこの家のこと全般を取り仕切るのが役目だが、ステファンは厨房を管理するのが役割だ。パーティーのもてなしはもちろん、毎日の食事についてもすべてこの男が取り仕切っている。今日の夕食もおまえのためにステファンが選りすぐりのものを準備したはずだ」

「ステファンでございます」

大男の声は見事なバリトンだった。

「本日はジェイコフ様の記念すべき日でございますので、コースメニューをご用意させていただきました。但し、長旅でお疲れのことと存じますので胃に負担のないようオードブルは生ハムメロン、スープは薄めのコンソメ仕立てにしてございます。魚料理はヒラメのムニエル、肉料理は鶏を使い、ガルニは今が旬の人参とジャガイモを添えております。サラダはフレンチとサウザンドアイランド、どちらでもお好みでお選び下さいませ。デザートは果物とアイスクリームを用意してございます」

給仕長は大きな身体に純白の制服を纏い、縮れた豊かな髭がよく似合う男だった。一見すると学校にある図書室の本で見た東洋の閻魔大王のような風体だが、体格に似ずつぶらな瞳には優しい光を帯びていた。

「さあ、みんな席について食事にしましょう。せっかくのご馳走が冷めてしまってはもったいないわ」

ルイーザに促されて全員がテーブルについた。

ジェイクの席はアドルフのとなりに用意されていて、正面がジュリア、そのとなりにルイーザ、そしてガルシェスクは一番奥の全員を見渡せる席についた。

椅子に腰掛けると、上目遣いにジェイクを観察するジュリアと目が合った。相変らず物珍し気な顔をしているので、目のやり場に困って視線を落とした。

テーブルクロスの上にはスプーンとナイフやフォークが幾つも並んでいた。聖アンドレッジオ養護院ではそれぞれ一本ずつしか使ったことがなかったので、ジェイクはみんなが使うように真似をすることにした。

ガルシェスクが目を閉じて神に感謝の言葉を捧げ、全員がそれに倣う。敬虔な儀式がすむと、ステファンの指示でメイドがオードブルを運んで来た。説明にあったとおり生ハムメロンだ。ジェイクは生ハムもメロンも別々に一度食べたことがあるだけだった。

次にコンソメスープが目の前に出されると、その香りの良さに思わず腹の虫が鳴り出しそうだった。

我を忘れてスープの味を楽しんでいると、自分に向けられる視線を感じた。

「ジェイク、スープは音を立てて飲んではいけませんよ」

ルイーザが優しく注意をしてくれる。

「……ごめんなさい」

その向こうでガルシェスクがしかめ面をしているところを見ると、彼女が言ってくれなければきっと雷が落ちていたのだろう。となりのアドルフは何事もなかったように澄まし顔だ。一方、ジュリアは目をくりくりさせて笑いを堪えているようだった。

「ジェイクはわたしよりみっつもとしうえなのに、だめねえ」

とても嬉しそうな顔をしているところを見ると、彼女も最近まで同じように叱られていたのかも知れない。

スープも残りわずかになるとスプーンの丸みが恨めしかった。最後までなかなか上手くすくえず、自分のために用意された料理をわずかでも残すのは申し訳なかったので、ジェイクはスープボールを持って今度は音を立てずに口にした。

その瞬間（とき）だった。

「ジェイク！　おまえは………」

ガルシェスクの機嫌の悪い声が耳に飛び込んで来た。

「（えっ！）　………？」

一瞬、心臓が止まるかと思った。今度は音を立てなかったのに——。

「あなた！　ジェイクは今までアンドレッジオで育ったのですよ。何も教わって来なかったのです。だから、今日は大目に見なければ」

「うむ、……そうだったな。ジェイク、食事にはマナーというものがあるのだ。それはまわりの人間を不快にさせないための約束事で、上流社会では誰でも身につけておかなければならない。おまえもガルシェスク家の人間になった以上は例外ではないのだぞ」

ガルシェスクが苛立ちを隠そうともせず大きく溜め息を吐く。

今度はさすがにジュリアもお道化た素振りを見せてはくれなかった。

ルイーザがその後も優しく気遣ってくれたが気まずい雰囲気はまったく解消されず、後から出てきた魚料理や肉料理はせっかくのご馳走だったのにほとんど手を付けられなかった。聖アンドレッジオ養護院でみんなとワイワイ騒ぎながら食べた食事が懐かしかった。

食後にアドルフが養護院についてしつこく話を訊きたがったが、ジェイクは長旅で疲れているからとルイーザが助け舟を出してくれたので、彼はシャワーを浴びてそのまま自分の部屋に逃げ込むことができた。

確かにルイーザの言うとおり、ジェイクは心底疲れ切っていた。ベッドに設えられた羽毛布団に包まると、今日一日を振り返る余裕さえなく深い眠りに落ちた。


——翌朝、ガルシェスクは陽も明けやらぬうちに目が覚めた。

枕元の時計は六時をまわったばかりで、部屋の空気は冷え切っていて起き出すにはまだ早すぎる時間だ。

それでも彼は暖かなベッドから早く抜け出したかった。仕掛けた計画がどんな成果をもたらしたか、一刻も早くその目で確かめたかったのだ。

遠くに新聞配達夫が鳴らす自転車のベル音が聞こえた時、ガルシェスクはとうとう逸る気持ちを抑え切れなくなった。となりで寝ている妻を起こさないようにそっとベッドを抜け出し、そのままガウンを羽織って一階へ下りると新聞と朝食を書斎へ運ぶよう命じた。

煙草を一本吸い終える頃、メイドが言いつけどおり新聞四紙と朝食を運んで来た。トレーの上にはクロワッサンとハムエッグ、それに野菜サラダとミルクが添えられていたが、ガルシェスクはミルクをひとくち口にしただけで他には目もくれずに新聞へと手を伸ばした。

どの新聞も思ったとおり、トップ記事は昨日の『有識者座談会』に関するものだった。三紙まで読み終えたところで、ゲラシチェンコやキリエンコに対する各社の評価が必ずしも一致していないことがわかった。

一方、ガルシェスクに対しては三社とも同様の評価を下していた。いや、評価と言うよりは中傷と言った方が的を射ているだろう。『ガルシェスクの敵前逃亡！』『国民を欺くガルシェスク！』といった過激な見出しが並んでいる。覚悟はしていたものの次から次へと自分を中傷する記事を読んで、さすがに腹立たしさを覚えずにはいられなかった。

同時に、自分に対する個人攻撃でしか活発な討論ができない政治家や、あまりに洞察力のないマスコミの現状を垣間見て、アルドニア王国の先行きにも改めて不安を感じざるを得なかった。

最後に手にしたホルン新聞は他紙とまったく違う内容で、『ガルシェスク伯の名誉を賭けた決意！』という大きな見出しが一面を飾っている。

更に、見出し以上に目を引いたのは、大きく掲載された——ガルシェスクがひとりのみすぼらしい孤児を抱きかかえ記者に勇姿を向けている——写真だった。昨日、聖アンドレッジオ養護院の前でホルン新聞の記者が撮影したものだ。

思惑どおりジェイクの普段着姿はいかにも孤児に相応しく、一方でガルシェスクの姿は恐怖に怯える孤児を全身で庇う慈愛に満ちたものになっていた。敵を射すくめるような勇ましい目の輝きは、毅然とした姿勢と相まって読者の気持ちを掴んで離さないだろう。それほど写真の出来映えは感動的だった。

記事に目を通すと、ガルシェスクが座談会に欠席した本当の理由が、ひとりの孤児を養子として迎えに行くためだったとある。

しかもあの時、ガルシェスクが発したひと言——〝ひとりの少年も守ることができないような者に、国家を語り、或いは国を守れるはずがない〟——までが効果的に引用されていた。コストノフが書き上げた『ジェイクの生い立ち』も、全文ほとんど修正もないまま掲載されていた。

ホルン新聞を読んだ読者——発刊部数の占有から約四割の国民——は、これで間違いなく自分の信望者になるとガルシェスクは確信した。

更に、マスコミ各社の追加取材でこの美談がアルドニア中に広まれば、残りの国民も遅かれ早かれ信望者の仲間入りをするだろう。それも当初から計画のうちだ。そうなれば選挙戦での優位は絶対的なものになる。まさにコストノフの言うとおりに事が運んだのだ。

　ガルシェスクが満足気に新聞を畳んだ時、書斎のドアが遠慮がちにノックされた。

「旦那様、朝早くから失礼いたします」

　執事らしく身なりを整えたワイダが、何時間も前から起きていたかのようにいつもと変わらぬ表情であらわれた。

「どうしたのだ?」

「はい、先ほどコストノフ様からお電話がございました」

「(!)それで?」

「旦那様が目を覚まされたら、事務所までお電話を頂戴したいとのことでした」

「うむ、わかった」

「では、失礼いたします」

　ワイダが下がると、ガルシェスクは書斎の電話機をつないですぐにダイヤルを回した。

　たった一度の呼出音でコストノフの声が聞こえた。

「私だ。記事は読んだ。すべて順調のようだな?」

〈はい、仰せのとおりでございます〉

「反響はどうだ?」

〈はい、そのために先ほどお電話をいたしました。今朝のホルン新聞を見た他のマスコミ各社が、先

を争って夜も明けないうちに取材を申し込んで来ております。お蔭で事務所の電話はずっと鳴りっぱなしでございました〉

「うむ、よかろう。では、予定どおり現地で待機しているのだ」

〈はい、お待ちいたしております〉

ガルシェスクは受話器を置くとひとりほくそ笑んだ。

だが、その顔はすぐにいつもの厳しい冷徹な表情に変わった。これから最後の仕上げにとりかかる。そこでどれだけ完璧に演じられるか、いよいよ勝負の〝時〟を迎えるのだ。

――ジェイクは目が覚めた時、一瞬、自分がどこに居るのかと戸惑った。

いつもなら明け方の肌寒さに改めて薄い布団の中で身体を丸くするのに、今朝はふわふわの暖かな羽毛布団に包まれている。

部屋の空気も締め切っているのに爽やかで、養護院の相部屋特有のこもるような匂いも感じられない。広い部屋をひとりで独占できる実に快適な朝を迎えていた。

ベッドから抜け出して勢いよくカーテンを開けると、昇りかけた朝陽が部屋いっぱいに差し込んだ。窓を開け放つと本格的な冬の到来を間近に控えさすがに肌寒さを感じたが、それでも冷たい空気を胸一杯に吸い込むと元気が張って来るようだった。

屋敷に到着した昨夜は気づかなかったが、こうして窓から眺める広々としたガルシェスク邸の景観は開放感に満ち溢れていた。

手入れの行き届いた芝生は既に枯れかけているが、朝露で光る木立の緑によく映えている。中庭の噴水が朝陽に向かって勢いよく湧き上がり、その中で何羽もの小鳥たちが優しく囀りながら水遊びに戯れていた。木立の外れにはテニスコートやプールが施され、その向こうに見える広場は馬を駆って走らせることもできるだろう。

時計の針はようやく七時を指したばかりだというのに、長閑な光景の中にも躍動感を感じるのは、既に数名の使用人が庭に出て作業をしている姿が見えるからだった。

改めて中庭に目を戻した時、いつの間にかそこにアドルフが立っていた。

こちらを見上げながら大きく手を振っている。

「おはよう！　ジェイク」

「おはよう！　アドルフ。いつもこんなに早いのかい？」

窓から身を乗り出して精一杯大きな声で答えた。

「いや、今日は特別だよ。朝食の前に君を散歩に連れ出そうと思ってね。どうだい、下りて来ないか？」

「うん、わかった！　すぐに行くよ！」

アドルフの気遣いにジェイクの心は弾んだ。

昨夜の小さな棘はまだ胸奥に残ってはいたが、それ以上に彼の気持ちが嬉しかった。養護院では味わったことのない感情だ。

急いで着替えようとクローゼットを覗いたが、迷った末に昨日と同じ服を着て部屋を飛び出した。

「待たせてごめんよ、アドルフ」

「いいんだよ。それより我がガルシェスク邸の敷地を案内するよ。此処で弟が迷子になんてなったら兄貴として恥ずかしいからな」

「（弟！）……恩に着るよ。アンドレッジオにはこんなに大きな公園はなかったんでね」

ジェイクの軽口にアドルフも満足そうに頷いた。

連れ立って歩くふたりへ使用人が作業の手を休めて丁寧に朝の挨拶をするたびに、アドルフは鷹揚に頷くだけだった。如何にも自然で堂々としたその対応を見て、ジェイクは呆気にとられながら自分にはこんな真似はできないと思う。彼らは使用人ではあるが遥かに年長の者ばかりだ。

ジェイクのそんな気持ちを察したのか、

「父さんがよく言うんだよ。世の中は主従の関係で成り立っていると」

「シュジュウの関係？」

「そう、使う者と使われる者の関係さ。使用人にはその立場をはっきりとわからせておく必要があるってね」

「ふーん、………」

アドルフが訳知り顔で問わず語りに話しを続ける。

「その代わり使用人が従順でいれば主人は彼らを守る義務がある。父さんは帝王学の基本と言っていたな」

「ああ、ガルシェスク家の人間には必要なことらしい。いずれジェイクも教わるよ、……たぶん」

ジェイクは初めて聞く言葉に戸惑ったが、同時に、生まれながらにして一段上から世の中を見ている彼の考え方に驚いた。

言われてみれば目の前のプールやテニスコートも、主従の関係をはっきりと見せつけるために存在しているような気がする。他人のために汗を流す者、そんなことにはお構いなしに楽しい時間を過ごす者、世の中にはそういう二種類の人間がいるようだ。

果たして自分が楽しい時間を過ごす側になったのか、ジェイクにはまるで実感がなかった。昨日までは間違いなく汗を流す側の人間だった。それがガルシェスク家の養子になった途端、まったく立場が変わってしまった。でも、それは本来の自分ではないように思えて仕方がない。

そんな複雑な気持ちを抱きながらどれくらい歩いたのか、いつしか鬱蒼とした木立が生い茂る場所に来ていた。広い庭を囲むように聳える木立は、まるで深い森のような雰囲気を漂わせている。実際、ほんの少し奥へ進んだだけで栗鼠にも遇ったし、啄木鳥を目にすることもできた。

静まり返った木立を抜けると、今度は一転して大きな広場が目の前にあらわれた。そこは部屋の窓から一望した時に、馬を駆って走らせることを想像した場所だ。

「此処ではよく乗馬の練習をするんだ」

アドルフの説明に、やはりそうだったのかと納得した。

「ルフトヤーツェンの領地に比べれば猫の額みたいなものだけど」

「テイオウガク?」

「ルフトヤーツェンってガルシェスク家の領地のことかい？」

「そう、毎年夏になると避暑で過ごす我が家の領地だ。地平線の端に向かって馬を走らせる時の気分は最高だぞ」

「そうだろうな……」

ジェイクは馬を走らせる自分を想像したが、その姿はすぐに馬小屋の前で飼葉桶を担ぐ格好に変わった。やはり他人のために汗を流す姿が自分には似合っている気がした。

散歩にしては随分と歩いたところで敷地内を流れる川の艀に停泊するレジャー用のクルーザーを見て、二階の窓から見た以上に敷地の広さを実感した。とても朝の散歩程度ですべてを遊観するのは無理な話だ。

「今朝はこれくらいにしておこうか。今度は自転車で案内するよ」

アドルフは冗談のつもりだったが、ジェイクは真顔で頷いた。

「朝早くから僕のために、ほんとうにありがとう」

「いいんだよ、気にしないでくれ。これも帝王学の実践さ」

「？　……………」

兄弟にも〝主従〟……いや、僕が孤児だから？

ジェイクは唖然とする一方で、アドルフのように人を〝主従〟の二文字で処理してしまうことに強烈な違和感を覚えた。自分を生まれながらにして他人とは違う存在と考え、その違いこそが選ばれた者の証しだと彼は信じている。だからこそ常に自分が上でないと気がすまないのかも知れない。

聖アンドレッジオ養護院のオグリオット院長は決して子どもたちを比べたり、ましてや優劣を付けたりはしなかった。他の子より劣っていることさえ、その子の個性として認めてくれていた気がする。人は他人と違うのがあたり前であって、院長はその違いに優越感や劣等感を持つのではなく、その違いを理解し尊重し合うことが大切だと教えてくれた。そうやって信頼の絆が深まるのだと説いてくれた。

もちろん食事だって形式ばかりにとらわれず、みんなで和気藹々と楽しく食べていた。だから質素でも美味しく感じたし、あんなに食事の時間が待ち遠しかったのだ。でも此処では、散歩をしてこんなに空腹なのにマナーが気になって朝食の時間が憂鬱と来ている。

屋敷に戻ると昨夜の記憶が甦ってびくびくしながらテーブルについたが、幸いなことにフォークとナイフは一本ずつしか並んでいなかった。配膳された朝食はクロワッサンとハムエッグにサラダとミルクが添えられた簡単なもので、ジェイクはほっとした途端に眠っていた腹の虫が起きだして精一杯上品にパクついた。食材としての質は養護院とは比べ物にならないほど上等で、バルツォークに来て初めて満腹感を味わうことができた。

その後、アドルフとジュリアが運転手付きの車でいつものように学校へ向かう時、ジュリアが「ジェイクだけがっこうへいかないのはずるいわ」と言い出して、「だったらわたしもいかない」と駄々をこねた。

ルイーザが彼女のことを寝起きは機嫌が悪いと言っていたが、どうも朝からジェイクとアドルフふたりだけで散歩に出たのが面白くなかったようだ。無邪気に拗ねる彼女が可愛らしく思えて、次は必ず誘ってあげようと思った。

そこへ何やら一枚の用紙を手に微苦笑を浮かべたルイーザがやって来た。聞けば、昨夜のうちにガルシェスクの命を受けたワイダが、ジェイクが身に付けるべきことをカリキュラムにまとめたらしい。

「しばらくは大変でしょうけれど頑張ってね。あなたが厭な思いをしなくてすむように私も応援しているから……」

彼女はまだ何か言いたそうな口振りだった。

ジェイクはそのことが気にはなったが、口をつぐんだルイーザを思い詮索するのは控えた。

2

一九三〇年十一月十七日（月曜日）

ルイーザから手渡されたカリキュラムに目を通しながら、ジェイクは鉄仮面の顔を思い浮かべた。あっという間にこれだけのものをまとめるとは驚くばかりだった。

王立サンティエール校初等部の教科から『アルザイヤ王朝とガルシェスク家』という講義まで用意され、とりわけ目を引いたのは『上流階級の常識』という講義だった。〝挨拶編〟〝食事編〟〝パーティー編〟と幾つかの単元に分かれている。

これこそまさにガルシェスクの指示に違いなかった。昨夜の養父の不機嫌な顔が思い出され改めて大変なところに来てしまったと気鬱になっていると、その不機嫌の主から突然呼ばれて「これから外出するので同行するよう」指示された。

ジェイクは質問する暇もなく、そのまま行き先も告げられずに車へ乗せられた。見送りはワイダだけでなぜかルイーザは姿を見せず、彼女のいない後部座席にガルシェスクと並んだだけで重苦しい雰囲気に眩暈がした。

これからどこへ行くのか不安でそっと養父の横顔を盗み見た時、

「ジェイク、よく聞くのだ。私たちは今、バルツホテルに向かっている。そこでマスコミへの共同記者会見を行うことになったのだ」

ガルシェスクが表情も変えずに口を開いた。

「(記者会見?)……………」

「昨日、聖アンドレッジオ養護院に押しかけて来たのはホルン新聞だったのだ」

ジェイクの脳裡にあのフラッシュの眩しさが甦った。

「連中が昨日の一件を今朝の新聞に載せ、それが大変な話題になっている。お蔭で記事を読んだ他のマスコミが一斉に、私たちに共同記者会見を開くよう要請して来たというわけだ」

「話題……ですか?」

「そうだ。ガルシェスク家がおまえを養子にした、その理由を知りたがっているのだ。ルイーザはこの要請を断固断るべきだと最後まで譲らなかったが、もし断れば連中はしつこく私たちに付きまとうだろう。そうなってはおまえのためにもならない。だから今日の会見ですべてを終わりにしようと思う。何も心配は要らん。おまえはただ私のとなりで黙って座っていればよいのだ。すべては私が対処する、わかったな」

「は、はい……」

今朝、彼女が何か言い足そうとしたのは、このことだったのかも知れない。

「それから今日は、私のことを〝養父さん〟と呼ぶのだぞ」

「(今日は?)……はい」

言われてみればジェイクはまだ一度もガルシェスクのことを〝養父さん〟と呼んでいなかった。ルイーザに対しても同様だ。すぐには〝養父さん〟〝養母さん〟とは呼びづらかった。

でも「今日は〝養父さん〟と呼べ」と改めて言われると、明日からは駄目だと言われているような気がする。恵まれた環境を与えられたせいで、いつの間にか自分の性格が捻くれてしまったようで自己嫌悪に陥った。

ガルシェスクは相変らず押し黙ったまま前方を見据え、そんなジェイクの気持ちに思いを馳せる素振りも見せない。高貴な人は軽々しく感情を表にあらわさないのだと思った。

やがて車はバルツホテルの正面玄関に横付けされ、制服姿のドアボーイが素早く歩み寄って来た。

ガルシェスクに深々と一礼し、続いてジェイクにまで丁寧に頭を垂れる。

今朝の散歩で見たアドルフの姿が思い出された。彼と同じように背筋を伸ばし、胸を張って堂々と頷こうとした瞬間、ドアボーイの探るような視線と目が合った。品定めするかのような、どこか人を見下したその顔に思わず目を伏せてしまった。

　ドアボーイは勝ち誇ったように薄っすらと笑みを浮かべると、ガルシェスクだけを気遣うようにロビーの中へ案内した。

「伯爵、お待ちしておりました。コストノフ様は既に到着されております」

　風格のある紳士が待ちかねたようにガルシェスクを出迎えた。

「支配人、世話を掛けるがよろしく頼む」

「畏まりました。どうぞ、会場までご案内いたします」

　チェックアウトの時間が過ぎていたせいか、他に人影は見当たらなかった。

　八階でエレベーターを降りると一同は廊下の突き当たりにある部屋へ向かい、ジェイクだけは別室へ案内されてしばらく待つよう指示された。

　次にガルシェスクが別室にあらわれた時、となりには見たことのない男が従っていた。ずんぐりとした体型と銀縁眼鏡の奥に三白眼を光らせた、ひどく陰気な感じのする男だった。お世辞にも紳士とは呼び難いどんよりした雰囲気が全身から醸し出されている。

「紹介しておこう。この男はオルデシ・コストノフ、私の事務所で働く者だ」

　ガルシェスクに紹介された男は引きつるような笑みを浮かべていた。

「ジェイコフ様、はじめまして……と言っても、私は既にあなた様のことを何度もお見受けいたしておりましたが」

「(何度も?)……」

今度の養子の一件はこの男が仕組んだのだろうか?

「コストノフ、今日の段取りをジェイクに説明してやってくれ」

「畏まりました、伯爵」

ずんぐりした男が三白眼の白目を大きく剥いて、ねっとりとした口調で説明を始める。

まず、ガルシェスクが会見場で記者団に今回の養子縁組について説明をする。その後で幾つかの質問に答えた頃、コストノフがジェイクを呼びに来る。入り口まで先導するので会見場には少し俯き加減で入場すること。その際、かなりのフラッシュがたかれるはずだが、動じることなく堂々としようなどという気は起こさずにいつもどおり気後れした表情でいるように。ジェイクが着席したらガルシェスクがすべて面倒を見てくれるので、いちいち余計なことは口にしないこと。

以上が段取りの大筋だった。何のことはない、孤児は孤児らしくおどおどしていろというわけだ。

やはり来なければよかったと思うが、今更どうしようもなかった。

ふたりが部屋から出て行くと、ジェイクは所在無げにじっと待っているしかなかった。

しばらくして、再びドアがノックされた。

「は、はい……」

コストノフがもう呼びに来たのかと返事をすると、入って来たのはホテルのボーイとメイドのふたりだった。

「失礼いたします。お飲み物をお持ちいたしました。紅茶とジュースがございますが、どちらでもお好きな方をお召し上がり下さい」

そう言って、テーブルにカップとグラスをふたつ置いてくれた。

用がすんでもふたりはそのまま部屋に止まって、一向に出て行く気配を見せない。

「あの、何か?」

不審に思い遠慮がちに訊いてみると、

「はい、ジェイコフ様。このたびはほんとうにおめでとうございます。今朝のホルン新聞を読んで、私どもはジェイコフ様のこれまでのご苦労がこういう形で報われたことを心から喜んでおります」

ボーイが言いづらそうに口を開いた。

「……新聞ですか?」

「はい……あの、まだ新聞をご覧になっていらっしゃらないのですか?」

「ごめんなさい。さっき、ガル…養父(とう)さんから、僕のことが新聞に載ったというのは聞いたのですが、どんな内容かは知りません」

「よろしければご覧になりますか?　実は、この写真のところにサインをいただければと持って来たのです」

きっかけを掴んだボーイが嬉しそうに近づいて来た。

綺麗に畳まれた新聞が広げられると、ガルシェスクに抱きかかえられたジェイクの写真が一面に大きく載っていた。養護院の頃はあたり前に思えた格好がひどくみすぼらしく見えた。

『ジェイクの生い立ち』という囲み欄を読むと、オグリオット院長が聞かせてくれた話に似てはいるが初めて知ることも含まれていた。

ひととおり読み終わった頃、

「ジェイコ……むっ？　何だ、おまえらは！」

突然、コストノフがあらわれた。

ホテルの人間を怪訝に思ったのか、敵意に満ちた目でふたりを睨み付ける。

「申し訳ございません。私どもはジェイコフ様にお飲み物をお持ちいたしました」

「最近のバルツホテルはよほど余裕があるとみえる。そんなものを運ぶのにふたりも人を寄越すとは」

三白眼を更に上目遣いにコストノフが皮肉ると、ふたりは心底ぞっとした。特にメイドは全身の肌が粟立つようなおぞましい気分に襲われた。

「さあ、用がすんだら出て行ってもらおうか！」

怒気を含んだ声にふたりの従業員は慌てて退散するしかなかった。

ジェイクも本音を言えば彼らと一緒にこの部屋から出て行きたかったが、実際はボーイが忘れていった新聞を畳んでポケットにしまうことしかできなかった。

「ジェイコフ様、そろそろ出番ですのでご一緒にお越し下さい」

いよいよジェイクが記者会見場に登場する〝時〟が来た。

案内される先に観音開きの大きな扉があり、その向こうでは記者やカメラマンが大挙して彼の登場を今か今かと待ち構えていた。

重い足取りで扉の前まで来たジェイクは、そこでゆっくりと呼吸を整えた。

コストノフの合図で扉が開け放たれた瞬間、光の嵐とバシバシというあの厭なシャッター音が一斉に襲い掛かって来た。あまりの衝撃にジェイクは思わず目を瞑り後退ってしまった。すぐにコストノフに背中を押され再び前に歩を進めるが、顔を上げることなどとてもできない。心臓が激しく鼓動し、額には汗が滲んだ。

「ジェイク、此処に座りなさい」

ひな壇で笑みを浮かべたガルシェスクが手招きをする。

「記者諸君！　この子がこのたびガルシェスク家の養子となった、ジェイコフです」

名前を呼ばれても、ジェイクはまだ顔を上げることができないでいた。

依然として会見場のそこかしこでフラッシュがたかれている。

「これまでの経緯は先ほどご説明したとおりです。これから改めてご質問を受けようと思いますが、ご覧のとおり彼はまだ十歳になったばかりの少年です。そのあたりをご配慮いただいて、質問への回答は私からということにさせていただきます」

優しく労るようにジェイクの肩に手を置いたガルシェスクが、居並ぶ大勢の記者たちへ注文を付けた。

記者の中から最前列に陣取っていたひとりが手を挙げた。

「ガルシェスク伯、養子縁組についての経緯はお蔭様でよくわかりました。ただ、国民の多くは養子になった少年の言葉を聞きたがっています。ですからジェイコフ君の気持ちを直にお聴きしたいのですが」

カメラのフラッシュが容赦なくガルシェスクに浴びせられる。

ガルシェスクは内心の戸惑いを隠して鷹揚に頷くしかなかった。

その様子を見て、件の記者が質問を続ける。

「ありがとうございます。ではジェイコフ君、人が大勢いるので緊張するだろうけど少し話を聞かせて下さい。いいかな？」

ジェイクの緊張は頂点に達していたが、俯いたまま黙って頷いた。

「ありがとう。それでは最初の質問だけど、養子の話は誰から聞いたのかな？」

部屋は静まり返り、彼の返答を今か今かと待っている。

いつまでも黙っているわけにはいかないので、仕方なく口を開いた。

「あの、……………」

顔を上げた瞬間、一斉にフラッシュがたかれ、シャッターを切る音が凄まじい勢いで襲い掛かって来た。

「……院長先生から聞きました」

「今朝の新聞にも出ていたオグリオット院長だね。話を聞いた時どう思った？」

「とても……びっくりしました」

「そうだろうね。でも、名門ガルシェスク家の養子になった君には輝かしい未来が約束されたわけだけど、そのことについてはどう思う？」

会場の記者たちはジェイクの答えを静かに待った。

時折、フラッシュ音が鳴る中、ジェイクはどう答えればよいのかわからなかった。

しばらく沈黙が続いた後、

「……ごめんなさい。僕にはよくわかりません」

これから先のことなどわかるはずもないし、それがほんとうに輝かしい未来なのか知る由もなかった。

また一斉にフラッシュがたかれる。まるで彼の言葉がスタート合図のような勢いだ。

その音が落ち着いてから、記者が再び質問を続ける。

「そうか、突然のことだから無理ないよね。それでは今の率直な感想を聞かせてくれるかい」

「はい、あの……養護院とはまるで違う生活に驚いています。早くガル…養父さんに迷惑を掛けないですむようにしたいです」

昨夜のことを思えば、一日でも早く養父に気に入られたかった。

「迷惑って、具体的にはどんなこと？」

記者は何気なく質問したつもりだったが、

「みなさん。もうこの辺でよろしいでしょう。何と言っても彼はまだ十歳になったばかりの少年です。そろそろこの緊張から解放してあげて下さい」

それまで黙ってやり取りを聞いていたガルシェスクが唐突に話に割って入った。

「わかりました、ガルシェスク伯。では、最後にひとつだけジェイコフ君に質問させて下さい」

記者はなおも食い下がって、ジェイクの生の声を引き出そうとした。

「仕方ありませんな。ほんとうに最後ということでお願いします」

ガルシェスクは今度も承諾せざるを得なかった。

「ありがとうございます。ではジェイコフ君、単刀直入に訊きます。養子になってよかったかな、どうだろう?」

「(えっ?)………」

記者の最後の質問に、ジェイクはドキッとした。

確かによかった、とは思う。欲しいものはなんでも揃っているし、美味しいものは食べ放題だ。でも、生活は窮屈この上ないし、養護院の自由な雰囲気が今はまったく感じられなかった。何よりも自分のために死んでいった家族のことを考えると、よかったと言える自信はなかった。

「ジェイク、どうしたのだ?」

ガルシェスクに小声だが十分威圧的に返事を促されると、

「はっ、はい。……よかったと思います」

期待されているとおりの答えを口にした。

すると満足気に頷いたガルシェスクがおもむろに立ち上がった。

「記者諸君、本日は我々親子のために多数お集まりいただき心から感謝を申し上げます。私の本心は我々をしばらくはそっとしておいて欲しかったのですが、期せずしてこういう事態になってしまった。そこでこの場をお借りして、改めて私の考えをお聴きいただければと思います」

会場がシーンと静かになった。

「既に皆さんには今朝のホルン新聞で、ジェイクの幸少ない生い立ちをお読みになられたことと思います。どうか今一度この子が歩んで来た茨の道を、善良なる記者諸君は自らの胸に思い描いていただきたい。そして己が身に問い掛けていただきたいのです。何の罪もない幼子に、なぜこのような悲劇がもたらされるのか」

惻隠の思いが沈黙となって会場を覆った。

そこにいた全員の胸に去来する少年の人生――その悲惨な生い立ちを思い、悲しく切ない視線がジェイクに向けられる。

ガルシェスクは更に話を続けた。

搾り出すような魂の叫び、怒りと哀切を帯びた声で滔々と取材陣に語り掛けた。

「我がアルドニアは前（さき）の世界大戦の終結以来、何とか順調に復興を遂げて来ました。

そのことは周知の事実でありましょう。

しかし、その復興の影でこんな年端も行かない子どもたちが、数多く犠牲になっているのです。

戦災孤児は今でも全国の養護院に溢れています。

彼らは家族の温もりを奪われ、寂しく辛い日々を送っているのです。

我々はいつの間にか、こうした悲しい現実から
目を逸らしてしまっているのではないでしょうか？
ジェイクの父親は、誰よりも家族を思う優しい人でした。
真面目に働いて、朝から晩まで働いて、働いて、
それでもどうしようもなくなって……盗みを働きました。
愛する子どもたちの命を守るために家畜を奪おうとしたのです。
この子を、長女のように死なせるわけにはいかなかったからです。
そんな父親を誰が責められるでしょうか！
同じ立場になれば私だってそうしたかも知れない。
もちろん母親も自らの命を犠牲にしてまでも、
子どもたちを慈しむ聖母のような人でした。
さぞやジェイクのことを抱きしめたかったでしょう。
乳首を口に含ませ、母の喜びを実感したかったでしょう。
そんなふたりがどうして、愛する子どもたちのもとを離れ、
神に召されなければならなかったのか？
どんなに苦しくても最後まで父親に笑顔を向けた、健気な長女。
ジェイクを守るためにわずか十歳で命の炎を消した、優しい長男。
彼らの、一体どこに……、

こんな報いを受けなければならない罪があるというのでしょうか？」

ガルシェスクの振りかざす拳は、いつのまにか頬を伝う涙に濡れていた。

その様子を見て、ジェイクは改めて家族のことを想った。今まで漠然としか思い描けなかった両親や兄姉が、急に実体となって彼の脳裡に浮かんで来た。涙が止めどなく溢れ頬を流れた。握り締められた小さな拳が膝の上で震えた。

それほどガルシェスクの話は哀愁を帯び、聴いている者の心に訴え掛けた。既にカメラはフラッシュもたかれず、ペンを走らせる音も聞こえなかった。

会場にいる者すべてが、記者である前にひとりの人間だった。ガルシェスクの話に、ジェイクの姿に、家にいる我が子のことを想い、自分が子どもだった頃を想った。

「どうかみなさん！

同じ過ちを二度と繰り返さないでいただきたい。

今、我が国は未曾有の危機に瀕しています。

そう、世界恐慌という人類がこれまで経験したことのない、

凄まじい不況の嵐に遭遇しているのです。

路地裏には既に多くの孤児が溢れています。

彼らは食べるものもなく満足に着る服すらない生活を強いられ、

〝生きる〟という本能に身を任せて盗みを働き、
大人に刃を向けて来ます。
荒んだその心に一点の明かりを灯していただきたい。
アルドニアの古き良き時代を想い起こしていただきたい。
病に倒れる人あれば付き添い、
涙に暮れる人あればその悲しみを分かち合い、
ともに明日への希望を語り合う。
そんな…アルドニアの…善なる魂を、
今こそ……呼び起こして……いただきたい………」

とうとうガルシェスクは涙で声にならなくなった。
それでもジェイクを抱き上げ、拳を握り締めて心の底から魂の声を上げた。

「私はジェイクのような子を……二度と見たくはないのです。
彼の瞳に希望の燈を灯したい。
彼の父親に成り代わり、この腕に抱き締めてあげたい。
悲しみに打ちひしがれた、たったひとりの子どもすら守れない者に、
このアルドニアを任せてよいのですか?

記者諸君、そして国民の皆さん、
今こそ、目覚めようではないですか！
想い起こそうではないですか！
そう……、目覚めよ、アルドニア！　誇れよ、アルドニア！　………」

まさに心底から発せられたように思える魂の叫び、正義の涙に見えた。
そんなガルシェスクの話にジェイクも涙が止まらず、養父の胸に顔を埋めてしゃくりあげた。その姿に、会場にいた記者やカメラマンも堪え切れずに一緒になって涙を流した。胸に熱いものが込み上げ、やがて誰からともなく声が木霊すると、最後には会場全体に大きな歓声が響き渡った。

〝目覚めよ、アルドニア！　誇れよ、アルドニア！〟
〝目覚めよ、アルドニア！　誇れよ、アルドニア！〟

3

一九三〇年十一月十七日（月曜日）

屋敷に戻ってもジェイクの興奮は醒めることがなかった。頭の中では、まだ記者会見場の大歓声が木霊し万雷の拍手が鳴り響いている。

ガルシェスクに抱き上げられたあの瞬間、力強い父親の温もりを感じて思わず逞しい胸に顔を埋め泣きじゃくった。顔も知らない亡き家族を想う悲しみと、その一方で不思議と安堵した気持ちを感じていた。

居場所が定まらないと思えたこの屋敷が、今ではとても頼もしい場所に感じられる。

そう、僕の名前は〝ジェイコフ・ガルシェスク〟。養父（ちち）はルシュトフで、養母（はは）はルイーザだ。弟想いのアドルフとお茶目なジュリアという兄妹だっている。もう、僕は独りじゃないんだ！

昨日までの不安に駆られていた気持ちがまるで嘘のように消え去っていた。

部屋のドアがノックされ、

「ジェイク、帰っていたの？　入るわよ」

ルイーザの優しい声が聞こえた。

「お帰りなさい。疲れたでしょ？」

「いえ、僕だったら大丈夫です」

「そう、ならいいけれど。ステファンが食堂でお待ちかねよ。今日はテーブルマナーをあなたに教えるって、朝から張り切っているの」

「わかりました。すぐに行きます」

「先に行って待っているわね。頑張って、ジェイク」

記者会見のことを何も訊かないのは彼女の気遣いなのだろう。

そんな優しいルイーザの後ろ姿に思わず声が出た。

「養母（かあ）さん……」

今にも消え入りそうな遠慮がちなひと言だった。

その瞬間、驚いたように立ち止まった彼女がゆっくり振り返ると、見開かれたその瞳には涙が溢れていた。

「ジェイク、……ジェイク！」

歩み寄って跪くや力の限りに彼を抱き締めた。

「ああ、ジェイク！　私の可愛い坊や！」

「（養母さん！）……」

「そう、あなたは私の坊や、アドルフやジュリアと一緒よ。大切な、大切な私の坊や！」

「ありがとう、……養母さん」

抱擁の温もりと彼女の真心に、ジェイクも感極まった。

その無垢な涙をそっと拭きながらルイーザが頬に口づけをしてくれる。初めて触れる真綿のような母の温もりだった。

「私たちはこれからずっと一緒よ。忘れないでね、ジェイク」

「うん、忘れない」

「さあ、それでは一緒に下へ降りましょう。ステファンが首を長くして待っているわ」

握られた掌から彼女の思いが伝わった。

食堂には大きな身体を持て余したステファンが待っていた。

「ジェイコフ様、お待ちしておりました」

「それではステファン、ジェイクのことを頼みましたよ」

「畏まりました、奥様」

ルイーザはもう一度ジェイクに微笑んでから名残惜しそうに部屋を後にした。

追いかけて、もう一度抱きしめて欲しいと思ったが、

「ジェイコフ様、こちらへお掛け下さい」

バリトンの声がジェイクを現実の世界へと呼び戻した。

テーブルには幾つもの高級そうな食器と純銀製のカトラリーが揃えられていた。さすがに料理の盛り付けはなかったが、フルコースを想定した支度であることがわかる。

「では、これからテーブルマナーについてご説明をさせていただきます」

テーブルの向こう側でステファンが立ったまま話し始めた。

一瞬、ルイーザから手渡されたカリキュラム表が目に浮かんだ。

「ジェイコフ様はこの由緒あるガルシェスク家の一員になられたのですから、当家に相応しいテーブルマナーを身につけていただかなければなりません。よろしいですかな？」

「は、はい……」

「そもそもこのテーブルマナーとは、ヴァロア王家の流れを汲むフランス国王シャルル九世の母后で、イタリアはメディチ家出身のカトリーヌ・ド・メディシス様が、十六世紀中頃に母国のマナーをフランスに持ち込んだのが始まりとされております。

十六世紀の中頃といえば、ガルシェスク家の初代シュリウス様がご誕生あそばされた頃とさして変わらぬ時代ですから、ジェイコフ様も当家がいかに伝統ある名家であるかおわかりいただけますな」

ジェイクは黙って頷いた。

ステファンが樽のような腹をさすりながら更に話を続ける。

「その後十七世紀中頃ルイ十四世の時代になって、今日のテーブルマナーの原型が確立され徐々にヨーロッパ全土へと普及したのです。本日はこの格式あるマナーを勉強していただきます」

ジェイクはまるで歴史の勉強をしているような錯覚を覚えた。

ステファンはそんな彼の戸惑った表情には一切お構いなしだ。

「第一に椅子への座り方ですが、必ず左側から出入りをいたします。着席されましたらテーブルと身体の間を握り拳がひとつ入るほど空けて、背筋を伸ばし深く腰掛けます」

丸まった背中を伸ばして言われたとおり深く座り直した。

「次にナプキンの使い方ですが、食事が運ばれる直前か上席の人が手に取ってから自分のものを広げ、膝へはふたつ折りにして掛けます。特に注意をしなければならないのは、食事の最中に口元を拭く場合は折りたたんだ内側を使うという点です。よろしいですか?」

言われたとおりにやってみた。

「あー、駄目です、駄目です。ジェイコフ様、顔を拭くのではないのですから、もっと目立たぬよう上品にお拭きになって下さい」

「ごめんなさい……」

謝りながらもう一度やってみるが、〝これではまるで女の子みたいだ〟と気恥ずかしくなった。

「それと食事を中座する時はナプキンを椅子の上に、食事が終わった時はテーブルの上に置きます。ポケットに畳んでしまうような真似は断じてなさりませんように」

口元を緩め冗談を言ったつもりだったが、ジェイクにはまるで通じなかった。

真顔で「はい」と返事をされて、逆にステファンが笑い出してしまった。

「あっ、はは……ジェイコフ様は物わかりがよろしい。結構、結構。ところでテーブルの上にフォークやナイフが何本も並んでおりますが、どのように使うかおわかりになりますかな」

「確か、みなさんは外側から順番に使っていたと思いますが」

「よろしい、そのとおりでございます。食事中、仮に下へ落としてしまっても決してご自分で拾ってはなりません。その場に控えている給仕が代わりのものをお持ちいたしますので、必ずその者に任せて下さい」

「はい、わかりました」

「では、いよいよ料理の内容です。普通、コース料理の場合はオードブルから始まってスープ、魚料理、肉料理、サラダ、デザート、そして最後にコーヒーといった順序で出て参ります。オードブルによく使われるのはフォアグラ、サーモン、マリネ、テリーヌ、或いは昨晩ご用意させていただきました生ハムメロンなどです」

よくわからない単語があったが、ジェイクは黙って頷いた。

「スープは濃いものではポタージュ、薄いものではコンソメが代表的なものでしょう。昨晩はお疲れのことと思い薄めのコンソメ仕立てをお出しいたしましたが、お味の方はいかがでしたか？」

「すごく美味しかったです」

ガルシェスクに叱られたことが脳裡に甦った。

「もちろんスープは音を立てて飲んだりしてはなりませんが、同時に取っての付いていないスープボールの場合は、決してこれを手で持ち上げて飲んだりしてはいけません」

昨晩のことを思ってか、片目を瞑って愛嬌たっぷりに説明するステファンに、ジェイクはようやく叱られた意味がわかって顔から火が出る思いだった。

「中身が少なくなると確かにスプーンでは飲みづらいかもしれませんが、手前に少し持ち上げてすくうと案外と楽なものでございます。それからスプーンの使い方は常に手前から向こうへと動かして下さい」

ステファンが身振り手振りで説明をする。

何も入っていないスープボールで言われたとおり真似てみた。

「なかなか結構です、その調子ですぞ。飲み終わりましたらスプーンはそのまま横向きに置きます。そう、そう、そのとおりです。途中、パンを召し上がる時は左側のものを取り、丸かじりせずに手で一口分の大きさに千切って召し上がって下さい。スープの後は魚料理が出て参ります。肉と比べると繊維が柔らかく消化しやすいので、だいたい先に出されるのです。今までもそうではありませんでしたか？」

「え？　……養護院では、おかずはいつも一品でした」

ついこの間までの質素な食事を思い浮かべて正直に答えた。

「これは失礼なことを申し上げました。お許し下さい」

ステファンが何度も縮れた髭をこすって、いかにも気まずそうな顔をした。

そんな閻魔大王の困り顔にジェイクは好印象を感じ、一方、ステファンも少年の純朴さに魅かれ始めていた。

「ではジェイコフ様、先を続けましょう。魚料理の場合は、まず中央部へ横にナイフを入れ、手前半分と向こう半分を召し上がります。続いて背骨をはずし、下の身を召し上がるのが順序でございます。決して途中で魚を裏返してはなりません」

言われたとおりにナイフとフォークを動かし、本番さながらに口へ運んでみる。

「ジェイコフ様、フォークを右手に持ち替えてはなりません。フォークは左手、ナイフは右手と決まっております」

「ごめんなさい！」

今更ながら何も知らない自分が恥ずかしくなった。

「そんなに気になさらなくてもよろしいのですよ。誰でも最初はそうです。でも、一度覚えてしまえばどうということはありません」

「はい、ありがとうございます。僕、頑張ります」

前向きな少年の言葉に閻魔大王の髭面が笑みで溢れた。

「そう、そう、頑張って下さいませ。ステファンも応援いたしますぞ！　では、料理を召し上がった後のマナーですが、その都度ナイフは刃を手前に向け、フォークは腹部を上に向けて揃えて置くようにいたします。食事の途中に置く場合は〝ハ〟の字にしておけば、料理が片づけられる心配はございません」

ジェイクは今度も、揃えて置いたり〝ハ〟の字に置いたり、実際に手を動かした。

「いよいよ肉料理でございますが、一口に肉料理と申しましても牛肉、子羊、豚肉、鶏肉と種類は様々でございます。ただ、共通して言えるのは、ご自分の口に合わせて小さく切って召し上がるということでございます。決して獣のように肉を口で噛み切るようなことをしてはなりません」

ステファンが獣が牙を剥いて貪るように肉を頬張る仕草でお道化た。

その様子がまるで樋熊のように見えたので、ジェイクは吹き出してしまった。

その時、部屋の隅から「くすくすっ」と可愛らしい笑い声がした。

見ると、入り口のところにジュリアが立っている。鞄を放り出すと、ステファン目掛けて勢いよく走って来た。

「やあー、ジュリアお嬢様！　お帰りなさいませ」

天井に向けて彼女を高々と抱き上げた。

「ただいま！　ステファン。さっきからなにをしているの？」

閻魔大王のもじゃもじゃの髭を無邪気に両手で引っ張っている。

「はい、ジェイコフ様にテーブルマナーのご説明をしておるのですよ」

「だったらわたしもおしえてあげるわ。ね、いいでしょ？」

「ジュリアお嬢様、それはなりません。お遊びではないのですから」

左右に跳ね上がった髭を元に戻しながら、

「さあ、お母様にご帰宅のご挨拶をしていらっしゃいませ」

食堂からうまく追い出そうとする。

「うん、わかった。でもママにあいさつしたら、すぐにもどってくるわよ。ジェイクだってわたしがいたほうが、おぼえられるにきまってるんだから。ね！　ジェイク、そうでしょ？」

「う、うん……」

可愛い妹の勢いに押されて思わず頷いてしまった。

「ほら、ね！　わかったでしょ、ステファン」

嬉しそうに言うや、一目散に二階へと駆け上がって行った。

「やれやれ、ジュリアお嬢様にも困ったものです」

　言葉とは裏腹に、閻魔大王の顔は満面の笑顔だった。

「えーと、どこまでやりましたかな？　おう、そうそう肉料理のところでしたな。召し上がり方は申し上げたとおりですが、肉料理には添え物として温野菜が付いております。昨晩の人参やじゃがいもがそうですな。肉料理を召し上がった後は、酸性になった血液のバランスを回復させるためにサラダが出て参ります。ドレッシングはフレンチとサウザンドアイランドが有名でしょうか。

　以上でコースのお食事は終了いたしますが、その後はお子様方みなさんお待ちかねのデザートですぞ。中身はだいたいチーズ、甘味、果物の三つに大別できましょう。そうして最後の仕上げはコーヒーということになります」

　ひととおり説明が終わったところで、ジュリアが息せき切って戻って来た。

「あら？　おわってしまったの？　ずるいわ、ステファン！　ちゃんとまっているようにいったのに……」

　不満気に口を尖らせた。

「あっ、はは、大丈夫ですよ、ジュリアお嬢様。もう一度最初からひととおりおさらいをしますから。どうです？　ご一緒にやってみましょうか」

「ふん！　わたしだったらひつようないわよ。ステファンといっしょにジェイクにおしえてあげるわ」

「はい、はい、わかりました。ジュリア先生。その前にステファンが本日最後の講義をいたしますので、少々お待ち下さい」

そう言って、閻魔大王が人懐っこい笑顔をジェイクに向けた。

「ジェイコフ様、おおよそのテーブルマナーはご説明申し上げたとおりですが、最後にいくつか補足をいたします」

「はい」

「まず、食事中にテーブル上の離れたものを取る場合は、ご自分の手を伸ばして取るのではなく、そばの人に丁寧に頼んで取っていただくようにします」

頷いたものの、養父さんには頼みづらいというのが本音だった。

「それからグラスの割り振りは、右前にあるのが自分のグラスとなっております。お子様方にはまだ直接は関係ございませんが、マナーとして心得ておいていただきたいのが魚は白ワイン、肉は赤ワイン、ローストの場合はシャンパンが普通ということでございます」

右側にあるグラスを手に取ってみる。

「特に食事中に飲み物を飲む場合は、面倒でもその都度ナプキンで口元を拭いてから、グラスに口を付けるようにするのですよ」

「それぐらいじょうしきよ。わかった？　ジェイク」

思わず苦笑いしたが、彼女の真顔を見て慌てて頷いた。

「よろしい。では、ジュリアお嬢様も知らないことをこれから教えてさしあげましょう」

ステファンが大きな腹を反らせて、もったいぶった言い方をした。

「なあに？　わたしはぜんぶしってるわよ」

「さあ、どうですかな？　では、コーヒーカップに受け皿が付いているのは、どうしてだかおわかりですかな？」

「えっ？　……そんなのしってるにきまっているじゃない！　でも、ステファンにゆずってあげるから、ジェイクにおしえてあげてちょうだい」

「あっ、はは、わかりました。では、僭越ながらステファンがお教えいたしましょう。コーヒーカップに受け皿が付くようになったのは、何と十八世紀頃にまで遡るのですよ。当時、イギリスのことでございますが、かの国では紅茶を飲む時にカップから受け皿にあけて冷ましながら飲む習慣があったのだそうでございます」

きょとんとした顔をしているところを見ると、彼女もやはり初耳だったようだ。それでもジェイクと目が合うや、慌てて頷いて知っていたという顔をする。

「しかしその後、この飲み方は無作法で労働者階級のやり方と非難され、以後こうした飲み方はなくなったのです。それでも受け皿だけはそのまま残ったのでございますよ」

「そうそう、よくできましたステファン。わかった、ジェイク？　そういうわけなの」

彼女の知ったかぶりに、ジェイクは必死に笑いを堪えて頷いた。

「さあ、ジェイコフ様、それではもう一度最初から、そう、テーブルに座るところからやってみましょう。ジュリアお嬢様もご一緒にどうぞ」

「わたしはせんせいだもん。さあ、ジェイク！　やってごらんなさい」

仕方なく、ジェイクは教わったことをもう一度初めから繰り返した。

パントマイムのような仕草にジュリアがその都度笑うのでやりづらかったが、この場の和気藹々とした雰囲気はとても心地よく感じられた。

ようやくひととおり終えたところで、厨房から何とも言えない甘い香りが漂って来た。笑顔のルイーザが手に美味しそうなケーキを運んでいる。

「さあ、みんなお疲れ様！　頑張ったご褒美にケーキを焼いておいたのでみんなでいただきましょう」

「わあー、おいしそう！　ジェイクいっしょにたべましょ」

ジュリアが手を叩いて喜んだ。

「ココア・カッテージチーズケーキよ。ジェイク、知っているかしら？」

「ううん、聞いたことがない」

「そうね、無理もないわね。実はこれハンガリーのケーキなのよ。ハンガリーではどの家庭でもお母さんが子どもたちにつくってあげるの。レシピを見ながら初めてつくったので美味しいかどうかわからないけれど、どうぞたくさん召し上がれ。ステファンもどうぞ。でも、あなたは感想を言わないでね」

「いえいえ、見ただけで美味しいとわかります。では、遠慮なく頂戴いたしましょう」

髭を汚さぬよう大口を開けて器用に一口目を口に入れた。

「ほほお、これは美味しい。うーむ、これでは給仕長も形無しですな」

「まあ！　お世辞でもプロのあなたに褒めてもらうと嬉しいわ」

「とんでもない。本心ですぞ、奥様」

「ママ、ほんとうよ。うん、ほんとうにおいしい。ね、ジェイク？」

「うん、とっても美味しい」

「そう？　よかったわ、みんなに喜んでもらえて」

「それでは私も、今日は腕によりをかけて夕餉の仕度をいたしましょう。実は私も、今日はハンガリー料理を用意するつもりでおったのです。じゃがいもと肉をふんだんに使ったブラショーイ・アプローペチェニェはブイヨンのスープが絶品でしてな。他にもチキンレバーのリゾット、じゃがいもや卵、サラミ、ヨーグルト、みじん切りの玉葱などを幾層にも重ねて焼いたラコット・クルムプリをご用意いたします。スープはグラーシュスープですと食材が重なりますので、サーモンを使ったハラースレースープがよろしいでしょう」

ステファンがいかにも楽しげに夕食のメニューを発表した。

「ああ、わたしもうだめよ。おなかがグーグーなってよるまでまてないわ」

ジュリアが悲鳴を上げた。

「まあ、この娘ったら。お行儀が悪いですよ」

「だって、ほんとにおなかがすいてしにそうなんだもの」

そんなやり取りを聞いていて、ジェイクは堪らなく嬉しくなった。

みんなが僕のためにこんなに気を配ってくれている。幸せってこういうことを言うのだろうか？

死んだ母さんもこうやって家族に料理をつくってくれたのだろうか？　そう思うと今にも涙が零れそうだった。

その日の夕食はステファンが言ったとおりのメニューが食卓に並んだ。事前にハンガリー料理と聞いていたせいか、ジェイクは舌鼓を打ちながら懐かしささえ感じた。

心配だったテーブルマナーも特訓のお蔭で無難にこなせたが、時折ジュリアが彼の手元を心配そうに見るのには苦笑いを浮かべるしかなかった。

荷物の整理を理由に早々に部屋に戻ったジェイクは、今日一日の出来事を一つひとつ振り返った。アドルフと歩いた朝の散歩、昼間の記者会見場、養父ガルシェスクの演説と大歓声や割れんばかりの拍手、躊躇いがちに言った〝養母さん〟のひと言とルイーザの抱擁、ステファンの特訓とジュリアの応援、そして懐かしく思えた夕食——。

振り返れば目が廻るほど慌ただしい一日だった。それでも明日への希望を肌で感じられた一日でもあった。ジェイクはバルツホテルから持ち帰った新聞を丁寧に広げ、もう一度食い入るように眺めてからベッドに入った。

4

一九三〇年十二月

経済不況と民衆の暴動によって窮地に追い込まれたカラジッチ首相は、とうとう議会を解散し一か八かの総選挙に打って出た。しかし、それは最後の悪足掻きに過ぎなかった。

彼は国民の支持をまったく得られず、遊説のたびに選挙運動員が集客に汗を流す光景が各所で見られた。今や国民はカラジッチに見向きもしなかったのである。それどころか同じ民主共和党内からも批判の矛先を向けられる始末で、まさにカラジッチにとっては四面楚歌の選挙戦となってしまった。

そんなわけで選挙戦も終盤を迎える頃にはついに彼も戦意を喪失してしまい、当然のことながら開票の結果は落選となった。この段階でカラジッチは完全に政治生命を絶たれ、首相経験者にして初めての落選という不名誉な記録を残したのである。

党総裁がこんな調子だったため、民主共和党からの立候補者もかつてないほどの苦戦を強いられた。不況による国民の生活苦は政権与党にとって逆風以外の何ものでもなかったのだ。

こうした状況は野党の自由労働党にとって最大の追い風になるはずだった。ところがキリエンコ委員長をはじめ他の立候補者たちも、選挙戦を通じてまったくと言ってよいほど手応えを感じることができなかった。政権の座を逸した前回の選挙の方がまだましだったのではないか、――そう感じられるほど有権者の反応は冷ややかだった。

一方、既成政党が低調な選挙戦を繰り広げる中、唯一ガルシェスクの陣営だけは大いに盛り上がっていた。選挙を戦うためのカンパが――彼にはまったく必要はなかったのだが――全国から寄せられ、応援の電話は一日中事務所内に鳴り響いた。全国どこでもガルシェスクの行くところは大勢の聴衆でごった返した。

彼らは壇上にガルシェスクが登場すると、

〝目覚めよ、アルドニア！　誇れよ、アルドニア！〟の大歓声で彼を迎えた。

今やこの言葉は、ガルシェスクのスローガンであり国民の合言葉になりつつあった。バルツホテルの記者会見に端を発したこの国民的気運は日を追うごとに高まり、もはや開票を待たなくても選挙の結果は誰の目にも明らかだった。

投票日の翌日、それも正午前には選挙戦の大勢が判明し、案の定、ガルシェスクは他の立候補者を寄せつけない圧倒的な得票で当選を果たした。

一方、民主共和党と自由労働党はともに惨敗の結果に終わった。当選者の数こそ解散前をほぼ維持したものの、大半が法定得票数ぎりぎりという惨憺たる状況で、党全体の得票数がガルシェスクひとりの得票数に及ばないほどだった。

そのため民主共和党は議員数では第一党の立場を維持したものの、カラジッチの後継首相指名については、ガルシェスクの意向を無視できなくなった。ここで彼が自由労働党を支持するような声明を発表すれば、雪崩を打ったように自由労働党へ鞍替えする輩が党内に予想されたからだ。

　それほど今度の選挙結果はガルシェスクの影響力を確固たるものにした。

　ところが彼はここで思いも寄らない行動に出る。新首相の指名に際して、民主共和党の新総裁となったゲラシチェンコを支持する声明を発表したのだ。それまで浮き足立っていた民主共和党の議員は、歓喜に沸くとともにホッと胸を撫で下ろした。

　一方、ガルシェスクの首相就任を期待していた国民は、よもやの展開に失望せざるを得なかった。政党とは孤立無縁の新人議員とはいえ、ガルシェスクには国民の期待を実現するだけの影響力が既に備わっていると誰もが見ていたからだ。

　ガルシェスクの声明を人一倍喜んだのは、当然のことながらゲラシチェンコだった。彼は解散総選挙が民主共和党にとって圧倒的に不利なことを承知で、カラジッチに解散を唆した張本人なのだ。選挙の結果、場合によっては自由労働党に政権の座を奪われる危険を承知の上で、それよりも党総裁の座を確実にしておきたかったからだ。

　それが自由労働党も票を伸ばしそこね民主共和党が第一党の座を守れたばかりか、あのガルシェスクが自分のことを首相に推すという。こんなに事がうまく運ぶとは夢にも思わなかった。

　ゲラシチェンコは腹の中でガルシェスクを与党内に取り込み、論功報奨を餌に自分の思うとおりに操ってやろうと考えた。

　すぐさま民主共和党総裁室にガルシェスクを招くと、

「伯爵、このたびは我が民主共和党ならびに私への支持を表明いただき心から感謝を申し上げます」

ゲラシチェンコは慇懃に感謝の言葉を口にした。

「何をおっしゃいます、総裁。私は純粋に新首相の適任はあなたしかいないと思ったまでのことです」

「恐れ入ります。伯爵にそう言っていただくと改めて身の引き締まる思いです」

「ところで、本日は総裁直々にお呼び出しとはどのようなご用件でしょうか?」

さも意外そうな口振りで尋ねた。

「わざわざご足労いただいて申し訳ございません。実は伯爵を見込んで、どうしてもお願いしたいことがあるのです」

身を乗り出して向けるその眼差しは真剣そのものだ。

「伯爵、あなたに是非とも党の要職に就いていただきたいのです」

「えっ! 総裁、何をおっしゃいます。政治家一年生の私などが民主共和党の要職など、とても無理な話です」

ガルシェスクは驚きの表情を浮かべてこの申し出を固辞した。

だが、言葉とは裏腹にその表情が一瞬だが変化したのをゲラシチェンコは見逃さなかった。

「いえいえ伯爵、あなたの見識の広さは誰もが認めるところです。しかも、国民の絶大なる信頼を得ているではないですか。今こそアルドニア王国のために、あなたの類い稀な才能を政治の舞台で発揮していただきたいのです」

「…………」

ふたりの間にしばらく沈黙が続いた。

「わかりました。総裁がそこまでおっしゃるなら、これ以上お断りするわけにはいかないでしょう」

意を決したようにガルシェスクが口を開いた。

「ご協力いただけますか?」

「お引き受けいたします。但し、僭越ながらひとつだけ条件を申し上げてよろしいでしょうか?」

「条件……と、おっしゃいますと?」

この男はどんなことを言い出すつもりか。他の連中はポストと引き換えにこちらの思うとおりに操れるのに、この男に限ってはそうもいかんと言うのか。

首相の座を手に入れながら、ゲラシチェンコは目の前の男に気を遣うしかなかった。

「ええ、党の要職は身に余る光栄ですが、できれば私に内閣の一員として是非とも財務省を任せてもらいたいのです」

「財務省!? ……」

ゲラシチェンコは自分の耳を疑った。

まさかこの大不況の最中、よりによって財務大臣になりたいと自分から言い出すとは——。大臣の椅子を虎視眈々と狙っている連中でもこのポストだけは敬遠するというのに、この男は一体何を考えているのだろうか?

「いやあ、驚きましたな、伯爵。実は私も本音を申し上げれば、あなたには是非とも財務大臣をお願いしたいと思っていたのです」

「そうでしたか。いや、光栄です」

「我が国の経済は世界恐慌の煽りを受けて、まさに瀕死の状態ですからな。この難局を打開するにはあなたの手腕に頼るしかありません」

「ご期待に副えるよう全力を尽くします」

「ありがたい。そうと決まれば、至急、組閣の最終調整に入るとしましょう」

ふたりは互いにがっちりと握手を交わして別れた。

ガルシェスクが総裁室を出て行くのを見届けると、ゲラシチェンコはすぐに電話で第一秘書に指示を出した。

「私だ、組閣案は当初予定したとおりだ」

〈畏まりました。ひとつだけ空欄の箇所はどういたしましょう?〉

「〝ルシュトフ・ガルシェスク〟と入れておけ」

〈は、はい。承知いたしました〉

ガルシェスクが何を考えているのか、ゲラシチェンコには皆目わからなかった。

確かに財務大臣には国家予算から経済政策の立案と大変な権限がある。金融界にも目を光らせ、まさに〝影の首相〟と呼ばれるに相応しいポストだ。

だが、それは経済情勢が順調な時の話、今はとてもそんな状況ではない。財務大臣就任は荒海にたったひとりで小舟を漕ぎ出すようなものだ。なんとも解せない話だが、まあよいだろう。これで奴が自滅してくれるならなおさら万々歳だ。どんなお手並みを見せてくれるか、楽しく拝見させてもらおうではないか。

　ゲラシチェンコは党総裁の椅子に深々と腰掛け、煙草に火を点けて深く吸い込んだ。一息つくように紫煙を吐き出すと、改めてこの上ない満足感が込み上げるのだった。


　――議会の議決を経て国王から正式に首相を任命されたゲラシチェンコは、早速マスコミに対して内閣の陣容を発表した。その中にガルシェスクの名前があったことで新内閣はまあまあの支持率を得ることができた。

　だが、抱える問題は山積みだった。不況による需要の停滞は工業生産指数を半減させ、その結果、アルドニア王国の失業率は今や二〇パーセントを超えている。

　ゲラシチェンコは首相就任後、直ちに緊急閣僚会議を招集した。大至急、経済政策に関する政府案をとりまとめなければならないからだ。

　彼は会議の冒頭でアルドニア王国の現状――すべて役人の作成したものだったが――を説明し、各大臣から意見を募った。だが、発言される内容はどれも無為無策で、会議室には重苦しい空気が立ち込めるだけだった。

　この状況を見越していたガルシェスクが、

「経済政策の主管大臣は私ですから、次回の閣議までに私案をとりまとめ省内で検討して参ります。その上で再度、閣議に諮りたいと思うのですが、いかがでしょうか？」

仕方ないといった素振りで口を開くと、ゲラシチェンコが即座に反応した。

「そうですな、まずは財務省の素案作りを急いでいただきましょう」

渡りに舟とばかりのひと言で閣議はあっさりと散会した。

閣議終了後、ガルシェスクの呼び掛けで会議室に数名の大臣が残った。その顔触れは産業、金融、外務、国防の四大臣に首相とガルシェスクを加えた六人だ。

「みなさん、お忙しいのにお引き止めして申し訳ございません」

ガルシェスクは一応儀礼的に詫びた。

「早速ですが、先ほどの私案について少しばかりお話をさせていただきたいと思うのですが、構いませんか?」

ガルシェスクの問い掛けに、全員が無言で頷いた。

「ありがとうございます」

ひと言礼を述べると、閣僚たちに自説を滔々と論じ始める。

「我が国は今、世界大恐慌の煽りを受け、多くの失業者で溢れています。そのため市場の需要は停滞し、産業界もこれに見合った規模縮小を余儀なくされているのが実情です。

需要に見合った供給ということになれば、当然、企業は設備の稼働率を下げ人員を削減せざるを得ません。その結果、益々失業者が増え需要は更に停滞するという悪循環に陥っています。

従って、今我々がやるべきことは政府主導型の需要喚起に尽きると私は考えます。産業大臣、ここは思い切った公共投資の前倒しが必要です。また、積極的な設備投資のためには、金利を引き下げて市場の資金量を増やすことも考えなくてはなりません。金融大臣にはバンデル王立銀行を通じて、公定歩合を引き下げるようお願いしたい。

同時に国内産業を保護するために輸入関税の引き上げを実施します。当然、諸外国からは圧力が掛かるでしょう。外務大臣にはその辺の調整を抜かりなくお願いしなくてはなりません。

しかし、これらの政策だけではとても我が国の経済を立ち直らせるのは不可能です。そこで内需拡大に最も効果があり、しかも我が国の国際的地位の向上に有益な方途として、私は国防費の大幅な増額を提案します」

その瞬間、ガルシェスクの話にじっと耳を傾けていた大臣たちの顔色が変わった。

「国防費！　……ですと？」

ゲラシチェンコが思わず声を上げた。

同席していた大臣たちも一様に驚きの表情だ。

「そうです。経済復興と国力回復を目的に軍事産業を強化するのです」

ガルシェスクは澄ました顔で答えた。

「財務大臣、国防費の大幅増額というのはいかがなものでしょう？　世論に対する大義名分が……」

ゲラシチェンコが自信無げに言葉を濁した。

「首相、大義名分などはいくらでもあります。第一に、軍事産業の強化は雇用の安定に大きく貢献します。第二に、我が国の自主独立のためには国防強化は喫緊の課題です。振り返ってみて下さい。

ヴェルサイユ体制は前の大戦後に列強諸国主導の下で構築された、いわば弱小国の屍の上に築かれた秩序ではないですか。

今後、こうしたことが二度と繰り返されないという保証はどこにもないのです。いや、むしろ世界恐慌をきっかけに自由主義と共産主義といったイデオロギーの対立、或いは自由主義諸国の間にも排他的な経済ブロック圏の確立とこれを支配しようとする帝国主義国家間の争いといった動きが、必ずや時機を待たずして起きるはずです。その時になってアルドニア王国が自主独立を声高に叫んでも遅いのです」

確かにガルシェスクの言うとおりだった。

ヨーロッパでも保護貿易の動きが顕著になりつつあり、アルドニア王国の輸出産業も大きな打撃を被っている。

「財務大臣、あなたのおっしゃることはわからないでもない。だが、仮に経済政策の柱を軍事産業の強化に置いたとしても、肝心の財源をどこに求めるのです？　ただでさえ国家予算は破綻しかねない状況なのですぞ」

いかにも素人の発言だと言わんばかりの顔をして、金融大臣が口を挟んだ。

ガルシェスクはその程度の質問は予想済みだった。

「財政状態が厳しいのは私も承知しています。ですから新たな増額予算の財源は国債の発行で賄います。もちろん中長期の国家戦略を堂々と国内外に発表し、償還期の保証をきちんと確約した上でアルドニア王国の国債を発行するのです。

事業活動に消化不良を起こしている多くの企業が喜んで投資をしてくれるでしょう。何しろ国への貸付は需要と供給というメカニズムの中で、廻り巡って自社へ戻ってくるのですから。しかも償還期を迎える頃には景気も一段落ついているでしょうから、その時点で増税を図ればいい」

「…………」

「特にご異論がないようでしたら申し上げた骨子に則り細部を練り上げて、次回の閣議にご報告したいと思いますが」

筋のとおった論旨に、誰も異議を唱えることができなかった。

再度、次回の閣議で議論することで全員が散会しようとした時、

「この経済政策には国運が賭かっています。政治主導とは言いながら経済界の協力がなくては一歩も先へは進めません。ですから財界の主だったメンバーに私から事前に主旨を説明しておきますのでご了承下さい」

そう言って、ガルシェスクは鷹揚に会議室を出て行った。

気が付けばガルシェスクのペースですべてが進行していることに、残された大臣たちは一様に苦虫を噛み潰した表情を浮かべた。しかし、代案を出せるほどの頭脳は誰も持ち合わせていなかったので、全員がただその場に立ち竦むしかなかった。

翌日、アルドニア王国の財務大臣となったガルシェスクの執務室をひとりの年配の男が訪れた。高級スーツを見事に着こなしてはいるものの、肩幅の広さと眉間に深く刻まれた皺はこの人物のただな

らぬ経歴を感じさせた。

「伯爵、このたびは財務大臣へのご就任、誠におめでとうございます」

「オルバン会長、わざわざお越しいただいて恐縮です」

ガルシェスクが招いたのはアイアッシュ社のオルバン会長だった。

「いえいえ、一国の大臣から直々のお呼び出しとあっては、何はさて置いても参らぬわけにはいきません」

「恐れ入ります。実は、是非とも会長のお耳に入れておきたいことがありまして」

「ほお、一体どんなことでしょう?」

「ええ、……実は昨日、民主共和党内で緊急閣僚会議が招集されましてね」

「ふむ、………」

オルバンの目が一瞬、鋭く光った。

「緊急閣僚会議ですか?」

「そうです。その場で新たな経済政策を策定することが決まりました。もちろん目的は雇用の安定と経済の復興にあるわけですが、最大の目玉は……、いよいよ我が国も軍事産業の強化に乗り出すという点にあります」

「えっ！　軍事産業ですと?」

「そうです」

ガルシェスクは昨日、閣僚たちに披露した話をオルバンにも聞かせてやった。

大臣たちとは打って変わって、オルバンの顔が紅潮し興奮の度合いを高めているのが手にとるように伝わって来る。

「前の大戦で我が国の軍事技術も相当なレベルにあったはずですが、戦後の平和路線転換によって現在では軍事産業そのものが消失してしまった」

「おっしゃるとおりです。それを再び始めようというのですか？」

「ええ、……但し、すべてはゲラシチェンコ首相の決断次第ですがね」

「首相は乗り気ではない？」

「まったくない、という訳ではありませんが……」

オルバンは押し黙ってしまった。

軍事産業の強化ともなれば、鉄鋼業界で国内第一位を誇るアイアッシュ社を抜きには語れまい。目の前に開けようとしている千歳一隅のチャンスを、彼は何としてでもものにしたかった。

「ところで選挙というのは実に金が掛かるものですな。噂には聞いていましたが、改めて吃驚しましたよ。ゲラシチェンコ首相も大変でしょうな」

「首相が……、ですか？」

「ええ、首相の場合は選挙戦だけでなく、総裁の椅子を賭けた戦いもあったのですから。噂では、かなりの金を党内にばら撒いたともっぱらの評判ですよ。お蔭で首相の座は射止めたものの台所は火の車らしい」

「なるほど……（！）」

オルバンが我が意を得たりの表情で神妙に頷いた。

ガルシェスクが視線を逸らすと、オルバンの口元がにやけるのがわかった。ガルシェスクは気づかぬ振りをして、その後は当たり障りのない世間話を続けた。

他愛もない話で適当な時間が経過すると、オルバンが時機を見計らって席を立った。

「本日は大変に有意義なお話が聴けました。今後も何かとお願いします伯爵、いや失礼しました、大臣閣下」

満面の笑顔でガルシェスクの手を硬く握り締めた。

「いえいえ、こちらこそよろしくご指導下さい。何しろこちらは、まだ政治家一年生の身ですから」

にこやかに微笑むガルシェスクともう一度握手を交わし、オルバンは平静を装って大臣室を辞去した。

政治家一年生が聞いて呆れるわ。首相の意を汲んで誘い水を投げて来るとはなかなかの寝業師だ。オルバンは車に乗り込むと、次に取るべき手筈を頭の中に描きながら思った。

その頃、ガルシェスクは電話口に向かって男に指示を与えていた。

「予定どおりだ。しばらくはオルバンの動向からも目を離してはならんぞ」

〈畏まりました、ひっ、ひひ〉

ガルシェスクは受話器を置くと、椅子に深々と身体を沈め満足気に煙草に火を点けた。いつになく穏やかな気分で揺蕩う紫煙を眺めるその目は、だが、一分の隙もなかった。

――男は主人からの電話を置くと、市街へ向けて車を走らせた。

バルツォーク市の外れに高級アパートが立ち並ぶ一画がある。男はそこまで来ると、路上に車を駐車させエンジンを切った。スモーク硝子に遮断されているので中を覗かれる心配はなかった。そろそろお目当てが来る頃だ。

しばらくして一台の黒塗りの高級車があらわれるが、エンジン音は鳴らしたままだ。

運転手がドアを開くと、中から恰幅のよい男が降り立った。夜も更けて他に人影はなかったが、男は怒気を含んだ目で周囲を気にしながらアパートの中へと入って行った。その姿が消えると、黒塗りの高級車はそのまま静かに走り去った。

その様子を見届けた路上の車が静かに動き始める。黒塗りの高級車があった場所までゆっくりと進み、入れ替わるようにアパートの前で止まった。一旦ドアが開きかけたが、思い直したように車は脇道へと移動する。

エンジン音が鳴り止み、脇道からひとりの男があらわれた。五フィートあまりの背丈しかないその男は三白眼の目でアパートをしげしげと見上げ、唇の半分を引き上げながら満足気な表情を浮かべるのだった。

その頃、恰幅のよい男は慣れた足取りでいつもの部屋に向かっていた。四階でエレベーターを降り、足音に気を使いながら一番奥にあるドアの前に立つと、いつものように呼び鈴を三回鳴らした。

ドアはすぐに開けられたが、男の表情は依然として険しいままだ。部屋の中は深夜にもかかわらず、来客を予期していたかのように暖房が行き届いていた。

男を迎えたのは、まだ二十歳そこそこと思しきブロンドの美女だった。今しがたシャワーを浴びたばかりなのか、純白のバスローブ姿だ。

「今日は随分と遅いお越しですわね」

男を迎え入れながら媚びた声で甘える。

「遅いと来てはいかんのか！」

男の不機嫌はまだ続いていた。

「あらまあ、随分ご機嫌斜めなのね」

「あたり前だ！　こんなに腹の立つことがあるか！」

男は再び怒鳴りつけると、ずかずかと部屋へ上がり込んだ。

豪奢な居間のソファにどかっと腰を下ろすや、口を真一文字に結んで押し黙ってしまった。

「ブランデーでよろしいですか？」

女はそう言いながら、もう手にグラスを取って注ぎ始めている。

「あの若造め！」

男はまだ怒りが収まらない様子だ。

「さあ、これを飲んで少しは気分を落ち着けて下さい」

男はそれを一気に飲み干すと、ひとつ大きく息を吐き出した。

「ガルシェスクの馬鹿者が、よりによってあのゲラシチェンコを支持しおった。お蔭でわしの首相の座も遠退いたわい。ビレーヌ！　わしは断じて奴らを許さんぞ！」

　顔を紅潮させて一気に捲し立てる。

「それでお腹立ちだったのね」

　ビレーヌと呼ばれた女はとなりに寄り添いながら二杯目を注いだ。

「あんな馬鹿どもに腹が立たずにいられるか！」

「でも新聞には、何もキリがゲラシチェンコ総裁に負けたのではなくて、すべてはガルシェスク伯の決断だと書いてありましたわ」

「だから気に食わんのだ！　なぜ、奴を選んだ？　だいたい民主共和党などはこの不景気に何も手が打てんではないか！」

　それは自由労働党も同じだとビレーヌは思ったが、口に出すのは控えた。

　人一倍自尊心の強い男の性格は、初めて会った時から手に取るようにわかっている。


　あれは、ビレーヌが恋人と別れた直後だから半年も前のことだ。彼女の勤めていたデパートにキリエンコが秘書を連れて訪れたのだ。

　彼は本来まったく買い物などに興味はなかったのだが、庶民派をアピールする立場上、時折こうして人混みの中に姿を曝した。大衆政治家のイメージ造りが狙いで、あらわれる場所はデパートでも市場でも人が群れる場所であればどこでも構わなかった。

　その時もキリエンコは党務の合間を縫ってバルツデパートを訪れ、いつものように各フロアを忙しなく歩きながら大勢の買い物客に愛想よく笑顔を振り撒いていた。ところが三階にある婦人服売場の前で突然彼の足が止まった。そこはビレーヌが担当する売場だった。

彼は「姪にプレゼントするサマースーツをあんたの趣味で選んでくれ。背丈は丁度あんたくらいだ」と、ビレーヌを頭のてっぺんから爪先までしげしげと眺めながら言った。

彼女は最初当たり障りのないものを勧めたが、「もっと高級なものだ！」と一喝されて店で一番値の張るスーツを用意した。キリエンコはそれを秘書に持たせると満足気に売場を後にした。

それから数日が経った頃、彼女の——今とは違う質素な——アパートに小包が届いた。差出人の名前が書かれていないその包みを開けると、先日キリエンコが姪のために買っていったサマースーツが入っていた。メッセージカードには『ビレーヌのために……キリエンコより』と書かれていた。

当惑した彼女は電話帳で自由労働党本部の番号を調べ、委員長に取り次いでくれるよう電話を掛けた。だが、いくら事情を説明してもキリエンコを電話口に呼ぶことはできなかった。

それから一週間ほど経った頃、キリエンコの秘書が今度はひとりで売場を訪ねて来た。

用向きは「仕事が終わった後でお時間をいただきたい」ということだった。政治家からの贈り物の扱いに苦慮していた彼女はその申し出に応じることにした。

秘書の用意した黒塗りの高級車に乗って案内されたのはバルツホテル内にある高級レストランの個室で、そこには彼女が予想したとおりキリエンコの姿があった。

「やあ、よく来てくれましたな。どうぞ、こちらへ」と、上機嫌で迎えられたのだ。

彼は濃紺の背広に身を包み、いつもと違って派手な花柄のネクタイを締めていた。あまり趣味がよいとは言えなかったが、彼女はそれをおくびにも出さず笑顔で席についた。

ほどなく食事が運ばれ、ビレーヌは家族のことや恋人の話を色々質問されたが、思いのほか話し上手なキリエンコのお蔭で案外に楽しい時間を過ごした。

だが、贈り物についてはいただく理由がないのでと断ったにもかかわらず、「わしのやったものが気に入らんと言うのか！」と、凄い剣幕で叱られてしまった。

それどころか逆に、今度は見たこともない大きなダイヤの指輪を手渡された。おそらくは一生かかっても手にすることができないだろうその見事な輝きに、彼女は慎ましい日常の生活感を見失ってしまった。

その後、誘われるまま最上階にあるバーでいつもよりかなり多めにカクテルを飲んだはずだ。〝はず〟というのは、それからの記憶があまりはっきりとしないのだ。

たぶん強かに酔いつぶれたのだろう。気が付けば生まれたままの姿でベッドに横たわっていた。驚いて跳ね起きようとしたが、突然もの凄い力で押さえつけられてしまった。

朦朧とする意識の中で目を凝らすと、脂ぎったキリエンコの顔が目の前に迫っていた。必死になって押し退けようとしたのだが、酔いのまわった彼女には抗う力は残されていなかった。

それからというものキリエンコは彼女に逢うたびに高価な贈り物を用意した。初めのうちこそビレーヌも躊躇いがあったが、やがて寝間の代償として平然と受け取るようになった。この頃には、彼女もすっかり贅沢の魔力にとり憑かれてしまっていたのだ。

生活は日増しに派手になり、あくせく働くのが馬鹿らしく思えるようになった。彼女にとってキリエンコの財力はもはや躰の一部となり、デパートの売り子は蔑むべき仕事としか思えなくなっていた。

「きっとチャンスは来ます。ねっ？」

ビレーヌが笑みを浮かべながら、キリエンコの耳元でそっと囁いた。

「気休めを言うな！」

「いいえ、断じて気休めなものですか。だってキリはいつでもチャンスをものにして来たでしょ」

「うむ、確かにそうだが……」

「ねっ、だから今日も目の前のチャンスを逃さないで」

しな垂れながら首筋に熱い吐息を吹きかけると、

「うっ、……うう……」

途端にキリエンコの身体の中心が熱を帯びて来る。

端からそれが目当てだったのに、さも自分が誘われているような錯覚にさせられる。自尊心の強い男にはそれが一番重要なことだった。

キリエンコはビレーヌを抱き寄せると、小悪魔のような黒い瞳を閉じさせ少し厚めの唇を思う存分吸った。挿入した舌が彼女の舌に絡め獲られていく。胸元から手を差し入れ豊かな乳房を揉みしだくと、バスローブが肌蹴(はだけ)けて透き通るような白い肌が露わになった。

吐息の漏れる口を唇で塞ぎ、ゆっくりと指を這わせながら太股の間に滑り込ませると、そこはもう十分に潤っていた。キリエンコは軽々とビレーヌを抱き上げ、いつもの場所へと移動した。

小男は仕掛けた盗聴器から洩れてくる男女の睦みに耳を傾けていた。

「何が〝キリ〟だ、あの助平爺が！　労働者の代表が聞いて呆れるわ」

録音テープの調子を確かめながら吐き捨てるように呟いた。

だが、言葉とは裏腹にその顔は品性のかけらも感じさせないほどにやけていた。

キリエンコは色事の噂が絶えなかったので、ほんの少し尾行を続けただけでブロンドの尻尾を掴むことができた。その後は女の留守を狙って最新型の盗聴器を仕掛けるだけだった。だいぶ金は掛かったが、その甲斐あって奴らが繰り広げる秘事のすべてがこうして手に取るようにわかる。

あとは証拠となる写真があれば完璧だった。そのために向かいのアパートの空き部屋も押さえてある。人を雇えば今日にでも盗撮は可能だったが、このことが他に洩れてはまずかった。

今日は耳だけのお楽しみにして、次回ゆっくりと見物させてもらうとしよう。しかも獲物がもう一匹、いや二匹も増えて、これから益々忙しくなる。そいつらは色欲ではなかろうが、権勢と金儲けという欲の亡者に変わりはない。ああ、他人の秘密をほじくり出すのは何と愉快なことか。

小男は言い知れぬ喜びに浸りながら、録音機のスイッチを切ってゆっくりと車を発進させるのだった。

5

一九三一年一月

ジェイクがガルシェスク家の養子になって二ヶ月が経過した。

「いやあ、驚きましたな。ジェイコフ君は王立サンティエール校初等部の教科をこの二ヶ月ですべて習得してしまいました。もう私がご指導する必要などまったくありません」

この日、老齢の元教師は大袈裟なほど驚いた顔をしてルイーザへ報告した。

王立サンティエール校への転入手続は既にすんでいたが、ルイーザは念のためにと事前に家庭教師を雇っていた。ジェイクが慣れない学校で辛い思いをしないようにとの優しい配慮からだ。

だが、そのことはジェイクに優しい養母(はは)の存在を教えただけで、他には何の意味もなさなかった。ジェイクの学力は家庭教師などまったく必要としていなかったのだ。

「そうですか。聖アンドレッジオ養護院のオグリオット院長からも聞いてはいたのですが……。これですぐにでも学校へ通うことができますね。よかったわね、ジェイク」

ルイーザは笑みを浮かべ、ほっと胸を撫で下ろした。

「うん、ありがとう」

これでようやく学校へ通えると思うと、ジェイクも自然と心が弾んだ。

その日の夕食時、話を聞いたアドルフとジュリアも自分のことのように喜んだ。

「わからないことは、なんでもわたしにきくのよ！」

ジュリアがそう言ってみんなの笑いを誘った。

彼女は初等部に入学したばかりの一年生だった。

「ジェイク、四年生は二クラスあるんだが、僕らは形の上では兄弟だからクラスは別になると思う。でも、困ったことがあれば何でも相談してくれよ」

「ありがとう。アドルフがいてくれるんで安心できるよ」

父親にちらりと視線を向け頼もしさを誇示する義兄に、ジェイクは素直に感謝した。

自分の部屋に戻って揃えられた真新しい教科書を手にとり、飽きもせずに何度も開いては閉じてを繰り返した。聖アンドレッジオ養護院では年長者の使い古した教科書が代々引き継がれていたので、何も書き込みがされていないインクの匂い立つようなページはずっと憧れだった。

昼間、家庭教師に褒められて面映い思いをしたが、彼は決して優等生や特別な勉強家というわけではなかった。本は贅沢品だったので施設には限られた数しかなく、活字に飢えていた彼は暇さえあれば手垢にまみれた教科書を読む、ただそれだけのことだった。

翌日、ジェイクはアドルフやジュリアと一緒に王立サンティエール校へ初めて登校した。この日だけは校長への挨拶もあって養母のルイーザも同行している。

校門の前には何台もの高級車が列をなしていた。車での送り迎えはガルシェスク家だけではないようで、さすがに貴族出身や裕福な家庭の子どもだけが入学を許される学校だった。

校舎は見事な煉瓦造りで、聖アンドレッジオ養護院のような罅割(ひび)れなどひとつもなかった。ただ、初等部から高等部まであるのに肝心の校舎はこぢんまりとしていて、ほんとうに一握りの子どもたちしか入れない学校なのだ、とジェイクは改めて緊張した。

公園のように芝生が敷き詰められた校庭を進むと、

「おはよう！　アドルフ」

金髪を風に靡かせながらひとりの少年が走り寄って来た。

「やあ、クライス、おはよう！」

「今日はみなさんお揃いで、何かあったのかい？」

「ああ、紹介するよ。義弟(おとうと)のジェイクだ。前に話をしただろ？」

「そうか、君がジェイクか。いよいよ入学なんだな。会えて光栄だよ」

クライスと呼ばれた少年が爽やかな笑顔で右手を差し出して来る。

「はじめまして……」

ジェイクが自己紹介しようとしているところへ、

「おにいちゃん、まってよ！　もう、ひとりでさきにいっちゃうんだから」

こちらも金髪の可愛らしい少女が息を切らしながら走って来た。

「ポーラ、おはよう！」

今度はジュリアが笑顔で迎えた。

「ふたりはザイツェフ家の人間で、ぼくらと同じ元は貴族の出なんだ。たぶんジェイクは彼と同じクラスになると思う。クライス、頼んだぞ！」

「もちろんだよアドルフ、任せておけ」

そう言って旧知の間柄のように頼もしくジェイクの肩を叩いた。

「さあさあ、みんな！　いつまでも話し込んでいると遅刻してしまいますよ」

おしゃべりに夢中な子どもたちを見かねてルイーザが割って入った。

「小母様、ごめんなさい。さあ、みんな急ごう！」

クライスのひと言で、全員が元気良く校舎に向かって走り出す。

「あっ、ジェイクは私と一緒でなければ駄目よ」

ルイーザに呼び止められて校長への挨拶を思い出した。

みんなとはそこで一旦別れ、彼女のところまで戻ると並んで歩いた。脇を走り抜けて行く同じ年頃の子どもたちが珍しそうにふたりのことを振り返り、どこの親子だろうという視線を投げて来る。

アンドレッジオにいた頃は付き添いといえば決まってオグリオット院長だったが、彼女は母親にしては歳をとり過ぎていた。ジェイクは自分に向けられる視線を浴びるたびに、となりのルイーザを見て——オグリオット院長には申し訳なかったが——嬉しさを抑え切れなかった。

受付でルイーザが用向きを伝えようとすると待ちわびたようにひとりの男があらわれ、

「ガルシェスク夫人、ようこそお出で下さいました。どうぞ、ご案内申し上げます」

仰々しくお辞儀をして腰を折りながらふたりを先導する。

その様子にルイーザはジェイクに苦笑いを浮かべ、彼もまたくるくると目を回してお道化たふりをした。

長く続く廊下の中程にある校長室で、頭頂部が見事に禿げ上がった男がふたりを出迎えた。五十代半ばで背のすらりと伸びた紳士だが、仕立ての良い濃紺のスーツばかりが妙に目立っている。

「ガルシェスク夫人、いらっしゃいませ。お待ち申し上げておりました」

校長は慇懃に挨拶をしながらふたりに目の前の席を勧めた。

「ありがとうございます、ギュンター校長。いつも子どもたちがお世話になりまして」

「いえいえ、おふたりとも実に優秀な生徒さんですよ」

「恐れ入ります。また、このたびはジェイクの入学をご許可いただいて、主人ともども大変感謝しております」

彼女はギュンター校長に礼を述べ、優しくジェイクに微笑み掛けた。

「この子がジェイコフ君ですな」

校長はジェイクの方にちらりと視線を向けただけで、

「それはそうと、このたびは伯爵の財務大臣ご就任、誠におめでとうございます。さぞやお忙しい毎日をお過ごしでしょう?」

満面の笑みでガルシェスクの話題に移った。

「ええ、何分にも初めての経験ですから主人も大変だと思います」

「そうでしょうとも。しかし、伯爵の政界デビューは国民みんなが待ち焦がれていたことです。我が校にとっても大臣のご子息をお預かりするのですから、こんなに名誉なことはありません」

ギュンター校長はまるで手揉みでもするかのようにルイーザのご機嫌をうかがった。

彼は王立サンティエール校を心から誇りに思っていた。国内の選りすぐりの名家が挙って子どもらを入学させたがる名門校、そこの校長であることが何よりも自慢だった。

しかも、ガルシェスク家は名門中の名門だ。その上、今度は一国の大臣に就任したのだから、ギュンター校長の興奮は並大抵のものではなかった。長いこと時間を割いて、自分がいかにガルシェスク家の子どもらに目を掛けているかを恩着せがましく滔々と説明してから、ようやくふたりを解放してくれた。

校長から紹介された担任の教師は五十歳に近い白髪交じりの人物で、黒革のノートと分厚い本を小脇に抱えていた。細身の身体と黒縁眼鏡の奥にある目が神経質そうで、ジェイクは役所でよく見かける従順な小吏の印象を持った。ルイーザとの挨拶もどこか落ち着きがなく、必要以上に緊張している様子がうかがわれる。

教師は挨拶が終わると他に一切無駄口も利かず、ジェイクを連れて足早に教室へと向かった。ルイーザとの別れ際、彼女が小声で「頑張ってね」と片目を瞑ったので、ジェイクも親指を立てて〝オーケー!〟の合図を返した。

それでもルイーザがいなくなると、さすがに緊張からか胸がドキドキし始める。廊下に漏れてくる教室の騒々しさが更に追い打ちをかけ、落ち着きを取り戻そうと大きく深呼吸をしても胸の鼓動は益々高まるばかりだった。

覚悟を決めたジェイクは握り拳にぎゅっと力を入れ、教師に従って中へと進んだ。その瞬間、騒がしかった教室が一気に静まり返った。生徒の数は男女半々で三十人ほどだろうか、一斉に向けられた視線の中にクライスの笑顔が見えた時、さっき知り合ったばかりなのに随分前から友人だったような親近感を覚えた。

幸いなことに彼のとなりの窓際の机が空いていたので、そこがジェイクの座席になった。

着席するや、クライスが身を乗り出して来た。

「随分と遅かったじゃないか？」

「うん、校長先生の話が長くてね」

「やっぱりそうか。あの校長は権威主義者だからな」

「権威主義者？」

「ああ、とにかく見栄っ張りなのさ。ガルシェスク家の人間がお出ましとなれば、何とか自分を売り込もうと必死なんだよ」

「ふーん、………」

どうりで僕にはあまり興味がなかったようだ。養母さんとばかり話をしていたのも頷ける気がした。

一時間目の授業は数学でこれといって難しいことはなかったが、それよりも終業ベルの鳴った後が大変だった。机のまわりにクラスメイトが集まって来て、養護院のことや記者会見の様子、果ては彼の生い立ちと次から次へと質問攻めだ。

二時間目以降も授業はまったく苦にならなかったが、休憩時間のたびに自分のまわりに同級生が群れるのには閉口した。新聞の一面を賑わした話題の少年が目の前にあらわれたのだから、彼らの興味が掻き立てられるのは仕方ないが、どうやらアドルフがジェイクのことを色々と吹聴してまわっていたらしい。

お蔭で転校生特有の疎外感は一切なかったものの、下校時間を迎える頃にはほとほと疲れ切ってしまい、ジェイクは口を開くのも億劫になっていた。

野次馬の質問攻めから解放され迎えの車に乗り込んでほっとしていると、

「ジェイク、記念すべき一日はどうだった？」

今度はアドルフの質問だった。

「アドルフ、君もか？　もう質問攻めはこりごりだよ」

「あっ、はは、そうか、そんなに色々と質問されたのか」

ジェイクのうんざりした顔を見て腹を抱えて笑った。

「でも、クラスの連中は興味津々なんだ。あれだけ新聞にでかでかと載った君は、今や学校中のヒーローなのさ」

「よしてくれよ！　そんなのちっともヒーローなんかじゃないよ」

「まあまあ、そう怒るなよ。それに連中は、自分の知らない世界ってものに単純に興味を掻き立てられているだけなんだ」

「知らない世界？」

「ああ、見てごらんよ、窓の外を。浮浪者みたいな奴らがたくさんいるだろ。不景気のせいで仕事にあぶれた連中だよ。ああいうのは何も大人だけではないんだぜ。子どもだって同じさ。親に捨てられたり逃げられたりして、最近じゃバルツォークでも随分と孤児が増えているそうだ」

ジェイクは車の外に目をやった。

確かに汚れた身なりをしているのは大人だけではなかった。アドルフが言うとおり小さな子どもの姿も目につく。

驚いてアドルフに向き返ろうとした、その瞬間(とき)だった。

ひとりの——まだ、七つか八つの——男の子がパン屋の店先に並んだパンをひったくると、脱兎のごとく走って逃げる姿が目に飛び込んで来た。店の主人が気づいて後を追うが、もう間に合わない。

少年は路地裏の方へと逃げて既に姿が見えなかった。

「あいつらは、ああやって生きるために必死なのさ。でも、クラスの連中にはそんなこと絶対にわかりはしない。せいぜい盗みのスリルってやつを一度は味わってみたい、そんな程度のただの興味本位でしかないんだ」

平然と思いを口にするアドルフにジェイクは胸が詰まった。

知らない世界、盗みのスリル——いや、そこは生きるために必死な世界だ。確かに僕も孤児だった。

でも、盗みはしなかった。盗みを働いたのは父さんだ。

いや、父さんじゃない。僕だ！　僕のために父さんは盗みを働いた。僕がいなければ父さんだって死なずにすんだのだ。父さんの命と引き換えに、僕は今こうして生きている。聖アンドレッジオ養護院で過ごした八年間、そして、これからの僕の人生は、死んだ父さんや家族の人生そのものだ。

「でも、毎日質問攻めじゃジェイクも大変だな。クライスによく言っておくよ」

アドルフの言葉で我に返ったが、その胸には重石のような思いだけが澱となって残った。

「次の日曜日、クライスがポーラを連れて遊びに来るそうだ。楽しみだな」

となりで無邪気にはしゃぐアドルフに、ジェイクはただ作り笑いを浮かべて応えるだけだった。


日曜日は今にも雨が降り出しそうな生憎の空模様だったが、正午を少し過ぎた頃にクライスとポーラが予定どおりガルシェスク邸へやって来た。

学校の制服姿と違って、おしゃれな身なりのふたりはとても大人っぽく見えた。特にポーラは薄っすらと化粧までしていたので、ジュリアと並ぶとまるで姉妹のようだ。

「ポーラ、きょうはずいぶんおめかししてるのね」

「そんなことないわよ！　いつもこうだもん」

ジュリアに冷やかされたポーラが顔を真っ赤にして反論する。

「あら、なんでそんなにてれてるの？　だれかさんのまえだから？　……ね、おにいちゃん！」

「もうっ！　ジュリアのいじわる！」

捕まえようとするポーラからジュリアが嬉々として逃げまわる。その後を必死になって追いかけるポーラ。ふたりの兄はその様子を呆れ顔で眺めていた。

「アドルフ、おまえのせいだぞ」

「よせよ、クライス。つまらない冗談は」

「いや、冗談なんかじゃすまないかもよ。あいつったらガキのくせに案外ませているからな」

「あっ、はは、それは何とも光栄の至りでございます」

アドルフは身体の前で手を折り曲げて、執事のような会釈でお道化た。

「で、君の方はどうなんだ？　ジュリアはお転婆だけど、あれでなかなか可愛いところもあるんだが」

「うん、いいね。時期が来れば誘ってみようじゃないか」

そう言って、ふたりの兄たちが声を上げて笑った。

蚊帳の外にいたジェイクにもふたりの会話からおよその察しはついたが、言葉に出すことは控えた。

走り疲れた妹たちが戻って来ると、厨房から給仕長のステファンが顔を覗かせた。

「お子様方、おやつのご用意ができましたぞ。さあ、こちらへお越し下さい」

厨房からたった今焼き上がったばかりのアップルパイの香りがする。

五人は歓声を上げながらテーブルに陣取った。

「ところでこの間、学校からの帰り道で面白いものを見たよ。なあ、ジェイク」

アドルフが同意を求めてきたので、ジェイクは何気なく相槌を打った。

「なんだい？　面白いものって？」

クライスが興味をそそられたようだ。

「丁度、ふたりのご婦人方と同じ年頃の少年が、パン屋の店先からその店で一番高そうなパンを両手一杯に抱えてとんずらしたのさ」

「へえー、そんなに一杯？」

「ああ、しかもその逃げ足の速いことったら、凄かったね。まるで野良犬だよ」

「きっと、幼い弟や妹の分もあったんだろう。なんとも切ないな」

クライスがアップルパイを頬張りながら勝手な想像を口にした。

「でも、その子えらいな。おにいちゃんだったら、ぜんぶひとりでたべちゃうでしょ？」

「馬鹿言うなよ、ポーラ。こんなに美味しいパイならともかく、たかが店先のパンだぜ、全部おまえにあげるよ」

「わたしもえんりょしておくわ」

ポーラの答えにみんなが大声で笑った。

だが、ジェイクは笑えなかった。確かに少年はパンを盗んだが、それでも野良犬呼ばわりはあんまりだ。それに盗んだのは小さな手に掴んだたったひとつのパンだった。此処では鼻にもかけられないパンが、あの子の命をつなぐのだ。

アドルフの言葉に相槌を打ったことを後悔した。

「どうしたんだ、ジェイク？　浮かない顔をしているじゃないか」

「……あの子も、こんなアップルパイを食べたいんじゃないかと思って」

思わず本音が口を吐いて出た。

「あっ、はは、そりゃ無理だろ。あいつは孤児だぜ」

みんながまた笑い声を上げた。

だが、先ほどと違って今度はその輪の中にジュリアはいなかった。

彼女はじっとジェイクの顔を見つめていた。なぜ素直に笑えないのか自分でもわからなかったが、義兄の淋しそうな顔を見てとても笑う気にはなれなかった。

「さあ、お腹が一杯になったところで、クリケットでもやろうか」

みんなの皿が綺麗に片づけられたのを見計らって、アドルフがクライスに提案した。

「ああ、いいね。でも、外は雨が降りそうだが……」

「ゲスト用のホールでどうだい？　多少、加減をすれば何とかなるだろう」

「うん、いい考えだ」

「えー！　わたしはいやだわ。ねえ、ジュリア？」

「わたしたちはおへやであそびましょ」

「いつまでも飯事(ままごと)じゃ、淑女はほど遠いな」

アドルフの嫌味にジュリアはぷいっと横を向いて、ポーラを引っ張って行った。

くすくす笑いながらクライスがアドルフに従って行く。ジェイクも仕方なくゲストホールへと移動した。

ゲストホールは居住スペースとは居間を挟んだ反対側にあり、百組もの紳士淑女がダンスを踊れるほどの広さだった。ガルシェスクが社交界のパーティー用に特に贅を尽くして設えた部屋だ。

遥か前方の正面の壁に――システィーナ礼拝堂の〝最後の審判〟にも負けないような――巨大な絵が描かれていた。ルフトヤーツェンにあるガルシェスク家の居城を描いたものだ。

左側の壁は純白のクロス貼りで額に納められた絵画がいくつも飾られ、壁際にはところどころにサイドボードが並んでその上に様々な装飾品が陳列されている。ダンスの合間に寛げるようテーブルや椅子も配置されていた。

右側は壁一面が鏡張りで広い部屋を更に広く見せていた。天井から下がる幾つものシャンデリアの灯りがまるで宝石のように眩く反射している。

ジェイクは初めてこの部屋に足を踏み入れた時、あまりの荘厳さに恐ろしくなったほどだ。此処で繰り広げられる舞踏会は――この屋敷に来て一度だけ垣間見たが――着飾った紳士淑女と交響楽団の奏でる音楽で、外とはまったく別の世界を創り上げた。

此処なら三人の少年たちが飛びまわるのに十分過ぎる広さだった。

「最初は僕がバッツマンをやる。クライスはボウラーをやってくれ。ジェイクはウィケット・キーパーだ」

アドルフの言葉を合図に全員が正面壁画の方へ走った。

クライスが二〇ヤードほど手前で止まり、息を整える。

「さあ、ストライカーさん、第一投いくぞ！」

まだ息遣いが荒いままアドルフに呼び掛けた。

「よし、来い！　かっ飛ばしてやる！」

アドルフの挑発にクライスが大きく腕を振り上げて一投目を投げた。

「あっ！　……」

いきなり大きく左へ外れるとんでもないワイドボールだ。

背後にある見事な壁画を思い、ジェイクは咄嗟に腕を伸ばして飛びついた。ボールがグローブの先をかすめ更に左へはじかれた。壁画に当たると勢いよく跳ね返り、そのまま壁際に飾られた装飾品のひときわ見事なガラス製の壺に命中した。

「(あっ!)……………」

ガチャーン! 壺は姿勢を崩すとまっさかさまに大理石の床へと落下し、部屋中に冷たい音を響かせて木っ端微塵になった。その瞬間、三人は目を見開いたままその場に凍りついてしまった。

「大変だ、どうしよう! あれは十六世紀に作られたベネチアンガラスの最高級品だぞ」

最初に重い口を開いたのはアドルフだった。心なしか顔が蒼ざめている。

「十六世紀! ……ベネチアンガラス!」

クライスの顔は今にも泣き出しそうだ。

「ジェイク! なんで無理に捕ろうとしたんだよ! 君が手を出さなければボールは壁に当たっただけですんだんだぞ」

ジェイクが何も言えずに困惑しているところへ、

「大変な音がいたしましたが、一体何事でしょうか?」

執事のワイダが子どもたちの動揺とは対照的に、どこまでも落ち着き払ったもの言いであらわれた。

それでも割れた壺を見た瞬間、さすがの鉄仮面も茫然と立ちすくんでしまった。

「何があったの? 凄い音がしたけれど……(はっ!)」

　慌てて駆けつけたルイーザさえもが、夫が大事にしていた壺が粉々になっているのを見て言葉を失った。

「母さん、ごめんなさい。父さんの大切な壺をジェイクが割ってしまったんだ」

〝父さん〟という言葉にジェイクは目の前が真っ暗になった。

　養父の不機嫌な顔が目に浮かび、怒鳴り声が頭の中を駆け巡る。

「実は、ジェイクがクリケットを教えて欲しいと言うから……でも、慣れてないのでボールを捕り損なってしまったんだ」

　追い打ちを掛けるアドルフの言葉に、ジェイクは唖然とした。

　確かに捕り損なったが、あんなボールを投げられたら誰だって捕れるわけがない。クリケットを教えてくれと言った覚えもないのに――。

　俯いたまま黙っていると、

「ジェイク、怪我はない？」

　ルイーザが心配そうに顔を覗き込んだ。

「うん……、ごめんなさい」

「よかった。怪我がなくて何よりよ。ふたりも大丈夫？」

「はい、小母（おば）様。ほんとうにごめんなさい。でも、ジェイクを叱らないでやって下さい。壺を割ったのはみんなの責任なんです」

「わかりました。お父様には私から説明しておきますから心配しないで」

「ありがとう、母さん」

しおらしく項垂れていたアドルフとクライスはすぐに笑顔を取り戻したが、今にも涙が零れ落ちそうなジェイクは俯いたまま顔を上げられずにいた。

その日の夕刻にガルシェスクから書斎に呼ばれ叱責を受けたが、思っていたほどでなかったのはルイーザがとりなしてくれたお蔭だろう。それでも罰として、その日の夕食は抜きとなった。養護院で育った彼はひもじさには慣れていたのでまったく苦にならなかったが、厳しい口調で言われた養父のひと言〝あまり調子にのると養護院へ戻す〟には強いショックを受けた。

新しい生活に慣れ始めたジェイクに、忘れていた孤独感を思い出させる言葉だった。

みんなが夕食のテーブルについている頃、彼はベッドの中で声を押し殺して泣いた。聖アンドレッジオ養護院の佇まいが脳裡に甦り、オグリオット院長が優しく微笑んでいる。懐かしいその笑顔が一層ジェイクを悲しくさせた。

暗がりの中で、ドアがそっと開き誰かが入って来る気配を感じた。涙を拭って目を凝らすと、忍び足であらわれたのはジュリアだった。

「ジェイク、だいじょうぶ？　おなかすいたでしょ」

彼女は手に小さな包みを持っていた。

「サンドウィッチをもってきたわよ」

「ジュリア、ありがとう。でも駄目だよ、そんなことをしたら君まで養父さんに叱られちゃうよ」

「へっちゃらよ！」

「しー！　……そんな大声を出したら下に聞こえてしまうよ」

「いっけなーい！」

ジュリアが声を押し殺し、ぺろっと舌を出して笑った。

忍び足でベッドに近づくと、ジェイクのとなりに腰掛けそっと包みを差し出した。中には美味しそうなサンドウィッチが一杯詰まっていた。

「どうもありがとう……」

「どういたしまして。それにこのはんこうにはステファンがいちまいかんでるのよ」

「えっ？　……」

「だって、わたしがなにかたべものをさがそうとちゅうぼうにいったら、もうステファンがこれをつくってたんですもの」

それを聞いて閻魔大王のつぶらな瞳が目に浮かんだ。

最初のひとつを口にした途端、ジェイクの目に涙が溢れた。

「どうしたの？　なんでないたりするの？　わたし、なにかかなしいことといったかしら」

「ごめんよ……、そうじゃないんだ。人は嬉しくても涙を流すことがあるんだよ」

「ふーん、そうなんだ。じゃあ、いっぱいたべてね」

ジェイクは頷くとふたつ目を頬張った。

「ジェイク、あのつぼをわったの、おにいちゃんたちでしょ？」

「えっ！　……どうして？」

「わたしにはわかるんだ。だって、もしジェイクがやったんだったら、じぶんからいうはずだもの。おにいちゃんもクライスもずるいんだから」

「もういいんだ、ジュリア。ぼくにも責任がある。だからこのことはこれでおしまい。いいね？」

彼女は不服そうに口を尖らせたが、ジェイクに顔を覗かれると仕方なく頷いた。

秘密の夕食を食べ終わると「かんぜんはんざいのためにしょうこいんめつをはかるわ」と言って、ジュリアはそっと部屋を出て行った。

廊下に姿を消すとひょっこり顔だけ覗かせ片目を瞑って親指を立てて寄越す、そんな可愛い義妹のお蔭でジェイクは胸につかえていたものが取り除かれる思いがした。

その後も小さな天使と閻魔大王、そして優しい養母に支えられ、ジェイクの生活は順調に過ぎていった。学校でも彼の成績は常にトップクラス、しかもスポーツ万能ですべての教師と級友から一目置かれる存在になっていた。

ところがジェイクの優秀さを誰もが認めだした頃から、クラスの雰囲気が微妙に変わり始めた。それまで気軽に話し掛けて来た同級生たちが、なぜか急に余所よそしい態度を見せ始めたのだ。

しばらくするとジェイクから話し掛けない限り、彼に言葉を掛けてくれる同級生はひとりもいなくなってしまった。クライスまでが自分からは話し掛けて来なくなった。

思い余ってアドルフに相談しても「そんなことはないよ、気にするな」のひと言ですまされて、結局ジェイクは今までと同じように振る舞うしかなかった。

ただ、どんなに冷たくあしらわれても落ち込むことはなかった。群れることが当たり前の同級生たちと違って、今のジェイクには家族の存在さえあれば他の孤独など取るに足らないものだった。

聖アンドレッジオ養護院で過ごした八年間を思えば、彼らの嫌がらせは飯事（ままごと）みたいなものだ。純粋培養の温室育ちにはない芯の強さが、あの八年間のお蔭で彼の中にしっかりと培われていた。だから決して勉強も手を抜かず、今まで以上に素晴らしい成績を残してまわりを圧倒してみせた。

初等部の最終試験が近づく頃には、名誉ある卒業式の答辞はジェイクに決まるだろうと誰もが思った。王立サンティエール校の卒業生代表は、最終試験で成績トップの生徒が任命されるのが慣わしなのだ。

ジェイクも噂でそのことは知っていたので、養父母への感謝の気持ちから何とか名誉ある代表の座を掴もうと努力を続けた。その結果、最終試験で彼は見事にトップの成績を収めたのだった。

この結果を本人以上に喜んだ人物がいる。王立サンティエール校のギュンター校長だ。

彼はガルシェスクが行った養子縁組の記者会見をよく憶えていたので、ジェイクを卒業生代表に選べば当然ガルシェスクから感謝されるものと信じていた。

最終試験の結果が判明したその日、ギュンターはさっそく財務省へ電話を掛けた。王立サンティエール校の校長ともあろう人間が、言ってみれば大臣の私的なことで財務省へ電話を入れるなど、本来であれば非常識も甚だしい振る舞いだ。

だが、ギュンターはガルシェスクに媚を売るのに必死で、そんな考えは微塵も思い浮かばなかった。

「大臣、お忙しいところ申し訳ございません。私、王立サンティエール校の校長をしております、ゼマネフ・ギュンターでございます」

〈これはどうも、いつも子どもたちがお世話になっています〉

「大臣、早速ですが、よいお知らせがありまして」

〈ほほう、どんなことでしょうか？〉

「ええ、実は、来月行われる我が校の卒業式で、初等部の栄えある代表にジェイコフ君が選ばれたのです」

〈（！）……ジェイクが？〉

「はい、まったく文句の付けようがない成績でした」

〈そうですか。……で、アドルフはどうだったのです？〉

「彼も素晴らしい成績でした。ただ、残念ながら最終試験はわずかな差で二位となっております」

〈なるほど二位ですか。しかし、サンティエールは卒業生代表を最終試験の結果だけでお決めになるのですかな？〉

「……と、おっしゃいますと？」

〈いや、ジェイクの頑張りは、それはそれで私も嬉しい限りです。だが、在籍期間があまりに短すぎる。やはり、代表は初等部の四年間を通じて選ばれるべきでしょう。違いますかな？〉

「は、はあ……」

〈しかも、我がガルシェスク家の惣領はアドルフであることを、ギュンター校長、あなたは十分ご存知のはずだ〉

「は、はい……それはもう……」

〈でしたら私の考えも、おわかりいただけるでしょう〉

「もちろん、よくわかっておりますとも。四年間、安定して優秀な成績を残したアドルフ君が、卒業生代表には適任……です」

〈結構。かねがねギュンター校長の手腕には敬服していましたよ。今度、文部大臣にもよく言っておきましょう〉

「あ、ありがとうございます。よろしくお願いいたします」

ギュンターは受話器を置くと、紅潮した顔で安堵の溜め息を吐いた。

答辞の人選は変更となったが、そんなことはどうでもよかった。彼の耳には文部大臣への口添えという言葉が、甘い囁きとなっていつまでも心地よく響いていた。

教職員会議では、人選方法の突然の変更に誰も異議を唱える者はいなかった。教職員の人事権はギュンターが一手に握っていたからだ。

彼は思惑どおりに事が運ぶと、今度はガルシェスク邸に電話を入れた。応対した夫人の歯切れの悪さが腑に落ちなかったが、文部大臣への口添えしか頭にないギュンターにはたいした問題ではなかった。


――連絡を受けたルイーザの心境はとても複雑だった。

アドルフが名誉ある卒業生代表に選ばれたのは素直に嬉しかったが、本来なら最終試験でトップの成績を収めたジェイクがその栄えある大役に選ばれていたはずだ。

ジェイクもそのことを九分九厘確信していただろう。なぜ、今年に限って人選方法が変更になったのか。ジェイクに何と言ってあげたらよいのだろう。

ルイーザはそんな心配をしながら、それでもこの結果をジェイクに知らせざるを得なかった。悩んでいてもいずれは周知の事実になるのだ。ならば自分が慰めの言葉を掛けてあげようと思った。

遠慮がちな養母の説明にジェイクは一瞬戸惑ったが、彼女の言葉の端々から自分の頑張りは認めてもらっていると実感した。

彼にはそれで十分だった。

「よかった。アドルフに決まって僕も嬉しいよ、養母さん」

本心からそう思い、自然と笑みが零れた。

「あなたがそう言ってくれて私も嬉しいわ。今夜はふたりの息子のワンツー・フィニッシュをみんなで盛大にお祝いしましょう」

「うん、アドルフもきっと喜ぶよ」

ふたりは晴れ晴れとした表情で喜びを分かち合った。

その日の夕食は卒業式の話題で大いに盛り上がり、特にアドルフのはしゃぎようは並大抵のものではなかった。そんな様子に家族の誰もが一緒になって喜び、普段は押し黙って食事をするガルシェスクでさえよく喋りよく笑った。

そんな養父を見て、ジェイクは改めてこれでよかったのだと思った。

翌日になってもアドルフの興奮は冷めなかった。

「クライス、おはよう」

「やあ、誰かと思えば、われらが卒業生代表のアドルフ様じゃないですか」

「よしてくれよ、そんな言い方は」

そう言いつつも〝卒業生代表〟の言葉に思わず笑みが零れる。

クライスはその顔を見るや、親友の幸せに水を差したい衝動に駆られた。

「ところで君の可愛い義弟(おとうと)はなかなかしぶといね。クラスメイトの無視も一向に堪えていないようだぞ。作戦を練り直した方がいいんじゃないか？」

「その必要はないよ、クライス」

「え？　……」

皮肉を込めて言ったのに、アドルフはまったく意に介さない様子だ。

「所詮、ジェイクなんて僕の下だってことが証明されたんだ。奴は負け犬、いやパン泥棒の孤児と一緒で野良犬みたいなものだよ。しばらくは休戦としようじゃないか」

「休戦？　君がそう言うなら構わないが……、元々あいつを無視しろというのは君の指示だったのだから」

アドルフの突然の豹変振りに、クライスは返す言葉も見つからなかった。

「それより午後の授業は久し振りに校外活動だ。終わったら現地解散だし寄り道して行こうじゃないか」

いつになく天真爛漫なアドルフに、

「僕もそのつもりで、今日は迎えの車は来ないことになっているよ」

クライスはクライスで、もう目先の楽しさに気持ちが切り替わっていた。

そもそもどうしてジェイクを無視するのかまったく考えもしなかった彼には、アドルフの心変わりなどたいした問題ではなかった。ましてやそのことでジェイクがどんなに悩んでいたとしても自分には一切関係なかったのだ。

思惑が一致したふたりはジェイクのことなどすっかり忘れ、笑い声を上げながらそれぞれの教室へと向かった。

——突然、クラスメイトが掌を返すように話し掛けて来るようになったのが、ジェイクには不思議でならなかった。みんなからの一方的な宣戦布告とその末の和平協定が、アドルフとクライスが仕組んだ嫌がらせだったとは想像もしなかった。

それどころかクライスをはじめクラスの連中にとりなしてくれたのはきっとアドルフに違いない、と校外活動の後ひとり街中を歩きながら考えていた。頼もしい義兄の顔が目に浮かび、改めて彼の存在に感謝した。

街外れの先にある長閑な田園風景の中を久し振りに晴れやかな気分で歩いていると、ひとブロック先の横道からアドルフとクライスが走り出てくるのが見えた。声を掛けようとしたが、ふたりは慌てて反対方向へと走り去ってしまった。

ふたりが飛び出して来た辺りまで近づいた時、荒々しく吠える犬の啼き声が聞こえた。驚いて横道の奥まった方に目をやると、壁を背にした小さな女の子の姿が見えた。

遠目にも恐怖で怯え立ち竦んでいる様子がわかる。少女の目の前に牙を剥いて今にも跳びかかろうとする大きな野良犬がいたからだ。

ジェイクは咄嗟に足下にあった石を拾うと、野良犬へ目掛けて投げつけた。命中こそしなかったが、野良犬の獰猛な目がジェイクに向けられ、少女から注意を逸らすことはできたようだ。

何とかあの子を助けなければと思うが、足が竦んでなかなか前に踏み出せない。それでも少女を放っておくわけにはいかず、勇気を奮い起こして少しずつだが前に進んだ。

次第におぼろげだが少女の顔が見えて来た。

「(!)……ジュリア」

驚きのあまり思わず声が出た。

「ああっ、……ジェイク」

消え入りそうな弱弱しい声だった。

何とか野良犬をまわり込みジュリアに近づくと、彼女が震える手でジェイクの腕をギュッと掴んで来た。いつものお茶目な表情はまったく見られず、代わりに恐怖に怯えた瞳には涙が溢れていた。

「ジュリア、大丈夫だよ。僕がついている」

「…………」

彼女は返事をする代わりに大きく頷いた。

その間も、野良犬は牙を剥いて吠え続けている。ジェイクも顔面が蒼白になるほど恐ろしかったが、絶対に自分が義妹の盾になると覚悟だけは決めていた。

「ジュリア、こいつは僕が見ているから、早くあっちへ行くんだ」

そう言って、彼女を自分の後ろへ隠すように庇った。

だが、ジュリアはジェイクの腕を掴んで離れようとはしなかった。

「さあ、早く逃げて！」

「……いや！　ジェイクがかまれちゃう」

「僕なら大丈夫。早くしないと君まで怪我をしちゃうよ」

ジュリアを後方へ押しやろうとするが、彼女は泣きながら首を振るばかりでジェイクから一歩も離れようとしない。

その瞬間だった。牙を剥いた野良犬が業を煮やしたように地を蹴って、ふたりを目掛け跳び掛かって来た。あまりの恐怖で、その姿が樋熊ほどの大きさに感じられた。咄嗟にジェイクは右手でジュリアを庇い、左手でこれを防いだ。

その瞬間、彼の左腕に激痛が走った。見ると野良犬の牙が腕に深く食い込んでいる。

恐ろしい形相をした野良犬は、肉を食いちぎらんばかりに頭を振り乱している。そのたびにジェイクの腕に激痛が走った。見る見るうちに真っ赤な血が野良犬の口を伝って地面に零れ落ちる。

遠のく意識の中でジュリアの悲鳴が聞こえた。激痛に膝から崩れ落ちた時、足下にさっき投げつけた拳大の石が目に入った。ジェイクはまだ自由の利く右手で拾い上げると、野良犬の横っ面を目掛けて力任せに一撃を加えた。

その衝撃に、低い唸り声を上げていた野良犬は甲高い鳴き声を上げ逃げて行った。

「ハア、ハア……」

野良犬の姿が見えなくなると、ジェイクはその場に崩れ落ちてしまった。

早まる脈に押し出されるように傷口からは血が流れ続けている。

「ジェイク！　ジェイク！　……」

ジュリアの声が次第に遠くなり、彼はそのまま気を失ってしまった。


――ジェイクが意識を取り戻したのは、既に慣れ親しんだ寝心地のよいベッドの中だった。

「ジェイク、気が付いたのね」

朦朧とする意識の中で、ルイーザの声が子守唄のように優しく聞こえた。

「養母さん、うっ……」

起き上がろうとすると、左腕に激痛が走った。

「駄目よ、無理してては。じっとしてなさい」

「…………」

「お医者様が、一週間は安静にしているようにとおっしゃっていたわ」

「一週間！（卒業式が終わってしまう）」

「残念だけれど卒業式の出席は無理ですって……。ジュリアのためにこんな大怪我をしてしまって、母さんはあなたに何と言ってあげたらよいのか」

「ジュリア！　……ジュリアは無事なの？」

「ええ、大丈夫。あなたのお蔭よ。ほら、こんなに気持ちよさそうに眠っているわ」

そう言われて初めて、ルイーザの傍らで寝入っている義妹に気が付いた。

「ああ、よかった。ジュリアはどこも怪我してないんだね」

「ええ、どこも。この娘の悲鳴で、たまたま通りがかった人があなたに気が付いたの。それで病院へ運び込んでくれたのよ」

ルイーザがジェイクの髪を優しく撫でながら説明してくれる。

あの時、ジュリアは健気にも自分の上着で彼の傷口を縛り、表通りまで出て大声で援けを呼んだらしい。ほどなく救急車が到着して、彼を市立病院に運び込むと緊急手術が行われた。傷口は野良犬の牙が肉深く食い込んで抉られたようになっていたが、幸い動脈や神経からは反れていたので後遺症が残る心配はなかった。

だが、二十針を縫う大怪我に変わりはなく、最低でも一週間は安静が必要という診断だった。

「卒業式は残念だけど我慢してね。でも、悪くすればあなたの命が失くなっていたかも知れないの。

だから怪我だけですんでほんとうによかったわ。万が一、あなたにもしものことがあったら……」

ルイーザの瞳に涙が溜まっていた。

「ジュリアはきっと責任を感じているのだと思うわ。食事もとらずに、ずっとジェイクを看てるってきかないの」

「養母さん、僕はもう大丈夫だから、ジュリアをベッドに寝かせてあげて」

「そうね。このままでは風邪をひいてしまうわね」

ルイーザはジュリアを抱き上げると、「すぐに戻りますからね」と言って部屋を出て行った。

ぐっすり眠っているジュリアの様子がとても愛しく思え、ジェイクの胸は義妹を守りきれた安堵感で一杯だった。

しばらくしてドアが開けられたのでてっきりルイーザが戻ったのかと思ったが、そこにあらわれたのは予期しない人物だった。

「怪我の具合はどうだ?」

ガルシェスクの声はいつものように低かったが、珍しく優しい響きを伴っていた。

「大丈夫です、養父さん」

「野良犬からジュリアを助けてくれたそうだな。礼を言うぞ」

それだけを言って、ガルシェスクはそのまま部屋から出て行った。

義妹を守るのは義兄として当然です。そう言い掛けたが、その言葉は養父があまり喜ばない気がしたので控えた。ただ、ジュリアにとってもうひとりの——ほんとうの——兄のことが気になった。

あの時、あそこにいたのがジュリアだとわからなかったのだろうか？　いや、わかっていてまさかあの場から――。

その夜、アドルフはついにジェイクの部屋には来なかった。

第三章　策　略

一九三三年十一月～

1

一九二九年十月の暗黒の木曜日から四年、世界は依然として恐慌のただ中にあった。

アメリカは一九三〇年に国内産業の保護を図る目的でスムート・ホーリー関税法を制定し、平均すると実に五割を超える関税の引き上げを断行した。それでも国民総生産は半減し、労働者の四分の一が失業に喘いでいた。

イギリスでも失業者の数はおよそ二七〇万人に達し、一九三二年には輸入税法を改正せざるを得なくなった。これによって食料品以外の輸入品は一〇パーセント、嗜好品にいたっては三〇パーセントもの関税が課せられた。その後、イギリス政府はオタワ会議を開催して、スターリング・ブロックによる排他的な貿易圏を形成するに至った。

フランスもフラン・ブロックを形成して不況からの脱出を試みたが、小党分立の政治情勢から他に大胆な恐慌対策を打てずにいた。そのため軍事的性格を帯びた〝火の十字団〟が活動を活発化するなど、フランス国内は右翼勢力が拡大する傾向にあった。

そんな中、ヨーロッパで最も被害を被ったのはドイツだった。工業生産は世界恐慌前の三分の二にまで落ち込み、失業率は三割を超えた。ヒンデンブルク大統領の非常時権限によって成立した内閣はどれも有効な政策を導入できず、一九三二年七月に行われた総選挙では国民社会主義ドイツ労働者党(ナチス)が三七パーセントもの得票率で第一党に躍進した。更に年が明けた今年一月、政権の座についたヒトラーは全権委任法による強権制と一党独裁体制を樹立した。

極東でも一九三一年九月に満州事変が勃発し、日本の傀儡政権である満州国の成立が宣言された。国際連盟はリットン調査団を派遣するとともに四十二対一という圧倒的多数でその違法性を決議したが、日本は国際連盟を脱退することで自国の主張を押し通した。

このように一九三〇年代の国際社会は波乱の幕開けとなり、世界中が恐慌の嵐の中で自国権益の保護に躍起になっていた。大国は植民地まで含めた閉鎖的なブロック経済を形成し、一部の国は軍事体制を強化して近隣諸国への侵略的傾向を強めた。

まさにガルシェスクが三年前予言したとおりに世界情勢は動き始めていた。

一方、アルドニア王国は世界恐慌で疲弊しきったヨーロッパにあって、唯一、安定を取り戻し始めていた。すべては、需要こそが供給を生み出すという理念の下、ゲラシチェンコ政権が積極的な財政政策――ガルシェスクの経済政策――を打ち出した賜物だ。

当時、ゲラシチェンコ内閣は列強諸国に先駆けて、中長期にわたる国家再生計画を発表した。ガルシェスクが財務大臣就任時に策定した経済政策が、ほとんどそのまま採用されたものだ。

政府はこの国家再生計画を発表すると、すぐに国内産業の保護を目的に輸入税法を改正した。但し、アメリカのフーヴァー大統領ほど大胆な関税の引き上げは行わず、上げ幅は一律一〇パーセントに抑えられた。

アルドニア王国がアメリカ並みの大国であればたとえ一〇パーセントでも国際世論の非難を浴びただろうが、ヨーロッパの弱小国でしかも保護貿易主義が潮流の世界情勢にあっては、外交面で特に大きな問題となることはなかった。

続いて政府は国家予算の約三割に相当する国債を発行し、その調達資金をもって政府主導型の公共事業に着手した。更に、企業の設備投資を誘導するために思い切った公定歩合の引き下げを断行し、ほぼゼロ金利に近い金融政策を実施した。これによって市場の資金量は格段に増大し、デフレ基調からの脱出に成功したのだった。

しかし、ガルシェスクの政策はこれだけでは終わらなかった。

彼は国内産業復興法を定めて、生産制限や価格調整による企業間の過当競争防止に努めた。また一方で、輸入税法改正による国内の食料事情を考慮し、自給体制強化のための農業支援法も制定した。

こうした供給側のインフラを整備しながら、ガルシェスクは市場における有効需要の喚起にも抜かりなく手を打った。消費の停滞を防ぎ市場資金がうまく循環するように労働者保護法を制定し、最低賃金や法定労働時間の改善を法制面から整備したのだ。

一連の政策を通じて、アルドニア王国の経済は徐々に回復の兆しを見せ始めた。

しかし、何と言っても経済復興に拍車を掛けたのは、国家再生計画の柱となる軍事産業の強化だった。本来、軍備拡張となれば列強諸国の干渉は避けられないところだが、アルドニア王国はロンドン軍縮条約を批准しておらず、また列強諸国から見れば中央ヨーロッパにある小国の動向など眼中にはなかったのでまったく問題とはならなかった。

そこでゲラシチェンコ内閣はあらゆる軍用機器から兵器に至るまで、小国には過剰なまでの国防費を予算に計上した。もちろん国防軍も増強されて、二万人規模の歩兵連隊を基幹とした師団が新たに五個編成された。アルドニア国内に十万人規模の職業軍人が誕生した計算だ。

政府の軍事強化に対して国内世論は当初批判的だったが、順調な経済復興とドイツや極東の動向が伝わるにつれ、政府に対する支持率は急速に上昇した。国民生活の向上は、そのまま外敵に対する国家意識の高揚にとって代わったのだ。

こうしてゲラシチェンコが首相に就任してから三年、政権の基盤は国家再生計画の成功で今や磐石のものとなっていた。

その最大の功労者がガルシェスクであることは誰の目にも明らかだったが、実はもうひとりゲラシチェンコを影から支えて来た人物がいる。経済界の重鎮、アイアッシュ社のオルバン会長だ。

アルドニア王国で鉄鋼業界第一位を誇るアイアッシュ社は、軍事産業が興れば中核となる企業だ。だからこそオルバンは、三年前にガルシェスクから得た――アルドニア王国が軍事産業に乗り出す―

—情報に逸早く反応した。

軍事力強化には二の足を踏んでいたゲラシチェンコに対して、オルバンは国内経済の再生に必須の政策であることを説いて閣議決定の後押しをした。

もちろんこの決定に対してはオルバンから相応の見返りが用意されていた。彼は正規の政治資金とは別に、ゲラシチェンコに対する個人的な資金援助を莫大な額で提供しようと申し出たのだ。

当時、カラジッチ前首相との党内派閥抗争や総選挙のためにゲラシチェンコの資金は底をつく状態だったので、オルバンからの申し出は喉から手が出るほど魅力的に見えた。あまりのタイミングの良さに多少訝しく思いつつも、ゲラシチェンコは即座にオルバンの申し出を受け入れたのである。

それから三年、両者の関係は何ひとつ変わらないどころか、益々その蜜月さを増していた。国防費として計上された予算の多くがアイアッシュ社に流れ、その都度、多額の裏金がゲラシチェンコの隠し口座に振り込まれた。

ゲラシチェンコはこの潤沢な資金をもとに支援者を束ね、その一方で党内外の政敵の追い落としを図って来たのだった。

——十一月十三日夕刻、ゲラシチェンコは黒塗りの公用車から降りるなり、両脇に張りついたふたりの男に向かって激しく声を荒げた。

だが、ダークスーツに身を包んだ大柄な男たちは、首相の怒声にも臆することなく決してそばを離れようとはしなかった。そのままバルツホテルの中までついて来て、威嚇するような鋭い視線で周囲を見渡した。

ゲラシチェンコの怒りは頂点に達し、フロア中に響く大声で再び男たちを一喝した。男たちもさすがに今度はその場に立ち竦むしかなかった。不機嫌な顔でエレベーターに乗り込んだゲラシチェンコは、ドアが閉まるのと同時に額の汗を拭いながらほっと胸を撫で下ろした。

この日、彼はバルツホテルのいつもの部屋で、ある人物と落ち合う約束をしていた。腕時計を見ると時刻は約束の時間を五分過ぎている。六階でエレベーターを降り、待ち合わせの部屋に向かって足早に廊下を進んだ。

六〇六号室の前で後ろを振り向き、人影がないのを確認してからドアをノックした。

中から恰幅のよい紳士があらわれ、

「首相、お待ちしておりました」

いつもの笑みを浮かべたオルバンがゲラシチェンコを部屋へと招き入れた。

「お待たせしましたな」

ゲラシチェンコは鷹揚に頷きながらオルバンと握手を交わした。

莫大な資金を提供される側でも、そこに利権が絡めば優位に立つのは政治家だ。ゲラシチェンコはこの日も主導権を握るべく、威風堂々とした態度を崩さないよう心掛けた。

「一国の首相ともなると、お忍びの外出も相変らず大変でしょうな」

オルバンは椅子を勧めながら相手の機嫌を損ねないよう意識した。

「おっしゃるとおりです。警護の者が片時もそばを離れてくれません。いつものことながら下のロビーで待機させるのにひと苦労でした」

「あっ、はは……そうでしたか。しかし、此処までついて来られては肝心の商談もできませんからな」

オルバンがテーブルの上に置かれた花瓶の花に目をやる振りをして、ゲラシチェンコの顔を覗き込む。

ゲラシチェンコは素知らぬ顔でこれを受け流すと、早速、本題に入った。

「総裁任期もあとわずかとなりました。実に早いものです」

「そうですな。あれからもう三年、首相は着実に国内復興の成果を挙げられた」

「それもこれも、会長の後ろ盾があってのことですよ」

「いや、私の方こそ社業の発展に首相の存在は欠かせません」

オルバンの言葉にゲラシチェンコが満足そうに頷いた。

「やはり政治と経済は両輪上手く噛み合わんといけませんな」

「そのとおりです。ところが最近はやたらと理想主義を掲げる輩がいて困ったものです」

「と、言いますと……」

オルバンの表情が一瞬険しくなる。

「最近のように国内情勢が落ち着いてくると、軍備拡張は無用の政策だと声高に騒ぐ連中がいましてね」

「ほお、無用の政策ですか」

オルバンが苦虫を噛み潰したような表情を浮かべた。

「なあに、正義面をしていますが、所詮は大衆に迎合した人気取りに過ぎません」

「なるほど、そうでしょうな」

「しかし、この人気取りが怖い。来月の総裁選挙も苦戦を強いられそうです」

オルバンはいつもの展開に思わず漏れそうになる笑みを堪え、

「何をおっしゃいます。首相には是非とも二期、三期と続けてもらわねば」

身を乗り出して真剣な眼差しをつくった。

「私もまだまだ道半ば、ここで降りるわけにはいきません」

「そうですとも。で、その理想主義者たちはそんなに強敵揃いなのですか？」

「それほどの連中ではありません。だが、政治の世界は一寸先が闇ですからな」

「何が起きるかわからないと？」

「まあ、上手くあしらうに越したことはないのですが」

「口封じ……ですな」

「…………」

ゲラシチェンコは答える代わりにオルバンの顔をじっと見つめた。

買収のための金を出せとは口が裂けても言わない。決して借りを作るような真似をしないのが政治家だ。

オルバンもそこは百戦錬磨の実業家、そのあたりはよく心得ている。

「首相が窮地に立たれては困りますな。ここはひとつ、またお手伝いをさせていただきましょう」

ゲラシチェンコはなおも沈黙を続けた。

「明日には……」

（必要なだけの資金を振り込みましょう、いつもの隠し口座へ）

オルバンの眼がそう告げた。

ゲラシチェンコはその眼の色を読み解くと、

「会長、来年は国防軍の各師団の装甲車を二割増強することになりそうですよ」

澄まし顔で答えた。

「ほお、それは耳寄りな情報ですな。で、発注先はもう？」

「それは、一寸先の闇が晴れてから決めることになるでしょうな」

「わかりました。早いところその闇が晴れて欲しいものです」

ふたりは同時に笑みを浮かべ、硬い握手を交わして席を立った。

用件がすめば長居は禁物だ。無言のまま部屋を出て何事もなかったかのように、ゲラシチェンコは左手へ、オルバンは右手へと廊下を別れた。

ふたりの姿が消えると六〇七号室のドアが静かに開き、中から目付きの悪い小男が左右に目配せをしながらあらわれた。

小男は六〇六号室の前に立つと、ポケットから鍵を取り出して難なく部屋の中へ入ってしまった。先ほどまでゲラシチェンコとオルバンが向き合っていたテーブルに歩み寄り飾られた花瓶の内側に手を差し入れると、中から取り出したのは掌にすっぽりと入ってしまうほどの超小型盗聴器だった。

これさえ片づけてしまえば証拠は何も残らない。ふたりの会話はとなりの部屋ですべて録音ずみだった。証拠を隠滅したコストノフは六〇六号室を出ると舌なめずりをした。

彼は三年前、ガルシェスクが財務大臣に就任した時、首席秘書官になるはずだった。ところが今もガルシェスクの影の参謀役に留まっている。彼自身が表舞台に出るよりも裏方で暗躍することを望んだからだ。

他人の知らないところで策を練り、罠を弄する。それが成功した時の肌が粟立つような快感、相手が虚をつかれ呆然とする様を見るのが、コストノフは何よりも嬉しかった。

それだけを楽しみにこの三年間、三人の男から目を離さずに来た。

最初の男は、アイアッシュ社会長のオルバンだ。財務大臣に就任したガルシェスクが国防予算増額の話を餌にゲラシチェンコへの贈賄を唆した時から、オルバンはコストノフの恰好の獲物となった。すぐにオルバンの行動パターンを調べあげ、バルツホテルの六〇六号室を嗅ぎつけた。案の定、オルバンがホテルを訪れる日は、必ずと言ってよいほどゲラシチェンコがお忍びであらわれた。しかも、決まって短時間のうちにふたりの密会は終わる。

コストノフは早速六〇六号室に宿泊して、その日のうちに合鍵をこしらえた。それから何人かいるフロント係の私生活を調べあげ、その中のチーフが一番金に困っているという事実を掴んだ。

すぐさまコストノフは偽名を使いフロントチーフの銀行口座へまとまった金を振り込んだ。しばらく経ってから電話を入れ、金の振り込み先を間違えたので返して欲しいと頼んだ。ところが相手は最初から金に困っている人間だ。悪いと思いつつもこれに手をつけていないわけがなかった。

コストノフは相手の弱みにつけ込んで、オルバンの予約情報を知らせてくれれば報酬を払うと持ち掛けた。フロントチーフは使い込んだ金を返さなくてよいばかりか、たった一本電話を入れるだけで半月分の給料と同額の金を手にできるのだ。ホテルマンとしてのモラルなど失くして当然だった。

付けまわしたふたり目の獲物は、首相のゲラシチェンコだ。

オルバンの予約情報からふたりの密談を盗聴するのはたいした苦労ではなかったが、いくらふたりの会話を録音してもそれは状況証拠にしかならない。本命のゲラシチェンコを追い落とすには確たる証拠が必要だった。

さすがにコストノフも頭を悩ませていた頃、幸運は偶然に訪れた。

コストノフがある銀行の支店の前を通りがかった時、見覚えのある顔がその銀行の中へ入って行ったのだ。それは間違いなくゲラシチェンコの秘書だった。しかも、長年に亘ってゲラシチェンコの金庫番と噂されて来た男だ。

コストノフはぴんと来て、すぐさまビルの陰に隠れた。秘書が銀行から出て来たのは、それから十五分ほど経ってからだった。足早に待たせてあった車に乗り込む姿を見て、コストノフは彼が銀行に入る時には持っていなかった大きな紙袋を抱えているのを見逃さなかった。

走り去る車を見送りながら、コストノフは歩道の真ん中でひくひくと笑いが込み上げるのを我慢できなかった。すれ違う通行人がその様子を気味悪がってもまったく気にならない。ようやくゲラシチェンコの尻尾を掴んだという歓喜から全身の肌が粟立っていた。

いくら政治家でも紙袋一杯の大金を現金のまま必要とすることは考えづらい。仮にそれだけの現金を持ち運ぶ必要があるとすれば、それは表には出せない違法な裏金だろう。そんな金の出し入れを正当な口座で管理するわけはなく、ゲラシチェンコの隠し口座がこの銀行にあるに違いない。

コストノフのこうした嗅覚は並大抵のものではなかった。すぐさま何人かいる出納係の身辺を洗い、ほんのわずかだが顧客の金を流用した担当者を調べあげた。出納係は流用した金を既に顧客の口座へ戻していたが、使い込みの事実は銀行の信用を失墜させるのに十分だ。このことが公表されれば出納係の将来はないだろう。

コストノフはまたも偽名を使って出納係を脅しにかかった。出納係は蜘蛛の巣に絡め捕られた蝶のようにもはや逃げることもできず、コストノフに言われるままゲラシチェンコの口座記録を差し出すしかなかった。やがて出納係は顧客の口座記録を外部に漏らしたことでも脅されて、月次でこの記録を報告することまで義務づけられてしまったのだ。

こうしてコストノフは主人であるガルシェスクの命に従い、ゲラシチェンコの収賄の証拠――三年に亘るアイアッシュ社との癒着の記録――をすっかり掴んだのだった。

愛おしい三人目の獲物は、自由労働党委員長のキリエンコだ。

この男に対する調査はゲラシチェンコやオルバンとは違って、単純な恥部の証拠固めに終始した。政権維持や事業発展といった打算からは遠くかけ離れ、動物的な欲望にだけ支配されるキリエンコの行動は策を弄するには少々物足りなく感じられた。

だが単純な分だけ、本能に関わる分だけ、これが暴露された時の当事者の苦痛は大きいはずだ。コストノフはそれだけを楽しみに本来興味の欠片もない色事の現場へと付き合った。そこで繰り広げられる男女の喘ぎ声に耳を傾け、目を覆いたくなるような痴態を隠し撮りし続けた。

鼻歌を歌いながらフィルムを現像し、キリエンコとその愛人ビレーヌの絡み合った肢体を心ゆくまで堪能した。恍惚に閉じられたキリエンコの目が、やがてすべてを失う男の絶望の眼差しに変わる。そんな光景をコストノフは暗室の中でひとり想像しながら、吊り下げられた何本ものフィルムに囲まれて自慰に耽った。

――十二月四日、民主共和党総裁の任期満了に伴う総裁選挙が行われ、現職のゲラシチェンコ首相が再選された。

オルバンから提供された資金が党内にばら撒かれたことは言うまでもないが、ガルシェスクが逸早くゲラシチェンコ支持を表明したことが最大の勝因だった。

財務大臣としてアルドニア王国の経済を復興させたガルシェスクは、総裁選挙の最有力候補だった。ところがどうしたわけかガルシェスク本人が早々に現職支持を打ち出したのだ。三年前、カラジッチ前首相の後継者争いの時とまったく同じ展開に、ゲラシチェンコは再びガルシェスクに大きな借りができた、と誰もが思った。

だが、当のゲラシチェンコにはそんな考えはひと欠片もなかった。三年前とは違って、今の自分にはオルバンという大きな後ろ盾がある。首相として政権を維持さえすれば利権を武器に自らの地位は安泰なのだ。次の組閣ではガルシェスクを閣外に追いやって、思うままに政権を運営したいと密かに考えていた。

さて、どのようにして奴を追い出そうかと思案していると、突然、総裁室のドアがノックされた。てっきり秘書だと思い中に入るよう返事をすると、果たして総裁室に入って来たのはそのガルシェスク本人だった。

「首相、突然にお邪魔して申し訳ございません」

「何をおっしゃいます。あなたならいつでも大歓迎ですよ」

勝手に中まで通してしまうガルシェスク贔屓の女性秘書にゲラシチェンコは今更ながら腹が立ったが、それはおくびにも出さずに笑顔でソファを勧めた。

「で、いかがしました？　財務大臣」

自分も腰掛け、笑顔を絶やさずに問い掛けた。

どうせ今度の総裁選挙の恩を着せるためにやって来たのだろう。だが、三年前とは事情が違う。そろそろこいつにそのことを気づかせる必要がありそうだ。

ゲラシチェンコはそんなことを考えながら、ガルシェスクの言葉を待った。

「首相、実はお願いがあって参上いたしました」

「ほお、一体どんなことでしょうか？」

「まもなく第二次内閣の組閣準備に入られると思いますが……」

そうら、おいでなすった。財務大臣の留任か？　だったらお断りだ！

「これを機に財務大臣を退かせていただきたいと思いまして」

「えっ！　……」

思わずゲラシチェンコの口から驚きの声が漏れた。

てっきり留任の要請とばかり思っていたのに、自分から退任を申し出るとは――？

「大臣、それはまた随分と急なお話ですな」

にやけそうになる口元を引き締め、困惑の表情を装った。

「申し訳ございません」

ガルシェスクがいかにも気まずそうに詫びる。

「ただ、我が国の経済も首相のリーダーシップで復興の兆しが見えて来ました」

「まさに財務大臣が三年前におっしゃっていたとおりになりましたな」

「恐れ入ります」

「あなたの慧眼には心底感服しましたよ」

「いえ、時代の流れを読むのはそう難しいことではありません。それよりもその流れにどう楔を打ち込むか？　政治家にとってはそこがポイントでしょう」

「なるほど、同感ですな」

ガルシェスクの講釈など聞きたくはなかったが、労せずしてこいつを排除できるのだ。

ゲラシチェンコは相槌を打ちながらじっと我慢した。

「首相は憶えておいででしょうか？　三年前に私が申し上げたことを」

「と、おっしゃいますと？」

「経済政策のご説明を差し上げた折、軍事産業を強化する理由としていずれ列強諸国の覇権争いが活発になるという……」

「ああ、あの話ですな。もちろん憶えていますとも」

ガルシェスクが話し終わらないうちにゲラシチェンコが口を挟んだ。

具体的にどんな内容だったかあまりはっきりとは思い出せなかったが、早いところ話を切り上げこの男に部屋から出て行って欲しかった。

ガルシェスクはそんなゲラシチェンコを一切無視した。

「世界恐慌によってイギリスやフランスはブロック経済圏を形成し、アメリカも保護貿易政策を展開しています」

「我が国もあなたの提言を入れて、同様の政策を展開してきたはずですが」

「ええ、そのとおりです。だが、世界に先駆けてアルドニア王国の経済政策が功を奏したのはひとえに我が国の経済規模が小さく、しかもある程度の資源が国内で調達できたからこそです」

「ううむ、……まあ、そうでしょうな」

「一方、世界の国々は様々です。しかも列強諸国ばかりではありません。むしろ富まず、持たずの国の方が圧倒的に多い」

「それは、そうでしょう」

「そういった国々がこの恐慌下、どういった行動に出るか」

「…………？」

「極東の国、日本を見れば明らかです。軍事力を強化して近隣諸国へ侵略的傾向を強める以外に、自分たちが生き残る道はないと考えるでしょう」

「侵略？　………」

「此処ヨーロッパでも同様の事態がいつ起きないとも限りません」

「まさか、このヨーロッパで？」

「差し詰め、今年一月にヒトラーが政権を握ったドイツあたりが危ない」

「そんな馬鹿な！」

「ドイツは先々月（十月）に国際連盟を脱退しましたよ」

「！　………」

この男は一体何を考えているのだ。

ヨーロッパでまた戦争が起きるとでも言うのか？　そんな馬鹿な話があるか！　財務大臣退任の挨拶にしては少々悪ふざけが過ぎるのではないか。

だが、思いとは裏腹に、ゲラシチェンコの顔からはいつの間にか血の気が失せていた。

「仮に有事が起きても、これを阻止するだけの体力は今の列強諸国にはないでしょうな」

追い討ちを掛けるようにガルシェスクが畳み掛ける。

「そ、そのためにわが国も軍事力を強化して来たではないか」

「確かに侵略に備える最低限の軍事力は整いました。しかし………」

「しかし？　………」

「我が国の規模では、侵略に対する防御も一時的にならざるを得ません」

「ううっ、………」

「だからこそ、これからの政治は軍事以外にも力点を置かなければなりません」

「軍事以外？」

「そうです。自国権益を賭けた大国との交渉です」

「外交……か？」

「ええ。政治の主力を外交の舞台に移し、大国との駆け引きに臨むのです」

「おっ、おっしゃるとおりですな。私もまったく同感です」

「さすがは首相です。第二次ゲラシチェンコ内閣の外務大臣はもうお決まりのようだ」

「えっ、ええ……もちろんですよ。次の内閣で外務大臣をお願いするのはガルシェスク伯、あなたをおいて他にはないと考えていたところです」


ガルシェスクは事務所へ戻る車の中で溜め息を吐いた。

一国の首相ともあろう人間が脳ミソは鮫ほどの大きさと来ている。まったくもって呆れるばかりだが、まあそれもよかろう。筋書きどおりに事は運んでいるのだ。

不敵な笑みを浮かべたガルシェスクの目にいつも以上に冷徹な光が宿り、その奥にはこの男だけが思い描くアルドニアの姿が鮮明に映し出されていた。

2

一九三三年十二月

真っ青に晴れ渡った空に陸上競技大会の開催を知らせるファンファーレが鳴り響いた。この大会は王立サンティエール校の全校生徒が一同に参加し、その年の締め括りとして行われる恒例行事だ。

華やかな入場行進に続いて様々な競技がグランド一杯に繰り広げられ、応援席には生徒たちの家族も大勢姿を見せている。もちろんガルシェスク家やザイツェフ家の人々も子どもたちの活躍を応援するために顔を揃えていた。

午前中の競技で両家が最も楽しみにしていたのは、初等部最上級生による女子八〇〇メートルリレーだった。ジュリアとポーラがともに選手に選ばれていたので、両家の人々は競技が始まるとそれぞれのチームを声の限りに応援した。

四チームで競うリレーは第二走者までジュリアの白組がトップを走り、ポーラの赤組がこれを追う展開となった。第三走者のポーラにバトンが手渡された時、前を行く白組とは既に一五メートルの差があった。応援席のルイーザは何とかこのままの順位でジュリアにつないで欲しいと祈り、ザイツェフ家はその差を少しでも詰めるようポーラに声援を送った。

第三コーナーのカーブに差し掛かった時、トップを走る白組の少女が大きく足を滑らせた。転倒する彼女の手から白いバトンが零れ落ち、慌てて拾おうとするその脇を後から来たポーラがあっという間に追い抜いた。ザイツェフ家の応援は最高潮に達し、そのとなりでルイーザのお供で来ていたマチルダが天を仰いだ。

アンカーのジュリアがバトンを受けた時、白組は逆に一五メートルの差をつけられていた。それでも彼女は諦めなかった。トップとの差をぐんぐん詰めて、第四コーナーではその差を五メートルまで縮めていた。ルイーザは思わず胸の前で手を合わせ、ジェイクとマチルダは声を嗄らして応援した。

最後の直線コース、ジュリアは残された力を振り絞って走った。赤組選手の背中が手を伸ばせば届くところまで来ている。もう少し！　もう少し！　ルイーザの握られた手にも力が入る。ゴールテープ直前でふたりが並び、そのままゴールした。

結果はわずかな差で赤組の勝利となった。二着に終わったジュリアは肩で大きく息を弾ませた。トラックの中では赤組の選手たちがポーラを囲んで歓声を上げている。飛び跳ねながら全身で喜びをあらわす彼女たちのそばにすっかり意気消沈した白組の姿があった。

ジュリアはチームメイトのところへ駆け寄り、輪になって満面の笑顔でみんなの健闘を称えた。その中でトップを奪われた少女だけは涙が止まらずにいたが、メンバーは全員で彼女を抱き締めて白組の頑張りを褒め合った。

　ようやく少女が笑顔を取り戻すと、ジュリアはその手をとって紺碧の空へ高々と差し上げた。白組の選手四人が全員で手をとり合って、元気な声で何度も万歳を繰り返した。

　その様子にルイーザは手が痛くなるほど拍手を送り、ジェイクとマチルダも大きな歓声を送った。彼女たちの姿に会場全体が爽やかな感動と喝采に包まれた。

　午前中の競技が終了すると昼食はルイーザお手製のサンドウィッチをみんなで頬張ったが、マチルダはまだ興奮が冷めない様子で何度も惜しかったと言っては悔しがった。

　ジュリアの健闘振りが繰り返し話題になり、そのたびに彼女は胸を反らせて誇らし気なポーズをつくって見せた。ジェイクからの賞賛に彼女の頬が赤く染まるのを見たアドルフがそのことを冷やかすと、ジュリアはいつものお転婆娘に戻って「あっかんべー」でみんなの笑いを誘った。

　昼食を挟んで再開された午後の競技で一番の注目は、ひときわ大きなトラックで行われる中等部男子の一，六〇〇メートル総合リレーだ。中等部は四学年の二クラス制で、それぞれのクラスから俊足が二名ずつ合計十六名の選手が選抜されていた。選手たちはクラスごとに二チームを編成し、合計四チームが優勝を賭けて争う競技だ。

　中等部三年生のジェイクはクライスとともに二組の代表に選ばれ、白組と青組に分かれた。アドルフは一組の代表に選ばれ赤組で走ることになっていた。各チームとも第一走者から第四走者が学年順になっていたが、白組はアンカーの第四走者に三年生のジェイクを配した。彼が勉強はもちろんスポーツでも校内屈指の優秀さを誇っていたからだ。

号砲の合図とともに第一走者がスタートを切った。走者はほぼ横一線から第一コーナー手前では、赤組、青組、黄組、白組の順に並んだ。まだ四人の間隔はほとんど開いていない。四〇〇メートルという距離から余力を考えてのことだ。

やがて第四コーナーに差し掛かると、その間隔が徐々に広がり始める。赤組、青組、黄組の三チームはそれぞれ二メートルほどの差が開き、そこから更に遅れた白組が先頭から一〇メートルほど遅れて第二走者へバトンがつながれた。

先頭の赤組が第三走者にバトンを手渡した時、白組との差は二〇メートルまで広がっていた。バトンを受けたアドルフは多少押さえ気味に走ったが、それでも観客は彼の足の速さに驚いた。第二コーナーを過ぎた直線で後続の走者を更に引き離して行く。

青組のクライスも善戦したがその差は徐々に広がった。三位を走る黄組はもう二〇メートル以上離されている。第三走者に四年生を配した白組が、逆に黄組との距離を狭めていた。だが、さすがの四年生もアドルフの走りにはついて行けなかった。青組と黄組との差を縮めはしたものの、先頭を行くアドルフとの差は広がる一方だった。

アドルフは最後の直線コースで観客席に手を振るほどの余裕を見せた。ルイーザとジュリアも歓声を上げながら手を振って応え、クライスの妹ポーラまでが兄を放ったらかしにして嬉しそうに声援を送った。

ここまでのレースはアドルフの驚異的な速さで赤組が独走し、二〇メートル遅れてクライスの青組、そこから更に一〇メートル離れて黄組、そのすぐ後を白組が追うという展開で、誰の目にも赤組の優勝は確実と思われた。

走り終えたアドルフがバトンリレーに備えるジェイクへ余裕の笑みを向けると、ジェイクはその挑発に笑顔で応じながらある覚悟を決めた。

余力を考えながら走っては到底逆転はできないだろう。ここは一か八か最初から全力で走るしかない。脚力が続くか自信はなかったが、白組が逆転するにはそれしか方法はないと考えたのだ。

四年生からバトンを引き継ぐやジェイクはもの凄い勢いでダッシュし、第一コーナーに差し掛かる手前で早くも黄組を追い抜くと、第二コーナーを過ぎた直線コースで更に加速して青組も抜き去った。観客席からは驚きの歓声が上がり、トラックの中では走り終えたクライスが拳を打って悔しがった。だが、アドルフだけは余裕の表情を浮かべていた。ジェイクの無謀とも思える走りを見ながら、あれではとてもゴールまでもたないと考えていたからだ。

案の定、直線コース中盤に差し掛かったところで、ジェイクは突然胸に激しい痛みを感じた。それは今まで味わったことのない息苦しさだった。やはりスタートダッシュは無謀だったか？　それでも前を行く赤組の選手の背中は少しずつだが近づいている。ふたりの距離は確実に縮まっていた。

頑張れ！　諦めるな！　ジェイクは走りながら何度も自分を鼓舞した。額の汗がこめかみに流れ、粒となって後方に飛ぶのがわかる。第三コーナーをまわると赤組の選手はまだ第四コーナー手前だった。第四コーナーを過ぎると更にその差は縮まった。いよいよ最後の直線、ここからが勝負だ。

これなら勝てる！　そう思った時、今度は急に膝が上がらなくなってしまった。足が鉛のように重たく感じられ、腕の振りも思うようにならない。胸は依然として張り裂けんばかりに苦しかった。

もう駄目かと諦めかけた時、ゴールテープの向こうにジュリアの姿が見えた。必死になって「ジェイク！」と叫ぶ声が届き、午前中の彼女の頑張りが脳裡に甦る。

諦めるな！　最後まで走り抜け！　ジェイクは残された最後の力を振り絞った。五メートル、三メートル、相手選手との距離が更に縮まった。もう少しだ！　あと一メートル。相手選手の苦しい息遣いが聞こえる。ゴールテープはすぐそこだ。

ふたりが横一線に並んだ。ジェイクが思い切り胸を突き出した。

ゴールの瞬間、ジェイクの身体はもんどり打って地面に叩きつけられた。両膝と右肘に激痛を感じた時、青空に舞うゴールテープと横を走り抜ける赤組の選手が見えた。

どちらが勝ったのか？　選手はもちろん観客にもわからなかった。

第一位の旗をもった審判が近づいて来る。となりには息のあがった赤組の選手がいた。あの旗はどちらの手に渡されるのか？

静まり返った会場に場内アナウンスが流れる。

「只今の中等部一、六〇〇メートル総合リレー、優勝は白組、第二位は赤……」

凄まじい歓声が沸き起こり、場内アナウンスはあっという間に掻き消されてしまった。

白組のメンバーが脱兎の如くジェイクに駆け寄り、四人は互いの肩を叩いて喜びを爆発させた。

ジェイクはもう手足の痛みなどまったく感じなかった。

選手も、観客も、敵味方関係なく全員――たったひとりを除いて――が、ジェイクの感動的な走りに賞賛の拍手を送った。

翌日、王立サンティエール校はまだ陸上競技大会の熱い余韻に包まれていた。話題の中心は白組に大逆転勝利をもたらしたジェイクの見事な走りだ。

校内の至るところでジェイクの名前が囁かれ、たまたま彼とすれ違った女子生徒は一様に頬を赤く染めた。

クライスは朝からそんな雰囲気が面白くなかった。

「アドルフ、君の義弟は凄いじゃないか。今や学校中のヒーローだぜ」

嫌味っぽい言いまわしでアドルフを煽り立てると、

「ああ、さすがにガルシェスク家の養子になるだけのことはある。僕も鼻が高いよ」

まるで意に介していないかのような態度だ。

予想外の反応にクライスは小さく舌打ちし、

「ほんとうかな?」

意味あり気な笑みを浮かべてアドルフの顔を覗き込んだ。

「クライス、何が言いたいんだ?」

「だって昨日の大歓声の中、凄い目でジェイクを睨んでいた奴がひとりだけいたんだが」

「…………」

「僕は気づいていたんだよ、アドルフ」

「それは、君の思い過ごしだよ」

一瞬、目を細めてそっぽを向いたアドルフが、

「それよりクライス、次の日曜日にベルチオ山へ行かないか？」

冷めた調子で話題を変えた。

「ベルチオ山？　冬山は危険だろう」

「確かに三合目から先は雪が積もって危険だが、手前のハイキングコースまでなら大丈夫だろ」

「うん、……でも、急にどうしたんだい？」

突然の提案が解せなかった。

「ハイキングコースでも、山は山さ」

アドルフの顔に意味あり気な笑みが浮かんでいた。

「…………？」

「面白いことを考えているのさ、耳を貸せよ」

そう言ってアドルフが何事かを囁くと、

「いいねえ。少しばかりぎゃふんと言わせてやろうじゃないか」

クライスの顔にも底意地の悪い笑みが浮かんでいた。


その日、アドルフは帰宅するとベルチオ山へのハイキングをルイーザに相談した。小さい頃に家族で訪れたことはあったが、今度は子どもたちだけで行くのだから事前の了解は得る必要があった。

ベルチオ山は標高六，〇〇〇フィートを越えるアルドニア王国で最も高い山だが、三合目までは緩

やかな勾配が続いて登山道もよく整備されていた。裾野に広がる見事な景観と様々に咲き乱れる草花から、家族連れの格好のハイキングコースにもなっている。

だが、観光の趣があるのは三合目までで、その先へ進むと山の様子は一変した。それまで長閑だった登山道は途絶え、先に続くのは歩くのも困難な獣道だけとなる。山の中腹からは切り立った崖がそびえ立ち、人の行く手を容赦なく阻む山へと変貌するのだ。熟練した登山技術と相応の装備がなければとても山頂征服などはできなかった。

その困難に挑もうと毎年多くの登山家がこの山を訪れたが、特に冬のベルチオ山は変わりやすい天候とほとんど垂直の断崖や積雪の深さから、多くの登山家の命を呑み込む魔の山と化した。

ルイーザはこうした山の特徴をよく知っていた。最近はハイキングコースも整備され多くのハイカーが訪れるようになったため、質(たち)の悪い悪戯やトラブルが後を絶たないことも耳にしていた。

それでも彼女は自分の息子を信頼していたので、ハイキングの計画そのものに反対はしなかった。むしろ自立心を養うためには子どもたちの行動範囲を広げることが役に立つという考えの持ち主だ。

ただ、彼女は母親として注文をつけることも忘れなかった。ハイキングコースから先へは断じて進まないこと、夕刻までに必ず帰宅すること、そしてジュリアも一緒に連れて行くこと、この三つの約束を守ることをベルチオ山ハイキングの条件にしたのだ。

アドルフは最初、ジュリアを連れて行くのだけは勘弁して欲しいと懇願したが、この条件を呑まない限り許可が下りないとわかって渋々ながらも了解せざるを得なかった。

そんなアドルフの気持ちも知らず、ジュリアはハイキングの話を聞いた途端手を叩いて喜んだ。最近は何かといえば子ども扱いで相手にされなくなっていたので、兄たちと行動をともにできることに興奮した。

　更に、アドルフへ追い討ちをかけるように――ジュリアの提案で――ザイツェフ家からポーラも加わることになったのだった。


　――ベルチオ山ハイキングの朝は爽やかな晴天に恵まれ、夜半に雨が降るという予報も頭上に広がる青空からはまったく想像できなかった。

　麓の土産物店はさすがに行楽シーズンのような人出はないが、それでもそこそこの賑わいを見せており、ハイキングコースの地図を買い求める家族連れはどの顔も楽しそうだ。

「こんなところで地図を買うようじゃ、よほどの素人だね」

　仲睦まじい家族連れをアドルフが呆れ顔で馬鹿にすると、

「そうそう。前もって地図で下見ぐらいしておいて欲しいよな」

　だから素人は困ると、クライスも生意気な表情を浮かべた。

　ベテランハイカー気取りで颯爽と歩くふたりの後をジュリアとポーラ、そしてジェイクが従った。三人は登山道を歩くのは初めてだったので、わくわくする興奮と多少の不安を感じながら前を行くふたりについて歩いた。

　管理事務所に着くと、アドルフが慣れた手付きで登山者名簿に全員の名前を記入する。ベルチオ山では不測の事態に備えて登山道に入る者は、たとえハイキングでも入山時刻と下山の予定時刻、氏名、年齢、連絡先などを記入する決まりだった。

「さあ、いよいよこれからスタートだ。ハイキングコースとはいえ冬の登山道を歩くのだから十分注意をしてくれよ」

アドルフが地図を広げてみんなに注意を促した。

「はーい！」

ジュリアとポーラが手を挙げてお道化ながら返事をする。

「先頭は僕が行く。その後をジェイク、ジュリア、ポーラの順で、最後はクライス、君に頼む」

「了解だ、任せてくれ」

「景色にばかり気をとられてみんなから離れ過ぎないよう、くれぐれも注意をしてくれ」

アドルフの指示に全員が頷いた。

「ハイキングコースは三合目手前の休憩所を折り返し点にして、登りと下りのコースがある。コース順路は幾通りかに分かれているので、その都度僕が決める。休憩所近くの展望台から先は本格的な登山道だ。危険だから間違っても先へは進まない。途中、ポイント、ポイントで案内板があるが、頼りになるのは地図とコンパスだ。ジェイク、この使い方を知っているかい？」

「…………？」

突然の質問にジェイクはきょとんとしてしまった。

名前ぐらいは聞いたことがあるものの実物を見るのは初めてだ。

「その様子じゃ、駄目なようだな。いいかい、コンパスには磁針といって常に北を指す針がついているんだ。この磁針に地図の北を合わせて、地図上の現在地から目的地へコンパスのベースの矢印を向けてやる。このときリングの矢印と磁針を合わせて目的地に向けた度数線を計れば、進むべき方向がわかるって寸法さ」

自慢気なアドルフの説明を聞いてもよく理解できなかった。

「まあいい、その都度教えてあげるよ」

アドルフがクライスに目配せすると、

「そうそう、ジェイク、それがいい。あっ、はは」

クライスがわざとらしく大笑いする。

「僕はアドルフに従って後からついて行くよ」

ジェイクは苦笑いするしかなかった。

ふたりの視線から逃れるようにスタート地点に立てられた掲示板に目を通すと、最近順路表示板の向きを変える悪質な悪戯が起きているのでハイカーは十分気をつけるようにと注意が記されていた。

「ジェイク、心配ないよ。地図とコンパスがあれば道に迷ったりしないから、へへっ」

不安気なジェイクにアドルフが勝ち誇ったように失笑すると、

「おにいちゃん、はやくいきましょ！」

見かねたジュリアが横から口を挟んだ。

「よし、じゃあ出発するか！」

これから起きることを想像するだけでアドルフは愉快でならなかった。

スタート地点は道幅も広くベルチオ山の裾野が一望に見渡せて、まさにハイキングには打ってつけの趣だ。このあたりは夏にはリンドウ科のハナイカリが淡い黄緑色の花を咲かせ、訪れた家族連れの目を楽しませてくれる。そばを流れるギルダシ川の豊かな水のお蔭でユキノシタ科のサワアジサイが群生し、サワギキョウの見事な鮮紫色の花を見ることもできた。

さすがに冬のこの時期は色鮮やかな花を観賞することはできないが、それでも風にそよいで大地を揺れる草原の風景を見ただけで彼らの気分は爽快だった。

前方に小さな子どもを連れた親子の姿があった。三人は仲良くつないだ手を大きく振りながら、いかにも軽やかな足取りで歩いている。きっと歌でも口ずさんでいるのだろう。途中で道端に立ち止まってはじっと何かを見つめる子どもの姿が、遠目にも仄々として可愛らしかった。

綺麗に整地されたハイキングコースは、登山口のある木立のところで道幅が極端に狭くなっていた。いよいよ此処からが登山道の始まりだ。木立の中に続く登り道の先に、先ほどの親子連れの姿は見えなかった。脇道の平坦なコースを選んで、麓の方へ戻る周回路を進んだのだ。

登山道は上り勾配がややきつかったが、階段状の段差が設けられてハイカーの足を援ける工夫が施されていた。それでもシイやカシの木々が陽射しを遮るため、足下の土は湿気を帯びて滑りやすかった。

登り始めてしばらくすると景色は後方右下にわずかに眺められるだけで、今は客もまばらな麓の土産物店が驚くほど小さく見えた。木々に囲まれたこの場所からは陽射しに照らされた地上が妙に明るく感じられる。

更に先へ進むと道が二手に分かれ、ハイキングコースの順路表示板は左側の道を指していた。アドルフは地図とコンパスで一応の確認をしてから矢印の示す方向へと進んだ。

登山口から四十分ほど登ってようやく一合目の表示板があらわれた。そばに休憩用のベンチがふたつあったので、五人はそこに腰を下ろして水筒の水で咽を潤した。ジュリアとポーラもまだ余裕の表情だったので早々に二合目を目指すことにする。

勾配を緩やかにするためかハイキングをゆっくり楽しませるためか、いずれにしても登山道はくねくねと蛇行を繰り返した。

急な曲がり角ではたいてい道が複数に分かれていて、その都度アドルフは地図とコンパスを器用に使いながら進むべき道を正確に探し当てた。もっとも結果はすべて矢印の指す方向と一緒だったので、本当に地図とコンパスで判断しているのか他の四人にはわからなかった。

登山口を出発して一時間半が経過し五人の息も上がり始めた頃、ようやく二合目の表示板に辿り着いた。歩いた時間ほど高く登った感じはしなかったが、それでも一,二〇〇フィートの高さから眺める景色は身体の疲れを一瞬で癒してくれる。汗ばんだ身体に吹く風も心地良かった。

つがいの鳶がくるりくるりと輪を描いて気持ちよさそうに青空を舞っていた。二羽の高さは三合目あたりだろうか。あと四十分も登れば、その三合目手前にある休憩所に到着できるだろう。昼食の時間にも丁度いい。元気を取り戻した五人のハイカーは足取りも軽く再び登山道を登り始めた。

一,五〇〇フィートの地点にちょっとした広場があり、そこがハイカーの休憩所になっていた。麓と同様の土産物店、それに二軒のレストランがこぢんまりと軒を連ね、広場には木製のテーブルと丸太でつくられた椅子が十数組ほど設置されていた。

三合目の展望台は此処から更に二〇〇フィート登ったところだ。家族連れのハイカーは休憩所からも十分景色を楽しめたので、ここで昼食を摂るとほとんどが手頃な土産を買って麓へ戻るコースを下った。

五人はせっかくここまで来たのだからと、迷わず展望台まで行くことにする。展望台は三合目だから、ルイーザとの約束を破ったことにはならない。わくわくしながら昼食をすませると、一目散に残り二〇〇フィートの登山道を登り始めた。

十分ほど歩いた時、

「しまった！」

突然、アドルフが振り向きざま声を上げた。

「どうしたんだ？　アドルフ」

最後尾のクライスが大きな声で問い掛けた。

「さっきの休憩所にコンパスを置き忘れて来ちゃったよ」

「えっ！　コンパスを？」

「ああ、そうなんだ。展望台はすぐそこだから問題はないが、あれは父さんからもらった大切なものなんだ」

「じゃあ、僕が取りに行って来ようか？」

養父からの贈り物という言葉にすぐさまジェイクが反応した。

「すまないがそうしてくれると助かるよ。僕らはゆっくり先へ進むから、ジェイクならすぐに追いつけるだろう」

「おにいちゃん、ここでまっていましょうよ」

「ジュリア、心配ないよ。じゃあ、ジェイク頼んだぞ」

「うん、わかった」

ジェイクが来た道を駆け足で下りて行くのを見届けると、

「さあ、先へ進むぞ」

アドルフが今までと変わらない足取りで登山道を登り始める。

少し登った所で道が二手に分かれ、その手前に展望台への表示板があった。矢印は左側の平坦な広い道を指していた。

「靴の紐がほどけた。すぐに追いつくから先に行ってくれ」

最後尾を歩くクライスの声だった。

「わかった。あまり遅れるなよ」

含み笑いを浮かべたアドルフがジュリアとポーラを連れて先へと進んで行く。

三人の姿が見えなくなったところでクライスは展望台への表示板に近づき、周囲に人がいないことを確認すると渾身の力で引っ張った。表示板は拍子抜けするほど簡単に抜けたので危うく尻餅をつきそうになった。

分岐点のところに手頃な穴があったのでそこへ表示板を突き刺し、何食わぬ顔でそのまま左側の登山道を登って行った。後にはまるで初めからそこにあったかのように、右側の登山道を指す表示板だけが残された。

ハアハア息を継ぎながら追いついたクライスに、

「どうだ、大丈夫だったかい？」

アドルフが振り向きざま問い掛けた。

「もちろんさ。ばっちりだよ」

アドルフにだけわかるように片目を瞑って見せる。

「クライス、ジェイクはまだこなかった？」

ジュリアが心配そうな表情を浮かべて後ろを見やった。

「ジェイクだったら心配いらないよ」

「そうそう。ジェイクのことだから、まもなくこの道を勢いよく駆け登って来るさ」

「アドルフの言うとおりだ。バトンを持っていればなお早いかも知れないな」

「そりゃあいい。あっ、はは」

ふたりの笑い声にポーラも手を叩いて喜んだ。

「さあ、四人揃ったところで先へ進むぞ」

だいぶ道幅が狭くなった登山道をアドルフは今まで以上に早足で登り始めた。

しばらく進んだところで高木の間から右斜め上方に展望台らしきものが見えた。おぼろげながら何人かの人影を捉えることもできる。

「よし、展望台はあそこだ。もうひと頑張りだぞ」

アドルフは満足気に笑みを浮かべ意気揚々と前進を続けた。


――ジェイクが休憩所まで戻ると、アドルフの言うとおりベンチにコンパスが残されていた。それを大事に拾い上げ、走り下りて来た道を今度は全速力で引き返した。

みんなと別れた場所まで来ると一度息を整える。そこから少し登ったところで展望台への表示板を見つけ、矢印は二手に分かれた右側の道を指していた。左へ続く道に比べて道幅が狭く勾配も急な気がしたが、アドルフのようにコンパスは使えなかったので案内どおりに進んだ。

右側の登山道は階段状の段差が今までよりも随分と高くなっていた。それでも前を行く四人に早く追いつきたい、その一心でジェイクは再び歩調を速めた。ところがいくら息を切らして登っても、なかなか四人の姿を捉えることができなかった。

やがて目の前が急に開けてアスファルトで塗り固められた小さな広場に出た。前方を木の柵で囲われたその場所からは、遥か彼方の景色まで周囲を一望に見渡すことができた。三合目を示す表示板のとなりに〝ベルチオ山展望台〟の標識が立っている。

ジェイクは壮大な景色に向かって、腕を広げ大きく深呼吸を繰り返した。熱く火照った身体の中に一息ごとに冷たい空気が染み渡った。

ふと、他に人影がないことに気が付いて、

「おーい、アドルフ！　クライス！」

大声で呼んでも何の返事も帰って来ない。

「ジュリア！　ポーラ！」

依然として辺りは静まり返ったままだ。

展望台の反対側に下り道があることに気づき、休憩所へと下る表示板も見えた。みんなは先に戻ってしまったのだ。ジェイクはコンパスを恨めしげに眺めると、休憩所への下り道を急いで駆け下りて行った。


――その頃、アドルフたちは次第に険しくなる登山道に四苦八苦していた。

分岐点から三十分以上も歩いたのにまだ展望台に到着できない。見えたはずの展望台らしきものは、生い茂る木々に阻まれて今はその姿を隠している。

コンパスを持たないアドルフは、おおよその見当をつけて進むしかなかった。

「おにいちゃん、だいじょうぶ？　みちをまちがえたんじゃない？」

あたりの様子にジュリアが不安気な表情を浮かべた。

「三合目の展望台はあそこにあるんだよ」

アドルフが指差した先を見ても、群生する高木と左右から伸びる枝葉に遮られて何も見えなかった。

足下は整地された登山道がいつの間にか途絶え、進むのも険しい獣道のような状態だ。

「三合目の展望台はすごく狭い場所なんだ。こんな雰囲気はいかにもお似合いだろ」

強がってはみたが、アドルフの表情にも不安の色が浮かび始めている。

「アドルフ、引き返そう。これじゃどこまで行っても展望台には着きそうにない」

堪りかねたクライスが先頭に進み出て、来た道を戻るよう提案した。

「えっ？　クライス、君まで何を言うんだ」

「僕らは、さっき見えた人だかりの場所を展望台だと勘違いしたんだよ」

「そんなはず……ないさ」

「いや、今思えばさっき見えた連中はみんな大人の背格好だったよ。それに登山用の装備もしていた気がする」

「登山用だって？」

「そうさ。休憩所から展望台までわずか二〇〇フィートしかないんだぜ。それが三十分以上も歩いているのにまだ着かないときている。どうやら僕らは四合目に向かう登山ルートに入り込んでしまったに違いない」

「………（さっきの表示板！）」

「（そう、あれは元々逆になっていたんだ）………」

アドルフとクライスは口にはできない言葉を互いの目で交わした。

「此処では用意した地図も役には立たない。おまけにコンパスまでないんだ。引き返した方がいい」

「わかった。一旦、さっきの分岐点まで戻ることにしよう」

アドルフは険しい表情で悔しそうに唇を噛むと来た道を引き返すことにした。

ところがおおよその見当で闇雲に歩いて来たため、どこをどう戻ればよいのかまったくわからなくなっていた。途中で右か左か何度も迷いながら、四人は曖昧な記憶とあやふやな勘に頼ってひたすら獣道を進むしかなかった。


——展望台からの道を急いで駆け下りたジェイクは、結局途中で誰にも会うことができなかった。休憩所に戻って辺りを見渡しても四人の姿はどこにも見当たらない。

「アドルフ！　クライス！」

此処でも大声で呼んでみたが、他のハイカーの視線を集めただけだった。

念のため土産物店にいた何人かに、自分と同じ年頃の四人連れを見なかったか尋ねてみたが、返ってきたのは曖昧な返事ばかりだった。結局、四人を探しに出て行き違いになっては困るので、そのまま休憩所で待つことにした。

だが、いつまで待ってもアドルフたちは一向にあらわれなかった。賑わっていた休憩所も今ではすっかり閑散としている。晴れ渡っていた空もどんよりと雲に覆われ始め、今にも雨が降り出しそうな気配だ。

そんな暗い雰囲気にジェイクの気持ちが徐々に心細くなって来る。みんなの身に何かあったのではないか？　ひょっとして山中で道に迷っているのではないか？

胸底を好からぬ思いが過ぎり始める。時計に目をやれば時刻は午後二時半になろうとしていた。冬場のこの時期は夕方五時までに麓の登山者名簿に下山のサインをしなければならない。そろそろ戻らないと間に合わない時刻だ。遅れれば遭難救助隊が出る騒ぎになってしまう。

時計の針に追われるようにジェイクは次第に居ても立ってもいられなくなった。ひょっとしたら途中でアドルフたちに出くわすかも知れない――そう信じて、彼は今日三度目となる展望台への道を登り始めた。

――アドルフたちが分岐点を目指して下山を始めてから、既に一時間以上が経過していた。来る時には耳にしなかった川のせせらぎが聞こえ、分岐点とは逆に更に奥へと迷い込んでしまったのは明らかだった。

どこまでも変わらぬ景色に不安を覚え頭上を見上げれば、いつの間にか空は厚い雲に覆われている。急がなければと思った時、アドルフの頬に一滴の雨が落ちて来た。

予報では雨は夜半になってからのはずだったが、山の天候は変わりやすい。現に雨粒は見る見るうちに大きくなって容赦なくその量を増やし、やがてザーッという雨音とともに本格的な土砂降りになってしまった。枝葉に打ちつける音が凄まじく、お互いの会話も聞こえないほどだ。

「みんな！　離れないで歩くんだぞ！」

アドルフは後ろに従う三人に向かって大声を張り上げた。

その時、闇夜のように変わってしまった黒い空に一条の稲光が走った。

次の瞬間、ドッーンと大地を揺るがすような轟音が鳴り響いた。

「きゃあー！」

凄まじい落雷にふたりの少女が同時に悲鳴を上げた。

ポーラはそのまま地面に蹲ってしまい、あまりの恐怖に立ち上がることさえできない。

クライスが駆け寄って抱き起こすと、彼女の身体はぶるぶると小刻みに震えていた。寒さのあまり血の気を失った唇は紫色に変わり、その中で歯がガチガチと音を立てている。

「ポーラ、大丈夫だよ」

「アドルフ、どこか安全な場所に避難しよう！」

妹の様子を見てクライスが沈痛な叫び声を上げた。

「わかってる……、あそこの岩陰だ！」

アドルフが指差した場所は山の斜面で一部岩肌が抉れたようになっていた。

四人は今まで以上に身体を寄せ合い、雷鳴轟く豪雨の中を急いだ。

岩陰に到着すると、そこは洞窟ほどではなかったが風雨を凌ぐには十分な広さだった。その暗がりの中で、稲光が光るたびに恐怖に怯えた四人の顔が互いの目に映った。冬山での遭難という最悪の事態に陥ったことが、もはや誰の目にも明らかだった。

「ジェイク！　ジェイクは？」

突然、ジュリアが悲鳴に近い声を上げた。

彼女はジェイクも同じように森の中で道に迷っていると思った。しかも、彼はたったひとりきりだ。

「ジェイクだったら大丈夫さ」

クライスが気まずそうに呟いた。

「そうか、ジェイクだ！　ジェイクがいたんだ！　きっと彼が（休憩所で）助けを呼んでくれる」

アドルフが思い出したように言葉を継いだ。

「でもおにいちゃん、ジェイクはわたしたちのあとをおってきてるんじゃ……」

「いや、……ああ、そうだけど……天候の変化に気が付いて途中から引き返しているかも知れないだろ」

そう言い繕ってはみたが、救助隊が自分たちを探し出せるとは思えなかった。此処がどのあたりに位置するのかもまったく見当がつかない。ただ、登山ルートから大きく外れていることは間違いなかった。

アドルフはこれからどうすべきかを必死になって思案した。クライスはとなりで震える妹を見て自分たちの悪戯心を後悔した。ジュリアはジェイクのことを考え、ポーラは震えるばかりで一切の思考が止まっていた。

こうしてほとんど会話もないままに一時間ほどが経過した頃、ついにアドルフが覚悟を決めたように立ち上がった。

「僕が、もう一度道を探しに行ってこよう」

「何を言ってるんだ、アドルフ！」

「そうよ、おにいちゃん、だめよ！」

クライスもジュリアも「救助隊が来るまで待とう」と必死に引き止めたが、

「夜になったら事態は益々悪くなるばかりだ。もう時間がないんだぞ」

アドルフの決心は固かった。

「しかし、……」

「このままじゃ埒が明かないよ。それに少しは雨も小降りになったようだ」

両親の信頼を失わずにすむ方法は、自分でこの後始末をつける以外になかった。最後まで渋るクライスに妹たちを任せ、彼は再び雨の中へと飛び出して行った。

ぬかるんだ獣道に何度も足を滑らせながら、それでもアドルフは必死の形相で道を探し続けた。だが、降りしきる雨はそんな憐れな遭難者を嘲るように、一向に止む気配を見せない。三十分もすると彼の身体は芯から冷え切ってしまい、足の感覚が麻痺していくら踏ん張っても大地を蹴る力が出なくなった。

仕方なく少し休もうかと気が緩んだ瞬間、右足を大きく滑らせてしまった。体勢を崩した身体はもはや左足だけでは支え切れなかった。反射的に滑った先を向いた彼の目に、藪に隠れた急な斜面が飛び込んで来た。

「あっ！」と思った時には、アドルフの身体は崖を転がり落ちていた。遠退く意識の中に自身の悲鳴と雑木をなぎ倒す音だけが響いた。

――ジェイクは分岐点のところまで来ると、迷わず左の道へ進んだ。

激しくなる一方の雨の中、それでも引き返そうとは考えなかった。四人の遭難は確実に思えたし、そろそろ登山管理局の人間が登山者名簿から入山者の異変を察知する頃だと考えたからだ。だったら引き返す時間をかけるよりは、少しでも早くアドルフたちを無事に発見したかった。

ジェイクはその思いだけでひたすら雨の中を走った。左側の登山道は最初こそ整地されていたが、次第にその険しさを増してやがて道すらない状態となった。ぬかるんだ獣道を何度も転びそうになりながら、それでも彼は四人の名前を呼んで走り続けた。

途中、行く手が分かれる箇所では多少でも雑草が押しつぶされている方を進み、来た道の左手にある小枝を折って印しを残すことも忘れなかった。小枝もないようなところではハンカチを裂いて布切れを作り、それを草に巻く工夫を施した。

こうしてジェイクは深い原生林の中を一時間以上も探し続けたが、それでも四人を発見することはできなかった。

さすがに自分の判断が間違っていたのかと後悔し始め、休憩所へ戻って救助を頼むか迷い始めた頃、突然、大きな悲鳴とともにバリバリと枝を折る音が耳に飛び込んで来た。人気のない山中に熊でもあらわれたのかと思ったが、聞こえたのは確かに人の声だった気がする。それもさほど遠く離れていない場所からだ。

　ジェイクは泥水が跳ねるのも構わず悲鳴が聞こえた方へまっしぐらに走った。もしかしたらという思いが、きっとそうに違いないという確信に変わった。

「アドルフ！　おーい、アドルフ！」

　何度大声で叫んでも、ジェイクの声はそのたびに雨に掻き消された。

　開いた口の中に雨粒と一緒に涙が伝った。お願いだから無事でいてくれ。神様、どうかみんなを助けて……、天を仰いだその瞬間だった。前方に藪を押し潰すようにして人が倒れている。しかも、見覚えのある格好だ。

　ハアハア息を継ぎながら近づくと、やはり倒れていたのはアドルフだった。藪の中を転げ落ちたせいで、服はボロボロに破れ無残に傷ついた肌が露出していた。

　ジェイクは目の前の崖を見上げ、心底ぞっとした。

「アドルフ！　しっかりするんだ！」

　必死の呼び掛けにも返事がない。

　身体を揺すっても何の反応もなかった。打ちつける雨がアドルフの顔から泥を拭い、代わりに額から流れる血が顔一面を赤く染めている。

　アドルフの傷だらけの身体を起こそうとした時、

「ううっ、………」

　微かに声が漏れた。

「（ああ、神様！）アドルフ！」

「ジェイク……か？」

「そうだよ、僕だ。しっかりするんだ、アドルフ！」

意識の戻ったアドルフを見て、ジェイクは涙がとめどなく溢れた。

「他のみんなはどうした？　無事なのかい？」

「ああ、みんな無事だ」

「よかった！」

ジェイクが背中に手をまわして助け起こそうとすると、

「痛っ！」

「えっ！　………」

アドルフの右踝が大きく腫れあがっていた。

崖を転げ落ちた時に捻挫をしてしまったに違いない。とてもひとりで歩けるような状態ではなかった。無事だという三人は後で探すことにして、一旦アドルフを連れて引き返すことにした。

自力で歩けない彼をおぶってみると想像以上に重く、ただでさえ疲労困憊の状態で休憩所まで辿り着けるか途中で何度も挫けそうになった。それでも痛みに喘ぐアドルフの息遣いが耳元に聞こえ、彼を助けられるのは自分しかいないのだと自らを励ました。

足場の悪さに悪戦苦闘しながらアドルフを背負って息も絶え絶えに歩き続けた。途中、印しを残したお蔭で道に迷うことはなかったが、体力的には限界が近づいていた。

展望台と四合目への分岐点まで戻った時、アドルフが休憩をしようと言わなかったらジェイクはこの場で意識を失っていただろう。そっとアドルフを降ろすと、そのとなりにへたり込んでしまった。両腕は痺れ、足腰は鉛のように重たかった。

「ジェイク、僕が歩けないばかりにすまない」

「大丈夫だよ、アドルフ……ハア…ハア……少し休めばすぐに出発できる……」

「足の痛みもだいぶ和らいだし、岩陰に非難しているジュリアたちもしばらくは心配ないだろう。だからジェイクも少し横になって休んでくれ」

「うん、ありがとう……」

　此処まで来ればもう大丈夫だ。

　少し休んだらまたアドルフをおぶってあげよう。そう思いながら、ジェイクは自分の意識が遠退いていくのを感じた。

　あたりはすっかりと陽が暮れて暗闇に包まれていたが、幸いなことに雨はほとんど上がったようだ。アドルフは痛む踝を擦りながら、となりで死んだように眠っているジェイクの寝息を聞いていた。ぐったりした義弟のことが不思議でならなかった。

　何がジェイクをここまで頑張らせるのか？　彼の正義感、優しさ、それとも――家族だからか？　いや、家族と言っても血のつながりなどないのだ。それなのに自分の身体を省みずこんな危険を冒すなんて、――どうしてだ！

　アドルフには理解できなかった。ジェイクが求めて止まぬ〝絆〟、その絆のお蔭で今の彼が存在していられることを。ジェイクの胸に初めて芽生えた家族への思い、それが断たれれば――また独りになったら――彼はその孤独感にもはや耐えられないだろう。

アドルフ、ジュリア、ルイーザ、そしてガルシェスク、彼らとの絆は顔も知らぬ亡き家族との絆でもあった。ジェイクの命は死んだ家族の命、それはガルシェスク家との家族という絆によって存在していた。だからこそ自分の命に代えてでもアドルフを助けなければならない。ジェイクの胸底にはそんな覚悟があった。

ぐったりしたジェイクの姿は痛々しかったが、その寝顔には安堵の表情が浮かんでいた。アドルフは彼をもう少し寝かせておくことにした。この間にやっておかなければならないことがある。

アドルフは痛む足を引き摺りながら、分岐点の表示板に近づいた。ジェイクがまだ眠っているのを確認して表示板を抜き取ると、彼が最初に見た場所へそれを戻した。すべてはここから始まったのだ。僕らはこの表示板を信じたために遭難した。こいつをこんなところへ突き刺した奴が悪いのだ。そう思うと、改めて悔しさが込み上げた。

その時、遠くの方で微かに人の呼ぶ声が聞こえた。背伸びしてその方角を見やると、幾つかの小さな明かりが点滅しているのが見える。注意しないと見落としてしまうほど頼りなかったが、それは紛れもなく懐中電灯の明かりだった。未だ下山しない五人の子どもたちのために、登山管理局から繰り出された遭難救助隊が近づいていていた。

アドルフは痛む足を引き摺って、ゆっくりと明かりの点滅する方へと向かった。五人の名前を呼ぶ声が聞こえた。その声が次第に大きくなり、明かりの光源が判然として来る。

「此処です！　僕は此処にいます！」

アドルフが大声で叫んだ時、明かりがまっすぐ彼に向けられた。

その眩しさに闇夜に慣れた目を一瞬閉じて、また大きく手を振りながら叫んだ。散らばって見えた明かりが一斉に彼に向けられ、ざわざわと草を掻き分ける音が近づいて来た。

遭難救助隊は全部で十人だった。アドルフは分岐点にいるジェイクと四合目に向かう途中の岩陰に他の三人が非難していることを告げた。

救助隊のメンバーはベルチオ山には詳しかったので、四合目近くで岩肌が露出しているのはそばにギルダシ川が流れる場所だとすぐに察しがついた。早速六人が岩陰に向かい、ふたりがジェイクを保護しに分岐点へ、そして残りのふたりがアドルフを麓まで運んだ。

みんなより一足早く麓に着いたアドルフは、自分たちの遭難が大変な騒ぎになっていることを改めて知った。登山管理局の役人や警察官が大挙し、報道関係者らしき人物まで集まっている。全員がアドルフの帰還に一様に安堵の表情を浮かべた。

その中に両親の顔を見つけたアドルフは目を伏せるしかなかった。

「ああ、無事だったのね、アドルフ！」

ルイーザに抱きすくめられても言葉が出ない。

「ジェイク！　よかった、あなたも無事なのね」

ルイーザの声で振り返ると、遭難救助隊に背負われたジェイクが登山事務所に入って来るところだった。

ふたりは神妙な面持ちで俯いていた。黙って様子を見ていたガルシェスクが、口を真一文字に閉じて近づいて来る。

アドルフは覚悟を決めた。

「大臣、ご子息のアドルフ君はたいしたものです。捻挫した足を引き摺りながら休憩所付近まで辿り着くとは、さぞかし辛かったでしょう。その勇気ある行動のお蔭で他の三人も間もなくこちらに到着するはずです」

遭難救助隊のメンバーが感心の面持ちで口を開いた。

「どうやら展望台への表示板が逆方向へ向けられていたようです。人命にも関わる悪質な悪戯ですから、必ずや署を挙げて犯人を検挙いたします、大臣」

今度は、警察のお偉方と思しき人物が口を挟んだ。

「署長、再び事故が起きないようくれぐれも頼みましたぞ」

ガルシェスクは厳しい口調で署長に告げると、

「アドルフ、怪我の具合はどうだ?」

労るように訊くその顔は、息子を誇らしげに思う父親の表情だった。

「父さん、心配をかけてごめんなさい」

「どうやら三人も無事に戻ったようだ」

大勢の人々から拍手と歓声が沸き起こっていた。

「おまえの勇気がジュリアやジェイク、そしてザイツェフ家の子どもを救ったのだ。さすがはガルシェスク家の惣領だ」

アドルフはほっと胸を撫で下ろした。

ジュリアたちが無事に救助された以上に、状況が自分にとって好ましく解釈されていることに安堵した。

一方ジェイクは、警察署長の言っていた表示板が逆方向に向けられていたという意味が理解できなかった。表示板どおり登って確かに展望台に着いたのに――。アドルフが足を引き摺りながら休憩所付近まで辿り着いたというのも釈然としなかったが、それでも全員が無事に戻れたことから余計な詮索はしないことにした。

ただひとつジェイクが悲しかったのは、笑顔でお互いの無事を喜び合いたかったアドルフが一度も自分と目を合わせてくれなかったことだ。今も身体中が痛み疲れ切っていたが、雨に打たれながら彼を背負って山中を歩いたことがまるで遠い昔のように感じられた。

次の日、新聞は挙ってベルチオ山の遭難事故を報じた。表示板の向きを変えるという悪質な悪戯を糾弾する一方で、この命にも関わる危機的状況を解決したのがひとりの少年の勇気ある行動だったと紹介した。しかも、彼のことを外務大臣ガルシェスク伯の子息〝アドルフ・ガルシェスク君〟と、実名を挙げて絶賛したのだ。

王立サンティエール校は新聞報道で学校中が大変な騒ぎとなった。校内どこへ行ってもアドルフの話題でもちきりとなり、陸上競技大会は遠い昔の話になってしまった。クライスなどはあまりに早いヒーローの交代劇に、さすがは俊足のジェイクだと揶揄する始末だった。

そんな冗談がより一層歓声を沸き立たせ、その様子にアドルフは十分満足した。誰もが喝采を上げる中でクライスだけはペロッと舌を出したが、それはアドルフだけに通じるほろ苦いおまけでもあった。

3

一九三六年七月～


アルドニア王国の政府専用機としてチャーターされた空軍機は、バルツォーク市に隣接するツゥイラーク市上空を何度か旋回してアルザ空軍基地の滑走路に降りたった。

基地を取り囲む金網フェンスの外に集まった群集からひときわ大きな歓声が上がる。

待機していた外務副大臣とツゥイラーク市長は政府専用機が無事に着陸したのを見届けると、国防省の役人に先導され機体に横付けされたタラップへと近づいた。その後には大勢の報道関係者たちが従っていた。

プロペラ音が鳴り止み機体のドアが開くのを見て、カメラマンたちが一斉に前へ進み出た。どの顔もシャッターチャンスを逃すまいと真剣そのものだ。

やや焦らすように間をおいてガルシェスクが専用機の中から姿をあらわした。数段しかないタラップをゆっくり降りながら報道陣とフェンスの向こうに集まる群衆へ手を挙げると、一斉にフラッシュがたかれ再び拍手と歓声が沸き起こった。今やガルシェスクのキャッチフレーズとなった〝目覚めよ、アルドニア！　誇れよ、アルドニア！〟の大合唱が鳴り響いた。

「大臣、西ヨーロッパ歴訪、お疲れ様でした」

真っ先に歩み寄った外務副大臣が直立で一礼し右手を差し出すと、

「お出迎えご苦労様です。何とか無事に大役を果たすことができました」

ガルシェスクは笑顔で握手に応じた。

もう一度報道関係者に向かって手を挙げ、

「諸君、私はこれから首相官邸へ直行しなければならない。明日、共同記者会見を開くのでそこでまたお会いしよう」

そう言い残して迎えの車に颯爽と乗り込んだ。

ガルシェスクの西ヨーロッパ歴訪は英仏両国と外相会談を行うことが最大の目的だった。だが、それはあくまでも目標であって、ほんとうに実現するとは誰も信じていなかった。アルドニア王国のような小国のために世界に冠たる大国の外相が、わざわざ貴重な時間を割くとはとても考えられなかったからだ。

政府内でも「ガルシェスクは相手にされずに恥をかくだけだ」と揶揄する声が多かった。ガルシェスク贔屓のマスコミでさえ、なんとか次官クラスにわずかな時間を割いてもらうのが精々だろうと論調したほどだ。

ところがガルシェスクは大方の予想に反して、両国外相との会談を見事にやり遂げてしまった。しかも、イギリス訪問時にはイーデン外相ばかりかチェンバレン首相とも――相当の時間を費やして――意見を交換するチャンスに恵まれた。

これらの会談の中身が通信社から世界中に配信されると、ガルシェスクの名は強烈なインパクトをもって国際社会に印象づけられた。それほど彼の外交手腕は大国に一歩も引けをとらない堂々としたものだった。アルドニア王国のマスコミはこの華々しい成果に挙って狂喜し、野党の自由労働党までが称賛の拍手を送ったのである。

だが、こうした国内の盛り上がりを冷ややかな目で眺めている人物がいた。その人物とは他でもないガルシェスクその人だ。

彼は今回の外遊を計画した時から、英仏両国の外相は必ず自分との会談を受け入れると確信していた。それは最近のヨーロッパ情勢を緻密に分析した、彼ならではの鋭い洞察力によるものだ。

前の世界大戦後に締結されたヴェルサイユ条約はヨーロッパに戦勝国主導の新秩序をもたらした。しかし一方で、領土割譲や賠償金といった過度の負担を強いられた敗戦国は、その内奥で新秩序への怨念をマグマのように煮えたぎらせていた。

ヨーロッパ列強諸国の首脳たちはそのことを十分承知していたので、相互の勢力均衡を保ちながら敗戦国の再軍備を禁じ、新秩序を維持しようと躍起になっていたのだ。

ところがこの新秩序を根底から揺るがす大事件が勃発した。それも新秩序維持に腐心して来たヨーロッパ以外の場所、遠く大西洋を挟んだアメリカ大陸でそれは起きたのだ。一九二九年十月、ニューヨーク株式市場の大暴落に端を発する世界恐慌がそれだ。

この時、ガルシェスクはこの恐慌が新秩序を破壊するマグマの起爆スイッチになると読んだ。そしてその読みどおり、この未曾有の大不況は新秩序が孕む矛盾を随所に露呈させる大きなきっかけとなった。世界恐慌によって衰弱した英仏両国はヨーロッパにおける治安能力を完全に失い、イタリアやドイツはこれを傍観するほど間抜けではなかった。

イタリアは昨年（一九三五年）エチオピアを侵略し、今年三月にはドイツがヴェルサイユ条約によって非武装地帯とされたラインラントへの侵攻を開始した。直近でもスペインで内戦が勃発するなど、ヨーロッパはまさに一触即発の火薬庫のような状況に陥った。

ガルシェスクはこの事態を注意深く分析し、英仏両国が対アジア植民地政策を優先して地中海航路を確保するためイタリアに対して寛大な姿勢を貫くと考えた。現にフランスのラヴァル外相は昨年ムッソリーニと会談を行い、イギリスのイーデン外相は先月六月にイタリアを訪問している。

また、ガルシェスクは英仏両国がイタリアに気を遣う理由は他にもあると読んだ。それは領土拡大に野心を抱くヒトラーの存在だ。前の大戦で同盟関係にあった独伊が再び手を握ることを、英仏両国は絶対に阻止したいはずだと考えたのである。もちろん牙を剥き始めたドイツに対しても彼らが黙って手を拱いているわけがない。その一挙一動に目を光らさざるを得ないだろう。

そう考えたガルシェスクは、英仏両国が自国に利する衛星国を求めているに違いないと結論づけ、これを最大限利用することにした。なぜならアルドニア王国こそ、まさに衛星国に打ってつけの国だったからだ。中央ヨーロッパに位置する国土は、ドイツばかりか東ヨーロッパやソ連の動向まで敏感に察知できる地理的な条件に恵まれているのだ。

このことを材料に水面下で探りを入れたところ、案の定、世界に冠たる大国が見事なまでに網に掛かって来た。ガルシェスクは英仏という駿馬の目の前に衛星国産の人参をぶら下げ、華々しい外交成果を挙げることに成功したのである。

アルザ空軍基地から首相官邸へ直行したガルシェスクはゲラシチェンコ首相に型どおりの挨拶をすませると、そのままバルツホテルへ向かうよう運転手に命じた。但し、車をいつもの正面玄関ではなく裏手にある従業員通用口の方へ向けるよう指示した。

人気(ひとけ)のないホテルの裏手には事前に連絡を受けた支配人が待機していた。外務大臣ともあろう人間がホテルの裏口から入るという隠密裏の行動を訝しく思っていた彼は、到着した車から降り立つガルシェスクを見てその思いが驚きに変わった。いつも付き従えている秘書が誰ひとりとして同行していない。外務大臣が自ら鞄を小脇に抱え、難しい顔をして人目を憚るようにあらわれたのだ。

前もって一切口外しないよう口止めされてはいたが、想像以上に重大なことのようだ。そう悟った支配人は、挨拶も早々に従業員専用エレベーターでガルシェスクを指定された八階まで案内した。その間、ガルシェスクはただのひと言も言葉を発しなかった。

支配人はこのただならぬ雰囲気に緊張しきっていたので、八〇三号室の前でお役御免になるとそのまま静かに退散した。ここまで用意周到にしなければならない政治の世界が、肌が粟立つほど空恐ろしく感じられた。自分だったら神経が磨り減って、髪の毛も一本残らず抜け落ちるのではないか。支配人は薄くなりかけた頭頂部を撫でながら、政治家でない我が身に安堵の溜め息を漏らした。

ガルシェスクは頭を撫で付ける支配人の後ろ姿を一瞥しただけで、すぐに目の前のドアに神経を集中した。静かにノックすると、中から恰幅のよい男が不機嫌な顔であらわれた。

儀礼的な握手も交わさず応接セットのソファに腰掛けたふたりが対峙する。

「大臣、このたびの西ヨーロッパ訪問はなかなかの成果でしたな」

最初に口を開いたのは仏頂面をした男の方だ。

「ありがとうございます。お蔭様で望外の成果を挙げられたようです」

ガルシェスクは男の投げやりな言葉を軽く受け流した。

「ところで帰国早々、内々の相談とは一体どのようなことですかな?」

男は気が乗らない素振りで本題に入るよう先を促した。

「お忙しいところお手間を取らせて申し訳ございません。ですが本題に入る前に、西ヨーロッパ情勢について少しお話をさせていただけませんか」

「…………」

男は不服そうな顔をしたが、ガルシェスクは無視して話を始める。

「イギリスとフランスを訪問して思ったのですが、必ずしも両国の国内情勢は一枚岩ではありませんな」

「ほほう、国内世論が分裂していると?」

「いえ、世論と言うよりは政界と言った方がいいでしょう。ご存知のとおりヨーロッパは今、ドイツとイタリアの動向にことのほか神経質になっています」

「ドイツとイタリアに？」

「ええ、そうです。世界恐慌を機に両国とも不穏な動きを見せていますからね」

「…………」

男は正直ピンと来なかったが、聴いて無駄ということはないだろうとしばらく耳を貸すことにした。

ガルシェスクは独伊ともに独裁政権が樹立していること、これに対して英仏国内では強硬論と宥和論が対立していることを説明した。

最初のうちは半信半疑で聴いていた男の顔が次第に真剣味を帯びて来る。

「イギリスではチェンバレン首相をはじめ政府首脳陣は宥和政策に傾いていますが、イーデン外相あたりは強硬論を捨て切れていないようです。保守党内部でもハリファックス卿は首相寄りですが、チャーチル卿は断固たる強硬論者ですな」

「うむ、チャーチルは噂どおり骨太な政治家といったところですかな」

「フランスもどちらかと言えば宥和政策の側です」

「まあ、無用の争いは避けるに越したことはない」

「それですめばよいのですが……」

「むむ、……大臣は何を言いたいのか？」

「〝軒先貸して母屋を取られる〟ことにならなければよいが、ということです」

「？　………」

「ラインラントの次は差し詰めオーストリア、チェコスロバキア、その先にあるのはヨーロッパ全土。我がアルドニア王国などはその通行路にもならない」

「まさか、そんな……」

男はガルシェスクの話があまりに飛躍するので、真面目に聴いていた自分が馬鹿らしく思えて来た。同時に腹立たしさを抑え切れなくなった。

「失礼ながら、大臣は被害妄想になられているようだ」

「イタリアは先月、チアーノが外相に就任しましたよ」

男の語気荒い言葉も一向に気に掛けず、ガルシェスクは澄ました顔で話を続けた。

「わしもそれぐらいは知っておるわい」

「チアーノは若干三十三歳の新進気鋭、ムッソリーニ首相の娘婿にして大変な親独派という噂です。現についこの間、ムッソリーニと諮って駐英大使を追いやろうとしたらしい」

「駐英大使を追いやる？」

「ええ、私がイギリスに滞在中、イタリアのグランディ大使とも知己を得たのですが、彼は親英派のため本国と上手くいってないと愚痴をこぼしていましたよ。もっともイタリア本国の策略はイギリス政府の猛反発でご破算にはなりましたが」

「うーむ、……」

男は口を真一文字に結んで唸り声を上げると、そのまま黙り込んでしまった。

「他にもソ連のマイスキー駐英大使と内々で話す機会がありましたが、ソ連邦もドイツの動向には危機感を覚えているようです。スペインで勃発した内戦もスターリンは共和国政府を支持したが、ヒトラーとムッソリーニは反乱軍のフランコ将軍を公然と支援していますからね」

「まるで代理戦争のようじゃな」

「おっしゃるとおりです。ヒトラーはスペインをドイツ軍の実践演習場に見立てているのでしょう。ところがイギリスとフランスは見て見ぬ振りで黙り(だんま)を決め込んでいる」

ガルシェスクはゲラシチェンコ首相にも報告していない話を、次から次へと矢継ぎ早に話して聞かせた。

沈黙のまま聞き入っていた男にもそのあたりの雰囲気は伝わっていたので、堪りかねたように今度は自分から質問を投げ掛ける。

「外務大臣がそんな外交上の重要情報を、なぜ野党の党首であるわしに？」

自由労働党のキリエンコ委員長はどうにも解せなかった。

前もって呼び出しを受けたので来てみれば、次から次へと重要な機密情報の開陳だ。政府専用機がアルザ空軍基地に到着した時間を考えれば、ゲラシチェンコとは挨拶程度しか交わしていないはずだ。首相にも話していないことをなぜ自分に聞かせるのか、その理由がわからなかった。

「キリエンコ委員長、確かに今お聞かせした話は外交上極めて重要な情報です。早晩、このヨーロッパが再び戦火に紛れるかも知れない、そんな危機的状況を示唆しているのですから」

「だから聞いておる！」

キリエンコが気色ばんで荒々しく問い質した。

ガルシェスクの真意を測りかね、自分が試されているような気がした。人一倍プライドの高いこの男には、それは我慢のできないことだった。

「キリエンコ委員長、まあ、お聞き下さい」

ガルシェスクはどこまでも悠然と構えていた。

「今度の西ヨーロッパ訪問は私にとって、改めて国のリーダーの何たるかを教えられた気がするのです。委員長は憶えておいでしょうか？　私が財務大臣就任時に行った経済政策を」

「うっ、むむ……。あれはあれで、わしも認めてはいるが」

「あれと同じことを提言した者が、実はドイツにもいたのですよ。ヴィルヘルム・ラウテンバッハという経済学者です」

「ほほう、たいしたものですな」

「ところが結果として、ラウテンバッハはナチスに利用されてしまった。彼の理論に逸早く耳を傾けたヒトラーは赤字国債で財源を賄うと、高速道路建設に代表される社会資本の整備や再軍備に投資して失業者を吸収していったのです。すべてはナチス支持者とヒトラー信望者を増やし、自らの野望を実現するために」

「野望？　………」

「そう、領土的野心と言ってもよいかも知れません。しかも、その野心は国民の生命と財産を奪い破滅の道へとつながりかねない危険なものです。そこが世界恐慌を乗り切ったアルドニア王国と大きく違うところですな。ゲラシチェンコ首相にはそんな野心はありませんから」

「大いに結構ではないか」

「だが、あってもやらないのと元々ないのとでは、結果は同じでも雲泥の差です。殊に風雲急を告げる時代は、野心を抱く程度の頭の回転は備えて然るべきでしょう」

「うむ、……同感ですな、ふふふ」

キリエンコは政敵が槍玉に挙がって愉快だった。

ガルシェスクはそんなキリエンコも似たようなものだと思っていたが、それはおくびにも出さずに話を続けた。

「野望や野心はひとたび成功すれば偉業と褒め称えられ、逆に失敗すれば無謀の誹りを受ける。だが、それすら持ち得ない者は無能呼ばわりされるのが落ちでしょう」

「あっ、はは……いや、手厳しい。我が国の首相を無能と言われるか。しかし、大臣も民主共和党の議員、そんなことを口にしてよいのですかな」

豪快に笑った後で、キリエンコが軽侮の含み笑いを投げつけた。

ガルシェスクはそんな哂笑をものともせず、

「キリエンコ委員長！　民主共和党だ、自由労働党だ、などと言っていられるような時ではありませんぞ！」

突然、声を荒げて言い放った。

「うっ、………」

キリエンコはガルシェスクの迫力に気圧されてしまった。突然の凄みに二の句を告げられないまま目を白黒させた。

「ヨーロッパ情勢はもはや一刻の猶予もないのです。英仏のような醜状を晒していては、アルドニア王国は滅びますぞ！」

「し、しかし、能無しの民主共和党を支えているのは、あんたではないか！」

思わず育ちの悪さが言葉に出るほど、キリエンコは平常心を失っていた。

「委員長！」

ガルシェスクの眼が鋭い矢となってキリエンコを射抜く。

「私が支えているのは民主共和党でもなければ自由労働党でもない。政治家である以上、支えるべきはこのアルドニア王国そのものです。だからこそ現政権に危機感を覚えずにはいられないのですよ。あなたにはまだおわかりにならないのか！」

「だ、大臣、あんたは……」

「そう、もはやゲラシチェンコに政権を任せておくわけにはいきません」

「だ、だが……」

「ゲラシチェンコ政権は磐石だ、とおっしゃりたい」

「あ、ああ、……そのとおりだが……」

「だったら心配は要りません。私に考えがあります」

ガルシェスクは鞄の中から分厚いファイルを取り出すと、動揺するキリエンコの前に放って寄越した。完全に相手を呑みきった態度だ。

キリエンコが訝しげにファイルを手にすると、それは一冊の報告書だった。

「(な、何!)……」

中を見た瞬間、息を呑んだ。

ファイルを持つ手がわなわなと震え、咄嗟に言うべき言葉が見つからなかった。

「明日、西ヨーロッパ訪問の共同記者会見でそれを公表します。首相の任期は十一月までだが、少し早めてもらうことにしましょう。キリエンコ委員長も野党の立場からやるべきことはおわかりでしょう」

「内閣不信任案……の提出?」

「私からは何とも言えませんな」

ガルシェスクは冷たい笑みを浮かべファイルを取り戻すと、

「あなたの言うとおり、私はまだ民主共和党の議員ですから……」

そう言って、そのまま部屋を出て行ってしまった。

静まり返った部屋に残されたキリエンコは、虚空を見つめたまましばらく呆然としていた。全身が汗だくで何とも言えない不快な疲労感に包まれた。

しかし、それは束の間のことで、新たな政局を前にキリエンコの目が爛々と輝きを取り戻す。労働者のようなごつい指で肘掛けのクロスを破れんばかりに掴むと、いつもの精気が甦った顔に不敵な笑みが零れた。

翌日、バルツホテルの二階にある大広間は、大勢のマスコミ関係者でごった返していた。用意された椅子はすべて埋め尽くされ、壁際に立てられた脚立にはカメラマンが必死の形相で陣取っている。全員が今か今かと主役の登場を待ちかねていた。

同じ頃、民主共和党総裁室のゲラシチェンコは深々と椅子に腰掛けながら、そろそろこの椅子も替え時かと考えていた。お気に入りの椅子で六年近くも愛用してきたが、あと三年はもちそうになかったからだ。

ゲラシチェンコは三期目を目指す自らの長期政権のことで頭が一杯だった。それもこれもすべてはガルシェスクが内閣の実績づくりに大きく貢献しているお蔭だった。そのことを十分承知していたので、この日も自分の秘書をバルツホテルに派遣していた。そこで行われる共同記者会見の様子を報告させるためだ。

そこへ直前の報告から五分も経っていないのに、電話のベルがけたたましい音を立てて鳴り響いた。先ほどは報道関係者の数が百人を超えたという連絡だったので、さてはいよいよ二百人に近づいたかと思わず笑みが漏れた。これで内閣の支持率も更に上がるに違いない。ゲラシチェンコは喜び勇んで受話器をとった。

〈しゅ、首相！　一大事です！〉

受話器の向こうから悲痛な声が聞こえた。

声の主はバルツホテルに送り込んだ秘書ではなかった。

〈が、外務大臣が先ほど司法省に来ました〉

「外務大臣？　……司法省？」

声の主は検察局長で、次の選挙で立候補の公認を約束してやった人物だった。

「君は何を言っとるんだ？」

検察局長の頓珍漢な電話に公認の件は考え直そうかと苛立った。

〈ガルシェスク大臣が！　首、首相を……告発したのです！〉

そう言われても、ゲラシチェンコにはまだ何のことかわからない。

〈アイアッシュ社です！　オルバン会長の名前もあります！〉

「（はっ！）………」

オルバンと聞いて、ゲラシチェンコの心臓が凍りついた。

顔面は蒼白となり全身の肌が粟立って、受話器を持つ手が小刻みに震えた。なぜ、ガルシェスクがオルバンとのことを知っているのか。頭の中でその理由を探し始める。

が、すぐにそんな悠長なことを言っている場合ではないと思い直した。

「で、司法省は今どんな具合だ？」

ゲラシチェンコは自分を落ち着かせ、ことさら平静を装った。

〈はい、相手が外務大臣ということで局長の私が直接応対をいたしましたので、幸いなことに告発状は私の手元にあります〉

「（ふう、……）よろしい。そのまま中身を誰の目にも触れさせるな。もちろん局長、君もだぞ。歳の暮れに赤絨毯を踏みたければな」

〈もちろん心得ております、首相〉

「ところでガルシェスクが検察局に持ち込んだのは告発状だけか？」

〈他に数十ページにおよぶ青い表紙のファイルを証拠だと言って置いて行きました〉

「わかった、それも厳重に管理しておけ。また、連絡する」

ゲラシチェンコは電話を切ると、すぐにバルツホテルのフロントへ掛け直した。

控え室にいる自分の秘書を電話口に呼び出して、ガルシェスクが青いファイルを持っていれば何がなんでもそれを奪い取れと命じた。

既に司法省へ告発したとなれば、これから行われる記者会見でこれを暴露するに違いない。それだけは何としても阻止しなければならない。時刻はまもなく十三時になろうとしている。会見が始まるのは丁度その時間だ。

指示を受けた秘書は心臓が止まるほど緊張した。つい先ほどあらわれたガルシェスクを横目で見やると、テーブルの上に置かれた鞄が目に付いた。ファイルはあの鞄の中だろうと想像した途端、額に汗が滲んだ。

控え室には、ガルシェスク以外に以前から知った顔の秘書と初めて見る小太りの男がひとりいるだけだったが、彼らの目を盗んで鞄を持ち出すのは不可能だろう。しかも気のせいか小太りの男が、さっきから目付きの悪い視線をこちらに向けているように思えてならない。はちきれそうな腹をした男の目は暗く澱んだ光を帯びていて、その視線を感じるだけでおぞましい気分に襲われた。

秘書はすべてを投げ捨て鞄を奪うべきか決心がつきかねていた。ホテルの担当者が「そろそろ会見の時間です」と知らせに来ると、全身からどっと汗が噴き出して咽はカラカラに渇き、飲み込む唾さえひっかかった。

心臓の鼓動が激しく脈打つのを感じながら、とうとう秘書は前科者になる決心をした。

鞄に飛びつこうと一歩前に出た時、

「さあ、会見場に行くとしようか」

ガルシェスクがすっくと立ち上がった。

タイミングを失した秘書は汗で滑る拳を握り締め、茫然とその場に立ち尽くした。ゲラシチェンコの顔を思い浮かべ、前科者以上に辛い自分の前途を覚悟するしかなかった。

諦めと失意の中で一行を見送る際、ふと彼は妙な違和感を覚えた。三人とも何も持たずに手ぶらで会見場へ向かったように思えたのだ。すぐさまテーブルに目を戻すと、あの鞄がなぜかそのまま残されている。

喜び勇んで中を覗くと、ゲラシチェンコの言うとおり青いファイルが入っていた。秘書は思わず胸の前で十字を切って、前途洋々の将来を逃さないよう鞄を手に一目散にホテルを後にした。

噎せ返るような熱気の中、ガルシェスクが定刻どおり十三時丁度に会見場へ姿をあらわした。万雷の拍手が沸き起こり、中には興奮のあまり歓声を上げる記者さえいる。鳴り止まない拍手とフラッシュの音光に、ガルシェスクは満足気な笑みを浮かべ席に着いた。

ようやく会見場が静かになったところで、外務省の欧州担当参事官が今回の西ヨーロッパ歴訪の概要を説明し、続いてガルシェスクから訪問国に対する詳細な報告が行われた。

話が英仏両国訪問の件になると記者たちから数多くの質問が飛んだ。アルドニア王国建国以来の歴史的快挙を会見場の誰もが詳しく知りたがった。ガルシェスクは一つひとつ丁寧に解説を加えながら答え、集まった記者たちはその話に酔いしれてアルドニア王国が一流国の仲間入りを果たしたような気分になった。

誰もが興奮冷めやらぬままに会見も大詰めを迎えた頃、ガルシェスクがおもむろに立ち上がった。記者たちは会見の終了時間が来たのかと一様に残念がった。

――民主共和党総裁室で気を揉んでいたゲラシチェンコは、鞄の中のファイルを手にした途端小躍りして歓んだ。ガルシェスクが手ぶらで会見場に向かったと聞いて、秘書を抱き締めその頰に接吻を繰り返した。証拠さえ押さえれば後は何とでも言い逃れができる。

秘書の労をねぎらい退席させると、ゲラシチェンコはゆっくりとファイルの中身に目を通した。最初の数ページで紙を捲る手が震えだし、その後の数ページで吐き気がするほど気分が悪くなった。

危ないところだった。こんなものが公になればその時点で政治生命は絶たれていただろう。寸でのところで検察局を抑え、証拠のコピーはこうして手元に回収した。日頃、行政庁の要所要所に網を張り巡らせておいた甲斐があったというものだ。

安堵の溜め息を漏らしたゲラシチェンコは、以降のページはガルシェスクを殺したいと念じながら捲った。ところが最後のページまできた時、彼の目はかっと見開かれたまま動かなくなってしまった。その顔は血の気を失いファイル以上に青くなって、あんぐりと空いた口からは呻き声ともつかぬ声が漏れた。

そこにはページの真ん中にひときわ大きく〝コピーＮＯ２〟の文字が印刷され、『首相の六年間の餞（はなむけ）に』と書かれた一枚のカードが挟まれていた。

ブルブルと震えるゲラシチェンコの手から、分厚いファイルが床へと滑り落ちた。机の電話がけたたましい音で鳴り響いても、放心状態の彼の耳には何も聞こえなかった。

この瞬間、ゲラシチェンコは六年間座り続けた椅子よりも先に自分がお払い箱になることを悟った。

――立ち上がったガルシェスクはひとつ大きく深呼吸をすると、今までとは打って変わって悲痛な表情で話し始めた。

「諸君！　最後に残念な報告をしなければならない」

会見場はこの不可解な言葉に戸惑いを隠せぬまま静まり返った。

「私は本日をもって、外務大臣を辞任する決心をしました」

「えっ！　………」

会見場に驚きの声が上がった。

予期しない突然の事態に部屋全体がざわめき、激しいフラッシュの音光が一斉に飛び交った。

「大臣！　なぜですか！　どうしてあなたが辞任しなければならないのです！」

憤りにも似た疑問が、壇上のガルシェスクに浴びせられる。

「私は各国首脳陣との会談を通じて、緊迫したヨーロッパ情勢に対する認識を新たにしました。同時に、彼らが卓越した能力を国のために一身に捧げている姿に強い感銘を受けたのです」

「それは大臣だって一緒でしょう」

記者の誰かが口にした言葉に、「そうだ、そうだ」の連呼と拍手が鳴り響いた。

「みなさん、ありがとう。だが私は、自らの不明を深謝しなければならないのです」

「不明とは一体なんのことですか？」

「…………」

「大臣、我々にもわかるように説明して下さい」

ガルシェスクは口を噤んだが、次には思い直したように会見場全体を見渡した。

「仕方ありません。既に、司直の手に委ねられてはいますがお話しましょう」

会見場は波を打ったように静まり返った。

「私は本日、断腸の思いでゲラシチェンコ首相を……司法省検察局に告発しました」

「！　…………」

今度こそ会見場はあまりの驚きに声も上がらなかった。

「容疑は受託収賄罪です。首相は政権を獲得して以来今日に至るまで、アイアッシュ社から多額の賄賂を受け取って来ました。そのほとんどは軍用機器発注の見返りとして受け取ったものです」

異様な静寂の中にガルシェスクの低い声だけが響きわたった。

我に返った記者たちが慌ててペンを走らせシャッターを切る。一国の首相が引き起こした疑獄事件に、全員が動揺と興奮の渦に呑まれた。

「大臣、告発されるには確たる証拠があるのですね？」

冷静さを保つ数少ない記者のうちのひとりが問い質した。

「中身をお見せするわけにはいかないが、これと同じものを検察局に提出しています」

会見場の隅に控えていたはずの小太りの男が、いつの間にかガルシェスクに近づいて一冊の青いファイルを手渡した。はちきれそうに見えた男の上着は腰まわりが緩く寸法が合わなくなっている。

ガルシェスクはファイルを受け取ると、

「首相名義の口座の出納記録です。アイアッシュ社から振り込まれた金額とその日付がすべて記録されています。規定の政治資金を遥かに超えた金額がこの口座に振り込まれ、しかもその日付は軍用機器発注が閣議決定された日と見事に符合しているのです」

パラパラとページを捲りながら解説した。

ファイルの後半には、ゲラシチェンコとオルバンが密会した日時と会談の中身が盗聴テープをもとに克明に記録されていた。だが、ガルシェスクはこのことには触れなかた。

「私はこの六年間、ゲラシチェンコ内閣の閣僚でした。ですから今回の贈収賄事件を未然に防げなかった責任があります。大臣を辞して当然でしょう」

「しかし、だからと言ってお辞めにならなくても……」

「申し上げたはずです、英仏をはじめ各国首脳の政治に対する真摯な姿勢を……。アルドニア王国もこれを見倣って、今一度、政治体制を改める必要があります」

「政治体制を改めるというのは具体的にはどういうことですか？」

「私は今回の西ヨーロッパ訪問を通じて、各国がいかにアルドニア王国に大きな期待を寄せているか、そのことを直接この肌で感じて来ました。その我々が民主共和党だ、自由労働党だ、と言って政権闘争に明け暮れているようでは何ら国際責任を果たすことはできません。ましてやゲラシチェンコ首相のように私利私欲に走るなど論外です。この国を支え、国際貢献を果たそうと志を同じくする者が、今こそ大同団結する必要があるのです」

「大同団結？」

「そうです。アルドニア王国は、これからひとつにならなければなりません！」

ガルシェスクは力強く言い放つと、そのまま会見場を後にした。

記者たちの追いすがる質問を背に受けても一切振り返ることはなかった。

会見場に残された記者たちはガルシェスクの放った一大疑獄事件と政界再編の動きに色めき立ち、我先にと一斉に出口へ走った。一刻も早く社に戻って、このことを記事にしなければならなかった。

控え室に戻ったガルシェスクは突然痩せてしまった小男を前にして愉快でならなかった。

「コストノフ、おまえから受け取ったファイルは生暖かかったぞ」

「失礼いたしました。大切な代物ですので雌鳥のように腹に抱いていたものですから。お蔭で私の腹のまわりは汗びっしょりでございます」

「あっ、はは、それは災難だったな。だが、そのお蔭でゲラシチェンコのスパイを見事に引っかけることができた」

「はい。ファイルを手にして、さぞや喜んだことでしょう。ガルシェスク伯の読まれたとおり、検察局への告発だけではこの一件、闇に葬られておりました」

「コピーがひとつだけでは、どうなるかもわかったものではなかったな」

「はい、よもやコピーがふたつあったとは、考えもつかなかったでしょう」

「百人以上の証人の前で暴露したのだ。いくら首相の息のかかった検察局でも、あのファイルを無視するわけにはいくまい」

「一両日中に、何らかの処置をせざるを得ないでしょうな」

「うむ、しかし、ひとつだけ誤算があったな」

「と、おっしゃいますと?」

「私からのプレゼントはあの青いファイルだけのつもりだったが、まさか鞄まで持って行かれるとは。あれはルイーザからもらった記念の品だったからな……ふふ」

「それは残念なことをなさいました。しかし、奥様もいずれおわかりになりましょう。この国と交換なら鞄ひとつぐらい安いものだったと、ひっ、ひひ」

静まり返った控え室にふたりの笑い声が響きわたった。

――ガルシェスクが共同記者会見を開いたその日のうちに、バルツォーク市内で号外が配られた。『ゲラシチェンコ首相、収賄容疑で逮捕間近！』の見出しに、市民は一様に驚きの表情を浮かべた。彼らにはまったく寝耳に水のことだった。

だが、首相を告発したのが外務大臣のガルシェスクだと知ると、その信憑性を疑う者は誰ひとりなく、彼らの驚きは怒りへと変わった。

この事態を重く見た司法省は検察局長を証拠隠滅の罪で懲戒処分とした後、即刻逮捕に踏み切った。この瞬間、検察局長が向かう先は、議事堂ではなく塀の内側へと変わった。赤絨毯の上を歩くという夢は終え、かつて彼が送り込んだ連中の冷ややかな視線を浴びながら鉄格子の薄暗い廊下を歩くことになったのだ。

司法省と同様、政界の動きも迅速だった。バルツホテルでガルシェスクから事前に情報を得ていたキリエンコは、夜には自由労働党の全議員を招集して内閣不信任案の提出を全会一致で決定した。六年もの間、野党に甘んじて来た彼らに千歳一隅のチャンスが到来していた。

民主共和党議員も国会議事堂内の一室に集まったが、その表情はどれも深刻なものだった。ゲラシチェンコ首相の汚職事件は、彼を総裁に担ぐ民主共和党にとって大打撃であるとともに自分たちの死活問題だ。閣僚たちはガルシェスクに倣って大臣職を辞し、まさに党全体が空中分解の危機に直面していた。

やや遅れてガルシェスクがあらわれると、党の役員も含め全員が神妙な面持ちで彼の第一声を待った。

ガルシェスクは厳しい表情で首相告発の経緯を報告し、自らの行動に対する理解を求めた。本来であれば、党の存続に関わる重要なことを独断専行したのだから批判の矢面に立って然るべきだったが、誰ひとりそのことに言及する者はいなかった。口にすればゲラシチェンコ擁護と受け取られかねないからだ。

「諸君！」

意気消沈する議員に向かってガルシェスクが呼び掛けた。

「首相告発の経緯は申し上げたとおりだが、大事なのは今後の我々の身の処し方だ」

全員の目がガルシェスクに集中する。それこそが聞きたいことだ。

「そこでこの議員総会の場を借りて、私から緊急動議を提案したいがよろしいかな」

誰も異論など唱えるはずはなかった。

ガルシェスクはぐっと顎を引いて会場を睨みつけると、

「私は、民主共和党と自由労働党の対等なる統合をここに提案する！」

低い伸びのある声で言い放った。

「えっ！　………」

会場を埋めていた議員たちから、どよめきが起きた。

昼間の共同記者会見場でガルシェスクが口にした〝大同団結〟の言葉からある程度の予想はしてい

たが、それは精々が両党連合による連立政権の樹立だった。統合となれば民主共和党そのものが消滅してしまう。

「党の存続などたいした問題ではない。我々政治家は今こそ、この国のために最善の道を選択しなければならない」

ガルシェスクは彼らの思いを見透かして、追い討ちをかけるように続けた。

「キリエンコ委員長とは既に合意ができている。統合後の政党名は民主労働党となり、総裁はキリエンコ委員長にお願いをした」

再び会場がどよめいた。議員たちは一様に呆気にとられた顔だ。

そんな会場内の動揺を無視して、

「この動議に賛成の諸君は起立を願いたい！」

ガルシェスクが畳み掛けるように決断を迫った。

民主共和党の議員たちは互いの顔色をうかがいながら、頭の中で必死に損得勘定の算盤をはじいた。党内に残ってあくまでも従来路線を堅持するか、大義名分の下で新党に身を委ねるか。このことは即ちゲラシチェンコと運命をともにするか、ガルシェスクの傘下に入るかの選択だった。

やがて、ぽつぽつと起立し始める者があらわれるとその数は加速度的に増えて、最後はひとり残らずすべての議員が立ち上がっていた。

「諸君！　その勇気ある決断に感謝する。これからは同志諸君と民主労働党を大いに盛り上げ、アルドニア王国発展のために頑張ろうではないか！」

ガルシェスクが声高らかに宣すると、会場から盛大な拍手と歓声が上がった。


日付も変わった午前零時過ぎ、国会議事堂内の一室にガルシェスクとキリエンコのふたりがいた。

「ほお、そりゃ凄い。全員が揃って民主労働党に入るとは」

ガルシェスクからの報告を受けたキリエンコはまさに独裁者になった気分だった。

「正確には民主共和党にひとりだけ議員が残りますが、それも一両日中には逮捕状が出るでしょう。議員辞職を勧告するか、自ら政界引退を決断するか、今となってはどうでもよいことですが」

「うむ、わしらがこれだけ先手を打てば、検察の連中も暢気に構えてなどおれんだろう。では、議員総会での手続は予定どおりでよろしかったな?」

「ええ、委員長には民主労働党の総裁として正式にアルドニア王国の首相に就任していただきます」

キリエンコは緩む口元を抑えられなかった。

「いや、なんとも責任重大ですな。しかし、これだけの大所帯をまとめるには副首相のあなたにも頑張ってもらわんと」

あれだけ憎かった目の前の男が、今では最大の同志に思えた。

「もちろん心得ています、キリエンコ首相」

「いやっ、結構、結構。あっ、はは」

キリエンコが今にもそっくり返らんばかりに呵々大笑した。

ガルシェスクも笑みを絶やさず頷きながら、だがその目の奥にはどこまでも冷たい光が宿っていた。

4

一九三六年八月

ルフトヤーツェンは蒼い空と緑豊かな大地がどこまでも果てしなく続き、遥か遠くに見える山々は地平線に美しい稜線を描いて雄大に広がる裾野へと清河を伸ばしている。

南の空に流れる一片の雲に見惚れていると、吹きそよぐ風がひとすじごとに耳元で優しく囁き、悠然と舞い飛ぶ鳥たちは風の音に負けじと可愛らしい声で囀った。見渡す限りの草原には放牧された羊や山羊が群れをなし、柵囲いの中では牛たちが午後の陽射しを浴びてゆったりと佇んでいる。ルフトヤーツェンは豊かな自然とそこに息づくすべての生命(いのち)が輝きを放っていた。

こうして目の前の景色を眺めているだけで、ジェイクは初めてルフトヤーツェンに来た時の感動を想い起こすことができた。あの時と同じように両手を広げて大きく息を吸い込むと、新鮮な生命の恵みが身体の隅々まで行き渡るのを実感できた。まるで自分がこの地上の中心になったような壮大な気分だった。

ガルシェスク家の養子になって六年、ジェイクがルフトヤーツェンを訪れたのは今回がまだ二度目だった。政界に進出したガルシェスクがあまりに多忙で、なかなか避暑に訪れることができなかったのだ。

八月になると、そのガルシェスクが先月末に大きな仕事がひと区切りついたと言って、久し振りとなるルフトヤーツェン行きを提案した。もちろんこの提案にルイーザをはじめ子どもたちは諸手を挙げて賛成した。

ところがいざ避暑地に到着すると、副首相の激務は長期休暇をそう簡単には許してくれなかった。ルフトヤーツェンに来て三日目の朝には民主労働党の本部から一本の電話が入り、ガルシェスクはルイーザを連れて急遽バルツォークへ戻らざるを得なくなった。

出立の朝、彼はふたりの息子に向かって、ルフトヤーツェン滞在中はきちんと当主代行を務めるよう厳命した。十六歳になる彼らは当主の目から見ても十分立派に成長していたからだ。身長はふたりとも六フィートを超え、この頃ではわずかだがガルシェスクを上回っている。均整のとれた身体と落ち着いた雰囲気は、とても十六歳とは思えない印象をまわりに与えた。

そんなふたりだから周囲は何かあればこの兄弟を比べようとした。学校の成績、中距離走のタイム、女子生徒からのラブレターの数等々、様々なことに注目した。アドルフはその期待に応えようと常に全力で臨んだが、ジェイクはそうした周囲の目が厭で堪らなかった。

弟は兄の優秀さを十分認めていたが、一方で兄が常に一番でないと気がすまない性格であることも知っていた。ところが何をやっても最後に残るのは自分たちで、結局ふたりの争いになる。ジェイクはそれが厭で、義務や強制でなければ極力そういった場面からは遠ざかるようにしていた。

そのお蔭で傍からは、ふたりは非常に仲のよい関係に見えた。もっとも彼らのことをよく知らない者は、まさかふたりが兄弟だとは思いもしなかっただろう。背格好は同じでもアドルフは父親と同じ黒髪に濃いブラウンの瞳で、ジェイクは灰色がかった黒髪と黒い瞳だったからだ。

養子になった頃、彼は自分だけ見た目が違うことに強い劣等感を感じていた。それほどアドルフとジュリアは見事にガルシェスク家の血を引き継いでいた。血のつながりがない彼には、それだけで自分の居場所がないような気にさえなった。

そんな時、このルフトヤーツェンの雄大な景色を目の当たりにして、ジェイクは自分がいかにつまらないことで悩んでいたかを思い知らされた。大自然の中で育まれた尊い生命は、その一つひとつがどんなに小さかろうと、今この瞬間、確かに存在している。そのうちのどれかひとつが欠けてしまっても、目の前に広がる美しい見事な調和はその瞬間から形を変えてしまうのだ。

そう思った途端、ジェイクの中で澱が剥がれるように何かが吹っ切れた。聖アンドレッジオ養護院でオグリオット院長が諭してくれた違うことの大切さとそれを認め合うことの尊さ、その意味が初めてわかったような気がした。

それ以来、彼はジェイコフ・ストヤノフという本来の自分を大切にしながらガルシェスク家に溶け込もうと努力をした。自分らしさがガルシェスク家の中で軋轢となることもあったが、そのたびにジェイクはこのルフトヤーツェンの壮大な景色を思い浮かべ自らを励まして来たのだ。

そんな想い出に浸るジェイクを目指して、遥か彼方から一頭の馬が凄い速さで迫って来た。騎乗しているのはまだ少女だったが、その手綱さばきは大人も顔負けで実に見事なものだ。

「ジュリア！　そんなに乱暴な乗り方をしたら危ないよ」

相変らず無茶な義妹（いもうと）に注意したつもりだったが、

「平気よ！　それに乗馬だったら私の方がジェイクより上手いでしょ」

にっこり微笑みながら自慢げに切り返された。

確かに彼女の言うとおり、器用な手綱さばきはとてもジェイクには真似できなかった。この前ルフトヤーツェンに来た時は仔馬に乗っていたのに、今では一人前に牝馬を堂々と操っている。騎乗した姿はもう立派な大人と変わらなかった。やはりガルシェスク家の血筋だろうか、十三歳にしては上背もあって最近では胸の輪郭も形良い膨らみを見せていた。

「ジェイクったらどこを見てるの！　もう、いやらしいんだから！」

「えっ？　あ、いや……そんな……」

火照った顔で言葉に詰まると、

「でもジェイクだったら、いつか見せてあげてもいいわよ」

「（えっ！）……」

彼女は照れまくるジェイクを茶化して馬の横腹を蹴り、また勢いよく走り出した。

「こら！　待て、ジュリア！」

慌てて後を追ったが、ジュリアは追いつかれまいと更に馬を駆った。

長い黒髪を風に靡かせ無邪気に笑うその背中を追いながら、ジェイクの胸は喜びに満たされ心も軽やかに弾んだ。追いついたところで手綱を引くと、ジュリアが歩調を合わせるように馬を寄せて来る。

陽射しを受け眩しそうにしている横顔が驚くほど大人びて見えた。

見惚れている自分に慌てて視線を逸らせてからは、気の利いた台詞も言えないままただ黙って馬に揺られ続けた。こんな時は憎まれ口のひとつもたたくジュリアも今日はいつになくおとなしく、長閑な草原に二頭の蹄の音だけが美しく響いていた。

そうしてしばらく馬上に身を任せていると、遠くから微かに笛の音が聞こえて来た。

「ジェイク、行ってみましょう」

言うが早いか、もうジュリアは馬の横腹を蹴って走り出している。

後を追って小高い丘まで来た時、蹄の音に掻き消されるように笛の音がぴたりと止んでしまった。

ふたりが馬を降りて丘の裏手へまわってみると、慌てて走り去る少女の後ろ姿が見えた。

「待って！　おーい、待ってくれ！」

ジェイクの呼び掛けに少女が足を止めた。

「笛を吹いていたのは君だね？」

「…………」

振り向いた少女はジェイクと同じ年頃だった。

綺麗な黒髪を赤いバンダナで結び、彫りの深い顔と大きな黒い瞳がどこかオリエンタルな印象を感じさせた。

「僕はジェイコフ・ガルシェスク。彼女は義妹のジュリアだ。君の名前は？」

「……メイル・デロイです」

「そう、メイルか。君は笛が上手なんだね」

「…………」

少女は俯いたままでひと言も答えようとはしなかった。

「あなた、ひょっとしてデロイの家の娘？」

ジュリアが横から口を挟んだ。

「……はい、………」

「それじゃ、この牧場に住んでいるんだね。だったら、また素晴らしい笛の音を聞かせてくれないかい？」

「ジェイク、駄目よ。パパに叱られるわ」

「養父さんに叱られる……って、なぜ？」

「ジュリアお嬢様の言うとおりだ。さあ、姉さん行こう」

背後からの声に驚いて振り返ると、いつの間にか丘の上にひとりの若者が立っていた。

器用に斜面を駆け下りて来て、少女の手をとり立ち去ろうとする。

「あっ、ちょっと待ってくれ。君はメイルの弟かい？」

「…………」

若者はほんの一瞬振り向いて形ばかりの会釈を寄越したが、そのまま何も言わずに彼女を連れて行ってしまった。

ジェイクはふたりの後ろ姿を見つめながら敵意に満ちた若者の目が気になった。

「あのふたりは牧童頭をしているデロイ家の子で、メイルとヤンと言うの」

ジュリアの言い方はなぜか躊躇いがちに聞こえた。

「デロイって、あの髭もじゃの熊みたいな大男のことだね」

「そう、牛舎のそばに住んでいるわ。ふたりは双子の姉弟なの」

「双子？　どうりでよく似ていると思った。でも、なぜヤンはあんなに怖い目で僕らのことを睨むのだろう？　それにどうして養父さんに叱られるんだい？」

ジェイクに詰め寄られたジュリアの顔が悲しげに曇った。

「あの人たちと言葉を交わしてはいけないって、パパに言われているの」

「えっ？　……」

「私もそんなのおかしいと思う。でも、彼らもパパから厳しく言われているから話し掛けてもすぐに行ってしまうわ」

「養父さんはどうしてそんなことを言うのだろう？」

「ロマ族はガルシェスク家の人間が付き合うような相手じゃないって……」

「えっ？　何を言ってるんだ！　そんなの関係ないよ！」

思わず怒鳴ってしまったその剣幕にジュリアは目を伏せてしまった。

「あっ、ごめんよ、ジュリア。君を怒ったわけじゃないんだ」

「……ジェイクはメイルのことが気になるの？」

その声は消え入るように弱々しかった。

こんなに悲しそうな彼女の顔を見るのは初めてだ。

「そうじゃないんだ。ロマ族やジプシーの何が問題なんだい？　僕だってハンガリー移民の孤児だよ」

「ジェイク……」

「でも、それがどうしたって言うんだい。僕は何も悪いことはしていない。彼らだってそうだろ。それに、彼らのお蔭でこの牧場も成り立っているんだよ」

「うん、わかっているわ……」

「僕は養父さんが何と言おうと、あのふたりにもう一度逢いに行くよ」

「でも、パパに知れたら……」

「構わないさ。そりゃ、養父さんには感謝している。こんな僕をガルシェスク家に迎えてくれたのだから。でも、僕はガルシェスク家の養子である前に僕らしくありたい。たとえそれで……」

「……それで？」

普段は男勝りのジュリアがとても不安げな顔をした。

「いや、……大丈夫だよ。僕は養父さんを怒らせたりしないから」

笑顔で言い繕ってはみたが、彼女の沈んだ気持ちは元には戻らなかった。

屋敷に帰るまでひと言も喋らず悲しげな表情をしたままで、あんなに心地好く耳に響いていた蹄の音が帰り道は葬送の馬車のように重苦しく感じられた。

翌朝、元気がないジュリアの様子を訝しく思ったアドルフに問い質され、ジェイクは昨日のデロイ姉弟との一件を正直に打ち明けた。

「ジェイク、それは父さんの言うとおりだよ」

アドルフは呆れた顔を隠そうともせず、

「自分たちは選ばれた人間なのだ。だから他の連中とは自ずと区別されなければならないし、身をもってそのことを相手に教える必要がある。自分たちの領域に彼らを迎え入れることは、脈々と受け継がれて来た伝統を汚すことだ」

そう言ってジェイクを咎めた。

「僕らはガルシェスク家の人間だ。ジェイク、そのことを忘れてはいけない。僕らは彼らとは違うんだよ。その違いを自分に戒めるための規律を自ら破ってどうするんだ」

その口振りにはどこか蔑みさえ感じられた。

ジェイクの脳裡にガルシェスク邸で初めて迎えた朝の情景が甦った。散歩をしながらアドルフが口にした〝帝王学〟という言葉が思い出された。

あの時の小さな棘は六年の歳月を経ても、まだ胸の奥底に残ったままだ。その棘がチクチクと胸奥に突き刺さり、その感覚に雄大なルフトヤーツェンの風景が重なってとうとう黙っていられなくなった。

「アドルフ。僕は君の考えには賛成できない。そんなに違うことが問題なのか？　大事なのは人間(ひと)としての中身だろ。身分や家柄などではないはずだ」

吐き捨てるように言うと、そのまま馬小屋へと踵を返した。

ギュッと握られた拳は爪が食い込むほど力が込められていた。その隙間のない掌から放すまいと一生懸命握り締めてきた大切なもの——一本の絆——が、いとも簡単にするすると抜けていくのを感じた。

クリケットで壺を割ってしまった時のアドルフ、野良犬からジュリアを置いて逃げて行くアドルフ、ベルチオ山の遭難事故で英雄となったアドルフ、その時々の顔が目の前にあらわれ、その一つひとつがぼんやりと遠ざかって行った。

やがてすべてが消え去った時、ジェイクは不思議と解き放たれたような開放感を覚えていた。家族として受け入れてもらうために必死だった彼の思いは、わだかまりを受け入れることで成り立っていた。でも、そんな阿諛追従（あゆついしょう）からはほんとうの絆は生まれない。そのことに気づいた今、ジェイクは本来の自分を取り戻した思いだった。

一方、アドルフは遠ざかるジェイクの後ろ姿を見送りながら、所詮孤児にわかるわけはないと結論づけた。小さく舌打ちをして屋敷の中へ戻りかけ、もう一度振り返ってジェイクの頑なな後ろ姿を睨みつけた。諦めや蔑みといった感情より、もっと根深い光がその目の奥底には宿っていた。この時、アドルフの中でひとつのピリオドが打たれたのだった。

ジェイクは鞍に跨ると、昨日の小高い丘を目指して一気に馬を走らせた。

あそこに行けばヤンとメイルにまた逢える。逢ってわだかまりを解きほぐそう。たとえ養父さんやアドルフの意に背いても、自分の素直な気持ちに従おう。

そんな晴れ晴れとした気分をルフトヤーツェンの大自然も祝福しているかのように、朝陽を浴びながら馬上で受け止める風が心地良く感じられた。

小高い丘に近づいた頃、背後から別の蹄の音が追いかけて来るのが聞こえた。手綱を引いて振り返ると馬を操っているのはジュリアだった。

「ジュリア、どうしたんだい？」

「ジェイク、私も行くわ。いいでしょ」

息を切らしながら答える彼女にいつもの笑顔が戻っていた。

吹っ切れたようなその表情を見て、ジェイクは押し止めようとした言葉を口にするのを止めた。笑顔で頷くと、そこからは仲良く並んで馬を走らせた。彼女の横顔に確かな絆を実感し、その長い睫と微笑んだ口元がこれまで以上に眩しく見えた。

小高い丘の向こうに広がる見渡す限りの平原に牧草の収穫作業に追われる大勢の牧童たちがいて、その中にヤンとメイルの姿もあった。

牧童たちはジェイクとジュリアに気づくと作業の手を止め、形ばかりの挨拶をしてすぐに与えられた仕事へと戻った。言葉を掛けてくれる者はひとりもいない。

馬上から見下ろしている自分に違和感を覚えたジェイクは、馬から降りて作業の邪魔にならないよう静かにヤンの方へ近づいて行った。

その時、聞き覚えのあるしわがれ声が彼を呼び止めた。

「ジェイコフ様、おはようございます」

「やあ、べべ爺さん。おはよう」

声の主は、みんなからべべ爺さんと親しみを込めて呼ばれている老人だった。ルフトヤーツェンで生まれ、物心ついた頃から牧童として働き、今では城の守番を任されている人物だ。一、三〇〇エーカーの広大な敷地を隅々まで熟知している彼は、誰もが一目置く存在だった。

だが、老人はそんなことは一切鼻にもかけず、日焼けした顔に刻まれた皺は笑うとなお深く、その皺と区別できないほど細い目で誰にでも優しく微笑んだ。まわりで起きるどんな諍いも包み込んでしまう、まるでルフトヤーツェンの大地のように寛容な心の持ち主だった。

「ジュリアお嬢様までこんなに朝早くからどうなさったのです?」

「べべ、おはよう。今日はメイルとヤンに用があって来たのよ」

「デロイの倅たちが何かしでかしましたかな?」

「べべ爺さん、そうじゃないんだ。僕たちはふたりと友達になりたいと思って」

「友達……ですと?」

「昨日、メイルの素晴らしい笛の音を聞いたんだ」

「ああ、あの娘はカヴァルの名手ですからな」

老人は、まるで我が娘を見るような優しい目をして言った。

「じゃが、あの子たちと親しくなったりしたら、伯爵様がお怒りになりますぞ」

「べべ爺さんまでそんなことを言うのかい。僕は、もっと自分の気持ちに素直になりたいんだ」

「べべ、私も同じよ。昨日、ジェイクに言われてからずっと考えたの。私もメイルやヤンとお友達になりたいわ」

ふたりの真剣な眼差しに老人は糸のような目で遠くを見ながら、しばらく黙って考え込んでいた。

やがてにっこり笑うと、

「牧童たちはご覧のとおり作業の真っ最中じゃ。どうしてもと言われるのならおふたりさん、そこのホークを持って手伝ってやったらどうかの」

そう言って、地面に突き立てられた四本爪のホークを指差した。

ふたりが面食らっていると、

「人間(ひと)は同じ目線に立たなければお互いを理解し合うなんてできませんぞ。さあ、お若いの、彼らと一緒になって汗を流してらっしゃい」

満面の笑みを浮かべたその細い目の中に、ふたりの気持ちを確かめようとする意思が感じられた。

確かに中途半端な気持ちで接しても上辺だけの付き合いしかできない。主従のわだかまりを残すだけだ。

「べべ爺さん、わかった。手伝ってくるよ」

ジェイクとジュリアは牧草の収穫作業の輪の中へ入って行った。

「ヤン！　ジェイコフ様にホークの使い方を教えてさしあげるのじゃ。メイルはジュリアお嬢様だ、よいな！」

老人のひと声に、収穫作業をしていた牧童たちが驚いて一斉に振り返った。ガルシェスク家の人間にそんなことをさせたら大変なことになる。伯爵に知れたらただではすまないだろう。

だが、老人は手を後ろに組んだまま澄ました顔で立っているだけだった。

「ヤン、よろしく！」

ジェイクがあっけらかんとした顔でヤンの前に立った。

ジュリアもメイルのそばでちょこんと頭を下げて、にこにこと笑顔を向けた。

ヤンは儀礼的にホークの説明をすると、後は変わらずに黙々と作業を続けた。どうせ上流階級のお坊っちゃんだ、すぐに根をあげて屋敷に帰るだろう。そう端から決めてかかっているようだった。反対にメイルの方はひたすらジュリアに恐縮した。

作業は極めて単純で、ホークを使って刈り取られた牧草を馬車の荷台に積み上げる、ひたすらそれを繰り返すだけだ。最初のうちは草の匂いが新鮮で身体を動かすのも気持ちよかったが、三十分と経たないうちに全身汗だくで掌には幾つもの豆ができた。

ホークの上げ下ろしという単調な作業は腰にも大変な負担を強いた。途中、短い休憩が一度あっただけで、昼頃には立っているのもやっとの状態だった。ジュリアも何度となく腰を伸ばしては休憩をとらざるを得なかった。

ふたりがそろそろ限界かと思われた時、ようやく昼食の休憩時間になった。まさかこんな展開になるとは思っていなかったので、ジェイクは汗だくの顔を拭くタオルさえ用意していなかった。袖口で汗を拭いその場にへたり込むと、目の前に真っ白なタオルが差し出された。

ハアハア言いながら見上げると、目の前にヤンが立っている。

「ありがとう、ヤン」

「ジェイコフ様、お蔭で随分と捗りました。ありがとうございます」

日焼けしたその顔は遠慮がちだが、にっこりと笑っていた。

「ヤン、ジェイクでいいよ」

「…………」

「それとも、まだ友達として合格点はくれないのかい？」

「……一時間もすれば音をあげて逃げ出すと思っていたんだ。合格だよ、ジェイク」

日焼けした顔に笑みを浮かべ右手を差し出して来る。

節くれだった厚みのあるその手はとても暖かかった。となりではメイルがジュリアの肩を揉みながら楽し気に笑い声を上げている。その様子を少し離れたところからべべ爺さんが嬉しそうに眺めていた。

昼食は牧童たちが自分の分を少しずつ分けてくれて、それをみんなと輪になって頬張った。中身はどれも粗末なものばかりだったが、ふたりにはどんなご馳走よりも美味しく感じられた。

食後にはメイルが笛を吹いてくれて、その音色を聴いているだけで心が洗われる思いがした。カヴァルという何の変哲もない木の筒から美しい音が鳴るのが不思議で、ジェイクが勧められるまま挑戦しても蚊の鳴くような音が出るだけだった。

べべ爺さんが「昔から、よい笛を吹く羊飼いの羊は乳の出がよくなる」と言ってメイルを褒めると、「だったら、お願いだからジェイクにだけは吹かせないでくれ」とヤンが冗談でみんなの笑いを誘った。

ジェイクが膨れっ面をして見せると、ヤンが笑いながらお詫びにと弦楽器を奏でてくれた。ガドゥルカというその楽器はフレットがないので音程を出すのが難しそうなのに、彼はいとも簡単に弾きこなしてメイルのカヴァルと息の合ったところを見せた。

ジェイクは聞き惚れるだけでガドゥルカには手を出さなかった。今度は「羊が死んでしまう」と冷やかされるのが落ちだろう。

こうしてすっかり牧童たちと打ち解けたふたりは、そのまま午後の作業にも嬉々として加わった。午前中の黙りこくった作業と違って、午後は賑やかに——べべ爺さんが呆れるほど——お喋りをしながらだったので時間はあっという間に過ぎて行った。

その日の夜、ふたりから聞かされた牧草の収穫作業の話にアドルフは顔が真っ赤になるほど怒りを露わにした。まさかジュリアまでが父の教えに背いたことにショックを受け、すべてはジェイクの仕業だと信じて疑わなかった。

この日を境に、アドルフはジェイクと一切口を利こうとはしなくなった。何とかジュリアを元の生活に戻そうと躍起になり、それが叶わないとわかると今度はひとりで馬の遠乗りをし、城の中では読書や絵を描いてふたりのことを遠ざけた。ジェイクとジュリアは根気強くアドルフを説得したが、彼の閉ざされた心が開くことはなかった。

仕方なくジェイクとジュリアはふたりだけで牧場へ行き、牧童たちと同じ作業で汗を流しながら楽しい語らいの時間を過ごした。緑々と茂ったチモシーやオーチャードグラスの穂を刈り取って何回も掻き回しては干草を作るという作業に没頭し、時にはデントコーンの収穫を手伝ったりもした。

一週間もするとようやく身体も慣れて、最初の頃ほど作業は苦にならなくなった。それよりも同じ年頃の牧童たちと交わす他愛のないお喋り、休憩時間にメイルが吹くカヴァルとヤンの奏でるガドゥルカの民族音楽、そして一日の作業が終わってみんなで踊る民族舞踊が、ジェイクとジュリアには堪らなく楽しい時間になった。

ルフトヤーツェンの大地に沈む夕陽が辺りを真紅に染める頃、ふたりは自分の生命（いのち）が大自然と一体となるのを実感した。雄大な自然はふたりをあらゆる束縛から解放し、何の偏見も持たない牧童たちがふたりに素直な自分を曝け出させてくれる。ふたりにとってデロイ姉弟たちと過ごす時間は、もはやかけがえのないものになっていた。

同じように、ヤンとメイルもガルシェスク家のふたりが牧場に来るのを毎朝心待ちするようになった。それればかりかデロイ姉弟の中で、彼らに芽生えた友情が次第に好意以上の感情に育ちつつあった。メイルはジェイクの誠実な人柄に魅かれ、ヤンはジュリアの可愛らしさに心を躍らせた。

だが、そのことはデロイ姉弟にとって決して口にはできないことだ。今まで雲の上の人だったガルシェスク家の人間とは、こうして親しく言葉を交わせるだけで満足をしなければならない。どんなに親しくなっても越えられない境界線、それこそが自分たちに課せられた宿命なのだ、とふたりは自らに言い聞かせた。

若者たちがそんなことを感じ始めていたある日、――最初の出会いからひと月ほど経った頃――ひとつの事件が起きた。

その日の朝、アドルフは考えがあって牛舎の前を――そばにはデロイの家があった――ひとりでぶらついていた。しばらくすると果たして彼の思惑どおり、家から出て来たメイルが親しげに声を掛けて来た。彼女は、ジェイクやジュリアと同じようにアドルフとも友達になれると思ったのだ。

だが、その振る舞いはアドルフの思う壺だった。たかが使用人の分際で態度が馴れ馴れしいと大声で怒鳴りつけた上に、父親のデロイを呼びつけて大層な剣幕で罵詈雑言を浴びせた。騒ぎを聞きつけやって来た守番のべべがとりなそうとしても、アドルフはジェイクと一緒にするなとまったく聞く耳を持たなかった。

デロイにとって主人の厳命は絶対だ。牧童頭として今朝一番にやるべき仕事も放って、親として平謝りするしかなかった。となりで泣き濡れるメイルを不憫に思いながらも、子どもたちを食肉用の牛を出荷する町の市場へ同行させ、その道すがらしっかり言い含めるとアドルフに約束せざるを得なかった。

ジェイクがこのことを知ったのはデロイ親子が既に町へ出かけた後だった。怒りに身を任せアドルフに詰め寄った時、逆に黙ってついて来いと城の外へと連れ出された。

アドルフが向かった先は牛舎から遠く離れた一軒の納屋で、雑木に囲まれ陽も当たらないその納屋は雨風さえも凌げないような粗末な造りだった。

薄暗がりの中、目をこらすと一頭の牛がつながれていて、半開きの口からは大量の涎が垂れ見るからに衰弱している様子がうかがわれた。

「可哀相に、こんなところに閉じ込められていたら弱るのも当然だろ」

アドルフは首を振りながらことさら同情した素振りを見せた。

「どうしてこんなところにつながれているのか……」

此処まで来る間に多少落ち着きを取り戻したジェイクは、目の前の牛が憐れに思われてならなかった。

「さあな、僕に訊かれても困るよ。家畜の管理はデロイに任されているんだ。ただ、此処につながれた牛はほぼ間違いなく屠殺される運命にあるがね」

「えっ！　そんな……」

「差し詰め、他の牛に危害を加えたり仲間と馴染めなかったりで、牧場で扱い兼ねているんだろうな」

「そんな理由で命を奪うなんて酷いだろ」

「仕方ないさ、それがルフトヤーツェンの掟なんだ。たかだか家畜の世界にだってこうした差別は存在する。集団を営んでいく上で必要だからだ。ましてや人間社会がその秩序を維持しようとすれば、上下、尊卑、強弱、様々な境界線ができるのも止むを得ない。それが伝統という名の掟なのさ」

アドルフが平然と言ってのける。

いや、そのことを言いたくてわざわざジェイクを此処まで連れて来たのだ。

だが、ジェイクは生きとし生けるものの生命をそんな理屈で奪ってよいとは到底思えなかった。アドルフの偏狭な考えを押し付けられれば、なおさら抗いたくなる気持ちを抑えられなかった。

「僕は反対だ。他と違うからと言って生命を奪うなんて、誰にもそんな権限はない。この牛だって時間を掛ければきっと牧場の役に立つ」

「無駄だよ、ジェイク。デロイが手を焼くくらいなんだ。まあ、君が何とかしてみせると言うなら別に止めたりはしないがね」

小馬鹿にしたような笑みを残し、アドルフは来た道を戻って行った。

用件はすんでいなかったが、ジェイクは彼の後を追ってこの場を立ち去ることができなかった。今ならまだ間に合う。もう一度この牛を牧場に戻して付きっ切りで面倒を見てやろう。デロイには後で話をすればわかってくれるはずだ。

そう自分に言い聞かせ、手綱を引いて牧場へと向かった。

見渡す限りの草原は朝の搾乳を終えた何百頭もの牛が放牧され、遥か彼方に牛追いの姿が豆粒ぐらいに見えた。幾つかの群れに別れた牛が広大な牧場で暢気に草を食んでいる。

ジェイクが引いて来た牛を近くの群れに放しても、アドルフが言うような仲間へ危害を加える素振りはまったく見せなかった。他と変わらずに暖かな陽射しを浴びて尾を揺らしているばかりだ。

こんなにおとなしい牛の一体どこに無慈悲に殺されなければならない理由があるというのか。この様子を見ればデロイもきっと考え直してくれるに違いない。

ジェイクは一頭の牛を救えたことに安堵した。

――昼過ぎに町の市場から戻ったデロイは休む間もなく納屋に向かった。彼には今朝の騒ぎで朝一番にすませるはずの仕事が残っていた。

子どもらには強く当たり過ぎたかも知れないが、父親として一家の生活を守ることが先決だった。それでもメイルとヤンの打ち萎れた顔が不憫で、せいぜい早く仕事を片づけてふたりのもとに戻ってあげよう。道すがらそんなことを考えながら屠殺場として使っている納屋へと急いだ。

だが、納屋に到着したデロイは我が目を疑い、その場に立ち竦んでしまった。昨日、他の牛と隔離しておいたはずの一頭が見当たらない。ひょっとしたら牛追いが気を利かせ、自分のいない間に始末をつけてくれたのかも知れない。そのことを確認するために彼は牧場へと走った。

通い慣れた道の遥か遠くにいつもの光景があらわれる。色鮮やかな緑の草原に白黒の斑点模様が群れをなして美しく映えていた。照りつける陽射しはどこまでも眩しく、時たま聞こえる長閑な牛の鳴き声が時間の経過をことさらゆっくりと感じさせる。

デロイはこの光景が大好きだった。自分がいかに幸運な人間かを見るたびに教えてくれる大地。流浪の民として方々の土地を渡り歩いたロマ族の祖先を思うと、ルフトヤーツェンという安住の地は心から感謝すべき場所だった。

だからこそ人並み以上に働き、その甲斐あってようやく牧童頭の地位を得ることもできた。それもこれもすべてはガルシェスク家のお蔭だった。

牛追いたちはいつものように馬に乗って、牛が一定の範囲から出て行かないように動き回っていた。その見事な仕事振りに満足しながら近くの群れに目がいった時、デロイは思わず息を呑んだ。素人目にはわからなくても彼の目には一目瞭然だった。

探している一頭が群れに交じっている。

間違いない！　今朝一番に屠殺するはずだった、あの牛だ！

デロイは大声で牛追いたちを呼び集めた。

「急げ！　早くその一団を他の群れから引き離すのだ！」

およそ二十頭が群れをなしている一団を指差して、慌てて指示を出した。

馬を駆って集まった牛追いたちは、牧童頭のただならぬ様子に事態の深刻さを悟った。すべての目がただ一頭の牛に注がれ、周囲にいる牛とともに輪の中へと追い込んだ。

やがて、二十頭ほどが他の群れから遠く離され、急場の柵で囲われた。

「どうしてこの牛が此処にいる！」

デロイの悲痛な叫び声が牧場中に響いた。

だが、誰も答えられる者はいなかった。蹲っていたデロイはそれでも気を取り直すと、牛追いたちに二十頭が草を食んでいた場所を野焼きするよう命じた。その後で二十頭すべてを屠殺しなければならない。放置すれば牧場への被害は益々広がるだろう。

牧童頭として事後の処置を命じたデロイは、このことを報告するためにガルシェスク城へ向かった。顔は蒼ざめ、足取りは鎖につながれたように重かった。それでも主人の大切な財産に損害を与えたのだから、事の顛末を報告し裁断を仰がなければならなかった。

城に着いたデロイは終始俯いたまま、それでもすべてを正直にアドルフへ報告した。

報せを聞いている間、アドルフの顔色にまったく変化は見られなかった。そのことが更にデロイを不安にさせた。

「デロイ、なぜ口蹄疫に罹った牛を放置していたのだ」

　アドルフの指摘はもっともだった。

　口蹄疫は仔牛を除けば致死率こそ低かったが、乳の出を極端に悪くする。しかも、その感染力は山羊や羊までとめっぽう強く、たった一頭発症しただけでその牧場全体が揺らぎかねない。

「申し訳ございません。いつもの納屋に隔離しておったのが、昼過ぎに行ってみると姿が見えんようになっておりまして……」

「おまえが半日も目を放すからこんなことになる。どうして朝のうちに始末をつけなかったのだ！」

「…………」

　デロイはそのつもりだった、と反論したかった。

　アドルフの叱責さえなければ朝一番で処置していいのだ。しかし、そんなことを口にすれば主人の責任だと言ったも同然だ。

　じっと口をつぐむデロイに、アドルフがなおも辛辣な言葉を浴びせる。

「口蹄疫が感染力の強い伝染病だということも、ルフトヤーツェンに一体どれほどの家畜が飼育されているかも、牧童頭のおまえならよく知っているはずだ」

「へ、へい、……よく存じております」

「おまえが言うとおり、被害を食い止めるためには二十頭の牛は屠殺せざるを得ないだろう。だが、そのことによってガルシェスク家が被る損害を、おまえはどう賠償してくれるのだ？」

「ああっ、申し訳ございません。ですが……、あっしごときに賠償などとてもできようはずが……」

デロイは額を床に擦りつけて、ただ平謝りするしかなかった。

「頭を下げればすむような問題ではない！　おまえのような役立たずは即刻此処から出て行ってもらおう。今晩中に荷物をまとめるのだ、いいな！」

「えっ！　あっしら家族は此処を追い出されたら生きてはいけません。アドルフ様！　お願いします、どうかお許しを！　後生でございます、どうかお許しを……」

デロイは大きな身体を畳んで何度も頭を下げた。

ルフトヤーツェンを追い出されても他に行く当てなどあるわけがなかった。彼は流れる涙と鼻水で髭面をくしゃくしゃにしながら、恥も外聞もなく大声で詫びた。

だが、アドルフにはまったく通じなかった。

「明日の朝、おまえたち一家がまだ此処にいるようなら、その時は家族全員を警察に突き出してやる。わかったな！」

床に這いつくばるデロイを見下ろし、口元を歪めて冷たく言い放った。

「そ、そんな……」

「当主代行を言い付かった僕の言葉は、父ルシュトフ・ガルシェスクの言葉だと思え。いいか、わかったらすぐに此処を立ち退く準備にかかれ！」

アドルフは吐き捨てるように怒鳴りつけ、使用人にデロイを追い払うよう命じた。

顔見知りの使用人ふたりが同情の面持ちで両脇からデロイを抱きかかえると、彼はもはや抵抗する気力も失せてそのまま城の外へと連れ出されてしまった。

三人が城から出て行くと、アドルフはバルツォークの屋敷にいる父親へ電話を掛けた。牧場の被害を報告し自分の力不足を詫びる一方で、必要以上にデロイの怠慢を強調した。

ガルシェスクはデロイの実直な人柄を知り抜いていたのでアドルフの説明を訝しく思ったが、そのことを敢えて口にはしなかった。使用人の生活よりも跡取り息子の裁断を尊重したのだ。

これで牧童頭の一家追放は誰にも反対できない決定事項となった。

お墨付きを得たアドルフがジェイクとジュリアにこのことを伝えた時、ジェイクはあまりの驚きに我を忘れて詰め寄った。

「あれはデロイのせいではない！　僕が連れて行ったんだ。伝染病だなんて知らないで、一頭だけ仲間外れなんて可哀相で……。アドルフ！　君は知っていて黙っていたんだな！　いや、あの牛を群れに放つよう僕を仕向けたんだ！」

アドルフの胸ぐらを掴み今にも殴りかからんばかりに責め立てた。

「おいおい、よしてくれ。僕は家畜の知識なんてまったく持ち合わせてないよ。とんだ濡れ衣だ。そもそもデロイがやるべきことをやっていたらこんなことにはならなかったんだぜ、違うか？」

ジェイクの手を払い除け、冷たく言い放った。

「それにデロイ一家の追放は既に父さんの決定事項でもあるんだ。母さんにも覆すことはできないからな」

ジェイクは目の前が真っ暗になった。自分の不注意でデロイ一家に取り返しのつかないことをしてしまった。

「これでルフトヤーツェンにも今までどおりの秩序が戻るというものだ」

呆然とするジェイクを横目にアドルフが満足気に微笑んだ。

「ジェイク、デロイの家に行きましょう」

言い争うふたりの兄の間にジュリアが割って入った。

確かに、これ以上此処で揉めていても埒が明かない。それに自分の不始末をデロイに打ち明け、きちんと謝らなければ——。

ジェイクは踵を返すと、牛舎のそばにある牧童頭の家に向かった。その後をジュリアも追った。ふたりの慌てて走る後ろ姿をアドルフは嬉しそうに見送った。

デロイの家のまわりには大勢の使用人が集まっていた。どの顔も沈痛な面持ちでひと言も口を開く者はいなかった。その中で一家だけが黙々と荷造りをしている。

ジェイクはデロイの前に歩み寄ると、すべてを正直に打ち明けた。一瞬、使用人たちの間にざわめきが起こったが、誰もジェイクを非難する者はいなかった。当のデロイでさえ責め立てるふうでもなく、諦め切った眼差しを向けてくるだけだった。

ジェイクにはそのことが何よりも辛かった。デロイ一家への申し訳なさから涙が溢れて止まらなかった。

人混みの中からべべ爺さんが前に進み出て、いつものしわがれ声で話し始める。

「ジェイコフ様、もうすべてはすんでしまったことなんじゃ。誰ひとり、あなた様がわざとやったなんて思っとらんです。わしらロマ族はこのルフトヤーツェンに根を下ろしたように見えても、所詮はただの根無し草。方々の土地を彷徨うジプシーの血がこの身体の中を脈々と流れておる。これがわしらの宿命なのじゃよ」

諦めきったその目はとても寂し気だった。

「ジェイク、べべ爺さんの言うとおりだ。気にしないでくれ。僕らは、君が悪いなんて思っちゃいない。すべては奴の仕業だってことくらい承知している。朝一番で姉さんに言いがかりをつけたのもそのためだったに違いない」

大きな木箱を荷車に積み終えたヤンが怒りを押し殺すように口を開いた。

「ヤン、止しなさい。もう争いごとは厭。ジュリア、せっかく仲良くなれたのに……元気でね」

ヤンの言葉に俯いてしまったジュリアへ、メイルが精一杯の微笑みを向けた。

ジュリアはしゃくりあげて言葉にならなかった。

「さあ、皆の衆、今夜は盛大に別れの宴を催そう。デロイ一家の出立は明日の朝でいい。アドルフ様が何と言われようと、根無し草にもそれくらいの権利はある」

べべ爺さんの言葉に、集まった人々がまるでアドルフへ無言の抗議をするかのように頷いた。

ルフトヤーツェンの大地に夕闇がせまる頃、牧場で働くすべての使用人が、デロイ一家へ別れを告げるために集まって来た。皆がみんな、祭りの時にしか着ない正装を身に纏っていた。

男たちは黒のズボンに襟元が広く開いた白いブラウスで、膨らんだ袖口は手首のところで絞られていた。中には金のブレードで縁どられたベストを着ている者もいた。

男たちの地味な装いと違って、女たちは鮮やかな赤や濃紺の生地に見事な刺繍とビーズを飾った服を纏っていた。その上から真っ白なショールを羽織り、腰にはエプロンを巻いている。少女たちは刺繍の入った幅広の絹リボンが掛かった頭巾を被っていた。

彼らは装いばかりでなく、年に一度開かれる祭りの時よりも更に豪勢なご馳走をデロイ一家のために用意していた。ロマ族の末裔としてようやくこのルフトヤーツェンに安住の地を見つけ、寄り添うように生きてきた彼らはひとつの家族も同然だった。その絆を断ち切る力に抗えない自分たちの宿命、そんなどうしようもない悲しみから逃れるように誰もがことさら明るく振る舞った。

ジェイクとジュリアは複雑な思いでその輪の中にいた。

広場の中央に積まれた寄木に火が入りパチパチと火柱が舞い上がると、いよいよ宴が佳境に入る。大柄な男がタパンを打ち鳴らし、それを合図に若者たちが歓声を上げて輪の中央に集まった。ガドゥルカやタンブーラの弦楽器が奏でられ、女性陣はカヴァルを吹き鳴らした。もちろんその中にメイルとヤンの姿もあった。

どこかもの悲しい曲調がやがてテンポを上げ始めると、人々が手拍子でリズムをとりながら輪の中央に集まる。デロイも誘われて輪の中に加わった。

緩やかだった演奏が徐々に早まり、やがてアクセントの位置が短くなると踊り手たちの動きが激しさを増した。まるで言葉に出せぬ情念を全身で表現するかのように、全員が一心不乱に踊っては舞った。

ジェイクとジュリアは後ろめたい気持ちのままその様子を眺めていた。

そんなふたりの心中を察したメイルがジェイクに近づいて手を差し伸べ、そのとなりでヤンもジュリアの手を引いた。彼らに導かれるままふたりも輪の中に入った。

手をつないだメイルの顔がジェイクの目の前にあった。歌を口ずさむ彼女の唇、その息づかいが伝わって来る。まばたきをした瞬間、彼女の大きな黒い瞳から一滴の涙が零れて赤みが差した頬を伝った。まるで満天の星がひとつ、彼女の瞳に降りたかのようだった。

やがて何曲目かの演奏が終わりを迎えようとした時、突然メイルが背伸びをしてジェイクに口づけをした。そのままひと言も言わず哀しげな笑顔を残して走り去るメイル、〝さよなら〟の代わりに伝えたかったその想いはあまりに切なかった。それでもジェイクは彼女の後ろ姿を見つめたまま、とうとうひと言の慰めも言ってやれなかった。

やがて寄木も燃え尽きて辺りに闇夜が戻ると別れの宴はお開きとなり、デロイ一家と挨拶を終えた人々が悲しみを抱えながら家路についた。

ジェイクも人混みを掻き分けヤンとの別れを惜しんだ。だが、メイルは大勢の友人に囲まれていて声を掛けるのが躊躇われた。明日の朝、一家の出立を見送る時に改めて別れの挨拶をしよう。とうとう泣き顔になってしまったジュリアを連れ、ジェイクは辛く悲しい気持ちを抱きながら城へと戻るのだった。

次の日、ジェイクとジュリアは陽も明けやらぬうちにデロイの家へと向かった。まるで昨日の宴が嘘のように辺りは静まり返り、黒く燃え尽きた寄木だけが寂しげに横たわっていた。

小屋の前に立ったジェイクはあまりの静けさに胸騒ぎを覚えた。小屋にはまったく人気がなく、家財道具を積んだ荷車も見当たらない。

「おはよう！　デロイ」

慌てて扉を叩いたが、何の返事も聞こえない。

「デロイ、開けるよ！」

家の中を覗くと、部屋は蛻（もぬけ）の殻だった。

「デロイ！　ヤン！　メイル！」

「そんな……」

ジュリアもまさかの状況に言葉を失った。

「デロイ一家は、もう一時間も前に出立しましただ」

放心のまま立ち尽くすふたりの背後にベベ爺さんが立っていた。

「えっ！　何で……」

「メイルもヤンも、ふたりに見送られるのが辛かったのじゃよ。わかってやるのじゃ」

ジュリアの瞳から涙が零れ、ジェイクは唇を噛んで必死に泣くのを我慢した。

「ジェイコフ様、あれをご覧なさい」

ベベ爺さんが部屋の真ん中にぽつんと残されたテーブルの上を指差した。

そこに一通の手紙が残されていた。

親愛なるジェイクへ
あなたがこの手紙を読む頃、私たち一家はルフトヤーツェンを離れ、異国の地に向けて旅立っています。きちんとご挨拶ができないことをどうかお許し下さい。

ジェイク、あなたのことだからきっとまだ昨日のことを悔やんでいることでしょう。でも決してご自分を責めないで下さい。これはロマ族の血を引く私たちの宿命なのです。国を持たない民族は、どこへ行っても土地に根を生やすことは叶いません。ジプシーと蔑まれながら流浪の旅を続ける、それが私たちロマの一族なのです。

だからこそ祖父母の時代、ルフトヤーツェンという安住の地を得られたのはとても幸運でした。私がまだ幼い頃、亡くなった母や祖父母は何度もこのことを口にしてはガルシェスク家に感謝をしたものです。

此処で生まれ育った私には流浪の旅の辛さはわかりません。でも、母や祖父母の気持ちはよく理解できます。山々に囲まれた広大な大地、燦燦と輝く太陽、草原を吹くそよ風、緩やかに流れる小川のせせらぎ、そしてここに暮らす人々の心根の温かさ。

そんなルフトヤーツェンは私たちにとってかけがえのない故郷です。

山の尾根にも、木々の枝葉にも、そよぐ風のひとすじにさえ、想い出を廻らすことができます。どこを見渡しても大好きなところばかり。とりわけあの小高い丘は、私の一番お気に入りの場所でした。

そう、あなたと初めて出逢った場所です。あそこでカヴァルを吹くのが、私にとって至福の時だったのです。どんなに厭なことがあっても、あの丘でカヴァルを吹いていると何もかも忘れることができました。

だからでしょうか、私にとっていつしかあの丘は幸福をもたらす恵みの場所と思えるようになりました。可笑しいですよね、勝手にそんなことを決めつけて……。

でも、ひと月ほど前、信じていたとおり、私にとってとても素晴らしいことが起きました。そう、ジェイク、あなたにお逢いできたのです。

あの時の私はひどくぶっきらぼうで、恐らく私への印象も最悪だったことでしょう。ほんとうはあなたと色々なお喋りをしたかったのですよ。ただ、伯爵様からきつく禁じられていたので、それは叶わないことだと諦めていました。

だから次の日、あなたがジュリアと牧場にあらわれた時は、とても吃驚しました。まさかガルシェスク家の方が牧童たちの仕事場に来るなんて。しかも、意地悪な？べべ爺さんの口車に乗って、干し草の収穫作業までしてしまうのですもの。

でも、額に汗して一心にホークを操る姿を見て、この人たちは違うと感じました。私たちロマ族の気持ちを理解できる人だと思ったのです。

それからは毎朝、あなたたちが牧場へ来るのを心待ちにしていました。民族や身分の分け隔てなく、純粋に友人として接してくれることが何よりも嬉しかったからです。

あなたが吹いてくれたカヴァルの見事な？音色。一日の作業を終え、夕闇の中で踊ったダンス。目を閉じれば、その一つひとつが鮮やかに想い起こされます。そして、どのシーンにもあなたの笑顔が浮かび、あなたの優しい声が聴こえて来ます。

いつだったか、私に打ち明けてくれたあなたの生い立ち。その話を聴いた時、あなたがなぜこれほどまでに私たちに対して寛容なのか、その理由がわかりました。

家族を知らずに育ったあなたと国を持たない私たち。互いに求めて止まぬものがある、そんな似通った境遇に相通じるものがあったのです。

ジェイク、あなたは気づいていますよね。あなたがずっと捜し求めているもの、それは大切な家族との絆だということを。ガルシェスク家の中に亡き家族との絆を見出していることを。

だから私は、あなたにアドルフ様と仲直りをして欲しいのです。私たちのために仲違いなどして欲しくはありません。どうか手に入れた絆を大切にして下さい。

その上であなたの内にある優しさだけは、いつまでも失くさないで欲しい。貴賤や出自に翻弄される世の中の常識に負けず、弱者への労わりの気持ちを持ち続けて下さい。

ジェイク、あなたならそれができると私は心から信じています。神様だってそう思ったからこそ、あなたを選ばれたのです。謂れのない蔑みに抗う力を、あなたにお与えになったのだと思います。

そう、あなたは〝選ばれし人〟であり、私の希望、私の憧れなのです。あなたがいつかこのアルドニア王国を偏見のない自由な国にしてくれることを、私は心から願って止みません。

色々と勝手なことを書いてしまいましたが、どうか気になさらないで下さいね。ほんとうはあなたが健やかでいてくれさえすれば、私はそれだけで十分なのです。

それから最後にもうひとつ、あなたに謝らなければなりません。昨夜の私の振る舞いについてです。ダンスをしながら伝わるあなたの温もりに、私は自分の気持ちを抑えることができませんでした。でも、どうかふしだらな女などと思わないで下さい。もうあなたと逢えなくなる、そう思っただけで私は……。

でも、あなたの優しさのお蔭でこれから続く流浪の旅も苦にはなりません。あの一瞬の想い出さえあれば、どんな試練にも耐えていけそうです。ほんとうにありがとう。

ジュリアにもご挨拶したかったけれど、どうかよろしくお伝え下さい。私も彼女みたいな妹が欲しかった。

それではジェイク、いつまでもお元気で。そして、心から……ありがとう。

メイル・デロイ

手紙を読み終えたジェイクの瞳から堪えきれずに涙が零れた。

あまりに健気なメイルの乙女心にじっとしていられないほど感情が高ぶり、貴賤や出自に翻弄される世の中の常識に説明し難い憤りを感じた。

この行き場のない怒りを振り払うかのように、ジェイクは小高い丘を目指して馬を疾駆させた。がむしゃらに走りながら、それでも涙はとめどなく溢れて頬を伝った。

メイルとの想い出の丘——幸福をもたらす恵みの場所——で、カヴァルの吹音が聞こえた気がしたが、そこにメイルはいるはずもなく、ただ薄明の大地が目の前に広がるだけだった。

人間(ひと)が人間を蔑むことの醜さ、それを許してしまう世の中の恐ろしさにジェイクは改めて思った。

僕は決して選ばれた人間などではない。でもメイル、君に約束しよう。僕は闘ってみせる。謂れのない蔑みに抗う力を必ず身につけて、絶対に君たちをこのままにはしておかない！

この時、自らの使命を悟ったジェイクは、朝陽が昇り始めたルフトヤーツェンの空に向かって固く心に誓うのだった。

5

〜一九三六年十月〜


民主共和党と自由労働党が大同団結し、アルドニア王国に新たに民主労働党が誕生してから三ヶ月が経過した。

この間、挙国一致の政治体制が敷かれたにもかかわらず党内は旧共和党系と旧労働党系の議員による覇権争いが活発で、首相となったキリエンコは思うような政権運営ができずにいた。

この日も償還期を迎える国債の返済原資について、両者は激しい鍔迫り合いを演じた。

今から六年前の一九三〇年、ガルシェスクは財務大臣として政府主導型の需要喚起を主張した。アメリカのルーズヴェルト大統領がケインズ理論を基に展開したニューディール政策よりも前に、ガルシェスクは国家再生計画の中で同様のことを実践していた。

これによって当時のゲラシチェンコ政権は公共事業の推進や軍事産業の再開といった積極財政を推進し、経済の建て直しに見事に成功する。その財源に充てられたのが一九三一年に発行された国債で、その償還期がいよいよ来年に迫っていた。

旧共和党系議員は当初の予定どおり増税で償還原資を賄うことを主張したが、旧労働党系議員はこれに真っ向から反対した。選挙母体が労働組合中心の彼らには改選時を考えれば増税などとても受け入れられる話ではなかった。

白熱した議論が延々と続き、キリエンコ首相が裁定を下せぬまま結論は翌日に持ち越されることになった。

こんな場合はいつものことだが、キリエンコは必ず首相官邸にガルシェスクを招いた。副首相から政権運営の舵取りにつながる知恵を引き出すのが目的だ。ガルシェスクもその辺は十分心得ていたので敢えて閣議での発言は控え、首相官邸で自分の考えを伝えるようにしていた。

キリエンコが首相になって三ヶ月、同じことの繰り返しにすっかり慣れてしまったガルシェスクは、この日も厭な顔ひとつ見せず首相官邸の執務室に座った。

「みんな好き勝手なことを言いよって、実に困ったものだ」

キリエンコの顔にはいつになく疲れが滲み出ていた。

「首相のご苦労、お察しします」

ガルシェスクは儀礼的に建前を口にしたが、本音は貴様の手腕が足りないだけだと言いたかった。

「副首相、あんたの考えを聞かせてくれんか」

「ええ、……あくまでも私の個人的な考えですが」

そう言い置いて、ガルシェスクはいつものように自説を喋り始めた。

「結論は、増税以外には考えられません。これは国家再生計画として発表した当時の約束事です。政権の座がゲラシチェンコから首相へ移ったとはいえ、国の根幹をなす計画をそう簡単に反古にはできません」

「だが、国民の反発を招きはせんか？」

「心配ないでしょう。税率の上げ幅は小さいですし、何よりも国民の生活は安定して来ています。逆に、キリエンコ政権は公約に基づき大儀を通す、という信頼につながるのではないでしょうか」

「うーむ、………」

キリエンコは唸ったまま黙り込んでしまった。事態はそれほど単純とも思えなかった。

その様子に、再びガルシェスクが口を開く。

「国民の反発を恐れるあまり、新たな国債を発行して原資に充てようなどといった意見もありましたが、それこそ将来に禍根を残すことになります。今、このタイミングで政府が過重な負担を背負うのは決して得策ではありません。

首相、ドイツやイタリアの枢軸国をご覧になって下さい。依然としてきな臭い動きを見せています。おまけに極東の日本までがドイツと防共協定を結ぼうとしている。ここ数年のうちに起こり得る有事を考えれば、今対処できることを先送りしてはいけません。

我々政治家は常に先を見越した政策を打ち出すべきなのです。それができてこそ歴史に名を残す政治家と言えるでしょう。首相、どうか懸命なる決断をお願いします」

キリエンコはいちいち眉をぴくつかせながらガルシェスクの話に聞き入っていたが、とうとう最後までわかったとは言わなかった。

首相官邸を辞去したガルシェスクはそれでも十分満足していた。自尊心の強いあの男にあれだけ言ってやれば答えは自ずと明らかだ。

案の定、翌日の閣議でキリエンコが下した裁定は、税制改正による増税で国債の償還に応えるというものだった。

旧労働党系議員からあがった不満に対しては、ガルシェスクから受け売りのドイツやイタリア、そして日本の動向を例にとって説得をした。もっとも〝枢軸国〟という言葉は、とうとう最後まで思い出すことができなかった。

その後、税制改正案が公になるまで数日の猶予があったにもかかわらず、――どこからその内容が漏れたのか――増税反対のデモ行進が延々と国会を取り巻くという事態が発生した。

その数は徐々に増え始め、今では労働組合や学生を中心に連日数千人規模のデモ隊が、シュプレヒコールを上げながらバルツォーク市の中心街を練り歩いた。中には角材を振り回したり投石に及んだりする者まであらわれたため、事態を重く見た当局は警察機動隊を出動させとうとう数十名の逮捕者まで出る騒ぎとなった。

キリエンコは自ら下した決断を本心では悔やんでいたが、今更これを反故にするのは自身のプライドが許さなかった。議員の数も旧共和党系が若干だが旧労働党系を上回っていたので、改正案の成立は確定的となったのである。

　こうして労働者の代表を自認してきたキリエンコはガルシェスクの口車に乗ったばかりに、皮肉にも労働者の最大の敵となったのだった。


　――同じ頃、小太りの男が今にも死にそうにハアハア息を切らしながら、ビルの薄暗い階段を上っていた。全国労働者連盟（全労連）の本部がある四階建ての労働会館には、贅沢なエレベーターなどは設置されていなかった。

　小男は三白眼を瞬いて大きく息を吐き、額の汗を拭うとノックもせずに全労連事務局のドアを開けた。

「コストノフさん、お待ちしておりました」

　全労連の幹部が立ち上がって挨拶を寄越すが、コストノフの目には奥にいる三人の顔がぼやけて見えた。

「ハア、ハア……いや、お待たせしました」

　やっとの思いで口を開き、奥の応接ソファにどっかりと座り込んだ。

　目の前に出されたコーヒーには目もくれず、代わりに水を一杯持って来てくれるよう頼んだ。それを一気に飲み干して、ようやく人心地つくことができたようだ。

「やはりキリエンコ首相は増税を仕掛けて来ましたな」

正面に座った全労連のゴードン議長が、渋い顔で吐き捨てるように呟いた。

「だが、コストノフさんのお蔭で、どこよりも早く政府の思惑を察知することができた。我々にとっては実に幸いでした」

「組合支部も最初は半信半疑だったが、これで我々の株も上がるというものです」

そう言って、書記長と事務局長は満足気に頷き合った。

「それにしてもあのキリエンコが全労連を裏切るとは、断じて許し難い！」

ゴードンは眉間に皺を寄せ、まだ怒りが収まらない様子だ。

「議長、奴はそういう男なのです。あの二枚舌には私も随分と煮え湯を飲まされて来ました」

コストノフがすかさず煽り立てた。

「もっとも増税の反対運動がこれだけ大きくなれば、キリエンコ政権もそう長くは続かないでしょう。義憤から出た私の行動も少しは報われるというものです」

「ほんとうにあなたには助けられました。しかし、マスコミも寝耳に水の情報を一体どうやって手に入れられたのですか？」

「議長、それは企業秘密ということで……。それよりもどうです、皆さんの評判も上がったところで、ここはひとついつもの店で祝杯といきませんか。そのために今日はお邪魔したのですから」

コストノフの誘いに幹部たちの頬が緩んだ。

お互いの顔を横目で探りながら途端に落ち着きを失くす。

「では、コストノフさんの慰労も兼ねて、今夜は盛大にやりましょうか」

ゴードンが席を立ち、両脇の幹部も喜び勇んで立ち上がった。

「議長のご指名は、いつものブロンドでよろしいですかな？」

コストノフが探るような目で問い掛けた。

「うむ、……だが、そろそろ他の目も気にせんと」

「ご安心下さい。今夜は最初から小部屋を押さえてあります」

「ほほう……では、ゆっくりとお相手を選ばせてもらいましょうか」

議長の言葉に書記長が思わずにやつき、となりで事務局長も相槌を打った。

全労連の幹部三人を先導しながら、コストノフは唇の半分を引き上げただけで懸命に笑いを噛み殺していた。


コストノフは全労連の幹部に取り入るため、早い時期から税制改正による増税の情報を彼らに提供して来た。だが、元々キリエンコの子飼いだった幹部たちはコストノフの話をまったく信じようとはしなかった。

そこでコストノフはガルシェスクから渡された改正案——税率の上げ幅が大きく改竄されていた——を彼らの目の前に突きつけてやった。具体的な改正案の中身まで見せられるに及んで、彼らも度肝を抜かすと同時に放って置くわけにはいかなくなった。

そうして何度かコストノフとの密会を重ねるうちに、民主労働党一党体制ではどう足掻いても法案の成立を阻止できないと悟った彼らは、全労連での自らの保身の道を選ぶことにした。

増税を阻止できない責任をとらされるよりも、受け売りの情報力で連盟幹部としての地位安泰を図ったのだ。税制改正の情報入手を自分たちの手柄だと強調し、全国の労働者に呼びかけて増税反対の実力行使に打って出る。組合支部を煽れば煽るほど自分たちの存在が際立つという寸法だった。

彼らは組合支部の追随振りに満足しながらコストノフからはそれ以上の満足を与えられた。それが小男の常套手段とも知らず、一見蜜のように甘美な世界へと我が身を浸らせていった。

コストノフが用意周到に仕掛けた罠は、彼らをボルドイ通りに面した一画へ案内した頃から始まった。もう、ひと月も前のことだ。そこは高級クラブが軒を連ねる繁華街で、政治家や高級官僚、或いは企業経営者が秘密裏に足を運ぶ場所だった。コストノフはその中でもひときわ豪華なクラブへ三人を案内した。

彼らは店に入るや、あまりに場違いな雰囲気に圧倒されてしまった。

薄暗い店内にはフロアの中央にホールがあって、身体の線も露わな女と年配の男が数組ほどバンドの演奏に合わせ身体を密着させて踊っている。天井にはミラーボールが煌びやかに輝き、鏡張りの壁際に設えられたソファ席では怪しげに戯れる男女の姿が照らし出されていた。

全労連の最高幹部でも特権階級の社交場は初めて足を踏み入れる場所だったので、三人は驚きと同時に密かな期待に胸を膨らませた。

黒服のボーイに案内された席に身体を沈めると、すぐに三人の女があらわれた。いずれも二十歳そこそこの美女で、胸元の谷間ははちきれんばかりだった。身に着けている服は腿の付け根まで見えるほどで、ほとんど最小限の生地しか使われていない。その女たちがぴたっと身体を寄せてくると、香水の艶かしい匂いが鼻をくすぐった。

初めはぎこちなかった組合幹部たちも、女たちの巧みな誘いで酒がまわるにつれ徐々に男の本能が頭をもたげ始める。

その様子を黙って眺めていたコストノフが頃合いを見て、ゴードンの耳元でひそひそと何事かを囁いた。

「うむ……しかし、いくら掛かるんだね？」

となりに座る女のブロンドの髪を撫でながら、議長はやや不安げな顔をした。

コストノフが黙って片手を広げて見せると、頭を振ってとても無理だと悔しがった。

「金のことならご心配には及びませんよ。みなさんは私の大切なゲストですから、何も考えずに十分楽しんで来て下さい」

三人の女たちに目配せをすると、彼女たちはそれぞれのパートナーに腕を絡めにこやかに微笑んで店の奥へと導いた。艶かしい香水の匂いと首筋にかかる熱い吐息で、男たちの興奮はいやが上にも高まった。

〝天使の小部屋〟というプレートが掲げられた扉の向こうに二階へと続く階段があり、わくわくしながらその薄暗い階段を上がると、薄橙色の照明の中にいくつもの小部屋が並んでいた。

全労連の幹部三人は法を犯すことに躊躇いはあったが、ここまで来てはもう後には退けなかった。

幼いくらいに見えていた女たちの顔も今は立派な娼婦の表情を浮かべていて、酔いのまわった男たちの頭からは分別など跡形もなく消え去った。

三人が案内された高級クラブは売春宿も兼ねた、しかもとびきりの美女ばかりが集められた会員制の秘密クラブだった。全労連の幹部たちは思わぬ展開に胸を躍らせ、女に誘われるまま小部屋の中で夢のような時間を過ごした。

それからはコストノフが待ち遠しいほど〝天使の小部屋〟は幹部たちのお気に入りの場所となったのだ。

――ガルシェスクの前に立つ小男の眼は真っ赤に充血していた。

「どうした、コストノフ?」

いつものように総革張りの椅子に身体を沈め、マホガニーの重厚な机に足を投げ出しながら問い質した。

「はい、伯爵。実は、ここのところ徹夜続きだったものですから」

コストノフは全労連幹部の行状について詳らかに報告した。

昨夜も結局、幹部三人は朝まで〝天使の小部屋〟から出て来なかったのだ。キリエンコといいあの連中といい、どうしてああも精力が張っているのか。女たちは可哀相に三人とも足腰が立たずにげっそりしてしまっていた。そのお蔭で小部屋の割増し料金はもちろん、女たちの丸一日分の休業補償まで請求される始末だった。

「ふふふ、たいしたものだ。だが、倒閣の先棒を担いでもらうのだ、それくらい元気がなければ務まらんだろう」

ガルシェスクは似非笑いを浮かべ、

「ところでそろそろ次の一手を打つが、準備の方は大丈夫だろうな」

コストノフに厳しい視線を投げ付けた。

「はい、準備万端整っております。どれを使おうか迷うほどで、お許しをいただければ今日にでも……………」

「いや待て。仕掛けるのは税制改正案が国会の議決を経た後、正式に国王が承認してからだ。お膳立てが揃うまでは拙速に動いてはならんぞ」

「畏まりました、伯爵」

コストノフの返事が終わらないうちに、ガルシェスクが椅子を転じて窓の外に目をやった。いつもの合図にコストノフは静かに部屋を出て行った。


それから一週間後、ガルシェスクの目論見どおりに税制改正案が成立した。

キリエンコはそれでもまったく嬉しくなかった。逆に今頃になって、ガルシェスクに嵌められたのではないかと腹立たしくて仕方がなかった。国会議事堂のまわりには一万人にも膨れ上がったデモ隊が押しかけているのだ。

改正案は当初彼らが聞かされていた税率よりも低いものだったが、拍車のかかった群集心理はもはや止めようもなく、デモ隊は口々に〝キリエンコ退陣！〟のシュプレヒコールを上げて議事堂へ向け投石を繰り返した。

だが、キリエンコにとってデモ隊の加熱振りはただの序章に過ぎなかった。

税制改正案が成立した翌日、ゴシップ記事を扱うことで有名な大衆紙に、キリエンコがブロンドの女と抱き合っている写真が掲載されたのだ。コストノフが盗聴した秘め事の最中の――口にするのも憚れる――会話までが、紙面に事細かに再現されていた。

さすがにビレーヌの顔だけはぼかしてあったが、一国の首相が孫ほどの年齢と思しき愛人と戯れる姿は国中を瞋怒(しんぬ)させた。

増税で庶民の生活を苦しめておきながら、首相の振る舞いはなんたる有り様か。労働者の代表が聞いて呆れる。一般紙までが号外を出して首相の醜態振りを糾弾し、国民感情は増税への批判からキリエンコ個人への攻撃に矛先を変えていった。

まさに四面楚歌の状況にキリエンコは、増税ばかりかビレーヌの一件もガルシェスクの策略ではないかと疑った。だが、時、既に遅し。事態がここまで及んではキリエンコもさすがに言い逃れはできず、不承不承退陣を覚悟せざるを得なくなったのである。

ここにアルドニア王国始まって以来、三ヶ月という短命で政権が終わりを告げ、この日を境にキリエンコは公の前から姿を晦ませてしまった。

キリエンコの退陣を知った群集は国会前へと続くアルドニー大通りを練り歩き、自分たちの勝利に酔いしれた。既にその数は一万人を優に超え、勝鬨を上げては至る所で爆竹が鳴らされた。

群集によって交通網は寸断され市の機能が麻痺する中、現場の治安警備に再び警察機動隊が駆り出された。だが、彼らは群集と小競り合いが起きても、ひたすら防御板で耐え忍ぶしかなかった。警察機動隊が攻撃して来ないことが更にデモ隊を勇気づけ、群衆の中には過激な挑発行為に及ぶ者もいた。

一向に治まる気配を見せない騒乱に業を煮やした機動隊長が、初めて隊員たちに威嚇射撃を命じた。その轟音に群衆はほんの一瞬怯んだものの、次には益々興奮の度を増していった。同胞に銃口を向けるとは何事だ、と罵りの声を上げ狂乱の様相を呈し始めた。

目の前の人波が雪崩のように襲いかかって来る。その圧力を前に警察機動隊は一歩二歩と後退を余儀なくされた。尻込みする警察機動隊の様子に群集は更に勇気づけられ、自らの正当性を感じながら殺気立った空気を張らせた。

天空に向かって威嚇射撃を繰り返す機動隊は、じりじりと後退するしかなかった。万が一人波に呑まれれば、自分たちの生命がどうなるかわからない。正義と使命、恐怖が交錯する中、彼らの精神状態はぎりぎりのところまで追い詰められていた。

いよいよ後ろは議事堂の門扉というところまで後退した時、突然若い隊員が銃を水平に構えた。銃口が真っすぐ群集に向けられる。その手はぶるぶると震え、半開きの口からヒステリックな声が上がった。彼は恐怖のあまり完全にパニック状態に陥っていた。

驚いた隊長が制止しようとした時、隊員が悲鳴を上げながら引き金を引いた。隊長の怒鳴り声と同時に銃声があたりに響き渡る。

次の瞬間、デモ隊の最前列にいた男がもんどりうって倒れ込んだ。腹部が真っ赤な鮮血に染まり、アスファルトの路面が血溜まりに濡れていった。

一瞬の静寂の後、群集の悲鳴を合図にあたりは騒然となった。蜘蛛の子を散らすように人々が逃げ惑う。ふたりの男が身を屈めながら横たわる男の身体を引き摺って行く。ぐったりした男の身体が路面に真っ赤な血の帯を引いた。

若い隊員はなおも銃を乱射し続けた。半狂乱のまま手当たり次第に引き金を引いた。駆け寄った隊長が、背後から羽交い絞めにして銃を奪い横っ面を殴りつけると、焦点の定まらなかった隊員の目にようやく正気が戻った。

我に返った隊員は目の前に広がる光景にその場で卒倒してしまった。それでも同僚に運ばれていく隊員はすぐに息を吹き返すことができるだろう。だが、銃弾を浴び引き摺られていった男が再び意識を取り戻すことはなかった。とうとう市民の中から逮捕者だけでなく死者まで出る惨事となったのだ。

翌日になって報道各社がこの悲惨な事件を大々的に報じたため、警察機動隊の発砲事件は瞬く間に国中に知れ渡ることとなった。マスコミは挙って政府の責任を追及したが、政府報道官は偶発的な悲劇と苦しい弁明を続けるだけだった。

全国労働者連盟は治安責任者が処分されるまでストライキに突入することを宣言し、学生自治会も反政府集会を開いて政府を糾弾した。錯乱したたったひとりの隊員のために、今やアルドニア王国は国家としての機能が完全に停止してしまったのである。

キリエンコ退陣後の政府はいよいよ戒厳令の発令しかないかと頭を痛めたが、最後の決断を下す勇気はなかった。本来であれば副首相がその任に就くべきだったが、肝心のガルシェスクもキリエンコと同様に連絡がつかない状態なのだ。

実はこの時、ガルシェスクはアルザイヤ宮殿を訪問していたのである。貴賓の間で国王に接見するや人払いを願い出た上で、首相の女性スキャンダルに端を発した混乱が一発の銃声で瞬く間に騒乱と化したことを報告し、国会を取り囲んだ群衆が暴徒と化して宮殿を襲わないとも限らない、と暗に国王の身の危険を力説した。

予定されていたイギリス訪問の延期を考えていた国王だったが、その顔に浮かぶ不安と恐怖を読み取ったガルシェスクが、ついては既に自分が知己を得たイーデン外相も準備を整えているので予定どおりイギリスを訪問するのが賢明であり、国王が戻られるまでには自分が前面に立ってこの騒乱を平定するのでご安心いただきたい、と説明を加えた。

アルザイヤ十三世はガルシェスクの政治力を高く評価していただけでなく、彼が王朝とは縁戚関係でもあることから素直にその言を受け入れ、不在中の王権を王子に委任して予定どおりイギリスへ出立することに同意した。更にこの外遊については、国内の騒乱を理由にごく一部の側近を除いてはマスコミにも秘匿することになったのである。

宮殿を辞したガルシェスクは車に乗り込むと、真っすぐに民主労働党本部へ向かった。途中で曇天の空から雨が降り出し、折しも吹き始めた強風に煽られて嵐のような暴風雨となった。ガルシェスクは風雲急を告げるこの天候を、いよいよ大詰めを迎えた自身の胸中と照らし合わせていた。

党本部に到着するや執行部の役員たちを招集し、矢継ぎ早に指示を出した。市民に向かって発砲した警察機動隊員は即刻逮捕し、隊長をはじめ幹部たちは懲戒処分とする。その上で警察庁長官も罷免せざるを得ないことを内務大臣に厳命した。

これらの処分に対して異論を唱える者はなく、早速その日の夜に政府報道官からマスコミを通じて発表がなされた。

翌日は暴風雨も止んで穏やかな朝を迎えたが、昨夜の政府発表にもかかわらず全国労働者連盟はストライキの解除を決定しなかった。

ゴードン議長をはじめ全労連の幹部たちは、キリエンコが増税を諮って自分たちを裏切り、あまつさえ愛人を囲む――この点は彼らも人のことを言えた義理ではないのだが――など、はらわたが煮えくり返る思いだったからだ。

彼らは、今度の騒乱の原因をつくった張本人のキリエンコが公の場に姿を見せて正式に謝罪することを要求し、それまではストライキを続行すると宣言した。政府は事態の打開に向け血眼になってキリエンコを捜索したが、夕暮れ時を迎える頃になっても依然として彼の所在は掴めないままだった。

今日中の解決は無理かも知れない――誰もがそう考え始めた時、突然キリエンコ発見の知らせが政府に届けられた。警察組織をフル稼働しても発見できなかったキリエンコは、セントラルパークを散歩中のひとりの老人によって発見されたのだ。

公園のそばには昨夜の嵐で水嵩を増したギルダシ川が流れており、その水も夕方になってようやく引き始めていた。散歩中の老人が何の気なしに川の畔を覗くと、桟橋の杭に何かが引っ掛かっているのが見えた。

それこそがまさに国中で探していた人物、キリエンコ――の水死体――だったのだ。キリエンコの死亡はその日のうちに政府だけでなく全労連本部にも伝えられた。

その頃、コストノフは労働会館ビルを訪れていた。四階にある事務局のいつものソファに腰掛け、いつものことながら荒く息を喘がせた。だが、今日の症状は特に酷かった。どうやら風邪をこじらせたようだ。

全身に悪寒を感じながら、コストノフはやっとの思いで口を開いた。

「キリエンコさんも残念でしたな。死んで花実が咲くでもなしに……ひっ、ひひ」

苦しそうだが、底意地の悪い含み笑いだけは変わらなかった。

「警察の発表では覚悟の自殺ということですが、しかし……」

ゴードン議長には、あの男が自殺するとは到底信じられなかった。

「プライドの高い人間ほど、追い詰められると弱いものですよ」

「確かにそうかも知れませんな。しかし、こうなった以上、我々の要求も意味がなくなったわけだ。明日にでもストライキ解除の指示を出さねば」

「まあまあ、そう急がなくてもよいではないですか」

三白眼の白目を剥いて、コストノフがにやりと笑みを浮かべた。

「あなた方にはもうひと暴れしてもらわんと」

「コストノフさん、何をおっしゃっているんです？　我々は意味もなく労働放棄するほどアナーキストではありませんぞ」

ゴードンがむっとした表情で言い返すと、

「議長、意味はありますぞ。今度の騒乱も元をただせば、国民を無視した増税に端を発したのではなかったですかな」

コストノフが底意地の悪い眼差しを向けた。

「しかし、それはキリエンコの退陣でひと区切りついておる」

両脇に座る書記長と事務局長も頷いた。

「いや、まだついてはおりませんな。首魁の片割れは自らけじめをつけたが、残るひとりはまだのうのうと生きておる」

「残るひとり？」

「そう、キリエンコ以上に国民の信頼を裏切った者が、あとひとり」

「一体誰だと言うのです、そのひとりとは？」

「その人物とは……、アルザイヤ十三世ですよ」

「えっ！　……」

あまりの驚きにゴードンは言葉を失った。

アルドニア王国の国王にして、国民の絶大な人気と信頼を得ている人物。清廉潔白にして常に国民の視点でこの国を統治してきた君主。そのアルザイヤ十三世が国民生活を窮乏に追い込む増税を目論むなど、到底信じられなかった。

「コストノフさん！　冗談にもほどがある」

ゴードンは気色ばんで硬く拳を握り締めた。

「まあまあ議長、そう興奮なさらずに。なんでしたら証拠をお見せしましょうか」

目の前の三人とは対照的にコストノフは余裕の表情だ。

「いいでしょう。その証拠とやらを拝見しようではありませんか」

幹部たちはどうせはったりだ、と互いの顔を見合った。

コストノフは彼らの自信満々の顔が嬉しくて堪らなかった。そう来なくては、その後の展開も興醒めしてしまうというものだ。

ゆっくりと上着の内ポケットから厚みのある一通の封筒を取り出して、三人の前に放って寄越した。

予想に反して目の前に突き出された封筒に、ゴードンの表情が強張った。

コストノフをひと睨みしてから中のものを取り出して見る。

「これは！　………」

両脇から書記長と事務局長が慌てて覗き込んだ。

「あっ！　………」

ふたりとも開いた口が塞がらなかった。

「どうです、よく撮れているでしょう、ひっ、ひひ」

彼らは〝天使の小部屋〟で戯れる自分たちの裸の写真を争って奪い合った。

「そんなに慌てなくてもネガがありますから、いくらでも焼き増しして差し上げますよ、ひっ、ひひ」

「うぅー、コストノフ……さん、あなたって人は………」

ゴードンが呻き声を上げ、ぎゅっと唇を噛んだ。

「この証拠をご覧になれば……もう、おわかりいただけますすな」

顔色も蒼白な三人に向かって、コストノフは念を押すように言葉を継いだ。

「何でしたら、景気づけに今夜もご案内しましょうか〝悪魔の小部屋〟へ。もっともファインダー越しに覗かれていては自慢のものも役には立ちませんかな、ひっ、ひひ」

下卑た笑いだけを残して、コストノフは全労連事務局を後にした。

翌日、ゴードンは全国の支部へストライキ続行の徹底抗戦を通達した。キリエンコ亡き後、アルザイヤ十三世こそが増税を仕掛けた黒幕だったと主張し、責任追及から逃れるためイギリスへ亡命したことが何よりの証拠だと国民感情を煽り立てた。

政府の動きを逸早く察知して指導力を発揮してきた組合幹部に全国の労働者たちは厚い信頼を寄せていたので、現に国王がイギリスへ出立したことが確認されると国民の反国王感情は一気に高まった。

キリエンコの死によって一時沈静化していたデモ隊は、今度は国会からアルザイヤ宮殿に矛先を変えて行進を開始した。口々に王権廃止を叫びながら、その数は数万人規模に膨れ上がっていた。

矢継ぎ早に発生する非常事態に民主労働党本部は混乱を極めた。

首相が空席のまま開かれた閣議でも、打開策と呼べるような意見がまったく出ない。

「アルドニア王国建国以来の危機に直面して、諸君は何も考えがないのか！」

ガルシェスクが副首相の立場から閣僚たちに向かって声を荒げた。

「お言葉ですが、副首相、警察機動隊の一件もありますので、拙速に動くわけには参りません」

警察庁長官を罷免せざるを得なかった内務大臣が遠慮気味に答えた。

「誰が武力衝突しろなどと言った！」

ガルシェスクの剣幕に内務大臣は縮みあがってしまった。

「諸君は、国民が何を求めているのかまだわからないのか！」

「…………」

閣僚たちは誰ひとり口を開けなかった。

業を煮やしたガルシェスクが更に捲し立てる。

「国王の裏切りは、密かに国外へ脱出したことを見ても明らかではないか」

全員の脳裡に亡命の二文字が浮かんだ。

「ここまで来ては、立憲君主の王権体制を見直さなければ国民は納得しまい」

「王権体制を……見直す⁉」

驚いた内務大臣が口をあんぐりと開けたままガルシェスクの方を見た。

「王権廃止を唱える群衆の数は日増しに膨れ上がっているのだ。我々は国王の僕(しもべ)である前に国民の代表でなければならない。三百年続いたアルザイヤ王朝が滅びるのは慙愧に耐えないが、国家の将来を考えれば致し方ないだろう」

アルザイヤ王朝が滅びる——全員の頭の中を不吉な予感が過ぎった。

「諸君！　私はここに、国民主権を掲げたアルドニアの共和制移行を提案する」

ガルシェスクの言葉に全閣僚が凍りついてしまった。

自分たちの目の前に、革命を公言して憚らない男があらわれた。しかも、その男はアルザイヤ王朝とは縁戚関係なのだ。それが王朝を廃して国民主権の共和国を創ろうというのだから、驚きを超えて恐ろしいとしか言いようがなかった。

唖然とする閣僚たちに向かって、ガルシェスクはなおも続けた。

「諸君は今、歴史の目撃者になろうとしている。いや、アルドニアに新たな歴史を創り上げようとしているのだ。国民主権に根ざした真の民主主義を、我々はこの手で成し遂げなければならない」

だが、どうやって革命を起こすというのか。

閣僚たちは予想もしなかった展開に驚愕の表情を浮かべて、次の言葉を待った。

「だからと言ってクーデターなどと愚かしいやり方はしない。あくまでも民主的な手続に則って我々は勝利を勝ち取る。二十世紀のこのヨーロッパに民主革命の金字塔を打ち立てるのだ」

ガルシェスクの構想はアルドニアの王権廃止と共和制樹立を閣議で決定し、これを国会の決議に諮ったうえで国民投票に付するという極めて正当なものだった。

聴いていた閣僚たちは、当初は半信半疑だった絵空事のような話が俄かに現実味を帯びてくるのを感じた。

確かに国内世論は王権廃止の気運が盛り上がっている。この気に乗じて然るべき手続を踏めば諸外国の反発も起こらないだろう。そもそも国民にそっぽを向かれた王朝に義理立てすることはないのではないか。

「私の提案に賛同いただける諸君の起立を願う！」

閣僚たちの目付きからその場の雰囲気を読み取ったガルシェスクは、間髪入れずに決断を迫った。

その言葉に背中を押されるように閣僚たちが、ひとり、またひとりと立ち上がる。その様子を見て満足気な表情を浮かべたガルシェスクが、最後にゆっくりと立ちあがった。


――一九三六年十二月一日、ヨーロッパに新たな共和国が誕生し、その建国記念祝賀会が迎賓館――もとのアルザイヤ宮殿――で盛大に行われた。

各国の大使をはじめ政財界の来賓を見送ったガルシェスクは、ルイーザを先に屋敷へ帰すと執務室でひとりの小男と対面していた。

「ご苦労だったな」

ガルシェスクには珍しく労をねぎらう言葉が口を吐いて出た。

「伯爵、恐れ入ります。本日は、私にとりましても人生最良の日となりました。まさか政権の座を手中にするだけでなく立憲君主の王国体制までも変えてしまわれるとは、さすがに私も思いも及びませんでした」

「首相の座など取ろうと思えばいつでも取れたが、それではこの国を掌中にしたことにはならん。やはり邪魔者には消えてもらわねばな。もっとも、これまで王朝を支えてきた国民が死に水を取ったのだ、国王十三世も本望だろう」

「仰せのとおりでございます。最後は国のリーダーを国民に選ばせる、まったくもって伯爵のお手並みお見事でございました。手を汚すことなく、このアルドニアを我が物にしておしまいになりましたな」

コストノフが相槌を打ちながら掌を摺り合わせた。

「ふふふ……で、おまえはどうなのだ？」

「……と、おっしゃいますと？」

「おまえも手を汚していないのか、と聞いているのだ」

「はい、正直申し上げますとひとつふたつの罠は仕掛けさせていただきましたが、正義と真実から目を逸らさぬ限りはどれも引っ掛かるようなものではございません」

コストノフが伏し目がちに答えた。

「罠に嵌った奴が悪い……か」

「はい、……………」

「だが、ひとつだけ私の計画になかったことが起きた」

「…………」

「まさかあのキリエンコが遺体で発見されるとはな」

ガルシェスクの目が冷たく光った。

〝何もかも失くした今、すべてを公表してやる！〟

キリエンコの声がコストノフの耳に甦る。

「…………」

「まあよい。それよりもコストノフ、お前はつい今し方、ふたつの間違いを犯したぞ」

「さて、間違いとおっしゃられますと？」

「第一に、私はもう伯爵ではない」

「これは失礼をいたしました、大統領閣下」

「第二に、私は国のリーダーなどになるつもりはない」

「？　…………」

「私は〝支配者〟になるのだよ」

「は、はい……、仰せのとおりでございます」

「このことをおまえと同様、国民にもきちんと教えてやらねばならぬ」

冷徹な目で遠く一点を見つめるガルシェスクの口元に、これまで以上に不敵な笑みが浮かんでいた。

第四章　自立

1

一九三九年三月

午前十時、開門の合図で門扉が開かれると学生たちが一斉にキャンパスへ向かって走りだした。

そんな周囲の勢いにジェイクの足取りは益々重くなった。

「ジェイク、行くわよ！　まさか足に根が生えたわけじゃないでしょ」

見かねたジュリアが背中を押してからかった。

「待ってくれよ、ジュリア。そんなに急がなくても……」

「何を言ってるのよ！」

彼女は義兄（あに）の緊張した様子が愉快で仕方なかった。

やはりジュリアを連れて来るのではなかった、とジェイクは今更ながら義妹（いもうと）のお節介に後悔した。事務棟のある校舎の前から悲喜交々の歓声が聞こえ、緊張感は更に高まって来る。掲示板に自分の番号がなかったら、そんな不安に駆られて足取りは一層重くなった。

この日はメイジー大学入学試験の合格者が発表される日だった。アルドニア共和国で最難関と言われるこの大学で希望どおり法律学を専攻できるか、ジェイクはまさに運命の瞬間を迎えていた。

「それだったらパパの言うとおりサンティエールに進めばよかったのよ」

ジュリアの言葉に、最後まで養父と意見が合わなかったことが頭を過ぎった。

サンティエール高等部に進んだ頃、彼は卒業後の進路を就職と心に決めていた。いつまでも養父母の世話になるのは気が引けたからだ。

ところが高等部二年の夏、ルフトヤーツェンで牧童頭の姉弟と出会ったことで、彼は進路について真剣に悩むことになった。自分の犯した過ちで安住の地を追放されたデロイ一家、とりわけ最後の挨拶さえ交わせずに去って行ったメイルとヤンには今でも申し訳ない気持ちで一杯だった。

そのメイルが残していった――謂れのない差別を宿命と諦めざるを得ない悲しみが切々と綴られた――置手紙は、今でも大切にとってある。アドルフは伝統という名の掟とひと言で片づけるが、ジェイクには到底納得できないことだった。

アルドニアを偏見のない自由の国にする。メイルの手紙にそう誓って以来、彼は果たして自分に何ができるのか幾度も自問自答を繰り返した。そして結局は、もっと多くのことを学ばなければ世の中の仕組みを変えることなどできない――そう結論づけざるを得なかった。

養父母は元々ジェイクを進学させるつもりでいたので、彼の心変わりに異存があるはずもなかった。アドルフと同様にサンティエール大学へ入学させるつもりでいたからだ。だが、ジェイクはサンティエールへの進学を承知しなかった。ごく一部の選ばれた特権階級の子弟だけが学べる場所は、彼の信念がこれを受け入れなかったのだ。

ルイーザはそんな彼の考えに理解を示したが、ガルシェスクはまったく聞く耳を持たなかった。サンティエールこそガルシェスク家に相応しい大学と信じて疑わない養父は、ジェイクの考えに激昂し、他の大学へ進むのであれば一切援助はしないと彼に申し渡した。

ジェイクは最初から覚悟をしていたので養父の言葉に特に驚きはしなかった。入学金や授業料などすべての学費が免除される特待生合格を目指していたからだ。

「さあジェイク、掲示板よ」

ジュリアの声に心臓の鼓動が一気に早まった。

すぐそばで合格した学生が喜びの歓声を上げている。少し離れた所に俯いたままじっと失意に耐え忍ぶ学生もいた。

果たして自分の受験番号72番はあるのだろうか。恐る恐る掲示板を見上げ、左上から順に番号を追い掛けていく。……47、55、59、62、68、75、78……。

「(68番、75番)……」

何度見てもそこに72番は見当たらなかった。

二年半もの間、死に物狂いで勉強したのに特待生どころか合格さえしていない。ジェイクはあまりの絶望感に意識が遠退くような気がした。

「あった！　ジェイク、あったわよ」

突然、すぐそばで歓喜の声が上がった。

「えっ？　………」

ジュリアが掲示板の右上を真っすぐ指差している。

その指し示された方を見上げると『一九三九年メイジー大学特待生合格者』と書かれたその下に、たった三つの番号が発表されていた。

その中に待ち焦がれた72番、ジェイクの受験番号が確かにあった。


その日の夜、ジェイクの特待生合格を祝ってガルシェスク邸でささやかなパーティーが開かれることになり、家族以外にもルイーザの発案でザイツェフ家が招待された。

執事のワイダが来客の到着を告げると、ガルシェスクが自ら玄関口まで出迎えた。

「大統領閣下、本日はお招きにあずかりまして光栄の至りです」

「よさないか、ホップス」

ザイツェフの軽口に苦笑いを浮かべた。

「あっ、はは、ルシュトフ、久し振りだな」

ふたりは旧交を温め合うように固く握手を交わした。

「ジェシカ、どうしていつもそんなに美しいのかね？」

ガルシェスクがザイツェフ夫人に歩み寄って軽く頬を合わせる。

「ありがとう、ルシュトフ。主人が忙しすぎてほとんど家にいないせいよ」

「なるほど、どうりで私の妻も美しいはずだ」

「世の男性たちは、なぜそんなに仕事ばかりに熱中するのかしら？」

「男だったら誰でも、愛する女性には美しくあってもらいたいからさ」

ガルシェスクはそう言いながらルイーザに笑みを向けた。

「ポーラ、ようこそ」

アドルフがザイツェフ家の娘に手を差し伸べ、父親に負けじと優しくエスコートする。

「アドルフもパパたちと一緒なのかしら？」

「僕は大丈夫さ。君がそれ以上綺麗になったらライバルが増えて大変だ」

十六歳の乙女の頬が赤く染まった。

「ポーラ、気をつけてよ。兄は口が達者なんだから」

「おまえに言われれば僕も本望だよ、あっ、はは」

ジュリアが口を尖らせてむくれると、一同に再び笑い声が上がった。

日増しに大人びてくる子どもたちの中で、彼女の子どもっぽさだけが目立っていた。

「ジェイク、メイジー大学合格、おめでとう」

それまで蚊帳の外に置かれていたジェイクに、ホッブス・ザイツェフが声を掛けた。

「ありがとうございます、ザイツェフさん」

笑顔で応えつつ気持ちは複雑だった。

この日、ある一大決心をしていた彼は、そのことを口にした時のみんなの反応を思うと朝から気が重かった。

「ジェイコフ様、おめでとうございます」

来客に飲み物を運んで来たマチルダが、すれ違いざまにジェイクの耳元で囁いた。

屋敷の人間は志望校に反対するガルシェスクに気を遣い、今日までおおっぴらに祝いの言葉を口にするのは控えていた。ただ、誰もがジェイクの合格を喜んでいるのは、あの鉄仮面のワイダの口元がいつになく緩んでいるのを見ても明らかだった。

ジェイクが心優しいメイド頭にウィンクで応えた時、

「みなさま、お待たせいたしました。本日は内輪のパーティーですのでコースにはこだわらずに、メインの品をご自由にお召し上がりいただければと存じます」

ステファンのバリトンの声が響き渡った。

「ご用意いたしましたのは、肉とじゃがいもをふんだんに使ったブラショーイ・アプローペチェニェ、チキンレバーのリゾット、じゃがいもや卵、サラミ、ヨーグルト、みじん切りの玉葱を幾層にも重ねて焼いたラコット・クルムプリでございます。スープはグラーシュスープとサーモンを使ったハラースレースープ、どちらでもお好みでお選び下さい」

用意された料理はジェイクがこの屋敷に来た次の日、ガルシェスクが養子縁組の記者会見で演説し、ステファンからテーブルマナーの特訓を受けたあの日、彼のために特別に作られたハンガリー料理だった。

あれから八年余り、心優しい閻魔大王はしっかりと憶えていた。目が合うと片目を瞑って笑みを見せ、ジェイクの合格を心から祝福した。

料理の味に舌鼓を打ちながら、話はもっぱらジェイクに集中した。

「メイジー大学のしかも特待生とはたいしたものだ。君の頑張りには陰で大統領も舌を巻いていたほどだ」

ザイツェフの言葉に、ジェイクが驚いて養父の顔を見た。

ガルシェスクはその視線を無視するかのように黙って食事を続けた。

「だが、サンティエール大学を敵視するのはどうかな」

ザイツェフ家はアルドニア有数の銀行を経営する特権階級の家柄だ。もちろん息子のクライスはアドルフと同様にサンティエール大学への進学が決まっていた。

「まあ、理想を抱くのは若者の常だが……。しかし、富める者がいれば貧しい者もいるのが世の中だ。そもそも私の銀行に大金を預ける顧客が、皆がみんな汚い手を使っているわけではない。むしろ努力を惜しまないからこそ金持ちになれた連中だ。富の公平な分配などとできもしないことを口にするのは、独裁政権の維持に躍起になっているスターリンのような共産主義者だけだぞ」

ザイツェフが噛んで含めるように諭し始めた。

ジェイクは大銀行家が問題の本質を捉えていないと思いながら聞いていた。区別と差別を混同しているのだ。平等に与えられたチャンスの中で、結果として差が生じるのは仕方がない。メイジー大学の入学試験もそうだ。

ところがサンティエール大学はほとんどの学生が出自や家柄を理由に受験することさえできない。教育だけでなく就職や結婚といった人生のあらゆる場面で、こうした差別があたり前のように存在している。

それでもごく一部の選ばれた人間とそうでない圧倒的多数の人間が、微妙なバランスを保ちながら共存しているのが世の中だ。現に圧倒的多数の庶民は自分たちよりも下層の集団をつくることで、差別される側からする側に身を置き自らを慰める。その根拠は民族であったり信仰であったり、理由は何でもよかった。

こうして生まれる謂れのない蔑みに、ジェイクは強い憤りを感じていた。ただ、ここで議論するつもりはなかったので、黙ってザイツェフの話に耳を傾けていた。

「ザイツェフさん、ジェイクは僕らと違って純粋なのですよ」

アドルフがしたり顔で話に割って入った。

「その純粋さが命取りになることがある。いいかね、ジェイク。君は大統領一家の一員なのだから広く世界に目を向けなければいけない。下手な理想主義は我が身を滅ぼしかねないぞ」

返事に窮しているジェイクにザイツェフは更に言葉を継いだ。

「君も聞いているだろ、ドイツがプラハに進駐したニュースを。昨年、オーストリアを併合したばかりだというのにヒトラーの胃袋は底なしと来ている」

ドイツが三月十五日にチェコスロバキアのプラハに進駐したというニュースは、アルドニア共和国にも伝わっていた。昨年（一九三八年）九月、最後の領土要求としてズデーデン地方の割譲が認められたミュンヘン協定を、ヒトラーはあっさりと破ってしまった。

「あのゲルマン人は早晩ポーランドへ攻め込むに違いない。そうなれば英仏も自らの優柔不断さに気が付いてヨーロッパは再び戦火にまみれる。そんな時に下手な理想主義を掲げて下層な連中の言いなりになっていたら、身の破滅どころか国が滅びることにもなりかねない」

「ホッブス、その辺でいいだろう。ジェイクにもいずれわかる時が来る」

「わかった。だが、ルシュトフ、最後にひと言だけ言わせてくれ」

ガルシェスクの制止を遮り、ザイツェフはなおも喋り続けた。

「あの能無しのキリエンコが政権を維持していたら、アルドニアはこんなに平和ではいられなかっただろう。混沌とした状況下では多数派の世論が必ずしも正しいとは限らんのだよ」

確かにザイツェフの言うとおりだった。

ガルシェスクが大統領に就任して以降、ヨーロッパは益々混迷を極める事態が勃発し続けている。日和見的な世論に迎合しては、国の舵取りができないのも事実だ。

「もっともそのお蔭で大統領のかつての人気は見る影もないがね。あっ、はは」

ザイツェフがガルシェスクの方を見ながら嬉しそうに笑った。

この二年半、共和制の名の下に推し進められた政策は、どれも庶民には厳しすぎるものばかりだった。反面、資本家を中心としたごく一部の者たちにとっては、その財力を益々大きくする足掛かりとなっていた。

「ホッブス、政治は人気取りとはわけが違うぞ」

ガルシェスクが苦笑いを浮かべて反論した。

「そのとおり。だが、やり過ぎないことだ。ソ連では兵役に手を挙げる連中が後を絶たない、という噂まであるらしい。国に残るより戦地の方が生き残る確率が高いと皮肉っているのさ」

「あっ、はは、ご忠告ありがたく拝聴しておこう。それより金融市場の方はどうだ」

「ドイツ軍がプラハに侵攻した影響が早速出始めているよ。投資家の動きがフローティング・レート・ノート（変動利付債）へ移り始めている」

「市場は金利上昇局面に入ると踏んでいるわけだな」

「そうだ。ただでさえアルドニアは君が推し進めた国家再生計画以来、ずっと低金利が続いたからな」

「しかし、ここで金利を上げるようなことをすれば、また私の人気は下がるだろうな」

「大丈夫だよ、もうこれ以上落ちることはないさ。あっ、はは」

ザイツェフの冗談ともつかない言葉にガルシェスクは再び苦笑いを浮かべた。

「殿方はそんなに私たちを肥らせたいのかしら」

ジェシカ・ザイツェフがそう言って、ラコット・クルムプリを口に運んだ。

「そうね。お料理を全部平らげるまで、政治経済の講義は終わりそうにないわね」

ルイーザも調子を合わせてザイツェフ夫人に応じた。

「そうよ、パパたち。折角のお食事が興醒めだわ。もっと楽しいお話をしましょうよ。今日はジェイクのお祝いなんだから」

ジュリアが口を尖らせて抗議する。

「ジュリア、いいんだよ。僕も勉強になる」

ジェイクはそう言いながら迷っていた。

果たしてこの場で、自分の決心を伝えるべきだろうか。ザイツェフの話を聞けばなおさら、火に油を注ぐ結果になるような気がする。でも、今言わなければ益々言いづらくなるのはわかっていた。

「あの、今日は僕のために本当に感謝しています。実はみなさんに聞いていただきたいことがあります」

改まった口調に、全員の視線がジェイクに集まった。

「これは、養父(とう)さんや養母(かあ)さんにも相談してはいなかったのですが………」

ルイーザと目が合った瞬間、彼女の顔色が変わった。

息子の深刻な表情に気づいて、何を言おうとしているかを瞬時に理解したようだ。だからこそ咄嗟に口を挟もうとする養母を遮って、ジェイクは話を続けた。

「僕は、この家を出ようと思います」

突然出た予期しない言葉に、部屋の空気が凍りついたように静まり返った。

食事をする手が止まり、全員が息を呑む様子が伝わって来る。

「どうして！　ねえ、どうして出て行くの？」

最初に口を開いたのはジュリアだった。

その声は戸惑い以外の何ものでもなかった。

「この八年余りの間、孤児だった僕をここまで面倒見てくれたことに、ほんとうに心から感謝しています。でも、いつまでもみんなの厄介になっているわけにはいかないと思うんです」

「厄介だなんて……ジェイク、あなたは心得違いをしていますよ」

ルイーザは取り乱しそうになる自分を抑え、いつもの優しい口調で続けた。

「あなたは私たちにとってかけがえのない子どもなのよ。アドルフやジュリアと何ひとつ変わらない大切な子なの」

「ありがとう、養母さん。よくわかっています」

「だったら……」

「養父さん、養母さん、そしてアドルフとジュリア、みんなは僕にとってかけがえのない家族です。家族を知らなかった僕にその絆を教えてくれた。幸せな時間を与えてくれた。ほんとうに感謝しています」

「だったらなぜ出て行くなんて言うのよ」

ジュリアの顔は今にも泣き出しそうだった。

「ジュリア、聞いておくれ。僕は今、自分自身がどうあるべきなのかわからないんだ。このままみんなの善意に甘え続けて、果たしてほんとうに自分の人生を過ごしていると言えるのか。何か違うのではないか……、ずっとそう思って来た。でもその一方で、そんな考え自体、間違っているのではないか……」

「そうよ、ジェイクは間違っているわ！」

ジュリアが、今度はほんとうに泣きながら声を張り上げた。

「そうかも知れない。僕自身、正直言って混乱しているんだ。でも……だからこそ、この機会に自分を見つめ直してみたいんだ。養父さん、養母さん、勝手な我が儘を言ってごめんなさい。でも、どうか許して下さい」

ジェイクは俯いたまま頭を下げた。

言うべき言葉が見つからず誰もが口をつぐんでいると、

「おまえがそう決めたのなら好きにすればいい」

ガルシェスクが眉間に皺を寄せ不機嫌な声で言い放った。

怒りを含んだ投げやりな言い方だ。

その声にジェイクは項垂れるばかりだった。

「ただし、この家を出て行く以上、おまえはガルシェスク家とは………」

「あなたはずっと私たちの子よ！　ジェイク」

夫の言葉を遮って、ルイーザがジェイクに歩み寄った。

ガルシェスクは妻に話の腰を折られ、苦虫を噛み潰したような表情を浮かべた。

「あなたがこの家に来た次の日、私が言ったことを憶えているわね」

「(はい)………」

ジェイクは黙って頷き、ポケットから几帳面に畳まれた一枚の紙を広げて見せた。

「(！)それは……」

「僕が聖アンドレッジオ養護院から引き取られる時の写真です」

ホルン新聞の色褪せた一枚の記事だった。

そこには小さなみすぼらしい孤児と、その子を抱きしめるガルシェスクの姿が写っていた。幾度となく広げては畳んだと思われる痕が、今にも千切れそうな折り目からうかがわれた。

「あの時、養父さんと行った記者会見でホテルのボーイからもらったんだ。辛いことや悲しいことがあるたびに、いつもこの写真を見て自分を元気づけて来た。いつでも養父さんの温もりを思い出せたから……」

「ジェイク、……」

ルイーザの目が見る見るうちに涙で潤んだ。

ガルシェスクは写真から敢えて視線を逸らした。

「あの日ホテルから戻った僕が、初めて〝養母さん〟と呼んだ時のこともはっきりと憶えているよ。養母さんもあの時、力一杯僕を抱き締めてくれた。そして、私の可愛い坊やと言ってくれたね」

「ええ、そうよ。あなたは今でも私の可愛い坊や」

「私たちは……ずっと一緒とも言ってくれた……」

ジェイクもとうとう涙を堪えきれなくなった。

「あの時、あなたはまだこれくらいしかなかったのよ」

ルイーザが自分の胸の辺りを指してふたたびジェイクを抱き締めた。

今では逆に、彼女の顔がジェイクの胸の辺りにあった。

「離れ離れになっても、私たちの絆はつながっていますからね」

「ありがとう、養母さん」

その様子を見て、ガルシェスクも言い掛けた言葉を呑み込まざるを得なかった。

ホッブス・ザイツェフは涙を落とすまいと天井を見上げ、傍らの夫人はハンカチで涙を拭った。

「ジェイク、おめでとう！　君の新たな人生の門出を祝って乾杯をしようじゃないか」

アドルフが冷めた笑みを浮かべてグラスを掲げた。

「ありがとう、アドルフ」

「それからおめでたついでに、僕からもみなさんに報告したいことがあります」

今度は満面の笑顔で一同を見まわす。

「次はアドルフか。何とも大統領一家は報告好きが揃っているようだ」

ザイツェフが鼻を啜りながら苦笑いを浮かべ、ガルシェスクに視線を向けた。

「アドルフ、おまえも家を出るなどと言うのではないだろうな」

「父さん、ご心配なく。僕は父さんの下でもっと帝王学を学ぶつもりですから」

息子の返事にガルシェスクは満足気に頷いた。

「僕がみなさんに報告したいのは、私ことアドルフ・ガルシェスクはポーラ・ザイツェフと婚約をしたということです」

アドルフの突然の発表で一同の視線が、彼に、そしてポーラに集中した。

「ほんとうかい？　ポーラ」

兄のクライスが呆気にとられている妹の顔を覗き込んだ。

アドルフはポーラに歩み寄ると彼女を席から立たせ、そのまま優しく口づけをした。その様子があまりに自然な仕草に見えたので、それがふたりのファーストキスだとは誰も思わなかった。

「ポーラ、ほんとうなのね？」

ザイツェフ夫人が興奮して、となりの夫の腕を何度も揺すった。

ポーラがはにかみながらこくりと頷くと、

「これはめでたい！　ルシュトフ！　ザイツェフ家とガルシェスク家が一緒になれば、アルドニア共和国の政治経済は傘下に治められたようなものだ」

ホッブス・ザイツェフも両手を広げ、喜色満面で歓びを露わにした。

「ホッブス、私もふたりの婚約には大賛成だ。それにしてもアドルフ、いつの間に決めたのだ？」

「僕らの気持ちはずっと以前から決まっていましたよ。そうだね、ポーラ？」

父親の質問に、アドルフはポーラへ問い掛けることで答えた。

今度も彼女は恥かしそうに頷いて見せた。

「もっとも僕らは結婚するにはまだ若過ぎます。それにふたりともやらなければならないことがたくさんある。僕はサンティエール大学で経済学を学び、卒業後はバンク・オブ・ザイツェフで銀行実務も経験したい。そしてそれらの経験を活かし、いずれは父さんの跡を継ぎたいと思っている」

アドルフは自らの夢を誇らしげに語って聞かせた。

「実に素晴らしいぞ、アドルフ。大学卒業後のことは私に任せなさい。クライスと同様、君をバンク・オブ・ザイツェフの取締役に迎えることを約束しようじゃないか。その後は数年も経たないうちに、アルドニア屈指の銀行家という肩書きをもった若き大統領の誕生だ」

ザイツェフが興奮の面持ちで捲し立てた。

「ホッブス、そんなに早く私を引退させたいのかね？」

ガルシェスクが満更でもない表情で皮肉を口にすると、部屋中が笑い声で溢れた。

「しかしポーラと結婚するとなれば、君は僕の弟ということになるんだ。アドルフ、これからは兄への気遣いも忘れてもらっては困るぜ」

クライスがアドルフを指差して注文をつけると、

「もちろんです、心優しいクライスお兄様」

慇懃に一礼するアドルフに、テーブルは再び笑い声に包まれた。

その輪の中でジュリアだけがひとり淋しく俯いていた。兄とポーラの婚約は嬉しかったが、それ以上にジェイクがこの家を離れることが彼女には受け入れられなかった。

八年余り前の寒い冬の夜、突然目の前にあらわれた少年は、兄と同い年でもまったく違った印象を彼女に与えた。それでも物怖じしない性格から新しい義兄(あに)とすぐ打ち解けることができたが、それも今思えば、彼がどんな時でも優しく自分を受け入れてくれたからだった。そんな大切な人が、もうすぐ目の前から居なくなろうとしている。

これまで義兄として一緒に過ごしながら家族への思慕とはどこか違う、生まれて初めて経験する感情が彼女の中に芽生えていた。家族という絆の建前で抑えられていた慕情が、目の前から居なくなるという現実でより鮮明なものとなった。

ジュリアは賑やかな歓談の輪の中からそっと席を立つと、まだ寒気の残るバルコニーに出て自分の気持ちを静めようとした。だが、冷たい夜気にあたっても募る追慕の想いは抑えられず、止めどなく涙が溢れるばかりだった。

「ジュリア、どうしたんだい？　こんなところにひとりで」

いつの間にかクライスがすぐ後ろに立っていた。

「ごめんなさい、少し暑かったものだから」

クライスに悟られぬよう涙を拭った。

「わかるよ。僕も若いカップルの突然の誕生に当てられっぱなしだ。それにしても驚いたな。いつの間にふたりはあんな仲になっていたんだろう」

「私も驚いたわ。でもポーラはずっと兄のことを好きだったみたいだし、ああ見えて兄だって前からポーラを気にしていたもの。ほんとうによかったわ」

「相思相愛ってことか。でもアドルフのことだ、きっともっと先のことを考えているよ。父の言うとおりザイツェフ家とガルシェスク家が姻戚関係になるんだ、こんなに大きな後ろ盾はないからね」

ほくそ笑むクライスにジュリアは違和感を覚えたが、

「でも、ジュリア……」

いつにない熱い視線を向けられて反論の言葉を呑み込んだ。

「ふたりが結婚すれば君と僕は義理の兄妹ということになるが、僕は君の義兄になる気はないよ」

「えっ⁉　………」

「僕は両家の後ろ盾なんか関係なく、ジュリア、君のことを愛している。ずっと以前から君のことが好きだったんだ。だから僕と結婚して欲しい」

「！　………」

予想もしていなかった突然の申し出にジュリアは言葉を失った。

「もちろん僕らも若いし結婚はまだまだ先の話だけど、僕の気持ちは何年経っても変わることはない。上流社会で育った僕らにはお互いにわかり合えることがたくさんある。そうだろ？　ジュリア」

同意を求めながら当たり前のように口づけを迫った。

「クライス、待って……駄目よ、そんな……お願い、待って」

ジュリアはクライスの腕の中で必死に顔を背けた。

「僕のことが嫌いなのかい？」

「そうじゃないの。突然のことだし、それに私はまだ結婚なんて考えられないもの」

「……わかったよ、ジュリア。いきなりこんな話をしてすまなかった。でも、僕の気持ちはわかってくれるね」

クライスの顔がすぐ目の前にあった。

幼馴染の真剣な気持ちを傷つけたくなかったジュリアは、強引なクライスの腕の中で黙って頷くしかなかった。身を固くして俯いたままでいることが彼女にできる精一杯だったが、それでも頭の中は依然としてジェイクのことしか考えられずにいた。

一方、ジェイクはそっと席を立って行ったジュリアのことが気掛かりだった。突然の婚約発表で盛り上がるテーブルを離れると、どう自分の気持ちを伝えようかもわからぬままに彼女の後を追った。アドルフのように大袈裟に愛の告白などできようはずもなかったが、せめてひと言だけでも正直な自分の気持ちを伝えておきたい。たとえそれが叶わぬものであってもそうすべきだと思えたのだ。

ところがバルコニーで彼の目に飛び込んで来たのは、想像もしていなかった残酷な光景だった。静かな夜気に包まれたジュリアとクライスの仲睦まじい姿に、見てはいけないものを目にしてしまったと今更ながら後悔した。

やはりこの家を出て行く決心は正しかったのだと自分に言い聞かせ、ジェイクは胸奥に救いようのない痛みを感じながら静かにその場を後にするのだった。

2

一九三九年九月

大統領官邸会議室は重苦しい雰囲気に包まれていた。部屋には急遽招集された閣僚たちが何事かと一様に緊張した面持ちで待機していた。

最後にガルシェスクが入室して中央の席に座ると、
「本日、イギリスとフランス両大使館から、両国が九月三日ドイツに対して宣戦布告を行ったとの通告がありました。本件については、既に両国に駐在する大使からも同様の外電が外務省に届いております」

会議開始の合図もないまま大統領補佐官がいきなり本題に入った。

緊急事態として事の重要性を全閣僚に伝えるため、ガルシェスクが補佐官にそう指示していたのだ。今朝一番に外電の報せを受けた時、すぐさま臨時閣議を開いて政府首脳の危機感を煽る必要があると考えたからだ。予てからの重要な計画を前倒しするのが狙いだった。

だが、外務大臣はその件かと訳知り顔を見せるだけで、まるで肩透かしを食ったような様子だ。他の閣僚もそれまでの緊張感から解放されたように呆けた表情を浮かべている。

戦争勃発を対岸の火事程度にしか認識できない彼らには、このことでアルドニア共和国が脅威に晒されるという発想はまったくなかった。

「まさか本気でイギリスとフランスがドイツに宣戦布告するとは、ヒトラーも今頃は少々やり過ぎたと後悔しているのではないですかな」

国防大臣が暢気な物言いで口を開くと、
「ナチスの台頭以来、ラインラント進駐、オーストリア併合、チェコのズデーテン割譲とドイツの領土拡張政策は目に余るものがありますからな。それに加えてダンツィヒの要求です。恐らくヒトラーはこれをポーランド侵攻の口実にでもするつもりでしょう。英仏両国の堪忍袋の緒が切れるのも当然ですな」

外務大臣はいつも役人からレクチャーされていることを、まるで自分の分析のように自慢げに披露した。

すると、黙って聞いていたガルシェスクがおもむろに口を開いた。

「諸君、ここで非常事態に対する感想を述べ合って一体どうするつもりだ！」

荒立った語気に両大臣はもちろん他の閣僚までが唖然とした。

「英仏両国が宣戦布告をしたとなれば事態はこれまでとはまったく違った展開を見せることになるのだぞ」

そう言われても、集められた閣僚たちには何のことかさっぱりわからない。

「ドイツ軍がポーランドの首都ワルシャワを目指し国境を越えた時点で、チェンバレン首相が推し進めてきた宥和政策は破綻したと言わざるを得ないのだ。危うい均衡の中で何とか平時を保ってきたような、そんな幸せな時代は終わったということだ」

ガルシェスクは苛立ちを隠そうともせず言い放った。

「ですが大統領、いくらヒトラーでも英仏を相手に本気で戦争などするものでしょうか。結局最後は、昨年のミュンヘン協定のようにどこかで折り合いを付けて収束すると思いますが」

どこまでも楽観的な外務大臣が発言すると、

「ポーランドにはあの歴史ある勇猛果敢な騎馬部隊が存在しますからな。そこに英仏の軍事的支援が加われば、ドイツもそう易々とはポーランドを侵略などできんでしょう」

国防大臣も外務大臣と同様の考えだった。

大方の閣僚たちもいちいち頷きながら笑みを浮かべ、中にはとなりの同僚と雑談を始める者までいた。

ガルシェスクはどこまでも能天気な閣僚たちに呆れ果て、

「諸君の楽観論は一体何を根拠にしているのだ。ダンツィヒの要求がポーランド侵略の口実などと、そんな表層的な解釈ですべてを説明するつもりなのか、外務大臣！」

閣僚たちの気を引くよう敢えて声を荒げた。

「い、いえ、大統領……しかし、他にどのような……」

「ダンツィヒは諸君も知ってのとおりドイツ本国とドイツ領東プロイセンを分断するポーランド回廊に位置する都市だ。しかもバルト海に面したこの都市は形式的にはヴェルサイユ条約によって国際連盟の管理下にある」

ここまで言ってガルシェスクは閣僚たちの反応を待ったが、誰も話の意図するところがわかっていないようだった。

「もっとはっきり言おう。ヒトラーの真の狙いは、ヴェルサイユ条約によってドイツに犠牲を強いている秩序を破壊し、逆にドイツがヨーロッパ全土を支配するという新たな秩序の構築にあるのだよ」

閣僚たちには飛躍し過ぎた話に聞こえたが、それでもガルシェスクの真剣な表情に徐々に危機感が高まって来る。

「チェンバレン首相はソ連を意識するあまり、これまでドイツに対して寛容であり過ぎたのだ。ヒトラーはそこにつけ込んで英仏両国から譲歩を勝ち取り、一方で先月（八月）にはソ連と不可侵条約を締結した。とどのつまり英仏の対独宥和政策は、握手しながらもう一方の手で頬を殴られるという結果に終わったに過ぎんのだ。

ソ連との不可侵条約で東の脅威から解放されたヒトラーは、ポーランドを足掛かりにして更に西方へと侵攻するだろう。奴の視界には大地に広がる葡萄畑とドーバー海峡の先にある大時計までもが入っているに違いない」

ここまで聞いて、閣僚たちも自分たちが置かれた状況をようやく理解し始めた。

ヨーロッパ支配を目指すドイツへの宣戦布告は、再び欧州全体を戦火の渦に巻き込む危険を孕んでいる。前（さき）の大戦では一、六〇〇万人もの人々が戦死し、戦傷者は二、〇〇〇万人以上にものぼった。戦場となった街はその大半が焼け野原となったのだ。

「大統領、ヒトラーの野望はよくわかりました。しかし、先程も申し上げたとおりポーランド軍の力も侮れませんし、そこに英仏の軍事力が加われば勝負の帰趨は自ずと明らかなのではないでしょうか。ドイツ一国を潰すのにそう時間が掛かるとも思えませんが……」

国防大臣が自らのプライドに懸けて戦況の行方を予想した。

やはりこの男に国防は任せられない、とガルシェスクは改めて痛感した。

「国防大臣、近代戦争は勇猛果敢だけでは通じはせんのだ。ドイツがナチス政権樹立後、どれだけの軍事力強化を推し進めてきたか君も知っているはずだ。重戦車を中心とした装甲部隊へ騎兵突撃を試みるなど時代錯誤も甚だしい。前の大戦で既に時代遅れだった兵力が、ドイツの圧倒的な火力に太刀打ちなどできるものか。

仮に大国英仏がポーランドに応援部隊を派兵しようとしても、時、既に遅し。ドイツは装甲部隊と空軍兵力を連携させた電撃戦で、恐らくひと月も経たぬうちに勝利を手にするだろう。その勢いのまま、やがて意気揚々とゲルマン民族が凱旋門を行進することになる」

ハーケンクロイツ（鉤十字）の旗の靡く様が、閣僚たちの脳裏を過ぎった。

「そのリスクを承知しているからこそ英仏の動きも鈍いのだ。チェンバレン首相にいたっては未だに水面下できな臭い動きをしているという噂まである。三年前に会った時の印象そのままだ」

ガルシェスクは苦虫を嚙み潰したような顔だ。

西ヨーロッパを外遊し各国首脳と国際情勢について意見を交わした時、初対面のチェンバレンは絵に描いたような英国紳士で平時の調整能力には長けても、有事の危機管理を任せるには心許ない印象だったのを思い出す。

更に駄目を押すように、ガルシェスクは自らの情勢分析を披歴した。

「諸君は今、ドイツ一国のみに目を奪われているようだが、イタリアの存在を忘れてはいまいか？」

何名かの閣僚から「あっ！」という声が上がった。

「地中海はほとんどがイギリスとフランスの支配下にあるではないか。お膝元のイタリアはせいぜいシチリアやサルディニアといった島々を有しているに過ぎない。西進するドイツに英仏が手を焼いている間に、ムッソリーニが虎視眈々と地中海の覇権を奪おうと考えても何の不思議もなかろう」

ガルシェスクは畳み掛けるように閣僚たちへ追い討ちを掛ける。

「そればかりか不可侵条約でドイツの脅威を払拭したソ連の存在も忘れてはならんぞ。長らく続いた大粛清で国家機能そのものが麻痺し、首を突っ込んだスペイン内戦では支持した共和国政府がフランコ率いる反乱軍に敗れる結果となった。

まさにソ連の国力はどん底の状態でスターリンも相当焦っているはずだ。そんな共産主義者が西側陣営の対立を見逃すはずがあるまい。この機に乗じて共産主義を売り込むため領土拡大の野心を剥き出しにして、バルト三国はもとより東欧へ侵攻を開始するに違いないのだ」

次から次へと繰り出されるガルシェスクの悲観的な展望に、閣僚たちの顔はこの部屋に入って来た時以上に沈痛な表情になった。

「国益保持という大義名分の下、争いが次の争いを呼び、それが連鎖となって局所的な戦争はやがてヨーロッパ全土を巻き込んだ大戦となる」

もはやこの会議室に大戦争が目前に迫っていることを疑う者はひとりもいなかった。

「英仏独ソ、彼ら大国からすればアルドニア共和国など取るに足らぬ存在だ。巨象に踏み潰される蟻の如く、その気になればいとも簡単に滅ぼされてしまうだろう。この危機的な状況に我がアルドニア共和国はどう対処すべきか、諸君の考えを聞きたい」

ガルシェスクは鋭い視線で閣僚たちを睨め回し、その反応を待った。

予想したとおり全員が俯いたままで誰からも発言はなかった。

「では、私の考えを伝えよう」

ガルシェスクはことさら威厳のある声を発し、いよいよ計画を実行することにした。

すべての閣僚が緊張の面持ちで次の言葉を待った。

「幸いにして我がアルドニア共和国は中央ヨーロッパの弱小国に過ぎない。相手にされない分、直接的な戦禍を被るとしてもまだ先の話だ。従って、それまでの間にあらゆる手段を使って戦況分析を行う。戦争当事者の対立軸、どちら側に付けば国を存続できるかを見極めるのだ。国際正義やイデオロギーなど振りかざしていては我々が生き残ることなど到底できはしまい」

虚空を見つめたまま諭すような口振りだった。

英仏にパイプをもつガルシェスクにも関わらず勝ち馬に乗るという日和見的な考えだったが、大国同士の戦争に巻き込まれれば仕方のないことだ。

閣僚たちにもこの考えに異論を唱える者はいなかった。

「続いて有事に備える国防体制だが、まず国防大臣！　先程のような浅はかな考えでは国の行く末を誤りかねん。従って、本日付を以て君を解任する。部外者は即刻この部屋から退室したまえ。今後は国防軍を大統領の直属とし、指揮命令はすべて私が行う」

国防大臣は何も反論できなかった。

自分に向けられる哀れみの視線を感じながら静かに会議室を後にするしかなかった。

「先程、戦禍は先だと言ったが………」

「（まだあるのか⁉）………」

次は自分の首が飛ぶのではと閣僚たちの頭に不安が過ぎった。

「時間は待ってはくれぬ。集めた情報から迅速かつ的確な政策を打ち出さねばならない。そのためには法改正や新たな法案の承認など、今までのように煩雑な国会手続きを経ていたのでは到底間に合うまい。従って、今後は法体系の根幹を成す憲法を除き、すべての立法権限を大統領の専権事項とする。詳細は後ほど配る大統領特別権限法（案）のとおりだ」

「えっ⁉　………」

思わず閣僚たちから驚きの声が上がり、会議室が俄かにざわめいた。

ガルシェスクは軍の統帥権ばかりでなく立法権まで自ら掌握すると言う。立法府としての国会の権能が骨抜きにされることには、さすがに閣僚たちの頭の中で政治家としての警戒音が鳴り響いた。

「大統領、お考えの趣旨はよくわかりますが、特別権限法は少々行き過ぎではないでしょうか。我が国はアルザイヤ王朝の時代から今日に至るまで、そのような前例は一度もありませんし………」

法務大臣の口振りは国防大臣の二の舞を避けるように遠慮がちだった。

ガルシェスクは皮肉交じりの笑みを浮かべ、発言の主をひと睨みすると、

「では尋ねるが、共和国樹立後に起案された多くの法案はすべて私が関わったものではないかね。その内ひとつでも国のためにならぬものがあっただろうか？　逆に、主管大臣として君が手掛けた法案があれば遠慮なく言ってみたまえ」

蔑んだ冷ややかな口調で答えを催促した。

法務大臣は二の句を告げられず、何の弁解もできなかった。ただ汗の浮かぶ首筋を押さえ、御役御免だけは免れたいと俯くしかなかった。

この場に居合わせた誰もが大統領への権力集中に不安を覚えたが、自ら進んで被告席に座るような

真似はしなかった。

「他に意見のある者はいるかね？」

ガルシェスクの威圧的な問い掛けに会議室は静まり返り、この瞬間に大統領特別権限法は自動的に閣議決定とされたのである。

国会の場では専制君主さえも超越したような大統領への権力集中に異論を唱える議員もいたが、保身に走る大臣たちの必死の裏工作が功を奏して、最後は圧倒的な賛成多数で大統領特別権限法は可決されたのだった。


ガルシェスクが政界に進出して八年余り、アルザイヤ王朝を倒し共和国を樹立してから既に三年が経過していたが、国家の権能を独占し独裁国家を樹立するという彼の遠大な計画は大統領特別権限法の制定によって見事に達成された。

ガルシェスクは自分こそが〝選ばれし者〟であるという実感に酔いしれながら、大統領執務室でひとり感慨に浸った。

三百年の昔、混乱のアルドニアを平定した最大の功労者にも関わらず、その支配を縁戚に譲らざるを得なかった遠い祖先、その彼らに報いることができたばかりか、貴族制度の廃止で十二代当主の我が代に平民に貶められるという屈辱もようやく払拭できたのだ。

その最大のきっかけとなったのは、初代シュリウス・ガルシェスクの時と同じ戦争という人類ならではの愚かな行為だった。

だからこそガルシェスクは思う。自分は決して祖先のようにはならない。一度手にしたものを断じてこの手から離しもしない。それどころか、この戦争を利用して更に磐石な国家を造り上げて見せようではないか——と。

ガルシェスクの脳裏に忍び寄る軍靴の音は次第にその強さを増して、まるで自分を鼓舞しているかのように聞こえるのだった。


——今にも死にそうにハアハア息を切らした小太りの男が、ビルの薄暗い階段を上っていた。二ヶ月ほど前、三年振りに訪れた労働会館には相変わらずエレベーターが設置されていなかった。

四階にある全国労働者連盟（全労連）事務局の前で、小男は三白眼を瞬きながら大きく息を整えた。額の汗を拭うと——三年前とは違い——しっかりとドアをノックする。

中から二十歳くらいと思しき青年が顔を見せると、

「これは、これは、こんにちは。入っても宜しいですかな？」

探るような目付きで許可を求めた。

「コストノフさんでしたね、少々お待ち下さい」

青年の態度はどこか冷ややかだった。

そのまま一旦中へ姿を消すと、しばらくしてようやく部屋へ案内された。

二ヶ月前にも感じたことだったが、事務局の様子はメンバーの顔触れが若返ったせいか活気に満ち溢れ、慣れ親しんだ三年前とはまるで雰囲気が違っていた。

「コストノフさん、こう何度も足を運ばれても私の考えは変わりませんよ」

奥からあらわれた長身の男はいかにも迷惑そうな顔をしていた。

「これはフェレンツ議長、お忙しいところ申し訳ございません」

コストノフは目の前にあらわれた男が大嫌いだった。

初めて会った時のその清廉潔白過ぎる人柄に、思わず虫唾が走ったのを今でも覚えている。それに引き換え前議長のゴードンはよき相棒だったと懐かしささえ感じた。

残念ながらそのゴードンは他の幹部とともに既に全労連を除名されていた。三年前の共和制移行時に発生した国内騒乱で無用に労働者を煽動した責任を問われたのだ。

しかも違法な買春行為まで暴露された彼らは、まったく言い逃れできぬまま甘美な〝天使の小部屋〟から冷たい〝鉄格子の汚部屋〟へと投獄されていた。

この目を覆いたくなる醜聞に全労連内部から改革の声が上がり、その中心となったのがフェレンツだった。インテリ風の黒縁メガネは猛者が集まる労働組合には不釣合いの印象を与えるが、その奥に光る聡明な目の輝きは十分すぎるほど意志の強さを感じさせた。

三十六歳という若さで全労連支部長の任に就いていた彼は、権利意識に固執することなく物事の本質を見抜いたバランス感覚に富む組合活動を行い、その仕事ぶりは常に公明正大だったので誰から見ても全労連建て直しには打って付けの存在だった。

「大体あなたがなぜこれほどまで全労連の活動に関与したがるのか、私にはまったく理解できないのですが」

コストノフに対峙したフェレンツの目は猜疑心に溢れていた。

「いや参りましたな、フェレンツ議長。私は三年前のこともあり何とか皆さんのお役に立ちたい、その思いだけでこうして足を運んでいるのです。他に他意などありませんよ」

コストノフが引きつる頬を隠すように愛想笑いを浮かべる。

「確かに三年前の税制改正では、全労連へ政府筋の情報を届けていただいたと聞いています。お蔭で逸早く反対行動に打って出ることができた」

「そうなのですよ。あのまま上手くすればこの国の労働者の権利はきっと守られた、と私は今でもそう信じています。それがゴードン議長をはじめ当時の全労連幹部の暴走で流血事件にまで発展するとは……、お蔭でなし崩し的に税制改正が成立し国家の体制までが変わってしまった。あの時、もう少し私がしっかりしていればと今でも内心忸怩たる思いで一杯なのです」

コストノフは大袈裟なほど無念の表情を浮かべて悔しがった。

その様子をフェレンツは冷ややかに見つめた。

「解せないのは、あのゴードン議長らがなぜあれほどまで無節操なストライキ続行の決定を下したのか。暴露された不道徳な振る舞いも含め、どうも私には理解ができません。彼らの背後に別の黒幕がいたとしか思えないですね」

コストノフはこの青年議長にすべて見透かされているような気がした。

「黒幕とは、これはまた随分と小説のようなことをおっしゃる」

「事実は小説より奇なり、と言いますからね」

「なるほど。しかし、黒幕というのは案外と自分の中にあるものですよ。誰でも心の中には陰と陽があり、影の部分が勝れば人は信じ難いことも行ってしまうものです」

その時、誰かが背中を押せばなおさらだが、とコストノフは付け加えたかった。

「いずれにしても陰と陽の狭間で苦しむのは人間の性でしょう。時にその苦境から逃れるために人は過ちを犯すことがある。そうならないためにも私からの提案を前向きに考えてはいただけないでしょうか？」

コストノフは話を本題に戻すと、

「全労連と財界が二輪となって同じ方向に進む、これこそがこの国の経済発展と労働者の幸せを実現する近道だとは思われませんか？」

「あなたのおっしゃることはわかりますが、この国の労働者は未だ権利を保証されているとは言い難く非常に弱い立場です。決して資本家や経営者と対等ではありませんよ。大きさの違う車輪が対になっても車は動きません。形式的に労使が手を結んでも将来に禍根を残すだけだと思いますがね」

「だからこそフェレンツ議長にその架け橋となっていただきたいのですよ。是非、政治の世界で思う存分に力を発揮していただけませんか？」

「コストノフさん、何度もお断りしているように私は政治家になるつもりはまったくありません。他に全労連議長としてやるべきことが山ほどあるのです」

フェレンツはどこまでも頑なだった。

　コストノフは思うようにならない展開に業を煮やし、

「ここまでお願いしても駄目だとなると致し方ないですな。それにしてもガルシェスク大統領はさぞ残念がることでしょう」

　溜め息混じりに最後の切り札を口にした。

「!?　………」

　大統領の名前を聞いて驚きの表情を見せるフェレンツへ、

「今度のことはガルシェスク大統領直々の話だったのですよ、ひっ、ひひ」

　もったいぶるような言い回しで告げると、更に相手の表情をうかがった。

　フェレンツはこの時初めて、今まで抱いていた疑念が解けたような気がした。

　その時、部屋の奥に椅子を蹴り倒して立ち上がる者がいた。

「コストノフさん、今すぐ出て行ってくれ！」

　突然の怒鳴り声にコストノフは度肝を抜かれた。

　慌てて目を転じた先にいたのは、最初に応対してくれたあの青年だった。

　顔を紅潮させ怒気を含んだ目でこちらを睨んでいる。

「どうしたんだ、いきなり大声を上げて」

　フェレンツもこれほど取り乱した彼を見るのは初めてだった。

　青年は天井を見上げ必死に怒りを静めようとしていた。

「コストノフさん、大変失礼しました。ですが今日のところはどうぞこのままお引き取り下さい」

そう言って、フェレンツは目の前の客に席を立つよう促した。

「仕方ありませんな、わかりました。今日はどうも雲行きが怪しいようですから、これでお暇するとしましょう。実は、今夜は是非とも議長と一献傾けたいと店の予約もとっていたのですが……」

このひと言に、今度はフェレンツの顔色が一瞬にして変わった。

「やめて下さい！　私はゴードン議長とは違います」

不愉快だと言わんばかりに背を向けてしまった。

仕方なくコストノフは誰の見送りもないまま事務局を後にした。

果たしてあの男は黒幕が俺様だと気づいているのか？　だったらなおさらのこと奴をこちら側に引きずり込んでやろうではないか。いくら清貧に甘んじる廉潔の徒を装っても、一皮剥けばどんな本性を曝け出すか。色が駄目なら金に物言わせてもしっかりとこの目で見届けてやる。砂糖の嫌いな働き蟻など見た試しがないわ！

労働会館ビルの階段を下りながらコストノフは引きつるような笑みを浮かべた。


「吃驚したぞ、いきなり大声を上げるなんて君らしくないじゃないか。一体、どうしたのだ？」

フェレンツは心配そうに若者を気遣った。

「……すみません、コストノフさんがあまりしつこかったので、つい……」

「つい？　本当にそれだけなのか？　無理にとは言わないが、何かあるなら遠慮しないで言ってくれよ」

青年は微笑みながら自分を気遣ってくれるフェレンツに、この人なら話を聞いてもらいたいと思った。

「僕は、議長に大統領とは関わって欲しくなかったんです」

「!?　…………」

フェレンツは目の前にいる青年が、なぜそんなことを言うのか不思議に思った。

この若者との出会いは二年前に遡るが、建設労連の支部長から面白い男がいるから会ってみないかと誘われたのがきっかけだった。

聞けばその若者は学歴もない現場作業員だったが、誰よりも真面目な仕事振りから若いにも関わらず他の作業員のまとめ役となっていた。ある時、その建設現場で元受会社の責任者と下請け作業員の間で諍いが生じ、間に入ったこの青年が見事に責任者を論破してその場を収めたという。

興味を持ったフェレンツはその若者と会って、ひと目で彼を気に入ってしまった。

翳りのある瞳は彼が言うロマ族の生い立ちからかも知れないが、その一方で大きな夢に向かって努力を惜しまない意志の強さを感じさせた。

経済的余裕もないのに社会人聴講生として大学の講義に参加するなど、彼には同世代の若者にはない貪欲な頼もしさがあった。会話の中で感じられる知性も知識の吸収力と能力の高さのあらわれだろう。

フェレンツは前任のゴードンから全労連議長を引き継いだばかりで、自分の支えとなる優秀な人材を必要としていた。そしてこの若者ヤン・デロイこそまさに打ってつけの人材だと確信し、全労連事務局のスタッフとして雇い入れたのだった。

「なぜ大統領と関わって欲しくないのだい？」

その理由を確かめる必要があると思った。

ヤンはどこまでも澄んだ目で自分を見つめるフェレンツに、デロイ一家とガルシェスク家の関わりをぽつりぽつりと話し始めた。

ロマ族として流浪の旅を続けた祖先がルフトヤーツェンにあるガルシェスク家の領地で牧童の職を得て暮らして来たこと、そこを安住の地としたもののその日々は虐げられたものであったこと、しかも三年前にはガルシェスク家の息子に仕掛けられた罠で一家は追放され祖先と同様に流浪の身となったこと等々、今まで誰にも話したことのない悲しい過去を静かに話し始めた。

とりわけ追放後の無理がたたって父親が死んだことに話が及ぶと、ヤンの目からはとめどなく涙が零れ落ちた。苦労ばかりだった父親の人生を子どもながら哀れに思い、民族や貧富の差が生み出す人の世の悲劇を肌で感じて来た怒りがそこにはあった。

話を聞き終えたフェレンツは何も言わずにただ黙ってヤンの身体を抱き締めた。どんな慰めの言葉より、今はこうして悲しみに震えるヤンの身体を包み込んでやりたかった。

この青年は世の中を変えたいと必死にもがいている。彼の憂いと強さの源はここにあったのだ。

「厭なことを思い出させてしまってすまなかったね」

フェレンツは落ち着きを取り戻したヤンに心から詫びた。

「いいんです、議長。僕も誰かに聞いて欲しいと心のどこかで思っていたのかも知れません。ひとりで背負い込んで来たものがようやく晴れて、何だかすっきりしました。聞いていただいてよかったです」

ヤンの顔に笑顔が戻っていた。

「ところでヤン、君のお蔭で私も自分の考えが正しいと自信が持てたよ」

「どういうことですか？」

「さっき、私がコストノフにゴードン議長とは違うと言ったのを聞いていただろ？」

「ええ、フェレンツ議長はあんな買収じみた誘いに乗る人ではないですから」

「そのとおりだよ。でもあの男は確かに私を取り込もうとしている。ゴードン議長の時と同じようにね」

「ゴードン議長の時と同じように？」

「そうさ、ゴードン議長はあの男に嵌められたのだよ。奴が黒幕だったに違いない」

「黒幕⁉　………」

コストノフが信用のならない胡散臭い人物だとは感じていたが、何のためにそんなことをするのか理由がわからなかった。

「今日、コストノフの口からガルシェスク大統領の名前が出た時ひょっとしたらと思ったが、君の話を聞いて大統領の人間的な本質が垣間見えて確信したよ」

「どういうことですか？」

「三年前の労働争議は当時キリエンコ首相が遺体で発見された時に収束するはずだったのだ。ところが増税を仕掛けた張本人はアルザイヤ十三世だと、突然ゴードン議長が言い出してストライキを続行させた」

「そんなことがあったんですか」

「ああ、恐らくゴードン議長たちの買春行為もコストノフのお膳立てだったのだろう。それを脅しの材料にして事実と違った情報を流させたに違いない。折しも国王はイギリスへ出立していたから亡命と言われれば辻褄が合った」

「そんな……」

身近に接した人間がそんな悪巧みの張本人だったことに、ヤンは空恐ろしさを感じた。

「だがコストノフも黒幕ではあるがチェスのひと駒に過ぎないと思う。その後ろにはもっと大きな巨悪が存在している」

「ひょっとして、それは……」

「そう、ガルシェスク大統領だ。コストノフの口から名前が出たことですべてがつながったよ。共和国の樹立と大統領の座を手に入れる用意周到な罠を張り巡らせたのさ。しかもついこの間、大統領特別権限法まで制定してすべての国家権力を握ってしまった」

ヤンは全身から力が抜けていくような気がした。

いつか見返してやると思って来た男があまりに恐ろし過ぎて、とても自分などが立ち向かえるような相手ではない。

「ヤン、ここで怯んでは駄目だぞ」

フェレンツは意気消沈している若者を力強く励ました。

「以前の大衆受けしていた頃と大統領になってからでは、ガルシェスクの印象は随分と変わってしまった。でも君の話を聞けば、変わったのではなく悪魔のような元々の本質をあらわし始めたに過ぎなかったのだ。

全労連議長の私を取り込もうとする動きにもきっと何か狙いがあるはずだ。仮にそれが我々に対する弾圧と圧政なら、何があっても私は最後まで戦うよ。たとえ相手が大統領だろうと、正義から目を背けるような真似は絶対にしない」

「はい！」

フェレンツの熱い思いはヤンを勇気づけ心から感動させた。

この人はなんと信念に燃えた人なのか。しかも言葉だけでなく、まるで全身から正義の力が溢れているように思えた。

「ヤン、これからも君の力が必要だ。苦労が多いと思うが私を手伝ってくれるかい？」

「もちろんです。どこまでもフェレンツ議長について行きます」

何の迷いもなく出た言葉だった。

この人と一緒に前へ進もう。そして、いつか父さんが喜んでくれるような偏見と差別のない世の中を必ずつくってみせる。

自分が進むべき道を、ヤンはこの時はっきりと確信したのだった。

3

一九三九年一〇月

メイジー大学入学後、ジェイクはすべての講義を——彼の定位置となった——最前列中央の席で受講するのが日課となっていた。

特待生として奨学金が支給されていたので学費には困らなかったが、唯一の問題は下宿代を含めた日々の生活費をどう工面するかだった。大学側が日常の生活まで面倒を見てくれるはずはなく、わずかな蓄えも既に底をついていたため、彼は最初の夏季休暇をとうとう一度もガルシェスク邸へ戻らずに過ごした。

多くの学生が思い思いのバカンスを楽しんでいる頃、建設現場のアルバイトでひたすら汗を流していたからだ。真夏の現場仕事は過酷だったが、夏季休暇の間にまとまった金を稼げるのは学業に専念したいジェイクにとっては好都合だったのである。

その間、一度だけルイーザが下宿先を訪ねて来たことがあった。顔を見せないジェイクを心配してのことだったが、彼の様子をひと目見て彼女は全てを察した。

「ジェイク、元気にしていた？　あら、すっかり陽に焼けてしまって……、カリブ海に浮かぶグレース・ベイにでも行って来たのかしら？」

「養母さん、久し振り。あんまり黒くなりすぎて家に帰っても僕だとわからないかと思って……、顔も見せずにごめん」

互いの冗談にふたりは抱き合って再会を喜んだ。

「元気そうで安心したわ。でも、決して無理をしてはいけませんよ。きちんと身体を休める時間だけはとってね」

「ありがとう、僕なら大丈夫だから心配しないで」

久し振りに触れるルイーザの優しさに胸が詰まった。

彼女を安心させようと大学での講義の様子や前期試験の——我ながら出来過ぎな——成績を報告した。それでも彼女が一番嬉しそうにしたのは、たまにだがジェイクが陸上部に顔を出していると聞いた時だった。

サンティエール校中等部のリレー競技でアンカーを務めたジェイクの走りを懐かしみ、今でもあの時の興奮を覚えていると言って微笑んだ。

「あなたの走りは天性のものだもの、きっと大学でも活躍できるわ」

「養母さんに言われたら頑張るしかないね。でも、大学ともなると全国から俊足が集まっているから結構大変なんだ」

「そうね、アドルフもサンティエールの陸上部に入ったのだけれど、あなたと同じことを言っていたわ。いつかまたふたりが一緒に走るところを見られたら、こんなに嬉しいことはないのだけれど

「…………」

三年前、ルフトヤーツェンでの諍い以来、アドルフとの仲違いは今も続いていた。

当時、ルイーザは夫にデロイ一家の追放を取り消すよう談判し、アドルフにもジェイクへ謝罪するよう意見したが、そのどちらも実現はしなかった。彼女は胸の苦しみを吐露することもできず、今もこうしてふたりの息子が和解することを願っていた。

ジェイクはそんな養母の心情を知っていたので、アルバイト先で偶然耳にした人物の名前を伝えられなかった。口にすればきっと養母さんは辛い思いをするだろう。今はその時期ではない気がした。

物思いに耽るジェイクの様子から話題を変える必要があると察したルイーザは、

「ジュリアは高等部に進んだら少し大人びて来たかしら。お転婆娘もそろそろ年頃かも知れないわね」

娘を思う母親の嬉しい心情を伝えた。

「元気にしているの？」

「ええ、元気よ。あなたが家を出た頃は随分と気落ちしていたけれど、今では同じバルツォークだから突然会いに行ってあなたを驚かせてやるんだって言っているわ」

ジェイクにはそんなジュリアの様子が手にとるようにわかった。

元気を取り戻してくれたのであればよかった。きっとクライスがそばで支えになってくれているに違いない。でも、バルコニーでのことは話さない方がよさそうだ。

「養母さん、さっきグレース・ベイって言ったよね？」

「ええ、頑張っているあなたに冗談でも失礼だったわね、ごめんなさい」

「いや、そうじゃないんだ。僕を気遣ってくれているのがわかって嬉しかったよ。それよりもグレース・ベイは確かイギリス領だったよね」

「そうね、それがどうかしたの？」

「先月、イギリスがフランスと一緒にドイツへ宣戦布告したけれど、養父(とう)さん今頃大変じゃないかと思って」

宣戦布告のきっかけとなったドイツによるポーランドへの侵攻は、戦闘開始からわずか一ヶ月という速さでポーランドが降伏し幕を下ろした。その後、大きな戦闘は起きてはいなかったが、アルドニアとそう遠く離れていない国に戦禍が及んだことは紛れもない事実だ。

大統領である養父が日々激務に追われているのは容易に想像できる。

「あなたが心配しなくてもお父様なら大丈夫よ。それよりもあなたは自分のことだけを考えていればいいの」

ルイーザの心なしか沈んだ表情が気になったが、

「今度マチルダを使いに寄越しますから、その時はちゃんと言うことを聞くのですよ」

メイド頭の名前で話題を逸らされてしまった。

「マチルダを使いにって、……どんな？」

「その時になればわかります、いいわね」

ジェイクをひとしきり抱き締めると、

「また来るけれど時々はあなたも顔を見せに来てね」

そう言って、名残惜しそうにルイーザは帰って行った。

マチルダが下宿先を訪ねて来たのは、それから三日後のことだ。

彼女はジェイクとの久し振りの再会に涙ぐみながら、それでも命じられた役割をしっかりこなそうと挨拶もそこそこに、「奥様からお預かりして来ました」と言って膨らんだ封筒をジェイクに手渡した。

ずっしりと重い封筒には驚くほどの大金が入っていた。

「どうしたんだい！　これは？」

「ジェイコフ様、一緒に入っている手紙を読んで下さいませ」

マチルダはルイーザの言付けを伝えるとハンカチでそっと目頭を押さえた。

同封された便箋には見覚えのある綺麗な文字が綴られていた。

私の大切な息子ジェイクへ
久し振りにあなたの元気そうな顔を見てすごく嬉しかったわ、ジェイク。大学生活もとても充実しているようで母親としてこれほど嬉しいことはありません。
あなたと離れて半年、しばらく会わないうちにほんとうに逞しくなっていて驚いたほどです。でも、私にとってあなたはいつまでも九年前のあなたなのですよ。聖アンドレッジオ養護院を出立したあの日、馬車の中で私の腕に抱かれながら俯いていた可愛い坊やのままなのです。

あなたがこの家を出ると私たちに打ち明けた時、私にはいつかこういう日が来ることがわかっていました。それでもその日を迎えると悲しくて涙が止まらなかった。それはあなたの気持ちが痛いほどわかっていたから。

家族としてひとつ屋根の下で暮らした八年余り、あなたとの間にはたくさんの思い出ができました。それは私にとって掛け替えのない大切な宝物です。でも、あなたには決して楽しいばかりの思い出ではなかったのでしょう。

どこまでも純粋で正義感に溢れるあなたの魂は、時に受け入れ難い現実との狭間で押し潰されそうになり、家族の絆そのものさえ疑ったかも知れません。私は母親としてそんなあなたを救うことができなかった、そのことが情けなくて、申し訳なくて、涙を堪えることができませんでした。

人には皆、それぞれの生い立ちがあります。その中で育まれる魂はいやが上にもそこから大きな影響を受けるものです。そして、人はそれを拠りどころにして生きるのです。でも私は、人が人である限り、悪に誘うものを排除できた時、必ず善なる魂を手にすることができると信じています。

世の中の矛盾に抗う術（すべ）を探すため、ジェイク、あなたは家を出たのですね。

わたしは母親としてそんな息子を誇りに思っています。それと同時にとても心配しています。あなたが自らの信念に従って道を切り開こうとするのはとても立派なことですが、時には自分の弱さを自ら許して人を頼ることも忘れてはなりません。

元々神様は、人の支えになることに喜びを見出すよう私たちをつくられたのです。この内なる魂に触れ合った時、人は絆を更に深めることができるはずです。

陽に焼けたあなたの顔を見てどんな夏季休暇を過ごしたのか、その暮らし振りが手にとるようにわかりました。そんな息子を応援するのは親として当然のことです。

でも、今のあなたはお父様の支援ならきっと遠慮をするでしょう。ですから私の個人資産から用立てたものをマチルダに持たせました。あなたは何も心配をせず、親孝行だと思って生活に役立てるのですよ。

そして、いつの日かきっとあなたの思いを成し遂げるのです。その時こそお父様やアドルフとも強い絆で結ばれます。私はその日が一日も早く来ることを心から願っています。

最後に、今日使いを頼んだマチルダやステファン、そしてワイダまでがあなたのことを心配しています。たまには顔を見せに帰ってらっしゃい。これは母親としての命令ですからね。くれぐれも身体にだけは気を付けて、――私の可愛い坊やに幸多き日々を。

あなたを愛する母より

手紙を読み終えたジェイクは溢れる涙で言葉が出なかった。

「ジェイコフ様、奥様は本当にお優しい方です……ううっ」

マチルダも嗚咽を抑えられずとうとうハンカチで顔を覆ってしまった。

「マチルダ、僕はなんて幸せ者なんだろう。今ほどガルシェスク家に来てよかったと思えた日はないよ」

「はい、はい、そうでしょうとも……、ですから時々は奥様に元気な顔を見せにお帰りになって下さいませんね。そうでなければ奥様があんまり可哀想過ぎますよ。ただでさえ……（はっ！）」

「ただでさえ……って、何かあったのかい？　マチルダ」

咄嗟に手で口を覆ったマチルダが気まずい表情を見せた。

「お願いだよ、何か知っているのなら教えてくれ、マチルダ！」

ジェイクは狼狽する彼女に向かって必死に懇願した。

その様子にマチルダは深いため息を吐くと、意を決したように重い口を開いた。

「こちらへ来る時に奥様からは口止めされていたのですが……、ここのところ旦那様とあまり上手くいかれてないようで……」

「えっ！　……どうして？」

予期せぬ言葉にジェイクは自分の耳を疑った。

まさかあんなに仲のよかったふたりが——でも、ここで養父さんの話をした時に養母さんはいつになく沈んだ顔をした。

「おふたりが時々口論されているのを耳にすることがございます。以前は決してそのようなことはなかったのですが」

すぐにジェイクは自分のことが関係していると思った。

「元々旦那様は厳格な方でしたが、奥様にはそれはそれはお優しい方でした。奥様も旦那様の言うことには滅多に首を横に振るようなことはなさいません。それがここのところ奥様が旦那様に意見をすることがありまして……でも、私には奥様の言うことが一理あると思えるのです」

思いつめた表情でマチルダがふたたび溜め息を吐いた。

「養母さんはいつでも僕を庇ってくれたから……」

「それはジェイコフ様が正しいからですよ。ただ、アドルフ様までが旦那様のお味方になられるので、今度はジュリア様が見かねて兄妹喧嘩に……、あんなに仲のよかったご一家だったのに」

思いもしなかったガルシェスク家の様子を知って、ジェイクは自責の念に駆られた。

それでもルイーザの思いに応えるには信念を曲げるわけにはいかない。

「マチルダ、僕は必ずやり遂げてみせる！　僕がそう言っていたと養母さんに伝えておくれ」

僕は自分のやり方でいつか必ず養父さんにも認めてもらえる人間になる、絶対なってみせる！

ジェイクはルイーザの手紙を握り締め、あのルフトヤーツェンで誓った決意を改めて心に刻むのだった。


ルイーザの援助でジェイクは学業ばかりか陸上部の練習にも頻繁に顔を出せるようになり、他の学生と何ら変わらない生活を送れるようになった。だが、夏季休暇を終えた学生たちでキャンパスが賑わいを取り戻しても、彼の気持ちは今ひとつすっきりしない苛立ちを抱えていた。

アルバイト先の建設現場で耳にした名前がどうしても頭から離れず、その人物の居場所を探してひと目だけでも会いたいという思いが募った。

建設現場の作業員たちは懐かしげにその男を誉めそやしていたが、その後の行方となると知っている者は誰ひとりいなかった。バルツォークの市内を足が棒になるまで聞いてまわったが、幾日経っても少しの手がかりすら見つからなかった。

この日も夕刻になるというのに何の収穫もないまま、ジェイクは公園のベンチに腰を下ろし疲れ果てた身体を休めていた。ふと見上げればいつの間にか空が遠くなったような気がする。ついこの間までの抜けるように真っ青だった空は落ち着いた色合いに変わり、公園の木々は所どころで紅葉の色合いを見せ始めていた。

肌寒さを感じてそろそろ下宿に戻らねばと重い腰を上げた時、街路樹の隙間から見えるバスの停留所に見覚えのある男の後ろ姿が目に飛び込んで来た。

「あっ！」

思わず声をあげた時には停留所に向かって走り出していた。

だが、折り悪くバスが到着して、濃紺のジャケットを着た男はそのまま乗り込んでしまった。次の停留所で追いつこうとジェイクは必死にバスを追い掛けたが、歩道を行き交う大勢の人波に思うように走れずなかなか追いつけない。

息を切らしながら三つ目の停留所まで来た時、あの男がタラップを降りて大きな古めかしい門に入って行くのが見えた。歴史を感じさせるレンガ造りのその門は、ジェイクがいつも見慣れているものだった。

まさかメイジー大学に？　後を追って急いで門をくぐった時には、男の姿はもうどこにも見えない。キャンパスで行き交う学生たちに尋ね行くうちに、ようやくひとりの学生がそれらしい男の行ったと思われる方向を指し示してくれた。

教えられたのはクラブ活動の部室用に設置された学生棟と呼ばれる建物で、ジェイクが使い慣れた陸上部の部室もこの棟の中にあった。既に陽も暮れた薄暗がりの中でひとつだけ明かりの灯る部屋があり、ドアの中央に〝学生自治会〟という看板が掲げられていた。

ジェイクは躊躇うことなくノックし、部屋の中へと足を踏み入れた。

同年代と思しき数名の学生が突然の侵入者に怪訝な表情を浮かべ、探るような視線を投げて寄越す。その中のひとりと目が合った瞬間、ジェイクはすべての時間が止まったように身体が硬直してしまった。

濃紺のジャケットを着た青年もまったく同じ顔をしてジェイクを凝視する。

「ヤン！　……なのか？」

「(！)　……ジェイク？」

ふたりが互いに半信半疑の声を上げながらどちらからともなく歩み寄った。

ともにひと言も発しないまま確かめ合うように間近に対峙した、その瞬間、ふたりは相手の身体を我が身のように渾身の力で抱き締めた。

「逢いたかった！」

ふたりの感極まった声が重なった。

居合わせた学生たちはまわりの目も憚らず涙するふたりに、何事が起きたのかと驚きの表情を浮かべた。感動の再会を果たしたふたりはそんな視線にさえ気づかず、今度は満面の笑みを湛え互いの肩を叩き合った。

「探したよ、ヤン！」

ジェイクは建設現場での一件から街中を歩きまわったことや、まさか自分が通う大学で再会できたことの驚きを興奮しながら話した。

「そうだったのか、ありがとうジェイク。でも、まさかこんな近くに君がいたなんて想像すらしていなかったよ」

ヤンもこの奇跡のような再会に心が躍った。

社会人聴講生としてメイジー大学の講義に出席していることや、全国労働者連盟の本部で働いていることなど、矢継ぎ早にジェイクへ話して聞かせた。

「ジェイク、話は尽きないいし、此処では何だから場所を変えないか？」

「うん、そうしよう。僕もヤンと心行くまで話がしたい」

「みんな、すまないが今日は失礼するよ。明日、改めてみんなの意見を聞かせてもらうから勘弁してくれ」

するとと学生たちは一斉に立ち上がり、何の詮索もなしに黙ってふたりを見送ってくれるのだった。

「随分と学生たちから信頼されているんだな」

「大学生でもない僕が言うのも変だが学生にも色々な連中がいるよ。それでも学生自治会のメンバーが強い問題意識を持っているのは間違いない。アカデミックに名を借りた学内の圧力には絶対に屈しない連中が揃っている」

その言葉に、ヤンがこの三年の間に随分と成長しているのが感じられた。

ルフトヤーツェンを離れてからのヤンを知る由もなかったが、目の前にいる同世代の若者がとても眩しく見えて、歳月の重さを改めて知る思いだった。

頼もしい旧友に案内されたのはバルツォークでも比較的貧しい人々が暮らす街外れのダウンタウンで、見るからに古びたアパートの二階がヤンの住居だった。

ドアの向こうにデロイ一家の生活があると思うと、ジェイクはどんな顔をしてよいのか戸惑いを感じざるを得なかった。

「ただいま！　今、帰ったよ」

ドアを開けたヤンがいつものことなのだろう、大きな声で部屋の中へ帰宅を知らせた。

「さあジェイク、狭いところだが遠慮しないで入ってくれ」

悪気のない妙に嬉しそうな笑みを浮かべている。

「お帰りなさい、ヤン。今日は早かったのね」

聞き覚えのある懐かしい声がした。

その瞬間、ルフトヤーツェンの風に乗って流れるカヴァルの音色を思い出した。あの時の自分の浅はかさが言いようのない罪悪感となって胸が締めつけられる。

「何をしているの？　食事の用意はもうでき……」

目が合った瞬間、彼女の懐かしい声が止まった。

道ですれ違えば誰もが振り返るに違いない声の主は、綺麗な黒髪と彫りの深い顔立ちに黒い瞳を輝かせていた。その姿は三年前と少しも変わっていないどころか、益々美しさに磨きがかかっていた。

「メイル、元気だったかい？」

自分でも声が上擦っているのがわかった。

「ジェイク……なのね？　ほんとうにジェイクなのね！」

メイルの艶やかな瞳から大粒の涙が零れた。

なかなか歩み寄れないふたりに業を煮やしたヤンが、

「ふたりともいつまで僕を玄関先に立たせておけば気がすむんだい？」

潤んだ瞳をにやつく笑顔に隠し、大袈裟に呆れた振りをする。

「ヤン！　なぜ言ってくれなかったの？」

「ごめんよ、姉さん。でも感動の再会は劇的な方が心に響くと思ったものだから。お邪魔なようなら少し外そうか？　まだ馬に蹴られて死にたくはないからね」

取り乱した姉の様子が微笑ましかった。

「馬鹿言ってないで早く座りなさい！　さあジェイクも此処へ。何もなくて恥ずかしいけれど」

そこには使い古された小さなテーブルと椅子が三脚あって、こまめに磨かれた跡にメイルの几帳面さが見てとれる。

「ジェイク、ほんとうにお久し振り。また逢えるなんて思ってもみなかったから……慌ててしまって、ごめんなさい」

「僕の方こそ突然押しかけてしまってすまない。ヤンとの再会もまったくの偶然だったんだ」

はにかみながら妙に言い訳染みた言い方だった。

ガルシェスク家から独立して今は下宿先からメイジー大学に通っていることや、アルバイト先でヤンの名前を耳にしてバルツォーク市内を探しまわったことなど、ジェイクはルフトヤーツェンで別れてからの出来事を話して聞かせた。

「僕の不注意からふたりにはほんとうに迷惑を掛けてしまった。今でも心から申し訳ないと思っている。改めて、どうか僕のことを許して欲しい」

「ジェイク、君に責任などありはしないよ。あれはアドルフの……」

「ヤン、やめなさい！　もうすべては終わったことよ。いつまでも過去の恩讐に囚われていたら現在という時が可哀想、未来だって哀しくなるわ」

姉らしく弟を制するメイルの芯の強さは、当時とまったく変わっていなかった。

「ありがとう、メイル。でもデロイにはもう一度きちんと謝りたい。此処で一緒に暮らしているのかい？」

「（！）……………」

「ジェイク、父はあなたにとても感謝していたわ。だってロマ族の、しかも使用人だった私たちとあんなに仲良くしてくれたのですもの。あなたの気持ちは父にもしっかり届いているわ」

メイルの口ぶりから不吉な予感が胸を過ぎった。

「父さんは今、街外れの小高い丘に眠っている。ちょうど二年前だった。僕らのために日雇いで毎日工事現場を渡り歩いて、やはり無理がたたったのかも知れない」

「でも家族三人、今思えば楽しかったわ。ねえ、ヤン」

「うん。確かに生活は苦しかったが、家族の絆は強くなった気がしたな。いつでも三人が一緒で家族の会話は格段に増えたよ。小高い丘がルフトヤーツェンに似ていると言って……、行くと必ず姉さんがカヴァルを吹いてあげるんだ」

ジェイクの脳裏にデロイの優しい髭面の顔が浮かんだ。

自分の無知が一家の幸せを台無しにしたばかりか、大黒柱であるデロイの命さえも奪ってしまった。その取り返しのつかない現実に心臓が抉られる思いだった。

「ジェイク、君が何を考えているのか僕には手に取るようにわかる。それでもこうして君を此処へ連れて来たのはなぜだと思う？」

ヤンの眼差しはいつになく真剣だった。

「僕ら家族は確かにあれから辛い日々を送って来た。でも、そのお蔭であの頃にはなかった自由を手に入れた。流浪の身となってからは毎日の食事にも事欠く有り様だったが、それでも自分の夢を追い求めることの大切さに気づくことができたんだ。

ルフトヤーツェンを離れてからの父さんは息子の僕が言うのも何だが、あの頃よりも威厳に満ちていたような気がするよ。姉さんだって仕事をしながら小さい頃からの夢だったマスコミ論を勉強しているんだぜ」

メイルは花屋で働く一方、メイジー大学の社会人聴講生として講義に顔を出していた。ふたりは自分の夢に向かって精一杯逞しく日々を過ごしているのだ。

「人の幸せって何だろう？　僕は、単に生活ができればよいというものではない気がするんだ。たとえどんなに貧しくても自分が為すべきことを見つけ、そのために努力を惜しまないことがその人の生きる価値を決めるのだ、と今ではそう思っている。

そのために僕も限られたわずかな時間だが、大学で労働法について学び始めた。矛盾だらけの世の中と喧嘩するには学問は最大の武器になるから。余裕があればもっと他の分野にも首を突っ込みたいのだけれど、なかなかそうもいかないがな。

ただ、ルフトヤーツェンの安定した生活を失くしたのは痛手でも、その代わりに手に入れたものはとても貴重なものだったよ。それは自分の未来を切り開くには不断の努力を続けることが必要だ、と知ることなんだ。そのチャンスに巡り合い頑張っている僕らの姿をジェイク、君にしっかりと見て欲しかったんだ」


ヤンの話に、ジェイクはルフトヤーツェンでの誓いを改めて思い起こした。

人間（ひと）が人間を蔑むことの醜さ、それを許してしまう世の中の恐ろしさに抗う力を身につける、そのために今の生活を選んだということを改めてふたりに伝えた。

あの時、手紙に綴った思いが確かにジェイクに届いていることを知って、メイルは嬉しさを隠せなかった。何度も頷きながら潤んだ瞳に笑みを浮かべた。

「やはりジェイクは友と見込んだだけのことはある。さあ、僕らの友情と同志との再会を祝して乾杯をしよう！　姉さん、今日は大目に見てくれるね？」

ヤンの催促に、メイルが「特別に今日だけは」と前置きしてグラスを用意してくれる。

決してご馳走と呼べるような食事ではなかったが、久し振りに味わう家庭料理にジェイクは至福のひと時を過ごした。楽しかった思い出話に花が咲き、空白の三年間を埋めるようにお互いの近況を交換した。

何よりもジェイクが興味を惹かれたのは、ヤンの仕事場である全国労働者連盟の話だった。ヤンが熱い思いで語るフェレンツという若い議長の、とりわけ偏見のない清廉潔白な人間性には強く惹かれるものがあった。

「ジェイクにも今度、紹介するよ。大学の講義では得られない経験ができるはずだ」

「是非、頼む。ヤンの言うとおり講義で学ぶ理論武装も大事だが、学んだことは社会で実際に生かされて初めて意味のあるものになるのだから」

そんな会話を交わしながらジェイクは三年間という時の流れを感じていた。

ルフトヤーツェンで過ごした日々が、まるで遠い昔の出来事のような気がする。世の中の仕組みもわからぬまま無邪気な子どもの目線で共有していた時間が、今では社会に軸足を置いて互いの問題意識をぶつけ合えるようになっていた。

自分の立ち位置が明確になった者同士がこれから共有することになるだろう未来は、まだ具体的ではなくてもきっと輝かしいものに違いないと思えるのだった。

三人で交わす楽しい語らいにあっという間に時は過ぎ、気が付けば既に日付が変わる時刻だった。別れ際、ジェイクはメイルとキャンパスで落ち合う約束をし、ヤンには学生自治会に顔を出すことを告げて部屋を後にした。

人気（ひとけ）のない帰路は街灯の灯りも寂し気だったが、ふたりとの再会に熱いものが込み上げて、ジェイクは夜気の肌寒ささえまったく気にならなかった。

翌日は雲ひとつなく晴れ渡り、再会の余韻が残ったままメイルとの待ち合わせ時間が迫っていた。彼女が聴講しているマスコミ論は週に二コマで、その時だけは花屋の仕事を抜けてもよいことになっているらしい。もちろん講義が終われば仕事に戻るので、昨夜も「自分から言っておきながら、あまり時間がなくてごめんなさい」と、メイルはしきりに恐縮していた。

だが、行方のわからなかった大切な友人と三年ぶりに再会できた今、たとえ短い時間でも旧交を温められることはジェイクにとって何よりも嬉しいことだった。高揚する気持ちのせいか、今日は見慣れたキャンパスが一段と爽やかな場所に感じられる。

メイルが手を振りながら走って来るのを見つけた時は、清清しい風景のその一点だけが更に彩(いろどり)が加わったように見えた。半袖に捲くった真っ白なシャツと脚線美が見事なジーンズ姿は、ラフな格好でも他の着飾った女子学生たちより遥かに輝いていた。

「待たせてしまってごめんなさい、ジェイク」

「大丈夫だよ、メイル。僕も今来たところだ」

三十分も前に来ていたことは伏せて満面の笑みで答えた。

キャンパスはルフトヤーツェンの大草原とは比べようもなかったが、こうして一緒にいるだけで当時のことが鮮明に思い出された。ただ、花屋に向かってわずかな距離を歩くだけで、数え切れないほどの視線を浴びることには正直驚かされた。

「ジェイク、何をニヤニヤしているの？」

メイルが不思議そうに尋ねるので、

「いや、すまない。さっきからすれ違う男子学生たちが羨まし気に僕を見るものだから」

そう嬉しそうに答えると、彼女は恥ずかしそうに俯いてしまった。

「……私だって、さっきから女の子に嫉妬の目で睨まれっぱなしだわ」

頬を染めたメイルが負けずに言い返すと、今度はジェイクが照れ笑いを浮かべた。

「いっそのこと、こうして歩きましょうよ」

突然メイルが腕を絡ませ、まるで恋人同士のように寄り添って来る。

ジェイクは躊躇いながらもそのまま彼女をエスコートして歩いた。三年の間にメイルは誰もが目を見張る益々魅力的な女性になっていたが、彼女の本質はあの頃と少しも変わっていなかった。そのことは昨日垣間見た質素な暮らし振りからもよくわかる。

大事なところで見せる芯の強さとは裏腹に、メイルはいつでも控えめな女性だ。そんな彼女が見せる大胆な行動をジェイクはいじらしく思った。

「これは誰が見ても相思相愛の恋人だな」

「そうよ、三年も待ったんですもの、今日は特別よ！」

寄り添うふたりに男女を問わずすべての学生たちが、今度は何とも言えない落胆の表情を浮かべて通り過ぎた。

「メイルはどうしてマスコミ論を学ぼうと思ったんだい？」

ヤンが労働法を学び始めたというのは納得できたが、メイルのマスコミ論は思い当る節がなかった。

「そうね、……私もヤンもルフトヤーツェンで生まれ、気が付いた時には父の下で牧場の仕事をしていたわ。だから学校と呼べるようなところへは行ったことがないの。私たちにとって教師とは父や一族の大人、そしてルフトヤーツェンの大自然がすべてだった」

メイルはどこか懐かしむような目をしていた。

「そこでは生きていくための最低限な知識は得られても、それ以上のことを学ぶのは残念ながら無理だった。此処にいる学生たちと違って、長い歴史の中で培われた英知を学ぶことは望むべくもなかったわ。きっとあのままの生活を続けていたら、一族の伝統や因習に縛られた偏狭な価値観でしか世の中を見られなかったと思う。

それって人生の可能性を狭めることになるのではないかしら。それほど教育を受けるというのは人生にとって大切なことだと思うの。でも、その機会さえない人々が世の中には数え切れないほどいるわ。そういった人々に少しでも最善の知識を与えられるような仕事に就きたい、それがマスコミ論を学ぼうとした動機かしら」

優しく頼りなげだった彼女の目に強く逞しい光がみなぎっている。

「新聞や出版、放送、様々な手段で数え切れないほどの情報が社会に発信され、人々はその情報から多くのことを吸収し新たな知識を得ている。でも、流される情報が〝真実〟と違っていたら、人々の考え方も間違った方へと誘導されてしまうでしょ。それって凄く恐ろしいことだと思うの。

世の中で起きていること、目に見えること、耳にすること、それらはすべて顕在化された事実には違いないけれど、その事実の背景にあるものを説明しようとすれば、その解釈は立場によって様々だわ。特に権力者は自分に都合のよい解釈を押し付けようとする。

だからこそほんとうはどう解釈すべきなのか、何が〝真実〟なのかをきちんと見抜かなければならない。そのために現場主義であらゆる事実を積み上げ、事実という点と点をつなげて見い出される〝真実〟を人々に伝えたい。

それを受け取った人々が公正公平な目で物事を見ることができるように、私はジャーナリストという仕事を通じてその手助けをしたいと思っているわ」

話し終えたメイルは、いつの間にか熱を帯びた自分の言葉に恥ずかしそうに俯いてしまった。彼女の中にこれほど強い信念が秘められていることを知って、ジェイクは改めて言葉を失った。

「ごめんなさい、勝手なことを長々と喋ってしまって……」

「いや、素晴らしいよ、メイル。君の考えはほんとうに立派だよ」

「とんでもない、私の考えだなんてジェイクの買い被りよ。これって、ほとんどはマスコミ論の教授が講義で話していた受け売りですもの」

「でも、メイルの言葉には説得力がある。偽りのない本心だというのがよくわかる」

「それはジェイクも一緒だわ。どんな時でもあなたの言葉には誠意があるし、あなたの考えには正義がある」

「それこそ買い被りだよ」

「いいえ、違うわ。人が為すことの価値は〝何をしたかではなく、なぜそれをしたのか〟だと私は思っている。ジェイク、私は昨日あなたの話を聞いて、三年前に手紙に綴ったことが間違っていなかったとわかって嬉しかった。あなたは謂れのない蔑みに抗う力を神様から与えられた〝選ばれし人〟であり、私の希望、私の憧れなの」

絡めた腕に力を込めたメイルは恥ずかしげに頬を染め、それを隠すようにジェイクに寄り添って歩いた。

——いつも天真爛漫な娘が最近ひどく落ち込んでいる様子が、ルイーザは心配だった。

「ジュリア、ここのところ元気がないようだけれど、何か悩み事でもあるの？」

普段と変わらぬさり気なさを装って訊ねてみた。

「ママ、大丈夫よ、悩み事なんてないわ」

「それならいいけれど……でも、今の言葉を真に受けるほど、私はあなたに信用されなくなってしまったのかしら」

「ごめんなさい、ママ……実は私、……クライスからプロポーズされたの」

恥ずかしさもあったが、それ以上に後ろめたさを感じながら打ち明けた。

「まあ、そんなことがあったなんて………」

ルイーザは娘の突然の報告に戸惑った。

「それであなたはどう返事をしたの？」

ジュリアにはまだ早過ぎるが、まず娘の考えを聞くべきだと思った。

「結婚なんて私にはまだ考えられないわ。でも、兄さんとポーラのこともあるし考えてみてもいいかなとは思ってる」

ルイーザには意外な返事だったが、それでも娘の考えを否定するつもりはなかった。

「あなたにはまだ早い気もするけれど、でも、結論を出すのはあなた自身でなければね。いくら母親でもあなたの人生を決めることはできないもの。ただ、母親として、人生の先輩として、ひとつだけ忠告させてね」

「うん、…………」

「私があなたに心に留めて欲しいのは、決して自分を裏切らないということ。自分自身と正直に向き合って結論を出さなければあなた自身が後悔をすることになるし、何よりも相手に対して失礼だわ。そのことだけは忘れないでちょうだいね」

「…………」

「その上で出した結論なら、ママはあなたを応援するわよ」

「ありがとう、よくわかったわ。私もママの言うとおりだと思う」

ジュリアは生まれて初めて母に隠し事をした後ろめたさを感じた。

だが一方で、たとえ半分でも正直に話をしてよかったと思った。ほんとうはなぜクライスのプロポーズを受ける気になったのか、胸の内にあるほんとうの想いを母には聞いて欲しかった。

目の前からジェイクがいなくなると知った時、ジュリアは自分が恋をしていることに初めて気づいた。でも、十六歳になって訪れた初恋の相手が――たとえ血はつながっていなくても――自分の義兄だということに小さな胸を痛めていた。

それでも淡い想いをひとり抱くだけなら誰にも迷惑は掛けないだろう。決して消すことのできない恋ならば、誰にも告げずにこの胸の中にしまっておこう。そのことで神様から罰を受けることになっても構わない。

そう心に決めたジュリアがメイジー大学を訪ねたのは一ヶ月ほど前のことだった。久し振りにジェイクに逢えると思っただけで恥ずかしいほど胸はときめいて、都合のよい再会の様子を勝手に想像した。

だが、彼女がキャンパスで目にしたのはとても受け入れ難い残酷なものだった。

誰が見ても仲睦まじい恋人同士としか思えないようなふたりが、腕を組んで寄り添いながら歩いているのを見た時、ジュリアは目の前が真っ暗になってその場に立ち竦んでしまった。

ジェイクのとなりには黒髪を靡かせた眩しいほどに美しい女性が寄り添っていた。それがデロイ家のメイルだというのはすぐにわかった。

ああ、そうだったのか！　ルフトヤーツェンのあの夏から想いを寄せる人の心には、メイルという別の女性がいたのだ。ガルシェスク家を離れたのも、私たちに別離を告げたのも、すべてはそのためだったに違いない。そうとも知らずに私は勝手にひとりで――。

想像もしていなかった失恋という現実に打ちのめされたジュリアは、ざわつく自分の気持ちをどう静めてよいのかわからなかった。そんな時、クライスの言葉が耳元に甦り、彼のプロポーズが最後の救いのように思えたのだった。

胸にしまい込むと決めたはずの想いが悲しい現実を目の当たりにして、誰かに救いの手を求め悩み続けたこのひと月だったが、母の優しい忠告のお蔭で心の奥底にある正直な気持ちに再び気づくことができた。

ジェイクを想う気持ちが消えぬ以上、それが自分の真心である以上、自らの手でそれを汚すような真似だけはしてはいけなかったのだ。

そのことを気づかせてくれた母にはひと言も言えなかったが、たとえ報われなくても彼を想うこの気持ちを大切にしよう。溢れる涙を拭いながらジュリアはそう自分に言い聞かせるのだった。

4

一九三九年十一月

サンティエール大学の陸上部専用グランドに集まった観衆の目は、ひとりの新入部員に釘付けとなっていた。その選手が軽くランニングを始めただけでコンサート会場のような黄色い歓声が上がった。

陸上部のマネージャーたちはそのたびに静かにするよう注意してまわらねばならず、上級生の部員たちも創部以来のこの異様な雰囲気に戸惑いを隠せなかった。

「凄い新人が入部して来たものだな」

練習を終え部室に引き上げてきた最上級生が呆れていると、

「映画俳優並みの見た目で注目されるのは仕方ないにしても、いきなり国内記録に近い走りをされたのでは、これまで死に物狂いで練習して来た自分が可哀想になるよ」

陸上部の主力であるもうひとりが諦め顔で応じた。

「これでは俺たちのレギュラーの座だって決して安泰とはいかないぞ」

「アドルフとか言ったか、あの新人。どうも大統領の息子だそうじゃないか」

「ほんとうか？　だったら話は別だ、俺の席はいつでも譲るよ。その代わりにこのご時勢だ、どこかよい就職口を世話してもらうというのはどうだい？」

「奴は譲ってもらうつもりなどないだろう。親の威光を借りなくてもお前のレギュラーの座くらいすぐ手に入れるさ」

ふたりの間に冗談とも諦めともつかない笑いが洩れた。

陸上部の部室で上級生がそんなやり取りをしているのを、たまたまロッカーの反対側にいたアドルフはそれこそ笑いを堪えながら聞いていた。

先輩方のおっしゃるとおり実力でレギュラーはいただきますよ。もっともみなさんの態度次第では卒業後のことを面倒みてやっても構わないが――。

「これでメイジーとの対抗戦も面白くなって来たな。今年は我が校の勝利も間違いないだろう」

「いや、そう簡単にはいかないな。向こうにも凄い新人が入ったという評判を耳にしただろ」

「この間、コーチが言っていた男か？　確かジェイクとか言っていたな。しかも、そいつも大統領の息子だって話じゃないか」

「息子には違いないが、そいつは養子という噂だ。だが、サンティエールの中等部時代にトラック競技で御曹子相手に大逆転劇を演じた俊足らしい」

先程までにやついていたアドルフの顔色が一変する。

「ほお、それは楽しみだな。対抗戦だけでなく兄弟喧嘩の勝敗まで目にできるなんて、面白くなって来たじゃないか」

アドルフは怒鳴り出したくなる気持ちをすんでのところで抑えた。

あの時の光景がまざまざと甦り、一躍学校中のヒーローとなったジェイクの顔が目に浮かぶと、血の気がなくなるほど拳を強く握り絞めていた。

また、あいつか！　何かと言えば俺の前にしゃしゃり出て来やがる。それでも自慢気にヒーロー面すればまだ可愛いが、いつでも澄ました顔で何もなかったような素振りだ。その謙抑な態度に一層腹が立った。

しっぺ返しにベルチオ山で痛い目に合わせようとした時も、最後は何か言いたげに人の顔をじろじろと見ていた。デロイ一家の時もそうだ。素直に謝れば少しは考えてやったものを、生意気にも俺と対等のような態度で食って掛かって来た。所詮はどこの馬の骨ともわからぬ孤児が、調子に乗って兄弟面するとはどこまでもふざけた男だ。

今度こそジェイクに思い知らせてやる。〝従〟のおまえにとって誰が〝主〟なのか、ガルシェスク家を出て行ったおまえに何ができるのかを！

この日からアドルフはそれまで以上に練習に打ち込んだ。その鬼気迫る姿に他の部員たちは舌を巻き、コーチまでが強制的に休憩をとらせるほどだった。

才能に秀でた上に人一倍の練習量をこなしたのだから、当然対抗戦に出場する八人を決めるタイムトライアルでは、新入生のアドルフが並みいる先輩たちを抑えトップの成績で選抜された。

だが、一，六〇〇メートルを走る選手の合計タイムで勝敗を決する対抗戦など、アドルフは最初から何の興味もなかった。対抗戦に勝利し大学の名誉を守ることより、ジェイクに勝って自分の方が優秀だと証明することが重要なのだ。

どんなことがあっても〝主〟が〝従〟に負けるようなことがあってはならない。それが秩序を維持するための摂理であり、代々ガルシェスク家に伝わる伝統なのだ。競い合い高みに至るそのプロセスに価値を見出すなどまったく無意味なことで、勝つこと自体が意味を成し価値あるものとなるのだ。これこそがアドルフの信じる帝王学だったのである。

対抗戦当日は朝から晴天に恵まれ、サンティエール大学のメンバーは少し早めにメイジー大学のグランドに到着した。

既にサンティエールの応援団——実のところほとんどがアドルフのファン——が大挙してスタンド

を埋め、校旗を靡かせながら校歌の合唱で盛り上がっていた。選手たちの到着を知ると歓声が一段と大きくなる。

上級生たちはヒーローになった気分でその歓声に応えたが、アドルフは母校の応援団には見向きもしなかった。彼の目はメイジーの選手たちに注がれ、その中にジェイクを見つけるや沸々と闘志が湧いた。

メイジー側のスタンドにも大勢の学生が陣取り、サンティエールに負けまいと応援歌で対抗していた。今年の対抗戦が母校開催とあって多くの卒業生が家族連れで応援に駆けつけ、小さな子どもまでが親に教えられたとおりに声を張り上げている。

その歓声に誘われ群集に目を向けた時、アドルフはひときわ目立つひとりの女性に目を奪われた。長い黒髪を風に靡かせ黒く澄んだ瞳が印象的で、まわりにいる他のどの女性よりも光り輝いて見えた。最初はその美しさに見惚れていただけだったが、やがて彼女がよく知る人物だと気づいた時、あまりの偶然に我を忘れそちらへと歩き出していた。

歩み寄るアドルフに気づいたジェイクが数ヶ月ぶりの再会に笑顔を向けても、アドルフは彼には一切目もくれずに観客席へ向かって手を振った。記憶にある名前を叫んだが、その声は歓声に掻き消されて届きそうになかった。

突然、自分に手を振る男にメイルは見覚えがあった。あの忌まわしい記憶が甦ったが、それでもかつての主人（あるじ）の息子ということで儀礼的に挨拶だけは返した。だが、その時のメイルの笑顔がとても自然に見えたことがアドルフに大きな誤解を与えることになった。

追い出された割には愛想がよいではないか。成長するに従い世の中の現実というものがわかって来たようだ。そうやって従順な態度を見せさえすれば、こちらも考えてやらないわけではないのだ。ここはひとつ、俺とジェイクがどれだけ違うかをしっかりと見せてやろうではないか、――そんな勝手な思いを抱かせたのだ。

戦闘モードにスイッチが入ったアドルフは、脚力を誇示するかのように準備運動とは思えないダッシュを繰り返した。その都度、応援席から悲鳴に似た歓声が上がるが、彼にとってはその声も自分を引き立てる舞台装置にしか感じなかった。

いよいよ対抗戦の火蓋が切られる時間となり、両校八名の選手が交互に並んでスタートラインに立つ。号砲が鳴り響くや観衆の声援は一段と激しさを増した。

真っ先に先頭へ飛び出したのはアドルフだった。ジェイクもすぐ後を追うが、サンティエールの三名の選手が行く手を塞いでなかなか前に出られない。八名の選手の合計タイムで勝敗を決する対抗戦ならではの作戦だった。

ジェイクの後に続く選手たちは団子状態で、このままでは抜きん出たアドルフひとりのために負け試合となるだろう。第三コーナー手前で右に大きく膨らんで追い抜きにかかるが、相手選手のひとりが右に進路を変えてこれを妨害する。

二周目に入る直線でも同じように試みるが、すぐ前の三人は隊列を横に変えてどうしてもジェイクを前には出させないつもりだ。一方、アドルフはぐんぐんスピードを上げて更に独走態勢に入っていた。

マチルダはその様子を観客席にいた誰よりも心配そうに見つめていた。どちらが勝つにしても嬉しさ半分、悲しさ半分になることはわかっている。どうしたものかジュリアお嬢様は応援には行かないと言い、奥様はそんなお嬢様に気を使われて代わりに見てきて欲しいとだけ言われた。だから対抗戦の結果はしっかりと報告しなければならなかった。

グランドに来てみると両校の応援席がはっきりと分かれていることに戸惑った彼女は、中立となる両校応援席の真ん中――ほんの少しメイジー側――に陣取って、レースの行方を見つめていた。

サンティエールはどうしてあんな卑怯なことをするのだ。もっと正々堂々と勝負をすればよいではないか。ふたりの坊ちゃまが真剣勝負で走る姿が見たかったのに、といつの間にか我を忘れてメイジーに大きな声援を送っていた。

最終四周目に入る手前でジェイクは勝負に出た。既にアドルフは第一コーナー手前にいる。此処で前に出なければ対抗戦は負けだ。

再三繰り返したように右へ出ようとすると、案の定前の走者が右に進路を変えた。そのわずかにできた左側の隙間を目掛け、ジェイクは身体をねじ込んで一気に加速した。慌てた防御役の三人は必死にジェイクを追うが、立場が入れ替わればもう彼に追いつくことは不可能だった。

彼らのお蔭でそれまで全力を出し切れていなかった分、ジェイクは見る見るうちにアドルフとの差を縮めた。第三コーナー手前では手を伸ばせばアドルフに届くところまで近づき、最終コーナーをまわった時にはふたりの肩は並んでいた。

応援席の誰もがジェイクの劇的な逆転を信じたまさにその時、メイジーの応援席からひとりの少女が何も知らずにコースの中へと迷い込んでしまった。無邪気に戯れていた少女は迫り来る選手たちに驚き足が竦んで動けないでいる。

このままでは危ない！　勢いづく一団に巻き込まれれば大事故になる。

目前の危険を察知したジェイクは最後のスパートをかけアドルフの前に出ると、その子を抱き上げるやすぐさまコースの外へと連れ出した。その時、すぐ脇を更に加速したアドルフが走り抜けていくのが見えた。他の選手たちも次から次へとゴールし、コースに戻ったジェイクがゴールした時は最終ランナーになっていた。

対抗戦はわずか六秒のタイム差でサンティエール大学の勝利に終わった。

サンティエールの応援席からは勝利を喜ぶ大歓声が上がり、一方敗れたメイジーの応援席からは静かな拍手が送られた。その拍手はサンティエールの応援席が静かになっても鳴り止むことはなく、目の前で見たジェイクの少女救出劇にメイジーの応援団は全員が感動に包まれていた。

観戦を終えたメイルは、どんな時でも他人を思いやることができるあなたは、やはり神に選ばれし人だと思わずにはいられなかった。降り注ぐ陽の光がジェイクのところでより一層輝いているようにさえ思えるのだった。

マチルダは六年前のリレー競技を思い出しながら帰路に着いた。早くこの報告を差し上げなければ！　ジェイコフ様は見事にお勝ちになられました——と。奥様もジュリアお嬢様もこのことを知ればきっとお喜びになられるに違いない。

勝利に酔いしれるサンティエールの選手たちは応援席に向かって誇らしげに手を振っていたが、その中に勝利の立役者アドルフの姿はなく、いつの間にか彼はメイジーの応援席そばに来ていた。

「久し振りだな、ジェイク」

「ほんとうに久し振り、アドルフ。相変わらず速いんで驚いたよ」

「それはお互い様だ。それよりも君は以前とまったく変わっていないようだな」

「えっ、何がだい？」

厭味が通じず笑顔さえ浮かべるジェイクに、アドルフは苛立ちを覚えた。

そんなふたりの様子を目にして、いつまでも此処にいてはいけない気がしたメイルは人目を避けるように応援席を後にした。

「ちぇっ、つまらない話をしているんじゃなかった」

メイルの姿がないことに気づいたアドルフは舌打ちすると、さもお前のせいだと言わんばかりの顔をしてその場を立ち去って行った。

ジェイクは以前と何も変わっていないのはお互い様だと思いながら、やはり関係を修復するのは難しいと思わざるを得なかった。


翌日、メイジー大学のキャンパスを訪れたアドルフは、血眼になってメイルを探しまわった。彼女の美貌とオリエンタルな印象を伝えただけで、大方の男子学生がそれはメイルに違いないと答えた。普段は大学のそばにある花屋で働きながら、週に二日だけ社会人聴講生としてマスコミ論を受講していることも知った。

一目散に教えられた花屋へ行くと、確かにメイルが店先の花に水をやりながら忙しくしている姿があった。

「そのバラの花をもらおうか」

「いらっしゃいませ……あっ！」

振り向いた先にアドルフがいるのを見て、メイルが驚きの声を上げる。

「君も僕と同じくらいの年頃だろ？　二十本ほど君にプレゼントしようと思ってね」

「……」

「どうしたんだい？　まるで招かれざる客のような扱いだな」

「あ、いえ、突然のことでしたので……すみません」

注文の花を束ねるべきか迷った。

「仕事が終るまで君のバラは僕が大切に預かっておくよ。仕事から解放されるのは何時だい？」

「六時です、あっ、でも……」

「わかった、ではその時間に改めて来るとしよう。早く君にお似合いのバラを束ねてくれないか。それともこの店ではチップをはずまないと品物を手にすることもできないのかな？」

店の奥に向かって声を響かせた。

「あっ、いえ、すぐに……、ありがとうございました」

店主の目を気にしながら二十本のバラを丁寧に束ねて渡した。

店が閉店するまでの間、メイルはどう対処したらよいのかわからずに困り果てていた。三年前のあの朝、悪気もなく掛けた挨拶に激怒したアドルフ、その時とは別人のような印象にどうしたものかと考えあぐねていた。

三年の月日が彼を変えたのかも知れない。そう思うと同時に、対抗戦の時に見せたジェイクに向けられる彼の目を思い起こし、何かが違うと頭の中で警報音が鳴った。

店を閉めて表に出ると、やはりそこにはアドルフが待っていた。その胸には彼女が束ねたバラの花束が抱えられている。

「久し振りの再会を祝って、僕からのプレゼントだ」

遠慮のない強引な笑顔で花束を渡されてしまった。

「丁度よい時間だ、食事でもどうだい？」

「これから夕飯の買い物をしなければならないんです」

腰に手をまわそうとするアドルフから一歩下がって、遠回しに遠慮をした。

「家族の夕飯なら僕がデリバリーを頼んであげるよ」

「それはいけません！　そんなことをしていただく理由もありませんし………」

そんなことをしたら、ヤンにどう説明してよいのかわからない。

「一日くらいデロイだって許してくれるだろ？」

「(!)………」

やはりこの人は何も知らないのだ。

「父は二年前に亡くなりました」

「それは残念だったね。でも、少し早い気がするな」

その言葉には何の感慨も感じられなかった。

目の前の男には父の死などまったく関係ないのだ。ましてや自分が死に追いやったなど微塵も思ってはいない。

「デロイが亡くなったとあっては君も大変だったろう。何だったら昔のように僕が支援してあげてもいいが、どうだい?」

アドルフの顔がメイルにはひどく卑しい顔付きに見えて、

「結構です!」

自分でも驚くほど強く拒絶していた。

「私は今、弟のヤンと幸せに暮らしています。ルフトヤーツェンを離れて人としての誇りを取り戻したんです」

それは彼女の正直な気持ちだった。

だが、アドルフにはまったく通じなかった。

「何をそんなに力んでいるんだい。人の好意は素直に受けるものだよ。この僕が、君の笑顔にはそれだけの価値があると認めているのだから」

珍しく譲歩している自分に思わず笑みが零れる。

そのにやついた笑顔に向かって、

「父はルフトヤーツェンで自分の仕事に誇りを持っていました。もちろんバルツォークに来てからも一緒です。どんなに貧しくても決して人を貶めたり、裏切ったりしたことはありませんでした」

メイルはきっぱりと言い放った。

「何が言いたいんだ？　まるで僕が何か企んだような口振りだな」

「…………」

反論したい気持ちを抑え、

「これで失礼します。理由がありませんのでこの花はお返しします」

花束を返そうとすると、それまで穏やかだったアドルフの表情が一変した。

怒りに身を震わせ力任せに振り払われた二十本のバラが、無残に花びらを散らせ路面に舞い落ちる。

「使用人の分際で何様のつもりだ！」

目を吊り上げ怒気鋭く言い放たれた言葉に、それでもメイルは、

「今の私はあなたの使用人ではありません！」

真正面から相手を見据え、きっぱりと言い返した。

予想に反した展開にアドルフは一瞬怯んだものの、すぐに普段の冷静さを取り戻す。

「君には世の中というものがまだわかっていないようだ。常にこの世は〝選ばれし者〟が動かすようにできている。力のないものは素直に従えばいいんだよ」

彼が教え込まれ、今や持論となった考えを口にした。

メイルは負けていなかった。

「では、教えてください。あなたは誰に選ばれたというのですか？　親や祖先の残した財力と権力に

包まれているだけではないですか。それは選ばれたのではなく、単に家系を継いで与えられたに過ぎません」

「それで十分だろう。人間は持って生まれた出自でその後の人生は決まるのさ。富める者はその環境の中で洗練された生活や高度な教育を受け、更に優秀な人間へと成長する。だが、そうでない者はいくら頑張っても何も変わりはしないんだ」

やはりこの男は何も変わっていなかった。いや、変わることは自分を失うに等しいのだ。そんな人間とこれ以上話をしても無駄だと思った。

「もう結構です、これ以上は何もお話することはありません」

「おやおや、君も所詮はジェイクと同類だったか」

その言葉にメイルが踵を返した。

「それはどういう意味ですか?」

もう自分を抑えることができなかった。

「今日の対抗戦を見ただろ。卑しい出自の人間は何をするにも中途半端なんだ。だから、結局は勝利を勝ち取ることなどできはしない。お蔭で僕は母校の大歓声を受けることができたがね」

対抗戦勝利の快感を思い出すようにアドルフがにやついた。

メイルはジェイクまでが侮辱されることに我慢がならなかった。

「確かにサンティエールの歓声は聞きました。でも、私はメイジーの応援席の中で、それ以上の感動を得ることができたと思っています」

「感動……、何のことだよ？」

「掴みかけた自分の名誉より見ず知らずの少女のことを思う彼の正義を、メイジーのみんなが見ていたんです。人を思いやる善なる魂に触れて、私たちは心を打たれました。だから自然に涙が溢れたんです。あの瞬間、ジェイクこそが〝選ばれし人〟であることが証明されました。そして、彼を選んだのはあなたが頼る家柄などではなく、……神様です！」

その言葉に、斜に構えていたアドルフの顔が憎悪に煮えたぎった。

「負け犬同士が互いの傷口を舐め合って何が変わると言うんだ。まったくの茶番だ！」

あたりに響き渡るほどの大声で罵った。

「人の心が何とでもなると思っているあなたには、そのようにしか見えないのでしょう。でも、いつか必ずわかる時が来ます。その時、あなたは自分のまわりに誰もいないことに気づくはずです。可哀想な人……」

そう言い残して、メイルは今度こそアドルフに背を向けその場を後にした。

残されたアドルフは生まれて初めて打ちのめされた思いがした。だが、断じて許容はできない、いや、するつもりはなかった。

どちらが正しいかしっかりと教えてやる、閉ざされた心にそう固く決心するのだった。

5

一九三九年十二月

この日、ジェイクはヤンとの約束を果たすため学生自治会を訪れていた。

此処へ来るのはまだ二度目だったが、サンティエール大学との対抗戦で見せたジェイクの雄姿が既に学内に広まっていたので自治会メンバーの歓迎振りは大変なものだった。

「ようこそジェイク、君は僕たち学生自治会の同志だ！」

「えっ！　同志？　………」

突然の言葉にジェイクは面食らうしかなかった。

彼らがどんな活動をしているのかも知らないのに、いきなり志が同じだと言われても戸惑うばかりだ。

「そうさ、自分の名誉よりも弱者への救済を優先する君の振る舞いは、まさしく我々学生自治会の本分とするところだよ」

部屋にいたメンバー全員からそのとおりだと言わんばかりに拍手が湧いた。

「ジェイク、彼らは対抗戦で少女の命を救った君に感動しているんだよ」

居合わせたヤンが嬉しそうに満面の笑みで話に割って入る。

姉メイルから対抗戦の一部始終を聞いて、彼も親友のとった行動に心から感動していた。

「年に一度しかない栄えある名誉を投げ打った君は、今やメイジー大学の誇りになっているのさ。あの日、応援に駆けつけた誰しもが君に感銘を受け、その噂は学校中を駆け巡っている」

「命を救うなんて、大袈裟だよ」

誇張された話に照れ笑いを浮かべると、

「諸君、ご覧のとおり我が親友はどこまでも奥ゆかしいと来ている。でも、これが〝ジェイク〟という人間なんだ。昔からちっとも変わっていない」

ヤンの言葉は益々熱気を帯びて、まるで選挙戦立候補者への応援演説のようだった。

「ヤンさん、やはりジェイクはあなたが言っていたとおりでした。僕らもこんなに勇気づけられたことはありません」

「そうだろ……そこでだ、諸君！　残念ながら僕は社会人聴講生に過ぎないから常に君たちと行動をともにすることができない。でも、すぐ近くにこんなに頼りになる仲間がいるんだ。みんな勇気をもって今まで以上に正義のために闘っていこうじゃないか！」

その言葉に、自治会のメンバーは我が意を得たりとばかりに拍手を繰り返した。

妙な雰囲気に事態を呑み込めずにいると、

「ジェイク、まずは彼らの話を聞いてやってくれ」

ヤンがそっと耳打ちをした。

「ジェイク、僕たちは今、大変な窮地に立たされているんだ」

メンバーのひとりが真剣な眼差しを向けて来た。

「ここのところ大学当局による学生自治活動への締め付けが厳しくなってね。今まで許されていた活動が事あるごとに規制され、学内における学生の権利が著しく侵害され始めているんだ。例えば最近、労働法の講義で何か感じることはないか？」

「労働法？　……」

確かに言われてみれば、直近の法改正で労働者の権利が大きく制約されるようになったが、同時に教授たちの講義の進め方も変わったようには感じる。

それまでは歯に衣着せぬ議論で自由に進められていた授業が、最近は教授の一方的な講義に終始していた。その内容も政府や行政に対する批判めいたことは禁句で、疑問を感じても発言する機会すら与えられなかった。

「政府から大学当局に指導方針が示され、それに従わない教授は学外に追いやられるらしい。しかも、政府の締め付けは講義だけではないんだ。大学への助成金も大幅にカットされたため、来期から授業料の大幅な値上げを検討しているという噂まである」

「えっ！　それは本当か？」

初耳だった。（奨学金は大丈夫だろうか？）

「僕らは大学側との交渉を求めているんだが、彼らはその必要はないの一点張りで埒が明かない」

唇を噛む無念の表情に諦めともつかない悔しさが滲んでいた。

この事態に憤ったメンバーの中には、バリケードを張ってでも断固抗議すべしと過激な主張をする者さえいた。

その背景には政府が国民生活をじわじわと締め付け始めているという危機感があった。ドイツのポーランド侵略という緊急事態を理由に国家による統制が強められ、これがやがて自由への弾圧につながるのではないかと危惧しているのだ。

確かにいつの間にか成立してしまった大統領特別権限法で労働法制は骨抜きにされ、団体交渉やストライキ、集会といった労働者の権利が停止された状態になっている。そればかりか治安維持法が新たに制定され、これに違反した者は国家反逆罪で死刑もあり得るという、まさに基本的人権を脅かす法律まで制定されていた。

実社会から一歩離れた学生という恵まれた環境が、こうした変化から目を遠ざける結果になっていたのかも知れない。学生自治会のメンバーは全国労働者連盟に席を置くヤンによって、こうした動きには特に敏感だった。彼らの話に、今更ながらジェイクは自分の未熟さを痛感せざるを得なかった。だが、こうした改革を推し進めているのは他でもない養父であるガルシェスクなのだ。現実を直視すればするほど胸が締め付けられる思いだった。

「僕らは最初、君が大統領の養子（むすこ）ということに抵抗があったんだ。でも、ヤンさんは言下にそれを否定した。君はどんな時も正義から目を背けたりはしない、そう言って僕らに君を紹介してくれたんだよ」

「ジェイク、君の力を彼らに貸してやってくれないか？」

その言葉の意味するところがジェイクにはわからなかった。

「学生自治会は今、メイジー大学のすべての学生の力を結集しようと活動しているんだ。だが、大半の学生は忍び寄る悪魔の姿を見ようとはせず、薄々感じてはいる恐怖から敢えて目を逸らしている。この状況を放置していたら、大学ばかりかこの国そのものが取り返しのつかないことになるだろう」

ヤンの言葉が切羽詰まったものに聞こえた。

政府による統制強化は確かにそのとおりだ。それを指揮しているのが大統領だというのも事実だ。だがその反面、養父であるガルシェスクの顔が目に浮かぶとどうすべきか結論を見出せなかった。

自分が学生自治会に加わって声を上げれば、これまで育ててくれた養父を裏切ることになりはしないか。そこまで旗幟鮮明（きしせんめい）に意思を表明したら、陰ながら自分を応援してくれている養母ルイーザはどう思うだろう。

いや、自分は何のために大学で学ぶことを選んだのか。その礎となるルフトヤーツェンでの誓いは何だったのか。どうすることが自分の信じる正義となるのか。様々な思いが交錯して気持ちの整理が付かなかった。

やがて葛藤に苦しみながら逡巡するジェイクの脳裏にひとつの言葉が甦った。

〝人が人である限り、悪に誘うものを排除できた時、必ず善なる魂を手にすることができる。そしていつの日か思いを成し遂げた時に、養父やアドルフとも強い絆で結ばれる〟

ルイーザの手紙に綴られた一文だ。

「わかった、僕で役に立てることがあるのなら一緒にやらせてもらうよ」

ジェイクは迷いを断ち切るようにはっきりと明言した。

「ありがとう、ジェイク！　それでこそ我が友だ。諸君、今こそ学生自治会がこの国のあるべき姿を取り戻す、その先人となろうではないか！」

ヤンの鼓舞する声を合図に全員が拳を振り上げ、「おうっ！」と勝鬨を上げた。

その後の学生自治会の活動はこれまでとは見違えるように様変わりした。それまでキャンパスでどれだけ声を嗄らしても素通りしていた学生たちが、そこにジェイクが立っているだけで多くの聴衆に生まれ変わったのだ。

ジェイクの存在は、それだけで学生自治会の主張の正当性を証明する影響力を持っていた。少女を救った美談はジェイクの人間性の証しとなり、その一言ひと言は大きな説得力となって瞬く間に学生たちに伝播していった。ジェイクが加わる集会はどこでも大勢の聴衆で埋まり、そこで話されることに一気に賛同者が増えていった。

この状況に大学側は驚愕するとともに、いつまでもこれを放置しているわけにはいかなくなった。すぐさま改正労働法の拡大解釈で学内での集会や演説を禁止行為とする通達を発し、学生自治会の活動を抑えにかかったのだ。

これに対し学生自治会は自分たちの主張をビラにまとめ、一人ひとり手渡しで改革運動の気運を盛り上げる作戦に出た。その結果、賛同者の数は以前にも増して膨れ上がり、中には教壇に立つ教授の顔も見られるようになった。

ヤンから話を聞いたメイルも社会人聴講生としてこの活動に加わり、ジェイクの横で率先してビラを配った。彼女もまた受け入れ難い権力に抗うことに自らの存在証明を賭け、一方でジェイクを手伝えることに喜びを感じていた。

そんな時、予期せぬ人がジェイクを訪ねて来た。

「ジュリア！　どうしたんだい？」

「決まってるでしょ、手伝いに来たのよ」

屈託のないいつもの笑顔がそこにあった。

ガルシェスク家を出て以来の再会にジェイクは上手い言葉が見つからなかったが、デロイ姉弟は三年振りに見る彼女に涙を流さんばかりに喜んだ。

「ジュリア、お久し振り。まさかあなたにまで会えるなんて」

「メイル、ほんとうにお久し振り。ジェイクったらふたりとの再会をひとりで喜んで、私には何も連絡してくれないのよ、酷いんだから！」

ジュリアは一ヶ月以上前に目にしたことは伏せて、あくまでも偶然の再会を装った。

そばで見るメイルの美しさに改めて敗北感を抱きながら、それでもジェイクとはお似合いだと自分に言い聞かせた。

「ジュリア、僕のことも覚えていてくれてるね」

「忘れるわけないでしょ、ヤン。あの頃とちっとも変わってないわ」

「弟はあの頃からまったく進歩してないのよ」

メイルの言葉に一同が笑い声を上げる。

弟のこんなに幸せそうな顔を見るのは久し振りだった。自分がジェイクに恋しているように、弟のヤンもジュリアに想いを寄せていることは知っていた。

ジェイクとの再会で、弟が一番に知りたいはずのジュリアの近況をなぜひと言も口にしないのか、それがすべてを物語っていた。自分だけがジェイクと時間を共有することに後ろめたさを感じていたメイルは、ジュリアが目の前にあらわれてくれたことが心底嬉しかった。

ビラを配りながら互いの近況を交換し合い、ともにあの頃と少しも変わっていないことが確認できて、三年という空白の時間があっという間に埋まるのを実感した。

日増しに賛同者が増えるという自分たちの活動に手ごたえを感じた学生自治会は、この運動を他大学にも展開するべきだろうと話し合った。メイジー大学が起点となって、圧政に対する反対行動を広めることが重要だと結論づけたのだ。

メンバーが手分けして他大学を訪れ、政府の圧制と大学自治の重要性を説いてまわった結果、多くの大学で学生自治の気運が一気に盛り上がった。今やメイジー大学は学生民主化運動の総本山となり、キャンパスの到るところで小集会が開かれるようになった。

こうした動きに大学当局は一層の危機感を募らせ、自分たちでは手に負えなくなった学生自治会を国家権力で抑えつけようと考えた。そのための準備が警察本部との間で用意周到にしかも隠密裏に進められた。全国労働者連盟の不穏な動きに警戒感を募らせていた警察本部にとってもまさに好都合だったのだ。

その後も日に日に盛り上がる学生運動に対して、遂に大学構内に警察機動隊が介入する事態となった。この予期しない横暴な振る舞いに多くの学生が反発したが、圧倒的な数とその武装は瞬く間に学校中を鎮圧していった。

特に警察機動隊がマークしたのは、今や学生自治会の中心的存在となっていたジェイクだった。敵のリーダーを倒せば残された連中は烏合の衆だ、と百戦錬磨の当局は見抜いていたのだ。鎮圧にあたった部隊は他の学生には目もくれずジェイクの獲捕に全力を注ぎ、寄り添うようにそばにいたジュリアにまで警察機動隊の突進が迫った。

右往左往する学生の中からジェイクはジュリアを逃がすことに心血を注いだ。彼女をクライスのもとへ無事に送り届けなければ！　そばから離れようとしない彼女を無理やり引き離し、ヤンにその身を託した。

その時間が仇となって逃げ遅れたジェイクは、気づいた時には警察機動隊の振り下ろす棍棒にしたたかに打ちのめされてしまった。

しばらくして彼が意識を取り戻したのは警察本部の留置場の中だった。冷たい壁と鉄格子に囲まれた薄暗さに不安が募るが、それ以上にジュリアの安否が気掛かりだった。

「ジュリア、無事か！　大丈夫だったか！」

留置場内は依然として静まり返ったままだ。

返事がないのは彼女が捕らわれていない証しだ――そう願いつつ、不安と苦痛が混濁した彼の意識は再び闇の中へと遠退いた。

強引にヤンに引っ張られたジュリアの目には、警察機動隊に連行されるジェイクの姿が焼き付いていた。大変なことになってしまった。このままではジェイクがどうなるかわからない。

彼女はすぐさま自宅へ取って返した。こんな時、頼れるのはルイーザしかいない。このことを話してママの力を借りなければ！

息せき切って帰宅した娘の尋常でない慌て振りに、ルイーザは不吉な予感がした。

娘の話を聞いて、その予感が当たってしまったことにショックを受けた。あのジェイクが警察に連行されるなど俄かには信じられなかったが、目の前の娘の取り乱しようが全てを物語っている。

彼女は思い悩んだ末、夫の力を借りるしかないと覚悟を決めた。どんなことがあっても息子を救い出さなければならない。たとえどんな手段を使ってでも——。

ルイーザは夫が帰宅すると、すぐに用件を切り出した。

「あなた、お話があります」

ガルシェスクはこれほど厳しい表情をした妻を見るのは初めてだった。

いつもと違う出迎えに驚きはしたものの、その意図は容易に想像がついた。警察庁長官から国家反逆罪の容疑でジェイクを逮捕せざるを得ないと、事前に知らせが届いていたからだ。

躊躇を見せる署長に法の安定を優先するよう指示したのは、他でもないガルシェスクだった。ルイーザの様子を見れば当局が任務を遂行したのは明らかだ。

「どうしたのだ？　ルイーザ」

夫の問い掛けに、彼女はジュリアから聞いた事の顛末を話し、何としてでも息子ジェイクを牢獄から解放するよう迫った。

「いくら何でもそれは無理だよ、母さん」

いつの間にかあらわれたアドルフが夫婦の会話に割って入った。

ルイーザはもうひとりの息子の姿を目にするや珍しく感情を露わにして、

「あなたが出しゃばるようなことではありません！　お父様と大事な話があるのです。すぐに此処から出て行きなさい！」

初めて見せる母親の剣幕にアドルフは言葉を失い、父親の様子をうかがいながら渋々部屋を後にするしかなかった。

「ルイーザ、君らしくないぞ。一体、どうしてしまったのだ？」

「あなた……、ジェイクがなぜ逮捕などされなければならないのです？」

夫の目を見据え、冷静に話したつもりだった。

「どうしたのだ？　そんなに怖い顔をして」

切羽詰った思いが、そのまま夫に伝わっていた。

「ごめんなさい、気が動転してしまって……でも、ジェイクのことが心配でならないの」

思わず涙が頬を伝い、そのままソファに腰を落とした。

ガルシェスクは愛する妻の姿に心を痛めたが、ことさら冷静に事情を説明する。

「残念ながら、ジェイクが逮捕されたことは事実だよ。ただ、彼のとった行動を考えれば仕方がなかった。警察庁長官も憂慮したが、法の下では万人平等であらねばならない。それがたとえ大統領の養子(むすこ)であってもだ」

「ジェイクが一体何をしたというのです。あの子は学生として、この国に暮らす国民として、正当な主張を行っただけではないですか」

ジェイクと学生自治会が繰り広げた主張はジュリアから聞いていた。

ルイーザはそれを理解できたし、決して過激なことをしたとは思っていなかった。

「ルイーザ、アルドニア共和国は今、平時ではないのだよ。このヨーロッパでドイツが再び武力による侵略を始めているのだ。こんな時、まわりの人間を煽動して国の団結を脅かすなど厳に慎まなければならない。国家への反逆を断罪する治安維持法に違反した者は、逮捕拘留も止むを得ないのだ」

「一部の学生が声を上げただけでこの国の治安は乱れてしまうのですか？　もしそうならば、問題の本質はこの国の指導者にあります」

思わず口を突いて出た言葉にルイーザは言い過ぎたと思ったが、

「それは私に対する批判かね？」

案の定、ガルシェスクが即座に反応した。

「言葉が過ぎたことは謝ります。でも、大統領になってからあなたは変わってしまいました。少なくともジェイクを我が家に迎えた頃のあなたは、今とは違っていた」

「ルイーザ、私は何も変わってなどいないよ。まったくあの頃と一緒だ」

「！　………」

ルイーザは夫の言葉に意識が遠退くような気がした。

初めてアンドレッジオへ行く前の晩に感じたあの不信感は正しかったのかも知れない、そんな不安と今更ながらの後悔が彼女を襲う。

「どうしてもジェイクを救ってはいただけないのですね？」

「極刑にはならぬよう手をまわすが、今すぐに釈放することは不可能だ」

その言葉にルイーザは哀しい溜め息を吐いた。

「わかりました。それでは私はジュリアを連れてこの家を出ます」

「！　………………」

思いも掛けない妻の返事に、ガルシェスクは言葉を失った。

「あなたは先ほど、法の下では万人平等であらねばならないとおっしゃいました。仮にそうならば、活動に参加していたジュリアも逮捕されることになります。そんなことは絶対に許せません。私にとってジェイクもジュリアも可愛い子どもです。そんな私をあなたは隠匿の罪で罰するのですか？」

ルイーザの目は真剣そのものだった。

命をも惜しまぬ厳しい眼差しが夫を射抜いた。

初めて見る妻の顔付きに怯んだガルシェスクは、言葉もないままその場に立ち竦んだ。その姿を哀しげに一瞥すると、ルイーザは無言のまま部屋から出て行った。

翌朝、一睡もできぬまま一夜を過ごしたルイーザが荷造りを始めようとした時、執事のワイダが「ご主人様からお預かりしました」と一枚のメモを差し出した。

そこには〝ジェイクは今日釈放される〟とだけ書かれていた。ルイーザは安堵のあまり涙が込み上げたが、同時にこれでよかったのだろうかと思わずにはいられなかった。

何も根本的な解決には至っていないのだ。きっとふたりは再び衝突するに違いない。私の下した決断は果たして正しかったのか。夫との昨夜のやり取りから、九年前に抱いた不信が確信となった今、今度のことで夫が考えを改めたとはとても思えない。

この家にあって自分ができることは、一体何なのだろう。ルイーザは安堵の中で、言いようのない深い絶望を感じていた。


――「ジェイコフ・ガルシェスク、出ろ！　たった今、おまえは釈放だ。せいぜい親父殿に感謝するんだな」

看守の冷たい声が牢獄に響き渡った。

ジェイクは言われるまま開錠された鉄格子から外へ出されると、昨日までと違って手錠をされることはなかった。

一緒に投獄された学生自治会のメンバーたちが、安堵をともなった羨ましげな視線を自分に向けているのがわかる。ジェイクの釈放で、間もなく自分たちも外へ出られるという期待感のあらわれだ。

その視線の中に、突き刺すような冷たい眼差しを向ける男がいた。やはり大統領の養子は特別扱いかという憎悪にも似た感情を投げ付けられているようだった。

ジェイクはその顔に見覚えがあったが、それが誰なのかは思い出せなかった。明らかに敵意に満ちた冷たい目の輝きだけが心に残った。

警察本部の正面入り口前でヤンとメイル、そしてジュリアが肩を寄せ合っていた。ルイーザからジェイクが釈放されることを聞いたジュリアが、デロイ姉弟を連れて朝早くから待っていたのだ。

「ジェイク！」

警察本部から出てくるジェイクに一番に駆け寄ったのはジュリアだった。

「ごめんなさい、ごめんなさい……私のせいで」

胸に飛び込むなり周囲の目も気にせず声を上げて泣きじゃくった。

「ジュリア、大丈夫だよ。君のせいなんかじゃないから」

「ジェイク、一時はどうなるかと思ったが、ほんとうによかった」

ヤンとメイルも安堵の表情を浮かべている。

「ふたりにも心配を掛けてすまなかった。ジュリア、養母さんが動いてくれたのだろ？　くれぐれも宜しく言っておいてくれ。また迷惑を掛けてしまってすみません、と」

ジュリアは首を振るばかりでまだ涙が止まらなかった。

「まだ大勢の仲間が拘留されている。彼らを早く自由の身にしなければならない。ヤン、力を貸してくれ」

「もちろんだ。しかし、いいのか？」

ヤンは親友を学生自治会に巻き込んだ責任を感じていた。

ジェイクは自分とは立場が違う。まだ活動を続けるとなれば、それはガルシェスクと今後も衝突することを意味しているのだ。

「ヤン、心配しないで」

落ち着きを取り戻したジュリアが涙を拭いながら口を開いた。

「此処へ来る時、ママからジェイクに言付けを頼まれたの」

「養母さんが？」

「ええ、……ジェイク、あなたは自分の信じる道を進みなさい。それでもあなたとの絆はしっかりとつながっています、って。そう言った時のママの目はとても優しくて、でも驚くほど力強かったわ」

その言葉を聞いて、ジェイクの迷いは完全に吹っ切れた。

〝思いを成し遂げることで絆は強まる〟――あの手紙の一文がふたたび脳裏に甦る。

「ヤン、全労連のフェレンツ議長に会わせてくれないか」

ヤンも驚くほど力強いその口調は、紛れもなくジェイクの覚悟を感じさせるものだった。

第五章　闘　争

1

一九四〇年一月～

英仏がドイツへ宣戦布告したにもかかわらずポーランドが降伏して以降、ヨーロッパ情勢は特に大きな動きもないまま――アメリカがまやかしの戦争と報じたほど――ただ時間だけが静かに経過した。

一方、国内に戦禍が及ばなかったアルドニア共和国は、逆に過剰なまでの反応を見せていた。首都バルツォーク市は新年を迎えても例年のような賑わいはなく、まるで戦時下のように街全体が静まり返っていた。

来るべき有事に備えるという名目で政府による統制は日を追うごとに厳しさを増し、街の至るところで自警団と称する民兵まがいの武装集団が監視の目を光らせていたのだ。

彼らは治安維持法を盾にたとえ少人数でも労働者や学生が集会を開けば、その理由を問わず身柄を拘束して警察本部へと連行した。政府はこの行き過ぎた自警活動を取り締まるどころか、逆に国体維持に必要不可欠として奨励する姿勢をとった。

その引き金となったのは、昨年十二月メイジー大学で発生した学生自治会に対する一斉検挙だった。その後、首謀者のジェイクを釈放したことで他のメンバーの拘束も解かざるを得なかった政府は、自由の身となった彼らが再び決起することを恐れていた。

そのため自警団の手が一般市民にまで及び多くの苦情が寄せられても、政府をはじめ警察本部はそれらをすべて黙殺した。こうした状況に多くの市民は政治のことを一切口にしなくなったが、それはあくまでも表向きで裏へまわれば仲間内で大統領の悪口や政治に対する不満を言い募った。

一方で、全国労働者連盟や学生たちの中からは善良な国民を演じつつ陰で反政府運動に取り組む者が大勢あらわれた。彼らは市井の協力者によって幾つかの密会場所を確保し、政権打倒に向けた極秘の会合を重ねた。

その密会場所のひとつである街外れのレストランで、信頼を寄せる部下から依頼を受けたひとりの男が厨房の奥にある個室に待機していた。

上背はあるが華奢な身体つきと黒縁メガネを掛けたインテリ風の容貌からは、とても反政府運動に身を投じるような印象は感じられない。それでも協力者である店の主人からは絶大な信頼を寄せられていて、この日も待ち人が来ればそっと案内してくれる手筈になっていた。

「遅くなりました」

主人の案内であらわれたヤンは、となりに同じ年頃の若者を連れていた。

男が初めて会うその若者は六フィートを越える長身だったが、自分とは違って見事に鍛え上げられた体躯の持ち主だった。灰色がかった黒髪はこの国には珍しかったが、黒く澄んだその瞳からは力強さと優しさ、そして何よりも誠実さが感じられた。

「フェレンツ議長、紹介します。彼が以前お話したジェイクです」

「初めまして、ジェイク。全労連のフェレンツです」

満面の笑顔で右手を差し出すと、

「ジェイコフ・ガルシェスクです。今日はお会いいただきありがとうございます」

ジェイクはしっかりとその手を握り返した。

猛者ぞろいの労働組合を束ねる議長のあまりに知的で静かな印象に驚いたが、握手の力強さでなるほどと納得がいった。掌を通じて男の思いの丈が伝わって来るようだ。

「さあ、ふたりとも此処へ座ってくれたまえ。最近は食糧事情も悪くなかなか満足できる食事を口にできなくなったが、此処のシェフは限られた食材で一流の料理を振る舞ってくれるんだ」

「そりゃあいい！　ジェイク、思う存分腹ごしらえしよう」

「ありがとうございます、フェレンツ議長。でも、僕は食材にこだわりはありません。何を食べるかよりも誰と食べるかで食事の良し悪しは決まると思っていますから」

「なるほど……では尋ねるが、アルドニア共和国の国民は一流の料理を振る舞われるとわかれば大統領とも食事をともにするだろうか？」

「いいえ、しないと思います。今の養父(ちち)なら僕も遠慮をします」

その言葉で、フェレンツのジェイクに対する第一印象は確信に変わった。

「ヤン、君はよい友を持ったな。ジェイク、君を試すようなことを言ってすまなかった。許してくれ」

「いいんです、フェレンツ議長。僕は大統領の養子という色眼鏡で見られることには慣れていますから。でも、養父である大統領を決して敵視するつもりはありません」

「……と、言うと？」

「養父の中にも善なる魂があると信じているからです。いくら個人攻撃をしてもそれは当事者同士の争いに過ぎません。それよりも世の中の仕組みそのものを変えなければ、今この国が抱える根本の問題は解決できないと思っています」

聖アンドレッジオ養護院でオグリオット院長から幾度となく聞かされた互いの違いを理解し尊重し合うことの大切さ、人が人である限り悪に誘うものを排除できた時、必ず善なる魂を手にすることができるというルイーザの言葉、それらが今の自分の信念であることをフェレンツに伝えた。

「だから僕は養父のことも信じています」

黙ったまま静かに耳を傾けていたフェレンツはやがて大きく頷くと、

「ジェイク、私も君の考えには大賛成だよ。敵対心から生まれるものは何もない。それよりも正直者が馬鹿を見ない、一生懸命生きている人々誰しもが報われる世の中を私はつくりたいと思っている」

澄んだ瞳がまっすぐジェイクを見据えた。

「しかし、そのためには正しいと思うことを主張し続けなければならない。たとえ国家権力と衝突しても怯むことなく人々に訴えていかなければならないのだ。そうして我々国民が問題の本質を探究できる審美眼を備えれば、政府もこれを無視することはできないだろう。国を動かすその根底にあるのは、我々国民一人ひとりの意識以外にないからね」

「はい、そのつもりで僕は今日、フェレンツ議長に会いに来ました」

笑顔を浮かべたふたりが、今日二度目の固い握手を交わした。


——大統領執務室のソファに腰を下ろしたコストノフは三白眼の目を伏せたまま身を硬くしていた。

これから受けるだろう叱責を覚悟してのことだ。

「どうやら事は上手く運んでいないようだな」

冷ややかな声が胸に突き刺さった。

「申し訳ございません。下層な労働者の中にもつまらぬ意地を張る奴がおりまして」

労働者即ちゴードンの印象が強かったコストノフは、自らの失態を素直に認めた。

「労働者をひと括りで考えるおまえの攻め方が浅はかなのだ。人間は誰しもそれなりの正義感というものを持っている。しかも、それは下層の者にこそ根強く存在するのだ。その強さの有りようを量ってこその調略ではないか」

「まったく仰せのとおりでございます」

返す言葉がなかった。

「まあよい。フェレンツの抱き込みは諦めよう。既に大統領特別権限法で労働組合は解散され、全国労働者連盟はその存在自体が違法となった。もはや表立って騒ぎを起こすこともできまい」

「はい、仰せのとおりです。ただ全労連はもとより学生自治会の連中までが、地下に潜って民主化運動などと世迷言を並べ立てているようですが……」

恐る恐るガルシェスクの顔色をうかがった。

「虫けらどもがいくら騒ぎ立ててもどうということはあるまい。だが、無知な大衆がこれに煽動されては厄介なことになる。キリエンコのように墓穴を掘ることにもなりかねんからな。そのための手立ては打たねばならんだろう」

「……と、おっしゃいますと？」

「内憂を取り除くために外患を利用するのだ」

「？　………」

長年参謀として仕えてきたコストノフにもその意味するところがわからなかった。

「ドイツが今月初めにデンマークとノルウェーに侵攻したのを知っているであろう」

「はい、戦地が北方に移動したことはアルドニア共和国にとって好都合でした」

「確かにアルドニアには好都合だったが、私には必ずしも都合がよいとは言い難いぞ。危機感から開放された国民が政治への不満を高めているからな」

三月にソ連がフィンランドを制圧すると、翌月にはドイツもデンマークとノルウェーへ三個師団を進駐させていた。戦地が遠退いたこの状況にアルドニア共和国の国民は、なぜ自分たちの日常生活が締め付けられるのか納得がいかなかった。

「だが、ドイツの北欧進軍はほんの序章に過ぎない。奴らの真の狙いは西方進軍でヨーロッパ全土を制圧することなのだ。そうなれば好むと好まざるとに関わらずアルドニア共和国も戦禍の渦に巻き込まれる。国民はそのことにまったく気づいていない」

コストノフは今更ながらガルシェスクの洞察力に舌を巻いた。

「いざ戦争に巻き込まれれば国民も贅沢など言ってはおれまい。何しろ国家の存亡は自分が生きるか死ぬかの問題と直結するのだからな」

そこまで言うとガルシェスクは急に黙り込んでしまった。

ベルリン・ローマ枢軸の側か英仏の連合国側か、最後に勝利するのがどちらになるのかをガルシェスクは未だに判断しかねていた。

「大統領閣下、ドイツの勢いは日増しに強くなっております。これを阻止するのはもはや不可能ではありませんか」

長年参謀として仕えてきたコストノフは主人の思いを代弁したつもりだった。

それでもガルシェスクは迷っていた。

優柔不断な英仏に比べればドイツの勢いは誰が見ても明らかだが、彼にはどうしても見過ごせないものがあった。今は表立った動きを見せていないが、前の大戦で大きな役割を果たしたアメリカの存在だ。大西洋を隔てたあの大国が友好関係にあるイギリスの支援に乗り出せば、戦況の行方など一気に逆転してしまうだろう。

アメリカは大戦後に推し進められたヨーロッパの植民地政策に嫌気が差し、世界恐慌の打撃も加わって内向きの孤立主義を進めている。だがその一方で、現状の均衡を崩しかねない強大な勢力の出現は断固としてこれを排除する国だ。

アメリカがこの戦争に参戦するのか否か、ガルシェスクはその判断材料が欲しかった。

「アメリカはどう動くだろうか？」

突然出た遥か遠い国の名前にコストノフは呆気にとられたが、

「さて、如何なものでしょう。東洋で勃発した日中戦争と同様、私にはよくわかりませんが……」

思いついたままを口にした。

「！　………」

その瞬間、ガルシェスクの目が俄かに輝きを帯びた。

「コストノフ、近隣諸国で日本大使館のある国はポーランドだったな！」

「はい、左様でございます」

答えはしたものの、コストノフは飛躍する話について行けない。

「この戦争、極東の島国が命運を左右するぞ」

東に大西洋、西に太平洋と遥かな海洋を隔てているとはいえ、東西で起きている戦争にアメリカがいつまでも無頓着でいるわけがない。

しかも日本は中国大陸で満州国を建立し、これが否定されるやすぐさま国際連盟を脱退したではないか。まさに東洋のドイツの如き振る舞いだ。既に防共協定を結んでいるドイツと日本が、イタリアも含めて軍事同盟化することも有り得るのではないか。

「ポーランドの日本大使館と接触を図りたいが、……ドイツの占領下にあってはなかなか容易ではないな」

「であれば、イタリアに仲介させるというのは如何でしょう。閣下はかつてイギリス訪問時に駐英大使だったグランディとお会いになっていたではないですか。奴に仲介の労をとらせてみては？」

確かにガルシェスクはグランディと知己を得ていたが、彼がムッソリーニ首相やチャーノ外相と上手くいっていないことを知っていた。

「親英派のグランディではドイツとの橋渡し役は難しかろう。逆につまらぬ疑念をドイツに与えかねんぞ」

「それならご心配には及びません。大統領閣下の大事なご子息がポーランドを訪問するとなれば、むしろ好意的に迎えられましょう」

「……おまえの言うことはわかるが、アドルフにそんな危険な真似はさせられん」

さすがのガルシェスクも自分の息子に命をも落としかねない任務を任せるわけにはいかなかった。

「もちろんでございます閣下、……ですがあなた様にはもうひとり立派なご子息がいらっしゃるではありませんか」

三白眼を更に上目遣いにしたコストノフが、今日初めていつもの引きつるような笑みを浮かべた。

——全労連のフェレンツ議長指導の下、各大学の学生自治会は全国学生連盟（全学連）として組織され、その議長には提唱者であるジェイクが選出されていた。

この日も集会所である——数ヶ月前フェレンツと会った——レストランで定例会が行われていた。今やどんな集会も非合法となったアルドニア共和国では危険この上ない集まりだったが、集結したメンバーは全員がその使命感に燃えていた。

「とうとうドイツがベルギー、オランダへの侵攻を始めたぞ。ポーランドや北欧だけでは飽き足らないゲルマン野郎の本性がいよいよ露わになった証拠だ。そのお蔭で幸いにもアルドニア共和国への侵略は見過ごしてくれたが、これは絶好の機会じゃないか」

「そのとおりだ。この機に乗じてガルシェスク政権を倒し、アルドニアに民主政府を樹立しようじゃないか！」

五月に始まったドイツの西方進軍で戦地が遠退く状況に、全学連の定例会は大いに盛り上がっていた。

「みんな、ちょっと待ってくれ。僕ら全学連は暴動を煽るような真似はしないと言ったはずだ。そんなことをしたら国内に無用の争いを生むだけだ。全労連のフェレンツ議長だってそんなことを望んではいない」

逸り立つメンバーを抑えるのにジェイクは必死だった。

フェレンツとの面談で横断的な力の結集を諭された彼は、各大学に点在する学生自治会を統合し全国学生連盟を結成した。その役割はこの国のあるべき形を多くの学生たちに知らしめ、全労連とともに民主化の国民世論を形成することにあった。

「同胞の者同士が争って何になる。それよりもこの危機的状況を乗り越えるために、今こそ国が一致団結することが必要なんだ」

「そんな綺麗ごとを言っても誰も納得しませんよ、ジェイク議長」

部屋の隅から投げやりな冷めた声が響いた。

「どうもあんたの話を聞いていると、軸足がどちらにあるのかわからないな。俺たちは政治が間違っているからこれを正すと言っているだけだ。それのどこが悪い！」

ジェイクは部屋の片隅で座ったまま発言する男の目に見覚えがあった。

警察本部で留置場から釈放される時、冷たい視線を投げて寄越したあの男だ。

「間違いを正す、その軸足は一緒だよ。でも、やり方が違うと言っているんだ」

ジェイクは男の目の光に言いようのない孤独を感じた。

それは幼い頃あたり前のように接していたものだった。

「結果の伴わない理想論はただの絵空事だ。俺たちはこの闘争に勝利して自由な生活を手に入れる。そのためならやり方なんてどうでもいいんだよ。あんただって元貴族の養子になるという手段で、何不自由ない生活を手に入れたじゃないか」

「確かに君の言うとおりだ、認めるよ。でも、だからこそ見えた世界もある。一方的な考えや過激な行動は更に根深い対立を生むだけだ」

「やれやれ困ったものだ。諸君、ジェイク議長はどうあっても愛する父親には背けないようだ。いや、ひょっとしたらこの集会で話し合われることもすべて大統領に筒抜けになるかも知れないぞ！」

男の煽動に集まっていたメンバーたちから一斉に不満の声が上がった。

ジェイクはなおも説得を試みたが部屋に充満する加熱した高揚感を抑え切れず、最後には力ずくで部屋の外に追いやられてしまった。

個人的な人望で統率できていた組織も大きくなるに連れ様々な意見が飛び交い、いつの間にか大統領の養子という事実が足枷となっていた。

このままでは暴動に発展しかねない事態にジェイクはフェレンツを頼るしかなかった。だが、全労連も血気に逸る状況はまったく同じで、議長の制止も効かず既に全国的なストライキが計画されていたのだ。

ドイツ軍の西方進軍でアルドニア共和国の危機が当面回避されたことで、今や全国の労働者や学生たちがこの機を逃してはならないと血気に逸っていた。

これから予想される暴動を何とか食い止めたいとジェイクが思い悩んでいる頃、思いがけない人物が彼を尋ねて来た。

「ジェイコフ様、大変ご無沙汰をしております」

無表情のまま挨拶を切り出したのは、ガルシェスク家の執事ワイダだった。

「本日は旦那様の言付けをお伝えに参りました」

「養父さんの？」

「はい、旦那様はジェイコフ様にお話がおありのようで、明日大統領官邸にお顔を出すようにとのことでございます」

養父さんが話をしたい？　……ひょっとして今度の計画が漏れてそのことを問い詰められるのだろうか？　そうだとしたら逆によい機会だ。きちんと僕から説明をして大事にならぬようにできるかも知れない。

「わかった、明日お邪魔しますと伝えてくれ」

「それでよろしいのですか？　あまりご無理をなされなくても……」

ワイダはガルシェスクから言付けを命じられた時、理由はわからなかったが一抹の不安を感じた。できればジェイクにはもうしばらく主人から距離を置いておいた方がよいのでは、という思いがあった。

「僕も養父さんと話がしたいと思っていたんだ」

「左様ですか……畏まりました。そのようにお伝えさせていただきます」

普段は無表情のワイダが不安そうな顔をしたのが気になったが、いつかは養父と向き合わなければならない。ジェイクには明日がその絶好のタイミングのような気がした。


——初めて訪れる大統領官邸の豪奢な威容に圧倒されながら案内された大統領執務室は、ガルシェスク邸の造りと比べればことのほか地味な雰囲気の部屋だった。

邸宅では格調高い暮らし振りを家族に示す一方、身内に目の届かない場所では職務専心の養父の様子がうかがわれて意外だった。

「久し振りだな、ジェイク。元気でいたか？」

当時と変わらぬ冷めた表情をしたガルシェスクがあらわれた。

だが、その声はあの頃と違ってどこか柔らかい印象を与えるものだった。

「ご無沙汰してしまい申し訳ありません」

「うむ、……ところで今日おまえを呼んだのは訳があってのことだ」

近況を尋ねることもなくガルシェスクはいきなり本題に入った。

「おまえは近頃、学生自治会を統合して全国学生連盟を設立したそうだな。しかも、アルドニア共和国大統領の養子でありながらその違法組織の議長になったというではないか」

鋭い視線がまっすぐジェイクに向けられた。

「はい、養父さんのおっしゃるとおりです。大統領の養子だからこそアルドニア共和国を自由と偏見のない国にしたいと思っています」

「なかなか立派な考えだ。だが、結果はどうだ？　無用な争いで多くの国民が傷つく事態になろうとしているのではないか？」

やはり養父はすべてを察知している。状況を既に見抜いているのだ。

「人間という生き物には誰でも善悪ふたつの魂が宿っている。だが、本質的な善と自らの欲望を混同しこれを満たすためなら悪をも厭わない、それが人間というものだ。少しでも自分の暮らし振りがよくなるのであれば平気で人を踏み台にもする」

善なる魂を信じるルイーザとはまったく逆の考えだったが、その言葉には強制ではなく優しく諭すような響きが感じられた。

「だからこそ、その欲望を抑え社会秩序を維持するための規律というものが必要になる」

ガルシェスクの言っていることは理屈ではわからないでもなかった。

それでもジェイクは、どんな状況でも犯してはいけないものがあると信じていた。それは誰しもが人としての尊厳を認めこれに敬意を払うことだ。

「すべての人間は生まれながらにして自由と平等の権利を与えられています。そのことはどんな状況であっても変わるものではありません。もし変えようとする力があるのであれば、それこそその力を抑えなければならないと思います」

「その力を抑えてどうなる？　おまえが言っていることは、所詮はグラスの中の小さな争いに過ぎない。より大きな力が外から加えられ中の水が溢れ出したらどうするのだ？　内輪の争いに惑わされ揺れ動いた国民という名の水は、あっという間に溢れ出し現世を追いやられて死を待つのみとなるのだぞ」

婉曲な言い回しだったが、ガルシェスクの言葉には説得力があった。

「僕は争うつもりはありません。全学連も全労連も国民の意識の啓蒙に活動の主眼を置いています」

「その考えが甘いと言っているのだ。人は規律という制約があってこそ自らを律することができる。無制限な自由は無秩序な欲望を大衆に与えるだけだ。おまえのまわりにいる連中がそれを証明しているではないか」

　ガルシェスクの考えはまさに統治する側からの論理だった。

「だが、私はあの連中を力ずくで抑え込むような真似はしない。なぜだかわかるか？　ジェイク」

「⁉　………………」

「いずれグラスを揺り動かして、中の水を平らげようとする者が目の前にあらわれるからだ」

　ジェイクの目を真っ直ぐ見据えるガルシェスクの表情は真剣そのものだった。

「アルドニア共和国も戦争に巻き込まれるのですか？」

　やはりこの養子は侮れない、とガルシェスクは複雑な思いがした。

「西方へ侵攻したドイツは早晩フランスを支配するだろう。当然、イギリスへも攻撃を仕掛けてヨーロッパの覇権を握ろうとするに違いない」

　そうなればアルドニア共和国が無傷でいられるはずはなかった。

　必ずや枢軸国へ参加するよう圧力が加えられるに違いない。西進するドイツを対岸の火を眺めるように胸を撫で下ろしている暇などなかった。

「この戦争にアルドニア共和国はどう向き合うのですか？」

　身を乗り出したジェイクの顔は強張っていた。

「何が最善の策か、この段階では私も判断しかねている」

　ジェイクはこんな自信のない養父の顔を初めて見た。

　それでも西側連合国と枢軸国との戦争がどう決するか、その鍵を握るのが大国アメリカであり、そしてそのアメリカに大きな影響を与えるのが極東の国日本だという持論を展開する頃には、ガルシェスクにいつもの眼光鋭い表情が戻っていた。

「ジェイク、おまえにワルシャワへ行ってもらいたい」

「⁉　………」

「日本大使館を訪ね、ある人物と会って来るのだ。これがおまえの質問に対する私の答えであり、今日おまえを呼んだ理由だ」

突然の話にジェイクは思わず息を呑んだ。

「ドイツには既に根回しをすませたので入国には何も問題はない。アルドニア共和国大統領の息子がドイツ施政下の都市を視察する、というのが表向きの理由だ。だが、真の目的は………」

ガルシェスクの目がふたたびジェイクを見据える。

「ワルシャワに着いたその足で真っ直ぐ在ポーランド日本大使館へ向かうのだ。ソ連を封じ込めるために日本を利用したいと考えているヒトラーは、ルーマニアやハンガリーと同様にアルドニアも親ドイツだということを日本に見せつけ、だから安心してシベリアに目を光らせろと言いたいのだ。

そのために、この三月まで駐在武官をしていた日本人をわざわざワルシャワに呼び戻してくれたのだよ。それを逆手にとっておまえはその男と会い、日本がヨーロッパの現状をどう見ているのか、アジア諸国への占領政策を今後も続けるのか、その目でつぶさに奴らの動向を探って来るのだ。相手は諜報活動を任務とする語学に堪能な駐在武官だ、やりとりにも困ることはあるまい」

いとも簡単に指示された話の中身は、本来ならば外交の専門家が担うべき任務だった。

養父ほどの人がそんなことに気づかぬ訳がない。何か他に意図するところでもあるのだろうか。考えを巡らしながらその一方で、ジェイクは興奮にも似た高揚感を覚えた。ほんの一瞬だが〝選ばれし人〟というメイルの言葉が頭を過ぎり——自分は決してそんな人間ではないが——やるだけの価値はある、いや、是非やりたいとさえ思った。

「養父さん、僕で務まるかわかりませんが是非ワルシャワへ行かせて下さい。この国と大勢の人たちに少しでも役に立てるのなら、こんなに嬉しいことはありません」

純粋な使命感から出た決意の言葉だった。

その澄んだ眼差しを見て首尾よく計画が運んだにもかかわらず、ガルシェスクの胸中は複雑だった。戦禍に巻き込まれ疑心暗鬼に蠢く大地でひとり佇むジェイク、その姿を想像した時、これが最後になるかも知れないとさすがに千悔の情が込み上げていた。

——全国学生連盟の地下組織では、ジェイクに代わって議長となった男が怒りを露わにしていた。

「諸君！　奴はとうとう本性を曝け出したぞ。内通者によれば、前議長が大統領の息子としてポーランドへ行くという話だ。これが何を意味するかわかるか？」

「ああ、わかるとも！　我々に対する明らかな裏切り行為だ！」

部屋中に一斉に抗議と不満の声が上がった。

「ちょっと待ってくれ！　それはあまりに一方的な言い方だ」

ジェイクが全学連から追いやられたことを聞きつけ集会に顔を出したヤンは、以前とは違うこの場の過激な雰囲気に驚くばかりだった。

「何が一方的だ！　奴は大統領の指示でワルシャワへ行くんだぞ。たびたび政府の情報を知らせてくれた同志コストノフさんの話だから間違いはない。あんな危険な場所へ行くこと自体、奴が大統領の犬だってことを証明しているようなものだ」

「ジェイクに限ってみんなを裏切るなど断じてありはしない！　どうしても信じられないと言うならこの場で僕の命を奪ってくれてもいい！」

ヤンの必死の言葉にざわついていた集会所が一瞬で静まり返った。

彼らは学生自治会当時からヤンには全幅の信頼を寄せていた。その人物が自らの命を差し出すとまで言うのだから、これに反論できる者などひとりもいなかった。

「わかりましたよ、ヤンさん。あんたがそこまで言うのなら少しだけ様子を見ましょう。だが、奴への疑いがこれで晴れたというわけではありませんよ」

大袈裟に呆れた素振りで捨て台詞を吐くと、議長は不満気に部屋を出て行った。

ヤンは騒動をひとまず抑え込むことができて胸を撫で下ろしたが、初めて知ったジェイクのポーランド訪問という話に厭な予感がした。

なぜ、レジスタンス活動が続いている騒乱の国へジェイクが行くことになったのか。しかも、その情報を持ってきたのはあのコストノフらしい。きっと裏で何かが動いているに違いない。ヤンは急いでジェイクの下宿先へと向かった。

――混雑した列車がワルシャワ市内に入ると、ジェイクは車窓から見える光景に思わず息を呑んだ。街中の建物はドイツ軍による空爆と砲撃で原形を留めず、見るも無残な瓦礫の山と化していた。

駅舎を出て目にした往来の人々は虚ろな目で項垂れ歩き、その顔からは生気がまったく感じられない。まるで夢も希望も、何もかも失ってしまったようだ。

その中でフィールドグレイの制服に鉤十字の腕章をした男たちだけは、黒い軍靴をアスファルトに叩きつけながら意気揚々としていた。その姿を目にすると、人々はまるで罪を犯した罪人のように伏し目がちに道を譲った。

戦争がもたらす悲惨な現実を目の当たりにして、ジェイクはアルドニア共和国がこうならないことをただ祈るしかなかった。

自分に向けられる奇異な視線を浴びながらようやく教えられた場所に辿り着くと、建物は古めかしくも立派な洋館で門柱の一方には〝日本大使館〟の銅板プレートが掲げられていた。呼び鈴の音で大使館員と思しき人物があらわれ、必要以上に丁寧なお辞儀で出迎えられた。

大使館の中は洋館には似つかわしくない盆栽や掛け軸が装飾され、奥に進むと板張りの道場らしき部屋も備わっていた。若者らしきひとりの男がそこでもろ肌を脱ぎ、銀光の刀剣を振り下ろしている。肩から背中にかけて鍛え上げられた筋肉が見事で、気合を入れたひと振りごとに全身から汗が飛び散った。恐らく大使の護衛官が武道の稽古に励んでいるのだろう。

応接室で待つ間、ジェイクは東洋の神秘という言葉を思い出した。西洋とはまったく異なる文化を持つ日本人の思考は想像すらできずに不安が募ったが、人としての本質は何も変わらないと自分に言い聞かせ気持ちを落ち着かせた。

しばらくすると背筋を伸ばした軍服姿の男が応接室にあらわれた。

「お待たせして申し訳ない」

がっしりした体躯と精悍な目つきが印象的で、対峙しただけで気圧されるほど威風堂々とした雰囲気が男の日々の鍛錬を物語っていた。

「駐在武官の上田です、遠路ようこそお越しになられた」

アルドニア語を流暢に話すこの人物こそ今日の面談相手、大日本帝国陸軍の上田中佐だった。

「さきほどまで居合いの稽古をしていたものですからな」

「⁉ …………」

あの若者と思った人物が目の前の上田中佐？　いや、駐在武官はもう四十歳ほどの年齢と聞いていたが——。

「日に一度は真剣を抜かないと腕が鈍ってしまう。若い頃と違って老体に鞭打つのもなかなか骨が折れるが、あっ、はは」

豪快に笑い飛ばす顔はどこか無邪気で、給仕長のステファンを思い起こさせた。

「本日は私のような者に貴重なお時間を割いていただきありがとうございます」

自然と笑みが零れているのが自分でもわかった。

「ガルシェスク大統領は稀に見る傑物という評判なので、その御曹司が来られると聞いて楽しみにしていましたよ」

微笑みながらも、その目は相手の心の奥底を見抜くように鋭かった。

「いえ、私は大統領の実子ではありません。幼い頃に養子となっただけで元々は孤児なのです」

ジェイクは自分の生い立ちを正直に話した。そうしないとこの人物には何も通用しない気がした。

アルドニア共和国の大統領が息子を派遣して来るというドイツの仲介だったが、案外ドイツの諜報機関もたいしたことはないと中佐は思った。

「ジェイコフ君、実子でも養子でもそんなことは問題ではない。君は一国を代表して此処に来ているのだよ。それともそんな覚悟も持たず此処まで来たのかね？」

「そんなことはありません！」

思わず声を張り上げたことにも気づかず、ジェイクはアルドニアの窮状を必死になって伝えた。いつの間にか何の駆け引きもなく、自分の言葉で思いの丈を話していた。

「話はよくわかった。それで、君は一体私に何を聞きたいのだね？」

「はい……、私は日本がヨーロッパ戦線やドイツのことをどう見ているのか、特にドイツとは今後手を結ぶことがあり得るのかを教えていただきたいのです」

単刀直入な問いかけに中佐は一瞬言葉を失った。

青年の背後にあるガルシェスクという男の慧眼に驚くとともに、一切の駆け引きもなく対峙している若者の度量の大きさに感心した。まるで真正面から真剣勝負を挑まれたような気にさえなった。

「あっ、ははは、若者らしく直球勝負で来るとは恐れ入った。だが、国家機密に関することをそう簡単に教えるわけにははいかんな」

その顔は大日本帝国の陸軍中佐そのものだ。

「ところで君は今日、大使館へ来る途中で何か気になることはなかったかな？」

ジェイクは突然の質問に戸惑ったが、廃墟の中で人々が黙々と煉瓦を積み上げている光景を思い出した。

「街の中に大きな壁が造られているようでしたが」

「うむ、やはり見過ごしてはいなかったか。で、あの壁は何だと思うかね？」

「正直申し上げてあまりよい印象は持てませんでした。まるで刑務所の壁のようです」

思ったとおり、この若者はなかなかの器量を兼ね備えているようだ。

「まさに君の言うとおりだ。あの壁はユダヤ人を隔離し強制的に収容する居住区域を設けるために造られている。しかも、ユダヤ人自らの手でだ。ワルシャワのユダヤ人街で流行したチフスの拡散を防ぐためだと言うが、あのゲットーの真の目的は他にあるのだよ」

「真の目的？　………」

「ヒトラー総統はドイツ民族こそが最高のアーリア人であり、ユダヤ人を迫害すべき劣等人種と位置付けている。高貴な血脈を守るという総統の偏狭な思想は、人種だけに止まらず障害を持つ人々にも向けられているようだ」

「何て馬鹿げた考えを！」

「私も同感だ、優性思想に基づく差別ほど馬鹿げた考えはない。大日本帝国がこの思想政策に同調することは断じてないだろう。君は先ほど自分は孤児だと言ったが、前(さき)の大戦で混乱したのは何もヨーロッパだけではないのだよ。戦後のロシア革命時、シベリアに抑留されていたポーランド人が迫害を受け数多くの孤児が生まれたが、ほとんどの国が拒絶する中で彼らを受け入れ保護したのが大日本帝国なのだ。ポーランドに戻った彼らは今では極東青年会を組織し、ドイツに対してレジスタンス活動を展開している。私には故国を思う彼らの心情が痛いほどわかる」

ジェイクには聞くことすべてが初めてのことだったが、上田中佐と同様に日本という国にも親近感を覚えた。

「では、日本はドイツとは手を結ばないのですね」

「大日本帝国にとってアジアの豊富な資源を安定的に獲得することは喫緊の課題だが、そのためには西洋列強による搾取一辺倒の植民地政策から民族を解放することが必要だ。イギリスやフランスはお膝元でのドイツの暴挙に慌てているが、遠く離れた場所なら自分たちは好き勝手をしても構わないという道理はなかろう」

まったくそのとおりだと思った。

ならば日本は連合国側には付かないのか？　いや、日本はドイツに賛同できないとも言っていた。どちらにも与しないということなのだろうか？

「此処へ来る前、ガルシェスク大統領は君にどんな話をしたかね？」

いきなり核心を突く質問を中佐が口にした。

下手な小細工はしないと決めていたジェイクは、真っすぐに相手の目を見て包み隠さず養父の考えを伝えた。

アメリカの参戦がこの戦争の勝敗を決し、参戦するかどうかは日本の出方次第だという話を聞いて、中佐は天井を見上げしばし瞑目した。

中央ヨーロッパの小国にこれほどの洞察力をもった人物がいたことが驚きだった。アルドニア共和国は軍事的脅威にはなり得ないが、平時にあっては外交力で一等国になるに違いないとさえ思った。

「ドイツはまもなくフランスを征服するだろう」

「やはりアメリカは参戦して来ますか？」

「……ジェイコフ君、君の素直さにほだされお喋りが過ぎてしまったが、私はそろそろ公務で出なければならない。公用車で駅まで送るから一緒に乗って行きたまえ。この国は外国人が夜を明かすには、まだ危険が多すぎる」

往来の人々の奇異な視線、極東青年会のレジスタンス活動、確かに此処へ来るまで何事もなかったのは偶然の幸運だった。

「随分と静かだが、手ぶらで帰ることに気落ちしているのかね？」

車中、何の収穫も得られなかったことでジェイクは言葉少なくなっていた。

「いえ、すみません……、大変勉強になりました。もっと視野を広げなければと痛感しています」

「うむ、視野を広げることは大事だが、ただ広げるだけではいかん。見聞した一つひとつの事実を幾度も反芻し、より深く掘り下げることで真実は見えて来るものだ」

「はい、肝に銘じておきます」

「日本の思想家、新渡戸稲造はその著書〝武士道〟の中で、日本人を傲慢を嫌い謙譲の心を重んじる民族だと著している。我々軍人はまさにこの武士道の精神ですべて物事を考えるのだよ。だからこそ武士道に反する挑発行為は大日本帝国の誇りを傷つけるにも等しく、誇り高き日本人は断じてこれを許しはしない」

正面を見据え凛とした姿勢を崩さないでいた中佐が、

「戻ったら大統領に伝えて欲しいのだが、〝日本〟よりも欧米列強が既得権益をどう考え武士道と相まみえるか、……ではないかと」

そう言って、親しみを込めた笑顔をジェイクに向けた。

「わかりました、必ず伝えます」

黒塗りの公用車が駅に到着すると、中佐はわざわざ車から降りてジェイクに別れを告げた。

「次に会うのはこの不毛な戦争が終わり、争いがなくなってからにしたいものだが……さらばだ、ジェイク！」

「⁉　…………」

公用車がワルシャワの廃墟の中を走り去って行った。

帰路の列車でジェイクは中佐との会話を改めて思い起こしていた。特に〝視野を広げるだけでなく、見聞した一つひとつを深く掘り下げることで真実が見える〟という言葉が妙に気に掛かった。

あの時の中佐の悪戯っぽい笑みが何かヒントを与えてくれているような気がして、短い時間だったが今日聞いた一言一句を何度も思い返した。

そこでようやく、ひとつの答えを見出した。上田中佐は会話の中で、ジェイクの質問に見事に答えてくれていたのだ。しかも考えるヒントまで添えて――。

〝さらばだ、ジェイク！〟の優しくも頼もしい声が、列車の中でふたたび聞こえたような気がした。

2

一九四〇年六月～


元来、日本人は謙虚を美徳と考えるが、武士道で育まれた誇りだけは何があっても貫く民族だ。だからこそ西洋至上主義にも臆することなく堂々と対峙ができる。従って自ら事を起こさずとも欧米列強が既得権益を守るために強引な振る舞いに出れば、日本は武士道精神で断固としてこれを迎え撃つだろう。

思想や信条が異なっても国家間の争いになれば敵の敵は味方になり得る。即ち、日本がひとたび決断すれば、アジアの情勢次第でドイツと組むことも有り得るに違いない。

そうなればヨーロッパの戦況を対岸の火事と見ていたアメリカも、反対岸で起きた火事まで見過ごすことはないだろう。アメリカの参戦は日本という火薬庫の爆発に誘引されるが、その導火線の火元はヨーロッパにあるのだ。

そして、上田中佐はドイツがその導火線に火を点けると読んでいる。言伝の暗示からアメリカの参戦を見越したガルシェスク大統領はドイツとは組まない。だからこそ中佐は別れ際に〝争いがなくなってからの再会〟という言葉を残したのだ。

ワルシャワから戻ったジェイクは、中佐との面談を通じて得た内容をこう結論づけた。養父と中佐はジェイクを介して、見事に外交上の対話を行っていた。

二度目の訪問となった大統領官邸で、ジェイクは在ポーランド日本大使館で上田中佐とやり取りした内容を、まずはありのままに養父へ報告した。次に中佐の言葉のニュアンスや表情をできるだけ具体的に説明し、そこから導き出された自分なりの解釈を付け加えた。

ガルシェスクはワルシャワからジェイクが無事に戻ったことにまず驚いたが、報告を聞くうちにその観察眼と分析力に目を見張った。まるで自分がその場で駐在武官と意見を交わしているような錯覚を覚えるほどだった。

駐在武官にここまで胸襟を開かせるとは、この男には何か人を惹きつける人間力が備わっているに違いない。アドルフだったら、恐らくこれほどの収穫を持っては来なかっただろう。それどころか無事に戻ることさえなかったかも知れない。

ガルシェスクはもうひとりの息子の末恐ろしさに危険を感じながら、同時にこれまでとは違った感情が心に芽生え始めていることに戸惑いを覚えた。ジェイクの類い稀な力はいつか彼自身を滅ぼすことなる。そんな予感に苛立ちを感じている自身の変化に動揺した。

それでも誇り高き男は自らの心情を口にすることはなかった。

淡々とした表情で報告を聞き終えると、

「ご苦労だった。おまえの言うとおり、上田中佐は見事にメッセージを投げて寄越したようだ。早晩フランスはドイツに降伏し、その機に乗じて日本はアジアの民族解放を加速させるに違いない」

「それでアメリカは参戦を決意するのですか？」

「いや、それだけでは動くまい。国民世論が沸点に達するまでにはまだ時間が必要だ。ルーズヴェルトは三月に武器貸与法を成立させたが、当面は連合国への兵器や物資の補給で支援を行うだけだ。一方、アジアでは連合国と協力しながら日本を経済封鎖に追い込むだろう。島国の日本は資源を海外に依存せざるを得ないからな」

ジェイクは今更ながら養父の深い洞察力に感心した。上田中佐と直接やり取りするところを見てみたかった。

「だが、追い込めば追い込むほど日本の反発は強くなり、武士道の魂がやがて眠れる巨人を覚醒させることになる」

一点を見つめたまま見解を述べる養父の視線の先に、我が意を得たりの顔をした上田中佐の姿を見た気がした。

「では、アルドニア共和国は連合国に加わるのですね」

アメリカが立てば連合国が勝利すると養父は考えている。当然の結論だと思った。

だが、ガルシェスクの答えは違った。

「我がアルドニア共和国はどちらにも付かない。武士道の精神でこの難局に立ち向かうのだ」

自ら事を起こさず、しかし侵略に対しては断固としてこれを迎え撃つ。

アルドニア共和国大統領の覚悟の言葉だった。

連合国に与すれば即座に枢軸国から攻められ、ドイツに与すれば終戦後は敗戦国として窮地に追い込まれる。小国が生き残るには中立の立場で時間を稼ぐ他なかった。一方で、戦況に疎い国民に対しては戦禍に巻き込まれる危機感を煽る必要がある。

その役割を担うのが目の前にいるジェイクだ。

「おまえは今度のワルシャワ訪問で多くのことを学んだはずだ。その経験をこの国のために活かすのだ」

純粋な若者が使命感に燃えぬわけはない。

どうする、ジェイク！　ガルシェスクは声なき声を熱い視線に込めて問い掛けた。

「もちろんです、養父さん。アルドニアにポーランドのような悲劇が起きないよう、ドイツを含め欧米諸国や日本がどう動こうとしているのか、僕なりのやり方で人々にきちんと伝えます」

期待どおりの答えにガルシェスクは満足そうに頷くと、

「たまにはルイーザに顔を見せに帰って来るといい。ジュリアもきっと喜ぶだろう」

顔をほころばせて見せた。

養父の笑顔にジェイクは家を出たわだかまりも消え、ワルシャワに行ってよかったと心底思った。

一方、ガルシェスクは素直に喜ぶジェイクの様子から、これで自分とルイーザとの関係も少しは改善されるだろうと期待した。

――久し振りに戻ったガルシェスク邸は、鉄仮面のワイダが笑顔で迎えてくれた以外何ひとつ変わっていなかった。白亜の邸宅、中庭の見事な噴水、自分専用の部屋、マチルダの弾けるような笑顔、ステファンのバリトン、すべてが家を出た頃と一緒で懐かしさが込み上げた。

ルイーザは突然帰宅したジェイクをいつも以上の笑顔で抱き締め、ジュリアは少し見ぬ間にお転婆が鳴りを潜めて益々魅力が増していた。

ジェイクがワルシャワを訪問したことはルイーザも初めて知ったらしく驚きの表情を浮かべたが、ガルシェスクとのやり取りを聞かせると楽しそうに頷き、その養父からたまには家に顔を出すよう言われたことを伝えると、今度は嬉しさのあまり涙を浮かべた。

そんなルイーザの背中を擦るジュリアの目も潤んでいるのを見て、ジェイクはこれまでのふたりの心情が手にとるようにわかった。

「それであなたはこれからどうするの？」

愛する息子がまた無茶をするのではないかと不安な様子だ。

「僕は養父さんとの約束をしっかり果たそうと思う。でも養母さん、心配はいらないよ。養父さんにも迷惑をかけないやり方で全学連や全労連を説得してみせるから」

現下の世界情勢を知れば内輪揉めなどしている場合でないことを、彼らもきっとわかってくれるはずだ。

「ママ、大丈夫よ。今度ジェイクが危ない目にあったら、私がそいつらの股間を蹴り上げてやるわ！」

「女性がそんなはしたないことを口にしてはいけませんよ、ジュリア」

ルイーザが叱っても、彼女はペロッと舌を出してまったく意に介さなかった。

やはりお転婆振りは何も変わっていない。初めてこの家に来た時の光景が懐かしく思い出された。

また近いうちに戻ることを約束してガルシェスク邸を辞去したジェイクは、その足でまっすぐデロイ姉弟のところへ向かった。何も告げずワルシャワへ出立したため、ふたりとも心配しているに違いない。

案の定、ヤンはコストノフの名前を挙げワルシャワ行きは罠だったのだと力説したが、ジェイクは現地での一部始終を話して誤解を解くことに心血を注いだ。自分たちが内輪揉めをしている時ではないのだ。

「ジェイクの言うとおりよ、ヤン。このまま反政府デモが行われたらアルドニアは大変なことになってしまうわ」

メイルもバルツォークをワルシャワのようにはしたくなかった。

それ以上に危険を顧みずポーランドにまで行って、日本の陸軍中佐と会ってきたジェイクの思いを無駄にはしたくなかった。

「わかったよ、姉さん。フェレンツ議長に話をしに行こう。だがジェイク、油断は禁物だぞ。コストノフは信用の置けない人物だし、その後ろにはもっと恐ろしい……………」

そこまで言って、ヤンは口を噤んだ。

どこまでも純粋な友にそれ以上口にするのは残酷過ぎると考え、折を見て話をすればいいと自らを納得させた。

ふたりは早速手分けして全労連と全学連の説得にあたった。

ヤンから話を聞いたフェレンツはジェイクの勇気と行動力に驚嘆したが、一方で事の重大さを瞬時に理解してすぐさま連盟の幹部たちを招集した。

政権打倒に勢いづいていた全労連幹部らは、自分たちの想像を超えた戦禍の拡大が目前に迫っていることを知って言葉を失った。自分たちの大切な街が砲撃の雨に晒され、愛する家族の命が脅かされようとしている。労働争議など起こしている場合ではなかった。

計画されていた全国ストライキは全員一致で中止と決まり、連盟出身の国会議員との会合をもつことがその場で決定された。

ジェイクは全労連のスト中止の決定を知らされると、すぐさま全学連の幹部だけが知る秘密の集会所を訪れた。ところが顔馴染みの彼らの対応は実に冷ややかで、中に入るのさえ押し問答が続く有り様だった。

新議長のひと言でなんとか入室は許されたものの、かつて自分の席だった中央の議長席にはあの孤独な目をした青年が座っていた。

「君の跡を継いで全学連議長になった〝イワン〟だ」

「えっ！　…………」

それは聞き覚えのある懐かしい名前だった。

牢獄で目にした時からどこかで会ったことがある気がしたが、聖アンドレッジオ養護院で一緒に過ごしたあのイワンだったのか。当時の思い出が懐かしく甦ったが、そんな感慨を打ち消すほどイワンの目は冷ややかだった。

十年という歳月を経ても、ジェイクに対するイワンの嫉妬と憎悪は消えるどころか益々膨らんでいた。元貴族の養子となった男と辛酸を嘗め尽くしながら生きてきた自分、この不公平としか思えない現実に我慢がならなかった。

「今日は何しに来たんだい？　お父上の指示で今度は俺たちを取り締りにでも来たのかな」

皮肉を込めた蔑むような言い方だ。

「僕はあれからワルシャワに行って来た。その話を聞いてもらいたい」

部屋にいたメンバーたちから失笑が漏れた。

「まあまあ諸君、聞くだけは聞いてみようじゃないか。大統領の飼い犬がどんな声で鳴くのかを」

イワンの厭味に今度は部屋中に大きな笑いが起きた。

ジェイクはそんな嘲笑にも怯まず、自分が見聞して来たワルシャワの状況や上田中佐とのやり取りを詳らかに説明した。

最初は似非笑いを浮かべていた全学連の幹部たちは、筋の通った話の内容に徐々にその表情が険しくなって来る。全労連が全国ストライキの中止を決定し国会議員との調整に入ったことを知ると、俄かにざわつき始めた。

「随分と大袈裟なことを言うじゃないか、ジェイク。これも大統領の差し金か？」

イワンは冷静を装ったが、その声に先ほどまでの勢いはなかった。

居合わせた幹部たちも既にイワンに同調する者はひとりもいない。

「腰抜けの全労連どもが拳を下ろしたのでは仕方ない。おまえの言うことがほんとうかどうか、ここはしばらく様子を見てみようじゃないか。だが諸君、我々の政権打倒の信念は変わらずに堅持するからな！」

イワンは吐き捨てるように言うと、不満げにひとりで部屋を出て行った。

それからひと月と経たないうちにパリが陥落し、フランスはドイツに白旗を揚げた。昨年、ガルシェスクが大統領官邸で閣僚たちに予言したとおり、凱旋門にハーケンクロイツ（鉤十字）の旗が靡(なび)くこととなったのだ。

だが、予言の的中はそれで終わりではなかった。九月に入ると上田中佐が示唆したとおり独伊日の三国同盟が締結され、枢軸国の軍事同盟によってヨーロッパと極東が一本の線で結ばれた。いよいよドイツが世界大戦につながる導火線に火を点けたのだ。

全労連と全学連から伝えられた情報がいちいち現実となる事態に、アルドニア共和国の民衆は日増しに危機感を募らせ自国防衛の気運が一気に盛り上がった。

ガルシェスクはこの機を逃さず、大統領特別権限法によって建国以来初めてとなる徴兵令を発布し、国民皆兵の国防軍強化に邁進した。

他国からの侵略という外患によって政権打倒という内憂を封じ込めたガルシェスクは、すべて思惑どおりに事が運んだことにほくそ笑んだが、年も暮れようとする十二月になって大きな誤算が生じつつあることを知る。

フランスを攻め落としイギリスを攻撃していたドイツが、俄かにその矛先をソ連に向けるというのだ。在イギリス大使館からの極秘情報だった。

「(早すぎる！)………」

緊急外電を目にしたガルシェスクは驚愕した。

ヒトラーがこうも簡単に独ソ不可侵条約を破るとは考えもしなかった。ヨーロッパ全土を支配するためにいずれソ連へ侵攻することは想定していたが、それはイギリス攻略の後と読んでいたからだ。その間にアメリカが参戦し形勢は逆転する。弱体化したドイツ軍なら連合国の支援でアルドニア共和国も何とか持ち堪えられるだろう。それがガルシェスクの狙いだった。

だが、ヒトラーが指示したバルバロッサ作戦は、直ちに主力部隊を全軍ソ連に向けるというものだった。中央から南方にかけて進路をとれば、ドイツ軍の視界にアルドニア共和国が入ることになる。ドイツ軍に蹂躙されるアルドニアの国土と民衆の姿がいよいよ現実味を帯びて、ガルシェスクの目にはっきりと映し出された。

次の準備を前倒しするためにいつもより早く帰宅し、書斎にアドルフを呼びつけた。

「父さん、今日は随分早いですね、何かあったのですか?」

父親の異変に気づかぬ息子の甘さを垣間見て、今更ながら養子の優秀さが恨めしく思えたが、

「アドルフ、今度おまえにイギリスへ行ってもらう」

いつもと変わらぬ冷静さを装って指示を与えた。

「ようやく僕も大役を仰せつかることができるのですね。早速準備に取り掛かります」

ワルシャワへ行ったジェイクを妬むアドルフには願ってもない話だった。

「待て、出立はもう少し後だ。時期が来れば私からチャーチル首相に話を通す。よいか、イギリスの対独政策をアメリカとの連携に絞ってつぶさに調べて来るのだぞ」

これから手取り足取り教え込まなければ——、それがガルシェスクの本音だった。

ドイツのノルウェー侵攻を阻止できなかったチェンバレンは首相を辞任し、後継は主戦派のチャーチルが五月に就任していた。宥和政策が破綻したイギリスが挙国一致体制でドイツをどう攻略しようとしているのか、参戦に向けたアメリカとの交渉がどこまで進んでいるのか、ガルシェスクは時機を逸せずに情報を掴みたかった。

更に本音を言えば、ガルシェスク家の惣領であるアドルフを安全地帯に置いておく狙いもあった。ドイツ軍の東方進撃でビッグ・ベンがシュトゥーカの空襲を免れれば、まさにイギリス本土ほど安全なところはないのだ。


——一九四一年、年が明けるとアルドニア共和国の国防体制はいよいよ本格化し、国境沿いには自国防衛のための堅固な要塞がいくつも構築された。

対戦車壕として掘り廻らされた塹壕には敵軍を阻むためのトーチカが造られ、ギルダシ川流域では首都バルツォークへ通じるすべての橋に爆薬を仕掛けて敵の進軍を阻止する対策がとられた。

　これらはすべて他国からの侵略は断固としてこれを迎え撃つ、というアルドニア共和国の覚悟のあらわれだった。

　だが、刻々と進む戦時体制にアルドニアの国内世論は必ずしも一枚岩というわけではなかった。周辺国と同様に枢軸国に参加すべきだと考える一部の政治家は、ガルシェスクの政策は国を滅ぼすと主張して真っ向から反対を唱えた。

　彼らは国防軍の蜂起を画策したが、大統領直轄下にある軍部のクーデターが無理だと悟ると、外圧によって体制の転換を図ろうと考えた。反体制派の主要メンバーがルーマニアやハンガリー、ブルガリアといった近隣の枢軸国へ渡り、アルドニア共和国の国防体制を漏洩したのだ。

　丁度その頃、枢軸国に加わったユーゴスラビアで軍事クーデターが発生した。三月二十六日のことだ。ドイツ軍は圧倒的な軍事力でこれをあっという間に制圧したが、いつまでも枢軸国に参加しないアルドニア共和国がヒトラーの目にはユーゴスラビアと同じように映った。

　勢いに乗るヒトラーは間髪入れず、バルバロッサ作戦で編成された中央軍と南方軍からその一部を割いてアルドニア共和国への侵攻を命じた。

　ドイツ軍の攻撃はまさに電撃戦だった。内通者の情報でアルドニアの防衛体制を熟知した空挺部隊がパラシュート降下の奇襲作戦で橋梁を確保すると、重戦車を中核とした歩兵砲兵ら装甲師団は悠々と川を渡った。この時、アルドニアの国軍兵士が決死の覚悟で仕掛けた爆薬はすべて無駄になったのである。

国境を越えた戦車連隊は八十両にも及び、バルツォーク市内へ砲撃と機銃射撃を繰り返した。アルドニア国防軍は市街戦のなか小回りの利く軽戦車で初めのうちは善戦したものの、ドイツ軍の圧倒的な火力に最後は撤退を余儀なくされた。

極めて短時間のうちに勝敗が決したこともあったが、それ以上にヒトラーの思惑によってバルツォークの街の被害は最小限に止まった。既に親ドイツ派の傀儡政権樹立が目論まれていたからだ。

その分、ヒトラーの怒りの捌け口は地方都市に向けられた。片田舎にもかかわらずドイツ空軍は昼夜を問わず空爆を行い、中でもアンドレッジオは数十機に及ぶ爆撃機の絨毯爆撃で街は壊滅状態となった。

これ以上の戦闘継続は困難と判断したガルシェスクは降伏文書に署名し、その場で身柄を拘束された。自宅で軟禁状態となってからは二十四時間ドイツ兵の監視下に置かれ、息を潜めながら時折漏れるホルン放送でしか外の様子を知ることができなくなった。

ラジオから流れるアルドニア共和国の被害状況は惨憺たるもので、特にアンドレッジオの状況を耳にしたルイーザは聖アンドレッジオ養護院のことが心配でならなかった。放送を聞いたジェイクの心痛を思うと、そばに居てやれないことが堪らなく辛かった。

一方、ドイツ軍の戦果を伝えるラジオ放送に、ガルシェスクはホルンがその管理下に入ったことを理解した。あまりの手際の良さに親ドイツ派の売国奴が用意周到に準備していたのでは、という疑念が頭を過ぎった。

案の定、その日の夜、ガルシェスクの考えを裏付ける放送が国中に流れた。

〈緊急放送を行います。本日、アルドニア共和国に新政府が樹立され、新たに大統領が選任されました。只今より、新大統領から国民に向け重要事項が示達されます〉

予感が的中したことを知ったガルシェスクは、眉間に皺を寄せたまま耳を澄ませた。

〈国民の皆さん、アルドニア共和国はドイツに降伏しました。これによりドイツ軍およびドイツ国家保安本部の管理下、戒厳令が発動されました。当面の間、すべての国民の夜間外出は禁止となります。我が国を危急存亡の事態に陥れたガルシェスク前大統領は身柄を拘束されましたが、国民の皆さんの安全はドイツ政府と交渉の末に保障されていますから安心して下さい。

これからアルドニア共和国は枢軸国に加わることで新たな発展を遂げるのです。国民の皆さん、アルドニア共和国は新しく生まれ変わります。どうか安心してこのゲラシチェンコについて来て下さい〉

「ゲラシチェンコ！　……だと」

すっかり忘れていた名前を耳にしてガルシェスクは驚愕した。

受託収賄罪で政界から追いやられたあの男が、悪魔の手先となって地獄から甦ったか。それにしても枢軸国に加わるとは相変わらず無能な男だ。ドイツの勢いが一体いつまで続くと思っているのか、——世界情勢を見誤るにも程がある。自分がどれだけ取り返しのつかない過ちを犯したか、必ずや思い知らせてやる。そう遠くないその日まで何としてでも耐え抜くのだ。

我が身にそう言い聞かせたガルシェスクは、ユーゴスラビアのクーデター直後に間一髪でイギリスへ発ったアドルフのことを思った。息子を乗せた政府専用機がドイツ軍の攻撃を避け、無事エディンバラに到着したことは確認できている。そのまま陸路ロンドンまで移動して、イギリス政府首脳と上手く接触を図ることを願うのだった。


――夜中にもかかわらず突然部屋のドアを激しく叩く音が響いた。

「ジェイク、僕だ……ヤンだ。ドアを開けてくれ」

気配を押し殺したくぐもる声にジェイクは慌ててドアを開けた。

「ヤン、どうしたんだ？　こんな時間に」

息を切らせたヤンの後ろでメイルが怯えている。

「すまない、ジェイク」

「ともかく中へ……」

ふたりはまるで誰かに追われてでもいるかのようだった。

「まずいことになったんだ、ジェイク。どうやらバルツォークにもアインザッツグルッペンの連中がやって来るらしい」

「何だって！」

国民の安全は保障されているというのは嘘だったのか。

ドイツ軍は占領した都市で敵性分子と認定した者を捕らえ、情け容赦なく銃殺してはその遺体を壕に埋めた。アインザッツグルッペン（移動虐殺部隊）はその任務を担う部隊だ。

「噂はほんとうだった。僕たちロマやユダヤの人間は間違いなく奴らに虐殺される。同じロマの仲間が教えてくれたんだ。ゲシュタポが住民台帳を調べに当たっているらしい。もうあのアパートには戻れなくなった。全労連の仲間たちを頼ったんだが、戦争が始まってからはみんな散り散りでフェレンツ議長とも連絡が取れないんだ」

肩を落とすヤンのそばでメイルが俯いたまま涙を拭った。

「大丈夫だよ、メイル。心配しないでヤンと此処に居ればいい。ソ連への侵攻が始まれば奴らだってそっちに釘付けになる。それまでの辛抱だ」

「すまない、ジェイク。君に迷惑を掛けたくはなかったんだが……」

「何が迷惑なものか。僕らは家族も同然じゃないか」

肩を抱くと、彼の目から堰を切ったように涙が零れた。

打ち拉がれた友の姿に上田中佐の〝総統の偏狭な思想〟という言葉が甦った。人が人を蔑む、いや、蔑むどころか命をも奪う。そんなことが許されてよいわけがない。

言葉に尽くせぬ怒りが込み上げた。

「またみんなでルフトヤーツェンに行こう。ジュリアも誘って、あの小高い丘でカヴァルとガドゥルカの音色を聴きたいんだ。必ずそういう日が来る」

ルフトヤーツェンの言葉にメイルが濡れた頬に精一杯の笑みを浮かべた。

翌日、ジェイクは可能な限りの食料を調達しようと街中を探しまわったが、どの店もシャッターが閉じられて人の気配すら感じられなかった。人々はゲシュタポの姿に怯え、息を潜めて時間が過ぎるのを待っていた。まさにワルシャワで見た光景そのものだ。

収穫もないままアパートに戻るとそこに一台の大きな荷車が止まっていて、そばには見覚えのある大男の姿があった。

「ステファン！　どうしたんだい？」

閻魔大王の風体をした給仕長は満面の笑みを寄越しながら、

「ジェイコフ様、土産を持参しましたぞ！」

ルイーザの指示で抱えきれないほどの食料を運んでいた。

「養母さんはいつでもすべてをお見通しだ。街に出ても何も手に入らないんだ、助かったよ、ステファン。でも、どうやって屋敷を出て来たんだい？」

「人間、食べなければ生きてはいけません。食料調達は給仕長の大事な仕事ですからな。ところがどっこい、行きは満杯で帰りは空っぽの荷車という仕掛けです。帰ったらドイツ野郎に、おまえらのせいで何も買えなかったと厭味のひとつも言ってやりますぞ」

髭面を撫でつけながらにんまりする大男がとても頼もしく見えた。

屋敷の様子を聞いてひとまず安心したジェイクは、ステファンを見送ると食料も確保できたことからもうひとつの心配事に当たることにした。

「ヤン、すまないが僕には行かなければならないところがある。二、三日留守にするが決して無茶をしないでくれ。僕が戻るまで必ず此処に居てくれよ」

「えっ！　戒厳令の最中にどこへ行くと言うんだ？」

ヤンには無茶をしようとしているのはジェイクの方だ、としか思えなかった。

メイルも思いは一緒だった。この人がこんな表情をするのは使命感に突き動かされた時だ。それが危険であればあるほどその使命を果たそうとするのがジェイクだった。

「どうしても行かなければいけないの？」

自分のこと以上にジェイクのことが心配だった。

「ふたりとも心配してくれてありがとう。でも、電話回線が途絶えた今、どうしても直接この目で確かめて来たいんだ、アンドレッジオの様子を……」

ホルン放送が伝えたアンドレッジオの被害状況に、ジェイクはオグリオット院長や施設の仲間の無事を確かめずにはいられなかった。

デロイ姉弟はジェイクの気持ちを十分わかった上でそれでももう少し待つよう説得したが、彼の決意が変わることはなかった。ならば自分も同行すると言い張るヤンをメイルのそばにいなければと説き伏せ、ジェイクはひとりアンドレッジオへと向かった。

——エディンバラ空港に到着したアドルフは、ガルシェスクの発行した特任大使の肩書きがものを言い簡単にイギリス国内へ入国することができた。

だが、急遽の予定変更だったため大使館職員の出迎えはなく、自らロンドンまで移動しなければならなかった。考えた末、大陸側の東海岸本線は爆撃の被害が大きいと判断し、グラスゴー方面から西海岸本線で南下するルートを選んだ。

列車ダイヤは大幅に乱れ途中のルートも所々寸断されていたが、バーミンガムまで来ると時折聞こえていた爆撃音はほとんど聞くことがなくなった。父さんが言っていたとおりドイツ軍がいよいよ東方進軍を本格化したのだろう、とアドルフは考えた。

そこで彼は、バッキンガムシャー州にあるハイ・ウィッカム空軍基地を目指すことにした。混乱するロンドンを直接目指すよりも、そこから保守党本部に身元を確認させれば話は早いだろうと踏んだのだ。

基地入り口の守衛所にいた若い兵卒の対応は最初ぞんざいだったが、司令部へ電話するやその態度は一変した。直立不動で敬礼をすると、すぐに基地の中へと案内してくれた。

アルドニア共和国大統領の息子が急遽エディンバラに入ったことを知ったイギリス政府は、政府専用車を迎えに出したが連絡の不備から行き違いになっていた。政府関係機関にその旨が通知され、当然のことながら軍部にも知らせがまわっていたのだ。

ハイ・ウィッカム空軍基地の司令部長官は若者がアドルフであることを確認すると、すぐさま軍用ヘリコプターでクロイドン空港まで彼を送り届けるよう部下に命じた。

「アドルフ大使、クロイドンに着けば政府高官が保守党本部までご案内しますからどうぞご安心下さい」

チャーチル首相の賓客に対して長官はどこまでも慇懃だった。

「ありがとうございます、長官。大統領からの伝言もありますし、首相にお会いできるのが楽しみです」

すべては父親の威光だと考えるアドルフは改めてその偉大さを思った。

「もう少し時間があればワルシャワ訪問時のお話も伺いたかったのですが、残念です」

「？　………」

「我々軍人でも二の足を踏むようなドイツ占領下のワルシャワへ単身乗り込むとは、大使の肝胆まさに疾風に勁草を知るが如くですな、いや恐れ入りました」

「ああ、その件ですか。あれは私の弟、と言っても養子ですけど、ジェイクがほんの少し足を踏み入れただけですよ」

「弟……養子？　………」

長官は聞いていた話と違うので狐に摘まれたような気になった。

それでもアドルフを見送ると、自らの任務遂行を報告すべく空軍参謀本部へ一報を入れた。保守党本部へ電話して直接首相に報告したかった彼は、この時、軍務規律を守ったことで自分が命拾いしたことには気づかなかった。

アルドニア共和国の大統領が息子をポーランドに派遣し日本大使館と接触したことを事前に察知していたチャーチルは、ドイツ戦にアメリカを直接参戦させるには日本の動向が鍵だと考えていたので、一刻も早く当事者であるその息子に会いたがっていた。

そのため空軍参謀総長から報告を受けたチャーチルは、

「ガルシェスクは息子がふたりいるなどとは言っていなかったぞ！」

怒りも露わに参謀総長を口汚く罵るや、銜えていた葉巻を灰皿に投げつけた。

その頃、あっという間にクロイドン空港に到着したアドルフは、司令部長官に言われたとおり政府高官の迎えを待っていた。だが、いつまで待ってもそこに政府高官があらわれることはなかった。

——バルツォーク駅は以前のような活気もなく異様な静けさに包まれていた。鉤十字の腕章をしたフィールドグレイの制服姿の男たちが、コンコースの隅々から行きかう人々に鋭い視線を向けている。人々はその視界から早く逃れようと誰もが口を閉じ、なるべく目立たぬよう伏し目がちに先を急いだ。その様子はまさに昨年、ジェイクがワルシャワで目にした光景そのものだった。

乗り込んだ列車は座席がほぼ埋まっていたが、一番後方で背を向ける老夫婦の前に空席を見つけた。座席に着いて静かに黙礼すると夫人はすぐに目を逸らしてしまい、となりの老人が逆に探るような目付きでしげしげとジェイクを見つめる。客車に乗り合わせた人々は余計な騒動に巻き込まれないようお互いが疑心暗鬼になっていた。

オグリオット院長はどうしているだろう。心配のあまり思わずその名前が口をついて出る。懐かしくも優しいあの笑顔が車窓に浮かび、ジェイクの目からひと筋の涙が零れ落ちた。その様子に目の前の老夫婦はひそひそと何事かを囁き合った。

数駅過ぎた頃、突然前方にある連結部のドアが乱暴に開けられて、コンコースで見た同じ制服姿の憲兵たちがあらわれた。鉤十字の腕章をした三人の憲兵は座席ごとに何かを確認しているようだった。

中頃まで来たところで突然ひとりの若者が席を立たされ、抵抗も空しく無理やり連行されてしまった。都市部では新政府に対する抵抗運動が始まっていたが、青年は反政府分子の逃亡者と見做されたのだ。戒厳令下、少しでも不自然な様子があればゲシュタポはその身柄を拘束したが、ユダヤ人やロマ族、共産主義者を除けばその標的となったのは圧倒的に若者が多かった。

身分証に代わるものは学生証しか持たないジェイクは、そこに表記された〝ガルシェスク〟の名前に不安を覚えた。大統領の家族と知れれば、あの若者のように即刻逮捕されるに違いない。異臭を放つ暗い牢獄の記憶が甦って二度と戻りたくはなかったが、それ以上に身柄を拘束されれば下宿先に匿っているヤンとメイルにまで危険が及ぶだろう。

何とかこの場をやり過ごさねばならなかったが、妙案が浮かばぬまま憲兵との距離が近づいて来る。高まる緊張に鼓動は早まり、額にはじっとりと汗が滲んだ。まわりには他にもう若者は見当たらず、自分に的が絞られているようにさえ感じた。

俯く視線の先に憲兵の軍靴が見えた時、

「あなた方はどこまで行きますか?」

老夫婦に向かって憲兵がたどたどしい言葉で訊ねた。

ジェイクは周りに迷惑を掛けまいと席を立つ覚悟を決めた。

「わしらはアンドレッジオまで帰りますんじゃ。バルツォークにいた息子が戦死したためこの孫を迎えに来ましてな」

「(⁉)　………」

憲兵に気取られぬよう老人がジェイクに目配せをする。

夫人が「まだ先は長いからこれでもお食べ」と言って、巾着から干し豆をひと掴み手渡してくれた。

黙ったまま頷いて数粒口に含むと、突き刺さるような憲兵の視線を感じた。

「戦争はわしら夫婦から何もかも奪ってしまいましたわ。銃など持っても何も実らんものを……。人は弾よりも種を持たねばならん。種さえ撒けば大地は大きな実りを与えてくれるもんじゃ。だが、わしらもいい加減歳なもんで、これからは畑仕事を孫に任せて、少しのんびりしたいと迎えに来ましたのじゃ」

老人の話を手で制した憲兵は、年寄りの世迷言を聞くほど暇ではないという顔をしてとなりの客車へ移って行った。

「ありがとうございました。お蔭で助かりました、でもどうして……」

ほっと胸を撫で下ろして訊ねると、

「アルドニアは戦争には負けたが、わしらの闘いは始まったばかりじゃよ」

老夫婦は寂しそうに互いの顔を見合わせた。

「あんた、涙を零しながら〝オグリオット院長〟の名を口にしなかったかな?」

老人の問い掛けに、ジェイクは今度の旅の目的を打ち明けた。

「やはりそうじゃったか。わしらは隣町じゃが院長のことはよく知っておる、実に奇特な人じゃ。だが、あの空襲は酷かった。いや、酷いなどというもんではなかったわ。無事でおってくれればいいが……。わしらも息子が戦死したという知らせを聞いてすぐにバルツォークへ向かったもんで、その後のことは何もわからん」

老人はそう言いながら、となりで涙する夫人を労わるように抱き寄せた。

此処にも何の罪もない戦争被害者がいた。未だ亡骸も見つからぬ息子が戦死したと思われる場所で祈りを捧げ、悲しみだけを抱えて故郷へと帰るのだ。そんな老夫婦にとってドイツ兵から目の前の若者を守ることが、彼らのせめてもの闘いだった。

辛うじて爆撃を逃れたアンドレッジオ駅で名残惜しい老夫婦に別れを告げ、ジェイクは乗合馬車で聖アンドレッジオ養護院へと向かった。

十年振りに訪れた街に当時の面影はまったくなかった。街の外れまで見通せるほど視界を遮る建物は消失し、焼け野原は爆撃でできた穴だらけの道路ばかりがやたらと目立っていた。わずかに残る家屋はどれも元の姿を留めず、首都バルツォークとは比べようもないほど悲惨な光景が目の前に広がっていた。

未だに煙が燻る焼け跡を突っ切ると、あっという間に聖アンドレッジオ養護院があったはずの場所に着いた。崩れかけた石造りの門柱だけが残されたその場所に、黒焦げになったマリア像や十字架が無残な姿を晒していた。

散乱した燃え残りの木片を目にした瞬間、ジェイクは涙を堪えることができなかった。煤に埋もれたそこに〝バカ〟という文字が微かに読める。

「院長先生！　………」

涙ながらに叫んだ声が静まり返った焼け跡に空しく響いた。

途方に暮れたままどれほどその場に立ち竦んでいただろうか。

突然、背後にガサガサと人の気配を感じた。

「ジェイク⁉　あなたジェイク……でしょ？」

消え入りそうな声と覚束ない足取りで、ひとりの女が近寄って来る。

ジェイクは愁色に満ちたその顔立ちに見覚えがあった。

「サンディー先生！　……ですか？」

教務員をしていたサンデュバルであることを願った。

女は呆けたように頷いたが、自慢にしていたブロンドの髪はちりぢりに焼け焦げどこにも当時の面影はなかった。煤だらけの顔が命からがら生き延びたことを物語っている。

「無事だったんですね、よかった！　院長先生とみんなはどこですか？」

「…………」

サンデュバルが身体を震わせ無言のまま首を振った。

「うっ、ううっ……」

堪えきれずに漏らした彼女の嗚咽でジェイクはすべてを悟った。

それでも打ちひしがれるサンデュバルが哀れで肩に手を差し伸べると、彼女は堪えきれずに今度は声を上げて泣いた。

あの日、夜中に始まったドイツ軍の絨毯爆撃は苛烈を極めるもので、街中を襲った無差別攻撃はいつ終るとも知れず逃げ惑う人々は次々と炎に包まれた。

耳をつんざく爆撃音と暗闇を朱色に染める炎で目覚めたオグリオット院長は、すぐに子どもたちを非難させるべく街外れの森の中へ逃げるようサンデュバルに指示した。最後のひとりが無事に外へ出たことを確認すると、院長は大切にしていた子どもたちのアルバムを取りに戻って、そのまま帰らぬ人となった。

サンデュバルが震える手でポケットから数葉の写真を取り出した。まるでオグリオット院長に守られるように遺体の下から発見されたものだ、と言ってまた涙した。

その中に十年前ホルン新聞に掲載された一葉があった。当時、記者が記念にと送って来たトリミング前の写真には、ジェイクを抱きすくめるガルシェスクとふたりの後ろで驚いた表情を浮かべる院長の姿がはっきりと写っていた。

サンデュバルが案内してくれたアンドレッジオの共同墓地には、名前だけが刻まれた急ごしらえの十字架が無数に並んでいた。知った人の名前を見るたびに戦争の愚かさに怒りを覚え、言いようのない悲しみに胸が締め付けられた。

その中のひとつ、オグリオット院長が身に付けていたロザリオの掛かる十字架の前で、ジェイクは形見の写真を胸に新たな決意を誓うのだった。

3

一九四二年六月〜


ドイツの占領下、アルドニア共和国の民衆にようやくかつての生活が戻りつつあった。

だが、それはあくまでも戦争状態からの解放というだけで、実際は立法、司法、行政などすべてがドイツ軍によって統治され、新政府自体はその傀儡政権に過ぎなかった。国民生活の実態は宣撫官として乗り込んで来たゲシュタポやアインザッツグルッペンの厳しい監視下に置かれていた。

ナチスは徹底した差別政策を推し進め、ユダヤ人やロマ族、共産主義者らを敵性分子として血眼になって捜索した。彼らに身柄を拘束された人々はひとたび連行されると、二度と元の場所に戻ることはなかった。

行き過ぎた迫害が続く状況に政府内でも枢軸国参加を疑問視する者がいたが、ゲラシチェンコはそんな彼らをまったく相手にしなかった。

「三国同盟を結んだ日本は昨年十二月の真珠湾攻撃以来、連合国に連戦連勝を続けておるぞ。北アフリカではついこの間ガザラの戦いで、ロンメル将軍がイギリスに勝利しトブルクを陥落させたというではないか」

「はい、そのようです」

余裕の表情を浮かべるゲラシチェンコに閣僚たちは次の言葉が出なかった。

地中海を補給航路にして北アフリカを防御してきたイギリスにとって、港のあるトブルクは最も重要な拠点だった。

「南部ロシアに侵攻しているドイツ軍も今度こそソ連を打ちのめすに違いない。枢軸国への協力こそがアルドニアに安寧をもたらすのだよ。それとも諸君はこの破竹の勢いのドイツに歯向かえとでも言うのかね？」

「………………」

全員が口籠ったまま視線を落とした。

これ以上異を唱えれば、二度とこの場所に戻って来られない危険がある。

「わかったら諸君は余計なことは捨て置き、まずは国の治安を最優先に考えたまえ。地下に潜って抵抗を続ける不逞の輩をいつまでも放置したとなれば、今度は君らと大切な家族に総統からの招待状が届くことになるのだぞ」

脅しともとれる言葉を残し、ゲラシチェンコは悠然と部屋を出て行った。

残された者たちは地獄への招待状が来ないようすべての良心を捨て、ただひたすら忠誠を誓う以外なかった。

大統領官邸を出たゲラシチェンコはそのままバルツホテルへと向かった。

ホテルの前にはドアボーイの他にふたりのドイツ兵が直立し、玄関入り口の両端で監視の目を光らせている。ゲラシチェンコの姿を認めると、軍靴を鳴らしてナチス式の敬礼で出迎えた。

総統になったような気分で答礼したゲラシチェンコは六階まで上がり、かつて通い慣れた六〇六号室のドアをノックした。

「お待ちしていましたぞ、大統領閣下。お元気そうで」

すぐに懐かしい顔が目の前にあらわれた。

「会長も元気そうで何よりですな」

そう言って、ふたりは六年振りの再会に固い握手を交わした。

「それにしてもわしらが刑務所に入れられながら、奴が自宅で幽閉とは随分と甘い処分ではありませんかな、閣下」

椅子を勧めながらオルバンが不満そうに愚痴を零した。

ガルシェスクの告発によって贈収賄の罪で実刑判決を受けたふたりは、それから四年という歳月を獄中で過ごした。特にオルバンは出所後もつい最近まで二年近くその日暮らしが続いていたので、その恨みが胸底に澱となって溜まっている。

「会長、私もまったく同感ですよ。だが、我々が奴を勝手に裁くわけにはいきません。ドイツのお墨付きがありませんとな」

「ううっ、納得がいかんのう。何とか積年の恨みを晴らす手立てはないものか」

歯軋りするオルバンの顔は真っ赤に紅潮していた。

「手立てですか……まあ、なくもないが」

ひと笑み漏らしたゲラシチェンコがもったいぶった言い方で答える。

「ガルシェスク本人が無理なら、奴の家族を血祭りにあげるというのはいかがかな」

「だが、家族も郊外の邸宅に一緒ではありませんのか？　倅だけはイギリスへ飛んだと聞いているが」

「もうひとり息子がいたではありませんか」

底意地の悪い笑顔を目にして、オルバンは十年以上も前に行われた養子縁組の記者会見を思い出した。

「そいつは全国学生連盟を組織して一時は議長までやっていたようだ。今はこともあろうに反政府運動に身を投じ、地下に潜ってレジスタンス活動を続けているらしい。既にゲシュタポにはこの情報を流したが、公安本部でも捜索に入ったところですよ」

「そりゃ面白い話ですな。早いところその男を逮捕して、ドイツ式葬送曲を聞かせてやりたいものだ。ガルシェスクがどんな顔をするか実に楽しみですな、あっ、はは」

オルバンは想像するだけで愉快だった。

「では閣下、私からもひとつ耳寄りな話をお聞かせしましょう」

「ほほお、それは楽しみだ。どんなことですかな？」

「閣下が実に見事な先見の明で早くからドイツと接触し今の地位を取り戻されたように、私も彼らの力を大いに利用させてもらいましてな」

「アイアッシュ社から親ガルシェスク派の経営陣を追いやったとは聞いているが」

「ただ会長の座を取り戻しただけではありませんぞ、閣下。商売はこれからの先行きもしっかりと考えませんとな」

今度はオルバンがもったいぶった口調で話を継いだ。

「アルドニアの国防軍はドイツ戦で壊滅状態になりましたが、幸い我が社の工場は無傷で残りました。それでも復興に向けては前途多難が当り前なところ、上手い儲け話が転がり込んで来たのですよ」

そう言いながらオルバンはドアまで歩み寄り、部屋の外から一人の男を招き入れた。

「閣下、金の卵を産む私のヘンネ（雌鳥）を紹介します」

あらわれたのは五フィート少々しかない小男で、恰幅のよいオルバンのとなりでは一層うだつの上がらない印象だ。

「大統領閣下、お目にかかれて光栄です。オルデシ・コストノフと申します」

三白眼を上目遣いにして寄越す挨拶が、何とも薄気味悪い雰囲気を漂わせていた。

「この男はアルドニア方面軍の兵站長と昵懇の仲でしてな。お蔭で我が社はドイツ軍のあらゆる軍事装備の受注を独占でき、それを手土産に私も会長の座に返り咲けたというわけです。この戦争、長引けば長引くほど金の卵を産んでくれますぞ」

フランスがドイツに降伏した今から二年ほど前、刑期を終えたゲラシチェンコがドイツと接触を始めたように、いや、それよりも前からコストノフはドイツ軍との接触を試みていた。

ゲラシチェンコが反ガルシェスクのお飾りであったのに対して、コストノフは政府筋の情報を手土産にドイツ軍に食い込もうとした。その中身は国防大臣を兼務するガルシェスクから漏れたものだけあって、どの政治家が持ち込むものより詳細かつ具体的で兵站長の信頼は忽ち揺るぎないものとなった。

終戦後、コストノフはその伝手を餌にオルバンに近づいて、ドイツ軍とアイアッシュ社の橋渡し役となっていた。

「ドイツ軍を手玉に取るとは、私以上に先見の明があるというわけですな」

「とんでもございません、大統領閣下。私はただ勝ち馬に乗りたいだけでございます。これからも閣下と会長のため身を粉にして働かせていただきます」

コストノフは神妙な顔つきで深々と頭を下げた。

「閣下、これだけ役者が揃えば向かうところ敵なしですぞ。ドイツの潤沢な資金と大統領のお力添えがあれば、我々の栄華は未来永劫のものとなりましょう」

この世の春と言わんばかりに興奮するオルバンの前で、コストノフはゲラシチェンコと旧知の間柄のように固く握手を交わした。

――ルイーザはジュリアから聞かされたデロイ姉弟のことが心配でならなかった。

ルフトヤーツェンを去ったあの家族がバルツォークで暮らしていた。父親を亡くしてからも姉弟ふたり力を合わせてやっと掴んだ幸せが、今まさに理不尽な力によって奪われようとしている。

「あなた、お願いです。デロイ姉弟をなんとか助けられないでしょうか。このままではふたりとも命を奪われかねません」

ドイツ軍の虐殺行為を耳にしていたルイーザは必死になって懇願した。

「君の気持ちは痛いほどわかる。だが、今の私には何の権限もないのだよ、ルイーザ。それどころかこの私でさえ、いつ将校たちに連行されて処刑されるかわからないのだ」

ガルシェスクは苦渋の表情を浮かべて妻を宥めた。

確かに夫の言うとおりだった。敵対勢力の代表ともいえる元大統領が敗戦から一年以上経過しても、こうして無事でいられること自体が奇跡だった。西洋列強に人脈のある立場を使い道と考えるヒトラーの打算だけが、夫の命を支えているのだ。

改めて彼女はこの危難をどう乗り越えればよいのか心を痛めた。

「だがルイーザ、心配は要らない。アルドニア共和国はまだ完全に死んだわけではないのだ。国防軍は壊滅したが、残った勇士たちが今でもゲリラ戦でドイツ軍に抵抗している。街では若者が中心となってレジスタンス活動が展開され、多くの国民が声なき反抗の狼煙をあげ始めているからね」

そう言って、深刻な表情のルイーザを優しく励ました。

確かにアルドニア共和国の民衆は非道なドイツ軍と新政府の腰抜けぶりに対して、その胸の内で瞋恚の炎を燃やしていた。

労働者の間ではサボタージュが合言葉となって生産性を下げるための手抜きが横行し、工場設備を破壊して操業を停止させる過激な者までいた。元兵士を中心に組織された義勇軍も決死の覚悟でゲリラ戦を展開し、駐留するドイツ軍に少なからず打撃を与えている。

「アジアの戦局もどうやら風向きが変わって来たようだ。コストノフのところへ届いたアドルフの手紙によれば、アメリカ軍がミッドウェー海戦で日本軍を撃破したそうだよ。真珠湾への騙し討ちで目覚めた眠れる巨人がいよいよ本気になった証しだ。これでヨーロッパへの本格参戦も見えて来た。こちらの戦局が変わるのも時間の問題だよ」

ガルシェスクはドイツの監視の目を避けながら、ゲラシチェンコに近づいたコストノフを通じてアドルフと連絡を取り合っていた。

「アドルフは元気なのですね？」

「ああ、元気にやっているようだ。ドイツがソ連一辺倒の今、ドーバー海峡の向こう岸は思ったとおり落ち着きを取り戻している。到着早々は多少苦労もあったようだが、今では大使館の席が温まる暇もないほど保守党本部や参謀本部を行き来しているらしい」

息子の無事を確認できてルイーザはほっと胸を撫で下ろしたが、同時にもうひとりの息子のことが気掛かりだった。

「ジェイクはどうしているでしょう？　あの子のことですからきっとデロイ姉弟のために……」

友を守るため危険を顧みず奔走している姿が目に浮かんだ。

「この国の民衆は誰しもが自由を取り戻すために闘っているのだ。何もジェイクに限ったことではないのだよ、ルイーザ」

愛する妻に具体的なことは一切口にしなかった。

ジェイクがレジスタンス活動に身を投じ、当局ばかりかゲシュタポからもその身を追われている。

そのことを知れば、ルイーザはどんなことをしてでも彼を守ろうとするに違いない。ガルシェスクは妻の身に危険が及ぶことだけは避けたかった。

――秋も深まり寒風の吹く夕刻、バルツォーク市の外れにあるパブに人目を忍ぶ十数名の男たちが集まっていた。

「では、全員が揃ったのでこれから全労連と全学連の合同会議を始める」

議長席に座るフェレンツが押し殺した声で宣すると、全員が無言で頷いた。

「本日は両連盟の活動状況を共有したうえで、今後の……」

「フェレンツ議長、ちょっとよろしいですか」

突然、となりに座る全学連議長のイワンが横から口を挟んだ。

「活動状況と言っても、どうせまた大勢に影響のない話ばかりだ。そろそろ我々の活動そのものを変える必要があるのではないですか。これまでのような活動を続けてもドイツ兵には何の効果も期待できませんよ」

その声は苛立ちを隠そうとしない横柄な口振りだった。

「やり方を変えるとは、どういう意味かな?」

「決まっているだろ！　我々も武器を持って義勇軍に参加するんだ。生温いやり方は捨ててひとりでも多くのドイツ兵を殺し、この国に自由を取り戻そうと言っているんだ！」

「君の言いたいことはわかるよ、イワン。私だって義勇軍の頑張りを否定するつもりはないし、むしろ賞賛に値するものだと思っている。だが、抵抗運動のすべての力を直接的な戦闘の一点に集中するのは危険が多過ぎる。我々はドイツへの抵抗が国民全体の気運となることを目指して活動すべきだと思わないか？」

過激なイワンの発言に、フェレンツはどこまでも冷静だった。

「そんなことを言っているから敗戦から一年も経つのに、未だドイツ兵がのさばっているんだよ」

イワンは一歩も引き下がらなかった。

ジェイクは聖アンドレッジオ養護院で気性の荒かった当時の彼のことを思った。そして今、——気性だけでは説明のつかない——抗いようのない力に対して自暴自棄な憤怨を感じさせるイワンに大きな不安を覚えた。それはまわりにいる者を巻き込んで破滅の道へ突き進みかねない、という恐怖心でもあった。

「この際、俺は賛同してくれる同志とともに義勇軍に参加しようと思う。付いて来るかどうかは此処にいるそれぞれが決めればいい」

イワンが席を立つと一瞬部屋は静まり返ったが、椅子をずらす音とともに数名のメンバーが立ち上がった。

その顔触れを見た時、ジェイクは驚きのあまり自分の目を疑った。

その中に再会以来ずっと行動をともにして来たヤンがいたからだ。

「君らはほんとうにそれでよいのか？　ヤン、君まで！」

フェレンツも予想外の展開にさすがに動揺の色を隠せなかった。

「僕はもう我慢がならないんです」

考えに考えたうえでの結論です、という決意が顔に滲み出ていた。

「何も敵対するわけではありませんよ、フェレンツ議長。やり方は違っても共通の敵に対してこれからもお互い頑張りましょうや」

イワンは同志の名乗りを上げたメンバーを引き連れ、意気揚々と部屋を出て行った。

ジェイクは予想もしない事態に戸惑い、その後、両連盟が統合され救国同盟が新たに組織されたことも上の空で、集会が終るや一目散に隠れ家へと向かった。

ゲシュタポの目から逃れるため方々を転々とするうちに今ではデロイ姉弟とひとつ屋根の下で暮らしていたが、義勇軍に加わる話など一度もヤンの口から出たことはなかった。事前に聞いていればその場で反対し説得もしただろう。

逸る気持ちで戻ると、いつもと変わらぬ穏やかな顔をしたヤンが待っていた。

「相談もせず勝手に決めてすまなかった。姉さんにも今話したところだ」

まっすぐ見つめるその目は、後悔を微塵も感じさせないものだった。

「ジェイク、弟を許してあげて。私にはヤンの気持ちが痛いほどわかるの」

横からメイルが庇うように口を開いた。

「私たちは生まれた時からロマの宿命を背負わされ、その運命（さだめ）の中で父も命を落とした。もしも今、何もせずにこのまま生きながらえても、それは死んだままの人生を過ごすことと何も変わらない。そう考えるヤンの気持ちが、……私には痛いほどよくわかるの」

メイルの目から零れる涙を見て、ジェイクはそれ以上何も言えなかった。

「ジェイク、心配しないでくれ。この国が自由になった時、また昔のようにルフトヤーツェンで一緒に楽しい時間を過ごそう」

ことさら明るく振る舞うヤンにジェイクは言いたかった。

〝武装闘争のタイミングは決して今ではない。アメリカを加えた連合国が西方から反撃に出た時こそ、義勇軍の抵抗が最大の効果を発揮する〟。

そう確信していたが、一方で目の前の友の悲痛な覚悟もよく理解できた。

「ヤン、わかったよ、もう反対はしない。だが、決して無理はするな。それだけは約束してくれ」

「ありがとう。僕は決して無駄死になんてしないから安心してくれ。姉さんも心配しないでジェイクと仲良くやれよ。此処でふたりきりになるのだから」

不安を隠し切れないメイルの顔に少しだけ恥じらいの色が浮かんだ。

「ジェイク、くれぐれも姉さんのことを頼む。ゲシュタポから絶対に守ってやってくれ」

「わかった、命に代えてもメイルは僕が守るよ」

メイルの頬にまたひと筋の涙が零れ落ちた。

その日のうちに義勇軍と合流するため、ヤンは夜が明ける前に身近な荷物だけをまとめて隠れ家を出て行った。漆黒の闇に消えていく友の背中を見送りながら、ジェイクはその無事を神に祈らずにはいられなかった。

――ガルシェスク邸は相変わらずドイツ兵の監視下にあったが、主人以外の者には条件付きながらある程度自由な行動が認められるようになっていた。

ジュリアもサンティエール大学への復学が許可され講義へ顔を出せるようになったが、彼女のまわりには常に私服警察の監視の目が光っていた。

「ジュリア、今日も護衛がしっかりと付いているようだね」

「護衛だなんてとんでもないわ！　四六時中薄気味悪い視線を浴びせられる身にもなってよ」

クライスの冗談が無神経な言葉にしか聞こえなかった。

「まあ、そう怒らないでくれ。僕にとっては未来の花嫁を守ってくれる頼もしい存在でもあるのだから」

そう言って鷹揚に構えるクライスは、すっかり今の生活に馴染んでいるようだ。

ホッブス財閥の御曹司には家業の銀行業務が順調であれば、政権がどう変わろうが大きな問題ではなかった。父親のザイツェフも旧友のガルシェスクの身を案じてはいたが、優先すべきは銀行経営そのものだった。夜毎パーティーを開いてはドイツ軍の将校をもてなし、征服者のご機嫌をとることに心血を注いでいた。

反政府活動に身を投じ命がけで闘う人々のことを思うと、ジュリアは体制に迎合する彼ら富裕層の気持ちが理解できず、クライスの言葉も無責任としか感じられなかった。

「クライス、私はあなたとは結婚できないわ。考え方が違いすぎるし、それに………」

〝私には心に決めた人がいます〟——そう言いたかった。

だが、言葉にしたその瞬間、輝きを放つこの大切な想いが汚されるような気がした。

「ジュリア、考え方が違うと思うのは今だけだ。でも、時が経てば君にもきっとわかる日が来る。人生に勝利するにはその時の勝ち馬に乗る必要があるとね。すべてを失ってからでは元も子もない。お父上の命でイギリスにいるアドルフだって、このまま帰国しても苦労するばかりだ。僕がこうして頑張っているのは彼のためでもあるんだよ」

ホッブス家がガルシェスク家の支えになる、クライスは固くそう信じていた。

失うことを恐れる者と奪われたものを取り戻そうとする者、その間には目には見えない埋め難い溝がある。生きていく上での価値観が違うことを、きっとこの人は理解できないだろう。

そう考えながら、ジュリアはたったひとりの人を想った。その人はアルドニアがドイツに敗れた直後にアンドレッジオへ向かったという。その後の消息は全くわからなかった。当時、そのことを伝えてくれたデロイ姉弟とも今では連絡がつかない。

それでも彼女は信じていた。理不尽な力によって奪われた自由と尊厳を取り戻そうと、あの人は自らの危険を顧みずこの国の民衆のために闘っているに違いない。

「勝ち馬が正しいとは限らないわ。虐殺という鞭で勝利を手にしても、その馬にどれだけの価値があるというの？」

「虐殺？　ユダヤやロマの話か。それは宿命と諦めざるを得ないだろう。僕らにはどうすることもできないよ。そう言えばこの間、ジェイクがロマ族の女と一緒にいるという噂を聞いたな」

「えっ！　………」

「メイジー大学でも評判の美女らしいよ。薄汚いアパートにふたりで入るところを見た奴がいるんだ。しかも、その女の弟は救国同盟の活動家という話だったな」

一緒にいたのはメイルだと直感したジュリアは、クライスに気取られないようさり気なくその場所を聞き出した。

「誰もいざこざに巻き込まれたくはないから、このことを知っている者はあまりいないけれどね。何も自分から危ない橋を渡らなくてもよいものを……、魔性の色香に惑わされたってところかな」

クライスの顔に蔑むような卑しい笑みが浮かんでいた。

そんな幼馴染の貧相な言葉に心の内で溜め息を吐きながら、それでもジュリアはふたりがともに暮らしているのだろうかと複雑な思いに心を揺さ振られた。

だが、ジェイクにひと目でも会いたいという気持ちに変わりはない。遠くからでも元気な姿をこの目で見たかった。

クライスが口にした場所はおよその見当もつく。すぐにでも逢いに行きたい。いや、自分には私服警察の監視の目が光っている。今動けば、ふたりを窮地に追い込むだけだ。それだけは絶対に避けなければならない。

ジュリアは逸る気持ちを抑え、ジェイクの無事を祈ることしかできなかった。

——その頃、救国同盟はジェイクの提案で全国的なビラ作戦の展開を始めていた。

中身は、非道なドイツ軍の横暴とゲシュタポやアインザッツグルッペンの虐殺行為を糾弾し、これを阻止できない新政府を支持しないよう国民に訴える内容だ。そこにはユダヤ人やロマ族に対する人種差別の否定と、アルドニア共和国がすべての人間の尊厳を守ることも高らかに宣言されていた。

救国同盟のメンバーは輪転謄写機で作成した何万枚にも及ぶビラを、官憲の目を盗んでは配り歩き、街の至るところに貼ってまわった。抑圧された民衆はこの反ナチ運動に喝采し多いに勇気づけられた。

「ジェイク、思った以上に大成功だ！　国中に抵抗運動の気運が盛り上げっているぞ」

救国同盟の委員長となったフェレンツが、珍しく興奮した面持ちで口を開いた。

「はい！　僕も手ごたえを感じています」

ジェイクも非武力闘争でここまでやれることに驚きを隠し切れなかった。

「今日は思い切ってバルツォーク駅で配ってみようと思うんです。あそこならより多くの人に読んでもらえますから」

人混みに紛れれば官憲やドイツ兵の目を誤魔化せる期待もあった。

数名の仲間たちと付かず離れずバルツォーク駅に到着した彼は、フィールドグレイの制服から距離を置いて辺りを見回した。ビラ配りは一見しただけでは見分けのつかない私服警察にも用心しなければならない。

それらしい人物が見当たらないことを確認して仲間たちに目配せすると、メンバーは一斉に、だがどこまでもさり気なくただの通行人を装って行動を起こした。

ショルダーバッグの中から小さく折りたたまれたビラを、すれ違う人々に次から次へと手渡した。突然渡されたものに戸惑いつつ受け取る者もいれば、一瞥するだけで迷惑そうに無視する者、逆に小さく頷きながら微笑を返す者もいた。

同じ場所に止まっていては目立つので、彼らは常に立ち位置を変えてただの通行人を装った。ジェイクがコンコースの外れに移動した時、黒いハンティング帽子の老人が改札口に向かって歩いて来た。すれ違いざまにビラを差し出すと、老人が皺だらけの顔に笑みを浮かべ「頑張れ」と声を掛けてくれる。地道な抵抗運動が市民の間にも根付いて来たことを実感できる瞬間だった。

誰もがアルドニア共和国の今の状況に不満を持ち、国家の独立と民族の誇りを取り戻したいと願っている。だからこそレジスタンス活動は必ず成功させなければならない。意を強くしたジェイクは更に多くの人々にビラを手渡していった。

次の場所へ移動しようと改札口の方に目をやった時、遠く離れたフィールドグレイの制服にひとりの老人が近づいて行くのが見えた。黒いハンティング帽子のその老人が、広げた紙を相手に見せながら何事かを話している。

（さっきの老人だ！）

次の瞬間、振り返った老人がジェイクを指差した。他にも何ヶ所か指差す先には何も知らない仲間たちがいた。咄嗟にジェイクはポケットに忍ばせた笛を力一杯吹き鳴らした。仲間たちへ〝すぐに逃げろ！〟という合図だ。

突然鳴り響いた笛の音でコンコースにいた人々がざわつく中、救国同盟のメンバーたちは足早にその場から離れようとした。だが、立ち止まったまま動揺する雑踏の中で機敏に動く彼らは逆にドイツ兵の目に留まった。

「ハルテン！（止まれ！）」

兵士の怒鳴り声に、彼らは全速力で駅の出口に向かって走った。

ジェイクは笛を吹き続けた。仲間たちが無事に逃げ切れるよう自分が囮になるつもりだった。全員が駅から脱出したことを確認して、全速力で街中の雑踏を目指した。

行き交う人々の中に身を隠そうとした時、背後で〝バーン〟と銃声が鳴り響いた。逃亡を止めようとする威嚇射撃だとわかったが、このままでは罪のない市民を巻き込みかねない。

ジェイクは人混みを避けビルの狭間の狭い路地に飛び込んだ。その姿を見失うまいと怒鳴り声と銃声がしつこく後を追って来る。身を隠すように何度も道角を曲がり、ひたすら狭い路地を走り抜けた。

やがてどこを逃げているかもわからなくなり、とうとう商店街の裏口が並ぶ袋小路に追い詰められてしまった。その先は行き止まりでどこにも逃げ道が見当たらない。荒い息で喘ぎながら周囲を見回した次の瞬間、耳をつんざくような銃声とともに目の前の壁が砕け散った。

振り返るとドイツ兵の手に握られた拳銃は、銃口がまっすぐこちらに向けられている。今度は威嚇射撃ではなくあきらかに逃亡者を仕留めるつもりだ。

此処で殺される——そう観念した時、脳裏にジュリアの笑顔が浮かんだ。懐かしくも愛くるしいその笑顔はひと筋の希望の光となった。諦めるな！　此処で死ぬわけにはいかない。何としてでも生き延びるのだ。

その時、横道からあらわれた一台の荷車がドイツ兵の行く手を塞いだ。視界から兵士の姿が一瞬消えて、軒を連ねた裏口のドアがいくつか開くのが見えた。ジェイクはそのうちのひとつに一目散に飛び込んだ。

主人と思しき人物が「あそこから逃げろ！」と店の入り口を指差す。外の騒がしさに状況を察した商店街が咄嗟にとった救出作戦だった。

礼を言う間もなく表通りに出たジェイクは、間一髪のところで命拾いしたことを実感した。呼吸を整え店に向かって深々と一礼し、人混みにまぎれて救国同盟の隠れ家へと向かった。

散り散りに逃げた仲間たちが隠れ家に顔を揃えたのは陽も暮れかかる頃だったが、夜半まで待ってもその内のふたりはとうとう戻らなかった。

「諸君、これ以上此処に留まるのは危険だ。次の集会場所はブロンクス通りにあるコピーの雑貨屋に確保してある。明日の夜、改めてそこで落ち合おう」

苦悶の表情を浮かべたフェレンツはそう言うや、ギュッと唇を噛んだ。

戻らなかったメンバーが逮捕されていれば、ゲシュタポの拷問でこの場所が漏れるかも知れない。踏み込まれれば一網打尽となる危険を回避するための苦渋の決断だった。

翌日、国家公安本部は反政府運動を行ったふたりを国家反逆罪で公開処刑すると発表した。あまりに早い死刑宣告は、捕らえられたふたりが拷問にも口を割らなかったことを示唆していた。

沈痛な面持ちでコピーの雑貨屋に集まったメンバーたちは仲間の救出を議論したが、それが不可能なことは誰もが承知していた。レジスタンス活動でこれまで多くの仲間が犠牲となり、捕らえられたふたりも今この瞬間、牢獄の中で静かに処刑の時を待っている。命乞いもせず仲間を裏切ることもなく、自らを犠牲にしようとしているふたりの心情を思うと全員の目に涙が溢れた。

だが、ジェイクだけはどうしても諦める気にはなれなかった。牢獄からの救出が困難でも処刑場に連行される時なら——、そんな一縷の望みを抱いていた。

公開処刑の日を迎えた市庁舎前の広場には大勢の市民が集まっていた。どの顔にも悲痛な表情が浮かび、中には蝋燭を灯して祈りを捧げる者もいた。広場は武装したドイツ兵に囲まれ、断罪を宣告した政府関係者はひとりもいなかった。

目隠しをされ後ろ手に縛られたふたりが連行されて来ると、市民の中から〝神のご加護を！〟〝天国に導き給え！〟の声が洩れる。

群衆の中に身を隠していたジェイクはその声に後押しされ、いつもの冷静さを失くした本能的な怒りだけを頼りに広場を目掛け飛び込もうと身構えた。

と、次の瞬間、背後から物凄い力でジェイクを羽交い絞めにする者がいた。

その腕を振りほどこうともがくと、それは必死の形相をしたフェレンツだった。

「彼らの思いを無駄にするな、ジェイク！」

振り絞る声は悔しさに震え、見開かれた目には涙が溢れている。

ジェイクは髪を振り乱して抵抗したが、止めに入ったフェレンツも必死だった。

広場では、既に杭に縛られたふたりに向かって四名の狙撃手が位置に付いている。

闇に閉ざされ恐怖に慄(おのの)きながら、それでも誇り高きふたりは我が身を鼓舞した。

「自由は永遠なり！　いざ立たん、祖国のために！」

「アルドニア共和国、万歳！」

民衆に向かって命の限りに信念の叫びを轟かせた。

その声を打ち消すように「プレツェンティアート・ダス・ゲヴェーア！（構え！）」

ドイツ語の号令が広場に響き渡り、辺りは異様な静けさに包まれた。

狙撃手の撃鉄を起こす音が聞こえた。

「フォイアー！（撃て！）」

凄まじい銃声とともに——すべては一瞬で終った。

鮮血に染まり項垂れたまま杭にぶら下がるふたり、その姿にジェイクが膝から崩れ落ちた。身を切られるほどの悔しさに大地へ爪を立て、嗚咽に身を震わせた。

「ジェイク！　自分を責めてはいけない。我々は彼らの分までレジスタンス活動を続けるのだ。ふたりもきっとそれを望んでいる」

フェレンツが今できる精一杯の励ましだった。

だが、ジェイクには彼の言葉も群衆のざわめきも何ひとつ聞こえていなかった。一瞬にしてふたりの命を奪った銃声の音だけが、頭の中でいつまでも鳴り響いていた。

4

一九四三年一月〜


この日、国防軍の元兵士と志願兵からなる義勇軍は――ツゥイラーク市街にあるドイツ軍に接収された――アルザ空軍基地を目指していた。その目的はバルツォーク市で処刑された救国同盟メンバーの弔い合戦だった。

「諸君、残忍極まりない銃殺刑で命を落とした同胞のためにも、今日の奇襲は何としてでも成功させねばならない」

ドイツ戦でアルドニア国防軍の指揮をとったシュレンゲル将軍が、拳を振りかざして傘下の兵士たちを鼓舞すると、

「将軍、先陣は是非俺たちにやらせて下さい。この間まで一緒に戦った仲間の仇を討ちたいのです」

イワンが引き連れた救国同盟のメンバーを代表して口を開いた。

「よかろう。だが、決して独断専行はするな。すべて私の指示で動くのだぞ」

「はい、心得ています」

シュレンゲル将軍の統率で隊列が組まれ、義勇軍は暗闇の中を静かに行軍した。

深い森を抜けアルザ空軍基地に近づくと、そこからは匍匐前進で草むらの中を進んで行く。管制塔のサーチライトが上下動しながら全方位を隈なく照らしていた。その灯りを避けてフェンス際まで辿り着いた兵士たちは、改めて装備した武器――携帯した拳銃と手榴弾、それにボルトアクションライフル――を入念に点検した。

工兵が身を屈めフェンスの金網を切断して進入口を確保すると、

「サーチライトの周回はおよそ十秒だ。その間に五名ずつ向こうの壁まで進め。第一班は壁際をつたい格納庫へ、第二班は兵舎を目指す。第三班は後方からの防護部隊としてその場に待機。第一斑の格納庫爆破を合図に一斉攻撃を開始し、敵が混乱しているうちにすぐに此処へ戻るのだ。決して戦果に欲をかこうとするな」

シュレンゲル将軍が声を潜めてゲリラ戦の指示を与えた。

「任せて下さい、将軍。思う存分やらせてもらいますよ」

第一斑で先陣を任されたイワンは、緊張しながらも高揚する気持ちを抑えられなかった。

その横でヤンは初めてのゲリラ戦に足の震えが止まらなかったが、まわりの仲間も同じように小刻みに身体を震わせているのを見て少し落ち着きを取り戻した。

将軍の合図でまずイワンが飛び出し、その後をヤン以下四名が続いた。壁までおよそ九〇フィートの距離を中腰で音を立てずに走るのは骨が折れたが、それでも全員が無事に壁際まで到達する。

後続が揃うと第一班は見張り櫓の衛兵に注意しながら、一列に壁際をつたって格納庫を目指した。

途中、基地内を巡回する二人組みの衛兵を上手くやり過ごして格納庫入り口まで来ると、街を焼き尽くした憎き爆撃機が庫内に格納されているのが確認できた。

イワンは逸る気持ちを抑え第二班が兵舎に近づくのをじっと待った。その間、整然と収納されたクルップ式無反動砲など幾つかの武器を盗み出すことも忘れなかった。

しばらくして兵舎側から準備が整ったという合図の灯りが点滅した。

「手榴弾は格納庫の中央を目掛けて投じろ！　一機爆破すればあとは勝手に吹っ飛んでくれる」

イワンが隊列に分散を命じると、兵士たちは中腰のまま攻撃態勢に入った。

「よし、今だ！」

号令で全員が一斉に安全ピンを外し、格納庫の中央を目掛けて投げつけた。

爆発から避難するようにそのまま来た道を全速力で戻る。静まり返った闇夜に彼らの靴音が響き渡った。

「ヴェア・ダー！（誰だ！）」

怒鳴り声とともに別の足音が追い掛けて来る。異変に気づいたドイツ軍兵士だ。

だが、数秒後に格納庫から大きな爆発音が上がった。ドーン、ドーンと爆発が爆発を呼び、見る間に炎が燃え上がる。格納庫の屋根は無残に吹き飛び、黒煙の中から真っ赤な火柱が上がった。

遠く離れた兵舎からも大きな爆発音とともに炎が舞い上がり、立て続けに銃撃の音が響き渡った。混乱するドイツ軍の悲鳴と非常サイレンのけたたましい音が鳴り響く。

アルザ空軍基地は義勇軍の奇襲によって大混乱となり、無数のサーチライトが四方八方を照らした。基地内の至るところで銃撃音が鳴り響き、慌てふためくドイツ語の怒鳴り声が行き交った。

背後から襲ってくる銃撃に抗戦しながら、第一班は必死になって退却した。途中、仲間のひとりが右足を打ち抜かれたが、ヤンが肩を貸して辛うじてふたりは物陰に身を隠すことができた。ヤンは仲間を庇いながらドイツ兵を一人撃ち倒したが、敵の銃撃は凄まじく情け容赦ない連射が続いた。

ふたりは身動きもとれず、このままでは囲まれて逃げ場を失うのは時間の問題だった。止まぬ銃撃音と弾け飛ぶ銃弾に囲まれ、ヤンは此処で殺されるのだと覚悟した。それでも頭の中は死への恐怖より、なぜ自分はこんなところにいるのだろうという違和感の方が強かった。

謂れのない差別に抗い正義を勝ち取るために選んだ方法が、結果として自らの手で人を殺めることになってしまった。自分のしたことはナチスと一緒ではないか。けたたましい騒音の中で、ヤンは言いようのない絶望感に打ちのめされた。

虚脱のまま天を仰いだ時、今度は逆の方角からも銃撃音が迫って来た。いよいよ囲まれてしまったかと観念すると、思いがけず背後にいたのは味方の第三班だった。防護部隊の彼らは飛び出して来るドイツ兵を次々に狙い撃ちにした。突然の不意打ちを喰ったドイツ兵はバタバタと倒れ、わずかに残った数名が慌てて退却して行った。

間一髪で命拾いをしたヤンは負傷した仲間を抱きかかえ、第三班に守られながらようやくフェンス際まで戻ることができた。

シュレンゲル将軍は全員が戻ったことを確認すると、すぐさま退却を命じて燃え盛る基地を後にした。

「諸君！　本日はご苦労だった。諸君の勇気ある活躍でドイツ軍に大きな痛手を与えることができた。イワンのお蔭で最新の兵器まで手に入りこんなに愉快なことはない。今日は思う存分飲んでくれ！」

ゲリラ戦を続けてきたシュレンゲル将軍は、これまでにない大きな戦果に喜びを隠し切れなかった。

野営地の至るところで祝杯をあげる歓声が湧き起こり、特に救国同盟から義勇軍に参加したメンバーたちは初めてのゲリラ戦に未だ興奮が冷めなかった。

「今日の戦果を救国同盟の連中にも見せたかったぜ！」

これでフェレンツ議長の鼻を明かすことができた、とイワンは人一倍興奮していた。

ヤンも憎きドイツ兵の逃げ惑う姿を思い起こし、ひとつ大きな仕事を成し遂げたのだと自分に言い聞かせた。それでも命を奪い合う現場に身を置き感じた空しさは、少しも拭うことができない。

同じ人間同士がなぜ殺し合わなければならないのか。彼らにも自分と同じように大切な家族がいるだろう。あの場で銃弾に倒れれば、残された家族はどれほどの悲しみを抱くことになるのか。歓声の渦の中、周囲の反対に耳を貸さず義勇軍へ参加したことに幾ばくかの後悔の念を感じていた。

そんなヤンの逡巡を打ち消すかのように、

「諸君、聞いてくれ！　今日はもうひとつよい知らせがある」

シュレンゲル将軍がこれまで以上に声を張り上げた。

「ここに連合国の動向について吉報を持って来てくれた人物がいる。その人物はイギリスから帰国するや、すぐさま我が軍営に参加してくれたのだ！」

将軍は大袈裟に両手を広げ、兵士たちの前に傍らの青年を紹介した。

「彼こそがその人物、アドルフ・ガルシェスク君だ！」

野営地に再び大きな歓声が上がった。

「えっ！　……」

ヤンは自分の耳を疑った。

だが、紹介された青年は間違いなくよく知った人物だった。しかも、長年忌み嫌って来た親の仇ともいうべき男だ。

「おい、どうしたんだ？　そんなに顔色を変えて」

その声は、動揺するヤンの様子を訝しんだイワンだった。

歓声に手を挙げて応えるアドルフへの腹立たしさから、ヤンはアドルフの人となりを話して聞かせた。そのほとんどがイワンには他人事にしか聞こえなかったが、唯一ジェイクとの関係だけは大いに興味をそそられた。

「ふーん、そうだったのか。じゃあ、ろくでもない奴ってことだな」

冷めた目でそう言いながら口元には含み笑いが浮かんでいた。

一方、盛大な歓声に満足気なアドルフは一歩前に進み出ると、

「正義の闘志にみなぎる義勇軍の諸君！　間もなく我々がこの戦いに勝利するということを、同志のみんなに伝えるため私は此処へ来たのだ！」

大袈裟なまでに芝居染みた口調で声を張り上げた。

その頼もしい言葉にふたたび割れんばかりの拍手と歓声を上げた兵士たちは、これからどんな話が

聞けるのか期待に胸を膨らませた。

「私は二年前の三月、父ガルシェスク大統領の命でイギリス本土に渡り、つい先頃まで連合国の動向について情報を集めて来た。とりわけ保守党本部を介して知り合ったバーナード・モントゴメリー将軍とは、彼が昨年八月にイギリス第八軍の指揮官としてエジプトへ赴任するまで親しくさせてもらった。その彼が先日、極めて重要な任務のためにイギリス本土へ戻って来たのだ」

超大国イギリスの中枢にまで入り込んだという目の前の若者に、興奮冷めやらぬ兵士たちは驚きとともに畏怖の念を抱いた。

モントゴメリー将軍と言えば、昨年十月のエル・アラメインの戦いであのロンメル将軍を打ち破った英雄であることは誰もが知っている。ゲラシチェンコ大統領はガザラの戦いでトブルクを陥落させたドイツ軍に賛辞を送ったが、そのわずか四ヶ月後に情勢を一変させたのが彼なのだ。

義勇軍の兵士たちは固唾を呑んで次の言葉を待った。

アドルフは全員の目が自分に集中しているのが心地よかった。

「諸君！　モントゴメリー将軍がなぜイギリス本国に戻ったのか、その理由をこれからお聞かせしよう」

口元に笑みを浮かべ、兵士たちの更なる喝采を期待して陶酔感に浸った。

——鉄条網が張り巡らされたこの屋敷に、ドイツ兵の目も気にせず出入りするこの男はいったい何者なのか。ガルシェスク邸の執事ワイダはその声に聞き覚えはあったが、正体までは皆目見当がつかなかった。

今日も薄気味悪い三白眼であたりを見まわすと、何食わぬ顔で屋敷に上がり込んでしまった。監視役のドイツ兵は、それをまるで賓客を迎えるような態度だ。

「主人はお部屋かな?」

そう言って、執事の返事も聞かぬまま勝手に二階へと上がり、主人の部屋の中へ姿を消した。

「大統領閣下、失礼いたします」

男は慇懃に一礼すると、上目遣いに主人の様子をうかがった。

「コストノフよ、私はもう大統領ではないぞ」

「何を仰せになられます。アルドニア共和国の大統領はあなた様をおいて他にはございません。この二年弱の間ゲラシチェンコという男は知れば知るほど無能で、オルバンの方がまだ算盤勘定ができるだけ益しというものです」

アルドニア共和国の国防軍に関する情報を餌にドイツ軍に食い込んだコストノフは、オルバンに儲け話を提供することでゲラシチェンコとも太いパイプを作ることに成功し、今やその懐刀の役割を演じていた。

その結果、傀儡政権とはいえ大統領の補佐役という立場が、要注意人物の動静を探るという名目でガルシェスク邸の出入りを可能にしていたのだ。

用意周到にこの筋書きを描いたガルシェスクは満足気に笑みを浮かべ、

「それで、今日の用向きはどのようなことだ？」

いつもどおりに目の前の小男を問い質した。

「はい、第一にご報告すべきは、アドルフ様が昨夜イギリスより無事に帰国をされました件です。中立国スイスを経て陸路での移動でしたので時間を費やされたようですが、すこぶる元気なご様子でした」

「そうか、ようやく戻ったか」

二年振りに息子が帰国したという報せにガルシェスクは安堵の表情を浮かべたが、その顔はすぐにいつもの厳しさを取り戻す。

「で、アドルフは今どうしている？」

「はい、私に大統領への言伝を託されますと、そのまま義勇軍の陣営へ向かわれました」

「うむ、……いよいよ連合国が動き始めるようだな」

ガルシェスクはこれまでコストノフ経由で届けられたアドルフの手紙や添えられた現地の新聞から、ドイツに実効支配された国内では掴みようもない情報を入手して来た。

そのアドルフが風雲急を告げるように帰国したばかりか、そのまま義勇軍の陣営に向かった。まさに風向きが変わったことの証しだろう。昨年暮れの報せによれば、スターリングラードでの攻防が十一月にはソ連軍の攻勢に転じたらしい。これもその兆しだったに違いない。

「アドルフはどんな報せを持って来たのだ？」

「はい、アドルフ様によりますと、英米連合軍がいよいよフランスへの侵攻を開始する、そのための作戦会議を始めたとのことです」

「（よし！）………」

ガルシェスクは口を真一文字に結び、胸の内で喝采した。

これまでアメリカは巨大な生産力によって大量の武器や物資を連合国側に提供して来たが、戦闘への参加は局地的なものに過ぎなかった。

そのアメリカがイギリスと連携してドイツに侵食されたフランスへ侵攻するとなれば、いよいよ本格的な戦闘モードに入ったに違いない。恐らく英米連合軍はフランスの何処かに上陸し、そのままヨーロッパ内陸部へ進軍してドイツ国境まで攻め込むはずだ。

ヒトラーのバルバロッサ作戦で当初の予定は狂ったが、ようやく目論見どおりに事が運び始めた。これで連合国側の勝利は決まったも同然だ。

この二年間待ちに待った時機が到来したことに、ガルシェスクはひとりほくそ笑んだ。そしてコストノフに――ゲラシチェンコへの最後の引導となる――ある指示を与えた。


――義勇軍の兵士たちはアドルフのもたらした英米連合国のフランス侵攻の話に大喝采を送った。我先にと彼の下に群がり、盃を掲げ、まるで恋人と再会したかのように厚い抱擁を交わした。

喜色満面の笑顔でその様子を眺めていたシュレンゲル将軍が、

「大国アメリカが本格参戦するとなれば勝利は見えたというものだ。我が軍もアルドニアに巣食う連中へ今まで以上の攻撃を仕掛けるぞ！」

沸き立つ兵士たちを改めて鼓舞した。

「更に、今後は今まで以上に軍の機動力を発揮することが必要になる。そこで連合国軍に精通した彼を共和国義勇軍の佐官に任じ、参謀の職務を任せようと思う」

将軍がアドルフの腕をとり高々と掲げると、兵士たちは万雷の拍手と歓声で若き参謀の誕生を受け入れた。

しばらく経って、ようやくその喧騒から逃れたアドルフに静かに歩み寄る男がいた。

「いきなり参謀に就任とはさすがですね、アドルフさん」

「……で、君は？」

血気盛んだけが取り柄の他の連中と違って、冷静というよりは冷めた目をした目の前の男が気になった。

「全国学生連盟の議長をしていたイワンです。もっとも全学連や全労連の活動が生温いので今は義勇軍の一員ですが」

「アルドニア共和国では違法となった団体の代表者だったわけか」

父親に敵対する反政府運動に加担していた男と知って、アドルフは警戒心を強めた。

「違法だろうが適法だろうが、あそこの連中には何もできませんよ」

イワンは吐き捨てるように言うと、

「もともと全学連を立ち上げて最初の議長になった奴が、悪かった」

呆れた素振りを見せながら不敵な笑みを零した。

「………?」

「あなたの義弟、ジェイクですよ」

「(えっ!)………」

「やはり驚かれたでしょう。あなた方に散々世話になっておきながら弓を引くような真似をして、奴の恩知らず振りには呆れるばかりです」

動揺するアドルフの様子にイワンは溜飲が下がる思いだった。

こいつも所詮は金持ちのどら息子だ。イギリスに行けたのも父親のお蔭ではないか。

そんな本音はおくびにも出さず、

「あいつは養護院にいた頃からそうでしたね」

アンドレッジオで一緒に過ごした頃のありもしない話をでっち上げた。

目の前の男が孤児だとわかってアドルフは一気に興醒めしたが、ジェイクと確執がありそうな男にはそれなりに利用価値があると考えた。

「イワンと言ったな……、どうやら君とは馬が合いそうだ。これからよろしく頼むよ」

ふたりは互いの心中を推し量るように握手を交わすのだった。

——義勇軍の奇襲攻撃がドイツ軍に甚大な被害を与えた一件は、瞬く間にアルドニア共和国中に伝わった。

時期を同じくして、三国同盟を結んだ枢軸国が各地で劣勢になっていることも多くの国民の知るところとなった。救国同盟が作成するビラにそれらの詳細な情報が記されていたからだ。

昨年一九四二年六月には日本軍がミッドウェー海戦で惨敗し多くの空母が撃沈され、ヒトラーのお膝元であるドイツでもミュンヘン大学の学生たちが反ナチスの白いバラ抵抗運動を展開していることなどが、配られる白い紙片に煽情的に綴られた。

もっともこの学生たちがその後ギロチンで処刑される運命にあるとは、この時点で救国同盟のメンバーは誰も想像すらしていない。

様々な情報の中でも特に国民を勇気づけたのは、スターリングラード攻防戦が十一月からソ連優勢に転じたこと、そして何よりも英米連合軍がフランスへの侵攻を開始するという報せだった。ドイツに対する連合国の包囲網が東西両方から狭まりつつあるのだ。

こうしたドイツに不利な情報——だが、間違いのない事実——を救国同盟に提供したのは、ガルシェスクから指示を受けたコストノフだった。

アドルフから定期的に送られて来たデイリー・テレグラフやタイムズといったイギリス保守系の一般紙だけでなく、デイリー・エクスプレスのような——チャーチルに批判的なデイリー・ミラーを除き——大衆紙に掲載された記事までコストノフは利用した。

これら内々に届けられる情報の発信者は匿名だったが、イギリスの新聞が伝える戦況を知って、救国同盟の幹部たちはこれを支援者からの情報提供と理解した。

ドイツによって情報封鎖された国民に希望の灯を燈す最大の武器となるに違いない。そう考えた彼らは今まで以上にビラを作成して街中に広めた。

当然のことながらこれらの情報は政府も知るところとなり、ゲラシチェンコ大統領は雲行きが怪しくなった戦況に一抹の不安を感じ始めていた。だが、今となってはもう後戻りはできない。ドイツを選んだ自身の決断を信じるしか道は残されていなかった。

ゲラシチェンコはこれまで以上にゲシュタポに追随し、増強した国家公安本部によるレジスタンス活動への一層の弾圧強化に乗り出した。

その結果、連日のように救国同盟のメンバーが逮捕され、まともな裁判もないまま次々に処刑が執行された。市庁舎前の広場はドイツ兵の放つ銃弾でアスファルトが鮮血に染まり、いつしか人々はこの広場を〝赤い涙〟と呼ぶようになった。

日々激しくなる弾圧と同志たちの死は、これ以上ない惨苦をフェレンツに与えた。

それは彼のそばに従うジェイクも同じだった。

「委員長、これ以上犠牲者を出すわけにはいきません。非暴力による抵抗運動も限界が来ています」

「…………」

「英米連合軍がフランス戦線を突破して東方への進軍を開始するまで待ちたいところでしたが、義勇軍との合流時期を早め抵抗の力を一点に集中すべき時が来たのではないでしょうか？」

「ジェイク、君の言うとおりかも知れない。だが、〝怒気起こらば手を引け〟という言葉がある。大勢の仲間の死を前に冷静な判断力を失っている今、拙速に物事を決めるのは危険だよ」

フェレンツは苦渋の表情を浮かべながらも、どこまでも冷静であろうとした。

その痛々しいまでに忍苦する姿を見て、ジェイクは前言を撤回するしかなかった。

「わかりました、委員長。でも、我々が持っている情報は義勇軍にも重要なはずです。それを持って彼らに合流し、今後の共闘について話をして来ることには賛同いただけないでしょうか？」

この機会に、かつて養父ガルシェスクが自分に聞かせてくれた考えを義勇軍の兵士たちにも伝えたい。それにも増してヤンの様子も気掛かりだ。

あれからメイルは気丈に振る舞ってはいるが、たったひとりの弟が無事でいることを毎日のように祈っている。元気な姿をひと目見てメイルにも報告してやりたかった。

「君の気持はわかった。でも、十分注意してくれ。政府ばかりかゲシュタポまでが私たちを血眼になって探しているのだから」

「はい、わかっています」

フェレンツに言われるまでもなく、ひとたび捕まれば拷問と銃殺刑が待っている身だ。

ジェイクは決死の覚悟で転々と移動する義勇軍の野営地を目指すのだった。


――一九四三年七月十日、英米連合軍八個師団がシチリア島に上陸してイタリア本土を目指す動きを見せると、サヴォイア家の存続を目論むエマヌエーレ三世と国家ファシスト党の休戦派が手を組んでイタリア国内に内紛が発生した。これによってムッソリーニはティレニア海の島に幽閉され、独裁政権のひとつが崩壊した。

一方、ドイツ軍への奇襲攻撃から半年余り、アルドニア共和国義勇軍は各所でゲリラ戦を展開したが、いずれも散発的なもので大きな成果もないまま犠牲者だけが増えていた。

戦闘のたびに野戦病院は火の車となり、救護班は疲労困憊で幾ら人手があっても足りない状況が続いた。昼夜を問わず傷病兵の呻き声が止まず、その多くが満足な手当ても受けられないまま命を落とした。

地獄絵のような光景と血とも汗ともつかない陰湿な臭いの中、ヤンは言いようのない虚無感に襲われていた。バルツォーク市街のアパートで姉メイルと過ごした楽しい日々、そこにジェイクが加わり幸福感に満ちた胸躍る日々、そうしたついこの間まで当たり前だった掛けがえのない日常が、今は遠い昔のことのように思われた。

疲れ切った他の兵士たちも思いは同じだった。平穏な生活を失い、ただ一点を見つめ茫然自失するその目には何の力も残されていなかった。シュレンゲル将軍でさえ先の見えない戦闘に苛立ちを覚え、それでも打開策を打ち出せずにいた。

こうした重苦しい雰囲気の中で、アドルフだけは起死回生となる策を練っていた。

「参謀、何か考えがあるようですね」

ただならぬ気配にイワンが擦り寄ると、

「ここはひとつどでかい仕事をやってみないか？」

含み笑いを浮かべたアドルフが周囲を気にしながら小声で話し始める。

その中身を知ったイワンの身体が小刻みに震えた。想像を超えた仕事への恐怖からだったが、一方で武者震いにも似た興奮でもあった。

「しかし、将軍が何というでしょう？」

「今更、敗戦将軍の了解など必要ないさ。結果が出れば誰も文句は言うまい」

吐き捨てるような言葉は完全に将軍を見限っていた。

アドルフは早速行動を共にする十数名の兵士たちを秘密裏に集めたが、その中にヤンがいないことを知ったイワンが救国同盟の仲間たちを全員加えるよう主張すると、アドルフはかつての使用人に嫌悪感を抱いていたがある考えを思いついて渋々ながらも同意した。

だが、戦闘そのものに懐疑的になっていたヤンは、作戦の中身を聞く前から彼らと行動をともにすることを拒絶した。

「何だ、今更怖じ気づいたのか？」

「そうじゃないんだ……」

「イワン、放っておけ！　臆病者が一緒では作戦にも支障を来たすぞ。そいつはロマ族の流れ者だから我々アルドニア人とは祖国に対する思いが違うんだよ」

アドルフが蔑むような目で言い放った。

その瞬間、ヤンの脳裏にルフトヤーツェンでの忌まわしい出来事が甦った。

「何だと！　だったらやってやろうじゃないか。その代わり二度とふざけたことを口にするな！」

今にも掴みかからんばかりの勢いだった。

高ぶる感情から勢い余って出た言葉だったが、アドルフはかつての使用人の生意気な態度に怒りを露わにした。その様子を面白そうに眺めていたイワンが仲裁しなければ、憎しみをぶつけ合うふたりは殴り合いになっていたに違いない。

それから一週間、険悪なふたりに変化はなかったが準備だけは着々と進み、いよいよ作戦を決行する日を迎えた。他の兵士たちに気づかれぬよう陽も明けぬうちに野営地を出発した部隊は、予てから秘密裏に準備を進めてきた森の中のある場所に集合した。

そこにはバルツォーク市が管理する清掃車が三台隠されていて、それぞれの収納庫には既に多くの武器が積み込まれていた。

「全員、同志が調達したこの制服に着替えてくれ」

胸に市の標章が印された濃紺の作業服が用意されていた。

清掃局職員がいつもどおりにごみの収集に来た、と思わせるのが狙いだ。

「ターゲットに到着したら、二台はいつもどおり裏口へまわりこの入館証を提示して中へ入る。そのまま地下のごみ集積場で仕事をこなし、この日のために用意した贈り物を置いてすぐに戻れ。花火の打ち上げ時間は八時丁度に合わせる」

いよいよこれまでにない戦闘が始まる——その緊張から全員の顔が強張った。

「この作戦の目的は、市の中心部で我々義勇軍が蜂起したことを国民に知らせることにある。決して殺傷が目的ではないから花火を仕掛けたら速やかに退却しろ」

アドルフが兵士たちの表情をうかがいながら更に続ける。

「花火の打ち上げを合図に正面につけた一台から玄関目掛け、このＬＧ40をぶっ放す」

ドイツ軍から戦利品として奪ったクルップ式無反動砲を指さし、笑みを零した。

「但し、こいつは後ろに爆風を発生させて射手にも危険が及ぶ代物だ。取り扱いには十分注意してくれ。また、普段は清掃車が正面玄関の前につくことはないはずだ。敵に警戒されないよう花火が上がるまで少し離れたところで待機をする」

兵士たちは一様に不安な表情を浮かべた。

「心配するな、この部隊の指揮は僕がとる。砲撃はそうだな……ヤン、おまえにやってもらおうか。こんな名誉はないだろ？」

皮肉交じりの薄ら笑いを向けられ、ヤンは唇を噛んで承諾するしかなかった。

「それでは出発だ。目指すはゲシュタポと官憲の巣窟、国家公安本部ビルだ！」

アドルフの号令を合図に兵士たちが一斉に雄叫びを上げた。

義勇軍はアルザ空軍基地への奇襲で大きな戦果を上げたが、その後は市街地での散発的なゲリラ戦ばかりで形勢も不利な状況が続いていた。そこでアドルフは一気に敵の本拠地を攻撃する策を練ったのだ。

総督府を置いてドイツが実効支配するポーランドと違い、アルドニア共和国はゲラシチェンコの傀儡政権が旧来の体制を維持している。しかし、国家権力の至るところでドイツの目が光り、国家公安本部も実情は秘密警察の本拠地と化していた。

ゲラシチェンコ政権とドイツは一蓮托生で、その象徴こそが国家公安本部だった。

――義勇軍はドイツ軍の網の目から逃れながら方々を転々と移動していたが、ジェイクは救国同盟のメンバーからもたらされた情報でその行方を知ることができた。だが、ようやくの思いで野営地に到着すると、目の前にあらわれた阿鼻叫喚の光景に思わず息を呑んだ。

どこを見ても目に付くのは傷だらけの負傷兵ばかりで、彼らは一様に地べたに身体を横たえていた。精も根も尽き果てたその姿からはもはや戦意すら感じられず、これまでのゲリラ戦がどれほど激烈であったかを物語っていた。

ヤンは無事なのか？　不安になって辺りを見まわしても友の姿はどこにも見当たらなかった。そこへひとりの兵士が警戒しながらゆっくりと近づいて来た。銃口が真っすぐこちらへ向けられている。ジェイクは両手を挙げ、救国同盟の使者であることを告げて指揮官への面会を申し出た。

その場で武器の携帯がないか身体検査が行われ、――途中でもう一ヶ所の検問を通過して――ようやく指揮官室らしき小屋に案内された。

まるで連行されるように中へ入ると、

「救国同盟の使いということだが、一体どんな用向きがあって此処へ来たのだ？」

軍服姿の恰幅のよい男の態度は、余計な奴が来たと言わんばかりに横柄だった。

「僕はジェイコフという者です。フェレンツ委員長のお考えを伝えに来ました」

ジェイクは各地の戦況や英米連合軍の動き、そして救国同盟と義勇軍との連携について説明を続けた。

「話はわかった。だが、おおよそのことは私も既に承知しているところだ。特に連合国軍の動向については アドルフ君から詳細を聞いているからな」

「えっ！　……アドルフ……というのは？」

「大統領のご子息、アドルフ・ガルシェスク君だよ。イギリスから帰国して我が軍営に加わり、今は義勇軍佐官として参謀の任についてもらっている」

あまりの偶然にジェイクは言葉を失った。

「どうしたのだ？　まるで彼のことを知っているような顔をしているが」

「アドルフは……僕の義兄（あに）です」

「（何！）………」

今度はシュレンゲル将軍が驚く番だった。

アドルフとの関係を掻い摘んで説明すると、将軍は先程までの態度を一変させ椅子に座るよう勧めて自らも居住まいを正すのだった。

ジェイクは軍人と相対するのは二度目だったが、この時、三年前に会った日本の上田中佐のことを思い出していた。あの凛として端厳な姿が懐かしく甦り、途端に目の前の将軍が貧相に感じられた。

「残念だが一足違いだったようだ。参謀と他に十数名が今朝早く奇襲を仕掛けに出たらしい。多くは救国同盟から加わった若者だと聞いているが、行き先までは分からん」

兵士たちの命を預かる将軍のあまりに悠長な物言いに、ジェイクは怒りを覚えた。

やはり思ったとおり将軍は義勇軍を掌握していない。部隊が勝手な行動をとることが軍にとってどれだけ致命的か、軍事に素人の自分でもわかることだ。

「奇襲攻撃が長期戦になることはあるまい。此処で待てば直に報せも入るだろう」

どこまでも悠長な物言いだ。

無責任なシュレンゲル将軍には何を言っても無駄に思え、ジェイクは不安を抱えたまま早く報せが入ることを願うしかなかった。

――その頃、三台の清掃車はバルツォーク市の中心部を目指し、ボルドイ通りを東に向けて走っていた。途中行き交う路面電車は勤務先に向かう多くの市民で溢れ、朝市の露店からは売り子の活気ある声が聞こえた。

アドルフたちにはいつもと変わらぬ光景だったが、ビルのあちらこちらではためく鉤十字が彼らを現実の世界へと引き戻した。市庁舎前の広場を過ぎる時は全員が黙礼し、必ず〝赤い涙〟を〝ナチスの涙〟に変えてやると闘志を新たにした。

国家公安本部ビルが見えてくるとアドルフの部隊は二ブロック手前で待機し、他の二台は計画どおりビルの裏手へとまわった。通用門で守衛からいつもと顔触れが違うことを問い質されたが、清掃局の現場は今が人事異動の時期だというイワンの機転でその場を切り抜けることができた。

業者専用の裏口付近に清掃車を止め、ゴミ収納の袋を収めた大きな四輪カーゴ六台が通用口から中へ進んだ。ここでも守衛が立ち合い、収納袋が空であるか中身の検査を受けることになっている。いつもせいぜい三台程度ですむと聞いていたが、この日は四台目が終わってもまだ検査は続いた。

守衛が五台目を検査している時、次に控える者は気が気でなかった。守衛がいよいよ六台目に近づくとポケットに忍ばせたナイフに手を伸ばした。喉元を掻っ切る覚悟を決めた時、守衛室の電話がけたたましく鳴り響いた。

守衛が受話器を取りながら面倒臭そうに〝もう行っていい〟と合図を寄越す。ほっと胸を撫で下ろした隊員たちはそのままエレベーターで地下へと降り、ごみ集積場で本職が行ういつもの作業をこなした。

最後に六台目のカーゴに収められた収納袋から時限爆弾を取り出すと、イワンが時計の針を八時丁度に合わせる。この時、手元の時計は七時五十二分を指していた。

「カーゴの検査で手間取った分、遅れてしまったな。急いで戻るぞ」

イワンの指示に、隊員たちは逸る気持ちを抑えながら通用口を目指した。

すべてのカーゴを積み終えた二台の清掃車がゆっくりと通用門を出て行くと、その直後に背後から凄まじい爆発音が鳴り響いた。あまりの衝撃と地響きに走行中の車両の多くがその場で停止した。その中を二台の清掃車だけが、来た道とは逆の方向へ猛スピードで走り抜けて行った。

アドルフは爆発音を確認すると、すぐさま正面玄関に至近な場所へと清掃車を移動させた。玄関口に照準を合わせ、クルップ式無反動砲ＬＧ40を発射しろと命じる。

そこは今、まさに大勢の人々が悲鳴を上げながらビルの外へ避難している最中だった。ヤンは目の前で逃げ惑う人々を見て、どうしても発射スイッチに手を伸ばすことができなかった。

躊躇っている間にもけたたましいサイレン音が近づいて来る。

業を煮やしたアドルフが悪態を吐きながらヤンを突き飛ばし、自らの手で砲弾を発射した。白煙とともに正面玄関は崩れ落ち、逃げ遅れた数人が瓦礫の下敷きとなった。

「急いで退却だ！」

アドルフの怒鳴り声で清掃車が急発進した。

すれ違う警察車両を横目で見やりながらアドルフはヤンを罵倒し続けたが、どんなに罵詈雑言を浴びても彼はただ一点を見つめたまま表情すら変えなかった。自分たちが市民を犠牲にしてしまった。これが義勇軍のとるべき方法だったのか。ヤンは目の前で起きた惨事に言いようのない自責の念に駆られていた。

そんな打ちひしがれるヤンに隊員の中でただひとり同情の目を向ける者がいた。彼はアルザ空軍基地で右足を負傷した時にヤンに助けられた兵士で、その勇気と優しさを知る彼にはヤンが砲撃を躊躇った理由がよくわかっていた。

人としてどちらが正義か、誰の目にも明らかではないか。いつまでも口汚く罵（ののし）り続ける参謀を思わず睨みつけたが、そんな隊員の複雑な胸中などまったく意に介さないアドルフは、ナチス・ドイツに大きな痛手を与えた自分を英雄と信じて疑わなかった。

実際、国家公安本部ビルの爆破をテロ行為と報じたラジオの速報に、多くの国民が胸の内で喝采を送り、義勇軍の野営地は驚きと称賛の声に沸いていた。

彼らが帰還すると、野営地はまるで凱旋将軍を迎えるように興奮の坩堝と化した。シュレンゲル将軍までが興奮した面持ちでわざわざ出迎えにあらわれていた。

全員が無事に戻ったと知って安堵したジェイクは帰還兵の中に友を探し求めたが、ヤンの姿だけがどこにも見当たらない。仕方なく群衆の中心で満面の笑顔を見せる義兄の名を叫んだ。

「アドルフ！」

振り向いたアドルフは、その声の主を知るや舌打ちをして目を背けてしまった。三年半振りの再会に何の感慨もないどころか、逆に憎しみさえ感じさせる態度だった。

「ジェイク！」

背後から聞こえたのは探し求めていた友の声だった。

無事に再会できた安堵感からヤンを抱き締めた瞬間、友は堰を切ったように嗚咽を漏らした。その苦渋に打ち震える身体に寄り添い人目のない野営地の外れに連れて行った。

そこで苦悩する友の胸の内を聴きながらジェイクは改めて思った。

「ヤン、君の考えは正しい。僕は救国同盟と義勇軍の合流を考えていたが、やはり間違っていたようだ。どんなに正当な主張でも武力で押し通すような真似をしたら、そこに正義は存在しない。だから、ここはひとまず僕と一緒に帰るんだ。これから為すべきことをふたりでよく考えよう」

膝を抱えながら俯いていたヤンが、静かに頷いた。

義勇軍の喧騒を遠くに聞きながら、ジェイクは改めて戦争の愚かさを痛感するのだった。

〜一九四四年八月〜

5

真夏のうだるような暑さの中、コストノフは主人から秘密裏に呼び出された。

吹き出す汗を拭いながらガルシェスク邸に到着すると、いつもとどこか雰囲気が違うことに気が付いた。監視役の衛兵の姿がどこにも見当たらないのだ。

不愛想な執事をやり過ごし主人に尋ねると、ガルシェスクが余裕の表情でその理由を話し始めた。

「英米連合軍がノルマンディーに上陸したのは知っておろう」

確か二ヶ月程前の六月六日だった、とコストノフは記憶していた。

「同じ頃、東部戦線でもソ連軍がバグラチオン作戦を決行し、ドイツに占領されていた白ロシアを解放している」

「はい、仰せのとおりでした。ヒトラー一辺倒のゲラシチェンコも最近の戦況にだいぶ気を揉んでいるようです」

「東西から挟撃されたドイツはその退勢盛り返しに必死なのだ。最前線に少しでも兵力をまわすため、アルドニア共和国などにそれこそ気を揉んでいる余裕がなくなったのだよ」

この国が吹けば飛ぶような弱小国だからこその幸運だった。

「それだけではないぞ。戦局が連合国側へ一気に傾いた結果、これまで枢軸国側に加わっていたルーマニアやブルガリアの東欧諸国が離反の動きを見せ始めている」

他の周辺国でもユーゴスラビアでチトーが共産ゲリラを率い、ポーランドではコモロフスキ将軍が反ナチの地下組織を蜂起させていた。

「コストノフよ、至急アドルフに伝えるのだ」

力のこもった声に、コストノフは緊張の面持ちで次の言葉を待った。

「義勇軍を直ちにこの屋敷に集結させろ、とな」

「(えっ!)………」

あまりに突拍子もない命令に言葉を失った。

「大半の兵力を前線に送り出してしまった今のドイツ軍なら、アルドニア共和国の義勇軍でも十分に対抗できよう」

「ですが大統領、そこまで危険を冒さなくても………」

そんなことをしてはいくら兵力が削減されたとはいえ、この屋敷がドイツ軍の標的になるのは確実だ。コストノフにはあまりに無謀な考えとしか思えなかった。

だが、それを打ち消すかのように、

「ヒトラーがアルドニア共和国を捨てると決断したなら、利用価値のなくなった私はその腹癒せに処刑されるに違いない。義勇軍はそのための護衛役でもあるのだ」

ガルシェスクが自らの読みを口にした。

「こちらの動きが露見すればドイツ軍に先手を打たれる恐れがある。一刻の猶予もないのだ。そして態勢が整い次第、間髪入れずに私は国民政府の樹立を宣言する。あの無能なゲラシチェンコを今度こそ完膚なきまでに叩きのめしてやる」

虚空を睨むその目には、コストノフでさえ初めて見る憎悪の炎が燃えたぎっていた。

「誠に恐れ入りました。〝風に順いて呼ぶ〟とはまさにこのことでございます」

コストノフは改めて及びもつかない主人の恐ろしさを垣間見る思いだった。


――前線へ移動していくドイツ軍と相まって、バルツォーク市の様子にも少しずつ変化があらわれ始めていた。街にはためく鉤十字はめっきり少なくなり、フィールドグレイの制服姿もほとんど見られない。

後ろ盾を失くした公安警察は勢いを削がれ、市民はこれまでの憂さを晴らすように反抗的な態度を見せた。その苛立ちから官憲が横暴な振る舞いに出ると、その何倍もの人々が逆に彼らを袋叩きにした。

その先頭に立っていたのは救国同盟のメンバーで、彼らは横暴な国家権力から市民の生活を守る活動を始めていた。ゲシュタポの脅威がなくなった今、市民も挙ってゲラシチェンコ政権の打倒を訴え彼らの暴力を支持した。

その中にあって義勇軍の陣営を自ら離脱したヤンは、ジェイクと一緒に戦争の悲惨さを説きながらあくまでも非暴力の姿勢を貫いていた。力によって相手をねじ伏せてもそこからは何も生まれない。ましてや同胞の者同士が争っては将来に禍根を残すだけだ。

この戦争が始まった頃、アルドニア共和国でも政府寄りの自警団が幅を利かせたため、多くの市民が疑心暗鬼の中で生活せざるを得なかった。そんなことが繰り返されてはならない。ふたりは事あるごとにそう主張した。

だが仲間たちは、それはただの理想論だと言って譲らなかった。フェレンツでさえも専守防衛であれば、ある程度の暴力は仕方がないという考えだった。

理想と現実の狭間で自問自答を続けるジェイクに、養父ガルシェスクの――〝人間は本質的な善と自らの欲望を混同し、これを満たすためなら悪をも厭わない〟――かつての言葉が胸を過ぎった。

そんな養父の幻影に今にも押し潰されそうな息苦しさを感じた時――〝人が人である限り、悪に誘うものを排除できた時、必ず善なる魂を手にすることができる〟――養母ルイーザの諭すような声が闇を照らす一条の光となった。

そうだ、迷うことはないのだ。多くの惨苦を経験したヤンがそのことを証明してくれたではないか。人々の善なる魂を信じよう。不安と葛藤に揺れ動く心の立ち位置がジェイクの中ではっきりと定まった瞬間だった。

――その頃、バルツォーク市郊外に義勇軍が集結を始めたという噂が国中に広まった。コストノフからもたらされたガルシェスクの指示で、アドルフが逸早く動いたのだ。

シュレンゲル将軍は参謀に導かれるまま辿り着いた場所が、その実家であり前大統領ガルシェスクの屋敷だと知って驚愕した。慌てて兵士たちを敷地内の広場に待機させ、自らは迎えの執事に従って白亜の宮殿のような屋敷へと向かった。

まったく表情を見せない初老の執事に案内され緊張の面持ちで居間へ入ると、そこにかつて自分が仕えた大統領本人が待ち構えていた。となりには余裕の笑みを浮かべたアドルフも控えている。

「失礼いたします、閣下！」

シュレンゲルは直立不動で敬礼の姿勢をとった。

「将軍、ご苦労だった。君の活躍はアドルフから聞いておるぞ」

「お褒めに与り、武人の誉れでございます」

シュレンゲルは相好を崩しそうになるのを何とか抑えた。

大統領の倅ということで目を掛けてやったのが功を奏したようで、我ながら先見の明があったとひとり悦に入った。

「さて将軍、今後のことだが」

「はっ！　………」

真顔でこちらを見つめるガルシェスクに慌てて虚空に目を逸らし、直立不動で次の言葉を待った。

「私は、自らの大統領復帰と国民政府の樹立を宣言する」

その声は、かつてと変わらぬ威風堂々たる大統領そのものだった。

「そして、アドルフを大統領親衛隊長の職に任じる。ドイツ軍の残党やゲラシチェンコの手の者が私の暗殺を謀る恐れがあるからな」

相変わらずの用意周到さにシュレンゲルは内心で舌を巻いた。

「次に君の処遇だが…………」

一呼吸間を置かれたことで一気に緊張が高まる。

邪険にされることはないとわかっていても、今後の人生が左右される瞬間だ。

「本日より我がアルドニア共和国の国防軍元帥を命じる。直ちに首都バルツォークを制圧し、ゲラシチェンコと政権の幹部どもを根こそぎ拘束するのだ」

「(元帥!)……はっ！　身に余る光栄です。必ずやご期待にお応えいたします」

シュレンゲルは天にも昇る気分で思わず声が裏返った。

意気揚々と部屋を後にする時、今度は抑えきれずに相好を崩したことにも気づかなかった。

「アドルフ、何が可笑しいのだ？」

「すみません、父さん。でも、底の知れた愚者ほど扱い易いものはないと思ったものですから。またひとつ、帝王学を学ばせてもらいました」

一国の元帥を蔑する発言だった。

この時はまだ自分たちが国防軍に格上げされたことを知らない兵士たちは、ガルシェスク邸の広大な広場に仮の陣営を敷いて待機していた。

その様子に、此処が民主革命の一大拠点でガルシェスクこそがその先頭に立っている、と誰もが思った。次から次へと志願兵に名乗りを上げる若者が後を絶たず、そればかりか医療関係者や救護を応援するボランティアまでが大勢集まって来た。

その中に甲斐甲斐しく負傷兵の手当てを手伝うルイーザとジュリアの姿があった。陣営に戻ったシュレンゲルが驚きのあまり屋敷に戻るよう懇願しても、ふたりはそれを断って当たり前のように救護活動を続けた。

忙しく救護の手伝いを続けるジュリアには、実はそれ以外にもうひとつ目的があった。それは胸に秘めた人の安否を知ることだ。ワルシャワ訪問後に屋敷へ来て以来、その人とは四年もの間連絡が途絶えている。

私服警察の監視役がいなくなった頃、彼女は居ても立ってもいられずにかつてクライスから聞かされたアパートを訪ねていた。だが、探し求める人はもうそこにはいなかったのだ。

ジュリアは負傷兵の間を幾度も訊ねてまわったが、そのたびに聞かされるのは兄——自分が妹だと知らずに——アドルフの国家公安本部ビル奇襲の英雄談ばかりだった。

ようやく右足を引きずる一人の兵士からもしかしたらと思える話を聞けたのは、ボランティアを始めてから一週間ほどが経った頃だった。

その兵士は昨年一月、アルザ空軍基地への奇襲攻撃で今も右足に後遺症が残る大怪我を負ったらしい。その時に援けてくれた若者は国家公安本部ビルへの砲撃を命じられた射手だったが、彼は逃げ惑う人々を見てその任務を果たすことができなかった。

そのためアドルフ参謀が自ら砲撃して大きな戦果を上げたのだが、その代償として市民から犠牲者を出すことになったらしい。当時、義勇軍のこの活躍はマスコミが大々的に報じたが、市民から犠牲者が出たことはジュリアも知らなかった。

兵士が遠い目をして、

「私にはよくわかります。あの若者は決して任務から逃げたのではない。ただ、市民に犠牲者を出したくなかったんです」

若者を庇うように呟いた。

その気持ちはジュリアにも伝わった。自分が同じ状況になれば、やはり砲撃はできないだろう。でも、兄は違う。何の躊躇いもなく砲撃するだろうし、実際にしたのだ。

「そのため参謀から臆病者だと散々罵られ、仕舞いにはロマ族の無能呼ばわりです。ほんとうに気の毒でした」

「(ロマ族!)……その人は今どこにいるのですか?」

「確かあの日、救国同盟からひとりの青年がやって来て、そのままふたりで義勇軍を出て行ったと思うが」

「(あー!)………」

ジェイクがヤンを迎えに行ったのだ。やはり、あの人は無事だった。

救国同盟と接触できればジェイクに逢えるに違いない。何としてでもその本部を探し出し、ひと目だけでも彼に逢いたい。ジュリアは希望に胸を膨らませるのだった。

——新たに結成された国防軍は、まさに破竹の勢いで首都バルツォークの中心部を目指していた。数の上でも圧倒的に不利となったドイツ軍はこれを阻止することができず、敗残兵は主力部隊が展開するウクライナとルーマニアの国境地帯、南部戦線へと退却するしかなかった。

だが、南部では既にソ連軍が進軍し、ルーマニアやブルガリアも連合国側に寝返っていて、自分たちの運命が風前の灯であることをこの時点で彼らはまだ知らない。

一方、首都バルツォークに取り残されたゲラシチェンコは、迫り来る国防軍に我が身の行く末をはっきりと悟った。窓の外からは国防軍の行軍を迎える大観衆の喝采が聞こえ、秘書官もいなくなった大統領官邸の静けさがひときわ異様に感じられた。

ゲラシチェンコは三年半座り続けた執務室の椅子に身体を沈め、一度はこめかみに銃口を合わせた。だが、どうしても引鉄を引く勇気は出なかった。

銃を身構えた数名の兵士が部屋に押し入って来た時、街頭に流れる緊急放送が耳に届いた。国民政府の樹立を宣言するガルシェスクの声だ。ゲラシチェンコは二度目の——そして最後の——敗北を諒とし、拳銃を机に置くとそのまま静かに連行された。

首都バルツォークが国防軍によって制圧されると、ガルシェスクは直ちに大統領官邸に移った。かつて慣れ親しんだバルコニーの中央に立ち、大観衆に向けて大統領復帰を高らかに宣言した。ナチス・ドイツが一掃されふたたび自由を得た群衆は、アルドニア共和国解放の立役者としてこの大統領復帰を大歓声で祝した。

更に、ガルシェスクは一命を賭して国家公安本部を攻撃し勝利に導いた英雄が、となりに立つ息子アドルフであることを披露した。自分たちを苦しめ抜いた連中に鉄槌を下したという青年に、大観衆はこの日最大の歓声を送ったのだった。

それからのガルシェスクは寝る間も惜しんで山積した戦後処理に没頭した。

中でも最大の問題はドイツに手を貸した者たちへの扱いだった。彼らを戦争犯罪人として断罪することこそが新政府の求心力になると考えたガルシェスクは、あらゆる証拠や証言に基づいて政財界から多くの容疑者を逮捕し、司法の場に並ばせた。

これは後に、連合国が主導したニュルンベルクや極東での国際軍事裁判の先例となるものであったかも知れない。

戦犯となった被告人は罪状の軽重により第一級から三級に区分され、それぞれ死刑、懲役刑、市民権剥奪の判決を受けた後、すべての財産を没収された。

特に死刑判決を受けた第一級戦犯にはゲラシチェンコはもちろん、ドイツ傀儡政権の閣僚や国家公安本部の要人が名を連ねていた。ヒトラー総統からの招待状を恐れすべての良心を捨てた閣僚たちは、代わりにガルシェスクからの招待状で〝赤い涙〟の広場に並ぶこととなったのだ。

財界からの戦犯はそのほとんどが第二級の審判を受け懲役刑となったが、アイアッシュ社のオルバン会長だけは第一級戦犯となり死刑判決が下された。言い逃れのできない証拠が決め手となったが、その密告が三白眼の小男によるものとは誰も知らなかった。

一方、巨大銀行であるバンク・オブ・ザイツェフのホッブス会長は、ドイツ軍将校たちと蜜月の関係にあったにもかかわらず戦争犯罪人名簿にその名前がなかった。大統領親衛隊長のアドルフが事前に名簿から削除していたからで、もちろんガルシェスクも承知していたことである。


――一九四四年十二月、ドイツ軍を完全に放逐したアルドニア共和国は逆にナチス・ドイツに対して宣戦を布告した。これは国際情勢に対するガルシェスクならではの読みがあってのことだった。

既にこの頃、ルーマニアやブルガリアがソ連の勢いに押される形でドイツへ宣戦布告していたが、ガルシェスクが着目したのはポーランドの動向だった。ワルシャワで蜂起したコモロフスキ将軍の率いる反ナチ地下組織を、ソ連軍は物資補給が整わないという理由でまったく支援しなかったのだ。

恐らくソ連の狙いは、戦後処理の中でポーランドを共産圏に取り込むことにある。そのため共産主義者でない地下組織を支援しても得をすることは何もないと踏んだのだ。そしてこのことが、やがては連合国の中で東西の対立を生むことになるだろうと考えた。

だからこそドイツへの宣戦布告という旗幟鮮明な姿勢を示し、アルドニア共和国が今のうちに連合国に加わっておくことが重要だった。黙したまま時が過ぎれば、やがてはスターリンの餌食になることは間違いないからだ。

自由主義に立つ西側陣営の庇護でソ連の魔の手から逃れる、これがガルシェスクの思い描いた国家存続の姿だった。

「いつもながら父さんの洞察力には恐れ入ったよ」

尊敬する父親の考えをクライスに伝えるアドルフは、いかにも得意気だった。

「まさに君の父親は何手先まで読んでいるのか、その先見の明には脱帽だ。それにしてもドイツの次はソ連とは、まさに〝人類の愚かさここに極まれり〟だな」

「愚かゆえに人間なのさ。ただ、ユダヤやロマを餌食にしたヒトラーはさしずめサバンナのライオンだが、こいつさえいなくなれば大地は平和を取り戻す。一方、スターリンのソ連はそうはいかないようだ。奴個人より共産主義というイデオロギーそのものが相手だからな。自由主義国家にとっては厄介な存在だよ」

父ガルシェスクはそのことを恐れているのだ。

「これから忙しくなるぜ。日和見的な国民感情が変わらないうちに次の手を打たねばならないからな。この戦争が終結するまでに以前の体制を取り戻して共産圏と対峙する、父さんはそう言ってたよ」

「以前の体制か、実に素晴らしいじゃないか。〝赤い涙〟と同様〝赤い五芒星〟も願い下げだ。それでザイツェフ家も安泰ってことだろ。そうそう名簿の件では、父さんも大統領に心から感謝していたよ。もちろん君にもだ」

「この国を治めるにはガルシェスク家にとって欠かせない人だからな。いきなりの政府の仕事で君のような銀行家の道はなくなっても、僕にとっては将来義理の父親になる人なんだ、当然だろ」

「ポーラとはもう会ったのか？」

アドルフがイギリスへ発ってから、彼女は首を長くして再会を待っていた。

「いや、戻ってからは義勇軍に加わって暴れまくっていたし、今は父さんの下でやることが多くてなかなか時間がつくれない。婚約者との再会はもう少し先になりそうだ」

ほんとうは彼女のことを考えたことは一度もなかった。

「君こそジュリアとはどうなんだ。あれから少しは進展があったのか？」

「それなんだが、彼女なかなかガードが固くてね。僕とは考え方が違いすぎると言って、ここ二年ほどはレジスタンスの動向ばかり気にしていたよ」

デートに誘っても答えはいつも「また、今度……」だった。

「レジスタンス……か。ひょっとしてあいつ、他に好きな男がいるのかも知れないぞ」

「えっ⁉　……まさか」

動揺するクライスだったが、言われてみれば思い当たる節がないわけではなかった。

あれは確か二年ほど前のことだ。ジェイクが入れ込んでいるロマ族の美女がいたが、その弟が救国同盟の活動家という話をした時、一瞬だがジュリアの顔色が変わったように思えた。レジスタンスに肩入れするのはそのためか？

「あいつは昔から妙に正義感の強いところがあったからな」

「それにしたってロマ族の男はあり得ないだろ」

「（ロマ族？）……そいつはルフトヤーツェンの領地で我が家の使用人だった男だよ」

アドルフは的外れなクライスの返答に苛立った。

一方で、自らの思い付きが信憑性を増したことに怒りを覚えた。

「この件は僕に任せろ、きっと上手く事を運んでやる」

憎悪に燃えたぎる目で、吐き捨てるように呟いた。

これまでのジュリアの様子を思い浮かべれば、アドルフには幾つか納得できる場面がある。だが、たとえ義理とはいえ兄と妹では話にならないのが現実だ。逆にあの男をいたぶる面白い材料ができた、と考え直した。


——一九四五年、年が明けると東部戦線ではワルシャワが解放され、ソ連軍はそのままドイツの最終防衛線であるオーデル川まで進んだ。西部戦線でもバルジの戦いでドイツ軍は遂に自国内へと後退せざるを得なくなり、いよいよこの戦争は最終段階に入ろうとしていた。

アルドニア共和国はシュレンゲル元帥率いる国防軍が連合国軍の兵站基地で後方支援にあたり、目的を達した救国同盟は解散されてメンバーはそれぞれの職場や大学へと戻っていた。

ジェイクもわずかに残っていた学科を履修するためにメイジー大学へ復学した。四年振りのキャンパスは当時と何も変わらず、レジスタンスに明け暮れた日々がまるで夢の中の出来事だったような気がした。

当時、机を並べた友人たちは既に卒業して、いずれも何らかの仕事に就いていた。ジェイクは在学中に弁護士資格を取ることを目指していたが、戦争によって計画が頓挫したため、まずは法律事務所へ就職しようと考えた。そこなら仕事そのものが勉強にも役立つ。ルフトヤーツェンで誓ったその第一歩は、原点に戻って法曹の世界に身を投じることから始めようと決意した。

遅れを取り戻そうと努力したお蔭で五月には卒業の目途が立ち、丁度その頃に懐かしい人がジェイクを訪ねて来た。

五年振りに再会した彼女は変わらぬ澄んだブルーの瞳で、しなやかに伸ばした黒髪を後ろで束ねていた。頬の輪郭が以前よりややほっそりして、薄化粧を施した顔立ちは相変わらず可愛らしかった。

「久し振り、ジェイク……」

記憶にある弾けるような声と違って、そこには女性の恥じらいが感じられた。

「ジュリア！　ほんとうに久し振りだね」

並ぶと、背の高さは彼の肩を越えるほどに成長していた。

「しばらく会わないうちに随分と大きくなった」

「やだ、ジェイクったら、どこを見てるの？」

今度は懐かしい声だった。

それと、確かに十分立派な女性に成長している。

「その手は食わないよ、ルフトヤーツェンの時と同じだ」

その答えに、笑顔のジュリアが嬉しそうに胸に飛び込んで来た。

「困った義妹（いもうと）だ。でも、元気そうでほんとうによかった」

胸に抱く至愛の情を抑え、義兄（あに）らしく優しく彼女を受け止めた。

それからふたりはキャンパスに並ぶベンチに腰掛けて、五年の歳月を埋めるように話し続けた。講義を二コマ終えた学生からまだ居るのかと怪訝な視線を向けられても、まだまだ話は尽きなかった。夕闇が迫る頃にようやく腰を上げたふたりだったが、ジュリアはこの日一番聞きたかったことを遂に口にすることができなかった。逢う前はあんなにはっきり答えを知ろうと思っていたのに、やはり胸に秘めた想いに決定的な終止符を打たれるのは怖かった。

相手がメイルでは自分などとても敵わない。苦しく切ない自分を解放してあげないといけないことはわかっているが、むしろ宙ぶらりんなこの状況の方がまだ居心地がいいとさえ思えた。

「近いうちに屋敷へ顔を出すよ」

ジェイクは急に無口になった義妹を元気づけるつもりだった。

「えっ⁉　………」

「養父さんから食事に来るよう言われたんだ。久し振りにみんなと会うのが楽しみだよ」

「うん、わかった。きっとみんなも喜ぶわ……、私も楽しみにしてる！」

何か胸騒ぎを覚えたが、義兄の優しい気遣いに笑顔だけを返した。

大統領に復帰して以来、父親は以前にも増して厳しい顔をしている。とても家族団欒で食事をしたがるような雰囲気は感じられない。ジェイクを呼ぶのにもきっと何か理由があるはずだ。

四月三十日、独裁者ヒトラーが総統官邸の地下室で自ら命を絶ち、翌五月の七日にはついにドイツが降伏文書に署名した。ヨーロッパ全土で繰り広げられた戦争は五年半以上の歳月を経てようやく終結の日を迎えたのだ。

　アルドニア共和国のためレジスタンスに身を投じたジェイクも、終戦によってようやく平穏な日々を過ごしている。だからこそ父親の誘いが、この人にとって為になることであって欲しい。ジュリアはそう願わずにはいられなかった。

　だが、そんな彼女の思いとは裏腹に、ガルシェスクはふたたび自らの野望を果たすべくその動きに拍車をかけようとしていた。ジュリアが直感したとおり、その手始めはごく身近なところからだったのだ。

第六章　自　由

一九四五年六月～

1

　ワルシャワから戻ったジェイクが日本の駐在武官との面談を養父へ報告してから実に五年の歳月が流れていた。訪れるのはその頃以来だったが、ガルシェスク邸の威容は当時と少しも変わっていなかった。

　上田中佐は今頃どうしているだろう。端然とした武士（もののふ）の姿が懐かしく甦った。

　三国同盟のドイツとイタリアはともに連合国に降伏したが、日本だけは依然として戦争を続けている。アメリカ軍の爆撃機が日本の本土を次々に空襲していることはジェイクの耳にも届いていたが、それでも誇り高き日本人は決して降伏などしないだろうと思う。

ワルシャワの焼け野原が目に浮かび、そこに上田中佐の笑顔が重なった。

養父さんに太平洋戦争の状況とその行く末がどうなるか訊いてみたい、そんなことを考えながら玄関のドアノッカーを叩いた。

すぐに——珍しく口元に笑みを浮かべた——ワイダがあらわれ、その後ろにはジュリアとマチルダの姿もあった。

「ジェイコフ様、お待ちしておりました」

「いらっしゃい、ジェイク！」

「五年振りだね、なんだか敷居が高いよ」

「何を言ってるのよ。さあ早く入って、自分の家でしょ」

ジュリアに急かされて入ったリビングに懐かしい顔が揃っていた。

「久しぶり、ジェイク。元気にしていたの？」

「ご無沙汰してしまってごめんよ、養母さん」

歩み寄ったルイーザに抱擁された時、懐かしい養母の匂いがした。

ガルシェスクとアドルフは依然として席に着いたままだ。

「養父さん、お話を伺いに来ました」

「うむ、話は食事をしながらだ。ステファンもそろそろ準備ができている頃だろう」

心なしか優しく感じられる声だ。

アドルフとは挨拶さえ交わさなかったが、今のジェイクにはどうでもよいことだった。

食堂の天井に煌めくシャンデリアや微かに流れるクラシック音楽はあの頃のままで、目つきの鋭い紳士の肖像画もきっちり十一枚飾られている。

「みなさま、お揃いですな」

これも懐かしいバリトンの声でステファンが厨房からあらわれた。

「久しぶりにジェイコフ様がいらっしゃるというので、本日はハンガリーの家庭料理マンガリッツァ豚のグヤーシュとパプリカチキンをご用意いたしました。ワインはトカイ地方で有名な貴腐ワイン〝アスー〟を取り寄せております。コクのある甘みと豊かな果実味がジュリアお嬢様にも気に入っていただけると思いますぞ」

閻魔大王がニンマリした笑顔をジュリアに向けた。

「ステファン、私はもう二十二歳よ。そういつまでも子ども扱いしないで！」

「これは失礼をいたしました、お嬢様。ですが、デザートに奥様がつくられたココア・カッテージチーズケーキにもこのワインはよく合うのです」

テーブルマナーを教わったあの日のことが鮮明に思い出される。

込み上げるものを抑えルイーザを見ると、変わらぬ優しい瞳と目が合った。

「そういうことなら許してあげる。さあ、早く食べましょ。もうお腹がペコペコだわ」

ジュリアのひと言でステファンがメイドに配膳を指示した。

テーブルに並んだ料理はどれも出来立てで食欲をそそられるものばかりだった。パプリカの色合いが綺麗なグヤーシュは豚肉の旨味が効いて、蒸しパンを浸して食べるとなお絶品だ。チキンもパプリカパウダーがほどよい加減で、トマトとダンプリングを盛ってサワークリームを絡ませればワインの果実味が更にこれを際立たせた。

あれほど嫌だったガルシェスクとの食事が今日はまったく気にならなかった。時折、笑顔さえ浮かべる養父の顔が、この場の和やかな雰囲気によく溶け込んでいる。

「ジェイク、大学に復学したそうだが、その後はどうするのだ？」

「法律事務所に入って、なるべく早く弁護士資格を取りたいと考えています」

自分の中で固まった決意が、何の躊躇いもなく口を吐いて出た。

「弁護士だったらジェイクにお似合いね」

にっこり微笑んだジュリアにルイーザも嬉しそうに頷いた。

「それもよかろう。だが、いつまでも自由だ、平等だ、と青臭い正義感を振りかざしていては道を誤ることになるぞ。社会とは常に表裏の連続なのだ。この国の現状を見てみろ、国民はドイツの降伏で早くも平和惚けの有り様ではないか」

「あなた、今は食事中ですよ。そういう話は後にしてはいかがです？」

ルイーザが夫を嗜めるように割って入ったが、

「ジェイクのために言っているのだよ。昨年十二月、私がなぜドイツへ宣戦布告したか、おまえにわかるか？」止める気配はなかった。

「養父さん、僕は戦争には反対です。どんな理由があっても命を奪い合う行為に正義はありません」

「相変わらず〝正論の武士〟気取りだな」

今日初めて、アドルフが口を開いた。

「あそこで連合国軍に加わって西側陣営と通じていなければ、ヒトラーに従ったゲラシチェンコのためにアルドニアは今頃スターリンに呑み込まれていたんだぜ」

ガルシェスクの受け売りを自慢気に披露する。

「以前おまえに話したとおり、アメリカの参戦で西側陣営の自由主義国はナチズムの排除に成功したが、一方で東部戦線はソ連の果たした役割があまりにも大き過ぎた。

今年二月、黒海に臨むクリミア半島のヤルタで英米ソの首脳たちが会談を行ったが、その目的はドイツに限らずヨーロッパ中東部の勢力圏を超大国の間で確定させることにあったのだ。つまりは共産主義国と自由主義国で東西間の戦後レジームを構築しようというわけだ」

政治向きの話に女性陣は沈黙を守っていたが、ジェイクは徐々に興味をそそられた。いつもながら養父ガルシェスクの見識に感動さえ覚え始めていた。

ルイーザはその様子を見て、この子は夫と闘っているのだと思った。決して敵対心からではなく、自分にないものに触れた時に我を忘れてこれを吸収しようとする。それがジェイクの闘い方なのだ。

ジュリアも母の思いを感じ、今は同じ気持ちでこの場を見守った。

「イデオロギーの争いはふたたび、いえ、三たび人類を世界戦争に導くのですか？」

「文明の進化に伴い兵器の近代化にはめまぐるしいものがある。今度の戦争では前の大戦の数倍に及ぶ犠牲者が出たはずだ。その数や数千万、何とも恐ろしい数字だ。次にもし同じようなことが起きれば、その時こそ人類は滅亡するだろう。世界の指導者もそこまで愚かではない。だが、武器を携えなくとも産業や経済、文化といったあらゆる場面で、国家間には争いが生じる。特に、イデオロギーの対立は東西に新たな冷戦をもたらすだろう」

ガルシェスクは西側諸国の首脳と同じ懸念を抱いていた。

「ヨーロッパが戦後処理の段階に進んでいるのはわかりました。ただ、太平洋戦争はどうでしょう。ドイツやイタリアと違って、日本がそう簡単に降伏するとは思えません」

「おまえの言うとおりだ。日本人には誇り高き武士道精神があるからな。だが、ここでもソ連の動きが鍵を握ることになる。日本は日ソ中立条約を盾にソ連へ和平の工作を働きかけているようだ」

アドルフに説いた時とは違うジェイクの反応の良さに、ガルシェスクは改めて養子の末恐ろしさを感じた。

「ソ連が日本へ宣戦布告すれば、米ソで一気に片を付けるのは容易い。だが一方で、ソ連のアジア南下はアメリカの危惧するところでもある。この矛盾を解決し、なおアメリカが戦後処理の主導権を握るためには、何としてでも決定打となるものが必要だ」

「決定打？　………」

「以前から新型爆弾の開発が噂されているのだよ。詳しいことはわからぬが、アメリカが逸早くこれに成功した可能性がある」

マンハッタン計画によって原子爆弾の製造に成功したアメリカが、翌七月には世界初の核実験を行うことをガルシェスクはこの時まだ知らない。

「いずれにしても日本の降伏は時間の問題だ。しかも、武士道精神ゆえに人類未曽有の被害を伴ってな」

「大勢の命が奪われるのですね……」

刀剣を構えた上田中佐が今度はワルシャワの廃墟へと消えて行く、そんな姿がジェイクの目に映った。

「世界は必ずしも万民の正義で動いているのではない。力のある者が世界を動かし、それが正義となって社会秩序をつくるのだ。そして、その枠組みと規範の中でしか人々は生きられない。これが現実の世界なのだよ、ジェイク」

ここでもガルシェスクの言葉には諭すような優しさがあった。

「確かに列強諸国の動きを見れば養父さんの言うとおりかも知れません。力がなければ何もできないこともわかります。でも、だからこそ僕は力の在り様を考えるべきだと思うのです。世界を動かし、社会秩序をつくれるほどの大きな力が、人々の間に差別を生み、謂れのない蔑みを与えるものであってはならない。力は支配のためではなく共存のためにあるべきです」

「そういう考えが現実的ではないと言ってるんだよ」

呆れた素振りでアドルフがまた口を挟んだ。

だが、ガルシェスクの反応は違っていた。

「おまえらしい考えだ。ならば、その考えがどこまで通じるか試してみてはどうだ？」

「…………？」

「私の下で働いてみてはどうだ、と言っているのだ」

「（えっ⁉）……」

ジェイクばかりか、家族全員が言葉を失った。

「法曹という限られた世界では求める理想も限定的だ。それよりもアルドニア共和国大統領のブレーンとしてなら、さらに大きな舞台でおまえの正義を実現できるのではないか。但し、国家の運営については私にも考えがある。おまえの正義を実現するためには私との闘いに勝つことが必要だが……その覚悟がジェイク！　おまえにあれば、の話だ」

これまで突き放されるばかりだったジェイクにとって、ガルシェスクの提案はあまりに意外だった。

「ジェイク、いいじゃない！　パパには申し訳ないけれど私はジェイクの正義に賛同するし、きっと応援するわよ」

成り行きをじっと見守っていたジュリアが嬉しそうに囃し立てた。

アドルフは父親の顔色をうかがい言葉を呑み込んだが、その顔には苦虫を噛みつぶしたような表情が浮かんでいた。その中で、ルイーザだけは冷静に夫の言葉の真意を推し量ろうとしていた。


——ガルシェスク邸を辞去して以来、ジェイクは悶々とした日々を過ごしていた。自らの心の内に分け入ってみれば、養父の提案に魅力を感じている自分がいたからだ。

養父の時代を読み解く洞察力や打ち手を講じる明晰な頭脳は、常に他では得難い刺激に満ちたものだ。大統領のブレーンとして大きな舞台を与えられるのも魅力だった。

だが一方で、養父との間には決して交わることのできない漆黒の闇がある。本質的な価値観を異にする今の自分が、あの養父と一緒に仕事などできるのだろうか。

提案を受けるべきか、否か――答えを出せずにただ時間ばかりが過ぎて、幾日も悩んだ挙句、結局は最も信頼のおける友に相談することしか思い浮かばなかった。

その頃、ヤンは新聞社の臨時社員となった姉メイルと暮らしながら、救国同盟解散後に再結成された労働者連盟で以前のようにフェレンツと労働者の権利拡大に奔走していた。

「久し振りだな、ジェイク。超一流大学の学生さんはしがない労働者のことなんて忘れたのかと思っていたよ」

「人々のために懸命になって汗を流すヤンに、暢気な学生は会わせる顔がなかったんだ」

互いに軽口を叩くと、肩を抱き合って再会を喜んだ。

「ジェイク、久し振り！　でも、突然来るなんて意地悪だわ、お化粧もしてないのに………」

メイルは恥ずかしそうに奥へ姿を消してしまった。

「メイルに化粧なんて必要ないよ、そのままで十分綺麗だ」

「おいおい、弟の前で姉貴を口説こうって言うのか？」

「よしなさい、ヤン！　冗談だってわかるでしょ、もう………」

奥から恥じらいながらも嬉しそうな声が聞こえた。

以前と変わらぬ使い古された小さなテーブルで、メイルの淹れてくれた紅茶が心地よい安らぎを与えてくれる。

「メイルは夢を叶えて新聞記者になったんだね？」

ジャーナリストを目指す彼女がその思いを聞かせてくれたことを、ジェイクは今でもはっきり覚えていた。

「ええ、でもホルンのような大手の新聞社ではないし、まだ正社員でもないの」

「姉さん、臨時社員だろうが記者は記者だよ。それに大手なんて保守的でどこも政府寄りだし、経営陣の意に反する記事はいくら書いてもボツにされるのが落ちさ」

「そうね、それに比べれば自由新報は信頼できる新聞社だわ。編集長のシーザーは報道に対して筋金入りですもの。国内に限らず世界的な通信社と契約を結んで海外の動向にも目を光らせているわ」

「シーザーって、あの歴史上の偉人と同じ……？」

「あっ、ごめんなさい、ジェイク。シーザーはあだ名なの。本名のジュリアスという名前からみんながそう呼んでいるだけ。でも、三十代半ばなのに眉間に刻まれた深い皺やくぼんだ瞳に映る眼光の鋭さは、博物館に展示された彫像とよく似ているわ」

思い出し笑いをするメイルが嬉しそうに見えた。

「思慮深い顔だけれど、なかなか怖そうな印象だ」

「いや、君の父親ほどではないだろ」

ヤンが口元を緩め冗談交じりに冷やかすと、

「確かにシーザーは怖い存在よ、権力者から見ればね。元々はホルン新聞の記者でビクトル社主とやり合って飛び出したらしいわ。でもヤン、編集長は決して独裁者じゃないわよ……（あっ！）」

メイルは思わず口を吐いて出た言葉に後悔した。

「いいんだよ、メイル。そう思われても仕方がない」

「そうさ、姉さん。戦争が終わって新たな時代を迎えようというのに大統領特別権限法を復活させるなんて、あの男は相変わらずの独裁者だよ」

まるで鬱憤を晴らすようにヤンが悪態を吐く。

「大統領親衛隊も陰ではみんなガルシェスクのゲシュタポと呼んで、ナチス支配下の悪夢が再来したと言ってるんだ。一時は英雄扱いされた隊長のアドルフだって、今ではアルドニアのメフィストフェレスと陰口を叩かれる始末だぜ」

その噂はジェイクの耳にも届いていた。

大統領復帰後、ガルシェスクは国内の復興を旗印に自らの権限を更に強化した。大統領特別権限法はそのひとつに過ぎず、最も世論の反感を買ったのは大統領親衛隊の設置だった。鉤十字の腕章こそしていなかったが、親衛隊は国民の生活に目を光らせ少しでも不穏な素振りを見せる者がいれば容赦なく逮捕した。

その隊長がアドルフであることにジェイクは心を痛めつつも、だが一方で、最も権力を与えてはいけないタイプの人間がそれを持ってしまったことを危惧していた。

そんなふたりの中へ飛び込んで、果たして自分の考える正義を実現できるのだろうか？　いや、飛び込むこと自体が既に正義に反する選択なのではないか？

養父の提案を口にすれば、ふたりは揃って反対するだろう。相談すること自体、要らぬ心配をさせることにもなる。そもそもメイジー大学への入学が決まった時、なぜ家を出ることにしたのだったか――。

ガルシェスク家の一員となって十五年、様々な出来事が走馬灯のように頭の中を駆け巡った時、懐かしいカヴァルの音色が聴こえたような気がした。

「どうしたんだい、ジェイク？　物思いに耽ったような顔をして」

ヤンの言葉に、ふっと我に返った。

「いや、何でもないんだ。ふたりと話していたら進むべき道が見えて来たよ」

「よくわからないが、それならよかった。で、その道はどこへ進むんだい？」

「もちろん……ルフトヤーツェンさ」

ジェイクはこの日一番の笑顔で答え、デロイ姉弟も嬉しそうに頷いた。

迷いが吹っ切れたジェイクはその後、メイジー大学法学士の証明書を携えて大手の法律事務所を訪問してまわった。

だが、A評価の成績証明書はまったく役に立たず、どこの事務所でも判を押したように不採用という結果だった。足を棒にして小さな個人事務所へも応募書類を提出したが、それでもどこからも色よい返事はもらえなかった。

しかも、どの法律事務所も面接さえ受けられず書類選考だけで門前払いという状況に、ジェイクもさすがに落胆の色が隠せない日々が続いた。

その様子を陰ながら見守っていたメイルが、妙な噂を聞いたとジェイクを訪ねて来たのはしばらく経ってからのことだ。そばには口を真一文字に結んだヤンの姿もあった。

いつにない伏し目がちのメイルは、

「ジェイク、落ち着いて聞いて欲しいのだけれど……」

それでもどう話を切り出せばよいか迷っていた。

「姉さん、はっきり伝えた方がいい、奴の仕業だと」

ヤンの声が怒りに震えている。

「どうしたんだい、ふたりとも……」

「優秀なあなたがどこからも採用されないなんて納得できなくて、以前取材で知り合った弁護士に話を聞いてみたの」

その弁護士が所属する事務所は、ジェイクが書類を提出した中堅どころだった。

「彼女が教えてくれたのは、あなたの全学連議長やレジスタンスの経歴といった個人情報が方々の法律事務所へ伝わっていて、しかも政府が要注意人物と見做していると……」

メイルの目は、まだ続きがあると言いたげだ。

「構わないから、すべて聞かせてくれないか」

「そんな人物が所属するとなれば、政府は当該事務所に対して監視の目を強めなければならない、そう警告があったようなの。それも、ほとんどすべての法律事務所に対して」

「(すべての！)……」これで合点がいった。

と、同時に、思い描いてきた目標がその第一歩目から挫折したことを悟った。

やはり養父の申し出を断ったのが原因だろうか。

あの時、ガルシェスクは表情ひとつ変えず、

〈それは残念だ。私は誰よりもおまえのことを評価しているつもりだったが、水魚の交わりとはいかなかったようだな。これから先は水のない中をおまえがどう泳ぐか、じっくり見物させてもらおう〉

そう言って、冷ややかな視線を投げて寄越したのだ。

「こういうからくりだったんだよ、ジェイク。奴の傲慢な人間性は昔と少しも変わっていないんだ。……でも、なぜジェイクばかりを目の敵にするのか」

大統領ともあろう人間がここまでジェイクに執着する理由がわからなかった。

「ジェイクが怖いのよ。権力の座を手に入れてもそこに正義がなければ、所詮それは砂上の楼閣だわ。ひとたび正義の風が吹けば跡形もなく消えてしまうもの」

姉の言葉にヤンが納得したように頷いた。

「それは買い被りだよ。僕にそんな力はないさ。今だって、これから先どうしようか途方に暮れているくらいなんだ」

弁護士どころか生活の糧すら得られない自分が情けなかった。

「おいおい、我が友はいつからそんなにだらしなくなったんだ。法律事務所でなくても仕事ならいくらだってあるし、勉強もその気になれば続けられるだろ？」

「そうよ、ジェイク。私たちにできたことがあなたにできないはずがないわ」

デロイ姉弟の言葉には説得力があった。

ロマ族の者と蔑まれ長い間辛酸を舐めてきたふたりは、今では立派に自分の立ち位置を築いている。それに比べ法律事務所への就職が閉ざされた途端、急に弱気になる自分が恥ずかしかった。

「そうだね、諦めるのはまだ早かった。ありがとう、お蔭で目が覚めたよ」

「では、いつものジェイクに戻ったところで、僕から提案なんだが」

今度はヤンが神妙な顔をした。

「フェレンツ議長の下でまた仕事をしてみないか？」

「労働者連盟で……ってことかい？」

「ああ。みんなが期待していたのとは違う世の中の流れに連盟も浮足立っているんだ。それをまとめ上げるのにフェレンツ議長も苦労が絶えない毎日でね」

沈んだ口振りからヤンの苦労も察せられた。

ゲラシチェンコのドイツ傀儡政権が崩壊した後、産業界は労使一体となって経済復興と民主化を目指すはずだった。ところがガルシェスクが推し進める強硬路線は富裕層と労働者の間に軋轢を生じさせ、ふたたび国民を分断の道へと追い込んでいた。

それでもフェレンツは労使協調路線を貫いて無用な騒乱を抑え込むことに心血を注いでいた。だが、いくら彼が協調路線を主導しても労働者連盟の本部は日を追うごとに過激な意見が主流となった。その急先鋒があのイワンだったのだ。

全国学生連盟の議長だった頃を知るフェレンツは、当初からイワンが本部の一員になることには反対だった。

ところが彼の国家公安本部襲撃という義勇軍当時の活躍が、組合員の目には連盟の幹部に相応しい人物と映った。国の英雄ともてはやされたアドルフが体制派の中心人物だったことがわかると、一見どこまでも反体制派を貫くイワンの姿が幹部就任を後押しする格好となったのだ。

「義勇軍では何かといえばアドルフに擦り寄っていたあの男が、今ではフェレンツ議長以上に発言力を増して労働者の代表気取りさ」

吐き捨てる言葉とは裏腹にヤンの顔はどこか寂し気だ。

労働者連盟は彼が言う以上に急進派が実権を握っているのかも知れない。貧困層を見向きもしない政府の政策を見ればそれも当然だろう。

ガルシェスクが目指す国家像は一部の資本家を中心とした富裕層を増長させ、彼ら主導で旧来の体制を取り戻そうとしている。ナチス・ドイツという共通の敵に対して一致団結した国民が、今では互いの存在そのものを敵と見做し始めているのだ。

人は敵対する相手がいなければ団結すらできないのだろうか。いや、違う。互いの尊厳を認めこれに敬意を払うことで、人はより強くつながり合えるのだ。そこに生まれる絆こそが社会の礎とならなければいけない――それがジェイクの思いだった。

「ヤン、話はわかった。今度、フェレンツ議長に会わせてくれないか」

揺らぐことのない信念が覚悟の言葉となった。

今度こそ、これが最後になる。何が、どう最後なのか、漠然とした思いではあったが、それでもはっきり言えるのは自分はいつも争いの渦中に身を置いて来たということだ。だからこそ最後の決着をつけなければならない、――そんな気がするのだった。

――バルツォーク市の外れに立ち並ぶ高級アパートの一室で、ひと組の男女が激しく言い争っていた。

「だいたいあんたは何様のつもりよ！　金もないくせに偉そうにしないで！」

「うるさい！　何かって言えば、金、金、金だ！　そんなに欲しけりゃ、そのうちまとめてくれてやるよ」

「そんな台詞、聞き飽きたわよ。労働者の代表だって言うからいい顔見せてりゃ、付け上がるのもいい加減にしろってんだ！」

　女がブロンドの髪を振り乱し下卑た言葉を口にした。

「その言い草がおまえの本性さ、あばずれの娼婦が！」

「ああ、あばずれで結構よ！　娼婦だって躰ひとつで稼いでる立派な労働者なんだ。あんただってそんなあたしを抱きたくて此処へ来てんじゃないか、しかも無料（ただ）でね！」

　女の勢いに男は返す言葉がなかった。

　二ヶ月程前に酔った勢いで呼びつけた商売女だったが、男はひと目で女のことを気に入ってしまった。ブロンドの髪と大きな黒い瞳や少し厚めの唇が色っぽく、それでいて二十代にしか見えない童顔ものだった。

が小悪魔のように見えた。ところがいざ肌を重ねると、豊満な躰は三十半ばの成熟した大人の女その

高級娼婦とあって料金は相場の五倍近い金を請求されたが、それでも男は十歳ほども年増の女の肌が忘れられず、金の工面ができると逢瀬を重ねるようになった。

やがて常連客となった男が自慢気に自分の立場を口にすると、急に女は懐かしそうな目で遠くを見やり「今日は無料(ただ)でいい」と呟いた。有頂天になった男はそれからは金の工面も要らず、最近では恋人気取りで女の部屋に出入りするようになっていた。

「すまない、俺が言い過ぎた。むしゃくしゃしてたもんだから、つい………」

魔性に魅入られた男にはそれを手放す勇気などなかった。

「やっぱりただの八つ当たりだったんだ。で、何があったのよ？」

いつもどおり主導権を握った女が勝ち誇ったように問い質した。

「俺が最も嫌いな奴が、選りによって連盟本部に入るってのさ」

「誰よ、その嫌いな奴って」

「ガキの頃に養護院で一緒だった男で、大統領の養子になった奴だ」

「(大統領⁉) ……ガルシェスク！」

女の顔が一瞬にして強張った。

「急にどうしたんだよ？」

突然、顔色が蒼ざめた女を男は訝しく思った。

だが、女は男の声などまったく耳に入らず、頭の中では九年前の出来事だけが鮮明に甦っていた。

パトロンだった男が、ある日突然女の前から姿を消した。その日を境に贅沢三昧だった幸せな生活は、掌から零れ落ちる砂のようにあっという間に消え去ってしまった。

女には他にできることがなかったので、一度はデパートの売り子に戻り地道に働くことを試みたが、身に染みた贅沢から抜け出すのはそんなに容易いことではなかった。当然のことながら仕事は長続きせず、気が付けば女を武器に手っ取り早く稼げる娼婦に身をやつしていた。

あれから九年、毎夜毎夜違う男たちの喘ぎ声を聞くのは実のところうんざりだったが、それでも贅沢な生活と天秤にかければ客はとらざるを得ない。キリエンコひとりなら寝間の代償として割り切れたし、労働者の代表を自認するだけあって自分にはそれなりに優しかった。

だからかも知れないが、労働者連盟の幹部と聞いて目の前の男にも情を抱いたのだ。それもこれも、すべてはガルシェスクのせいだ。キリさえ生きていたらこんなことにはならなかったのに――王国時代はよかった、ほんとうによかった。何が〝共和国〟だ！

「要はその養子を叩きのめせばいいんでしょ。私が手を貸してあげるわよ、イワン」

蒼ざめた顔に赤みを取り戻したビレーヌが、底知れぬ不敵な笑みを浮かべた。

――以前の場所に本部事務所を構えた労働者連盟は、だが当時と違って妙にぎすぎすした雰囲気だった。

「ジェイク！　よく来てくれた。ヤンから話は聞いたよ。さあ、座ってくれ」

「ありがとうございます、フェレンツ議長」

懐かしい笑顔にレジスタンス活動の日々が甦った。

「僕にどれほどのお手伝いができるかわかりませんが、一つひとつ勉強させていただきます」

「ああ、期待しているよ。細かいことは追々話すとして、まずはこれに目を通して署名してくれないか」

労働者連盟の専従職員雇用契約書だった。

条件は一般的な初任の大学卒業者とほぼ同じだったが、もともと待遇などに興味はなかったジェイクはすぐに署名欄にペンを走らせた。

「ジェイク、これは……？」

フェレンツが驚いた顔で契約書に記入された署名を凝視する。

となりに座るヤンも唖然としたまま言葉に詰まった。

「はい、〝ジェイコフ・ストヤノフ〟です」

「⁉　……」

「ガルシェスク家との養子縁組が解消され、晴れて元の名前に戻ったんです」

「えっ！　……」

ふたりが同時に驚きの声を上げた。

フェレンツはもちろんだが、ヤンも養子縁組の解消は初耳だった。

十五年前、ジェイクがガルシェスク家の養子となったのは突然のことだったが、その縁組の解消もまた予期せぬ突然のことだった。

このことを報せたのは半月ほど前にアパートを訪ねて来たルイーザだった。ひと言もないまま急に優しく、だが、いつもよりも強くジェイクを抱き締めるその目には涙が溢れていた。

「ごめんなさい、ジェイク……」

一呼吸間を置いて、彼女がすべてを打ち明けてくれた。

養子縁組の解消は突然に切り出されたことらしい。彼女がその理由を問い質しても、ガルシェスクは「十五年前と違い、ジェイクは既にひとり立ちができるようになった」と答えるだけだった。

「あなたを政府のブレーンに誘った時、何か意図があるのではと思ったけれど……」

「進む道が違えば棲む場所も違う、ということだね」

「……」

俯いたままの養母をこれ以上悲しませたくなかったので、法律事務所の件は口にしなかった。

「でも、私はこれでよかったと思っているの。あの人の提案をあなたはきっと断ると思っていたわ。だから、信じる道を進むと決めたならジェイク、あなたはガルシェスク家の呪縛から解放された方がいい。それがあなたのためになると……」

ルイーザの瞳からとうとう大粒の涙が零れた。

「養母さん、ありがとう。僕も、そう思うよ。養母さんにはどれだけ感謝しても仕切れない。ほんとうに今までありがとう」

言葉に詰まりながら掌を重ねると、そこに一滴の涙が零れ落ちた。

「でも、忘れないでね、ジェイク。あなたはいつまでも私の子よ。私たちの絆に戸籍なんて関係ないわ」

「うん、僕もこの絆は決して忘れないよ」

ふたりが今日初めて笑顔で向き合った。

「ジュリアも初めは驚いていたけれど〝所詮は紙切れ一枚の問題でしょ、まったく関係ないわ〟って、笑顔を見せていたわ。きっと、あの子にはあの子なりの〝絆〟があるのよ」

その声音には娘を気遣う母の優しさが感じられた。

あの時、アドルフだけが珍しく、しかも血相を変えて父親の考えに反対をした。

ルイーザはその様子にひとつだけ思い当たる節があったが、そのことにどう向き合えばよいのか、この時はまだ迷っていた。


「ジェイク、益々俊足になるんじゃないか？」

「えっ？　………」

「だって重い足枷から解放されたんだ、当然だろ」

「ヤン、軽口はそれくらいにして……でもジェイク、ガルシェスクだろうがストヤノフだろうが、君は君だ。そうだろ？」

「フェレンツ議長、そのとおりです」

三人の笑い声が部屋中に響き渡った。

「いやあ、随分と賑やかですね。おや、誰かと思えば大統領のご子息じゃないですか」

厭味を言いながらあらわれたのはイワンだった。

「議長の肝入りだから仕方ないが、スパイ行為だけは勘弁してくれよ、ジェイク」

「イワン、言葉を慎め！　我々は、これから一緒に頑張ろうという仲間だ」

「フェレンツ議長は相変わらず甘いな。大統領の身内なんて信じられますか？」

腕組みをしながら投げる冷ややかな視線には蔑みが感じられた。

「イワン、改めて紹介しよう。今日から労働者連盟の本部専従職員となったジェイコフ・ストヤノフ君だ！」

「？　…………」

「大統領の身内と言うが、ジェイクは養子縁組が解消されたんだ。もうガルシェスク家とは一切関係ないのさ」

「えっ！　………」

「もっともガルシェスクだろうがストヤノフだろうが、ジェイクはジェイクだ。今までと何も変わらないがな」

ヤンはしたり顔で勝ち誇ったように付け加えた。

「ふん、あの独裁者のことだ、カモフラージュってこともあるしな」

イワンは捨て台詞を吐くと、悔しそうにその場から離れて行った。

ジェイクは改めて労働者連盟をひとつにまとめる大変さを感じた。だが、それでも必ずやり遂げてみせる——その覚悟がなければあの人との闘いに勝つことはできない。

決意を新たにしたその目には威厳と自信に満ちたガルシェスクの顔だけが映っていた。

2

一九四六年一月〜


自由新報のあるビルは思いのほか小さかった。

重くのしかかる曇天の空のせいかビル全体から寂れた印象を受け、ジュリアはまるで自分の不安な気持ちがそこに投影されているような気がした。

半分後悔しながら、それでも意を決してビルの中へと足を踏み入れた。

「こちらで働くメイル・デロイ記者にお会いしたいのですが」

ロビーに設けられた受付で要件を伝えると、胸の鼓動が一気に高まった。

二階の編集部へ上がるよう促され、外観から三階建てだったことを思い出して階段へと進んだ。途端に上階からざわざわした声が聞こえて来る。

喧騒が漏れるドアに〝編集部〟の表示があったのでジュリアはひとつ大きく深呼吸をしてからノックした。だが、しばらく待っても中からは何の応答もなかった。

仕方なく遠慮がちにドアを押し開くと、そこは驚くほどごった返している真っ最中だった。そこら中で電話が鳴り響き、怒鳴り声とも嬌声ともつかない声が行き交っている。部屋全体が煙草の煙で霞んでしまい、今すぐにでも窓を開け放ちたい気分になった。

すぐに机の間を忙しなく動きまわる人の中にメイルを見つけたが、とても声を掛けられる状況とは思えなかった。その時、立ち尽くしたままのジュリアに偶然にも彼女の方が気づいてくれて、一瞬驚いたようだがすぐに笑顔で部屋の隅にあるソファを指さす。そこで待っていて、ということらしい。

今年、サンティエール大学を卒業予定のジュリアは、自分がどんな仕事に就きたいのか未だ決めかねていた。それどころか初めて見る仕事現場の雰囲気に圧倒されて、自分にはとてもこんな社会人など勤まらないのではと半ば自信を失くしてしまった。

益々メイルが自分の及ばない存在に感じられ、やはり来なければよかったと今更ながら後悔した。

「ごめんね、待たせてしまって」

澄んだ優しい声で我に返ると、目の前に眩しいほどに凛々しいメイルが立っていた。

真っ白なボトルネックのセーターが長い黒髪と大きな黒い瞳によく似合っている。スリムジーンズがスタイルの良さを際立たせ、ごく自然でありながら洗練された姿がジュリアを更に臆病にさせた。

「シュルツ通り沿いのビル火災でバタバタしてしまって」

「ごめんなさい、忙しいのに…………」

「ううん、もう大丈夫。現地に飛んだ記者からファックスも届いたし、追加記事が入れば明日の一面には間に合うから。でも、突然どうしたの？」

「うん、………」

「場所を変えてお茶でも飲もうか」

言い淀むジュリアを気遣ってメイルが外へと誘った。

案内された向かいの喫茶店はレトロ調の落ち着いた雰囲気で、先客はふたり連れの男たちだけだった。どちらもノーネクタイのラフな格好だ。

「メイル、ひと段落ついたのか？」

男の声は力強かったが、同時に優しさも感じさせた。

「はい、編集長。あらかた片づきました」

親指を立てたメイルがにっこりと微笑んだ。

編集長と呼ばれた男は彫りの深い端正な顔立ちで、眼光が鋭く見るからにやり手という印象だった。

そんな人物と対等にわたり合う幼馴染が益々眩しく見える。

「それで、どうしたのジュリア？　突然に訪ねて来るなんて」

「うん……、メイルはジェイクの養子の件は知ってる？」

「ええ、ヤンから聞いたわ。びっくりしたけれど、色々な意味でよかったと思う」

「そうよね。私もそう思うのだけれど」

「ジェイクはジェイク、何も変わらないわ。今もこれからも私やヤンには掛け替えのない大切な友人、いえ、友人以上の存在かな」

「友人……以上の？」

「ええ。ジュリア、あなたにだけは打ち明けるけれど………」

メイルの視線を受け止めることができなかった。

「私、ずっとジェイクのことが大好きだったの」

「！　………」

「十年前にルフトヤーツェンで初めて逢った時から、そう、バルツォークで再会してレジスタンスに身を投じてからも、ずっとあの人に恋してた」

ジュリアは目の前が真っ暗になった。

「家族を知らずに育ったジェイクと国を持たないロマの私は、互いに求めて止まないものがある点で似ているって思ったわ。謂れのない差別に抗おうとする彼の優しさはどこまでも純粋で、いつしか私の憧れにもなった。私にとってジェイクは神様から〝選ばれし人〟であり、ずっとこの人のそばに居たいと願っていたの。だからヤンが義勇軍に参加した時は、弟を心配するよりもジェイクとふたりでいられる嬉しさの方が強かったほどよ。ひどい姉でしょ」

懐かしそうに振り返るメイルの一言ひと言が、ジュリアの胸に突き刺さった。

「でもジュリア、私ってそんなに魅力がないかしら？」

「えっ？　………」

「一年近くもひとつ屋根の下で一緒に暮らしたのに、彼ったら私に指一本触れようとしなかったのよ」

「そんな……（嘘よ！）」

「やっぱり信じられないでしょ。でも、ほんとうなのよ」

そう言い切る顔はどこか吹っ切れた表情をしていた。

「そのうち段々わかって来たの。義勇軍へ参加した弟との約束を守るためにジェイクは私と一緒にいるんだって。あの頃、アインザッツグルッペンとゲシュタポがユダヤ人や私たちロマ族の人間を血眼になって探したわ。その魔の手から私を守る責任があった。ただ、それだけ………」

一瞬、メイルの瞳が悲し気に映った。

「だって、ジェイクには他に好きな人……いえ、愛する女性がいるんだもの」

「えっ！　………」

「やっぱり気づいてなかったんだ」

メイル以外に愛する女性がいるなんて俄かには信じられなかった。

取り乱しそうになる自分を抑え、ジュリアは必死になって平静を装った。

「私とジェイクが恋人同士だと思っていたのね」

「だって、随分前にふたりが腕を組んで歩いているのを見たわ、……とても素敵だった」

六年以上も前の光景が今も目に焼き付いている。

「それってメイジー大学のキャンパスでしょ。私もはっきりと覚えているわ。恋人同士を真似た、ただ一度の想い出ですもの」

　窓の外を眺めるメイルの顔は大切なものを愛しむように優しかった。

「ごめんね、変な誤解をさせてしまって。そのせいであなたは大切なものを見過ごしてしまったのね」

「大切なもの……見過ごした？」

　目の前に優しくあたたかなメイルの眼差しがあった。

「ジェイクが愛しているのは……ジュリア、あなたよ」

「？　……（まさか！）」

　一瞬、彼女の言っている意味がわからなかった。

「だって、あなたがそばにいる時のジェイクはとても幸せそうだもの。一緒に暮らしていても私にはそんな顔は見せてくれなかったな。もちろん彼の優しさは感じたわよ、いつだって。でも、それは友人としての優しさで、あなたに向けられたものとは違う」

「そんな……」

「あなたもジェイクを愛している。だから確かめずにはいられなかった。そうよね、ジュリア」

「…………」

　ジュリアは俯いたまま、黙って頷いた。

「あぁ、よかった！　ふたりが相思相愛なら私もふられ甲斐があったわ。それに〝色々な意味でよかったと思う〟と言ったでしょ。だって、あなたたちはもう兄妹ではないのだから」

茶目っ気たっぷりにメイルが笑った。

「随分と話が弾んでいるようだね」

先ほど編集長と呼ばれた男がいつの間にか歩み寄っていた。

「ええ、政治談議より難しい話をしていたところです」

わざとらしく真面目な顔をしてメイルが応じた。

「なるほど、難しい話か。それなら差し詰め恋愛談義といったところかな」

「さすがは編集長、すべてお見通しですね。恋のお相手クレオパトラに鍛えられたお蔭、といったところですか？」

「いや、ヴィヴィアン・リーはタイプではないな。君の方がよほど魅力的だよ」

男は冗談めかしの笑顔を残して店を出て行った。

その後ろ姿を見送るメイルの頬がほんのり赤く染まるのがわかった。

彼のあだ名がシーザーで、クレオパトラやヴィヴィアン・リーも映画に掛けられていると知って可笑しかったが、それ以上に彼とはただの編集長と記者、それだけの関係だと頑なに言い張るメイルが微笑ましかった。

店を出てからの帰路は見上げればいつの間にか雲間から陽が差して、火照ったジュリアの顔には冷たい風さえ心地よく感じられた。

――冬の凍てつく寒さも和らいで、四月になると暖かな日々が続いていた。

この頃、労働者連盟の会議室は穏健派と急進派による白熱した議論が続き、両者の間には埋めがたい溝が生まれていた。

「今やアルドニア共和国はガルシェスクによる独裁国家となってしまった。大統領の専横は許し難いところまで来ている」

「だからと言ってキリエンコ時代のような騒乱を起こしては、あの時のように多くの犠牲者を出すだけだ」

両者とも一歩も引く姿勢を見せなかった。

「いつまで甘いことを言ってるんだ！　街を見てみろ、貧困による犠牲者が後を絶たないではないか。特権階級の搾取をなくさなければ、我々労働者の生活はひとつも改善しないんだ。そのためにはゼネストを断行せざるを得ない！」

急先鋒のイワンが同調する仲間を煽り立てると、部屋中に喝采が沸き起こった。

「待ってくれ、みんな！　先月初めトルーマン大統領に招かれたチャーチル前首相が、ウェストミンスター大学で行った演説を知っているだろ？」

ジェイクは急進派に傾きかけた形勢を取り戻すため議論に割って入った。

「バルト海のシュテッティンからアドリア海のトリエステまで、ヨーロッパ大陸を横切る鉄のカーテンが降ろされたという、あの演説だ」

「それがどうしたんだ、大学卒のエリートさんよ！」

真意を汲み取れないイワンが揶揄する。

「今まさにアルドニア共和国は鉄のカーテンに閉じ込められようとしているんだ。そんな時に労働争議を起こして国中が混乱しては、ソ連がこれを黙って見過ごすわけがない。共産圏の衛星国にしようと必ず軍事介入をして来る」

ジェイクの主張に会議室が一瞬で静まり返った。

全員の脳裏に、ドイツ軍が侵攻してきた当時のことが甦った。

「何を大袈裟な……」

だが、イワンの顔にも逡巡する様子が見てとれる。

その時、ここまで議論を静観していたフェレンツが、今日初めて口を開いた。

「ここはどうだろう、まずは国中で署名活動を展開して国会へ請願するというのは」

「何を請願するって言うんだ！」

どうあっても強硬手段に打って出たいイワンが声を荒げた。

「第一に、大統領の罷免要求だ。そして、これが叶わない場合は速やかな大統領選挙の実施を抱き合わせで要求する。厳密には幽閉期間中に大統領の任期は過ぎているのだから」

穏健派と急進派、それぞれの立場を汲んだ妥協案の提示だった。

請願権は共和国憲法でも保障された国民の権利で、三十万人の署名が集まれば国会はこれを審議しなければならなかった。しかも、憲法は大統領特別権限法の力が及ばない不可侵の法律だ。

ガルシェスクの支配下にある国会で罷免要求が通るとは考えづらいが、法に基づく大統領選挙まで無視するとなればさすがに国内世論も黙ってはいないだろう。その時こそはゼネストも止む無し、これがフェレンツの考えだった。

穏健派はもちろん急進派もイワンを除く全員が賛同したことで、フェレンツの提案が労働者連盟の活動方針として決定し、ようやくこの日の幹部会は散会となった。

「ヤン、どうしたんだ？　今日は随分とおとなしかったじゃないか」

いつもならイワンと罵り合うほど威勢のいいヤンが、会議の間ひと言も発言しなかったことがジェイクには解せなかった。

「すまない………」

「どうも心ここにあらず、という感じだったな」

「…………」

伏し目がちに俯くヤンがいよいよ心配になった。

「まあいいさ、フェレンツ議長のお蔭で当面はゼネストを回避できそうだ。で、何か悩み事でもあるのかい？」

「鉄のカーテンの話は効いたな。あれで急進派の連中も一遍に気勢が削がれた」

「おいおい、話を逸らすなよ。正直に言ってくれ、相談なら乗るから」

その言葉にヤンが観念したような表情を浮かべた。

渋々ながら時折照れ笑いを浮かべ妙に言い訳染みたことを言って、ようやく苦しい胸の内を吐露した。

　ジェイクは予想もしなかった友の告白に――そこまで思い詰めていたことに――強引に胸の内を聞き出したことを後悔した。


　――バルツホテルの最上階は他の階層と違って豪奢なスイートルームが並んでいる。部屋の広さはそれぞれが二〇〇平方メートルほどもあり、入り口のドアを開けると総鏡張りの玄関が宿泊客を驚かせ、そのまま外出着を収納できるクローゼットまで配されていた。

　その先にあるリビングルームは季節の果物を載せた大理石のテーブルと、ロカイユ装飾が施されたロココ調の家具調度品が揃えられていた。となりにあるキッチンルームのテーブルも天然の大理石で、宿泊客はそこでつくる専属シェフの料理を楽しむこともできる。

　会議にも使えるフリースペースを挟んで奥にはふたつの寝室があり、それぞれにキングサイズの高級ベッドが設えてあった。正面の壁をスライドさせれば全面が鏡張りでブラケットライトの間接照明が心地よい雰囲気を演出し、更に右側の奥には磨りガラス越しにジャグジー付きのバスルームが備わっていた。

「バルツホテルは何度か泊まったがスイートは初めてだよ。さすがに凄いな」

「独身生活もあとわずかだし、義兄になる人にも楽しんでもらおうと思ってね」

「ありがたい話だ。今夜はゆっくり語り明かそうか」

「いや、それは無理だな」

「えっ？　………」

「言っただろ、独身生活もあとわずかだって。だから、今日は色っぽいゲストをふたり呼んでるんだよ」

アドルフがにやついて小指を立てると、

「そういうことなら喜んで付き合うが、でも今後は控えてくれよ。ポーラを悲しませたくはないからな」

妹を気遣いながらクライスも満更ではない表情を浮かべた。

ふたりが今宵の睦みに思いを馳せているところへ待ちかねたドアチャイムが鳴り、やって来たのは薄手のコートを羽織ったふたりの女だった。一見するとごく普通だが、玄関口のクローゼットにコートを脱ぐと、その下に纏った衣装は目のやり場に困るほどだった。

ひとりは栗色に染めた髪に青い瞳が映える二十歳そこそこの女で、細身で胸も小振りだが服の上からもその形の良さがわかった。クライスはひと目でこちらの女が気に入った。

もうひとりはブロンドの髪と黒い瞳で少し厚めの唇が童顔の印象を与えたが、それでいて豊満な躰はまさに小悪魔のような魅力を感じさせた。少し年増だったが、アドルフはポーラとは真逆のこの女を相手にしようと決めた。

彼らは自分たちが富裕層であることは厭らしいほど強調したが、それ以外は素性を一切明かさなかった。一方、女たちはスイートルームでの奉仕は初めてだったので、金蔓（かねづる）にするための土産を虎視眈々と狙っていた。

ワインを飲みながら打ち解けたところで、二組の男女はそれぞれの寝室へと移動した。

アドルフはシャワーを浴びる女をベッドの中で待った。シャワールームの磨りガラスに女の裸体が透けて、その見事なシルエットに躰の中心は早くも熱を帯びていた。

ベッドに滑り込んだ女のしっとりした肌に指を這わせ弾力のある乳房を揉みしだくと、女は恥じらうように小さな声を上げた。その声で更に欲情したアドルフは、首筋に這わせた舌を女の厚めの唇に被せそのまま躰を重ねた。脈打つ律動に首をのけ反らせた女の悶えが激しさを増し、やがて歓喜の絶頂へと昇ぼりつめるとアドルフも同時に果てた。

処女のような恥じらいから最後は娼婦へと変貌する女に、アドルフの中心はまだ熱を帯びたままだった。それから二度同じことを繰り返し、ようやくアドルフが女から躰を離した。

「こんなの初めてよ……、すごくよかった」

アドルフの胸に顔をうずめた女が吐息を吐いた。

「どうせ、誰にでも同じことを言ってるんだろ?」

「嘘じゃない、ほんとうよ」

相手の胸を指でなぞりながら女が恥ずかしそうに囁いた。

「男はいないのか?」

「……いるわ、頼りにならないのがひとり」

「ふーん」

「でも、あの男は駄目！　労働者連盟の幹部なんて偉ぶっているけれど……」

「（！）……」

自分はどこまでも運のよい男だ、とアドルフは改めて思った。

にやつく顔を見られないよう唇を重ね、驚く女を相手に四度目に挑んだ。


――五月初め、格式と伝統のある聖イグレシオ教会で、アドルフとポーラの結婚式が盛大にとり行われた。

大統領家の息子であり政府の要職に就く新郎と国内有数の銀行家ザイツェフ家の娘が新婦とあって、政財界やマスコミからも大勢の人々が挙式に参列したが、かつて家族の一員だったジェイクに招待状は届かなかった。

パイプオルガンの調べと聖歌隊の賛美歌に伴われザイツェフにエスコートされたポーラが入場すると、列席者はその美しさにただ見惚れるばかりだった。

この時、祭壇の前で待つアドルフは、バージンロードの花嫁よりも列席者一人ひとりのうっとりした表情に頬を緩め、誰もが自分を羨んでいることに酔いしれていた。

厳かな一連の儀式が終わる頃には教会前の広場に大勢の人々が集まり、フラワーシャワーを浴びながら登場したふたりへ盛大な拍手と喝采を送った。

大半の人が顔も名前も知らない招待客を眺めながら、ジュリアは自分の時はどうなるのだろうと考なりに並ぶジェイクを想像するだけで彼女の心は満たされ、そんな勝手な想いに頬が火照るのを感じた。

えた。目に浮かぶのは母ルイーザやデロイ姉弟とごく限られた友人たちの顔だけだった。それでもと

「頬を染めたりして随分感動しているようだね、ジュリア」

いつの間にかクライスがそばにいた。

「ポーラ、とても綺麗だわ。あんなに幸せそうにして羨ましい」

胸の内にある思いを伏せ、当たり障りのない返事を口にした。

「妹にはすまないが、僕には君の方が着飾った新婦よりも数倍輝いて見えるよ」

大袈裟な素振りで口にする言葉がどこか芝居染みて聞こえる。

「そんな花嫁に相応しいこれ以上の結婚式を君にプレゼントするよ」

「…………」

ジュリアは自分の気持ちをどう伝えればよいかわからなかった。

「そろそろご両親へ僕の気持ちを伝えようかと思っているんだ」

やはりはっきりと伝えるべきだ、そう決意した。

「クライス、ごめんなさい。以前にも話したとおり、私はあなたとは結婚できない」

彼の顔が一瞬、呆気にとられたように見えた。

「私には……、心に決めた愛する人がいるの」

今度は、その顔が強張るのがわかった。

「ごめんなさい……」

ジュリアはそのまま踵を返した。

「まさか、あの使用人だったというロマ族の男か⁉」

背後からクライスの声が耳に届いたが、ジュリアは何も答えずにその場を後にした。

彼には申し訳ないが、これ以上自分の気持ちに嘘は吐けない。でも、最後の言葉はどういう意味だろう？　ヤンのことならきっと兄から聞いたに違いないが、そんな誤解をするような兄ではないはずだ。

それでも今となっては敢えて詮索することではない、そう考え直した。メイルの言葉が後押しとなって、心に決めた愛する人のことだけを想おうという決心が揺らぐことはなかった。そんな晴れ晴れとした気分に心はなおも弾んで、広場を後にする足取りはいつにも増して軽やかだった。


——労働者連盟の本部は全国の支部から寄せられた署名の集計に追われていた。

ガルシエスクの罷免と大統領選挙実施の要求を多くの国民が支持し、国会請願の署名は順調に数を増やしていた。

「この調子なら思ったより早く三十万人を達成できそうだ」

既に半分の十五万人を超えた集計結果に、ヤンは小躍りして喜んだ。

「まだ油断は禁物だよ。大票田であるバルツォーク市の集まりが少し鈍いからな」

最後まで気を引き締めようと釘を刺すジェイクも、内心では予想以上に順調な署名活動に手応えを感じていた。

そんなやりとりをイワンは苦虫を噛みつぶしたような顔で聞いていた。むしゃくしゃして早々に事務所を出ると、日が暮れる前から浴びるようにやけ酒を飲んだ。酒場を何軒かはしごし、それでも飲み足らずに最後はビレーヌの部屋を訪れた。

「何よ、こんな夜中に！」

迷惑がるビレーヌを押し退け無理やり部屋の中へ入ると、

「なにが請願だ！　糞喰らえってんだ！」大声で喚き散らした。

「（せいがん）……………？」

最初は訳がわからなかったが、すぐにあの男の顔が思い浮かんだ。

「ちゃんと聞いてあげるから、全部吐き出しちゃいなさいよ」

ビレーヌが酒を勧めながらイワンの耳元で吐息混じりに囁いた。

——昨日の集計結果に気をよくしたヤンは、勢いに任せ初めてジュリアをデートに誘った。そうでもしなければ先へ一歩も進まない、そう自分を鼓舞してのことだ。

そんなヤンの覚悟を露ほども知らないジュリアは、ジェイクの近況がわかるという軽い気持ちからこれに応じたが、

「どうしたの、ヤン？　何かいつもと違うわよ」

会ってみると妙に緊張した様子ばかりが伝わって来る。

「あっ、いや……少し疲れているのかな。ここのところ国会請願の署名集めで忙しかったから……

（あっ！）」

咄嗟に吐いた言い訳の不味さにすぐ気が付いた。

彼女の父親である大統領の罷免要求を引き合いに出すのは、いくらなんでも非常識だったと我ながら自分の不器用さが恨めしかった。

「気にしなくていいわよ。私も署名したのだから」

「えっ！　………」

「だって、パパのやっていることには賛成できないもの」

澄んだ目をして打ち明けるジュリアをヤンは益々愛おしく思った。

「ジュリア、今日は大切な話があるんだ」

「大切な話？　………」

「僕は……君のことが好きだ！　ルフトヤーツェンで初めて逢った時からずっと好きだった」

「！　………」

あまりに突然のことにジュリアは言葉を失った。

ヤンは気のおけない友人であり自分が愛するジェイクのよき理解者だ。そんなヤンの告白はあまりに突然で想像もしていなかったが、怖いほど真剣な眼差しを向ける彼には誠実に向き合わねばと思う。

「ヤン、ありがとう。あなたの気持ちはとても嬉しいわ。でも、ごめんなさい。私には心に決めた人がいるの。だから、あなたの気持ちにお応えすることができない」

「知っているよ、クライスだろ？」

「えっ！　………」

「ジェイクから聞いたんだ。家を出ることを家族に告げた日、バルコニーで仲睦まじくしているふたりを見てしまったって。でも、誤解しないでくれ。ジェイクは僕に告げ口をしたわけではないんだ。あくまでも僕のためを思ってのことだから」

あの時のことがジュリアの脳裏をかすめた。

「誤解だわ！　クライスとは何の関係もないもの」

「いいんだよ、僕に気を遣わなくても」

「違うの、……確かに彼からプロポーズはされたわ。でも、はっきりと断ったのよ」

そのひと言に、ヤンが今日初めて笑顔を見せた。

「ほんとうかい？　ああ、よかった！　恋敵が消え……でも、心に決めた人って………」

それが誰か確かめたかったが、俯くジュリアの様子に口をつぐんだ。

そんな彼の優しさはジュリアにも十分伝わっていた。だからこそきちんとすべて打ち明けなければと思うが、胸に秘めて来たこの想いを初めて口にする相手は、やはりあの人しか考えられなかった。

「ごめんなさい、いつかきっとお話しします」

うっすらと涙ぐんだ瞳に彼女らしい誠意が溢れていた。

「駄目だよ、泣いたりしたら。泣きたいのは僕の方なんだから。でも、〝恋して失いたるは恋さないに勝る〟って言うし……」

「ありがとう、ヤン」

「その代わりジュリア、ひとつお願いがある。そいつが誰かわかった時は、一発でいいから思い切り殴らせてくれ」

冗談交じりの優しさにジュリアも微笑みを返した。

あの人ならきっと黙って殴られるだろう、ほんとうはそう答えたかった。


——六月、通常国会の会期は残すところあと一ヶ月に迫っていた。

国会請願の署名集めは初めのうちは順調に進んだが、最近になってその数が急激に伸び悩んでいる。特に首都バルツォーク市の数字が芳しくなかった。

「どうも大統領親衛隊の締めつけが日増しに厳しくなっているようだ」

「水面下で進めてきた署名活動が政府筋に漏れていると言うのか？」

「それしか考えられないだろ」

打開策を講じようと労働者連盟の本部に集められた幹部たちは頭を悩ませていた。

そんな中でイワンだけは浮足立つ彼らを冷ややかに眺め、ひとりほくそ笑んだ。親衛隊が動き出した理由はわからないが、このまま国会請願が失敗すれば強硬策しか打つ手はなくなる。上手くすればその責任を被せてフェレンツを追いやり、自分が議長の座に就くことも叶うかも知れない。

「親衛隊の妨害が始まったのでは国会請願は難しいのではないか？」

「やはり全国の労働者へ呼びかけてゼネストに突入するしかないか？」

イワンの思惑どおり、幹部たちに強硬策止む無しの意見がふたたび出始めた。

だがこの時、既にイワンは別のことを考えていた。それは強硬策すら生半可と思えるほど過激なものだった。


――その頃、アドルフは大統領親衛隊の本部で義兄の訪問に応対していた。

「随分とご機嫌のようだな」

羨むような、だが投げやりな言葉に聞こえた。

「ある情報のお蔭で反政府分子の連中を抑え込むことができたのさ。で、君はなぜそんなに浮かない顔をしているんだ？」

ご機嫌な気分に水を差されたようで面白くなかった。

「まあ、そうしかめ面をしないでくれ。実は、ジュリアにプロポーズしたんだが見事に断られたんだ」

「あいつは何と言って断って来たんだ？」

「心に決めた愛する人がいるってさ。でも、あのロマの使用人ではない気がする」

アドルフの表情が急に険しくなった。

「わかった。今度、会って確かめてみるよ」

「確かめても無駄な気がするが……」

「任せておけよ、僕に考えがある」

その瞬間、アドルフの目がクライスも驚くほど冷たく光った。


それから数日後、ジュリアは兄アドルフの誘いに応じてバルツホテルにある二つ星レストランに向かっていた。兄とふたりきりの食事は気が進まなかったが、政府筋の話が聞ければジェイクの役に立てるのではという思惑もあってのことだった。

ドレスコードは気にしなくてよいと言われていたが、普段は滅多に着ることのない総レースで仕立てたブルーグレーのドレスを選び、手には小さめのホーボーバックを下げた。

レストランに到着すると一分の隙もないメートル・ドテルがテーブルまで案内をしてくれた。そこは部屋全体を見渡せる特等席で既にアドルフが席に付いている。ひと目でオーダーメードとわかる高級スーツのいで立ちだった。

「随分とめかし込んで来たな、馬子にも衣裳だな」

頭のてっぺんからつま先まで眺めながら冷やかすと、

「お蔭で恥を掻かずにすんでよかったわ」

やはり反りが合わないと思いながら言い返した。

来なければよかったとそのまま帰ろうとすると、

「まあ、そう怒らずに少し付き合えよ。マリー・アントワネットにも献上された逸品を注文しておいたんだ」

自慢気にアドルフがシャンパングラスにパイパー・エドシックを注いだ。

気乗りしないまま席に着いてグラスを重ねることもせずに口を付けたが、気心知れた仲間と飲む安い麦酒の方がよほど美味しいと思った。

前菜を待ちながら三口ほど飲んだ頃、突然眩暈のような気怠さを感じた。

どうしたのだろうと思っているうちに徐々に瞼が重くなって来る。

「どうした、ジュリア？　飲み慣れない高級シャンパンに酔ったのか？」

「急に気分が……」

焦点が合わず兄の顔が幾重にもぼやけて見える。

誰かを呼ぶ兄の声が遠くに感じられた。

「妹が気分を悪くしたようだ。部屋で休ませるから料理はキャンセルしてくれ」

「畏まりました、アドルフ様。医師を手配いたしましょうか？」

「いや、それには及ばないよ。少し休めば大丈夫だろう」

アドルフは妹を抱きかかえ事前に予約した部屋へと移動した。

そこは最上階にあるスイートルームで独身生活の最後を満喫した部屋だった。

リビングルームにはあの時と同じようにクライスの姿があった。

「おい、ジュリアは大丈夫なのか！」

完全に意識を失っている様子に気が動転したようだ。

「大丈夫だよ、薬で眠っているだけだ」

目配せしてジュリアを奥の寝室まで運び、そのままベッドへ寝かせる。

「グラスに強めの睡眠薬をまぶしておいたのさ」

「そんなことをしたら……」

「今更、何を怖気づいてるんだ。こいつを他の男にとられてもいいのか？」

「いや……だが、……」

クライスはこの状況に後ろめたい後悔を感じ始めていた。

「だったら妹が誰を愛しているのか、教えてやるよ」

業を煮やしたアドルフの語気が険しくなった。

「こいつが心に決めた愛する人というのは……、ジェイクさ！」

「えっ！　……」

予想もしなかった名前にクライスが絶句した。

「あり得ないだろ？　そんなことはこの僕が断じて許さない！」

両拳を固く握ったアドルフの顔は憎しみに満ちていた。

「薬は明け方まで効いているはずだ。しっかり既成事実をつくれよ」

冷たく言い放つと、にこりともせずにそのまま部屋から出て行ってしまった。

——ガルシェスク邸のメイド頭マチルダはざわつく気持ちがやり切れなかった。奥様がお嬢様の部屋に入って随分と時間が経っている。ふたりはどんな話をされているのか。

今まで無断で外泊などしたことのないお嬢様が、選りによって朝帰りをした。心配して寝ずに待っていた奥様にひと言も口を利かず、シャワーを浴びるや沈んだ顔でご自分の部屋に籠ってしまわれた。

マチルダはやきもきしながらも事が上手く運ぶよう願うしかなかった。

ルイーザは娘の部屋で、彼女が重い口を開いてくれるのを静かに待った。初めは虚空を見つめたまま心ここにあらずだったジュリアが、やがて肩を震わせ嗚咽を洩らし始めるとそばに寄り添い優しく背中を擦った。

どれくらい待ったか、ジュリアがしゃくり上げながら消え入りそうな声で話し始めた。兄とレストランで待ち合わせたこと、シャンパンを口にして気分が悪くなったこと、そして、目が覚めた時はベッドの中で朝を迎えていたこと——。

その時、なぜ自分が何も身に着けていなかったのか、最初はわけがわからなかった。

部屋の磨りガラス越しに誰かがシャワーを浴びていた。陽気に歌を口遊んでいるのが聞こえた。やがてそれが幼馴染のクライスだとわかって、すぐに服を着て部屋を出なければと思った。慌ててベッドを抜け出した時——それで、自分の身に何が起きたのかを知った。

話し終えたジュリアが初めて声を上げて泣いた。

ルイーザは打ちひしがれて哀泣する娘を抱き締めてあげることしかできなかった。母として、女として、娘の悲しみと絶望を思うと、その頬にも幾筋もの涙が零れ落ちた。

その後、ルイーザを更なる悲しみが襲った。もうこの家には居たくないとジュリアが姿を消してしまったのだ。自分を絶望の淵に立たせた兄を拒絶する、彼女のせめてもの抗議だった。

それを知ったルイーザは、ひとつの決心をした。

「あなた、ジュリアが家を出て行きました。ですから私もこの家を出ることにします」

今まで幾度となく考えて来たことが何の躊躇いもなく口を吐いて出た。

「ジュリアが？　君まで出て行く？　……一体、何があったというのだ？」

突然のことにガルシェスクは驚くばかりだった。

「私がこの家に居たのではジュリアの帰るところがなくなります」

「？　………」

ガルシェスクが問い質そうとした時、

「おや、ふたりともお揃いですか？」

いつもと変わらぬ顔でアドルフがあらわれた。

その瞬間、ルイーザは息子に近づくや感情も露わに力一杯その頬を叩いた。

「！　………」

初めて手を上げた後悔は微塵もなかった。

「理由は、この子がよく知っています。アドルフ！　恥を知りなさい！」

涙を溜めた目で息子を睨みつけ、そのまま部屋を後にした。

ふたりの男はその後ろ姿を茫然と見送るばかりだった。

ルイーザはどうしても同行したいというマチルダだけを連れ、実家が所有するアパートの空き部屋へと移った。そのまま荷物の整理はマチルダに任せ、一日と措かずすぐさまジュリアの行方を捜し始めるのだった。

3

一九四六年六月

大勢の酔客で込み合う酒場はどのテーブルも大声が飛び交っている。その中で店の奥にある一角だけは、六人の客が互いの額を寄せ合うように声を潜めていた。いずれも労働者連盟の幹部で、イワンが招集した急進派の中でも特に過激なメンバーだ。

「諸君、まもなく国会も閉会となる。このことは何を意味するか？」

「請願ができなくなったということだ」

イワンの問い掛けに、ひとりが答えた。

「そのとおりだ。では、我々に残された道は？」

「それはゼネストの決行しかないだろ！」

即座に答えるひとりに、他の四人が頷いて賛同した。

だが、イワンだけはじっと動かず無言のままだ。

「どうした、イワン？　穏健派の幹部たちだってもう反対はできまい」

「ああ、できないだろうな。だが、ゼネストを決行してもガルシェスクのことだ、軍を動かしてでも鎮圧に乗り出すだろう。しかも、国防軍のシュレンゲル元帥は大統領に心酔している。間違いなく本気で来るぞ」

血気に逸る五人は、出鼻を挫かれ二の句が告げなかった。

「まあ、そう気を落とすなよ。俺に考えがあるんだ」

意気消沈する彼らに、声を潜めて自らの考えを話し始めた。

その中身を知った五人は、あまりの恐ろしさに顔から血の気が引いた。突然切り出された話に動悸がしてとても冷静に頭が働かない。

「そんなに怖じ気づかなくてもいい。それに上手く事が運べば俺たちの仕業だとは誰も気が付くまい」

それでも五人は互いの本音を探り合うだけでなかなか決心が付かなかった。

「この場ですぐに返事をしろとは言わない。一晩考えて、明日また此処に来ればいい。但し、このことは一切他言無用だぞ！」

幹部ら五人は緊張した面持ちで散り散りに店を後にした。

結局、翌日になってイワンが待つテーブルにあらわれたのは四人だった。落伍者が出たことを知った全員の顔に後悔の様子がうかがわれた。

落伍者による漏洩を心配して引き返そうとする者もいたが、

「奴には因果を含めて俺が口止めをしておくよ。もし口外すれば、その時はおまえで予行練習をするとな」

その冷淡な口振りに足を止めるが、それでも沈鬱な表情に変わりはなかった。

心中を察したイワンが計画がいかに容易いものかを具体的に説明すると、最初は半信半疑だった幹部たちも隙のない計画に徐々に落ち着きを取り戻し始める。確かに混乱の中で夜陰にまぎれ姿を晦ませば、案外上手くいくような気にさえなった。

やがて四人はイワンの話術と高揚する気持ちに背中を押され、曖昧だった成否の判断が最後には確信に変わっていた。

イワンはそのタイミングを見逃さなかった。

「では、最後に決行日だが……来月七月十日の水曜日としよう。いいか！　この日が共和国の新たな幕開けとなり、その立役者となるのは此処にいる我々五人だ！」

鼓舞する声に、四人の幹部たちはこの日初めて大声で盃を掲げた。

そのまま美酒に酔いしれすっかり英雄気取りで盛り上がる仲間たちを残し、イワンはひと足先に店を後にした。向かった先は通い慣れたビレーヌのアパートだったが、いつもの後ろめたい憂さ晴らしと違ってこの日の気分は高揚感に包まれていた。

このことを知れば、今日こそは俺のことを見直すに違いない。あの小生意気な女を俺の前に平伏してやる。そんな勝手な夢想に自然と足取りは軽やかになるのだった。

——ジェイクは足を棒にしてジュリアの行方を捜しまわっていた。

七月の初めにアパートを訪ねて来たルイーザは、これまで見たことがないほど取り乱していた。すぐに何かあったのだとわかったが、まさかあのジュリアが家を飛び出したとは思いもしなかった。

理由を聞いても、彼女は固く口を閉ざして何も話してはくれなかった。こんなことも初めてだったが、詮索するよりまずはジュリアを探し出すことが先決だった。

国会が閉会して請願が不可能となり労働者連盟は混乱の只中にあったが、幸いなことに急進派の主だった幹部はここ数日姿を見せていなかった。それを頼りにフェレンツ議長には申し訳ないと思ったが、ジェイクはジュリアの捜索にしばらく専念しようと考えた。

その頃、フェレンツは国会請願に代わる打開策を模索していた。近頃では穏健派の幹部からもゼネスト突入止む無しの声が上がり始めている。それだけは何としてでも阻止しなければならなかった。鉄のカーテンを自ら閉じるようなことがあってはならないのだ。

結論を急ごうとする幹部たちを何とか宥めたフェレンツは、幹部会解散後ひとりの男を呼び止めた。鉄鋼労連から派遣され、アイアッシュ社会長オルバンの第一級戦犯判決を当時誰よりも支持した男だ。

いつもイワンと行動をともにする急進派の中心メンバーでもあった。

「最近、イワンや他のメンバーが顔を見せていないが、何かあったのか？」

「…………」

フェレンツはいつもと違う男の様子を訝しく思った。

「ゼネスト決行の主張を覚悟していたのだが、何か他に考えでもあるのだろうか？」

「（！）…………」

一瞬、男の目が恐怖に怯えたように見えた。

「やはり何かあるのだな。頼むから教えてくれないか」

男の肩に手をやって答えを促した。

その時、初めて男の身体が小刻みに震えているのがわかった。

「私は何も知りません！」

慌てて立ち去る男の後ろ姿からフェレンツの胸を不吉な予感が過った。

何かよくないことが起きようとしている。ただの勘ではあったが、そう思えてならなかった。それからは顔を見るたびに呼び止め、時には男の自宅へも足を運んで問い質した。

ようやく男が重い口を開いたのは、フェレンツが疑念を抱いてから一週間が経過した十日の午後になってからだった。男は仲間から計画の中身を聞かされ行動をともにするよう何度説得されてもその気になれず、一方でイワンの脅しから身を守るため計画が決行される今日までこのことを伏せざるを得なかったと白状した。

男の告白は俄かには信じられないものだったが、恐怖に怯えるその目はとても嘘をついているようには見えなかった。フェレンツはどう対処すべきか判断に迷い、ふたりのただならぬ様子を不安気にうかがう職員たちにも得体の知れぬ動揺が広がった。

こんな時、ジェイクがそばに居てくれればと悔やまれたが、そんな思いさえもどかしいほど事態は差し迫っている。何としてでも無謀な計画を未然に食い止めねばならない。そのためには自分がそこへ乗り込んで止めるしかない、と決心をした。

フェレンツは五人、いや六人の命を守るために身を挺する覚悟だった。


——時刻は二十時を少し過ぎた頃で、辺りは街灯が照らす大通り以外は真っ暗だった。

バルツォーク市郊外にあるガルシェスク邸は生い茂った木立に囲まれている。その暗闇の中に五人の人影があったが、その様子は大通りからはまったくうかがい知ることができなかった。

「まもなく大統領が帰宅する頃だぞ」

イワンの言葉に、他の四人が緊張の面持ちで頷いた。

「最初におまえが専用車の前方に手榴弾を投げつけろ。爆発音で急停車したところを、今度は全員で専用車を目掛けて投げるんだ。先導のオートバイや前後につく護衛車には一切構うな。あくまでも狙うのはガルシェスクが乗っている車だけだ、いいな！」

握りしめた手榴弾を示して、イワンが段取りを確認した。

義勇軍から抜ける際にいつか使う時が来るかも知れないと盗んだ武器だったが、イワンだけは他にドイツ軍の敗残兵が残したワルサーｐ38も携帯していた。

木立の暗闇の中で口を開く者はひとりもなく、ただ重苦しい静寂だけが続いた。

時折、ゴッホウと犬のような鳴き声が響くと、

「梟とは不吉だな」

ひとりが縁起でもないことを口走った。

「羽音もたてずに獲物に襲い掛かる梟は、まさに俺たちのようで頼もしいではないか」

自分に言い聞かせるようにイワンが呟いた。

その時、背後の茂みからざわざわと枝葉をこする音が聞こえた。驚いた一同が身を屈めて蹲ると、イワンだけは瞬時に音のする方向へワルサーを身構えた。

「イワン、馬鹿な真似はやめるんだ！」

茂みを掻き分け姿をあらわしたのはフェレンツだった。

「議長がどうして此処に？」

思わず出た言葉だったが、すぐに察しは付いた。

「とにかく無謀なことはやめろ！　君たちも冷静になるんだ！」

「議長、邪魔をしないでくれ！　奴を始末しない限りこの国の民主化はあり得ない」

「それは違……」

「此処であんたと議論などするつもりはない！」

その時、ひとりがくぐもった声で、

「イワン、来たぞ！」遠くを指さした。

確かに大通りの向こうから車のライトが近づいて来る。

先導する二台のオートバイと護衛車に続いて、大統領専用車がはっきり確認できた。後ろから羽交い絞めにするフェレンツを振りほどき、イワンは四人に攻撃態勢に入るよう指示した。

だが、車列のライトは途中で静止して、それ以上一向にこちらへ近づいて来ない。とても手榴弾が届く距離ではなかった。早く来い、もっと近づけ。そう念じながらイワンが身を乗り出した時、突然目の前が目も眩むようなライトに照らされた。

一瞬目を背けるも次に顔を上げた時、サーチライトで周囲を囲まれているのを知った。光源の囲みが徐々に狭まって、呆気にとられた互いの顔がはっきりとわかる。

「みんな武器を捨てて投降するんだ」

状況を悟ったフェレンツは犠牲者を出すまいと必死に説得を続けた。

幹部たちが次々に手榴弾を手放し、観念したように両手を挙げて跪いた。

その中でイワンだけが投降すると見せかけ、ライトの間隔が一番広いところを目掛けて手榴弾を投じた。けたたましい爆音で相手が怯んだ隙に、その間隙を目指し拳銃を乱射しながら走り抜ける。

囲みを抜けて一心不乱に走るその背後から銃の一斉掃射が聞こえた。同時に悲鳴にも似た叫び声が耳に届いた。断末魔の叫びはそう長くは続かず、それでも銃撃音はしばらく鳴り響いていた。武器を放棄して投降した五人が、有無も言わさず命を奪われた瞬間だった。

自分だけは逃げてみせる。あの冷酷な連中に必ず復讐してやる。イワンはその執念だけで、後ろを振り返りもせず必死になって走った。

どこをどう走ったのかもわからぬまま、気が付けば森の奥深くに逃げ込んでいた。川のせせらぎに正気を取り戻し乾ききった喉を潤してようやく人心地ついたが、山狩りが行われることを考えればいつまでも此処に止まってはいられない。

〝木の葉を隠すなら森の中〟、ならば人混みに身を隠そうとイワンは考えた。復讐心だけを支えにひとり街中を目指し、どこまでも続く漆黒の森を更に逃げ続けた。

作戦を完遂した大統領親衛隊は五人の遺体をトラックの荷台に収容し、大統領専用車へ近づいて任務の完了を報告した。

「ご苦労だった。だが、あの爆発音はどうしたのだ？」

「はっ！　申し訳ございません。隊員に手榴弾を投じて銃を乱射しながら逃亡した者が一名おります」

「…………」

「連盟本部を家探ししてでも必ずや犯人を割り出します」

「死体の中にこいつはいるか？」

アドルフが示したのはイワンの顔写真だった。

「いえ、おりません」

「逃げたのはこいつだ」

「はっ！　すぐさま捜索して即刻逮捕いたします」
「逮捕？　射殺の間違いだろ。いいか、密告者の方だけはくれぐれもへまをするなよ」
直立不動の隊員にそう指示したアドルフは、ビレーヌの顔を思い浮かべた。
その情夫が労働者連盟の幹部と知った時から、それがイワンだとわかるまで時間は掛からなかった。
そこで連盟の情報を高く買い取ると匂わせると、金に目の眩んだ女は躍起になって探り始めたのだ。
そのお蔭で、秘密裏に進められていた国会請願の署名活動は、親衛隊を使って上手く妨害すること
に成功した。それでも大統領の暗殺計画を聞いた時は、アドルフもさすがに半信半疑だった。
念のため父親にこのことを注進し今夜のホテル宿泊を手配すると、自らが代わって大統領専用車に
乗り込んだ。暗殺者が潜むという木立からかなり手前で車を停止させ、事前に張り巡らした罠に奴ら
が嵌るのか高みの見物をしたのだ。
いざサーチライトが点灯し銃撃音が聞こえると、アドルフは女の密告がほんとうだったことを知っ
た。全員の射殺命令が指示どおり行われたことに思わず笑みを零し、まるでゴキブリを叩き潰した時
と同じような感覚を味わった。
後は、この日の舞台裏が露見しないよう手を打てば終わりだ。すべては筋書きどおりに事は運んだ
のだった。
翌日、大半の新聞社が、労働者連盟のフェレンツ議長を首領とする六人組が大統領の暗殺を企てた
ことを一面トップに掲載し、親衛隊がこれを阻止して五人が射殺されひとりが現場から逃亡したこと
を報じた。逃亡したイワンは全国に指名手配となり、その顔写真までが大きく掲載されていた。

一方、この日は三面記事の片隅に高級娼婦が自宅アパートで絞殺死体となって発見されたことも報じられたが、大統領暗殺未遂という衝撃的な事件に驚愕した国民は誰ひとり娼婦殺しなど気にも留めなかった。

――新聞を目にしたジェイクの手はわなわなと震えた。

「嘘だ！　……」

フェレンツ議長が大統領暗殺など企むはずがない。

目に浮かぶ思慮深い彼の顔が溢れる涙に霞んで、ジェイクは居ても立ってもいられず労働者連盟の本部へと向かった。

本部ビルは警察と大統領親衛隊の共同捜査が終わり、入り口に張られた立ち入り禁止のテープが解除されたところだった。慌てて駆けつけたヤンや他の幹部と中へ入ると、そこは足の踏み場もないほどの荒らされようで、既に数名の幹部が事情聴取のため警察本部へ連行されたことも知った。

「当然、僕らにも呼び出しがあるだろう。どうする、ジェイク？」

充血したヤンの目は怒りと不安が綯い交ぜだった。

ジェイクが考えもまとまらぬまま茫然と事務所を見渡した時、部屋の隅で落ち着きを失ったひとりの幹部に目が留まった。

「彼はいつもイワンと行動をともにしていたはずだが……」

ざわつく気持ちに急かされ、すぐさま男のところへ歩み寄った。

気配を感じた男はその場を立ち去ろうとしたが、ジェイクがその胸ぐらを掴んで力任せに壁へ押し付けた。普段は温厚なジェイクの必死の形相にすっかり気圧されてしまった男は、観念したようにこれまでの経緯と真偽のすべてを打ち明けた。

真相を知ったジェイクは黙したまま天を仰ぎ、興奮が収まるのを待った。

「ヤン、僕は呼び出しが来る前にこちらから会いに行くよ」

静かに、だが凄味さえ感じさせる口調だった。

自分がそばに居さえすればフェレンツ議長を救えたに違いない。いや、その前にイワンの無謀な計画を止めることもできたかも知れない。悔やんでも悔やみ切れなかった。

その日のうちにアドルフへ連絡すると、まるでそのことを予期していたかのように日時と場所が指定された。

そのことを伝えられたヤンは、

「わかった、明日の夜八時だな。僕も同行する」

ジェイクをひとりで行かせるわけにはいかなかった。

「いや、一対一で会う約束だ。今回は僕ひとりで行くよ」

「そうはいかない。そんなことをしたらフェレンツ議長の二の舞いになるぞ」

夜の八時に、しかもかつて大統領親衛隊本部が置かれた廃屋のビルをわざわざ指定して来たのだ。アドルフが何か企んでいるのは容易に想像できる。

「心配要らないよ。丸腰の人間相手に無茶をすれば、それこそ彼の命取りになる」

「だが、………」

「それに約束を違えてふたりで行けば、逆にアドルフによい口実を与えかねないだろ」

奴の狡猾さを考えればそのとおりだ。

ヤンは不安を抱きつつも渋々ながらその言葉に従うことにした。


——陽が昇る時刻になると決まって馬小屋から催促の嘶き（いなな）が聞こえて来る。それを合図に身支度を整えて飼い葉の準備を始めるのがジュリアの日課となっていた。

小屋を一巡する頃に母屋の方からスープと焼きパンの香りが漂って来る。

「ジュリアお嬢様、朝食の仕度ができましたぞ」

「べべ、今行くわ！」

最近になってようやく彼女の心にも平穏が戻りつつあった。

一ヶ月ほど前、屋敷を飛び出した彼女はどこも行く当てがなく、しばらくバルツォーク市内を転々とする日々を送っていた。

ところが心に負った深い傷の影響か、どこへ行っても常に誰かに監視されているような気配を感じるのだった。気のせいだとわかってはいても、ひょっとしてクライスだったらと怯える日々が続き、やはり街に居たのではこの不安はなくならない気がした。

　思い悩んだジュリアがおぞましい記憶から逃れるように向かった先は、この時期は誰も居ないルフトヤーツェンにあるガルシェスク城だった。ところがいざ懐かしい屋敷を前にすると、今度は兄アドルフの顔が目に浮かんで一歩も中へ進むことができなかった。

　行き場もなく途方に暮れていると、そこにあらわれたのは城の守番であるべべ爺さんだった。老人は憔悴しきったジュリアの様子に困惑したが、それでも何も聞こうとはせずにただ黙って自分の家へ彼女を連れて帰った。

　焼きパンと肉野菜の炒め物やコーンスープの美味しさは、急ごしらえの食事だったが今もジュリアの心に残っている。彼女にとってそれ以上にありがたかったのは、懐かしがるだけで何も詮索しない老人の優しさだった。

　それ以来、離れの一室を借り癒えることのない傷を忘れようと今日まで過ごして来た。時々、忘れていた厭な気配を感じはしたが、そのたびに献身的な老人の存在が支えとなってくれた。その優しくも頼もしい老人にジュリアは心から感謝していた。

　ところが今日、いつものように目の前の老人に感謝しながら朝食を摂っていると、突然ラジオから耳を疑うようなニュースが飛び込んで来たのだ。

〈大統領の暗殺を謀った労働者連盟の幹部五人を大統領親衛隊が射殺！　犯人のひとりは今も逃亡中！〉

　矢継ぎ早に繰り出されるアナウンサーの煽情的な言葉に、ジュリアの心臓は早鐘を打ったように高鳴った。

「ガルシェスク様にお怪我はなかったでしょうか？」

老人が口をあんぐり開けたまま驚愕の表情を浮かべた。

ジュリアも父親の安否は気になったが、ラジオがそれ以上言及していないことが無事の証しと信じた。一方で、労働者連盟と大統領親衛隊の衝突は別の不安をジュリアに抱かせた。両者の対立は愛するジェイクと兄アドルフの対立そのものなのだ。

ジェイクがどれほど危険な状況に身を置いているのか、詳しいことがわからず心配は増すばかりだった。今すぐにでもそばに行きたい！　あの人のとなりに一緒に居たい！　そう思うほどに胸は張り裂けんばかりだった。

でも、それは叶わぬこと。自分にはもうその資格はない。純粋で誠実なジェイクに私のような女は相応しくない。だって、私は――。

ジュリアは嗚咽を洩らすまいと懸命に堪えたが、それでも久し振りに零れる涙を止めることはできなかった。


――夕方から降り始めた小雨は約束の八時には本降りへと変わり、廃屋となったビルの中は湿った夜気で蒸しかえるような暑さだった。

「ジェイクはほんとうにひとりで来るかな？」

「奴はそういう男さ」

クライスの心配をアドルフはいとも簡単に受け流した。

「だったら僕は隠れていようか。何かあればこいつですぐに加勢するよ」

フォールディングナイフを手に強がると、

「大丈夫だよ、僕にはこれがある」

アドルフが懐に忍ばせたブローニング・ハイパワーを取り出した。

「大統領親衛隊長は拳銃くらい常に携帯しているものさ。もし刃向かうようならこれで仕留めてやってもいい。そのために人目を避けて此処へ呼び出したのだから」

感情のない声が雨音に混じった。

まさかそこまではしないだろうと思いながら、クライスは不安を作り笑いに押し隠して柱の陰に身を潜めた。

やがて雨音の中に足音が近づいて来る。

「時間どおりだな、ジェイク」

滴の垂れる傘を手にジェイクはゆっくりと歩を進めた。

「アドルフ、なぜ五人もの命を奪ったんだ！」

怒気を含んだ声が薄暗い部屋に響き渡った。

「それを聞いてどうする？」

「君を殺人の罪で告発する」

「あっ、はは！　おまえはどこまでお人好しなんだ」

呆れ果てた顔をして、アドルフが事件のあらましを嬉しそうに話し始めた。

「やはり思ったとおりだ。君のしたことは虐殺以外の何ものでもない。たとえ犯罪者であっても司法の場で取り調べられるべきだ。無抵抗の彼らをその場で射殺するなんて決して許されることではない」

「おまえに許しを請おうなんて思っていないよ」

「フェレンツ議長があの場にいたのは無謀な幹部たちの行動を止めるためだったんだ。彼が混乱を回避するために今までどれほどの努力をして来たか。そんなこともわからないとは何て君は愚かなんだ！」

「愚かな奴に愚か者呼ばわりされるとは心外だな。もっとも下層な人間ほどさらに下層な存在を欲しがるという、言ってみれば貧乏人の性というものなんだろうがな」

「いつまでそうやって優劣や上下で人を推し量るつもりだ。そこにこだわること自体、君自身がそのことに自信がない証拠だろ！」

「！　…………」

「君は大統領の目ばかりを意識して、いつでも僕との優劣を気にして来た。なぜだ？」

「…………」

「わからないなら教えてやる。アドルフ、君が僕に劣等感を抱いているからだ」

「ふざけるな！　たかが孤児風情に劣等感だと！」

余裕を見せていたアドルフがこの日初めて気色ばんだ。

「そうさ、人間の価値に出自や育ちなんて関係ない。大切なのはもっと本質的なことだ。お互いの違いを理解し尊重し合うことで人は絆が強まり、悪に誘うものを排除できた時、必ず善なる魂を手にできる。そんな考えを君は心のどこかで羨んでいるんだ」

「何を寝惚けたことを……」

「クリケットで壺を割った時、ジュリアが野良犬に襲われた時、ベルチオ山のハイキングで遭難した時、デロイ一家を追放した時、大学対抗戦リレーで少女が危険に晒された時、そして僕がワルシャワに行った時、君は何を考え、どんな行動をとった！」

「そんな細かいことをいちいち憶えていられるか！」

どれも鮮明に憶えているからこそ、怒り心頭で顔が真っ赤に紅潮した。

「世迷言に付き合うのはここまでだ、ジェイク！　おまえを国家反逆罪で逮捕する」

「いつでも手を貸すぞ、アドルフ。そいつの言う司法の場とやらにお望みどおり連行してやろうじゃないか」

柱の陰から不敵な笑みを浮かべたクライスが姿をあらわした。

ジェイクはまったく動じなかった。

「やはり思ったとおりだ。君たちは元貴族と財閥という家柄に揃いも揃って胡坐をかいているだけだ」

「家柄を誇って何が悪い。何度も言うが、僕には孤児の妬みにしか聞こえないがな」

クライスの登場にアドルフは余裕を取り戻していた。

「それが君の帝王学だろ。だが、その考えはヒトラーの偏狭な思想と何も変わらない。五人の一件だって、ユダヤ人やロマ族を虐殺したナチスと一緒だ！」

ふたたびアドルフの顔色が変わった。

「馬鹿な男だ。まったく現実が見えていない。だったら教えてやるよ、おまえが恋焦がれている女がどうなったか」

「（えっ！）…………」

「人は家柄に相応しい相手と結ばれるのが運命なんだ。そうだろ、クライス？　めでたくジュリアとベッドを伴にしたのだから」

「おいおい、こんなところでよせよ、照れるだろ。もっとも彼女の方は、記念すべき初夜を残念ながら薬で眠っていたからな」

にやつくアドルフの横で、クライスが頭を掻きながら照れ笑いを浮かべた。

「（薬で眠っていた⁉）…………」

ジェイクの脳裏にルイーザの沈痛な顔が甦った。

彼女が口にできなかったほんとうの理由がわかり、自分が大きな勘違いをしていたことも悟った。ジュリアとクライス、元々ふたりの間には何もなかったのだ。それを実の兄と幼馴染が——、傷ついたジュリアを想うと胸は張り裂けんばかりに苦しく、目の前に立つふたりの男が心底憎かった。

「ふざけるな！」

突然、背後から凄まじい怒鳴り声が響いた。

「アドルフ！　おまえ自分の妹に何ということをしたんだ！　クライスとか言ったな、貴様それでも男か！」

　あらわれたのはジェイクが心配で後をつけてきたヤンだった。

　盗み聞いた話に全身が怒りに震え、今にも飛び掛からんばかりの形相だ。

「やれやれ加勢があらわれたのでは仕方ないな。ふたり揃って逮捕するか」

　懐から拳銃を取り出したアドルフが、その銃口をまっすぐジェイクに向けた。

　クライスもポケットに忍ばせたフォールディングナイフを手にヤンと対峙する。

　その場で身構えたヤンに対し、ジェイクは無言のままアドルフに近づいて行った。

「止まれ！　これは脅しではないぞ」

　それでもアドルフを睨みつけたままジェイクは更に歩を進める。

　自分に向けられた銃口が震えているのがわかった。だが、指はしっかりと引き金にかかっている。

　この至近距離ならよもや外すことはないだろう。

「ジェイク、やめろ！」

　ヤンが悲鳴に似た叫び声を上げ、クライスは恐怖のあまり一歩二歩と後退った。

　かっと目を見開いたアドルフが指を引く瞬間、その目の前でジェイクが持っていた傘を勢いよく広げた。雨の滴が飛び散るのと同時に、閉ざされた視界の向こうからバーンと乾いた銃声が雨音の中に鳴り響いた。

　すぐさま閉じた傘で拳銃を払い落とすと、ジェイクはアドルフの横っ面を思いっきり殴りつけた。

　もんどり打って倒れたその身体に跨ると、怒りに身を任せ何度も何度も拳を振り下ろした。

流血でぐったりしたアドルフから離れた時、左肩の激痛に気づいて出血しているのがわかった。かすめた弾丸が少しずれていたら心臓を撃ち抜かれていたかも知れない。傷の痛みよりアドルフが本気だったことが辛かった。

「危ない！」ヤンが叫んだ。

咄嗟に振り返った先にナイフを手にしたクライスが迫っていた。

刺される！　そう覚悟した時、人影がクライスへ体当たりするのが見えた。

ジェイクは間一髪のところで横っ飛びに身を挺したヤンに救われた。

もんどり打って床に倒れ込んだふたりはそのまま激しい揉み合いとなり、ナイフを振りまわすクライスとそれを奪い取ろうとするヤン、重なり合ったふたりの身体が上へ下へと転げまわった。

「うっ！　………」

呻き声とともに折り重なったふたりの動きが止まった。

クライスの下敷きになったヤンが目を見開いたまま微動だにしない。

やがてクライスの身体が横に崩れ落ち、そのままぐったりと仰向けになった。その胸には奥深くまでナイフが突き刺さっている。何が起きたのかわからぬまま立ち上がったヤンは、鮮血に染まった自分の手を見て茫然とその場に立ち尽くした。

「（!）……クライス！」

駆け寄ったアドルフが抱き起こしても幼馴染の義兄はピクリとも動かなかった。

「貴様が殺したんだ！」

響き渡る絶叫にヤンは何度も首を振って、無言の否定を続けた。

「それは違う！　ヤンは僕を守ろうとしただけだ」

彼の助けがなければ自分が殺されていた。

拳銃とナイフから身を守る、これは誰が見ても正当防衛ではないか。

「そんな言い訳が通用するか！」

アドルフが拳銃を拾い上げようとすると、

「こんな奴に捕まってたまるか。ジェイク、逃げるぞ！」

ヤンがひと足早くそれを奪い取り、ビルの外に向かって走った。

「ヤン、待つんだ！　逃げては駄目だ！」

逃げれば罪を認めたことになる。アドルフの思う壺だ。

だが、気が動転したヤンは、激しさを増す雨の中へとひとり走り去ってしまった。


アドルフは逮捕したジェイクを大統領親衛隊本部に連行し、そのまま身柄を留置した。

警察の余計な介入を阻止して自らの主導で事を進めるためだったが、その思惑はある新聞社の勇気ある報道で大きな狂いを生じることになる。

銀行家殺害の容疑で全国に指名手配となったヤンから自らの潔白を主張する――ジュリアのことには一切触れていない――手紙と、物的証拠となる親衛隊の拳銃ブローニング・ハイパワーが自由新報に送られて来たのだ。

編集長のジュリアスは臆することなくこのことを記事にした。もちろん容疑者であるヤンの主張は司法の場でその真偽が判断されるべきだとし、そのためにも一刻も早く自首をするよう呼びかける内容だった。

一方、手傷を負ったジェイクは明らかに潔白であり、身柄の即時釈放と大統領親衛隊による違法逮捕を糾弾することも忘れなかった。この記事によって世論は大きく動き出し、日頃の親衛隊の横暴に不満を抱いていた国民に反政府の気運が一気に高まった。

苦悩しながらも弟の無実を信じるメイルは、シーザーと慕うジュリアスの公正な判断に希望の光を見出した。すぐさま労働者連盟の本部を取材し、大統領暗殺計画と幹部五人の射殺を徹底的に調べ直した。その傍らにはいつもジュリアスの姿があり、メイルにとって彼はいつの間にか上司以上の存在になっていた。

アドルフは世間の反感など初めから黙殺するつもりだったが、まったく予期しないところから横槍が入った。ガルシェスク自身がジェイクの即時釈放を厳命したのだ。この時、ガルシェスクには表立って世論を敵に回せない事情があったのだ。

晴れて釈放となったジェイクが最初に向ったのは自由新報だった。メイルの紹介で初めて会ったジュリアスはどこかフェレンツ議長を彷彿させる印象だった。

釈放のきっかけとなった記事への感謝を伝え、ヤンが書いた手紙に目を通した。

「すべてここに書かれているとおりです」

その言葉に、メイルは両手で顔を覆うと安堵の涙を流した。

あの場の伏線ともなった幹部五人の虐殺についても、ジェイクは知り得る限りの事実をふたりに伝えた。

ジュリアスは目の前の青年が敢えて〝虐殺〟という言葉を使った真意を理解し、

「リットンの戯曲『リシュリュー』の引用だが〝偉大な人間の統治の下では、ペンは剣よりも強し〟だ。それは私たちの役割でもある」

真剣な眼差しをジェイクに向けた。

「でも、大統領が偉大な人間かどうか………」

となりで伏し目がちにメイルが呟いた。

「〝武器は説得に屈服する〟これはキケロの『義務について』の引用だがね。報道を通じて諦めずに説得し続けるのだよ、メイル」

やはりこの人はフェレンツ議長と一緒だ、ジェイクはそう思った。

〝正しいと思うことを主張し続け、たとえ国家権力と衝突しても怯むことなく人々に訴えていかなければならない〟――初めて会った時の彼の言葉が鮮明に思い出される。

「でも、私のことをリットンやキケロとは呼ばないでくれよ。陰でシーザーと呼ばれていることくらい知っているぞ」

わざと仏頂面をしたジュリアスにメイルがはにかんだ。

ジェイクにはその顔がまるで少女のように可愛らしく見えて、思わずそこにジュリアの笑顔が重なった。早く逢いたい、何も言わずにただそばに居てあげたい。そう思わずにはいられなかった。

4

〜一九四六年七月〜

窓外に夕闇が迫る頃、ガルシェスクは大統領執務室にひとりの紳士を招き入れた。

「こんな時に呼び出してすまない」

歩み寄ると、いつもの握手の代わりに紳士の肩を抱き寄せた。

「心からお悔やみ申し上げるよ、ホッブス」

ソファに座るよう勧めて、バランタイン三〇年を自らグラスに注いだ。

「ルシュトフ、なぜこんなことになったのか。私には未だに理由がわからないのだ」

憔悴しきったザイツェフが大きくため息を吐いた。

自分の右腕として銀行経営に才覚をあらわし始めた息子が、ひとりの男の凶刃に命を奪われてしまった。しかも、その犯人は労働者連盟の幹部でロマ族出身だという。なぜ、そんな男と言い争いになり殺されなければならなかったのか、いくら考えてもまったく理解できずにいた。

「自由新報に載った犯人の手紙など誰が信じられるか！」

一気にグラスを飲み干すと怒りをぶつけるように声を荒げた。

「犯人は必ず逮捕するから待っていてくれ」

「もちろんだ！　奴の処刑をこの目で見るまでは死んでも死に切れん」

空になったグラスの底に浮かぶ犯人の顔を睨みつけた。

ガルシェスクは二杯目を注ぎながら、

「クライスの葬儀なのだが………」

遅かれ早かれいずれわかることだ。

やはり話しておくべきだろう、と思った。

「すまないがルイーザとジュリアは欠席させてもらう」

「（？）……ふたりともかね」

縁戚となったガルシェスク家が揃って参列しないのが解せなかった。

「ふたりとも屋敷を出て行ったのだよ」

「（！）まさか………」

やはりホッブスは何も知らない。

父親として無責任に過ぎるぞ――いや、そういう私も一緒ではないか。

「どうやらジュリアとクライスは一夜を伴にしたらしいのだ」

「えっ！　……何と可哀想なクライスよ、これからという時に………」

ザイツェフはあまりに息子が不憫で涙を流さずにはいられなかった。

何も知らない友人にどこまで話してよいものか――、娘の名誉もある。ガルシェスクはこの瞬間も迷ったが、心のどこかに娘を辱めた男を責めたい気持ちもあった。

「違うのだ！　ジュリアはアドルフに薬を盛られたのだよ。そこにクライスが……」

席を立ったガルシェスクが窓辺で項垂れた。

「ルシュトフ、悪い冗談はよせ！　眠っている間にクライスが襲ったとでも言うのか？」

死んだ息子の名誉を汚されたことが我慢できなかった。

だが、一国の大統領として常に威風堂々とした男が、今は打ち拉がれた父親にしか見えない。そのことがすべてを物語っていた。

「ほんとう……なのか？」

「ルイーザがアドルフに手を上げるのを初めて見たよ、〝恥を知れ〟とな。ジュリアが堪え切れなくなって母親にすべてを打ち明けたのだ。私もアドルフを問い質して後で知ったことだ」

「何ということだ。息子のしたことをどう詫びればよいか……」

「すべてはアドルフの仕組んだことだ。私も息子の育て方を間違ったのかも知れない」

複雑な心境にガルシェスクが苦渋の表情を浮かべた。

自らの考えを帝王学として教え諭したつもりだったが、アドルフには帝王学によって目指すべき理念が何もなかった。いつしか帝王学そのものが目的となり、主従関係は従う者への偏見の象徴に過ぎなくなった。

大統領家の内実を知ったザイツェフは複雑な心境だった。

「ふたりは今どこに？」

「ルイーザは察しがつくが、ジュリアはどこに居るかまったくわからない」

「ふたりが無事に戻ることを願っているが、それにしてもクライスはそのために殺されたのか？」

「それはわからん。あの場にジェイクが居たことを考えれば親衛隊による射殺事件が発端だったのだろうが、まったく無関係ではないと思うのだ」

ふたりの父親は無言のまま虚空を見つめ、苦悶の中でまとまらぬ考えを巡らした。

やがてザイツェフが観念したように、

「自由新報の記事はほんとうかも知れないな」ぽつりと呟いた。

「（そのとおりだ）…………」

「だが、それでも犯人を許すわけにはいかぬ。そうだろ、ルシュトフ」

「もちろんわかっている。必ず逮捕して断罪に処すさ」

この日初めて、ガルシェスクにいつもの鋭い眼光が戻った。

牧童だったロマ族の男を見せしめにして、無知な国民どもの目を覚まさせなければならない。そうしなければ近づきつつある脅威に、アルドニア共和国はきっと耐えられない。

これが帝王学なのだ――ガルシェスクはアドルフにそう言いたかった。


――ジェイクは釈放後、フェレンツ亡き後の労働者連盟の運営に奔走していた。暴発寸前の労働者たちを説得しながら、それでも時間を見つけてはジュリアとヤンの捜索を続ける苦難の日々が続いていた。

ルイーザがやって来たのはそんな八月の暑い日のことだった。

「ジェイク、突然でごめんなさい」

疲れた様子にも声には張りが感じられた。

「養母さん、大丈夫？　色々なことがありすぎたから心配していたんだ」

ジュリアを襲った悲しい出来事とその後の失踪、ガルシェスクへの失望と別れ、そして親類となったザイツェフ家クライスの死——次から次へと不幸な出来事の連続で、ルイーザが心労で倒れるのではと心配でならなかった。

「大丈夫よ、ジェイク。神様は乗り越えられない試練はお与えにはならないわ」

そう言って、いつものように優しく微笑んだ。

クライスの葬儀になぜ義母は来ないのかと騒ぎ立てるポーラの声が聞こえた時、自分と同じように離れた場所から祈りを捧げるルイーザの姿をジェイクは目にしていた。

やはり彼女はどこまでも善なる魂の持ち主だ。最愛の娘を虐げた男にさえ哀悼を捧げる姿に、ジェイクはオグリオット院長の慈愛と重なるものを感じた。

そのルイーザの澄んだ目がまっすぐジェイクを見つめた。

「今日はあなたにお願いがあって来たの」

「安心して、何でも言うことを聞くから」

「ありがとう。実はジュリアの居場所がようやくわかったの」

「えっ！　……」

自分でも驚くほどの大声だった。

「ルフトヤーツェンにいるらしいわ。昨日、べべから連絡があって」

「どこも怪我していないんだね？」

「大丈夫、今は元気でいるらしいわ。でも、ジュリアから口止めされていたって……。それと最初はひとりになると泣いていることがあったので、何も聞かずにしばらく様子を見ることにしたようだわ」

理由を知る彼女は娘の心情を思い言葉に詰まった。

「べべ爺さんの優しさはルフトヤーツェンそのものだから。やっぱり年の功ってやつかな」

「そうね、ふふ」

無理をした気遣いの微笑みに見えた。

「それで、ジェイク兄さんは何をすればいいの？」

元気づけようとべべ爺さんに掛けて茶化すと、

「大変な時期に悪いのだけれど、あなたにジュリアと逢って来て欲しいの」

ルイーザがふたたび真剣な眼差しを向けて来る。

「わかったよ、養母さん。僕も早くジュリアに逢いたいと思っていたんだ。すぐにでも出発するよ」

「ありがとう、ジェイク。ただ、あの娘は……あなたと逢いたがらないかも知れない。それでも許してあげてね」

「大丈夫だよ、養母さん。僕は義兄として逢いに行くんじゃない、ジェイコフ・ストヤノフというひとりの男として逢いに行くんだ。何があってもジュリアはジュリア、何も変わらない。そのことを伝えたくて行くのだから」

「！　………」

この子はすべて知っている、——ルイーザはそう思った。

ジェイクにとってあんなことは歯牙にもかけない、どうでもよいことなのだ。すべてをあるがままに受け入れ、あるがままに包み込む、まるでルフトヤーツェンの大地のようなジェイクだからこそ、ジュリアは恋をし、深く愛したのだ。

この子ならきっとジュリアを救ってくれる。母としての微かな祈りが天に届いたように思えて、ルイーザは安堵の嬉し涙を流した。

——十年ぶりに故郷へ戻ったヤンは当時暮らした小屋の前に立っていた。

歳月は容赦なく、かつての我が家は無残に朽ち果てた姿を晒していた。父デロイが務めた牧童頭の住居は、今は牛舎の遥か反対側にあるようだった。

雨露さえ凌げればと入った部屋は埃まみれで、中央に懐かしいテーブルがひとつ残されていた。あの日、姉のメイルがジェイクへ宛てた手紙をそこに置いたのだ。

眩しいほどの陽射しを浴びながら牛追いをする父の頼もしい姿、作業の合間に奏でたカヴァルとガドゥルカの音色、そして大勢の仲間と過ごしたルフトヤーツェンの日々が、今は遠い昔のように感じられて、ヤンは佇んだままひとり噎び泣いた。

あの日に戻りたい、もう一度やり直したい、そんな思いが胸を過ぎる。だが、それはこの十年という歳月を自ら否定することに他ならないとも思う。ジェイクとジュリアとの出会いはもちろん、再会してからともに過ごした時間も掛け替えのない宝物だ。何としてでも身の潔白を証明して、ふたりに相応しい友人であり続けたい。

そのために自分が為すべきことは、やはり自由新報の記事のとおり自首することなのだろうか。そこに姉メイルの思いがあるのもわかっている。それでも、送った告白文が信じてもらえないという不安を拭い切れなかった。

考えあぐねているうちに逃亡による疲労と我が家に戻った安堵感から、いつしかヤンはローソクの炎を吹き消すことも忘れ寝入ってしまった。

翌日、目が覚めたのは太陽が既に真上に昇った頃だった。

空腹を感じて、まずは当座の食料を調達しようと外へ出ると、

「（えっ！）………」

扉の端にミルクとパンが山ほど積まれていた。

昔の仲間が、ロマの人々が、ヤンの帰郷に気づいて身を案じ置いていったに違いなかった。すぐにでも感謝を伝えに行きたかったが、指名手配の自分が彼らと接触すれば必ず迷惑をかけることになる。

ヤンは心の中で手を合わせるしかできなかった。

そのまま誰とも顔を合わさずに数日が過ぎた頃、ヤンは思いも掛けない男の姿を目にした。それはベベ爺さんの家のそばでのことだったが、怪しい男が周囲を気にしながら中の様子をうかがっていたのだ。

その場を立ち去ろうと男が振り返った時、

「イワン！　………」

思わず声が出て、ヤンは慌てて茂みに身を隠した。

大統領の暗殺を謀って逃亡したイワンがルフトヤーツェンにいる。その理由は見当もつかなかったが、妙な胸騒ぎがして男に悟られぬよう後をつけることにした。

イワンは時折まわりを気にしながら、それでも一切迷うことなく進んで行く。きっと身を隠しているねぐらがあるに違いない。一定の距離を保ちながらしばらく行くと、彼がどこを目指しているのか察しがついた。

そこは牛舎から遠く離れた一軒の納屋で家畜の屠殺に使われる場所だった。雑木に囲まれ陽も当たらないその納屋は、雨風も凌げない粗末な造りで人が隠れ住むとは誰も思わないだろう。

十年前、アドルフがジェイクを罠に嵌めた場所でもあった。そこにイワンが身を隠している。ヤンの中で不吉な予感が更に大きく膨らんだ。

まさにその納屋へイワンが消えると、ヤンは躊躇なく中へ押し入った。

「イワン、こんなところで何をしている！」

「！　………」

突然の侵入者に振り返ったイワンの手には拳銃が握られていた。

「おい、驚かすなよ。危なく引き金を引くところだったぜ」

侵入者がヤンとわかって安堵の表情を浮かべる。

「君がなぜこんなところにいるんだ？」

「そういきり立つなよ、ヤン。お互い指名手配の身だ、義勇軍の頃のように仲良くやろうじゃないか」

寄り集められた藁の上に胡坐をかくと余裕の表情を浮かべた。

「此処はガルシェスクの領地だぞ。使用人たちに見つかればただではすまない」

「百も承知だよ。やることをやったらすぐに消えるさ」

底意地の悪い目はまるでヤンの反応を楽しんでいるようだ。

「俺は仲間を四人も殺されたんだ。だから、ガルシェスクの一家四人を皆殺しにしてやると決めたのさ。フェレンツの分はジェイクでどうだ？　これで帳尻が合うだろ」

そう言うと、ルフトヤーツェンまで来た理由を嬉しそうに話し始めた。

ガルシェスク暗殺の未遂を契機に奴とアドルフの身辺警護が厳しくなって頭を悩ませたイワンは、その前月に突然家を飛び出した娘がバルツォーク市内を転々としながら最後はこのルフトヤーツェンにいるのを思い出した。

ならば、まずはこの娘から血祭りに上げてやろうではないか。

それがイワンの出した答えだった。

「ジュリアがルフトヤーツェンにいるのか？　だったら諦めろ！　そんなことは僕が絶対にさせない」

怒気鋭くヤンが言い放った。

自分がこうして故郷へ戻って来たのは、ジュリアを守るという天命だったのだ。

「おいおい、どうした？　そんなに血相を変えて。おまえだってガルシェスクに恨みがあるんだろ？」

「だからと言って殺してよいはずはない。ましてや家族まで巻き込むなんて、そんな馬鹿な真似はよせ！」

「人殺しのおまえに言われたくはないな。それとも今度は俺を殺るか？」

「言って駄目なら、殺してでも止めてみせる」

まなじりを上げゆっくりとにじり寄った。

鬼気迫る気迫に、それでもイワンはまったく動じなかった。立ち上がるや笑みを浮かべると、ふたたび拳銃を構えた。銃口が真っすぐこちらに向けられている。ヤンは、それが義勇軍時代に目にしたワルサーp38だとわかった。

素手で立ち向かうなど正気の沙汰ではないが、銃声を聞けば同胞の仲間が警戒してくれるに違いない。それでジュリアが助かるなら自分の命はどうなっても構わない、そう覚悟していた。

その時、納屋の扉が蹴破られ、いきなり数名の男たちが飛び込んで来た。全員が農作業で使うホークを手にしている。

「ヤンから離れるのじゃ！」

今度は身構えたべべ爺さんがイワンににじり寄った。

「そんなものでこのワルサーに勝てるとでも思っているのか？　老いぼれが！」

イワンは突然の侵入者たちに一瞬怯んだものの、すぐさま攻勢に出ようとした。

「おまえさんの言うとおりわしは老い先短い老人じゃ、命などそれほど惜しくはないわ。だがな、わしを撃った瞬間に他の者が一斉に飛び掛かって、おまえさんは串刺しにされるぞ。その覚悟があるなら撃つがよい」

深く刻まれた皺の中で、老人の目が鋭く光った。

「そ、そんな脅しが通用するとでも思っているのか！」

老人の迫力にイワンはすっかり気圧されてしまった。

「わしらロマの者にはどの民族よりも強い絆がある。家族も同然なのじゃ」

気が付けばにじり寄る男たちがイワンを取り囲んでいた。

「お若いの、悪いことは言わん。このまま立ち去るのじゃ」

老人がそう言って、扉の方を指さした。

この状況ではイワンも黙って従うしかなかった。

去り際に「俺は諦めないぞ！」、そう捨て台詞を吐いて悔やしそうに納屋から出て行った。

「べべ爺さん、みんな、ありがとう。お蔭で助かったよ」

「十年経ってもデロイの倅には世話をかけられるのう」

皺の中に埋まった細い目が優しく微笑んでいた。

「牧童のひとりが誰もいないデロイの家に明かりが灯っているのに気が付いての、中を覗いたらヤンが居ると言うではないか。わしらも新聞くらいは読むで、すぐに察しがついたわ。だが、安心せい。わしらはみんなおまえさんのことを信じとる」

老人がぴょんと爪先立ってヤンの頭を撫でまわした。

成長した目の前の青年は、今でも我が子同然だった。

ヤンは感極まって溢れ出た涙を拭いながら、

「ジュリアが此処に居るって、ほんとうかい？」

やはり一番気になることを尋ねた。

「六月の中頃じゃったかな、突然お越しになられての。最初はすっかり元気を失くされていたのが最近ようやく笑顔が戻られたというに、そこへおまえさんの事件じゃ。毎日沈んだ顔をされているから、おまえさんが此処に居ることはまだ話とらん。早くお会いして事情を話すがよい」

先ほどとは打って変わって、老人が不安気な表情を浮かべた。

ヤンも一刻も早くジュリアに逢いたかったが、クライスの一件をどう説明すればよいのか、いや、説明などできるわけがなかった。それを知れば、彼女が負った心の傷はこれから先も癒えることはないだろう。

「べべ爺さん、みんな、理由は言えないが、僕がここに居ることをジュリアには絶対に言わないで欲しい。頼む、このとおりだ！」

深々と頭を下げるヤンの姿に居合わせた全員が言葉に詰まった。

理不尽にも追放されたデロイ一家がその後どう生きて来たのか、死んだ銀行家の青年との間に何があったのか、どうしてヤンは仲のよかったジュリアを拒絶するのか、わからないことが多過ぎる。それでも目の前で懇願するヤンを見て詮索する者はひとりもいなかった。べべ爺さんも黙って頷くとヤンの願いを受け入れることにしたのだった。

——灯りに吸い寄せられるように俺様を頼って一匹の蛾が迷い込んで来た。まるで自分が光り輝く希望の灯りになった気分だが、頼もしいはずの輝きはその熱量の強さが増すほどに蛾を死へと誘うのだ。バタバタと羽音をさせながらもがき苦しみ、やがて動きが止むその刹那、全身に駆けめぐる恍惚の快感は味わった者にしかわからない。

ギルダシ川に浮かんだキリエンコ、処刑場に露と消えたゲラシチェンコにオルバン、そして、ここにまたひとり手を挙げて加わろうとする獲物があらわれた。コストノフはそのことが嬉しくてならなかった。

イワンから連絡があったのは八月最初の雨の晩だった。待ち合わせの場所にあらわれたその姿は濡れ鼠のように惨めで、まるで生気を失った浮浪者も同然だった。この男が六年前は全学連の議長まで務め、つい最近には大統領の暗殺まで謀ったとは俄かには信じられなかった。

それでもしばらくは匿おうかと考えたのは、イワンが持って来た情報と何よりもその目が依然として死んでいなかったからだ。憎しみに燃えたぎった眼光に自分と重なるものを感じ、いつかこいつを使える時が来るとコストノフは直感した。

聞き出したヤンの居所だけを主人に報告し、その指示で久し振りに大統領親衛隊本部を訪れた。

「よく知らせてくれた、コストノフ」

義兄クライスの仇が見つかって、アドルフは素直に喜んだ。

「裏舞台稼業と申しますか、日頃から労働者連盟に内通者をつくっておいたのが奏功しました」

内心ほくそ笑みながら、しれっと嘘を吐いた。

「うむ、それでよい。どうも父さんは表舞台で物事を進め過ぎる」

「アドルフ様、そのために私がおります。ただ、最近の大統領閣下はひと頃と比べ少々優しくなられましたな。まさか逃亡犯を射殺ではなく逮捕しろとは」

三白眼を更に上目遣いにして探るような視線を向けた。

「西洋列強の民主的な指導者と肩を並べた気でいるのだろうが、劣等な国民はもっと締めつけを厳しくしないといつ足をすくわれるかわからない」

「まさに仰せのとおりです。アドルフ様もいつでもこのコストノフをお使い下さい」

ガルシェスクにするのと同様に慇懃に芝居染みた一礼をして、コストノフは後退りながら部屋を出て行った。

アドルフは満足気にその姿を見送ると、親衛隊の精鋭を集め速やかにルフトヤーツェンへ向かうよう命じた。射殺が叶うなら自ら出向いて止めを刺してやりたいが、残念ながら父親の命に背くわけにはいかない。必ず生け捕りにするよう部下に命じなければならないことに忸怩たる思いだった。

——久し振りに訪れたルフトヤーツェンは、あの頃のように蒼い空と緑の大地がどこまでも続いていた。遥か遠くに見える山々の稜線も少しも変わらずに雄大に広がる裾野へ清河を伸ばしている。

豊かな自然とそこに息づくすべての生命が輝くのがルフトヤーツェンだった。だからこそ傷心のジュリアも見えない力に誘われ此処まで来たのに違いない。

べべ爺さんへの道すがらジェイクはそう思えてならなかった。

「久し振りじゃのう、ジェイク。こんなにでかくなりおって首が疲れるわ」

そろそろ迎えが来る頃と待ちかねていた老人は、すっかり逞しくなったジェイクを大袈裟に見上げた。

「すっかりご無沙汰しました、べべ爺さん」

小さな身体を抱擁すると懐かしい牧草の香りが心地よかった。

「お屋敷に連絡したら奥様がほかに移られたと聞いてたまげたが、人間生きているうちには色々なことがあるものじゃ」

老人は自分に言い聞かせるように何度も頷いた。

すべてのことをあるがままに受け入れ長い歳月を重ねて来た老人にとって、その時々の杞憂は実にとるに足らないものだった。万物は在るべきところに在り、変幻さえも偶然ではなく必然と考える、そんな所懐(しょかい)はロマ族の血脈に受け継がれたものかも知れなかった。

「でも、べべ爺さんが連絡をくれたお蔭で養母さんも安心したようだった。ほんとうにありがとう。で、ジュリアはどこに？」

「普段は離れだが、生憎と今は遠乗りに出ておる」

「わかった、僕も行ってみよう。馬を借りるよ！」

言うが早いか、ジェイクが馬に鞍を乗せ始めた。

「そう急がんと少し待っとれ。ルフトヤーツェンはどこにも逃げはせん」

そう言って、老人がひとりで家の中へと入って行く。

しばらくしてあらわれた時には大きなリュックを抱えていた。

「必要なものを詰めておいたわ。二、三日ゆっくり話をして来るといい。語り尽くせぬこともあろうでな」

此処では話しづらいこともあるだろう、そんな老人ならではの気遣いだった。

「ありがとう、べべ爺さん。じゃ、行って来る！」

鞍に荷物を括りつけるやすぐに馬を走らせた。

「そんなに急いで落ちるでないぞ！」

自分より遥かに時間があるというのに若い者はいつも先を急ぎたがる。それが老人には不思議だったが、先の短い自分が急がないというのもそれはそれで滑稽な気がした。

微笑みまじりの吐息を吐きながら老人は、この時もうひとりの若者のことを思っていた。そばにいることを打ち明けるべきか迷いがあったが、ジェイクに再会してそんな自分がそれこそ滑稽に思えた。

逞しく成長した若者たちを信じてやることも、年寄りの役目に違いない。あの子らの絆があれば大丈夫、そう思うと胸のつかえが下りた気分だった。

疾駆するジェイクの頭には目指す場所はあそこしかなかった。ジュリアへの恋心に戸惑ったあの日、カヴァルの音色に引き寄せられ辿り着いたあの小高い丘が目に浮かぶ。ジュリアはきっとあそこにいる、そんな気がした。

逸る気持ちを抑え、蹄の音を気にしながら随分と手前から馬の足を緩めた。あらわれた小高い丘の麓に草を食む馬が見えるが、そばにジュリアの姿はなかった。つがいになった馬が嘶きを上げても一向に彼女は姿をあらわさない。

近くにいるのは間違いないと丘に駆け上がろうとした、その時、麓の裏手から何の前触れもなくジュリアがあらわれた。

「ジュリア！」

「！　…………」

ジュリアが凍りついたように動きを止めた。

満面の笑顔でジェイクが近づこうとすると、硬い表情をして後退った。

「（えっ？）……どうしたの、ジュリア」

首を振って、まるで拒絶するように彼女が走り去って行く。

「待ってくれ！　ジュリア、どうしたんだ！」

すぐに後を追った。

〈あの娘は、あなたと逢いたがらないかも知れない〉

ルイーザの言葉が甦った。

追いつきざま腕を掴んだ瞬間、ジュリアは堰を切ったように号哭した。ジェイクはその震える身体を優しく抱き締めた。ひと言も喋らず、ただ黙って抱き締めた。艶やかな黒髪を撫で、小さく震える背中を何度も擦った。

やがて離れようと抗うのを諦めたジュリアだったが、ジェイクの胸に顔をうずめたまま噎び泣きが止むことはなかった。

「ほんとうに心配したんだ、ジュリア。養母さんから君が家を出たと聞かされて、足が棒になるまで色々なところを探しまわったよ」

「…………」

俯いたまましゃくり上げるジュリアが痛々しかったが、それ以上に愛おしかった。

「もう大丈夫、僕がそばにいる」

それでも首を横に振るばかりで顔を上げようとはしない。

「ママは私のことを……どう……」

聞き取れないほどのか細い声だった。

「君の後を追って養母さんも家を出たんだよ」

「(えっ!)………」

泣き腫らした目が見開かれ、そこからまたひと筋の涙が零れ落ちた。

「それからは毎日、君の行方を捜していた。マチルダとふたりで暮らしながらね」

「……私のせいだわ」

「ジュリア、そんなに自分を責めてはいけないよ。みんな君を大切に思っているのだから」

肩を抱いたままつがいの馬のところまで戻ると、

「べべ爺さんがキャンプ道具を一式用意してくれたんだ。今日は満天の星空を眺めながら一緒に野宿だよ」

まるで少年時代に戻ったように大袈裟にはしゃいで見せた。

丘の麓にテントを張って集めた薪に火を起こすと、すぐにパチパチと赤い炎が燃え始めた。ジュリアは膝を抱えたままじっとその様子を眺めていた。ほんとうは一緒に手伝いたかったが、それ以上に女としての後ろめたさの方が先に立ってそばへ近づけない。

いつまでもどこまでも変わらぬ誠実な人――そんなジェイクとふたりでいると、ルフトヤーツェンで自分だけが汚れた存在に思えて来る。この人と向き合うには自分が正直でなければならない。たとえ嫌われてもすべてを打ち明けることが、自分が抱いてきた愛の証しだと思った。

「ジェイク、聞いて欲しいことがあるのだけれど……」

ようやく口にした言葉に、胸は張り裂けそうだった。

「いいけれど、そんなに離れていては聞こえないよ」

薪のそばに座るよう手招きをする。

ジェイクはこの場の成り行きをジュリアに任せるつもりだった。変に気を遣えば、かえって彼女を傷つけることになるだろう。今も、これから先も、ずっと変わらぬ自分がそばに居ることを知って欲しい、それだけを思っていた。

揺らめく炎の前でジュリアの心も揺れていた。となりに座るジェイクの優しい笑顔に決意が揺らいでなかなか話を切り出すことができない。それでも今日が最後になることを覚悟して、少しずつ自分の身に起きたことを話し始めた。

目の前で揺れる炎の中に、一つひとつの出来事がまるで映写機に映った他人事のように浮かんだ。メイルに会うため自由新報を訪れたこと、ふたりの男性からプロポーズされたこと、そうして話を続けるうちに徐々に胸の鼓動が高まるのを感じた。

この先のことは話したくない、そう胸の内で心が悲鳴を上げる。堪え切れずに溢れる涙を拭い、兄から食事に誘われた日のことを訥訥と話すと、とうとう我慢できずに膝を抱いて嗚咽した。

「私は……汚れてしまっ………」

言い終わらないうちにジェイクがジュリアを引き寄せた。

その腕に抱かれながら、彼女はこの瞬間が永遠であって欲しいと祈った。

でも、それは叶わないことだとわかっている。

「こんな私を……ありがとう。でも、私はあなたには……（！）」

ジュリアの言葉を、今度はジェイクの唇がふさいだ。

〝時〟が止まったように長く、とても優しい、ふたりにとって初めてのキスだった。

「ジュリア、辛い話をさせてしまってごめんよ」

ジェイクの目にも涙が溢れていた。

「憶えているかい？　ジュリアが野良犬に襲われた日のことを」

今も残る左腕の傷跡に目をやった。

「あの時、ジュリアを守れたことが嬉しかった。この傷は僕の勲章だよ。でも、今度は野良犬から君を守ってやれなかった」

「…………」

ジュリアは首を振って応えるのが精一杯だった。

やはりこの人はどこまでも優しい。その優しさに甘えてしまいそうになる自分が怖かった。唇を重ね永遠の〝時〟をくれただけで十分だ、そう自分に言い聞かせた。

「見てご覧、とても綺麗だ」

ジェイクは満天の星空を見上げて、彼女を抱いたまま横になった。

ジュリアは寄り添いながら、最後の素晴らしい想い出に感謝した。

「東の空にある矢座を知っているかい？　丁度、白鳥座とわし座の間にあるあの少し暗い星座、あれはヴィーナスの息子とされる愛の神アモールの矢なんだよ」

指し示された方角に確かに矢の形をした星座が見えた。

「あの星座にはこんな神話があるんだ。

昔、三姉妹の末っ子にプシュケという綺麗な娘がいて、その美貌には美の女神ヴィーナスさえ嫉妬をしたらしい。それで息子のアモールに矢を射って醜男とあの娘を結ばせろと命じた。美の女神は何とも酷い神様だ、何しろアモールの矢が刺さるとその人は恋に落ちるというのだから。

悪戯好きなアモールは喜んで寝ているプシュケに矢を刺した。ところが娘のあまりの美しさに見惚れてしまい、思わず手が滑って自分を傷つけてしまう。それでふたりは忽ち恋に落ちてしまったんだ。

アモールは母親に内緒でプシュケと暮らし始めるのだけれど、自分は神の身だから人間に姿を見せるわけにはいかず朝になると必ず姿を隠してしまう。そのことを思い悩んだプシュケはふたりの姉に相談するのだけれど、神と結ばれた妹を妬んでいた姉たちはきっと恐ろしい怪物だから姿を見せられないのだと言い張るんだ。そこまでならまだしも寝ている間に殺してしまえとプシュケを唆しもしたらしい。

姉たちの言葉で不安に駆られたプシュケは愛する夫を疑い、寝ているアモールに近づいてその姿を見ようとランプをかざしてしまう。すると、そこに寝ていたのは姉たちが言う怪物などではなく、天使の羽を生やした眩しいほどに美しい青年だった。

驚いた彼女は慌ててしまい、かざしたランプの油をひとしずく彼の肌に落としてしまった。その熱さに目を覚ましたアモールは自分の姿が見られたことを知って、プシュケに悲し気にこう言い残して姿を隠してしまうんだ。

〝疑いのあるところに愛はいられない〟——と。

アモールはギリシャ語で〝愛〟を意味する言葉なんだ。

プシュケは自分のしたことを心から後悔してヴィーナスに許しを請うのだけれど、ただでさえ嫌いな娘に美の女神はわざと難行苦行を言い渡すんだ。それでも、プシュケはそれを一つひとつ誠実にこなして見事にやり遂げていった。

それを見届けたアモールがふたたびプシュケの前にあらわれて、今度はこう言ったんだ。

〝愛は真心とともにある〟――と。

プシュケはギリシャ語で〝真心〟とか〝誠実〟を意味する言葉なんだよ。

こうしてふたりは今まで以上に強い絆で結ばれ、いつまでも幸せな日々を過ごしました」

辺りはすっかり暗くなっていた。

聞こえるのはそよぐ草が伝える風の音だけで、話し終えたジェイクも、じっと聞いていたジュリアも、ただ黙って星空を眺めた。

東の天上に流れ星が輝いたのをきっかけに、ふたたびジェイクが言葉を継いだ。

「僕はアモールのような愛の神ではないけれど……」

またひとつ、天上に星が流れた。

「ジュリア、僕は君のことを心から愛している」

「！　……」

「君の誠実な真心はずっと僕の救いだった。だからジュリアのいない人生なんて考えられない。これからは義妹ではなく、妻として僕のそばにいておくれ」

「私にそんな資格……（！）」

ジェイクが彼女の唇に指を添えた。

掌でそっと頬を包むと、そのまま優しく唇を重ねた。

「こんな私で……、いいの？」

「〝愛は真心とともにある〟……僕の心はジュリアとともにあるんだよ」

ジェイクが三度目のキスを求め、ジュリアもこれに応えた。

二度のキスよりもっと長く、そして恋人同士のように激しく唇を重ねた。

四度目、五度目、……求め合うキスはもう何度目かわからなかった。

「メイルが言っていたのはほんとうかも知れない」

「えっ？　………」

「この小高い丘は幸福をもたらす恵みの場所らしい」

「……私も、そう思う」

今こうしていることが小高い丘がくれた奇跡だった。

「笛の音に誘われ初めてこの丘へ来たのは、十年前の丁度今頃だった。あの日、午後になってひとりで遠乗りに出た僕のことを、君が見事な手綱さばきで追い掛けて来たんだ」

「うん、あの頃は私の方が乗馬は上手だったわ」

「ふふふ、そうだった。あの時、君が僕に言ってくれたことを憶えているかい？」

「私が言ったこと？　………（！）」

恥ずかしさから彼の胸に顔をうずめ、それでも小さく頷いた。

数えきれないほど何度目かのキスをして、ジェイクは瞳を閉じたジュリアをそのまま抱き上げた。満天の星が煌めく夜空の下で大地に灯るのは、静かに揺らめく焚火のほかは小さなテントだけだ。星々が見つめるその明かりの中にふたりのシルエットが重なり、やがてひとつになって横たわると、大地の星のひとつが静かに光を閉じた。

次の日も、ふたりは手を伸ばせば触れ合えるほど寄り添って一日を過ごした。一緒に水を汲み、一緒に火を起こし、一緒にラムの香草焼きをつくり、一緒にミルクを飲み、パンを互いの口に運んだ。同じ陽射しを浴び、同じ雲を眺め、同じ風を感じ、どちらかが笑えばすぐにふたりの笑い声となった。たえず手をつなぎ、数え切れないほどのキスを繰り返し、二日目の夜は明日には帰らねばならないことも忘れて更に激しく求め合い、互いの愛を確かめ合った。ともに過ごした濃密な時間がふたりから恥じらいを消し去り、幸福に満ちた歓喜の絶頂を何度も与えてくれたのだった。


ふたりがベベ爺さんの家に戻ったのは、三日目も夕方になる頃だった。

老人が庭先に転がった丸太に俯いたまま腰掛けていた。

「ベベ爺さん、今戻ったよ」

ジェイクが帰宅の挨拶をしても、老人は地べたをただ茫然と見つめるだけだった。

「ベベ、どうしたの？」

ジュリアも老人のただならぬ様子が心配になった。

「ヤンが捕まって、連れて行かれてしもうた……」

「ヤン⁉　捕まって……、一体どういうことだい？」

突然出た友の名前にジェイクは混乱した。

ジュリアも呆気にとられた顔をしている。

「昼過ぎに大統領親衛隊を名乗る連中が突然やって来たのじゃ。きっとあの男が密告したに違いない！」

老人は拳で膝を打ちながら悔しがった。

順を追って話を聞くうちに、ふたりにも事のあらましがようやく理解できた。ジュリアをつけて来た挙句に追い払われたという男は、指名手配中のイワンに違いなかった。

腹いせにヤンの居場所を密告したのだ。

「ヤンには自分がいることを口止めされていたが、ふたりが戻った時に話そうと思っていたのじゃ。まさかこんなことになるとは……、すべてわしの責任じゃ。ほんとうにすまなんだ」

老人はすっかり打ちひしがれていた。

「べべ爺さんのせいではないよ。大丈夫、僕が明日一番でバルツォークへ戻って、何としてでもヤンの無実を訴える」

「ジェイク、私も一緒に戻るわ」

「しかし、イワンが……」

「平気よ！　ずっと誰かにつけられている気がして不安だったけれど、正体がわかれば怖くなんかないわ。それにママのところに身を寄せるから安心して」

すっかり以前に戻ったジュリアに、べべ爺さんはもはや自分の出番はないと思った。

ふたりの間にたった三日でこれほどの強い絆が――、考えるだけ野暮というものだ。

一方ジェイクは、止まっていた〝時〟が動き始めたことを感じていた。

〝ガルシェスク〟という絆から様々な出来事に翻弄されて来たこの十五年、すべてはこれから為すべきことへとつながる運命だったのだ。

自らの正義に目覚めさせてくれた生涯の友が命を奪われる窮地に立たされたことも、その正義が本物であることを示せという神が与えた試練に違いない。ならばこの試練を必ず乗り越えてみせる。

そう決意した時、

〈神様は乗り越えられない試練はお与えにはならないわ〉

ルイーザの優しい声が聞こえた。

その瞬間、ジェイクにとってこれまで以上に激しく、そして後戻りのできない最後の闘いが始まったのである。

5

一九四六年九月～

大統領親衛隊本部に連行されたヤンはそのまま留置場に監禁された。

新聞各紙はバンク・オブ・ザイツェフの若き後継者を殺害した容疑者が、大統領親衛隊によって逮捕されたことを大々的に報じた。

だが、殺害の動機や逃亡中の詳しい経緯、逮捕場所などは一切公表されなかった。

ルフトヤーツェンの地名やガルシェスクとの関係、特に元使用人といった情報は意図的に伏せられ、逆に容疑者はロマ族の出身で労働者連盟の幹部としてたびたび反政府運動に加担した共産主義者であるとされた。とりわけ被害者の妹が結婚してわずか二ヶ月後の悲劇だったことも国民の同情心を煽る絶好の材料となった。

すべては政府によるマスコミを使った印象操作だったが、唯一これに反発したのが自由新報だ。アメリカのＡＰ、イギリスのロイター、フランスのＡＦＰといった巨大通信社に宛てて、若き銀行家死亡の背景にアルドニア共和国の大統領暗殺未遂という秘匿された事件があったことを打電し、政府主導の報道に対抗したのだ。

この衝撃的なニュースは瞬く間に世界中に配信され、中央ヨーロッパの小国で何が起きているのかその動向に大きな関心が集まった。悪逆非道な犯罪に極刑を望む国内世論とは逆に、世界は外交ルートを通じてアルドニア共和国に真実の開示を求めたのだった。

それでもアドルフは国内の世論を後ろ盾に速やかな刑の執行を主張し、あくまでも裁判手続きを踏もうとする父親の考えを理解できずにいた。

「父さん、なぜ奴を処刑しないのですか！」

冷静さを失い、苛立ちがそのまま不満となってあらわれた。

「私が何時しないと言った。ホッブスにも誓ったとおり、あの男にはいずれ絞首台に上ってもらう」

自分の息子を値踏みするような言い方だった。

わざわざ容疑者に共産主義者のレッテルを張ったことも、ガルシェスク家との関係を隠蔽したことも、やはりアドルフにはわかっていないようだ。

「以前、私が聞かせた東西間の戦後レジームの話を憶えているか？」

「はい、戦後処理とイデオロギーの対立という話でした。でも、それが何か？」

今回の件がそれとどう関係するのかピンと来ない。

「昨年暮れにイラン北部でソ連の傀儡政権が樹立された。アゼルバイジャンとクルディスタンだ。石油採掘の利権もさることながら、そこには鉄のカーテンの拡張を目論むスターリンの魂胆が見え隠れしている」

目の前の要領を得ない息子を見るにつけ、あの男だったらどんな反応をするだろうかと溜め息が出そうだった。

「十年前、ゲラシチェンコ政権下で外務大臣だった私は、西ヨーロッパを訪問し英仏首脳との会談を成功させた。当時、誰もがアルドニアのような小国が相手にされるわけがないと思っていたのにだ」

「はい、憶えています。歴史的な快挙でした」

「あの会談がなぜ成功したか、わかるか？」

「…………」

答えに窮したアドルフが目を伏せた。

「答えは地政学的に見れば明らかだ。当時、領土拡張を目論むドイツの動向を察知できた我が国は、西側列強にとって格好の衛星国だった。だからこそイギリスではチェンバレン首相までが私を歓待してくれたのだよ」

当時を懐かしむ目をしても、そこには一分の隙もない。

「イランの一件が示すように、今はドイツに代わってソ連こそが西側諸国の脅威なのだ。イランがソ連の介入を国連安全保障理事会に提訴したが問題はまったく解決せず、業を煮やしたアメリカが積極的に動いたことで東西の冷戦はもはや確定的だ。

そのことを踏まえ我が国の状況を考えてみるがいい。鉄のカーテンの内側ではスターリンに靡こうとしないチトーもいるが、対立軸となる自由主義国家はアルドニア共和国だけだ。この厄介な国にソ連が触手を伸ばさぬわけがなかろう。

そうなれば共産化の渦に巻き込まれ、いずれは国家そのものが滅ぶことになる。それだけは西側陣営の結束を以って何としてでも阻止しなければならない。

だが、自由新報のお蔭で、各国の大使館や領事館も情報収集に動き出すなど世界の目がこの国に集まっている。そんな時に独裁国家のような真似をしては結束どころの話ではあるまい。だからこそ形式的にしろ、外形的にしろ、自由主義に相応しい国家の体裁を見せておく必要があるのだ。

民主的な司法の手続きもそのひとつだ。一時の感情に流されては墓穴を掘ることにもなりかねんからな。目先のことしか頭にない国民には時に弾圧も止むを得まい。だが、闇雲に力を誇示するのではなく、目指すべき理念や国家観を大局的に考えた上で用いるのが帝王学というものだ。このことをよく肝に銘じておくのだ、アドルフ」

「…………」

アドルフは黙したまま頷いた。

だが、心の奥底では父親の言うことは大袈裟に過ぎると感じていた。

息子の心情を見透かしたようにガルシェスクが話を続ける。

「更に言えば……」

「十二月には共和国樹立十周年を迎える。これを機に西側諸国の首脳を招いた祝賀パレードを行う予定だ。市庁舎前広場の〝赤い涙〟でな。ナチズムと戦い命を落とした者を称えることで、集まった各国首脳たちの支持と共感を得ることができるだろう。何よりも西側陣営の首脳出席は、独裁者スターリンに大きなインパクトを与えるに違いない」

「父さん、話はよくわかりました。祝賀パレードも大賛成です。ただ、裁判となれば証人喚問など何かと面倒なこともあると思います」

後ろめたさから出た正直な気持ちだった。

「〝形式的にしろ、外形的にしろ、自由主義に相応しい国家の体裁を見せておく必要がある〟、そう言わなかったか」

「………（！）よくわかりました、父さん。万難を排して対処します」

アドルフの顔に今日初めて笑顔が戻った。


——自由新報のジュリアスは目の前の青年の類い稀な洞察力に内心で舌を巻いていた。会うのはまだ二度目だったが、話のやり取りは実に刺激に満ちたものに感じられた。

「ジェイク、君の言うとおり海外の通信社へ記事を配信したことが功を奏したようだ。親衛隊はもちろん大統領自身も慎重な姿勢を見せているよ」

「思ったとおりです。これで少し時間が稼げそうですね」

「それにしてはまだ浮かない顔をしているようだが」

ジュリアスはこの青年の考えをもっと聞きたいという欲求に駆られていた。

そこには新聞社の編集長というプライドなどは微塵もなく、新たな発見をもたらしてくれるその思考にもっと触れたいという純粋な思いだけがあった。

「今の状態は予定調和に過ぎません。なぜなら本音とは裏腹な対応は大統領にとって大きな自己矛盾になるからです。でも、僕の知っている大統領は自己矛盾を孕んだまま行動するような人ではありません。きっと何か考えがあって、しかもそのための手立ては既に打たれているはずです」

そう言いながらとなりにいるジュリアに一瞬目をやった。

「私なら大丈夫よ、ジェイク」

彼が何を心配しているのか、彼女にはよくわかっていた。

裁判になれば、関係者のひとりとして自分が証人喚問されるかも知れない。

この人はそれだけは避けようとするだろう。

「ヤンを救えるのなら何でもするわ」

「いや、ジュリアは関わらなくていいんだ。クライスの死はあくまでも連盟幹部の虐殺が原因なのだから」

争点はその一点に絞り、自分を助けるための不可抗力だったと主張するつもりだった。

「ただ、裁判そのものが問題なんだ。果たしてどこまで正当に行われるか、いや、行われないと思っていた方がいい。陪審員も政府の息のかかった者で占められるだろうし」

「えっ！　それじゃ、ヤンは……」

思わずメイルが悲痛な声を上げた。

「メイル、落ち着いて聞いておくれ。恐らく裁判ではどんな証言や証拠も採用されない。それがわかっているからどこの法律事務所もヤンの弁護を引き受けないんだ」

様々な伝手を頼ってもヤンを弁護しようという事務所はあらわれず、このままだと形ばかりの国選弁護人で裁判を戦わなければならない状況だった。

「それが予定調和ということだな。しかし、なぜそうまでして……、ひょっとして西側諸国の顔色を？」

「そのとおりです」

ジュリアスの言葉にジェイクは相槌を打って自らの考えを話し始めた。

東西冷戦の中でアルドニア共和国が直面する危機を分析し、その打開策について彼が話した内容はガルシェスクの考えとまったく同じだった。

「説得力ある見解だ。大統領も同じ考えだとすると裁判は形式に過ぎないな」

ジュリアスの表情が更に険しくなった。

「打つ手はあります」

「えっ！　どんな？」

メイルとジュリアが同時に声を上げた
「裁判は公開が原則ですが、おそらく傍聴席も政府側の人間で恣意的に占められるはずです。だから、僕は証言だけでなく弁護人の補佐として裁判に立ち会います。そこで得た公判内容を編集長、自由新報で記事にして下さい。もちろん通信社を通じて海外にも配信をお願いします」

「世論の目をもって裁判の不正を防ごうというわけだな」

「そうです。そして、真実を公開することで世論に判決を導かせます」

ジュリアスは大統領の下心を逆手に取ろうというジェイクの考えに目を瞠（みは）った。

「ただ、これは諸刃の剣でもあります。記事の差し止めばかりか、場合によっては自由新報の発行禁止や事業停止を招く恐れがあります」

決して強制できることではなかった。

「ジェイク、初めて会った時にリットンやキケロの話をしたが、私のあだ名は〝人は喜んで自己の望むものを信じる〟、そう言ったあのシーザーだよ。私はヤンの無実を望み、そのことを信じている」

ジュリアスが微笑むとメイルの瞳から涙が零れ落ちた。

「ありがとうございます、編集長。では、僕は労働者連盟に戻って反政府運動の準備に入ります。ヤンの釈放と民主化のための闘争を通じてアルドニア共和国そのものを正すつもりです」

決意の言葉だったが、そばに寄り添うジュリアのことが気掛かりだった。

「心配しないでジェイク。親子の絆は大切だけれど、今は愛と真心の絆をもっと大切にしたいと思っているわ」

その言葉に、ジェイクは彼女の肩を抱き寄せることで応えた。

あまりに自然なその様子がふたりの関係を物語っているようで、メイルは我がことのように嬉しく、そしてちょっぴり羨ましかった。

ジュリアスはそんなメイルを見て、自分でも気づかぬうちに彼女の手を握っていた。精悍な顔に浮かんだ照れ笑いは、それだけで十分に伝わる愛の告白だった。

――小男は通い慣れたお蔭で大統領親衛隊の本部が出入り自由になっていた。

いつものように三白眼を更に上目遣いにして受付を見やると、若い女性職員は身震いがして目を背けたくなった。

「アドルフ様はおいでかな？」

彼女は目を合わせようともせずダイヤルを回して事務的に来客を報せた。

コストノフはいつものことながら愛想の悪い女性職員をねっとりと一瞥すると、仏頂面をしてエレベーターへと向かった。

遠ざかるその後ろ姿に彼女はほっと胸を撫で下ろしたが、それでもすぐに帰宅してシャワーを浴びたい気分だった。

「アドルフ様、此処の受付嬢は替えた方がよろしいのでは？」

「何か問題でも？」

「いつものことながらどうにも愛想が悪過ぎますな」

「他人(ひと)は我が身の鏡、と言うが」

「何をおっしゃいます、私ほど人当たりのよい者はおりませんぞ。今日もそれで知り得た貴重な情報をお持ちしたのですから」

手土産があることをちらつかせながら相手の様子をうかがった。

「ほほう、貴重な情報か」

表情ひとつ変えずに冷静を装った声だった。

それでもコストノフは、眉間の奥でアドルフの目が一瞬輝くのを見逃さなかった。それはガルシェスクに仕えるようになってから頻繁に目にして来たものと一緒だ。策略を弄し昇りつめようとする男に共通の目、その冷徹な眼(まなこ)の奥に潜む残忍さが激しければ激しいほどコストノフは興奮した。

だが、一国の支配者となった主人の目からいつの間にかその輝きを感じることがなくなった。表舞台の政治的な駆け引きばかりが増えたことで、獲物を罠に嵌める裏稼業からは随分と遠ざかっている。いや、遠ざけられている気がした。

苦悶の表情を浮かべた獲物を見て感じるあの恍惚感もとんとご無沙汰だった。最近捕らえた一匹の蛾では小者過ぎて物足りない。端から忠誠心など持ち合わせていないコストノフは、ならばそいつを利用してみるのも一興かも知れないとさえ考えていた。

「どうやら労働者連盟がきな臭い動きを見せているようでして……」

「連盟の連中がまた何か企んでいると言うのか？」

「はい、全国に散らばる連盟の支部で反政府集会を開くようですぞ。同時にバルツォーク市では本部主導のデモ行進が計画されている、ともっぱらの噂です。国会請願に失敗した連中がいよいよ直接的な行動に出てきましたな」

「…………」

「首謀者はフェレンツ亡き後に議長となった男だそうです」

「誰だ、そいつは？」

「ジェイコフ・ストヤノフ――かつてあなた様の義弟だった男ですよ」

「！（いよいよ動いたか）」

アドルフは予感が的中したことを知った。

ヤンが捕らえられたことでいずれこうなることはわかっていた。

「早速、大統領閣下にもお伝えいたしますか？」

「……いや、その必要はない。大統領は共和国樹立十周年の準備に忙しい」

問い掛けに一瞬逡巡したが、ジェイクが相手ならこの手で始末をつけたかった。

「そうでしたか、十周年とは早いものですな。で、予定はいつ頃で？」

「共和国の建国記念日、十二月一日に祝賀パレードを行うようだ。西側首脳陣も数多く列席することになっている。戦後の新しいリーダーが一堂に会するには絶好の機会なのだろう。これも大統領の読みのひとつではあるのだろうが」

ド・ゴールが臨時政府主席を辞任して第四共和政移行で混乱するフランスを除けば、アメリカのトルーマン大統領やイギリスのアトリー首相など西側陣営の首脳たちが列席者に名を連ねていた。

話を聞くうちにコストノフは閃くものを感じ、手土産持参のつもりが逆に大きな収穫を手にした気分になった。

「畏まりました。では、連盟を潰しにかかる時は、何なりとご指示下さいませ」

零れそうになる笑みを堪え、いつものように慇懃な一礼とともに部屋を後にした。

その足でコストノフは繁華街の外れにある安普請のアパートへと向かった。薄暗い部屋の中は埃だらけで、そこに蹲る男はあたかも鱗粉を纏った蛾そのものに思えた。

コストノフが幾ばくかの生活費を渡すついでに何やら耳元で囁くと、暗闇の中で男の目が異様な光を放った。それは、まるで地の底から湧き上がる亡者のようだった。

〝これでいい〟と勝手な妄想を描きながら、コストノフは久し振りに全身の肌が粟立つような興奮を覚えていた。

――公判開始まで接見すら許されなかったジェイクは、法廷にあらわれたヤンを見て絶句した。目は窪み、痩せ細った身体で足を引き摺りながら歩く姿が、取り調べでどれほどの拷問が行われたかを物語っていた。

ヤンは弁護人席にジェイクを見つけると笑みを浮かべた。あの事件以来の再会だったが、変わらぬ友の姿に懐かしさが込み上げた。通常あるべき記者席がひとつもない一見して役人ばかりの傍聴席だったが、それでもジェイクを見たヤンは微かな希望を呼び覚ましていた。

一方、弁護人は威圧的な法廷の雰囲気に呑まれて自信なげに視線を泳がせるだけで、一度もヤンと目を合わせようとはしなかった。罪を認め情状酌量による減刑を求めるべきだとする弁護人は、無罪を主張して真実を明らかにするという弁護方針に渋々ながら従っていたに過ぎなかったのである。

第一回公判は公訴事実と罪状の認否が行われ、検察側は殺人罪の適用とその根拠に被告人が事前にフォールディングナイフを用意していたことを挙げた。一方、弁護側は無罪を主張し、凶器も被害者のもので襲われた友人を庇おうとした結果の不可抗力、つまりは正当防衛であると弁論した。

真っ向から対立する両者の主張から幾つかの争点が浮き彫りとなった。

凶器のフォールディングナイフはどちらが用意したものか。その場に居合わせたアドルフの拳銃ブローニング・ハイパワーをなぜ被告人が所持していたのか。誰がその銃でジェイクを撃ったのか。そして、最大の争点はそもそも被告人と被害者が争った理由は何だったのか。これらの争点について、次回公判で尋問と関係者への証人喚問が行われることになった。

やる気のない弁護人に代わってジェイクは論点を整理し対策を練った。

アドルフは凶器をヤンのものと証言するだろう。あのナイフは市販のものでクライスが所持していたことを証明するのは難しい。拳銃の一件もそれを奪ったヤンがアドルフを狙い、誤ってジェイクに命中したと言い逃れるに違いなかった。

最も重要なのはふたりが争った理由だが、フェレンツ議長と連盟幹部の射殺に対する逆恨みからヤンがアドルフを襲い、それを見て助けに入ったクライスを殺害した。そう主張して、まったく事実と反対の証言を行うことは察しが付いていた。

それだけならまだしもジュリアの件を持ち出してくる可能性もある。愛する女性を奪われた嫉妬と憎悪からクライスを殺害したとなれば説得力も増し、当然その伏線となった事情も法廷で都合よく晒されることになるだろう。それだけは何としてでも阻止しなければならない。

やはりそもそもの発端となった連盟幹部の虐殺を争点にするしかないだろう。そのためには首謀者であるイワンの証言が欲しい。だが、それは望むべくもなかった。

そこでジェイクが考えたのは、フェレンツは大統領襲撃を止めに行っただけだということをよく知る人物、計画の途中で下りたあの連盟急進派の幹部を法廷に立たせることだった。その証言さえあればフェレンツまでを殺害した親衛隊の違法性と、アドルフの証言が偽証であることの両方を証明できると踏んだのだ。

ところが第二回公判を前にまったく想定外の事態が生じた。証言台に立つことを約束した連盟幹部が突然姿を晦ませてしまったのだ。本人の意思によるものか、それとも何らかの事件に巻き込まれたのか、いずれにしても重要な証言を得ることが不可能になってしまったのだ。

その結果、第二回公判の検察官と弁護人の主張はまったくの平行線となり、証人となったアドルフとジェイクの主張もどちらが真実なのか明らかにするには至らなかった。

「検察側の追及によく善戦しているよ、ジェイク」

公判内容を読み終えたジュリアスが労いの言葉を掛けた。

「ありがとうございます。でも、善戦では駄目なんです。疑わしきは罰せず、という原理原則はこの裁判では通用しませんから」

覚悟はしていたが、味わったことのない疲労感に襲われていた。

「だからこそ人々の良心を信じるしかない。すぐに記事にまとめるよ」

ジュリアスがデスクに向かおうとした時、

「編集長！」

息を切らしたメイルが慌てた様子で部屋に飛び込んで来た。

「フェレンツ議長の無実を証明する証言が取れました」

「(!)………」

ジュリアスとジェイクが同時に目を合わせた。

「労働者連盟の職員たちがあの日、議長と急進派の幹部がやり取りしているのを見ていたと言うんです」

「本当か！　よくやった、メイル！」

ジュリアスが拳を振り上げ、周囲の目も憚らずメイルを抱き締めた。

ジェイクも彼女の粘り強い取材に目を見張る思いだったが、ただ手放しで喜ぶわけにはいかなった。

「よく調べてくれたね、メイル。でも、襲撃計画の段階までその一員だった幹部の証言と違って、連盟職員の証言は間接的なだけに説得力に乏しい。フェレンツ議長の無実とヤンの正当防衛のために口裏を合わせた虚偽の証言だ、と検察側は主張するだろうから」

実際に法廷に立つジェイクには、あの場でのやり取りが容易に想像できた。

「そうかも知れない。だが〝真実を公開することで世論に判決を導かせる〟、そう言ったのはジェイク、君だぞ」

「(!)………」

「だから我々はペンの力を信じ、世論を信じようじゃないか。真実と正義は自由新報の記事にこそあるのだから」

「そうでした、ジュリアス編集長。国民の良識と世界中の目を信じ、この裁判は絶対に負けるわけにはいきませんね」

　ジェイクが自らを鼓舞するように力強く答えた。

　第三回公判では、複数の連盟職員が揃ってフェレンツの無実を証言した。しかし、検察側は思ったとおり口裏を合わせた偽証であると主張し、裁判官や陪審員たちも証言そのものを懐疑的に捉えている印象だった。

　それでも自由新報が公判内容を報道し続けたことで、世論の風向きは徐々に変わりつつあった。フェレンツ議長は大統領暗殺を阻止しようとしただけなのに親衛隊によって射殺されたのではないか。その虐殺行為を追及された親衛隊長のアドルフが、ジェイクの証言のとおり怒りに任せて彼を撃ったのではないか。ヤンは手傷を負った友を守るために、ナイフを手に加勢に入ったクライスと揉み合いの末に刺してしまったのではないか。気が動転したヤンはこれ以上友に危害が加わらぬよう拳銃を奪って逃げたのではないか。こうした考えが人々の口に上り始めるようになったのだ。

　この世論を後押ししたのが、もう一方でジェイクが始めた労働者連盟の支部を拠点とする反政府集会だった。組合員たちは政府の圧政に対して労働者の権利回復と民主化を叫びながら、同時にヤンの裁判についても知り得る限りの事実を人々に訴え続けた。

　高まる世論と自由新報の記事が通信社を通じて各国に配信されると、世界の国々もアルドニア共和国政府への不信感を募らせ、ヤンの正当防衛を支持して無罪判決の期待を表明するに至ったのである。

　この予想もしなかった事態に危機感を募らせたアドルフは、何としてでも世論を封殺しなければとすぐさま強硬策に打って出た。全国に散らばる労働者連盟の支部に親衛隊を派遣して職員たちを連行し、自由新報からは公判記録などを押収して即日発行禁止処分としたのだ。

だが、この行き過ぎた弾圧は益々国民の反発を招き、在外公館からも批判の声が上がった。特に英米両大国の大使は本国からの指示で、ガルシェスク大統領との面会を求めるに至ったのである。

——大統領執務室に呼び出されたふたりの男は俯いたまま顔を上げることができなかった。これから受けるであろう叱責に何の言い訳も思い浮かばず、磨き上げられた床をただ黙って見つめていた。

「アドルフ、これがおまえの考える自由主義に相応しい国家の体裁か？」

静まり返った部屋にガルシェスクの冷ややかな声が響いた。

「…………」

「コストノフ、なぜ連盟の動きを私に報告しなかった」

「それはアド……、申し訳ございません」

「トルーマンとアトリーが記念式典の欠席を正式に通達してきたぞ」

「（！）…………」

ふたりは更に項垂れるしかなかった。

「おまえたちの見事な働きで、もはや西側陣営を忖度している意味はなくなったようだ。こうなったからにはアドルフ、裁判を急がせて死刑判決を早急に出させるのだ」

「えっ！　それでは……」

「手は打つ。連行した連盟職員の中からすぐに急進派の者を選び出せ」

「わかりました。でも、何のために？」

「共産主義者がアルドニア共和国内に自治政府の樹立を企てたことにするのだ」

ガルシェスクの目に残忍な光が宿るのを見て、コストノフは久し振りに肌が粟立った。

「それならば丁度よい男がおります」

証言台に立つ前に拉致した連盟幹部の男の顔が目に浮かんだ。

「そうなれば西側の連中も尻に火が付くだろう。つまらぬ裁判にこだわってアルドニアがイランの二の舞いになっては困るとな」

ガルシェスクの口元には笑みが浮かんでいた。

その笑顔にふたりは安堵する一方、どこまでも老獪な策略に言葉を失った。

汚名返上とばかりにアドルフはすぐさま命じられたとおりに事を運んだ。記憶から消し去りたい廃屋を共産主義者の巣窟と偽り、誰もいないそのビルにシュレンゲル元帥が自ら率いる部隊を突入させたのだ。敵陣の掃討訓練と聞いていた隊員たちは、実際の戦闘さながらにビルを破壊し尽くした。

アドルフはその様子を、あの日もこうするべきだったと悔やみながら眺めていた。親衛隊が拉致監禁してこの場に連行した男の右足に銃弾を撃ち込み、苦痛にゆがむ顔に向かって「これだけの攻撃に無傷で逮捕というのでは、辻褄が合わんだろ」と嘯いた。

この街中での国防軍出動は市民を動揺させたが、政府は自治政府樹立を企む共産主義者を軍隊が制圧したのだと発表した。実際は国防軍が持ち込んだ武器を押収品だとし、唯一身柄を拘束した犯人がすべてを自白したとも付け加えた。だが、この男がその後どうなったかは、アドルフと親衛隊幹部数名を除いて他に知る者はない。

この事件は在外公館を通じてそれぞれの本国にも伝えられ、これを境にヤンの裁判に対する諸外国の圧力は一気に弱まった。まさにガルシェスクが描いた筋書きどおりに事は運んだのだった。

更に十月三十日、第四回となる公判期日を迎えると、検察側は誰も予想だにしなかった論告求刑を行うという暴挙に出た。当然ながら弁護側は裁判手続きに対する異議を訴えたが、裁判官は即座にこれを却下すると留保した最終弁論の機会さえ認めなかった。それどころか午後には評決に基づいて判決を下す、と一方的に言い渡したのだ。

なす術もなくこの日二度目となる法廷に座ったジェイクとヤンは、法衣を纏った裁判官があらわれ一同が起立しても身動ぎもせず正面を見据えていた。

陪審員の評決は良心の呵責に耐えられなかった一名を除き、十一名の特別多数決でヤンの有罪が答申された。この評決を受け、検察側の論告とまったく同じ内容で判決理由を述べた裁判長が、最後にこう主文を宣した。

「被告人を死刑に処す」

ジェイクは裁判長の声が耳に張り付いて離れなかった。

廷吏に腰紐を引かれ退廷していくヤンがジェイクに笑みを浮かべ小さく頷いた。ジュリアを法廷に立たせずにすんで安堵したかのような顔だった。

その誇らし気な姿が扉の向こうに消えた時、ようやくジェイクは我に返った。そこが法廷であることも忘れて何度も友の名を叫んだ。警備員に羽交い絞めにされても声の限りに叫び続けた。だが、その声は静まり返った法廷に空しく響くだけだった。

――ルイーザは、とうとう恐れていた〝時〟が来た、と思った。そのことをきちんと伝えようとするのが、決して不都合な現実から目を背けないこの子の正義なのだ。

人が人である限り、悪に誘うものを排除できた時、必ず善なる魂を手にすることができる。ジェイクにとって悪とはルシュトフ・ガルシェスクであり、その内にあるものこそが排除すべきものだった。皮肉にもガルシェスク家との絆が謂れのない蔑みに抗う力、ジェイクの正義を育んだ。この十五年という歳月がなければ、愛しい我が子は違った生き方ができたかも知れない。それはまさに〝許されざる絆〟であり、そこに選ばれし人がジェイクだった。

そう考えると我が子がなおさら不憫に思われたが、唯一の救いはとなりでジェイクの横顔を見つめる娘ジュリアの存在だ。奈落の底から救ってくれた人の手を、今は彼女がしっかりと握っている。

愛と信頼に包まれたふたりにルイーザの決意も揺らぐことはなかった。

「ジェイク、あなたは自分の信じる道を進みなさい。それでもあなたとの絆はしっかりとつながっています」

「ありがとう、養母さん」

「パパもいつかわかってくれるわ」

母親の心中を察したジュリアが労わるようにルイーザを抱き締めた。

胸のつかえが下りたジェイクはすぐにジュリアスとメイルに合流した。自由新報は発行禁止となっていたが、ふたりはタイプライターと輪転謄写機を運び出して地下新聞の発行を始めていた。これもドイツ施政下のレジスタンスでビラ作戦を展開したジェイクの発案だった。

「やはり失踪した連盟幹部がポイントになるな。国防軍による鎮圧事件もまったく詳細が伝わって来ないし、生存者一名というのは恐らくその幹部とみて間違いないだろう」

「架空の事件をでっち上げて西側諸国の裁判への介入を阻止する狙いだったのですね」

ジュリアスのジャーナリストならではの視点に、ジェイクも同感だった。

「そのとおり。だから、次の号では幹部の実名を報道して政府を追及する」

「わかりました。では、僕は彼の出身母体である鉄鋼労連を動かします」

ふたりのやりとりにメイルが相槌を打った。

ヤンの控訴が形ばかりの審理で棄却となった時、彼女は弟の死刑判決が確定したことに酷く取り乱したが、それをそばで支えたのはジュリアスだった。

「まだ負けたわけではない。肉親である前にジャーナリストとして何を為すべきか、それを考えるのだ」

そう言って、常に彼女のそばに寄り添い励まし続けた。

それからのメイルは昼夜を問わず取材に走り回り、タイプライターに向かって政府を糾弾する記事を書いた。権力者に都合のよい筋書きの矛盾を喝破し、一つひとつの事実を積み上げ導いた真実を世の中に訴えた。それはかつて彼女がジェイクに伝えたマスコミ論を学ぶ理由そのものであった。

ヤンの裁判や国防軍出動の背後に蠢く政府の陰謀を告発したその記事は、人々の目に触れるやすぐに大きな関心を集め、やがてガルシェスク政権打倒の世論を呼び起こすことにつながったのである。

ジェイクが訪れた鉄鋼労連も、同志の拉致という事実を知ってその怒りは頂点に達していた。建設労連、鉄道労連、出版労連など他の団体も労働者の権利回復と政権打倒の声を上げ始めた。

労働者連盟はジェイクが中心となってこれらの団体を束ね、全学連とも連携して反政府勢力を結集した。こうしてついに第二次救国同盟が結成され、その委員長には亡きフェレンツの遺志を継いだジェイクが就いたのだった。

バルツォーク市は至るところで救国同盟が率いるデモ隊に埋め尽くされ、中止命令を発してこれを阻止しようとする警察機動隊や大統領親衛隊と連日睨み合いが続いた。

この一触即発の状況下、ジェイクは救国同盟の委員長としてガルシェスクとの直接交渉を政府に申し入れた。フェレンツがヒトラーに対峙したようにガルシェスクに立ち向かったのだ。その胸中には大統領の罷免と共和国憲法による新たな大統領選挙の実施を求め、もし聞き入れられなければゼネスト突入も辞さないという覚悟があった。

ところがガルシェスクは交渉の申し入れを完全に無視し、逆にデモ隊を鎮圧するために国防軍を動員したのである。西側諸国が沈黙を守っている今こそ、反政府勢力を根絶やしにするチャンスと踏んだのだ。しかも、翌月に控えた共和国樹立十周年の記念式典を予定どおり行うことを発表し、自らの政権維持を改めて国内外に宣言した。

国民はこれを権力者の暴挙とみなし更に反発を強めた。救国同盟に任せていたデモ行進に自ら参加する者が後を絶たず、その数はあっという間に数千人規模に膨れ上がった。デモ隊はガルシェスク退陣の横断幕や手製のプラカードを掲げて行進し、その足音は地響きとなって市中に広がった。

国防軍に対して数の上で圧倒的に有利なデモ隊は、それでもキリエンコ政権時のような暴動は起こさず沈黙のまま静かに行進を続けた。救国同盟が統率し、〝沈黙の行進〟と後世まで語り継がれることになるこのデモ行進はジェイクの発案によるものだ。

だが、この静かな行進でさえも国防軍は一切容赦しなかった。銃を身構え、警棒を振りかざしてデモ隊をなぎ倒すと、最後は隊列を目掛け催涙ガス弾を放った。

逃げ惑う人々の中で遅れた者は次々に捕縛され、その数は数百名に及んだ。首都の交通網は完全に遮断され企業活動も停止し、軍隊の暴挙によってバルツォーク市は今や粉塵の街と化した。

それでもガルシェスクは十二月一日を迎えると、富裕層を中心とした大統領支持者を市庁舎前の〝赤い涙〟に集結させて記念式典を強行した。広場の周囲には屈強な国防軍が陣取るという念の入れようだった。

この時、〝赤い涙〟を目指して集まったデモ隊は数万人規模に膨れ上がっており、国防軍の防御にも怯むことなく前へ進んだ。それはまるで巨大な沈黙の壁が押し寄せて来るような恐怖を国防軍に与えた。

記念式典を何としてでも成功させたいシュレンゲル元帥は、隊員に攻撃命令を下すタイミングを計っていた。デモ隊が至近距離に入りいよいよ命令を下そうとした時、彼は行進の最前列に思いもしない顔を発見し「はっ！」となった。

義勇軍当時、汚れることも厭わず負傷兵の手当てをしてくれた大統領夫人とその娘が隊列の先頭を歩いている。まさかと思いつつも、慈しみに富んだふたりの姿は忘れようにも忘れられなかった。あの時の感動がシュレンゲルの脳裏に鮮明に甦った。

苦渋の中で、自らの信念を選択したルイーザとジュリアの顔に恐怖心はまったく感じられなかった。真剣な眼差しでまっすぐに前を見つめ、身構える国防軍に向かって静かに歩みを進めて来る。

生粋の軍人であるシュレンゲルもさすがに攻撃するのは躊躇われ、ついには一歩、また一歩と後退（あとずさ）るしかなかった。元帥の姿に隊列をなす兵士たちも——内心ではほっとしながら——じわじわと後退を始めた。

聴衆で埋め尽くされた広場に行き詰まった兵士たちが左右に道を開けると、デモ隊の目の前に〝赤い涙〟の記念式典会場が筒抜けとなってあらわれた。

この時になってようやく押し寄せる沈黙の壁に気づいた聴衆は、まさかの事態に蜘蛛の子を散らすように会場の外へ走り出した。華やいだ楽団の演奏も我先にと逃げ惑う人々の悲鳴にかき消される。

着飾った富裕層の混乱を見て、静かだったデモ隊の一部から鬱憤を晴らすように喊声（かんせい）が上がった。それが引き金となって、猛々しさを増したデモ隊が〝赤い涙〟へと一斉に突進した。救国同盟の制止を振り切って式典会場へとまっすぐ雪崩れ込んで行く。

ジュリアとルイーザはその波に呑み込まれ身動きがとれなくなった。

荒れ狂った群衆に揉まれながらジェイクが前方にあるステージのそばまで辿り着くと、壇上にはマイクを前にしたガルシェスクが仁王立ちのまま場内を睨みつけていた。会場全体がデモ隊にとって代わっても堂々たる大統領の威厳はそのままだ。

「………諸君！」

ガルシェスクが突然声を張り上げた。

あまりの迫力に会場全体が一瞬で静まり返った。

「国家の価値は、それを構成する個人個人の価値である——イギリスの哲学者、ジョン・スチュアート・ミルの言葉だ。即ち、アルドニア共和国の価値は、諸君一人ひとりの価値であるということだ」

突然切り出された話に会場の至るところから野次が飛んだ。

「ならば諸君に問おう！〝自らの意思による自由〟と諸君は叫ぶが、ゲラシチェンコやキリエンコ時代が君らに何をもたらしてくれたか。アルドニアの価値は高まったのか。答えはノーだ！　国民はそのレベルに応じた政府しか持ち得ず、無制限な自由は無秩序な欲望を生む。だからこそ国民を導く真の指導者が必要であり、政府の干渉を以って社会秩序と正義を維持しなければならないのだ！」

ガルシェスクは自らの信念を滔々と訴えた。

それでも野次は止むことなく、それどころか益々過熱する一方だった。抑圧された民衆には、大統領の声は権力者の欺瞞にしか聞こえなかった。

養父さんは、まだわかっていない。国民の連帯こそが強い絆であり国家の礎であることを、——ジェイクは今更ながら痛感した。

この事態をどう収拾しようかと会場を見渡した時、黙って壇上を睨みつけるひとりの男が目に入った。

「………イワン！」

無精に伸びた髪の間から澱んだ目で壇上を睨む男は、ルフトヤーツェンから姿を晦ませたイワンに間違いなかった。静かに懐に手を差し入れるのが見えた。

驚くと同時に、これから起きようとしている惨劇が頭を過った。

「止めろ、イワン！　養父さん、逃げて！」

必死の叫び声が会場の騒々しさに掻き消される。

ガルシェスクは自分が狙われているとも知らず、依然として壇上に立ったままだ。その後に居並ぶアドルフや政府高官も暗殺者の存在に気づいていない。

ジェイクは人混みを掻き分けガルシェスクの元へ急いだ。聴衆の陰に隠れたイワンが表情も変えずに銃口を壇上の標的に合わせている。

ジェイクは密集した人混みに行く手を阻まれてなかなか前に進めなかった。何とかステージまで駆け寄った時、イワンは演壇の正面数メートルまで近づいていた。その顔は先ほどまでと違って恐ろしいほどの形相に変わっている。

ジェイクは咄嗟にステージに駆け上がった。

「危ない！　伏せて……」

そのままガルシェスクを突き倒す。

その瞬間、〝バーン〟と銃声が鳴り響いた。

一瞬静まり返った会場が、すぐにどよめきと悲鳴に包まれた。イワンはその混乱に乗じてまたしても姿を晦ますことに成功した。

ガルシェスクは最初何が起きたのかわからなかったが、床に広がるおびただしい血を見て何者かが自分を狙撃したことを知った。

弾丸は身を挺したジェイクの背中から胸を貫通していた。

「しっかりしろ、ジェイク！　誰か医者を呼べ！」

流血に染まるジェイクを抱き起し、大声で叫んだ。

駆け寄ったアドルフは父親が無事であることに安堵し、一方で血だまりに横たわるジェイクはきっと助からないと思った。長年に亘って反目してきた者を守るために、いとも簡単に身を挺するその心情が理解できなかった。

ジュリアとルイーザは群衆の中からまだ抜け出せないでいた。

あの銃声に倒れ込んだふたりは無事なのか。一刻も早く無事を確認したかった。

「大統領………怪我は………ありませんか？」

「おまえのお蔭で無事だ。だから無理をして喋るな」

「僕なら………大丈夫です。まだ、やることが……あります」

傷口を抑えながら演台にしがみついて立ち上がった。

「何をする、じっとしているのだ」

演台を真っ赤な血で染めながら、それでもジェイクは必死にマイクを握った。

「！　………」

流血に染まったジェイクの姿にジュリアとルイーザは言葉を失った。

ざわついていた群衆も息を呑んでその姿を見守った。

「みんな、どうか……聞いて欲しい。
僕は……ガルシェスク大統領の養子……として育ちました。
その……十五年の間に多くの……ことを学びました。
僕が目にして……きた大統領は……間違いなく卓越した……政治家です。
世界恐慌から疲弊した……この国の経済を建て直し、
外交でも超……大国に引けを取らない手腕を……発揮しました。
……第二次世界大戦では最後……までナチス・ドイツを認めず、
今また……共産勢力からの自主……独立を守ろうとしています。
大統領がいなければこの国の……存続はなかったでしょう。
僕たちの生活はもっ……と悲惨になっていた。
……でも、僕は大統領に……賛成できないことがあります。
それは、彼が……国民を信じきれないことです。
聖アンドレッジオ養護院で過ごした幼少期……オグリオット院長から

互いの違いを理解し……尊重し合うことの大切さを……聞かされました。
……そこには大統領の言う……支配……従属の関係はありません。
ルフトヤーツェンで出会った……生涯の友からは、
……謂れのない蔑みや差別の苦しみを……教えられました。
大統領はそれを宿命……という言葉に置き換えます。
でも、それは……間違った考えです。
そして、人は……間違いを犯します。
時として、自分も心のどこかで……同じようなことをしていないか、
……そう考えれば人は……もっと寛容になれるはずです。
孤児だった僕は、大統領家で……家族の……温もりを知りました。
人が人である限り……悪に誘うものを排除できた時、
必ず……善なる魂を手にすることができるという……養母(はは)の教え、
いつでも人を思いやり……どこまでも優しく誠実な……義妹(いもうと)、
そして今は……心から愛するジュリアの……真心、
それらはすべて……掛け替えのない絆……僕の宝です」
足下に血だまりができるほどの出血で、ジェイクは意識が遠退き始めていた。
それでも内ポケットから鮮血に染まった一葉の写真を取り出し、最後の力を振り絞って途絶え途絶

えに話を続ける。

「この写真は……僕が養護院を去る時に撮られた……ものです。

その後の記者会見で……養父はこう言ってくれました。

〝私はジェイクのような子を……二度と見たくはない。

……彼の瞳に希望の燈を……灯したい。

彼の父親に成り代わり、この腕に……抱き締めてあげたい。

悲しみに打ちひしがれた、たった……ひとりの子どもすら守れない……者に、

このアルドニアを任せて……よいのですか？

記者諸君、そして……国民の皆さん、

今こそ、目覚めようではないですか！

……想い起こそうではないですか！

目覚めよ、アルドニア！　誇れよ、アルドニア！〟

この言葉と……その時の養父の涙……温もりを

……僕は忘れません」

一瞬、ジェイクの身体がぐらついた。

立っていることさえ奇跡だと誰の目にも明らかだったが、その時、そばで支えたのはガルシェスク

だった。

霞む視界の中でガルシェスクの顔を見たジェイクに笑みが零れた。

「もう、争いは止めましょう。
……荒んだその心に一点の……明かりを灯しましょう。
アルドニアの古き良き……時代を想い起こしましょう。
……病に倒れる人あれば付き添い、
涙に暮れる人あれば……その悲しみを分かち合い、
ともに明日への……希望を語り合う。
そんな……アルドニアの……善なる魂を、
……今こそ呼び起こしましょう。
目覚めよ、アルドニア！　誇れよ、アルドニア！」

力を振り絞り最後まで話し終えたジェイクは、もう限界だった。

遠退く意識の中で微かに声が聞こえた。

ぽつんぽつんとしたその声は次第に大きくなり、やがて聴衆の拍手とともに大きな歓声となって会場中に響きわたった。

〝目覚めよ、アルドニア！　誇れよ、アルドニア！〟

〝目覚めよ、アルドニア！　誇れよ、アルドニア！〟


いつまでも続く歓声に包まれ満足そうに笑みを浮かべたジェイクが――、崩れ落ちた。

その手には血に染まった想い出の写真がしっかりと握られていた。

「ジェイク！　しっかりするのだ！」

「父さん………」

ガルシェスクは息子の顔が、涙に霞んで見えなかった。

「ジェイク！　………いやぁー！」

大歓声の会場に、ジュリアの悲鳴が木霊した。

エピローグ

共和国樹立十周年の記念式典で鳴り止まぬ拍手と歓声の中、ガルシェスクは自らジェイクを抱き上げ到着した救急隊に託すと、自身は側近も寄せつけず大統領執務室に籠った。

それからのガルシェスクの動きは電光石火のごとく誰も予想しないものだった。

大統領権限で恩赦を発布すると獄中にいるすべての政治犯を釈放し、更にはヤンにも特赦を与えて彼を自由の身にした。それればかりか法制面では大統領特別権限法および治安維持法を廃し、議会運営の正常化を宣言したのである。

その上で英米仏の三首脳に極秘裏に親書を送ると、電話会談による直接交渉を行った。

一連の民主化の動きを好意的に受け止めた三国はガルシェスクの申入れを受け入れ、地政学的に極めて重要なアルドニア共和国との相互防衛条約を締結する。有事の際でも常任理事国の拒否権で国連軍の派遣が非現実的であることを見越した、ガルシェスクならではの策だった。

この相互防衛の考えは前年（一九四五年）に国連憲章で定められた集団的自衛権の実効性を狙ったものであり、二年強の後には北大西洋条約機構（ＮＡＴＯ）の設立へとつながることになる。その際、ヨーロッパの小国ルクセンブルクが最初の加盟十二ヶ国に名を連ねたのは、先駆者であるガルシェスクを範としたのかも知れない。

こうして懸案だった問題を瞬く間に処理したガルシェスクは、最後に大統領親衛隊を解体するとそのまま自ら大統領の職を退いた。

自由の身となったヤンは姉メイルとの再会に涙し、そばに寄り添うジュリアスとの仲睦まじい様子を喜んだ。だが、獄中にいる間に起きたことを聞き終えた時には、信じ難い結末に地面に突っ伏して我を忘れ慟哭したのだった。

すべては生涯の友ジェイクが起こした奇跡に思えてならず、どこまでも誠実で勇気ある献身的な友の顔が目の前から離れなかった。救国の英雄として人々がどれだけジェイクを称賛しても、悲しみに沈むヤンには何の慰めにもならなかった。

――年も改まった一九四七年一月、アルドニア共和国に新大統領が選出され市民生活は徐々に平穏な日々が戻りつつあったが、この頃、官職のなくなったアドルフはバンク・オブ・ザイツェフに籍を置きつつガルシェスクの個人事務所を引き継いでいた。

バルツォーク市の中心部にあるこの事務所を訪れるのは、コストノフにとって実に久し振りのことだった。懐かしい部屋に鎮座するマホガニーの重厚な机の向こうで、総革張りの椅子に今はアドルフが身体を沈めていた。

「これは、これは！　まったくもってその机がお似合いですな」

コストノフが媚びへつらうように三白眼の目を更に上目遣いにして、唇の半分を引き上げるいつもの笑みを浮かべた。

「振り出しに戻った今、すべてはまたここから始まるのだ」

アドルフは表情ひとつ変えずに冷めた目で応じた。

「仰せのとおりです。新大統領にこの国の舵取りは荷が重いのは火を見るより明らか。そう長くは続きませんでしょう」

コストノフは胸の内の言葉にできる一部だけを口にした。

かつての主人ほど頭脳明晰で先見性に富んだ国際感覚溢れる人物は、銃弾に倒れたあの若者をおいて他には存在しない。それがコストノフの本音だった。神が〝選ばれし人〟に与えたその類い稀な力は、血脈とは一切関係がないことをあの若者が証明したのだ。

だが、人一倍自尊心の強い目の前の若者にその話は禁句だ。下手にご機嫌を損ねるより生き残った一匹の蛾を手駒にこの若者を操って、これから思いどおりの舞台を好きなだけ演出できるに越したことはなかった。

コストノフはにやつく口元を押し隠しながらひとり悦に入った。

「これから、どうなされますか？」

「ザイツェフ家の別邸に移ってしばらくは銀行経営に専念するさ」

「お屋敷を出られるのですか？」

「父さんの指示だから仕方がない。もっともあのように腑抜けてしまった前大統領には、今更何の未練もないがな」

「あと一歩のところで誠に惜しいことをいたしました」

「まあいいさ、私にはまだ親衛隊の精鋭が残っている。すべてはタイミングを見てだ」

「左様ですな。絶好のタイミングを見計らった脚本でしたら私の最も得意とするところでございます」

「そうか。では、いずれその脚本とやらを聞かせてもらおうか」

「畏まりました。必ずやご希望に沿ったものをご用意いたしましょう。では、今日のところはこれで失礼いたします、……ガルシェスク様」

新たな主人(あるじ)に慇懃に一礼し部屋を後にすると、コストノフは幕間の小休止に――主役の名前に因んだ――脚本でも練ってみようと心を躍らせるのだった。


――あの日以来、様変わりする世の中にジュリアは改めてジェイクの偉大さを思っていた。

命懸けで無実の罪から友を救い、民主化による人々の連帯でこの国を救い、そしてまた彼女自身にも永遠の愛を与えてくれた。

その献身的な人間性は献身的であるが故に、どれほど苦しいものであったか。それでもその苦しさから決して逃げない、それこそがジェイクの人間力だったのかも知れない。

その力は孤独と憂いの中から生まれ、追い求める絆によって育まれたものだった。

人の根源にある悪へと誘うものを排除するために、どこまでも優しくそばに寄り添い続ける。その絆がやがて善なる魂として人々の心に宿ることこそが、ジェイクの追い求めていたものだったに違いない。

バルコニーから望む夜空の星々と同じほどの数え切れない想い出が、ジュリアの脳裏に走馬灯のように映し出される。その一つひとつが何にも代え難い光を放って、今のジュリアを支えていた。

憔悴の中から立ち直ろうとする娘をルイーザはそばで静かに見守っていた。

そよぐ風を受けながら夜空を見上げる娘の顔に、いつの間にか凛とした女性の面差しを感じた時、

「ママ、私も一緒に家に戻ろうかしら」

ジュリアがぽつりと呟いた。

「あなたが望むとおりにすればいいのよ」

「ステファンやワイダにも会いたいし、それに……パパを楽にしてあげないと」

善なる魂の言葉に、ルイーザの目から涙が零れ落ちた。

「この国のこれからを見届けようとジェイクはきっと今も闘っているわ。だから私も、しっかりと前を向きたい」

澄んだ瞳には一切の迷いも感じられなかった。

「ジュリア、ママはあなたのことを誇りに思うわ」

「ありがとう、ママ。私もこの子に、あなたのパパを誇りに思うと言ってあげるの」

ジュリアがお腹をさすりながらはにかんだ。

「えっ！　……ジュリア、それって………」

その時、ルフトヤーツェンで見た流れ星がひとつ、夜空に輝いた。


〈完〉

あとがき

この作品はフィクションであり、アルドニア王国（共和国）は架空の国家であるとともに、そこに登場するジェイクをはじめ登場人物たちも実在はしておりません。

時代背景となる一九三〇年から四七年の特にヨーロッパ戦線につきましては、主に『【決定版】図説・ヨーロッパ地上戦大全』（学習研究社 二〇〇三年発行）を参考にさせていただきました。

多くの戦史研究家の方々に敬意を表し厚く御礼申し上げますとともに、本作拙稿中に誤り或いは間違いがありました場合は、すべて責任は著者に帰するものです。

現代に於いてもロシアによるウクライナ侵攻やガザ地区の紛争と、そこに生まれるあらゆる惨劇や差別に対して、人間の尊厳を重んじどこまでも平和を希求する人々が現に存在し、その圧倒的多数の人々に深く敬意を表します。

本書を書き上げるにあたり、人間だからこそ生み出せる共感と連帯、そこに育まれる〝絆〟が、すべての人の心に宿ることを願って止みません。

里見 吉祥

著者略歴

里見　吉祥（さとみ・きっしょう）

1958年生まれ。東京都出身・在住。本名：鵜澤吉記（うざわ よしふみ）。
明治大学法学部法律学科を卒業後、2015年まで株式会社トーハンに勤務。

許されざる絆

2024年4月6日　第1刷発行

著　者　里見吉祥
発行人　大杉　剛
発行所　株式会社 風詠社
〒553-0001 大阪市福島区海老江 5-2-2
大拓ビル 5 - 7 階
Tel 06（6136）8657 https://fueisha.com/
発売元　株式会社 星雲社
（共同出版社・流通責任出版社）
〒112-0005 東京都文京区水道 1-3-30
Tel 03（3868）3275
印刷・製本　シナノ印刷株式会社

ISBN978-4-434-33665-2 C0093